ullstein

Marc Raabe

DER MORGEN

Thriller

Ullstein

Besuchen Sie uns im Internet:
www.ullstein.de

Wir verpflichten uns zu Nachhaltigkeit

- Papiere aus nachhaltiger Waldwirtschaft und anderen kontrollierten Quellen
- ullstein.de/nachhaltigkeit

Ungekürzte Ausgabe im Ullstein Taschenbuch
1. Auflage März 2024
2. Auflage 2025

Bei Fragen zur Produktsicherheit wenden Sie sich bitte an
produktsicherheit@ullstein.de
Umschlaggestaltung: zero-media.net, München
Titelabbildung: © Vyacheslav Lopatín / Alamy Stock Foto,
© FinePic®, München
Autorenfoto: © Hans Scherhaufer
Satz: Pinkuin Satz und Datentechnik, Berlin
Gesetzt aus der Aldus nova Pro
Druck und Bindearbeiten: ScandBook, Litauen
ISBN 978-3-548-06923-4

Für alle,
die Geheimnisse haben.

Es gibt Dinge, die kannst du niemandem erzählen.

Du bist allein damit.

Du wirfst deine Erinnerung an diese Dinge in den tiefsten Brunnenschacht, den du nur finden kannst.

Du hoffst inständig, dass nichts davon je wieder ans Tageslicht kommt. Und noch weißt du nicht, dass du selbst nie wieder von dort unten herauffinden wirst.

Er riss ein Streichholz an. Starrte auf den Körper. Der Schnee wirbelte stumm. Weiße verirrte dumme Punkte vor einem Himmel zwischen Schwarz und Orange. Wie viel Zeit blieb ihm noch? Fünf Minuten? Drei? Was sollte er mit der Waffe tun? Sie draußen verstecken? Drinnen? Sie reinigen und lügen?

Er schaute zu ihr. Gott, sie hat gar nichts an, schoss ihm in den Sinn. Als wenn das jetzt noch eine Rolle spielen würde. Bis gerade eben war es noch das Allergrößte gewesen.

Er versengte sich die Finger an der Flamme, ließ das Streichholz fallen und zündete ein zweites an.

Der Schwefel zischte in der Stille. Was für eine winzige Flamme und was für eine Riesenscheiße.

Schon damals, am ersten Tag, bei ihrem ersten Aufeinandertreffen, war Blut geflossen.

Und jetzt *das*!

Ihm wurde schlecht.

Noch zwei Minuten, vielleicht auch eine?

Noch heute weiß er genau, was er damals bei ihrer ersten Begegnung gedacht hatte: Mutig sein! Einfach mutig sein.

Aber mutig sein zu *wollen* war eines. Es tatsächlich zu sein, etwas ganz anderes. Vor allem, wenn man nicht auffallen durfte.

Prolog

Bei ihrem ersten Aufeinandertreffen war er zwölf, unsterblich verliebt, und in Heiligensee stand die Hitze. Die Luft stieg flirrend vom Asphalt auf. Ein paar mächtige Linden überragten den ochsenblutrot gestrichenen Kiosk an der Minigolfbahn im Weiherpark und spendeten Schatten. Er steckte den Kopf durch das geöffnete Schiebefenster, um besser in den Kiosk hineinsehen zu können. Sie war nicht da! Auch nicht im Hinterzimmer.

Sein Herz kam ihm plötzlich vor wie ausgehöhlt.

»So, mein Kleiner.« Die Stimme der alten Berger klang wie ein Reibeisen. Warum nur musste er immer an *sie* geraten? Die Tüte in ihren Händen knisterte, als sie das Papier über den Schätzen zusammenschlug. Es roch nach Zigaretten, einem Hauch Schnaps, und aus den aufgereihten Plastikdosen stieg der süße Duft von klebrigem Weingummi.

»Eins fuffzig.« Die Berger reichte ihm die Tüte durchs Fenster. Ihre blonden Locken waren spröde und ihre Haut grau. Während er in seiner Hosentasche kramte, die vierzig Mark seiner Mutter beiseiteschob und nach den Münzen fingerte, ging sein Blick erneut zum Hinterzimmer.

»Wie alt bist 'n du«, fragte sie und musterte ihn. Hatte sie seinen Blick bemerkt? Ahnte sie, dass er wegen ihrer Tochter hier war? »Fünfzehn«, log er.

»So. Fünfzehn also.« Sie verzog keine Miene. Bestimmt hing ihre Tochter mit Älteren ab. Das taten Mädchen immer. Klimpernd legte er das Geld auf das schmale Fensterbord. Sie strich es ein. »Schicker Schlips.«

»Ist 'ne Schuluniform«, rechtfertigte er sich.

»Bist auch einer von dieser Schlauenschule, hm?«

»Mhm«, brummte er und wurde rot. Das Astoria hatte einen ziemlichen Ruf.

»Na denn ...«, murmelte die Berger und machte eine leichte Kopfbewegung. Kein Nicken, kein Kopfschütteln. Irgendwas dazwischen. »Vielleicht kommste ja mal mit deinen Freunden zum Minigolf«, bot sie an und reichte ihm die Tüte. Ein goldener Wassermann an einer dünnen Kette blinkte zwischen ihren Brüsten. Starrte er etwa gerade in ihren Ausschnitt? Hastig wandte er sich ab.

»Ja, vielleicht.« Er nahm die Tüte und floh durch die grüne Gittertür neben dem Kiosk vom Gelände des Minigolfplatzes. Welche Freunde eigentlich? Die vom St. Joseph war er los, und am Astoria war er immer noch der Freak aus dem Heim.

Er wünschte, er hätte eines dieser Mofas, wie die coolen älteren Jungs. Dann würde er jetzt mit lautem Getöse in einer Staubwolke davonrauschen. Aber er hatte nur ein klapperndes grünes Hercules-Damenrad, zu klein für seine aufschießenden Glieder. Er schob sich einen Halbmond und eine Cola-Flasche gleichzeitig in den Mund und strampelte im zweiten Gang aus dem Schatten der Bäume, als er sie plötzlich sah.

Für einen Augenblick stand sein Herz still.

Er wusste ihren Namen noch nicht, aber das würde sich bald ändern. Sahra, Yvonne, Ellie, wie auch immer. Ihr Name war eigentlich egal. Er würde jeden Namen an ihr mögen.

Das Problem war, sie war nicht allein.

Mutig sein.

Zu fünft saßen sie in der Sonne, zwei Mädchen, drei Jungs – genau da, wo er vorbeimusste, am Ausgang des Weiherparks. Einer stand, die anderen hockten lässig auf den Lehnen der Stühle, die um einen quadratischen Metalltisch herum festgeschweißt waren. Ein paar Schritte weiter hatten zwei von ihnen ihre Enduro-Mopeds geparkt. Auf dem Tisch standen ein paar halb volle Bierflaschen.

Sie trank Cola und legte den Kopf in den Nacken. Ihre langen blonden Haare fielen über die Schultern, ihr weißes, locker sitzendes Top mit den tiefen Ärmelausschnitten warf ihn fast vom Rad. Jemand riss einen Witz, und sie musste prusten. Cola tropfte von ihrem Kinn auf ihr Top. Was sie nicht weniger perfekt machte. Jetzt, wo er sie sah, fand er, Ellie würde am besten passen. Hätte nur sie mit ihrer Freundin dagesessen, er hätte angehalten. Aber die drei Typen, die mit ihnen abhingen, waren schwierig. Zwei von ihnen kannte er vom Sehen, vom Astoria-Schulhof, sie waren aus der Abschlussklasse. Achtzehn. Mindestens.

Ihre Namen wusste er damals noch nicht.

Der Größte der drei Jungs glitt vom Stuhl und verstellte ihm den Weg, sodass er anhalten musste. Es war der, den er noch nie gesehen hatte. Der Typ trug eine NY-Kappe, der Schirm verschattete seinen Blick. »Schickes Fahrrad«, feixte Kappe und deutete mit der Bierflasche in seiner Hand auf das Mädchenrad.

»Schicker Schlips«, sagte der Zweite, der sitzen geblieben war. Er trug eine Brille und ein knallweißes, spöttisches Lächeln. »Aber irgendwie passt das nicht so richtig zusammen, oder?«

»Hallo«, sagte er leise, blickte angespannt an Kappe und Brille vorbei und lächelte Ellie an. Blaue Augen. Er versank. Sie wandte sich ab und wischte über die Cola-Spritzer auf ihrem Top.

»Ignoriert der uns?«, fragte Kappe. Seine Stimme leierte etwas. War wohl nicht sein erstes Bier heute.

»Sieht so aus«, grinste Brille. Auch er schien leicht einen sitzen zu haben. Oder täuschte das? Der dritte Typ hielt sich im Hintergrund, ließ ein silbernes Feuerzeug aufschnappen und steckte sich eine Zigarette an. Zippo hießen die Dinger. Jockel aus dem St. Joseph hatte auch so eins gehabt, er hatte es von irgendjemand abgezogen und immer behandelt wie eine Trophäe.

»Was is 'n der jetzt eigentlich, 'n Junge oder 'n Mädchen?«, frotzelte Kappe.

Brille zögerte. Für einen Moment schien er zu überlegen, ob er mitmachen wollte oder nicht. »Beides möglich, oder?«, sagte er und zeigte auf das Damenrad und den Schlips.

»Lasst ihn doch«, mischte Ellie sich ein. Himmel, war das peinlich. Als wäre er ein Baby, dem man helfen müsste.

»Wieso?«, meinte Kappe. »Er könnte uns neues Bier holen.«

»Der?« Ellies Freundin hob die Augenbrauen. Ihre Pupillen waren so groß wie bei Jockels Kumpel Falco, wenn er was intus hatte. Sie war ebenfalls blond und trug ein eng anliegendes geripptes Top mit tiefem Ausschnitt. Noch tiefer als Ellies Mutter. Wenn das überhaupt ging. »Der ist doch höchstens … dreizehn? Zwölf?«

»Dann soll er nach Hause und bei seinem Vater aus dem Kühlschrank was holen«, sagte Kappe.

Mist. Wenn er jetzt nicht bald etwas sagte, dann würde Ellie denken, er wäre der letzte Feigling. »Eure Flaschen«, kam es ihm über die Lippen, »die sind doch noch fast voll.« Sofort kam ihm der Satz idiotisch vor.

Es herrschte kurz Stille.

Der mit dem Zippo lächelte amüsiert.

»Hat das Mädchen mit dem Schlips was gesagt?«, fragte Brille.

»Ich hab nur *voll* gehört«, meinte Kappe. Mit ausdruckslosem Gesicht hob er die Flasche hoch und goss sie über ihm aus. Das Bier floss durch seine Haare, lief ihm ins Gesicht, von dort am Schlips herab bis in den Schritt.

Die mit dem Ausschnitt lachte schrill.

»Jetzt ist sie leer«, sagte Kappe mit falschem Bedauern.

»Mein Gott, jetzt lasst ihn doch«, bat Ellie erneut. In ihrem Blick regte sich Mitleid. Alles, nur das nicht, dachte er. Bitte kein Mitleid.

»Husch, husch, zu Papas Kühlschrank«, meinte Kappe. »Da kannst du Nachschub holen.«

»Nicht jeder Vater ist ein Säufer«, brachte er hervor.

Wieder Stille.

Keine gute Stille.

»Treffer, versenkt«, prustete Ellie.

Kappes Faust schnellte vor. Der Schmerz war eine stumpfe Explosion, es knirschte in seinem Mund, als wäre etwas zerbrochen, Kappe stieß nach und schickte ihn zu Boden. Das Fahrrad schlug scheppernd auf. Das Weingummi flog aus der Tüte und zierte den Boden mit bunten Sprenkeln in der Sonne. Er schmeckte Kupfer, alles wackelte.

»Ey, man schlägt kein Mädchen«, monierte Brille. Er klang plötzlich, als würde er sich nicht ganz wohl in seiner Haut fühlen.

»Ich dachte *ganz* kurz, es könnte ein Junge sein«, verteidigte sich Kappe grinsend. »Aber hast recht, jetzt, wo sie da so liegt … wir könnten ja mal nachsehen, was es wirklich ist.« Kappe beugte sich vor und machte Anstalten, ihm die Hose zu öffnen.

»Nein! Nicht!«, protestierte er. Blut lief ihm über die Lippen, er spuckte etwas kleines Weißes aus, ballte die Fäuste und wehrte sich aus Leibeskräften.

»Jetzt hilf mir schon«, blaffte Kappe. Brille zögerte, nahm einen Schluck aus der Flasche, dann kam er heran. Während Kappe ihn festhielt, zog Brille ihm Hose und Unterhose aus.

»Schau an! Ist *doch* ein Junge«, rief Kappe mit gespieltem Erstaunen.

»So ein süßer Flaum«, gluckste Ausschnitt.

Der mit dem Zippo wendete sich ab und ging ein paar Schritte.

»Wo willst 'n hin? Wird doch gerade interessant«, rief Kappe.

»Muss mal pinkeln«, erwiderte Zippo.

»Ey, du bist so 'n Verpisser.«

Kappe kramte in den Taschen der erbeuteten Hose, fand die vierzig Mark und hielt die Scheine hoch. »Hey, hey!«

»Gib das her. Das is für meine Ma. Ich soll zur Apotheke«, stöhnte er.

»Gehst du häufiger mal für deine Mama zur Apotheke?«

»Geht dich einen Scheiß an.«

»Vorsicht, Kleiner«, warnte Brille. »Übertreib's nicht.« Er legte Kappe eine Hand auf den Arm und versuchte, ihn fortzuziehen, doch Kappe schüttelte ihn ab. »Das mit meinem Vater nimmst du zurück«, drohte Kappe mit erhobenem Zeigefinger. »Klar?«

»Leck mich«, nuschelte er.

Kappes Mundwinkel zuckten. »Na schön, kleines Großmaul. Dann würde ich vorschlagen, du gehst nicht an Papas Kühlschrank, sondern an Mamas Portemonnaie.« Er rollte die Hose zusammen und schleuderte sie den Weg hinunter. »Drei Tage, klar? Dann kriege ich das Gleiche noch mal. Vierzig Mark. Weißt ja, wo du uns findest. Und jetzt flieg, Kleiner, flieg schön heim auf deinem hübschen Fahrrad.«

Ellies Miene war starr wie eine Maske. Er wich ihrem Blick aus, kam gekrümmt auf die Beine und versuchte, seine Blöße vor ihr zu verstecken.

»Huh«, meinte Ausschnitt und wedelte mit der Hand, als hätte jemand einen unanständigen Witz erzählt.

»Sieht nach dem Beginn einer besonderen Freundschaft aus«, lachte Kappe. Ellie sah weg.

»Vor allem einer *langen* Freundschaft«, ergänzte Brille.

Er sollte recht behalten, gewissermaßen.

Was allerdings damals noch niemand wusste: Einer von ihnen würde Bundeskanzler werden.

Kapitel 1

Art Mayer stierte durch die Windschutzscheibe und rang um Kontrolle. Viertel vor sechs in der Früh, seit neunzehn Stunden keinen Schlaf und dazu noch … *egal.* Die umherwirbelnden Schneeflocken machten es jedenfalls nicht einfacher. Verdammte Kaltfront. Von Osten rollten mehrere Tage Schneefall heran, hatten sie im Wetterbericht verkündet. Sein Leben war so aus der Spur, dass er manchmal versucht war, einfach das Steuer loszulassen, bis es knallte. Er rang die Hände fester ums Lenkrad und fixierte die erleuchtete Goldelse durch das weiße, flirrende Gestöber. Der geflügelte Engel auf der Spitze der Berliner Siegessäule ragte in die Dunkelheit wie die Königin der Welt. Bis zum Großen Stern, dem Kreisverkehr um die Siegessäule, waren es noch etwa hundert Meter. Er begann zu schwitzen. Und er war zu schnell.

»Alles okay, Süßer?« Ivys Stimme klang rau, kraftlos und trotz ihrer Situation immer noch zuckrig. Alle Mädchen im *Cherry Crown* hatten diese Tonlage drauf. Der Zucker war ein Reflex, auch dann, wenn es schwierig wurde. Vielleicht sogar besonders dann.

»Artur? Was ist mit dir?«

Er schwieg, betätigte vorsichtig die Bremse, obwohl er lieber mit aller Kraft aufs Pedal getreten hätte, um seinen Frust an irgendetwas abzulassen. Doch die Temperatur lag laut Thermometer bei acht Grad unter null, die Straße war gefährlich glatt, und die Bremsen des alten Fords, in dem sie saßen, wirkten wie aus den Siebzigern.

»Brauchst du Hilfe?«, fragte Ivy. Art spürte ihre Hand auf seiner Rechten, mit der er sich ans Lenkrad klammerte, damit das beginnende Zittern nicht so auffiel. Ivys Hand war warm und ruhig, jedoch ein wenig steif. Vermutlich waren ein, zwei Finger verstaucht. Ihre Knöchel waren aufgeschürft und geschwollen. Die goldene Herren-Rolex hatte sie sich den Arm hochgeschoben, damit sie nicht so schlackerte.

»So weit kommt's noch«, knurrte Art. Er versuchte es mit einem aufmunternden Blick in ihre Richtung. Ihr linkes Auge war blutunterlaufen und schwoll immer weiter zu. Er machte sich Sorgen um ihren Wangenknochen und die Augenhöhle.

Um halb vier Uhr früh hatte Ivy – ihren richtigen Namen kannte er nicht einmal – ihren letzten Strip an der Pole getanzt. Eigentlich hatte sie nur für Dana übernommen, die jetzt schon seit über zwei Wochen wie vom Erdboden verschluckt war. Im *Cherry Crown* hingen nur noch ein paar versprengte Gestalten fest, die Überbleibsel einer Banker-Bonus-Party, alle mit glasigem Blick und gelockerten Krawatten. Nicht gerade Killer, aber Getriebene. Grund genug, sie zu beobachten und zu überprüfen, ob jemand von ihnen etwas mit Danas Verschwinden zu tun haben könnte, denn genau das war der Grund, warum er im *Crown* angeheuert hatte – die Suche nach seiner verschwundenen Nachbarin Dana.

Bis vor Kurzem hatte er nicht gewusst, dass Dana Karasch in einem Stripklub arbeitete. Er hatte noch nicht einmal ihren Namen gekannt. Art hatte sich in Berlin-Neukölln in seiner neuen Wohnung eingegraben. Zwei Monate war das her. Und genau genommen war es eher ein Loch. Fünfundvierzig Quadratmeter im dritten Stock, eine Eins-vierziger-Matratze vom Outlet auf einem fleckigen Teppichboden, ein Sofa, eine Küche mit einem defekten Ofen, was ihn nicht weiter interessierte, ein WLAN-Router und zwei Kisten mit Büchern, die er nicht las. Dana wohnte eine Etage unter ihm. Sie lächelte selten, hatte müde Augen und war nie geschminkt. Ihre langen schwarzen Haare verbarg sie meist unter einer Mütze. Sie schien sich genauso vor der Welt zu verstecken wie Art. Nur wenn ihre kleine Tochter dabei war, lächelte sie manchmal. Dann aber ansteckend und innig.

An Neujahr um die Mittagszeit – Art hatte die Silvesternacht allein in seiner Wohnung verbracht – fand er Danas Tochter mit verweintem Gesicht auf dem Treppenabsatz vor dem Haus sitzend. Sie hieß Milla, war vermutlich sechs oder sieben Jahre alt und sah den schlecht rasierten großen Mann mit den schweren Stiefeln, dem dunklen Marinemantel und den wuchernden schwarzen Locken misstrauisch an. Art hätte sich selbst mit der gleichen Skepsis betrachtet. Was genau den Ausschlag gab, dass sie sich öffnete, wusste er nicht. Art hatte bisher keine Gelegenheit gehabt, den Umgang mit Kindern zu üben. Seine Frau hatte keine gewollt, jedenfalls wohl nicht mit ihm. Vielleicht hatte Milla auch einfach nur aus Not mit ihm gesprochen oder weil er der Einzige gewesen war, der da war. Jedenfalls brachte sie heraus, dass ihre Mutter seit drei Tagen nicht mehr nach Hause gekommen war und sie Angst hatte, dass ihre Mutter jetzt einfach weg sei, wie damals ihr Vater.

»Bist du denn jetzt ganz allein zu Hause?« Art ließ sich neben ihr auf dem Treppenabsatz nieder.

Sie schüttelte den Kopf. »Nee, Oma ist noch da.«

»Weiß die Polizei denn schon, dass deine Mama weg ist?«

»Ja, Oma hat da angerufen, aber die machen gar nichts«, sagte Milla.

Art wusste, dass dieser Eindruck manchmal entstand. Manchmal stimmte er. Manchmal nicht. Vielleicht war es auch nur Millas kindliche Sicht der Dinge. Er hätte auf der Vermisstenstelle nachfragen können, doch mit der Polizei wollte er im Moment nichts zu tun haben.

»Und warum sitzt du jetzt hier draußen?«, fragte Art.

»Die Oma macht die Tür nicht mehr auf«, schniefte Milla.

Artur nahm Milla bei der Hand, staunte, dass sie es zuließ, und ging mit ihr in den zweiten Stock. Die Klingel gab ein kraftloses Schrillen von sich. Nichts passierte.

»Siehst du«, meinte Milla. Nach dem dritten Klingeln begann er, mit der flachen Hand an die Tür zu schlagen und zu rufen. Ohne Erfolg. Er wollte gerade schon den Notarzt rufen, als eine ältere Frau mit eingefallenen Wangen und zerzaustem grauem Dutt öffnete. Verwirrt sah sie erst Art und dann ihre Enkelin an. Milla schimpfte mit ihr in einer slawischen Sprache, schob sich an ihr vorbei in die Wohnung, um kurz darauf mit vorwurfsvoller Miene und dem Hörgerät ihrer Oma zurückzukehren. Dann lief Milla in die Küche, drehte den Gasherd an und schlug Eier in die Pfanne.

Sechs Jahre, dachte Art.

Drei Tage später war Dana Karasch immer noch verschwunden. Millas Oma wurde befragt, darüber hinaus schien es keine Ermittlungen zu geben, was Art ärgerte, aber nicht wunderte, als er herausbekam, wo Dana Karasch arbeitete – und als was. Also hatte er im *Cherry Crown* als Türsteher angeheuert und sich dort die letzten Nächte um die Ohren geschlagen, statt schlaflos an die rissige Decke über seiner Matratze zu starren und all das zu ignorieren, was ihn in den letzten Monaten aus der Bahn geworfen hatte.

Bis dann heute früh das mit Ivy passiert war. Um halb fünf Uhr morgens hatte er auf die Uhr geschaut und sich gewundert. Warum war Ivy noch nicht durch die Tür? Normalerweise stiegen die Mädchen hinter der Bühne in ihre Joggingklamotten, warfen sich einen Mantel über und machten, dass sie ins Bett kamen. Einige rauchten noch eine letzte Zigarette am Fenster oder im Hinterhof, aber dafür war es heute zu kalt. Dann hatte er die Geräusche aus dem Getränkekeller gehört.

Der Kerl war etwa dreißig. Einer von den Bonus-Jungs, Typ Sportler, die Sorte mit Fitnessstudio-Muskeln, straßenköterblond. Er trug Schlips, ein weißes Hemd und ein teures Jackett, die Anzughose schlackerte um seine Fußgelenke. Ivy lag entblößt vor ihm auf einem Tisch, den Nacken auf der Tischkante, ihr Kopf ruckte im Leeren. Im ersten Augenblick fürchtete Art, sie wäre bewusstlos.

Art packte den Kerl an den Haaren und zog ihn von ihr herunter. Der Mann war so in Fahrt, dass er direkt begann, auf Art einzuschlagen.

Artur kassierte zwei Treffer, wich dem dritten aus und gab ihm dann in schneller Folge zwei Linke straight auf die Nase, dann einen wuchtigen rechten Schwinger unter den Kiefer, hörte es knacken, zog ihn zu sich heran und rammte ihm das Knie ins baumelnde Gemächt, dann wandte Art sich Ivy zu.

Sie krümmte sich auf dem Tisch, schaffte es jedoch, sich aufzurichten. Art half ihr, eine Decke überzuwerfen. »Ich bin gleich wieder da, ja.« Ivy nickte benommen.

Er packte den Kerl am Kragen, schleifte ihn zum Hinterausgang, knöpfte ihm sein Portemonnaie ab und stieß ihn zwischen die Mülltonnen im Hof.

»Florian Schindler, hm?« Er betrachtete den Ausweis.

»Verdammtes Arschloch«, stöhnte der Mann und versuchte umständlich, im Liegen seine Hose hochzuziehen.

»Find ich auch.«

Artur fotografierte den Ausweis, dann warf er ihn mit dem Portemonnaie über die Mauer auf das Nachbargrundstück. »Schön stillhalten.« Art griff nach dem linken Arm des Mannes und musterte die Uhr an seinem Handgelenk. Rolex. Sah nicht gerade nach Fake aus. Er löste den goldenen Verschluss und kassierte die Uhr. »Wiedergutmachung«, sagte er leise.

Schindler stürzte sich wütend auf Arts Bein und versuchte, ihn zu Fall zu bringen. Artur kickte ihm in die Rippen, packte seinen Arm und verdrehte ihn, bis Schindler jammernd von ihm abließ. Im Gegenzug ließ Art seinen Arm los. »Du bist nicht das erste Mal hier, oder?«

»Geht dich 'n Scheiß an«, ächzte Schindler. Er setzte sich auf und befühlte seinen Arm und sein Gesicht.

Art zog ein Foto aus seiner Jackentasche. »Dana Karasch. Kennst du sie?«

»Warum sollte ich?«

»Sie hat hier gearbeitet. Ich suche nach ihr.«

»Ja, Scheiße, und? Was fragst du mich?«

»Wenn eins von den Mädchen verschwindet, dann fragt man immer Typen wie dich. Rate, warum.«

Schindler verzog das Gesicht. Bisher hatte Art in dessen Blick vor allem Wut und Schmerz gesehen, jetzt war da noch etwas anderes. »Sind Sie Polizist, oder was?«

»Hausmeister«, sagte Art diffus und deutete auf den Hintereingang des *Crown*. »Also, was ist? Kennst du sie?«

»Ist nicht mein Typ.«

»Du bist auch nicht mein Typ.«

Schindler starrte Art an, dann beschloss er offenbar, die Sache defensiver anzugehen. »Ey, die kenn ich nicht, ich hab sie noch nie gesehen. Ich schwör's.«

Art fixierte ihn und nickte schließlich. »Okay. Ich hab deinen Ausweis. Ab heute bist du auf meiner Liste. Wenn ich rausfinde, dass du mich anlügst, sehen wir uns wieder. Klar?«

»Ja, is gut, Mann. Hab's verstanden.«

Art starrte ihn an. »Schön«, knurrte er. »Was ist mit deinen Buddies?«

»Welche Buddies?«

»Die anderen Schlipsträger.«

»Die kenn ich nicht.«

»Klar. Ich geh jetzt rein und zeig denen mal deinen Ausweis. Mal sehen, vielleicht kennen *die* ja dich.«

Schindler presste die Lippen aufeinander und suchte nach einem Ausweg.

Art legte ihm das Foto auf die Brust. »Wir machen das so«, schlug er vor. »Du hörst dich ein bisschen um, und falls du einen Tipp für mich hast oder mir helfen kannst, sie zu finden, dann kriegst du deine Uhr zurück. Klar?«

Schindler nickte perplex.

Art steckte die Rolex ein und seufzte. Er hatte nicht vor, die Uhr zurückzugeben. Es war ein Schuss ins Blaue. Aber einen Versuch war es wert. »Und ansonsten will ich nie wieder etwas von dir hören oder sehen.«

Danach war Art zurück in den Klub zu Ivy geeilt. Sie war kaum in der Lage gewesen, zu laufen. Trotz ihrer Verletzungen hatte sie sich geweigert, mit ihm ins Krankenhaus zu fahren. Doch Art ließ ihr keine Wahl; nicht bei dieser Art von Verletzungen. Er wusste, dass sie keine Anzeige erstatten würde, aber ein Schädel-MRT war das Mindeste.

Der Große Stern lag jetzt direkt vor ihnen. Rückleuchten glühten auf. Im mehrspurigen Kreisverkehr geriet plötzlich etwas ins Stocken. Art lenkte vorsichtig nach rechts und umfuhr eine Ansammlung von Fahrzeugen. Ganz vorne stand ein Kleinlaster, ein Pritschenwagen mit eingeschalteter Warnblinkanlage. Ein Volvo Kombi versuchte, den kleinen Laster hektisch rechts zu umfahren, und kam Arts Wagen bedrohlich nah. Im letzten Augenblick bemerkte die Fahrerin des Volvos Art, wich aus, versuchte zu bremsen und schlitterte dabei gegen die rechte äußere Ecke der Stoßstange des Pritschenwagens. Ein kurzes metallisches Krachen. Das Rücklicht des Lasters splitterte, dann hupte jemand ungestüm.

Frida Wilke konnte es nicht fassen. Echt jetzt? Mitten im Kreisverkehr? Sie drückte erneut auf die Hupe, und ihr steinalter Mazda gab ein helles Blöken von sich. Ein Wunder, dass sie es überhaupt noch geschafft hatte, zu bremsen. Warum zum Teufel blieb dieser idiotische Lastwagenfahrer ausgerechnet hier, also direkt vor ihr stehen?

Rechts hatte es gekracht, ein dunkelblauer Volvo Kombi war dem Laster auf das äußere Ende der Stoßstange draufgerauscht, und auch links von ihr war kein Vorbeikommen. Sie blickte in den Rückspiegel. Scheinwerfer, stehender Verkehr. Den anderen ging es wie ihr. An Zurücksetzen war nicht zu denken.

Frida beugte sich vor und verrenkte sich beinah den Hals, um links an dem Laster vorbeizuschauen. Die maroden Wischblätter schnarrten über die eisige Scheibe und schoben hektisch die Flocken beiseite. Schemenhaft konnte sie erkennen, dass die Fahrertür des Lasters aufgestoßen wurde.

Jetzt stieg der auch noch aus, oder was? Klar, der wollte sich wahrscheinlich den Schaden ansehen.

Frida stöhnte, und ihr Blick ging zum Handy. Fünf Uhr achtundvierzig. Shit. Sie würde so was von zu spät kommen. Kurz entschlossen riss sie die Tür auf, lehnte sich aus dem Wagen und wollte dem Fahrer etwas zurufen, doch statt dass der Typ zum Heck des Wagens kam, schlug er einfach die Tür zu, wandte sich von ihr ab und lief hastig nach vorne, um die Schnauze des Kleinlasters herum, wo er aus Fridas Blickfeld verschwand.

Für einen flüchtigen Moment blieb Arts Blick an dem dunkelblauen Volvo hängen, der links in den Laster gekracht war. Als er wieder nach vorne sah, huschte plötzlich eine schwarze Gestalt direkt vor ihm über die Fahrbahn. Ivy stieß einen überraschten Laut aus. Er trat auf die Bremse, doch der Wagen rutschte einfach weiter, als wäre nichts. Ein dumpfer Schlag, die Gestalt stürzte über die schwarze Motorhaube, beschrieb einen seltsamen Bogen und landete auf der Straße. Verflucht. Das durfte nicht wahr sein.

»Oh Gott«, stieß Ivy hervor.

Der Wagen stand inzwischen. Wo war dieser Typ so plötzlich hergekommen?

Art öffnete die Tür und stieg aus. Eisige Luft schlug ihm entgegen. Der Schweiß auf seiner Stirn machte ihn doppelt empfänglich für die Kälte. »Hey, Sie. Alles in Ordnung?«

Flocken tanzten im Licht der Scheinwerfer. Die Gestalt lag auf der schneebedeckten Fahrbahn zwischen gräulichen Reifenspuren. Jetzt richtete sie sich auf und blickte in Arts Richtung. Auf den ersten Blick glaubte er, einen Mann zu erkennen. »Wie geht's Ihnen?«, rief Art. In seinem Rücken begann ein Hupkonzert.

Der Mann drehte sich weg, sah Richtung Park, dann humpelte er von der Straße zum Rand des Kreisverkehrs.

»Hey! Warten Sie. Was ist mit Ihnen«, rief Art. »Brauchen Sie Hilfe?«

Die Schritte des Mannes wurden immer schneller, er hielt zwei Wagen mit ausgestreckten Händen auf – beide bremsten schlitternd –, dann verschwand er im Park zwischen den schwarzen Baumgerippen. Art schaute ihm ungläubig nach, dann sah er zu Ivy. Seine Knie waren weich. Er fühlte sich kraftlos, wie ausgelaugt. Viel Zeit blieb ihm nicht mehr. Und diesem Typ war offensichtlich nicht zu helfen. Rasch stieg er zurück ins Auto.

»Was bitte war *das* denn?«, fragte Ivy.

»Keine Ahnung«, knurrte Art. »Ich bring dich jetzt ins Franziskus-Krankenhaus.« Vorsichtig gab er Gas, reihte sich in den Verkehr ein und bog in die Hofjägerallee ab.

Frida Wilke war ausgestiegen und hatte ungläubig zugesehen, wie der Fahrer des Pritschenwagens im Park verschwunden war. Und nun stieg dieser baumgroße Typ auch noch zurück in seinen Wagen und fuhr los? Das war doch Fahrerflucht! Andererseits, was hätte sie selbst denn gemacht? Der Kerl aus dem Kleinlaster schien nichts anderes im Sinn gehabt zu haben, als abzuhauen.

Aus dem beschädigten Volvo stieg eine Frau um die fünfzig, die gut ihre Mutter hätte sein können. Sie war bleich, starrte auf die verbeulte Schnauze ihres Wagens und warf die Hände in die Luft. »Herrgott, das darf doch nicht wahr sein!«

»Entschuldigung«, rief Frida. »Könnten Sie Ihren Wagen vielleicht wegfahren? Dann könnte ich weiter …«

»Wegfahren? Ich? Haben Sie gesehen, wie der gebremst

hat? Das war doch nicht normal«, rief die Frau. Schneeflocken fingen sich in ihren dunklen Haaren.

»Ja, das war so was von unnötig«, meinte Frida. »Und dann auch noch abhauen.«

»Würden Sie das bitte bezeugen? Sonst … na ja, Sie wissen schon …« Die Frau deutete auf den zerknautschten Wagen.

Klar. Wer auffuhr, der war schuld. Das trichterten sie einem ja schon in der Fahrschule ein. Außer derjenige, auf den man auffuhr, hatte den Unfall provoziert. Aber das musste man erst mal nachweisen. »Tut mir leid, ich bin eh schon spät dran«, rief Frida.

Die Frau hantierte mit ihrem Handy und hielt es dann ans Ohr. »Ich ruf eben die Polizei. Die müssen das aufnehmen, sonst krieg ich ein Problem mit der Versicherung.«

Mist. Polizei. Das würde ewig dauern. Frida ließ die Schultern hängen. Wenn sie jetzt hier wegfuhr, dann gab das nur Ärger. Bei so was verstand die Polizei keinen Spaß, das hatte sie schon mal erlebt. Und die Frau reckte bereits den Hals nach ihrem Kennzeichen. Apropos, wie war eigentlich das Kennzeichen von diesem Typen gewesen, der sich gerade vom Acker gemacht hatte?

Art Mayer bog in die Budapester ein. Nur noch ein kleines Stück. Im Schneegestöber sah er die Silhouette des Franziskus-Krankenhauses. »Wir sind da«, murmelte er, stellte den Wagen am Straßenrand ab, stieg aus, ging zur anderen Seite des Fahrzeugs und half Ivy aus dem Sitz. Gemeinsam humpelten sie zum Eingang des Krankenhauses. Genauer gesagt, Ivy humpelte, Art wankte.

»Arti, was is mit dir?«, fragte sie erneut. »Dir geht's doch nicht gut.«

»Wird schon wieder«, brummte Art. Vor seinen Augen

flirrte es, als würde die Welt unter einem Hitzeschild wabern. Das ist neu, dachte er. So hatte ich das noch nicht.

An der Rezeption sah der Pförtner erschrocken auf. Ivys Verletzungen ließen ihn sofort zum Hörer greifen, und einen Moment später kam eine Krankenschwester mit einem Rollstuhl. »Kommst du klar?«, fragte Art. »Soll ich mitkommen?«

»Ich komm klar«, nuschelte Ivy. »Danke, bist 'n Schatz. Und ruh dich aus, ja! Du siehst nicht gut aus.«

Art verzog den Mund zu einem schiefen Lächeln. »Etwas Schlaf, und alles wird gut«, meinte er leichthin.

Er sah Ivy nach, wie sie im Rollstuhl zur Notaufnahme gefahren wurde. Dann wandte er sich an den Pförtner. »He. Wo ist hier der nächste Getränkeautomat?«

»Erster Gang rechts, ein paar Meter runter.«

»Danke.« Art setzte sich in Bewegung. Alles schwankte.

Sein Herz galoppierte, und jemand saugte mit einem Strohhalm die Kraft aus seinen Beinen. Schweißgebadet kam er am Automaten an, kramte hastig ein paar Münzen aus seiner Tasche, mit der anderen Hand stützte er sich an dem mannshohen Automaten ab. Seine zittrigen Finger bekamen kaum die Münzen in den Schlitz. Es klimperte. Er drückte eine Tastenkombination, und eine Dose Cola rumpelte in den Schacht. Er fischte sie heraus, riss die Dose auf und trank die schäumende Cola in gierigen Schlucken. Dann sank er neben dem Automaten auf den Boden und lehnte sich erschöpft mit dem Rücken an die Wand. Gegenüber waren zwei Tische, ein paar Stühle. Ein Fernseher an der Wand. Das Morgenmagazin lief, stummgestellt. Bilder aus Berlin flimmerten über den Bildschirm. Vorbereitungen auf den G20-Gipfel in acht Tagen. Krawallbilder des letzten großen Gipfels. Kanzler Henrik Westphal gab ein Interview.

Lippenbewegungen hinter einem Dutzend Mikrofonen. War wirklich der Fernseher so leise? Oder hörte er nichts mehr? Er wollte die Cola-Dose in den Papierkorb werfen, zerdrückte sie in der Hand, dann entglitt sie ihm, und die Lampen gingen aus.

Frida Wilke stampfte mit den Füßen, um sich warm zu halten. Wo, verdammt, blieb denn jetzt die Polizei? Sie hasste es, zu warten. Schon als Kind hatten ihre Eltern sie geradezu festbinden müssen, wenn sie ihr kleines Goldkind einmal hatten still sitzen sehen wollen. Hampelig hatte ihre Oma das immer genannt. ADHS hatte später der Arzt dazu gesagt.

Sie ging zur Fahrerkabine des Pritschenwagens und öffnete die Tür. Unglaublich! Der Schlüssel steckte noch. Wer bitte ließ seinen Wagen mitsamt Schlüssel einfach so stehen? Der Typ war entweder nicht ganz sauber, oder er musste einen kompletten Meltdown gehabt haben.

»He, was machen Sie da?«

Die Alte aus dem Volvo. Machte die jetzt einen auf Kontrolletti? »Nichts. Ich guck nur. Ist doch komisch, oder? Einfach so abzuhauen.«

»Hauptsache, Sie fassen nichts an.«

… oder türmen mit dem Laster, setzte Frida spöttisch in Gedanken fort. Vorsichtig, um nicht auszurutschen, ging sie um die Ladefläche herum. Die Pritsche war von einer schweren schmutzgrauen Plane verdeckt, auf der sich eine weiße Schicht Flocken sammelte. Frida stellte sich auf die Zehenspitzen, hob die Abdeckung etwas an und lugte darunter. Verblüfft fuhr sie zurück. War das etwa …? Sie trat einen Schritt von der Ladefläche weg. Sah sich um.

Mein Gott.

War sie jetzt irre?

Die Volvo-Lady beäugte sie misstrauisch. Sie fror sichtlich, aber wenn es sein musste, würde sie wohl lieber Eiszapfen ansetzen, als den Posten zu räumen. Und von der Polizei war immer noch nichts zu sehen.

Frida riskierte einen zweiten Blick unter die Plane. Nein, sie war nicht irre. Das hier war real. Sie bekam eine Gänsehaut. Nicht wegen der Kälte. Sah sich noch einmal um.

Dann kletterte sie kurz entschlossen auf die Ladefläche.

»Hallo? Das dürfen Sie nicht!«

Vorsichtig hob Frida die Plane an einer Ecke an, schlug sie um und zog sie beiseite. Mit einem dumpfen Rascheln gab die schwere Folie die Ladefläche frei. Der Anblick ließ Frida den Atem stocken. Beinah wäre sie ausgerutscht und rücklings vom Laster gefallen.

»Was ist denn? Was haben Sie da?« Die Frau aus dem Volvo trat näher heran.

Frida starrte mit offenem Mund auf die Ladefläche. Dann holte sie ihr Handy heraus und fing an, Fotos zu machen. Hinter ihr begann die Frau zu schreien.

Kapitel 2

Bitte, bitte, bitte nicht! Nele Tschaikowski saß am Küchentisch und wagte es nicht, hinzusehen.

Sie war fünfundzwanzig. Und jetzt sollte alles zu Ende sein?

Ihr Blick wich zum Fenster aus. Draußen war es noch dunkel, Schneeflocken tanzten im Licht der Straßenlaternen. Sie hibbelte mit den Füßen, die in Romans viel zu großen Wollsocken steckten. Die Dinger hatten zusammengewurstelt neben seinen Schuhen gelegen, und sie hatte sie rasch übergestreift. Sie rochen etwas, Männer halt, aber es störte sie nicht. Das Einzige, was sie wirklich störte, war dieses … Ding.

Der kleine helle Holztisch leuchtete warm unter der Pendellampe. Ihr Tee dampfte, und sie wärmte ihre Finger daran. Draußen war es kalt gewesen. Aber immer noch besser, als nichts zu tun. Etwas kratzte an ihrem rechten Fuß, und sie wackelte mit den Zehen. Waren das etwa Sägespäne? Gestern war Roman nicht arbeiten gewesen, dann musste er die Socken bereits seit zwei Tagen … Etwas Spitzes pikte in ihren Fuß, und sie musste plötzlich lachen, obwohl ihr ganz und gar nicht danach zumute war. »Peppa!«, flüsterte sie, beugte sich hinab und schob zärtlich die Schnauze des Pointers beiseite. Peppa knabberte kurz an ihrer Hand und stupste sie mit der feuchten Nase an. Sie schien ihre Unruhe zu spüren. Eigentlich war Peppa Romans Hündin, sie war gerade mal ein Jahr alt und noch verspielt, ein reinrassiger Jagdhund, den er mit drei Monaten von einem Züchter in München geholt hatte. Roman hatte sich geweigert, einen älteren Hund vom Tierschutz zu nehmen, weil er unbedingt einen *unbeschädigten* – so nannte er das – Begleiter für die Jagd haben wollte. Die Sache mit der Erziehung hatte er allerdings unterschätzt. Er war hoffnungslos überfordert damit, und immer häufiger schob er die Verantwortung dafür ab.

»Schatz?«

Nele fuhr hoch und stieß dabei mit den Beinen an die Tischkante. Tee schwappte auf das unbehandelte Holz. Hastig nahm sie das Ding, das neben der Tasse lag, vom Tisch und schob es in die Tasche ihrer Jogginghose.

»Hey, guten Morgen«, murmelte sie. Peppa tänzelte um Romans Beine, drückte ihren schlanken weißen Körper an seine Unterschenkel, dann schüttelte sie sich, und ihre weichen braunen Ohren flatterten umher.

Roman trug nur seine Unterhose. »Du bist schon auf?« Er umarmte sie, drückte sie dabei fest an sich, und sie spürte seine morgendliche Erektion. Hauptsache, er spürte nicht, dass sie ebenfalls etwas Hartes in der Hose trug.

»Was ist das?«, fragte er prompt und griff nach ihrer Tasche.

»Neugier ist dein zweiter Vorname, hm?«, grinste sie und schob seine Hand beiseite.

»Mein zweiter Vorname ist ganz was anderes«, murmelte

er und küsste ihren Hals. Seine Hände wanderten hinab zu ihrem Po und schlüpften unter den Bund ihrer Jogginghose.

»Dann schlage ich für heute früh eine Namensänderung vor.« Nele versuchte sich in einem unbefangenen Lachen und kam sich vor wie die schlechteste Schauspielerin der Welt.

»Schöön«, sagte er gedehnt. Mit einem etwas unglaubwürdigen Ich-bin-nicht-enttäuscht-Grinsen löste er sich von ihr. In seinem Gesicht war noch eine Schlaffalte vom Kissen, seine weißen, etwas zu weit auseinanderstehenden Zähne blitzten. Sie mochte das an ihm. Das nicht Perfekte. Die etwas schiefe und zu groß geratene Nase, die breiten Schultern, den kräftigen Körperbau, bei dem sie jetzt schon sehen konnte, dass er vermutlich wie sein Vater einmal vor allem am Bauch zulegen würde. Aber bis dahin war ja noch viel Zeit.

»Aber dann verrat mir, was da in deiner Tasche ist«, sagte er.

So was von typisch! Wenn Roman nicht bekam, was er wollte, dann verhandelte er. Auch das hatte er wohl von seinem Vater.

»Hornhautfeile«, sagte Nele und schürzte die Lippen. »War fällig.«

»Ah«, machte Roman. Er nahm etwas Abstand und sah auf ihre Füße. »Und danach ziehst du *meine* Socken an?«

»Selbst wenn ich meine Hornhaut ein ganzes Jahr lang in deine Socken reinhobele, dann riechen sie immer noch mehr nach dir als nach mir«, konterte Nele.

Roman schob schmollend den Kiefer vor. »Das sind Pheromone, damit markiere ich mein Weibchen.«

»Du bist ungehobelt.«

»Mein Vater besitzt ein Sägewerk, was erwartest du?«

»Und ein Machoarsch.«

»Autsch«, sagte Roman. »Ist schon Kaffee da?«

»Nimm was von meinem Tee«, erwiderte Nele und deutete auf den Tisch.

Roman seufzte, nahm einen Lappen aus der Spüle, wischte den verschütteten Tee mit einer vorwurfsvollen Geste von der Tischplatte. Er mochte es nicht, wenn man Holz nicht pfleglich behandelte. Dann schlürfte er einen Schluck Tee aus ihrer Tasse. »Musst du heute so früh zum Dienst?« Er warf den Lappen zum Waschbecken zurück, wo er in einem Topf vom gestrigen Abend landete. »Oder bist du so früh aufgestanden, um dir die Füße zu schmirgeln?«

»Ich konnte nicht schlafen.« Zum ersten Mal hatte Nele das Gefühl, bei der Wahrheit zu bleiben.

»Ich sag's ja, der Job ist ein Problem.«

»Der Job ist *kein* Problem«, platzte es aus Nele heraus.

»Du bist jetzt gerade mal seit zwei Monaten da, wo du eigentlich hinwolltest, und siehe da, schon kannst du nicht mehr schlafen. Was glaubst du, wie das in zwei Jahren ist?«

Nele biss sich auf die Lippen, schwieg aber. Stattdessen fischte sie den Lappen aus dem Topf und spülte ihn unter so heißem Wasser aus, dass ihr die Hände brannten.

»Schatz, entschuldige«, sagte Roman versöhnlich. »Ich mein's nur gut. Schau, gib mir zwei, drei Jahre. Mein Vater hat doch schon angedeutet, dass er das mit der Firma nicht mehr lange schafft. Dann könnten wir raus nach Lübbenau ziehen, die Ruhe im Spreewald genießen und hätten ein schönes Leben. Ist das nichts?«

»Doch«, seufzte Nele, »du im Holzfällerhemd, ich in sorbischer Rüschenbluse hinter dem Schreibtisch in deiner Buchhaltung. Sehr verlockend.«

»Du könntest auch ein Totenkopf-T-Shirt tragen«, lächelte

Roman gewinnend. Verdammt, er wusste nur zu gut, welche Wirkung dieses Lächeln auf sie hatte, und er konnte es nach Belieben ein- und ausschalten. »Und was ändert das?«, fragte sie.

»Fragt die, die schlecht schläft?«, meinte Roman und hob die Brauen.

»Das liegt nicht am Job«, gab Nele trotzig zurück.

»Ach ja? Woran denn sonst?«

Nele schluckte und verkniff sich die Antwort. Woran es wirklich lag, war im Moment das Letzte, was sie ihm erzählen würde.

»Also, was denn nun?«, bohrte Roman. »Sag schon.«

Das Telefonklingeln rettete sie vor seiner Hartnäckigkeit. Sie floh ins Bad, wo sie ihr Handy neben dem Waschbecken hatte liegen lassen. Es zeigte die Nummer ihrer Dienststelle. Doch statt der Koordinatorin war es Buchwald persönlich. Während er redete, betrachtete sie ihr Gesicht im Spiegel und konnte sehen, wie sie blass wurde.

»Jetzt sofort?«, fragte sie.

»Jetzt sofort«, erwiderte Buchwald schnörkellos. »Und ziehen Sie sich warm an.«

»Bin schon unterwegs«, erwiderte Nele und legte auf.

Durchatmen.

Es ging los. Darauf hatte sie immer gewartet. Es war, als ob ihr Körper unter Strom stand, sie vibrierte. Gleichzeitig verknotete sich ihr Magen. Es würde ihre erste Leiche werden. Waren da Zweifel? Hatte Roman vielleicht recht?

Nele fischte nach dem Ding in ihrer Hosentasche. Hornhautfeile. Nichts könnte weiter davon entfernt sein. Wie viele Minuten waren inzwischen vergangen? Drei? Fünf? Sie hielt die Luft an, betete – zu wem auch immer –, senkte den Blick auf das winzige Fenster in dem weißen Plastikding in ihrer Hand und stöhnte auf. Eine Reihe von Dominosteinen fiel in ihrem Inneren um.

Morgenübelkeit.

Ein hastiger, unruhiger Gang durch den Schnee zur Notapotheke.

Zwei rosa Streifen.

Der Frau im Spiegel traten Tränen in die Augen.

Schwanger.

Die Frau vor dem Spiegel straffte die Schultern.

»Gottverdammt, Peppa«, hörte sie Roman durch die geschlossene Badezimmertür. »Lass meinen Pulli los, hör auf damit!«

Sie strich sich die blonden Haare zurück, band sie straff im Nacken zusammen und presste die Zähne aufeinander. Als sie die Tür öffnete, fegte Peppa mit Romans Pullover im Maul an ihr vorbei, nahm schlitternd die Kurve ins Schlafzimmer und verschwand mit ihrer Beute unter dem Bett. Nele folgte ihr, öffnete den Schrank und zog sich hastig an.

»Warum sagst du nichts dazu? Du hättest sie aufhalten können«, beschwerte sich Roman, der jetzt in der Tür stand.

»Das ist doch *dein* Hund«, meinte Nele.

»Ja, und *du* weigerst dich, ihn zu erziehen.«

Kapitel 3

Art Mayer öffnete die Augen. Matt ließ er den Blick kreisen. War das hier die Ambulanz? Irgendjemand musste ihn in die Notaufnahme gebracht haben. Stöhnend richtete er sich auf.

»Na, herzlichen Glückwunsch, da sind Sie ja wieder.« Ein junger Arzt trat von der Seite an seine Liege heran. Art fand, dass er ein wenig *zu* jung war.

»Was ist passiert?«, fragte Art.

»Sie sind am Getränkeautomaten kollabiert und haben im Delirium …«, der Arzt verstummte kurz. »Sie wissen, dass Sie Diabetiker sind?«

Art wischte die Frage mit einer Handbewegung fort. »Seit Kurzem, ja.«

»Sie hatten nichts bei sich. Keinen Traubenzucker, kein Insulin, keine Notfallspritze. Das ist ziemlich leichtsinnig.«

»Ich hab's im Griff«, murmelte Art.

»Das hab ich gesehen«, nickte der Arzt.

Artur verzog das Gesicht zu einer Grimasse. Seinen Insulin-Pen und das Blutzuckermessgerät hatte er beides im Wagen gelassen. Und der Traubenzucker lag zu Hause. »Haben Sie mich zurückgeholt?«

»Die Dose Cola. Und eine Spritze. Hat aber 'ne Weile gedauert, und ich musste gegenregulieren, damit Ihr Zucker nicht in die andere Richtung abhaut.«

Art setzte sich vorsichtig auf. Seine linke Hand war verbunden. »Was ist das?«, fragte er verblüfft.

»Sie haben im Delirium um sich geschlagen.«

»Ich habe was?«

»Wo sind Sie eingestellt worden?«

»Was meinen Sie?«

»In welchem Krankenhaus ist Ihr Diabetes eingestellt worden? Insulintherapie, Basis-Bolus, Ernährungsberatung … Sie wissen schon …«

»Ach, das«, murmelte Art. »Das kommt noch, ich hab mir selbst erst mal ein paar Sachen angelesen, um fit zu werden.«

Der Arzt sah ihn fragend an. »Na, weit sind Sie damit ja nicht gekommen.«

»Geht Sie das was an?«

Der Arzt schnappte zu wie eine Auster, und Art bereute sofort seine Grobheit. Der Kerl war hier, um ihm zu helfen, und wenigstens nahm er kein Blatt vor den Mund.

»Warum hab ich um mich geschlagen?«, wollte Art wissen.

»Sind Sie schon mal umgefallen?«

Art schüttelte den Kopf.

»Bei einem so massiven Unterzucker, wie Sie ihn hatten, da kann es schon mal zu aggressiven Schüben kommen, bevor man das Bewusstsein ganz verliert«, erläuterte der Arzt. »Der Körper ist dann in einer Art maximaler Not- oder Stressreaktion. Je nach Konstitution werden Patienten dann ungewöhnlich aggressiv, oder es kommt zu psychotisch anmutenden Handlungen.«

Psychotische Handlungen. Für einen Moment trat eine unangenehme Stille ein. »Verstehe«, brummte Art.

»Sie sollten das ernst nehmen.«

»Mach ich. Wie geht es der Frau, die ich hergebracht habe?«

»Sie wurde übel zugerichtet, aber da ist Gott sei Dank nichts, was nicht wieder verheilen würde. Leider will sie partout keine Anzeige erstatten.«

Art seufzte. Keine schwerwiegenden Verletzungen, das war erst mal die Hauptsache. Ivy würde wieder gesund werden. »Danke«, murmelte er. »Behandeln Sie sie gut, sie hat's verdient.«

Der Arzt sah ihn forschend an, als versuche er, Arts Respekt und Ivys wenig dezente Kleidung auf einen Nenner zu bringen. Willkommen im Reich der Vorurteile. Wenn er jetzt noch etwas wie ›Sie hat es selbst herausgefordert‹ sagte, dann müsste er dem Kerl wohl eine scheuern. »Um Sie und Ihren Diabetes mach ich mir ehrlich gesagt mehr Sorgen«, meinte der Arzt. »Sie sollten hierbleiben.«

Art zuckte mit den Achseln. »Ich krieg das in den Griff«, meinte er. Zwei Tage sich ernsthaft mit dem Mist auseinanderzusetzen, würde mehr bringen als drei Wochen Krankenhaus, so viel stand fest. Er musste nur verhindern, dass er wieder umkippte. »Sagen Sie, diese Notfallspritzen, haben Sie davon ein oder zwei da?«

Der Arzt lachte in einem Anflug von Sarkasmus auf, den Art ihm nicht zugetraut hätte. »Schön, um noch mal Klartext zu reden«, sagte der Arzt und steckte die Hände tief in seine Kitteltaschen. »Ich melde Sie jetzt bei unserer Internistischen Abteilung an, und die werden Ihnen in den nächsten Tagen ein paar weitaus wichtigere Basics über Diabetes beibringen, als sich Notfallspritzen reinzudrücken …«

Arts Handy klingelte. Dankbar für die Unterbrechung griff er nach dem Telefon und ging dran, ohne die Nummer zu checken. »Artur Mayer«, meldete er sich.

»Art. Gut, dass du drangehst«, stieß Martin Buchwald in den Hörer.

Mist. Ausgerechnet Buchwald. Seinen Anrufen versuchte er schon seit Tagen aus dem Weg zu gehen. »Martin«, brummte Art. »Was willst du?«

»Hast du meine Nachrichten nicht bekommen?«

»Nachrichten?«

Der Arzt warf ihm einen kritischen Blick zu und tippte demonstrativ auf seine Armbanduhr. Art ignorierte ihn.

»Drei Anrufe, eine Mail, mehrere WhatsApps«, zählte Buchwald auf.

»Hab wohl nicht reingelesen. Könnte sein, dass es dran liegt, dass sie von dir kommen.«

»Du meinst das ernst, oder?«, fragte Buchwald. »Das, was du da neben dein Profilbild geschrieben hast.«

»Wenn's da steht, muss ich's wohl ernst meinen.«

»Hör zu, ich brauch dich, Art. Hier ist was passiert.«

»Du brauchst mich nicht. Vergiss es.«

»Darf ich selbst entscheiden, ob ich dich brauche?«

»Nein.«

Der Arzt warf resigniert die Hände in die Luft und widmete sich seinem Computer.

»Mein Gott, jetzt komm schon«, brauste Martin auf. Er schien unter Strom zu stehen, eigentlich war er sonst eher der ruhige Typ. »Vergiss mal für einen Moment dein neues Fuck-everything-and-become-a-pirate-Motto und mach dir ein Bild von dem, was hier passiert ist. Wenn du dann immer noch nicht zurückwillst, meinetwegen.«

»Ich will noch nicht mal für fünf Minuten zurück.«

»Art, warum bist du Polizist geworden?«

»Um Arschlöchern wie unserem Polizeipräsidenten eine reinzuhauen, wenn sie sich danebenbenehmen.«

Der Arzt hob kurz den Blick und sah ihn über den Bildschirm hinweg irritiert an.

»Schön, und warum noch?«, fragte Buchwald.

»Vielleicht, um ein paar Verbrechern eine reinzuhauen? Verhaften und Einsperren scheint nämlich ein Problem geworden zu sein.«

Martin Buchwald stieß einen abgrundtiefen Seufzer aus. »Mein Gott, hörst du dir eigentlich selbst zu? Ich kenne niemanden, der so sehr mit Leib und Seele Polizist war wie du. Wo ist bloß der alte Art hin?«

»Ich *bin* der alte Art. Ich hab nur ein paar neue Erkenntnisse gewonnen. Auch dank dir übrigens.«

Eine angespannte Stille breitete sich zwischen ihnen aus.

Buchwald räusperte sich. »Und wenn ich dir jetzt sage, dass wir eine Situation haben, in der dich vermutlich sogar Kauder wieder zurückhaben will?«

»Vermutlich?«

»Herrgott, mach's dir doch nicht so schwer.«

»Ich mach's *dir* schwer, nicht mir.«

»Art, du nervst.«

»Dann lass mich doch in Ruhe.«

»Würde ich ja, aber bei dieser Sache bist du gleich ein Doppelmatch.«

»Doppelmatch?«

»Du bist der Ermittler mit der besten Erfolgsquote seit Jahren, und in diesem Fall kommen noch deine Kontakte dazu.«

»Welche Kontakte?«, fragte Art misstrauisch.

Martin Buchwald schien einen Moment abzuwägen, bevor er weitersprach. »Dana Karasch.«

Art setzte sich kerzengerade auf. Woher wusste Buchwald, dass er nach Dana Karasch suchte? »Was ist mit Dana? Habt ihr sie gefunden? Ist sie …?« Er brach ab, und sein Herz wurde schwer. Wenn sie Dana gefunden hatten, konnte das eigentlich nur eins heißen. Warum sonst rief ihn Buchwald von der SO44 für Ermittlungen im Bereich Gewalt- und Sexualdelikte an?

»Ich erklär's dir, wenn du herkommst«, erwiderte Buchwald. Er hatte den Haken ausgeworfen, und jetzt begann er schweigend, die Leine einzuholen.

»Ist sie tot?«, fragte Art.

»Komm an Bord, dann darf ich's dir sagen.«

»Martin, du rufst mich doch nicht wegen einer vermissten Stripperin an. Warum ermittelt das BKA? Was ist da noch?«

»Komm vorbei, dann erklär ich's dir.«

Art rieb sich die Stirn. Zurück in den Dienst? Er musste an Milla denken, Danas kleine Tochter, wie sie am Gasherd stand und Eier in die Pfanne schlug.

»Also, was ist?«, hakte Buchwald nach.

»Was ist mit Kauder?«

»Kauder ist im Bild, sagte ich doch schon, oder? Er ist einverstanden. Er ist bereit, die Sache als Ausrutscher zu betrachten.«

»Ausrutscher? Er hat mit meiner Frau geschlafen.«

»Sie hat sich getrennt, Art. Und du hast ihm die Nase gebrochen. Deinem Vorgesetzten.«

»*Du* bist mein Vorgesetzter.«

»Und Kauder ist Polizeipräsident. Sei froh, dass er bereit ist, Gras drüber wachsen zu lassen. Ich hätte ehrlich gesagt nicht damit gerechnet.«

»Hab ich mit ihm zu tun?«

»Nein, Art. Nicht mehr als sonst. Der Kontakt läuft über mich, ich halte euch fern voneinander.«

Art gab ein Knurren von sich. Buchwald hatte ihn, und er wusste es. Dana gab den Ausschlag. »Okay«, sagte Art. »Wohin soll ich kommen?«

»Siegessäule«, sagte Martin Buchwald. In seiner Stimme schwang Erleichterung mit. »Ich schick dir einen Wagen, dann geht's schneller. Bist du zu Hause?«

»Danke, ich laufe.« Art legte auf. Bis zum Großen Stern waren es nur ein paar Minuten. Er brauchte dringend frische Luft und musste den Kopf frei kriegen.

Der Arzt hatte sich eine Weile mit seinem Computer beschäftigt, jetzt sah er ihn mit hochgezogenen Brauen an. »Sie sollten hierbleiben, das wissen Sie, oder?«

»Bitte keinen Vortrag«, brummte Art. »Ich kümmere mich um die Sache.«

»Die *Sache* ist ein ausgewachsener Diabetes. Hören Sie, Sie sind wirklich gut in Form und wirken auf mich kerngesund – bis auf den Diabetes. Aber Sie überschätzen sich. Ein diabetisches Koma, so wie Ihres heute, hat schon zig Menschen das Leben gekostet. Das nächste Mal werden Sie vermutlich nicht in einem Krankenhaus oder neben einem Getränkeautomaten mit zuckerhaltigen Getränken umkippen.«

»So weit lasse ich's nicht kommen, keine Sorge«, erwiderte Art. Er würde auf dem Weg zur Siegessäule das Messgerät und den Insulin-Pen aus dem Wagen holen. »Danke für alles.« Er schwang die Beine von der Liege, nahm seinen Mantel vom gegenüberliegenden Stuhl und ging, so schnell er konnte, in Richtung Ausgang. Auf dem Weg zog er noch eine Dose Cola aus dem Getränkeautomaten und steckte sie in die Manteltasche. Nur für alle Fälle.

Kapitel 4

»Das ist er.« Martin Buchwald wies durch die Seitenscheibe des VW-Transporters in Richtung Hofjägerallee.

Nele Tschaikowski sah in einiger Entfernung eine Gestalt, die mit wuchtigen Schritten den Radweg entgegen der Fahrtrichtung auf den Großen Stern zulief. Das also war Artur Mayer? Woran erkannte Buchwald ihn auf diese Distanz? Allein am Schritt? Es war immer noch dunkel, und der Transporter für die Einsatzleitung war auf dem Gehweg direkt an der Siegessäule geparkt.

»Ich stell Sie vor«, murmelte Buchwald. Er nahm das Klemmbrett mit den Unterlagen vom Tisch und öffnete die Schiebetür. Nele folgte ihm. Schneeflocken tanzten ihr ins Gesicht. Mayer trat mit grimmigen Schritten ins Licht einer der Laternen am Kreisverkehr.

»Keine Sorge. Der bellt, beißt aber nicht.«

»Ich mach mir keine Sorgen«, sagte Nele. Was nicht zutraf. Aber es war der Satz, den man als frischgebackene Kommissaranwärterin, die gerade von der Polizeihochschule kam, parat haben musste, um in dieser Männerdomäne nicht als »Prinzesschen« abgestempelt zu werden.

»Und vergessen Sie nicht, was ich Ihnen gesagt habe«, meinte Buchwald.

Nele nickte beklommen. Tatsächlich hatte Polizeihauptkommissar Martin Buchwald eine Menge gesagt, aber das Telefongespräch, das er vorhin mit Artur Mayer geführt hatte, erzählte mehr, als er je hätte sagen können. Ganz abgesehen von dem, was ihr Onkel ihr über Mayer alles aufgetischt hatte. Irgendwie gab es von allen Seiten Erwartungshaltungen und gute Ratschläge für sie. »Sei nicht zu nett zu ihm, sei vorsichtig, sag Bescheid, wenn was schiefläuft …« Ihr Onkel hatte Mayer zwar nach dem Schlag nicht in die Wüste geschickt, aber das lag wohl eher daran, dass Mayers Ex ihn zurückgehalten hatte – was niemand wissen durfte. Im Stillen schien er nur darauf zu warten, dass Mayer sich den nächsten Fehltritt leistete. Und Buchwald? Der schien sich eine Art direkten Draht in Mayers »zunehmend verquere Gedankenwelt«, wie er sich ausdrückte, zu versprechen. Vielleicht hätte sie protestieren sollen, hätte so etwas sagen sollen wie »Leute, klärt euren Scheiß doch bitte ohne mich«, aber so war sie nun mal nicht.

Artur Mayer trat ohne ein Zögern vom Gehweg in den Kreisverkehr. Dabei streckte er den Wagen, die sich einer nach dem anderen durch die von der Polizei errichtete Tatort-Umleitung fädelten, warnend eine ausgestreckte Hand entgegen. In seinen wild wuchernden schwarzen Locken fingen sich weiße Flocken. Die Autoscheinwerfer warfen ein Schlaglicht auf die schwarz glänzende Lederhose und den unteren Saum eines schweren Marinemantels mit silbernen Knöpfen und breitem Kragen. Seine linke Hand schien verbunden zu sein. Direkt vor ihm kam ein Mercedes schlitternd zum Stehen und hupte ungestüm, Nele sah den Fahrer wild gestikulieren. Mayer streckte ihm den Mittelfinger entgegen und kreuzte seinen Weg, ohne ihn anzusehen. Sein Blick hatte Martin Buchwald erfasst, und für einen kurzen Moment auch sie.

Ausatmen.

Gerade stehen.

Nichts anmerken lassen.

Sie fragte sich, ob ihr Pokerface gut genug wäre. Mayer eilte der Ruf voraus, Lügen riechen zu können.

»Nicht gerade die passende Kleidung«, meinte Buchwald und streckte ihm die Faust zur Begrüßung entgegen.

»Du holst mich zurück, um mit mir über die Kleiderordnung zu diskutieren?«

»Schon gut«, meinte Buchwald. Erst jetzt stieß Mayer seine Faust an.

»Was ist das?« Buchwald deutete auf den Verband.

»Nichts.«

Der Polizeihauptkommissar seufzte wie jemand, der das Beste hofft und das Schlimmste ahnt. »Na gut. Erst die Formalitäten. Für deinen Wiedereintritt.« Er hielt ihm das Klemmbrett und einen Stift hin. Mayer unterschrieb krakelig und ohne hinzusehen. Wortlos steckte er den BKA-Ausweis ein, den Buchwald ihm reichte.

»Darf ich dir Kommissaranwärterin Nele Tschaikowski vorstellen.«

Mayers Blick ging zum ersten Mal zu ihr, seit sie hier standen.

Blau. Dachte Nele. Sie hatte mit dunklen Augen gerechnet. Der Blick war seltsam offen, obwohl alles an diesem Artur Mayer abweisend war.

Art berührte kurz ihre schmale Faust. Eine Anfängerin. Straff nach hinten gebundene blonde Haare, akkurat sitzende

Mütze, Wangen wie Rotkäppchen, ein im Grunde sinnlicher Mund mit zusammengepressten Lippen und eine Haltung wie ein Soldat in Habtachtstellung. In ihren Augen leuchteten Ehrgeiz und Furcht. »Tschaikowski«, sagte er, »wie der Komponist?«

»Sie sind nicht der Erste, der das fragt.«

»Bin ich der Erste, der eine Antwort bekommt?«

»Nein.«

Er lächelte schief. »Art«, sagte er zu ihr, und dann zu Buchwald: »Worum geht's?«

»Die Kollegin Tschaikowski wird dich begleiten, um dir zuzuarbeiten.«

Art sah die junge Frau erneut an. »Ein Anstandswauwau?«

Sie errötete. Ob vor Ärger oder Unsicherheit, konnte er nicht sagen.

»Erfahrenere Kollegen sind nicht im Angebot?«, fragte er Buchwald.

»Erfahrenere Kolleg*:innen*«, verbesserte die junge Frau akzentuiert.

»Das steht nicht zur Diskussion, Art.« Buchwald hob die Augenbrauen.

Art musterte sie ein weiteres Mal, und sie versuchte, seinem Blick standzuhalten. »Nele, hm?«

Sie nickte zögerlich.

»Schön. Wenn Sie den Stock aus dem Arsch kriegen, können Sie von mir aus mitkommen.«

Jetzt war es Martin Buchwald, der die Lippen zusammenpresste. Nele Tschaikowski errötete und reckte trotzig das Kinn, schwieg jedoch. Wenn das ein Test war, dann wollte sie ihn um jeden Preis bestehen.

»Also«, wandte sich Art an Buchwald. »Ich bin hier. Wie du wolltest. Sag mir, was los ist. Was ist mit Dana Karasch?«

»Komm mit, ich zeig's dir.« Martin Buchwald reichte Nele Tschaikowski mit einer selbstverständlichen Geste das Klemmbrett und deutete auf eine Stelle in etwa zwanzig Metern Entfernung. Der kleine Laster mit der Pritsche stand immer noch im Kreisverkehr. Ebenso der Volvo und mehrere andere Fahrzeuge, die eine Traube hinter dem Kleinlaster bildeten. Über dem Lastwagen war ein großes weißes Zeltdach aufgespannt worden, LED-Scheinwerfer auf Stativen leuchteten die Szenerie taghell aus. Das riesige weiße Dach, die beleuchtete Siegessäule mit dem goldenen Engel auf der Spitze, das alles sah ein wenig aus, als wäre ein Raumschiff mit Aliens in Berlin gelandet. Kriminaltechniker in weißen Overalls fotografierten und nahmen Spuren auf, mehrere Streifenpolizisten hatten die Umgebung mit Flatterband abgesperrt und wiesen Neugierige an, weiterzufahren. Ein Mann, der aus dem geöffneten Autofenster mit seinem Handy fotografierte, wurde gestoppt und begann, sich lauthals mit einem Beamten in Zivil zu streiten, der sein Handy forderte. Ein weiterer Polizist in derselben dunklen Zivilkleidung eilte zu Hilfe und verstellte dem Fahrzeug breitbeinig den Weg. Zwei Männer für einen Gaffer? Art ließ den Blick schweifen. Auf Anhieb zählte er vier weitere Polizisten in derselben zivilen Uniformierung. Irgendetwas stimmte hier nicht. Das war kein normaler Tatort.

»Es gab einen Unfall«, meinte Buchwald, während er auf das Flatterband zulief. Er hatte Mühe, auf dem überfrierenden Boden nicht auszurutschen. Art überlegte, ihm von seinem Erlebnis am frühen Morgen zu erzählen, sah dann aber davon ab.

»Laut Zeugenaussagen ist der Fahrer oder die Fahrerin ausgestiegen und hat sich einfach aus dem Staub gemacht. Kein Wort, kein Blick auf den Schaden am Wagen, einfach sofort weg. Sogar der Schlüssel steckt noch. Offenbar hat jemand den Fahrer dann auch noch angefahren, aber das schien weder den Fahrer noch denjenigen, der ihn angefahren hat, zu interessieren. Beide sind verschwunden.« Martin Buchwald nickte einem weiteren zivilen Polizisten zu, der sie alle musterte, während er das Flatterband anhob, damit sie leichter darunter durchschlüpfen konnten. Sein Blick war geübt, unter dem kurzen Mantel trug er Krawatte. Abteilung Sicherungsgruppe, dachte Art. »Gut. Ein Unfall, Fahrerflucht, ein liegen gebliebener Laster. Aber deswegen seid ihr ja wohl kaum mit dem ganz großen Besteck hier«, meinte er zu Buchwald. »Also, was ist hier los?«

»Eine junge Frau wurde neugierig«, fuhr Buchwald fort. »Sie war sauer, dass sie festsaß. Also hat sie beschlossen, einen Blick auf die Ladefläche zu werfen.«

Sie umrundeten den dunkelblauen Volvo, dessen Schnauze sich unter die Stoßstange des Kleinlasters geschoben hatte, und schlängelten sich neben einem in die Jahre gekommenen roten Mazda hindurch. Um die Ladefläche des Kleinlasters herum war ein Gerüst gebaut worden, mit einer Art Bühne, vermutlich um die Spurenlage am Tatort zu erhalten. Auf den Metallstangen lagen dicke Holzbohlen. Eine schmale Bautreppe aus Metall führte zur Ladefläche. »Gefunden hat sie das hier.«

Art presste die Lippen aufeinander und bereitete sich innerlich darauf vor, dass er gleich Dana Karasch sehen würde, und ihm drehte sich jetzt schon der Magen um, in der Erwartung dessen, was ihr möglicherweise widerfahren war. Die Treppe knarzte an den Schraubverbindungen, als er hinter Buchwald die Stufen emporstieg. Das gleißende Licht der Scheinwerfer ließ ihn blinzeln. Die Bühne lag etwas höher als die Pritsche und rahmte sie in U-Form. Eine schwere graue Plane war zur Seite gerollt worden und gab den Blick auf die Ladefläche frei. Eine nackte Frau mittleren Alters lag rücklings auf dem dunklen Bodenbelag. Ihr Gesicht war farblos und wirkte seltsam entspannt. Auf den ersten Blick sah es aus, als ob sie schliefe. Unter dem rechten Ohr war ein kleines, aber markantes längliches Muttermal. An der rechten Hand trug sie einen verblichenen rosa Wollhandschuh. Ihre Haut war weiß vom Frost, und auf ihrem Leib stand mit dicken schmierigen roten Buchstaben geschrieben:

SCHLEHDORNWEG 5, 14050

Langsam atmete Art aus. Wer auch immer diese Frau war, es war nicht Dana. Er hörte, wie Nele Tschaikowski hinter ihm die schmalen Tritte heraufstieg. »Wisst ihr schon, wer sie ist?«, fragte er leise.

Buchwald nickte. »Marietta Althauser, sechsundvierzig Jahre alt.«

»Althauser?« Art starrte ihn an. Jetzt begann der ganze BKA-Aufmarsch Sinn zu machen. »Althauser, wie …«

»Theodor Althauser«, nickte Buchwald. »Der Gesundheitsminister. Marietta Althauser ist seine Frau.«

Art sah erneut die Tote an. »Und was ist das?« Er wies auf die Schrift auf dem kalkweißen Leib. Der Straßenname kam ihm vage bekannt vor. »Die Postleitzahl, wo ist das genau?«

»Berlin. Westend«, sagte Martin Buchwald. »Villenkolonie.«

»Wisst ihr schon, wer da wohnt?«

Buchwald verzog den Mund. »Du unterliegst der Schweigepflicht, klar?«

»Mein Gott, ja. Tun wir alle bei jedem unserer Fälle. Polizeihochschule erstes Semester, oder?« Er sah zu Nele Tschaikowski, die sich bleich im Hintergrund hielt, das Klemmbrett vor die Brust gepresst und die Lippen fest verschlossen.

»Ja, schon. Aber das hier ist anders«, sagte Buchwald. »In acht Tagen haben wir hier in Berlin die G20 zu Gast.«

»Was hat denn der Gipfel hiermit zu tun?«, fragte Art.

»Wissen wir noch nicht. Aber, was feststeht, wir können uns keinen Skandal leisten. Nicht jetzt.«

»Schön, ich hab's verstanden«, knurrte Art. »Kein Wort zu irgendjemand. Also, spuck's aus: Wer wohnt da?«

Martin Buchwald stieß eine helle Atemwolke ins Scheinwerferlicht. Seine dicht beieinanderstehenden Augenbrauen schoben sich noch mehr zusammen. »Der Bundeskanzler.«

Kapitel 5

Frida Wilke saß mit verschränkten Armen auf der Rückbank des Polizei-Transporters und blickte auf die vorbeifliegenden Häuserzeilen und die verschneiten Gehwege. Die tote Frau ging ihr nicht aus dem Kopf. Die offenen Augen, der leere Blick, die kalkweiße Haut. Und dann die Schrift auf ihrem Körper. Ob der Fahrer des Lastwagens sie wohl umgebracht hatte? Sie schauderte bei dem Gedanken, wie nah sie dem Mann gewesen war. Und trotzdem konnte sie ihn nicht beschreiben. Fast eine Stunde lang war sie vor Ort befragt worden. Jetzt waren sie auf dem Weg zur Redaktion, und sie hatte ein ganz und gar ungutes Gefühl dabei.

Verstohlen musterte sie den Ermittler, der ihr gegenübersaß und sie kühl und bestimmt in die Mangel genommen hatte. Thomas Kleinschmidt vom BKA, so hatte er sich vorgestellt, und ironischerweise war er tatsächlich recht klein, höchstens Mitte dreißig, hatte einen blonden Bürstenhaarschnitt, eine schiefe Nase und den Blick eines Terriers. Warum sie denn auf den Laster geklettert sei? Ob sie die Tote gekannt hätte? Ob sie wissen würde, wer die Tote sei? Nein, nein und noch mal nein. Mit jeder seiner Fragen war sie ein wenig mehr in sich zusammengesunken. Kleinschmidt hatte etwas an sich, das ihr das Gefühl gab, falsch zu sein, so wie ihr Vater. Der hatte das auch immer gut gekonnt. Nachdem Kleinschmidt die Fotos auf ihrem Handy entdeckt hatte, kam sie sich schäbig vor. Ein Verbrechen war geschehen, nicht so wie in Büchern oder Fernsehserien, das hier war echt. Und sie? Hatte nichts Besseres zu tun gehabt, als die arme tote Frau zu fotografieren.

Sie hatte versucht, sich das schönzureden, sich ihr eigenes Verhalten zu erklären. Journalistische Berichterstattung, der Wahrheit verpflichtet und so weiter und so weiter. Aber irgendwie hatte sie sich auch verhalten wie eine sensationslüsterne Gafferin. Wenn sie wenigstens den Fahrer fotografiert hätte, oder den Typen, der ihn angefahren hatte, oder wenigstens sein Nummernschild. Aber sie war wie paralysiert gewesen. Sie hatte nur Augen für die Tote gehabt.

Kleinschmidt hatte die Fotos eins nach dem anderen betrachtet und dann gelöscht. Er war sogar so clever gewesen, nach den Zugangsdaten ihrer Cloud zu fragen und die Fotos auch dort zu entfernen. Anschließend hatte er dann noch ihren Mail-Ausgang gecheckt, für den Fall, dass sie die Fotos an jemanden gesendet hatte. Nach und nach begannen sich Kleinschmidts Fragen zu doppeln. Sie hatte gehofft, das sei ein Zeichen, dass ihm nichts mehr einfiel und sie bald nach Hause gehen könnte oder – falls sie noch bleiben musste – zumindest noch ein bisschen mehr darüber erfahren könnte, was hier eigentlich vor sich ging. Scham hin oder her. Neugierig war sie ja schon.

Doch mit dem, was dann passierte, hatte sie im Leben nicht gerechnet. Kleinschmidt hatte ihre Chefin vom Dienst angerufen, und nicht genug damit, genau jetzt fuhr der Polizei-Transporter auch noch vor der Redaktion der *Berliner*

Morgenpost vor. Erneut griff der Ermittler zum Telefon. »Frau Bernardi? Wir sind da. Kommen Sie runter?«

Keine Minute später klopfte Katrina Bernardi an die Scheibe des Wagens. Frida sank das Herz in die Hose. Ausgerechnet Katrina. Schon seit ihrem ersten Tag in der Redaktion hatte sie das Gefühl, dass die Bernardi sie auf dem Kieker hatte. Sie war eine dieser Blattmacherinnen alter Schule, siebenundvierzig, und damit gerade noch jung genug, um zu wissen, dass es ohne Online nicht mehr ging, und alt genug, um Online von ganzem Herzen zu verabscheuen. Einmal hatte sie Frida dabei erwischt, wie sie in ihrer Arbeitszeit an einem Beitrag für ihren eigenen Blog geschrieben hatte. Spätestens da war die Sache gelaufen zwischen ihr und der Bernardi – wie sie übrigens von den meisten in der Redaktion in ihrer Abwesenheit genannt wurde. War die Bernardi dagegen anwesend, hieß es *Katrina*.

Kleinschmidt lehnte sich in seinem Sitz vor und öffnete die Schiebetür von innen. Beim Einsteigen warf die Bernardi ihr einen strengen Was-hast-du-jetzt-wieder-angestellt-Blick zu und ließ sich neben sie auf die Rückbank fallen. Ihr Daunenmantel raschelte, und der untere Teil ihres Gesichts verschwand beinah hinter dem Pelzkragen der Kapuze. Sie fuhr sich mit den gespreizten Fingern der Rechten durch ihre blonden, nicht ganz schulterlangen Haare und schüttelte sie auf, als käme sie gerade aus dem Bett. Die Krähenfüße um ihre Augen zogen sich zusammen. Die intensiven graublauen Augen duellierten sich schon im Kennenlern-Moment mit ihrem Gegenüber.

»Womit kann ich helfen?«, fragte sie Kleinschmidt herablassend, ganz die Chefin vom Dienst.

»Ich brauche Ihre vollumfängliche Kooperation«, erwiderte Kleinschmidt.

»Wenn Sie mir dann auch noch verraten, wobei.«

»Ihre Redakteurin –«

»Volontärin«, unterbrach ihn Katrina. Distanzierte sie sich gerade von ihr? Wollte die Bernardi sie herabsetzen? *Ups, die Kleine ist nur Praktikantin … sie kann nichts dafür.* Das war doch wieder so eine typische systemimmanente Männermacht-Scheiße – und das von einer Frau.

»Ihre Volontärin«, verbesserte sich Kleinschmidt geduldig, »ist heute Morgen Zeugin eines Kapitalverbrechens geworden …«

Katrina warf ihr einen kurzen Seitenblick zu.

»… und sie hat am Tatort Fotos gemacht, die wir beschlagnahmen mussten.«

»Sie haben gleich mein ganzes Handy beschlagnahmt«, stieß Frida hervor.

»Das ist in solchen Fällen die übliche Verfahrensweise«, sagte Kleinschmidt. Katrina hob fragend die Brauen. »Frau Wilke arbeitet für die Presse, ist es da nicht normal, Fotos zu machen?«

»Es geht um die Art der Fotos. Voyeuristische Bilder des Opfers. Solche, die das Recht auf Selbstbestimmung der Geschädigten verletzen.«

»Die *Geschädigte*?« Frida blieb der Mund offen stehen. War das sein Ernst? Wer bitte redete denn so?

»Wer ist denn das Opfer?«, fragte Katrina.

»Das wird noch ermittelt«, erwiderte Kleinschmidt.

Katrina blickte Frida an, und sie zuckte mit den Schultern.

»Abgesehen von den Rechten des Opfers geht es, wie gesagt, auch um die unangemessen sensationsheischende Darstellung von Gewalt und Brutalität. Darüber hinaus mussten wir eine Nachrichtensperre wegen der laufenden Ermittlungen verhängen.«

»Und darüber wollten Sie mich persönlich unterrichten? Verstehe ich das richtig? Oder sind Sie hier, um mir und Frau Wilke Privatunterricht in Sachen Presse-Kodex zu geben?«

Frida schenkte Katrina einen dankbaren Blick. Sie war auf Attacke, und – yeah! – nicht gegen sie!

»Aufgrund unserer Erfahrungen mit Ihrer Zeitung rechnen wir nicht damit, dass Ihnen der Presse-Kodex ausreichend wichtig ist, um eine Veröffentlichung der Fotos zu verhindern.«

»Worüber reden wir hier?«, fragte Katrina. »Sie haben die Fotos beschlagnahmt. Sagten Sie das nicht?«

»Das ist nur für den Fall, dass es unerlaubte Kopien gibt«, sagte Kleinschmidt kühl.

»Hören Sie, Herr *Klein*schmidt …? Richtig?«

Wie sie das »Klein« betont, dachte Frida. Und dieses kurz hingeworfene »schmidt«, als wäre das ein Name zum Vergessen – ebenso wie der Mann dazu.

»Ich weiß nicht, worum es hier geht«, fuhr Katrina fort, »aber Ihr Unterton gefällt mir nicht. Die Aufgabe von Journalisten ist die Berichterstattung im öffentlichen Interesse, und wenn unsere Redakteurin –«

»Volontärin«, verbesserte Kleinschmidt mit einem schmalen Lächeln.

»Volontärin *und* Redakteurin«, warf Frida ein.

»Wenn unsere Redakteurin Fotos im Rahmen einer Berichterstattung gemacht hat, dann sind doch nicht die Fotos das Problem. Die Frage ist doch die Form der Veröffentlichung der Bilder. Wenn wir also zum Beispiel diese angeblich unangemessenen Fotos an den anstößigen Stellen unscharf machen, halten wir uns an jede gebotene Regel. Insofern fordere ich Sie auf, uns diese Fotos zurückzugeben. Sie sind unser Eigentum.«

Bämm. Das war das Letzte, womit Frida gerechnet hatte. Sie feierte Katrina für das Kontra, das sie diesem staubtrockenen BKA-Typen gab. Ihre Scham begann sich langsam zu verflüchtigen. Katrina hatte ja nicht ganz unrecht. *Instinktiv* hatte sie Fotos gemacht, weil sie gehofft hatte, darüber berichten zu können. Oder vielleicht sogar zu müssen.

»Die Fotos sind gelöscht.«

»Dann stellen Sie uns adäquate Fotos zur Verfügung. Ich kann Ihnen versichern, dass wir verantwortlich damit umgehen. Lassen Sie uns kooperieren.«

»Das wird nicht passieren. Wir haben eine Informationssperre.«

»Und wir eine Informationspflicht«, schoss Frida engagiert zurück.

»Ich muss Sie bitten, der nicht nachzukommen«, sagte Kleinschmidt und sah dabei die Bernardi an, so als gäbe es Frida gar nicht. Offensichtlich hatte er sich entschieden, sie zu ghosten.

»Aus welchem Grund?«, fragte Katrina.

»Wir dürfen die laufenden Ermittlungen nicht gefährden.«

»Das schließt einen Artikel ohne die sensiblen Fakten aber doch nicht aus.«

Kleinschmidt öffnete den Mund, um ihr zu widersprechen, doch Katrina lächelte zückrig und sprach einfach weiter. »Falls doch, könnte ich mich natürlich versucht fühlen, über den Fall zu berichten, und dabei erwähnen, dass das BKA unser Bildmaterial ohne juristische Begründung beschlagnahmt hat. Das dürfte Sie ziemlich schlecht aussehen lassen. Wir leben ja nicht gerade in einer Bananenrepublik, oder?«

»Ich muss Sie bitten, vorläufig *gar nichts* zu berichten.«

Katrinas Augen wurden schmal. »Das ist nicht Ihr Ernst.«

»Ist es. Voll und ganz. Während wir hier sprechen, wird Ihr Verleger informiert.«

Frida sah Kleinschmidt wie vom Donner gerührt an. Der Verleger? Was ging denn *hier* ab? Den Chefredakteur zu informieren hätte vollkommen ausgereicht. Da schien jemand auf ganz sicher gehen zu wollen.

Katrina empfand das wohl ähnlich. Sie sah Kleinschmidt nachdenklich an, dann sagte sie leise: »Sie wissen längst, wer das Opfer ist, oder?«

Kleinschmidt begegnete ihrem Blick schweigend.

Kein Dementi hieß so viel wie Ja, das hatte Frida schon am ersten Tag gelernt.

»Sonst würden Sie doch nicht wegen der paar Fotos so einen Aufstand machen«, ergänzte Katrina. »Also, wer ist es?«

»Kein Kommentar«, entgegnete Kleinschmidt. Frida sah ihm an, dass er sich ärgerte. Er hatte die Anweisung, das alles unter dem Deckel zu halten, und es schmeckte ihm nicht, dass Katrina ihn hier vorführte. Frida feierte Katrina dafür umso mehr. *So* wollte sie werden, das wurde ihr gerade klar.

»Glauben Sie wirklich, Sie können das lange geheim halten?«, fragte Katrina.

»Das habe ich nicht zu entscheiden. Fest steht, dass ich Sie und Ihre Volontärin darum ersuchen muss, im Moment jede Form der Informationsweitergabe oder Veröffentlichung zu unterlassen.«

»Ersuchen?«

»Anweisen.«

»Ich frage noch einmal: mit welcher Begründung?«

Kleinschmidt sah die Bernardi einen Moment lang an und schien seine Worte sorgfältig abzuwägen. »Aus Gründen der nationalen Sicherheit.«

»Nationale Sicherheit?«, platzte es aus Frida heraus. »Also das schickt mich jetzt!«

Zum ersten Mal seit gefühlten zehn Minuten richtete Kleinschmidt den Blick auf Frida. »Schickt?«, fragte er irritiert.

»Äh, schockt«, beeilte sich Frida zu sagen. Sie hatte mal wieder den Mund nicht halten können und einfach gesagt, was sie gedacht hatte. Wie gut, dass einer wie Kleinschmidt nicht überriss, was sie mit ihrem *schickt* wirklich meinte.

»Ist die Botschaft also angekommen?«, fragte Kleinschmidt.

What the fuck!, dachte Frida. Nationale Sicherheit. Der meinte das ernst. Wer war diese Frau auf dem Laster? Oder ging es etwa um die seltsame Adresse auf ihrem Körper? Dann schoss ihr plötzlich der bevorstehende G20-Gipfel in den Sinn. Konnte es damit etwas zu tun haben?

Katrina war verstummt. Sie hatte zwar auf Kleinschmidts Frage hin genickt – ja, die Botschaft war angekommen –, doch in ihrem Gesicht glaubte Frida all die Fragen lesen zu können, die sie sich selbst auch stellte. Fridas Scham war jetzt wie weggeblasen. Sie war hellwach, und plötzlich war sie froh, dass Kleinschmidt zwar clever war, aber nicht *so* clever. Das würde ihm bald klar werden. Sie würde sich reinhängen. Oder mit anderen Worten: Das hier schickte sie. Und zwar genau dorthin, wo Kleinschmidt sie nicht haben wollte.

Kapitel 6

Das Haus des Bundeskanzlers. Art blickte auf die Buchstaben auf dem Leib von Marietta Althauser. Der Anblick der Toten schnürte ihm den Hals zu, die Adresse tat ein Übriges. Henrik Westphal. Wie lange war das her? Zwanzig Jahre? Zweiundzwanzig? Er hatte versucht, den Tag ihrer letzten Begegnung aus seinem Gedächtnis zu streichen, so wie auch den Tag ihrer ersten Begegnung. Aber solche Tage hatten Widerhaken.

Erneut fragte er sich, ob er Buchwald davon erzählen sollte, dass ihm am frühen Morgen der Fahrer des Lasters vors Auto gelaufen war. Aber was brachte das? Er hatte den Mann ohnehin nicht erkannt und auch sonst nichts bemerkt. Es würde alles nur verkomplizieren. »Deswegen habt ihr mich hergerufen?«, fragte er und wandte sich Buchwald zu, der rechts neben ihm auf der Bühne stand. »Was soll das?«

»Wie meinst du das? Das ist doch offensichtlich.« Buchwald wies auf die Tote vor ihnen. »Das ist die Frau des Gesundheitsministers.«

»Eben deswegen. Du hattest mir gesagt, es geht um Dana Karasch. Die Frau, die hier liegt, hat eine Lobby. Dana

Karasch hat keine. Sie ist verschwunden, und keiner interessiert sich dafür.«

Buchwald hob die Brauen. »Und du findest, nur weil Frau Althauser eine *Lobby* hat, verdient sie keine Gerechtigkeit?«

Die Frage ging Art so gegen den Strich, dass er für einen Moment verstummte. Hinter ihnen knarrte die Treppe, ein weiterer Mann wollte die schmale Bühne an der Ladefläche betreten, doch da ihm der Weg verstellt war, blieb er auf der oberen Stufe stehen.

»Ich seh hier 'ne Menge Leute, die für Gerechtigkeit sorgen«, knurrte Art.

Buchwald warf einen kurzen Blick auf den Mann in seinem Rücken, dann sagte er gepresst: »Können wir Dana Karasch bitte einen Moment vergessen und uns erst mal mit dem beschäftigen, was wir hier vor uns haben.«

Art wandte sich an Nele Tschaikowski, die links von ihm stand und mit ihrem Klemmbrett zur Salzsäule erstarrt schien. »Sie sind doch hier die Hilfskraft, oder?« Er hielt ihr den BKA-Ausweis hin, den Buchwald ihm vor wenigen Minuten gegeben hatte. »Den können Sie gerne vernichten. Ich bin raus.«

Nele Tschaikowski blickte auf den Dienstausweis, dann sah sie Art an, machte jedoch keine Anstalten, die kleine Plastikkarte zu nehmen. Ihre Wangen glühten. »Kein Grund, grob zu werden«, sagte sie leise.

»Wie bitte?«, fragte Art.

»Kein Grund, grob zu werden«, wiederholte sie etwas lauter.

»Sie finden mich grob?«

Sie biss sich auf die Lippen und nickte.

»Weil ich nicht gendere? Oder weil ich mich nicht verarschen lasse?«

»Art, hör auf«, mischte sich Buchwald ein. »Sie kann nichts dafür.«

»Stimmt, aber so lernt sie wenigstens früh genug, wie's läuft, oder?« Er schnippte den Ausweis im hohen Bogen fort, sodass die Plastikkarte trudelnd zwischen ein paar Schneeflocken verschwand. »Darf ich?«, fragte er den Mann, der ihm auf der Treppe den Weg versperrte. Der Kerl hatte einen Schnäuzer wie ein Strich, zog eine Augenbraue hoch, lächelte kühl und trat den Rückzug an. Art stieg die Treppe hinab.

»Ist das dein Ernst?«, rief Buchwald ihm nach.

Art zog die Schultern hoch und ließ den hell erleuchteten Tatort hinter sich, tauchte unter dem Flatterband durch und machte sich auf den Weg Richtung Franziskus-Klinik, wo noch sein Wagen stand. Es wurde langsam hell. Der Schneefall dünnte aus, dafür wurden die Flocken dicker. Kaum hatte er den Großen Stern hinter sich gelassen, hörte er Schritte in seinem Rücken.

»Hey. Warten Sie!«

Art drehte sich um. Nele Tschaikowski war ihm nachgeeilt. Auch das noch. Er wandte sich ab, lief weiter und hob den Arm zum Abschied. »Beruhigen Sie sich«, rief er. »War nichts Persönliches.«

Auf Wiedersehen, und leck mich. Die nächste Demütigung. Nele Tschaikowski schluckte sie herunter. »Jetzt *warten* Sie doch!«, rief sie erneut.

»Warum? Damit Sie mir weiter vorjammern, dass ich grob bin und man so nicht miteinander umgeht? Dass ich herzlos bin? Mich nicht für eine Tote engagiere, die gar kein Engagement braucht?«

Mein Gott, hat der Themen, dachte Nele. »Beziehen Sie eigentlich immer alles, was passiert, auf sich«, rief sie.

Art Mayer blieb stehen, als wäre er vor eine Wand gelaufen.

Während sie weiter auf ihn zuging, drehte er sich langsam um. Dicke Flocken patschten auf seine Haare und Schultern. Für einen kurzen Augenblick hatte sie den Gedanken, er könnte stehen geblieben sein, um ihr eine zu verpassen, und wappnete sich innerlich. Dann sah sie seinen Blick. Er war nicht wütend. Eher resigniert und traurig.

»Was wollen Sie?«, fragte er.

Nele blieb vor ihm stehen. Ihr Atem dampfte, sie sah sich um, ob sie auch wirklich außer Hörweite waren. »Dana Karasch«, sagte sie. »Der Fall ist unter Verschluss, soweit ich weiß.«

»Was?«

»Der Mann mit dem Schnäuzer, der Ihnen vorhin auf der Treppe im Weg gestanden hat, der ist von der Abteilung Sicherungsgruppe. Die halten da die Hand drauf, sagt Buchwald.«

Mayer sah sie ungläubig an. »Die SG hält Informationen über Dana Karasch zurück?«

»Buchwald darf offiziell darüber nichts verlauten lassen, deshalb konnte er gerade nicht offen sprechen.«

»Hat er Sie geschickt? Damit Sie mich doch noch rumkriegen?«

»Nein.« Nele schwieg einen Moment. »Mir hat das gefallen, was Sie über die Lobby gesagt haben, und dass Dana keine hat«, gestand sie.

Art Mayer musterte sie eindringlich. »Und woher wissen Sie das von Dana?«

»Buchwald hat's mir beim Briefing gesagt. Die Abteilung hat einen Maulkorb, was Dana Karasch angeht.«

»Und wissen Sie, warum? Was ist mit ihr?«

»Ich kann's Ihnen nicht sagen.«

»Sie können nicht, oder Sie wollen nicht?«

Nele seufzte. »Ich kann's nicht. Aber wenn ich könnte, würde ich vermutlich auch nicht wollen. Oder nicht wollen dürfen.«

Art Mayer betrachtete sie mit zusammengekniffenen Augen. »Sie sind 'ne *ganz* Schlaue, was?«

Sie lächelte entwaffnend. »Das ist das erste nette Wort, das ich heute von Ihnen höre.«

»Glauben Sie bloß nicht, dass ich Sie deshalb gleich adoptiere.«

Nele schluckte, bei Adoption musste sie plötzlich an ihren positiven Schwangerschaftstest vom Morgen denken. Sie hatte das Stäbchen in den Mülleimer im Badezimmer gesteckt, die Mülltüte fest zugebunden und sie vor ihrem Aufbruch im Müllcontainer im Hinterhaus entsorgt. Trotzdem hatte sie die ganze Zeit das ungute Gefühl, dass Roman den Test vielleicht finden könnte.

»Hat es Ihnen die Sprache verschlagen?«, fragte Art Mayer.

»Nein, nein. Alles gut.«

»Alles gut, hm?« Sein Blick war so offensichtlich skeptisch, dass Nele beschloss, noch mehr auf der Hut zu sein. Dass ausgerechnet dieser Typ von ihren privaten Problemen Wind bekam, war das Letzte, was sie gebrauchen konnte.

»Hängen die Fälle Dana Karasch und die Sache an der Siegessäule zusammen?«, wollte Mayer wissen.

»Ich weiß nicht genau«, sagte Nele. »Ich vermute schon, oder?«

Art Mayer stand einen Moment in sich gekehrt da, dann nickte er. Mit raschen Schritten lief er los, an ihr vorbei in Richtung Siegessäule, in seinem dunklen Marinemantel ein wankender schwarzer Schatten vor dem hell erleuchteten Tatort, hoch über ihm die Goldelse mit ihren glänzenden Schwingen.

»Was machen Sie?«, rief Nele ihm nach.

»Ermitteln. Und Sie?«

Kapitel 7

Artur Mayer tauchte unter der Absperrung durch und lief zwischen den Fahrzeugen auf den Kleinlaster zu. Der Schnee unter seinen Füßen schmatzte und war grau geworden. Eine kalte Windböe erwischte Art von der Seite, blähte das Zeltdach über dem Tatort, und eine Ladung Schnee traf einen Beamten der Abteilung Sicherungsgruppe. Der Mann fluchte und klopfte sich das Weiß von seinem gut trainierten Körper. Die BKA-Kollegen von der SG kamen überall da zum Einsatz, wo Politiker, Staatschefs oder besonders exponierte Menschen im Staatsdienst oder deren Angehörige geschützt werden mussten. In diesem Fall gab es gleich mehrere gute Gründe für ihre Anwesenheit: die Identität des Mordopfers, die Privatadresse des Kanzlers und die erhöhte Geheimhaltungsstufe durch den bevorstehenden G20-Gipfel in der Stadt. Henrik Westphal war als jüngster Bundeskanzler in der Geschichte Deutschlands vereidigt worden, damals mit gerade einmal neununddreißig. Seit seinem Amtsantritt war er im Dauerkrisenmodus, weil die Welt beschlossen hatte, kopfzustehen. Früher hatten Krisen irgendwie nacheinander stattgefunden, heute fanden sie alle parallel statt. Corona,

Klimakrise, Extremwetter, der Krieg in Osteuropa, Engpässe in der Energieversorgung; alles schien sich immer weiter zuzuspitzen. Die Frage war nur, was Dana Karasch mit alldem zu tun haben sollte. Der Kanzler und eine Stripperin aus einer drittklassigen Rotlichtbar? Na gut, da ließ sich vielleicht noch eine Verbindung herstellen. Aber wie passte dann die Frau des Gesundheitsministers ins Bild?

Martin Buchwald stand neben dem dunkelblauen Volvo. Er starrte ins Wageninnere und telefonierte; dabei ruderte er mit seinem freien linken Arm wild in der Luft. Mit wem auch immer Buchwald sprach, es schien kompliziert zu sein. Kommunikation, der Fluch eines jeden Vorgesetzten, dachte Art. Je höher man kommt, desto schlimmer wird es.

Im Vorübergehen klopfte Art dem Ermittlungsleiter kräftig auf die Schulter. Der zuckte erschrocken zusammen und drehte sich um. »He, was soll denn …« Buchwald ließ das Telefon sinken und sah ihm nach. »… der Scheiß.«

Art ging wortlos an dem SG-Beamten mit dem Schnäuzer vorbei, stieg die Treppe hoch und trat zum zweiten Mal an diesem Morgen auf die provisorische Bühne, die um die Ladefläche herum aufgebaut worden war. Marietta Althauser lag kalkweiß im gleißenden Licht. Neben ihr auf der Ladefläche kniete eine Frau Mitte fünfzig im für Kriminaltechniker typischen weißen Overall und beschäftigte sich eingehend mit den Armen der Toten.

»Hallo, Vroni«, sagte Art.

Veronika Perlau sah überrascht auf. »Du hier?«, ihre Stimme klang noch kehliger als zuletzt, ihre schwarzen Locken hatte sie unter eine Plastikhaube mit Gummizug gesteckt, um den Tatort nicht zu kontaminieren.

»Offenbar hat Buchwald mich nicht angekündigt«, erwiderte Art lakonisch.

Dr. Veronika Perlau lächelte mit unverhohlener Ironie. Die Falten um ihre Augen und ihren Mund schienen sich mit jedem Fall tiefer in ihr Gesicht einzugraben. Vielleicht lag es auch an ihrem Zigarettenkonsum, oder daran, dass sie in den Neunzigern zu oft auf einer Sonnenbank gelegen hatte, um ihrer Karriere im Neonlicht der Wiener Rechtsmedizin wenigstens eine gesunde Hautfarbe entgegenzusetzen.

»Was dich angeht, mein Lieber, war Buchwalds letzte Äußerung ein ›*Des woar's mit dem Herrn Mayer*‹.« Beim letzten Satz verfiel sie ins Wienerische. Sie liebte den Dialekt und kokettierte gerne damit. »Also, wie komm ich jetzt zu der Ehre?«

»Offenbar hat er seine Meinung geändert.«

»Meinungen kommen und gehen, hm?« Sie hob die Brauen und stand auf, wobei ihre Knie knackten. Da Art schwieg, schob sie nach: »Nicht dass ich's nicht gut finden würde.«

»Dass er seine Meinung geändert hat?«

»Nee, dass du dem Kauder eine geschallert hast. War zwar kindisch, aber irgendwie auch *leiwand*.«

Auf Wienerisch so viel wie super! Kein Blatt vor den Mund, wie immer, dachte Art. Er deutete auf Marietta Althauser. »Kannst du schon was sagen?«

»Todeszeitpunkt ist schwer zu bestimmen. Der Körper ist quasi tiefgefroren. Je nachdem, wie lange sie in der Kälte gelegen hat, könnte sie schon seit Tagen tot sein.«

»Also reden wir hier eher vom Fundort und nicht vom Tatort«, stellte Art fest.

»Umgebracht worden ist sie hier sicher nicht«, sagte Veronika Perlau. »Also, weder an der Siegessäule noch auf dem Laster.«

»Frau Althauser war gestern Vormittag um elf noch mit einer Freundin Tennis spielen«, meldete sich Nele Tschaikowski hinter ihnen zu Wort. »Auf einem Indoorplatz in der Waldschulallee.«

Art drehte sich halb zu ihr um. Sie stieg gerade die Treppe herauf und reichte ihm die ID-Karte, die er vorhin noch in den Schnee geworfen hatte. »Wurde sie vermisst gemeldet?« Er nickte ihr kurz zu und steckte die Karte in seine Jackentasche.

»Nein.«

»Auch nicht von ihrem Mann? Sie muss doch die Nacht weg gewesen sein.«

»Keine Vermisstenmeldung. Aber Althauser war über Nacht auch nicht zu Hause. Er war auf einer Konferenz in Elmau, Bayern.«

»Hm. Todesursache?«

»Keine äußeren Verletzungen«, begann Veronika Perlau aufzuzählen, »offenbar kein sexueller Missbrauch, bisher natürlich noch keine toxikologische Untersuchung, aber *das* da ist interessant.« Veronika Perlau deutete auf den linken Arm der Toten. In der Armbeuge waren mehrere Einstichstellen.

»Drogen?«, fragte Nele.

»Eher nicht. Sie ist anämisch.« Alle Ironie war aus der Stimme der Rechtsmedizinerin verschwunden. »Die Haut ist unnatürlich weiß, das ist nicht nur die Kälte. Ich glaube eher, sie ist verblutet.«

»Du meinst, jemand hat sie ausbluten lassen?« Art trat näher an Marietta Althauser heran und ging in die Hocke. Er betrachtete die eng nebeneinanderliegenden Einstichstellen. »Sieht ein bisschen nach *trial and error* aus. Also jemand mit medizinischen Kenntnissen, aber ohne praktische Erfahrung.«

»Ja, wäre möglich.«

Martin Buchwald stapfte die Treppe hoch und stellte sich zu ihnen auf die Bühne. Art richtete sich auf. Er überragte den rundlicheren Buchwald um gut einen Kopf. »Was ist mit der Schrift auf ihrem Bauch?«, fragte Buchwald, ohne Arts Anwesenheit auch nur mit einem Wort zu kommentieren. Es sollte wohl lässig wirken, doch die Anspannung drang ihm aus jeder Pore.

»Vermutlich Blut«, meinte die Rechtsmedizinerin.

»*Ist* es Blut?«

»Wollt's auch direkt noch wissen, ob's ihrs ist?«, fragte Veronika Perlau bissig.

Buchwald schnaubte. Das alte Spiel. Ermittler wollten schnelle Aussagen. Rechtsmediziner genaue. Und die dauerten nun mal.

»Kannst du ihr den Handschuh ausziehen?«, bat Art.

Veronika Perlau nickte stumm, entnahm ihrem Koffer einen Plastikbeutel und ging vorsichtig um Marietta Althausers Körper auf der Ladefläche herum, um besser an den Handschuh zu kommen. Martin Buchwald sah nervös auf seine Uhr. »Vielleicht machen wir das später, Frau Perlau. Wir sollten hier fertig werden.«

»Frau Dr. Perlau. So viel Zeit muss sein.«

Art verkniff sich ein Grinsen.

»Der Minister ist auf dem Weg hierher«, sagte Buchwald. »Er sollte seine Frau nicht so …«

»Mein Gott, dann halten S' ihn halt auf«, schnaubte die Rechtsmedizinerin. Sie bückte sich, pellte der Toten behutsam den blassrosa Wollhandschuh von den Fingern und steckte ihn in einen Plastikbeutel. Art warf Buchwald einen irritierten Blick zu. Seit wann waren ihm die Angehörigen wichtiger als eine direkte und gründliche Untersuchung? Oder ging es darum, dass Althauser Minister war?

Vorsichtig hob die Rechtsmedizinerin die rechte Hand der Toten an und drehte sie ein wenig nach außen. Die Kuppe ihres Zeigefingers war braunrot verschmiert. Unter ihrem Fingernagel hatte sich ein dunkler Rand abgesetzt.

»Scheiße«, murmelte Buchwald. Überrascht klang er seltsamerweise nicht. Hatte er das Blut am Finger erwartet?

»Das heißt, sie hat sich die Adresse selbst auf den Bauch geschrieben?«, hauchte Nele Tschaikowski.

»Sieht so aus, ja.« Veronika Perlau warf Buchwald einen langen Blick zu. Art ging plötzlich ein Licht auf. War Marietta Althauser etwa nicht das erste Opfer? Er musste an Dana und ihre kleine Tochter denken, und es schnürte ihm das Herz zu. »Martin?«, knurrte er. »Was läuft hier?«

»Wie meinst du das?«, fragte Buchwald.

»Verarsch mich nicht. Ich seh doch, wie ihr euch anschaut.«

Nele Tschaikowski räusperte sich und schüttelte unmerklich den Kopf, dabei deutete sie in die Richtung des SG-Beamten mit dem Schnäuzer.

»Nur, dass das klar ist«, knurrte Art. »Wenn ich ermitteln soll, brauche ich 'ne Freigabe für *alle* Informationen.«

»Kriegst du, ist doch keine Frage.«

»Kriege ich eben nicht.«

»Art, kannst du einfach mal die Klappe halten und tun, was wir alle tun.«

»Ach, was denn? Mitspielen?«

»Konzentriert arbeiten. Den Rest klären wir dann noch.«

Art holte Luft und wollte gerade nach Dana Karasch fragen, als in einiger Entfernung aufgeregte Stimmen laut wurden. Fast synchron drehte sich die kleine Gruppe um. Art entdeckte einen großen schwarzen Audi, der in der Nähe geparkt hatte. Ein Mann stritt sich lautstark mit zwei Beamten, die am Flatterband den Fundort sicherten.

»Verdammter Mist«, murmelte Buchwald und setzte sich in Bewegung. »Das ist Althauser. Er sollte sie so nicht sehen. Vor allem darf er die Schrift nicht sehen.«

»Warum?«, fragte Art.

»Na, warum wohl«, raunzte Buchwald, als würde er mit einem begriffsstutzigen Polizeischüler sprechen. »Ermittlungstaktische Gründe?!«

Ein weites Feld, dachte Art. Manchmal steckten dahinter auch einfach ein »Schnauze halten« oder ein »Kommt von oben«.

Der Minister schob einen der Beamten grob zur Seite, tauchte unter dem Flatterband durch und stürmte auf den Laster zu. Buchwald eilte die Treppe hinunter und stellte sich ihm mit ausgebreiteten Armen in den Weg. »Herr Minister, Kriminalhauptkommissar Martin Buchwald, ich leite die Ermittlungen und –«

»Ich will zu meiner Frau«, bellte Althauser. Er war drahtig, Ende vierzig, trug eine schief sitzende rote Krawatte mit gelockertem Knoten und eine markante Hornbrille, die gewissermaßen zu seinem Markenzeichen geworden war. Sein Gesicht war zornesrot und fleckig. »Ist sie da oben?«

»Herr Minister, bitte, das –«

»Hören Sie auf, mich mit *Herr Minister* anzusprechen, und gehen Sie mir aus dem Weg.«

Althauser schob Buchwald unsanft zur Seite und stürmte auf die kleine Treppe zu. Art kam ihm zwei Stufen entgegen, dann blieb er mitten auf der Treppe stehen. Der Minister stieg die ersten Stufen empor und blieb dann notgedrungen vor Art stehen. Die Treppe war zu schmal, um aneinander vorbeizukommen, und um nach oben zu gelangen, hätte Althauser Art von der Treppe stoßen müssen.

»Gehen Sie mir aus dem Weg, ich will meine Frau sehen«, knurrte Althauser. Er schaute zu Art hoch. Sein Kinn bebte.

»Das wäre nicht gut«, sagte Art.

»Das entscheiden ganz sicher nicht Sie.«

Art überlegte einen Moment, ob er nachgeben sollte. Wäre es seine eigene Frau, er hätte sie auch unbedingt sehen wollen und sich durch nichts und niemanden aufhalten lassen. Doch die Art und Weise, wie Marietta Althauser entblößt auf der Ladefläche lag, hatte etwas zutiefst Entwürdigendes und Verstörendes, es war die Art Bild, die man als Ehemann für den Rest seines Lebens nicht mehr vergisst. Ganz zu schweigen von der Schrift auf ihrem Bauch. Buchwald lag richtig, es war besser, wenn Althauser die Adresse nicht sah. *Noch* nicht. Sie würden ihn später dazu befragen. Unter kontrollierten Bedingungen.

»Worauf warten Sie noch«, blaffte Althauser.

»Sie werden Ihre Frau noch in der Rechtsmedizin sehen, dort können Sie Abschied nehmen. Glauben Sie mir, es ist –«

»Wer zum Teufel sind Sie? Gehen Sie beiseite, oder ich sorge dafür, dass Sie morgen Ihre Dienstmarke abgeben können.«

»Eine gute Idee«, erwiderte Art trocken. »Der zuständige Herr dafür steht übrigens dort drüben.« Er wies auf Buchwald, der ein Gesicht machte, als hätte er Zahnschmerzen. »Vielleicht gehen wir gemeinsam zu ihm?«

Althausers Lider flatterten. Er stieß eine Atemwolke in die Kälte und holte dann hörbar zitternd Luft. Rund um sie herum war es still geworden. Die Beamten der SG, Althausers Leibwächter, Buchwald, alle standen wie erstarrt um die Treppe herum. »Hören Sie, ich will jetzt einfach meine Frau sehen … ich weiß, dass sie da oben liegt, Sie *können* mir das nicht verbieten.«

Martin Buchwald räusperte sich. »Herr Minister«, begann er vorsichtig, »glauben Sie mir, es ist wirklich besser so. Wir tun alles, damit wir diese Sache –«

»Sache?«, zischte Althauser. »Verschonen Sie mich mit Ihrem idiotischen Geschwafel. Muss ich erst den Polizeipräsidenten anrufen?« Er griff in die Tasche seines Mantels und zückte sein Telefon.

»Herr Althauser?« Nele Tschaikowski trat von der Seite an den Minister heran. »Tschaikowski.« Sie reichte ihm die Hand. Vor ihrem Mund standen Atemwolken. Sie schien gerannt zu sein. Althauser blickte sie verwirrt an.

Wie zum Teufel war sie von der Bühne gekommen, dachte Art. Gerade eben noch war sie hinter ihm gewesen.

»Verzeihen Sie bitte«, sagte Nele. »Wir fühlen alle mit Ihnen. Ich denke, wir sind jetzt so weit, dass Sie zu Ihrer Frau können, wenn Sie das unbedingt wollen.«

Martin Buchwalds Gesichtszüge entgleisten. Art runzelte die Stirn und warf einen raschen Blick hinter sich. Veronika Perlau deutete ein Nicken an und zeigte auf die Ladefläche. Art seufzte erleichtert, stieg die Treppe hoch und lud Althauser mit einer Handbewegung ein, ihm zu folgen. Buchwald begann zu protestieren, doch Veronika Perlau brachte ihn mit einer Handbewegung zum Schweigen.

Der Minister steckte das Telefon ein und kam mit unsicheren Schritten die Treppe empor. »Bitte fassen Sie nichts an«, sagte Art. Er war nicht sicher, ob Althauser ihn hörte. Sein Blick war starr auf die Ladefläche gerichtet, sein Gesicht wurde mit einem Mal aschgrau. »Marietta«, stöhnte er. Die Bretter knarrten, als er von der Bühne auf die Ladefläche trat. Dann ging er schluchzend auf die Knie, neben seiner Frau, deren Körper von einem leuchtend blauen, frischen OP-Laken bedeckt war, nur ihr Kopf schaute heraus. Ihr

Blick war auf einen Punkt in weiter Ferne gerichtet, jenseits der Zeltplane, die über ihr hin und wieder im Wind schlug, und des tief hängenden grauen Himmels, aus dem immer noch Flocken taumelten.

Art trat neben Veronika Perlau und murmelte leise: »Gut gemacht.«

»Bedank dich nicht bei mir«, raunte die Rechtsmedizinerin und nickte in Richtung Nele Tschaikowski. »Das war ihre Idee. Wir hatten nichts hier oben außer der schweren Plane. Aber die konnten wir wegen der Spuren nicht nehmen. Sie ist runtergesprungen wie 'ne Katze, zum KT-Wagen gerannt – und wieder zurück. Ist 'ne ziemliche Rakete, die Kleine.«

Art blickte zu Nele, die gerade von Martin Buchwald zurechtgewiesen wurde. Mit geröteten Wangen ließ sie die Standpauke über sich ergehen. Einmal sah sie nach oben zu Art, und er nickte ihr zu.

Rakete. Das hatte über ihn auch mal jemand gesagt, vor sehr langer Zeit.

Kapitel 8

»Zu Mayer zu schauen hilft Ihnen jetzt auch nicht«, schnauzte Buchwald.

Nele nickte zerknirscht und richtete ihren Blick wieder auf den Ermittlungsleiter.

»Sie sind ihm und mir in den Rücken gefallen, vor versammelter Mannschaft. Passiert das noch mal, dann war's das für Sie.«

»Ich wollte nur helfen, die Situation –«

»Nicht Ihr Job«, unterbrach Buchwald sie scharf. »Lernen Sie verdammt noch mal, wo Ihr Platz ist, klar?«

Nele nickte und setzte eine reuige Miene auf. Bisher hatte sie Martin Buchwald als recht lockeren Chef erlebt, aber das hier hatte offenbar einen wirklich empfindlichen Punkt getroffen. »Mein Fehler. Kommt nicht wieder vor.«

»Na schön«, knurrte Buchwald. »Dann weiter. Und rechnen Sie damit, dass Mayer Ihnen gleich die nächste Abreibung verpasst. Ihm kann das auch nicht gefallen haben.«

Nele nickte ein letztes Mal, machte auf dem Absatz kehrt und ging zurück zum Laster.

Theodor Althauser kniete immer noch bei seiner Frau, unter dem wachsamen Blick von Veronika Perlau. Art Mayer war zum Führerhaus des Wagens gegangen, und sie folgte ihm. Zwei Männer von der Kriminaltechnik hatten mit Spezialgeräten Fasern und Krümel aus dem Fußraum und von den Sitzen gesaugt, nun waren sie mit Fingerabdrücken beschäftigt. Mayer stand grüblerisch vor der offenen Fahrertür und starrte ins Wageninnere. Schneeflocken sammelten sich auf seinen Schultern.

»Sie haben eben schnell reagiert«, sagte er, ohne sie anzuschauen.

»Ist das ein Lob oder Kritik?«, erkundigte sich Nele.

»Beides.«

»Aha.«

»Warum haben Sie's gemacht?«

Sie seufzte. »Althauser hat mir leidgetan.«

»Gut«, sagte Mayer.

Gut? Mehr nicht? Sie sah ihn prüfend von der Seite an. Er zog sich ein paar Latexhandschuhe an, zupfte sie grob an den Fingern zurecht, dann bat er den Kollegen von der KT, ihm Platz zu machen, und schwang sich auf den Sitz des Kleinlasters. Er tastete nach dem Autoschlüssel, der noch neben dem Lenkrad im Zündschloss steckte, und startete den Wagen. Rumpelnd sprang der Diesel an. Art Mayer wartete einen Moment, dann stellte er den Motor wieder ab und stieg aus. »Was glauben Sie, warum hat er hier gehalten?«, fragte er.

»Was?«

»Der Fahrer. Warum hat er hier gehalten?«

Nele runzelte die Stirn. »Woher wissen Sie, dass es ein Fahrer war?«

Mayer hob die Schultern, wich ihrem Blick aus und murmelte: »Intuition? Hat Buchwald das nicht vorhin gesagt? Oder wissen Sie's besser?«

»Es war tatsächlich ein Mann«, meinte Nele. »Das haben zwei Zeuginnen ausgesagt.«

Art Mayer nickte. »Gut. Also: warum hier?«

»Der Wagen ist gerutscht, er hatte einen Unfall«, sagte Nele.

»Mhm. Glauben Sie, er wusste von der Leiche auf der Ladefläche?«

»Wäre er sonst abgehauen?«

»Na schön«, meinte Mayer. »Gehen wir also davon aus, er wusste von der Leiche. Er wollte irgendwohin damit. Um dort was auch immer zu tun. Gehen wir weiter davon aus, er war hier nur auf der Durchreise. Er kommt ins Schleudern wegen der glatten Straße, hat einen Unfall. Warum fährt er dann nicht weiter und haut mit dem Wagen und der Toten ab?«

»Vielleicht hat er Panik bekommen?«

»Panik? Hm. Er ist abgebrüht genug, eine Leiche durch die Gegend zu fahren. Vielleicht hat er das Opfer sogar selbst getötet, und zwar nicht im Affekt, wie wir wissen, und dann bekommt er bei einer kleinen Schlitterpartie und einem simplen Auffahrunfall Panik?«

»Okay. Klingt nicht sehr wahrscheinlich«, gab Nele zu.

»Der Wagen lässt sich noch starten, der Motor läuft, nach vorne ist ausreichend Platz, wenn er das Lenkrad ganz nach rechts einschlägt, kann er weiterfahren, und der Volvo hinter ihm ist zwar draufgerauscht, aber ein echtes Hindernis ist er auch nicht ...«, zählte Mayer auf.

»Du meinst, das war Absicht, dass er hier stehen geblieben ist?« Martin Buchwald war herangekommen, die Hände tief in den Manteltaschen, den Kopf fröstelnd zwischen die Schultern gezogen.

»Mhm«, brummte Mayer.

»Hast du ihr den Kopf gewaschen?«, fragte Buchwald und deutete dabei auf Nele.

»Und wie.«

»Gut.«

Nele verkniff sich ein Lächeln. Art Mayer hatte mehr als nur eine Seite, so viel stand fest.

»Ich sehe keinen Grund, warum er den Wagen zurücklassen musste«, meinte Art. »Dafür aber einige Gründe, warum es Sinn macht.«

»Du meinst, *das hier* war sein Plan«, stellte Buchwald skeptisch fest.

Art Mayer zuckte mit den Achseln und deutete auf die Siegessäule. »Markanter Ort, also große Aufmerksamkeit, dann der Zeitpunkt, kurz vor Tagesanbruch, sodass es gerade noch dunkel ist, aber auch schon genug los ist. Außerdem«, er zeigte hinüber zum Park, »beste Fluchtmöglichkeiten. Dazu die Plane über der Toten, er wusste also, er hatte noch etwas Zeit, bevor das ganz große Tamtam losgeht. Und dann die Botschaft auf Marietta Althausers Körper. Er wollte, dass wir sie finden. Und er wollte, dass wir sie *hier* finden.«

»Und was, glauben Sie, will er uns damit sagen?« Der SG-Beamte mit dem Schnäuzer war zu ihnen gestoßen.

»Gerhard Reiter«, stellte Buchwald ihn mit einer unwilligen Geste vor, als wäre er ein leidiger Cousin, den es zu erdulden galt. »Stellvertretender Leiter der SG beim BKA Berlin.«

Nele beobachtete, wie Art Mayer ihn abschätzig musterte. Er mochte ihn nicht und machte auch keinen Hehl daraus. »Keine Ahnung, Herr Reiter. Und was glauben Sie?«

»Ich habe *Sie* gefragt«, erwiderte Reiter.

»Wer fragt, der führt, hm?«

Reiter lächelte eisig.

»Sie verstehen die Adresse von Westphal als Drohung gegen den Bundeskanzler«, meinte Mayer.

»Das ist naheliegend, oder? Ein terroristischer Akt. Erst die Frau des Gesundheitsministers, dann der Kanzler. Und das alles kurz vor dem G20-Gipfel. Wir müssen das jedenfalls in Betracht ziehen.«

»Mhm«, knurrte Mayer.

Nele bekam eine Gänsehaut. Unwillkürlich musste sie an den Fall des ermordeten Kasseler Regierungspräsidenten denken. Wenn Reiter recht hatte – und Arts Vermutung ging ja in die gleiche Richtung –, dann hatte das hier das Potenzial, einer der schlimmsten Terrorakte gegen die politische Elite seit den Zeiten der RAF zu werden.

»Ich meine, das hat sich doch angedeutet, oder?«, sagte Reiter. »Rechte, Reichsbürger, dazu Querdenker, die sich radikalisieren, zuletzt die geplante Entführung des Bundesgesundheitsministers, die wir ja immerhin verhindern konnten …«

Mayer gab erneut ein »Mhm« von sich, und Nele überlegte, ob er damit Zustimmung signalisierte oder nicht. Seine Miene jedenfalls ließ keine Schlüsse zu.

»Ob die Wahl des Ortes nun Absicht ist oder nicht, jedenfalls sind dieser Mord und der Hinweis auf den Kanzler ein starkes Signal. Hier will jemand sehr viel öffentliche Aufmerksamkeit«, sagte Buchwald.

»Auf jeden Fall will uns jemand etwas sagen«, ergänzte Art Mayer.

»Was ja dasselbe ist.«

»Nicht unbedingt«, warf Nele ein.

Buchwald sah sie irritiert an.

»Na ja«, fuhr Nele fort, »die Frage ist doch: Sucht hier jemand in erster Linie die Öffentlichkeit, oder will er *uns* etwas sagen. Das ist nicht unbedingt das Gleiche, oder?«

Sie warf Art Mayer einen Seitenblick zu. War es nicht das, was er gerade gemeint hatte?

Reiter seufzte, als hätte er keine Zeit für eine derartige Haarspalterei.

»Wenn es dem Täter vor allem um die Aufmerksamkeit der Polizei ginge, dann hätte er die Tote auch weniger öffentlichkeitswirksam ablegen können«, wischte Buchwald ihre Bemerkung vom Tisch.

Nele sah Art Mayer an, der wiederum Buchwald mit finsterer Miene musterte. Ein bisschen Beistand wäre jetzt ganz nett gewesen, dachte sie. Aber Mayer schien mit ganz anderen Dingen beschäftigt zu sein.

Art konnte Nele Tschaikowskis Gedanken förmlich riechen, doch ihm stand weiß Gott nicht der Sinn nach Nettigkeits-Allianzen. Ja, sie war clever. Aber dafür gab's keine Orden. Gab's nie, und wenn doch, dann waren sie nichts wert. Inzwischen hatte er die Nase gestrichen voll, er wollte jetzt wissen, was hier gespielt wurde.

»Wir müssen reden«, knurrte er, fasste Buchwald am Arm und zog ihn weg vom Laster. Buchwald versuchte, ihn abzuschütteln, doch Art ließ es nicht zu.

»Was machen Sie? Wo wollen Sie hin?«, rief Reiter ihnen nach.

»Wir müssen was klären, ist privat.«

»Privat? *Jetzt?*«

»Art, was soll das? Wir können Reiter nicht einfach so stehen lassen.«

»Es gibt da etwas, das ich meinem Vorgesetzten verschwiegen habe«, rief Art Reiter über die Schulter zu. »Nichts für ungut, aber das geht Sie nichts an. Geht um meine Gesundheit.«

»Deine Gesundheit?«, fragte Martin Buchwald verblüfft.

»Nicht hier«, murmelte Art. »Und vor allem nicht vor diesem apokalyptischen Reiter.« Sie ließen den Fundort hinter sich, schlängelten sich durch den Verkehr über die Straße und steuerten auf den Park zu.

»Was zum Teufel ist mit deiner Gesundheit?«

»Nichts. Was soll schon sein.«

Buchwald schnaubte. »Art, was willst du?«

»Ist das dein Ernst? Das fragst du noch?« Art lotste Buchwald zwischen die Bäume. Überfrorener Schnee knirschte unter ihren Schuhen.

Martin Buchwald seufzte und ergab sich der Situation. Vermutlich hatte er den Moment kommen sehen und nur versucht, ihn so lange wie möglich hinauszuzögern. »Okay«, meinte er. »Was willst du wissen.«

»Gibt es ein zweites Opfer?«, fragte Art unumwunden.

»Ja. Gibt es.«

Art sog scharf die Luft zwischen den Zähnen ein. »Ist es Dana Karasch?«

Buchwald zögerte einen Moment, dann blieb er zwischen den Bäumen stehen und sah in die kahlen Wipfel, als gäbe es dort etwas, das nur er sehen könnte. »Nein.«

»Wie bitte?« Art wusste nicht, ob er erleichtert oder verärgert sein sollte. »Was hat dann Dana Karasch mit dem Fall zu tun?«

»Ehrlich gesagt, Art …« Buchwald stockte und blickte zurück zum Fundort. Dann zog er den Kopf zwischen die Schultern und seufzte wie jemand, der eine schwere Last trägt. »Dana Karasch hat nichts damit zu tun«, rang er sich ab.

»Nichts? Wirklich *nichts*?«

»Gar nichts.«

»Aber warum hast du …?« Art verstummte, als ihm klar wurde, was das bedeutete. Buchwald musste Erkundigungen über ihn eingeholt haben. Der Plan, ihn für diesen Fall zu gewinnen, war offenbar nicht erst heute früh entstanden. »Soll das heißen, du hast Dana als Köder benutzt? Damit ich wieder zu euch ins Boot steige?«

»Art«, sagte Buchwald gequält, »bevor du jetzt hinschmeißt, bitte hör mir zu!«

»Ich? Soll *dir* zuhören? Du verarschst mich. Du hast mich von Anfang an belogen. Du wusstest, dass mir das mit Dana wichtig ist.«

»Mein Gott, ja!« Buchwald warf die Hände in die Luft. »Ich musste ja irgendeinen Grund finden. Bitte entschuldige, es ging nicht anders, ich –«

»Steck dir deine Entschuldigung sonst wo hin. Das war's«, polterte Art und ließ ihn stehen.

»Jetzt warte doch, Mensch! Interessiert dich denn überhaupt nicht, wer die zweite Tote ist?«

Art hob den Arm, streckte den Mittelfinger aus und lief weiter. Buchwald hastete ihm nach, stolperte mit einem Fuß in ein vom Schnee verdecktes Loch und fluchte. »Art, ich konnte dir nicht die Wahrheit sagen, es ging nicht. Das kam von ganz oben.«

»Weißt du, was ganz oben mich mal kann?«

»Es kam nicht von Kauder, falls du das meinst«, rief Buchwald.

»Von wem dann, wenn nicht von unserem geliebten Polizeipräsidenten?«, schnaubte Art.

»Wenn ich sage, ganz oben, dann meine ich das auch so.«

Ganz oben? Sollte das etwa heißen …? Art blieb stehen,

als wäre er vor eine Wand gelaufen. Langsam drehte er sich um. »Wen genau meinst du mit ›ganz oben‹?«

»Das muss unter uns bleiben, klar«, schnaufte Buchwald und kam heran.

»Das hör ich nicht zum ersten Mal heute«, knurrte Art.

»Wirklich, das darf niemand wissen.«

Art atmete tief ein. Ein irritierendes Gefühl von Schwindel kam in ihm auf. War das etwa ein Unterzucker? Schon wieder? Er stützte sich mit der Hand am nächststehenden Baum ab. Der nasse schwarze Stamm war eiskalt und schrundig. »Wer?«, fragte er heiser.

»Der Kanzler«, seufzte Buchwald. »Westphal selbst wollte, dass du ermittelst.«

Art stöhnte. Seine Hand schloss sich um die Cola-Dose in seiner Manteltasche. »Wann?«

»Vor drei Tagen.«

»Hat er auch gesagt, warum er das will?«

Buchwald schüttelte den Kopf. »Es hieß nur, das solle unter allen Umständen vertraulich behandelt werden. Er wollte noch nicht mal, dass du erfährst, dass er dich angefordert.«

Art lachte bitter. Das sah Henrik ähnlich. Fürchtete er, eine Abfuhr zu bekommen? Deshalb also hatte Buchwald Dana Karasch vorgeschoben. Er zog die Cola aus der Manteltasche, riss die Dose auf und trank hastig, dabei verschluckte er sich fast an der überschäumenden Kohlensäure. Wütend warf er die halb leere Dose in den Wald, wo sie gegen einen Baum prallte.

»Art, verdammt, was stimmt nicht mit dir?«

»Was mit *mir* nicht stimmt?« Art lachte erneut. Dann winkte er ab. *Es gibt Dinge, die kann man niemandem erzählen.* Und genau deshalb stand er jetzt hier.

»Und? Was ist jetzt?« Buchwald sah ihn mit hochgezogenen Brauen an. »Bist du noch an Bord?«

»Ich arbeite nicht mit Lügnern zusammen«, gab Art zurück.

Buchwald lachte zynisch auf. »Scheiße, Art. Mir reicht's langsam. Komm mal runter von deinem hohen Ross, ja!«

»Wie bitte? *Ich* sitze auf dem hohen Ross?«

»Ja. Du.«

»Nee, Martin. Ganz sicher nicht. Ich hab mich vielleicht eingegraben, weil ich die Schnauze voll hab, aber im Gegensatz zu dir spiel ich wenigstens nicht falsch.«

»Ach ja?«, fauchte Buchwald. »Und was, wenn ich dich danach frage, was zur Hölle den Kanzler dazu bringt, ausgerechnet dich anzufordern? Nicht irgendjemand, nein. Er hat nach dir gefragt. Genau genommen war es nicht einmal eine Frage. Er wollte es. Unbedingt. Und dann diese Bitte um Vertraulichkeit! Ich meine – da steckt doch was dahinter. Woher kennt ihr euch? Was verdammt noch mal verspricht er sich davon?«

Art öffnete den Mund – und schloss ihn wieder. Wenn Henrik ihn angefordert hatte, dann war es gelaufen. Er würde keine Ruhe geben, bis er hatte, was er wollte. Die Frage war nur, *was* genau Henrik wollte – und ob *er* bereit war, Henrik das zu geben. Aber hatte er eine Wahl?

»Dacht ich's mir doch«, murmelte Buchwald, der Arts Schweigen als Punkt für sich interpretierte. »Weißt du was? Ehrlich gesagt, ich will gar nicht wissen, was dahintersteckt. Ich will nur wissen, ob du jetzt dabei bist.«

Art presste die Zähne aufeinander und nickte.

»Das soll wohl Ja heißen, oder?« Buchwald sah ihn an, rechnete aber offenbar nicht mit einer Antwort. Stattdessen nickte auch er, wie um sich selbst zuzustimmen.

»Verrätst du mir jetzt endlich, wer das zweite Opfer ist?«, knurrte Art.

»Wenn wir hier fertig sind, dann bring ich dich zu ihr. Ach, und noch mal …« Buchwald hob mahnend den Zeigefinger; eine der Gesten, die Art am wenigsten an ihm leiden konnte. »Egal, was du tust: Denk an die Informationssperre. Marietta Althausers Name bleibt unter Verschluss. Henrik Westphals Name erst recht. Für Befragungen gilt: keine Fotos von seinem Haus, kein Bild von ihm, keine Namensnennung. Außer es geht über die Abteilung Sicherungsgruppe und wird von Reiter autorisiert. Kann ich mich auf dich verlassen?«

»Was passiert, wenn ich mich nicht dran halte?«

»Suspendierung«, sagte Buchwald eisig.

»Hm. Verlockend«, meinte Art. »Dann weiß ich ja, wie ich kriege, was ich will.«

Martin Buchwald rieb sich müde das Gesicht. Erst jetzt wurde ihm klar, dass seine Standarddrohung bei Fehlverhalten hier völlig ins Leere lief. »Scheiße noch mal, tu mir das nicht an«, stöhnte der Ermittlungsleiter. »Du ahnst gar nicht, was da alles dranhängt. Was glaubst du, was die für einen Druck aufbauen, vor dem verdammten G20-Gipfel.«

Kapitel 9

Vierzig Mark, einfach weg.

Er hatte seiner Mutter gesagt, dass er die beiden Zwanziger verloren hätte, und sich dafür bei ihr entschuldigt. Ob sie ihm glaubte? Sie tat jedenfalls so. Den ausgeschlagenen Zahn verschwieg er. Es war einer der letzten beiden Milchzähne gewesen und hatte eh schon gewackelt. Viel schlimmer als Kappes Prügel war die Demütigung. Ständig hatte er das jämmerliche Bild vor Augen, das er vor Ellie abgegeben hatte, nass und ohne Hose. Als seine Mutter ihn nach der Schwellung im Gesicht fragte, zuckte er mit den Schultern und nuschelte »Schulhof«.

»Hat dich jemand geschlagen? Du weißt, das geht nicht«, sagte sie aufgebracht, mit ihrer leidenden Stimme, als wäre die Welt eine Last. War sie ja auch. Aber musste man das immer gleich zeigen?

»Ich rufe im Sekretariat an«, meinte sie und griff zum Hörer.

»Nein, auf keinen Fall«, unterbrach er sie erschrocken.

Sie sah ihn verwundert an.

»Bin gefallen«, murmelte er.

Ihre Augen wurden schmal. »Hast du dich etwa geschlagen?«

Mist, genau das hatte er vermeiden wollen. »Neiin!«, erwiderte er, etwas zu schnell und etwas zu laut.

Sie glaubte ihm nicht, das konnte er sehen. In ihrem Gesicht spiegelte sich Enttäuschung. Wie immer. Ständig enttäuschte er, und immer litt sie. Es quälte ihn, aber egal, was er machte, es lief immer auf dasselbe hinaus. Er war nun mal nicht *sie*. Er fuhr zwar mit ihrem Fahrrad, er wohnte in ihrem Zimmer, er saß auf ihrem Platz am Esstisch, aber Pflegekind blieb halt Pflegekind. Selbst unter der Dusche bekam er das St. Joseph nicht abgewaschen. Dabei gab er sich Mühe, wie verrückt, seit elf Monaten schon, aber er passte einfach nicht in die Lücke.

Die Lücke hieß Sabine, hatte lange glatte schwarze Haare gehabt und so ein schüchternes Liebes-Mädchen-Lächeln. Sie war vor drei Jahren gestorben, aber ihr Lächeln war immer noch überall im Haus. Am Kühlschrank, mit einem Magneten angeheftet, am Treppenaufgang in den ersten Stock gleich auf drei Bildern, und auf dem alten Klavier, auf dem er nie spielen wollte, obwohl Vater und Mutter ihm damit ständig in den Ohren lagen. Einmal hatte er geträumt, sie würden ihm einen Zopf binden.

Und nun glaubte Mutter, er hätte sich geschlagen. Klar, Heimkinder schlugen sich ja immer. Heimkinder waren aggressiv, aufsässig, vorlaut, sie logen, was er ja gerade leider tatsächlich getan hatte, und sie waren natürlich gerne auch mal doof, zumindest doofer als normale Kinder. Wer *so was* aufnahm, musste sich auf was gefasst machen. Gut, wenigstens das mit der Doofheit hatte er mit diesem Test bei dem Psychodoc hingekriegt. Danach hatte ihn niemand mehr für doof gehalten, weshalb er jetzt auch auf das Astoria ging.

Die Schule gefiel ihm, und eigentlich gefielen ihm auch seine Mutter und sein Vater. Er verstand sogar irgendwie, dass sie ihn nicht so lieben konnten wie ihre richtige Tochter. Trotzdem saß Mutters Enttäuschung ihm wie ein Kloß im Hals.

Sie durfte das auf keinen Fall melden. Er wollte nicht zurück nach St. Joseph, auf gar keinen Fall. Er hatte Glück gehabt, dass die Krupke ausgerechnet ihn vermittelt hatte. Nicht viele bekamen eine Empfehlung der Heimleiterin und erwischten es so gut wie er.

»Hast du jemanden verletzt?«, fragte Mutter.

»Nein! Hab ich nicht!«

»Ich hab's dir schon so oft gesagt«, seufzte sie. »Gewalt ist keine Lösung.«

War sie doch, dachte er. Zumindest für die, die Mutters vierzig Mark abgezockt hatten und jetzt noch mehr wollten. Aber das behielt er besser für sich. Ob sie jetzt dachte, dass er wegen der vierzig Mark auch gelogen hatte?

Sie atmete schwer, als hätte sie nicht nur die Last mit ihm, sondern gleich das ganze Scheißheim zu tragen, aus dem er kam. »Auf dein Zimmer, da bleibst du den Rest des Tages.«

Er nickte, verkniff sich jedes Widerwort und verzog sich. Immerhin, es hätte schlimmer kommen können. Auf dem Weg ins Zimmer lächelte ihn Sabine an. Er überlegte, ihr mit schwarzem Filzer einen fetten Bart zu malen, damit das Lächeln verschwand. Aber natürlich ließ er es, so wie er immer alles ließ. Fast immer. Was das anging, also doch liebes Kind. Es sah nur keiner.

Blieb noch das Problem mit den nächsten vierzig Mark. Drei Tage, hatte Kappe gesagt. Wo sollte er das Geld bloß herkriegen? Mutter würde ihm bestimmt nichts mehr geben, und es aus ihrem Portemonnaie zu nehmen, kam nicht infrage.

Falco und Jockel kamen ihm in den Sinn. Die beiden waren damals dreizehn gewesen, und niemand im St. Joseph hatte verstanden, woher sie das Geld für Zigaretten und all die anderen Sachen hatten. Falco hatte immer nur gegrinst, wenn ihn jemand fragte. Also war er den beiden einmal nachgeschlichen und hatte sie bis zur Bahnhofstoilette verfolgt. Mucksmäuschenstill hatte er sich in eine der Kabinen verzogen und gelauscht. Es hatte eine ganze Weile gedauert, bis er begriff, wie sie zu ihrem Geld kamen. Und dann, als er klammheimlich die Kabine wieder verlassen wollte, hatte ihn Jockel erwischt. »Wenn du irgendjemand auch nur *ein* Wort davon erzählst, dann bist du tot«, hatte Jockel gezischt. Falco, der sonst immer grinste, hatte nur finster vor sich hin gestarrt.

Damals hatte er das mit dem »tot« tatsächlich geglaubt.

Heute dachte er, sie hätten ihm vielleicht den Arm gebrochen, wenn überhaupt. Der Rest waren leere Drohungen. Die beiden hatten einfach tierische Angst gehabt. Nicht vor Strafe oder so, sondern vor der Demütigung. Ungefähr so ging es ihm jetzt auch. Die Prügel von Kappe, Brille und Zippo auszuhalten, wenn er die vierzig Mark nicht beschaffte, das war das eine. Aber sie würden weiter gehen. Solche Typen gingen immer weiter, das war wie bei Tieren. Sie wussten, was einem am meisten wehtat. Sie würden ihm wieder und wieder die Hose herunterziehen. Wer weiß, was ihnen noch alles einfiel, und Ellie würde ihn für die letzte Flasche halten. Was also sollte er tun? Sich zur Wehr setzen? Gegen drei? Gut, die drei wirkten nicht unbedingt durchtrainiert. Trotzdem, sie waren größer als er, sie waren älter, und sie waren zu dritt. Doch selbst wenn es ihm gelingen würde, einem der drei eine zu verpassen – falls das rauskam, dann gab es mit Sicherheit Ärger. Und mit Ärger kannte er sich aus. Wenn man da herkam, wo *er* herkam, dann klebte einem der Ärger wie Scheiße unterm Schuh. Man konnte machen, was man wollte, Schlips tragen, Zähne putzen, auf 'ne schicke Schule gehen, der Geruch ging einfach nicht weg. Bei seinem Glück hatten die drei wahrscheinlich sogar Anwälte oder Richter oder so was als Eltern. Ärger, so viel stand fest, den würde nur einer bekommen.

So oder so, er musste die vierzig Ocken beschaffen. Nur wie? Es gab niemanden, den er darum bitten konnte. Klauen kam auch nicht infrage. War also die Bahnhofsnummer wirklich der einzige Ausweg? Ihm wurde schlecht bei dem Gedanken. Aber hatte er eine Wahl?

Morgen nach der Schule würde er zum Bahnhof gehen. Er hoffte nur, dass sein Vater die Videokamera nicht eingeschlossen hatte. Die würde er brauchen.

Kapitel 10

Der Kerl hatte einen Kugelbauch und ein Gesicht wie ein Schwamm. Die angeklatschten Haare hatte er von links nach rechts gekämmt, um die kahle Stelle in der Mitte zu verdecken. Aber die Schuhe waren blank geputzt und sahen irgendwie teuer aus. An der rechten Hand trug er einen Siegelring, an der linken einen Ehering.

Er beobachtete ihn jetzt schon eine ganze Weile, wie er durch die Vorhalle strich und die Jungs im Bahnhof musterte, jedoch niemanden ansprach. Der Mann war vorsichtig, er wusste, früher oder später würde jemand *ihn* ansprechen.

Das Herz schlug ihm bis zum Hals. Bis hierhin war alles einfach gewesen. Plötzlich kamen ihm tausend Bedenken. Als hätte er Mücken im Kopf. Er kniff die Augen zu, lag wieder auf dem Weg, halb nackt, spürte Ellies Blick und hatte das Gefühl, seine Eier schrumpften vor Scham. Er wusste gar nicht, was schlimmer war, dass sie hingeschaut hatte – oder mitleidig wieder weg.

So etwas würde ihm nie wieder passieren, schwor er sich.

Er zuppelte sich den Schlips seiner Schuluniform zurecht, das Jackett hatte er wegen des Emblems auf der Brusttasche nicht angezogen, strich sich die Haare glatt und steuerte direkt auf den Mann zu. »Hey. Wie geht's?«

Der Mann sah auf ihn herab und nickte. »Gut.« Ihm schien zu gefallen, was er sah. »Ich hoffe, dir auch.«

»Wie heißen Sie?«

Sofort schlich sich Misstrauen in die Züge des Mannes, und er sah sich um. Verdammter Mist, was für eine idiotische Frage.

Der Mann musterte ihn erneut. Dann grinste er. »Müller. Du machst das noch nicht lange, was?«

War das Hoffnung in seiner Stimme?

»Geht so.«

Wieder ein Grinsen.

Er spürte einen Kloß im Hals. Verflucht, wie sollte er denn jetzt fragen, ob …?

»Wie viel?«, meinte der Mann.

»Äh, neunzig«, brachte er hervor.

Der Mann lachte. »Siebzig. Aber mit allem.«

»Nee«, bremste er und wedelte kurz mit der Hand. Ob der Kerl das verstand?

Natürlich verstand er. Er schnaubte durch die Nase und sah ihn an wie ein niedliches Stofftier, das sich an einem Bankraub versuchte. »Dreißig.«

Stille.

»Na gut. Vierzig.«

Die wulstigen Lippen des Mannes verzogen sich zu einem amüsierten Lächeln, und er nickte. »Schön. Einverstanden.«

Sein Mund wurde staubtrocken. Es war so weit. Er hatte es angefangen, jetzt würde er es zu Ende bringen müssen. Mit gespielter Lässigkeit deutete er auf die Toiletten. »Ich geh vor, Sie kommen nach.«

»Kann's kaum erwarten«, murmelte der Mann.

»Hey, Boxer!«, rief eine helle Stimme. »Da bist du ja. Schicker Schlips, wie immer, hm?«

Er wurde plötzlich am Arm gepackt und mitgezogen. »Komm, ich muss dir was erzählen.«

Entgeistert starrte er Ellie an, die neben ihm lief und ihn fest untergehakt hatte. Ihre blonden Haare wippten bei jedem Schritt. Ein Hauch von Parfüm stieg ihm in die Nase. »Sag mal, bist du bescheuert, oder was?«, zischte sie leise.

»Was … was soll das, was meinst du?«, fragte er verwirrt.

»Was wolltest du von dem Typen?«

»Äh … nichts«, log er und spürte, dass er rot wurde.

»Ey, verarsch mich nicht. Ich kenn solche Typen wie den, ich weiß, was der will.«

»Ach ja?«, versuchte er, sich zu retten. »Woher denn?«

»Meine Mutter hat 'n Kiosk. Und schenkt Bier und Schnaps im Hinterzimmer aus. Noch Fragen?«

Sie zog ihn weiter von dem Mann fort, der mit gerunzelter Stirn zurückblieb und ihnen nachstarrte.

»Glaubst du, ich weiß nicht, was du vorhast?«, zischte Ellie.

»Wer ist Boxer?«

»Ein Idiot. Wie du.«

»Lass mich los, du hast ja überhaupt keine Ahnung.«

Sie zog ihn um eine Ecke, wo sie außer Reichweite des Mannes waren. »Ellie, was soll das? Was kümmert's dich?«

»Ellie?« Sie starrte ihn verblüfft an. Kristallblaue Augen. Nein. Blau wie ein See. Ein tiefer See. »Wieso Ellie?«

Er schwieg verlegen.

»Du hast mir einen Namen gegeben?«, stellte sie fest.

Er wich ihrem Blick aus, als könnte sie in ihm lesen. »Du doch auch.«

»Boxer?« Sie lachte. »Das ist was anderes. Ich musste mir was ausdenken, um dich von dem alten Sack wegzukriegen.«

Er sah sie an und wusste nicht, ob er wütend, beschämt oder was auch immer sein sollte. »Wie heißt du denn wirklich?«, fragte er vorsichtig.

»Hm«, meinte sie. »Ellie gefällt mir eigentlich ganz gut.« Sie legte den Kopf schief. Sie trug einen kurzen blauen Jeansrock und ein ausgewaschenes grünes T-Shirt mit der gelben Aufschrift *Fortune* in Wellenform. »Und du?«

»Ellie gefällt mir auch ganz gut«, sagte er.

»Doch nicht *ich*«, lachte sie. »*Du*. Wie heißt du?«

Sofort kam er sich dumm vor. Nicht intelligenztestdumm. Einfach wie ein dummer kleiner peinlicher Junge. Wenn er jemals bei einer wie ihr landen wollte, dann musste er cooler werden. »Hast du doch schon gesagt«, meinte er und zuckte mit den Schultern. »Boxer.«

Sie kniff die Augen zusammen. »Der kleine Boxer, hm?«

Wenn sie das *klein* doch nur weggelassen hätte.

»Warum machst du so 'ne Scheiße?«, fragte sie und deutete dahin, wo sie ihn aufgegabelt hatte.

»Irgendwo muss ich die Kohle ja herkriegen, oder?«, sagte er trotzig.

»Im Ernst, darum geht's? Die vierzig Mark?«

Er merkte, dass er wieder rot wurde. »Es ist nicht, wie du denkst«, verteidigte er sich.

»Warum sah's dann so verdammt danach aus?«

»Weil … weil ich …«, stotterte er und verstummte dann. Er konnte ihr ja schlecht sagen, was er wirklich vorgehabt hatte.

Sie seufzte. »Weißt du was, ich leih dir die Kohle, okay?«

»Wa… was?«

»Bist du schwer von Begriff?«, sagte sie ärgerlich. »Ich geb dir das Geld.«

»Nein! Auf keinen Fall.« Die Scham brannte wie Feuer in seinem Gesicht.

»Was denn, willst du lieber den widerlichen Fettsack abwichsen, oder was?«

»Bist du irre? Nein!«, protestierte er.

Sie legte den Kopf schief und verschränkte die Arme. »Wie alt bist du?«

»Fünfzehn«, log er.

»Ey, verarschen kann ich mich allein.«

Er rollte mit den Augen. »Schön. Dreizehn.« Was immerhin kaum gelogen war. »Und du?«

»Fünfzehn«, sagte Ellie. Ob sie auch log? Für einen Augenblick schwiegen sie beide. Auf den Gleisen über ihnen wurde scheppernd ein Zug angesagt.

»Starrst du auf meine Titten?«

»Äh, nein!«

Sie schüttelte den Kopf. »Jetzt mal echt, was hattest du vor mit dem Typen?«

Er stöhnte und sah hoch zur Decke des Bahnhofs, als wäre von dort Hilfe zu erwarten. Über ihnen rumpelte ein Zug. »Ich wollte …«, er brach ab und sah sich nach allen Seiten um. »Das darf keiner wissen, klar? Vor allem nicht die anderen.«

Tiefes Blau in ihren Augen. Stilles Nicken. Roch ihr Atem nach Pfefferminz? Er beugte sich vor, ganz nah an Ellies Ohr heran, und flüsterte ihr zu, was er vorhatte.

»Scheiße noch mal, Boxer«, murmelte Ellie. Sie trat einen Schritt zurück und musterte ihn mit großen Augen.

Kapitel 11

Boxer. Der Name gefiel ihm. Und dass ausgerechnet Ellie ihm den Namen gegeben hatte, war das Beste daran. Sie hatten sich *gegenseitig* Namen gegeben.

Das musste doch etwas bedeuten.

»'tschuldigung?«, sagte er und trat von hinten an den Mann heran, von dem Ellie ihn vorhin weggezogen hatte. Der Mann drehte sich um und sah ihn überrascht an. »Du?«

»Das, äh … war 'ne Freundin.« Er deutete mit dem Daumen hinter sich. »Ich musste kurz was klären.«

»Aha. Und die macht auch so was wie du?«

»Nee. Äh … die is anders.«

»Anders? Was macht sie denn?«

Er schwieg. Typen wie den hier kannte er. In Michendorf waren vor dem St. Joseph immer mal solche Typen aufgetaucht, ein bisschen, als wären sie im Heim Freiwild, einmal sogar einer mit Kamera, als wollte er so was wie einen Katalog machen. Ein anderer starrte immer nur. Und Kati und Charlie waren angesprochen worden. Charlie war schlau genug gewesen, abzuhauen. Kati leider nicht. Die Polizei hatte den Scheißkerl nie erwischt.

»Boxer, hm?« Der Mann tastete ihn mit seinem Blick ab. »Passt gar nicht zu dir.«

Was weißt denn du schon?, dachte er trotzig, zuckte aber nur mit den Achseln. »Gehen wir?«

Der Mann nickte und schaute sich verstohlen um. »Aber wenn du noch mal wegläufst, dann war's das. Hast du verstanden?«

Er nickte artig und murmelte: »Zweite Kabine von rechts. Bis gleich.« Er ließ den Mann stehen und lief mit schnellen Schritten in Richtung Bahnhofstoiletten. Bloß nicht zögern. Bloß nicht weiter nachdenken. Er vermied es, die Türklinke anzufassen. Das Ding klebte und war seit Jahren kaputt, also drückte er die Tür einfach mit der Schulter auf. Von den drei Waschbecken an der Wand war eins zertrümmert worden. Den mittleren Spiegel zierte ein Graffito, das über die Ränder hinaus gesprayt war. *Warrior Boyz.* Könnte glatt von Jockel sein. Aus den Stahlpissoirs stieg der Geruch von Urin. An einer der Kabinentüren hing ein DIN-A4-Zettel, mit der krakeligen Aufschrift *DEFEKT*. Er betrat die Kabine daneben, schloss die Tür, verriegelte sie aber nicht, dann trommelte er leise mit den Fingerspitzen an die Wand aus Pressspan und wartete.

Eine Minute verging.

Ein Mann betrat schnaufend die Toilette, zog die Nase lautstark hoch und erleichterte sich am Pissoir. Er verließ die Toilette, ohne sich die Hände zu waschen. Kaum war er draußen, betrat ein weiterer Mann das WC, als hätte er ungeduldig vor der Tür gewartet. Zigarettenrauch hing plötzlich in der Luft.

Für einen Moment überkam ihn ein ganz mieses Gefühl. Sollte er das hier wirklich tun? Für vierzig Mark? Noch konnte er zurück.

Der Mann öffnete die Kabinentüren zu seiner Linken, dann zu seiner Rechten. Klar, er wollte wissen, ob sie allein waren. Dann rüttelte er an der verschlossenen Tür mit der Aufschrift *DEFEKT*, gab ein Knurren von sich und stieß die Tür zu seiner Kabine auf.

»Also dann, Boxer.« Er strich sich die wenigen querliegenden Haare glatt. Die Zigarette in seinem Mundwinkel wippte. »Is wegen dem Geruch«, meinte er und deutete auf die Zigarette. »Das törnt mich ab, wenn's stinkt wie im Kanal.« Er drehte sich um und verriegelte die Kabine.

Jetzt, wo der Kerl in der engen Kabine direkt vor ihm stand, kam er ihm riesig und viel bedrohlicher vor. Ihm brach der Schweiß aus.

»Nervös?«, fragte der Mann sanft.

Er schüttelte den Kopf. Sein Herz wollte aus der Brust springen, seine Beine wollten laufen, laufen, laufen. »Erst das Geld«, sagte er heiser.

»Nee, mein Junge. Erst mal bist du dran«, erwiderte der Mann. »Und wenn ich zufrieden bin, dann gibt's was. Also lass mal sehen.«

»Wie, lass mal sehen?«, fragte er entsetzt.

Der Mann rollte mit den Augen. »Na, zieh dich aus.«

»Das war nich' abgemacht.«

»Mein Gott, stell dich nicht so an. Ich guck nur, ich fass dich nicht an. Ich brauch 'n bisschen was zum …« Er kurbelte mit seiner rechten Hand in der Luft.

»Vergessen Sie's«, presste er zwischen den Zähnen hindurch.

»Mein Gott, bist du empfindlich«, seufzte der Mann. »Du musst das verstehen. Ich brauch 'n kleinen Kick, okay? Sei ein bisschen nett zu mir, einfach bloß mit der Hand, das ist …«

»Aber so war's abgemacht.«

»Mensch, dann lass dir was Besseres einfallen, hä?«

Er starrte den Kerl an und schluckte. Das hier drohte außer Kontrolle zu geraten, und je länger es dauerte, desto größer war die Gefahr, dass der Mann nach oben schaute, und dann wäre alles vorbei. »Okay, okay«, murmelte er, beugte die Knie und hockte sich vor ihm hin. Der Rand der Kloschüssel drückte ihm in den Rücken.

»Ah«, seufzte der Mann, nahm die Zigarette aus dem Mund, hielt sie über ihn und aschte ab. Grauer Staub rieselte ihm auf die Stirn. Etwas Asche verfing sich in seinen Wimpern. Er biss die Zähne zusammen. Zurück konnte er jetzt eh nicht mehr.

Der Mann steckte sich die Zigarette wieder in den Mund, öffnete seinen Gürtel, zog die Hose herab und entblößte ein fleischiges halb schlaffes Glied. Das Ding hing gerade mal zwei Handbreit entfernt von seinem Gesicht.

Der Mann reckte ihm die Hüfte entgegen und schloss die Augen. »Na los, Kleiner, mach schon …«

Sein Puls trommelte; Bilder von Kati schossen ihm ins Gedächtnis. Kati davor und Kati danach.

Der Scheißkerl verdiente nichts anderes.

»Hm«, sagte er und richtete sich langsam wieder auf. »Ihr kleiner Zipfel da, der is aber ganz schön mickrig.«

Der Mann öffnete ein Auge, als wäre er noch nicht wieder ganz in der Realität angekommen. »Bitte?«

»Was sagt denn Ihre Frau dazu?«

Jetzt ging auch das zweite Auge auf. »Du verfluchter kleiner Scheißer.« Die Hände des Mannes schnellten vor, packten ihn am Hals, und er wurde an die Wand gedrückt.

Panisch rang er nach Luft, pochte mit der Faust an die Holzwand und krächzte laut: »Hast du alles?«

»Alles im Kasten«, rief Ellie aus der Nachbarkabine. »Der widerliche Fettarsch, sein Gesicht, sein Pimmel … alles drauf.« Wie zum Beweis tauchte ihre Hand mit dem kleinen DV-Camcorder seines Vaters über der Kabinenwand auf, gerade so lange, dass der Mann die Videokamera sehen konnte.

»Okay, dann lauf!«

Der Mann starrte mit offenem Mund nach oben, wo gerade noch die Kamera gewesen war.

In der Nachbarkabine rumpelte es kurz, die Verriegelung klickte. Wie von der Tarantel gestochen drehte sich der Mann um, entriegelte die Tür, sah Ellie davonsprinten und wollte ihr nach, doch die Hose um seine Beine ließ ihn straucheln, und er fiel der Länge nach hin, gerade als die Tür hinter Ellie zuschlug.

Keuchend holte er Luft. Wie zum Teufel hatte er nur glauben können, das hier allein durchzuziehen? Falco und Jockel hatten gute Gründe gehabt, das zu zweit zu machen. Hätte die Kamera einfach nur auf dem Stativ gestanden, der Typ hätte vermutlich die Tür eingetreten und das Band kassiert. Aber jetzt, wo Ellie mit der Kamera weg war, war der Kerl im Arsch. Schwer atmend hastete er aus der Kabine und verstellte dem Mann den Weg zum Ausgang, während der sich wutschnaubend aufrappelte und sich die Hose hochzog. »Das bereust du, du kleiner Scheißer«, keuchte der Mann. »Geh mir aus dem Weg.«

»Die kriegen Sie nie. Die is doppelt so schnell wie Sie.«

Der Mann atmete zitternd ein und ballte die Fäuste.

»Okay, okay«, versuchte er zu beschwichtigen. »Denken Sie mal nach. Wir haben alles aufgenommen, wenn Sie mir jetzt wehtun, macht das alles nur noch schlimmer, klar?«

Das teigige Gesicht bebte vor Zorn, aber die Fäuste rührten sich nicht.

»Hör'n Sie zu, wir können das hier friedlich beenden. Ich weiß, Sie sind verheiratet, Sie haben 'nen Job, Nachbarn, vielleicht haben Sie sogar Kinder? Keiner muss davon erfahren. Wir können uns einigen.«

»Du kleiner Pisser willst mich erpressen?«, zischte der Mann. Er war plötzlich leichenblass geworden. »Du weißt doch gar nicht, wer ich bin. Das ist nur irgendein Video mit irgendeinem Typen drauf. Du kennst nicht mal meinen Namen. Oder glaubst du wirklich, dass ich Müller heiße?«

»Nee. Aber ich krieg raus, wie Sie heißen.«

Der Mann schnaubte. »Träum weiter, Jungchen.«

»Ist ganz einfach. Ich hab hier 'n paar gute Kumpels. Oder glauben Sie, ich mach das alleine?«

»Und was soll das bringen?«

»Na, Sie müssen doch irgendwie nach Hause, oder? Wo auch immer das ist. Sie steigen in ein Auto, auf ein Motorrad, wobei, Sie haben ja keinen Helm dabei. Ich tippe also auf ein Auto. Mercedes oder so? Älteres Baujahr. Nach 'nem neuen sehen Sie nicht aus. Oder sind Sie mit dem Zug gekommen? Na, jedenfalls, wenn Sie ins Auto steigen, sehen wir Ihr Kennzeichen. Wenn Sie in den Zug steigen, dann steigt einer meiner Kumpels mit ein und folgt Ihnen. Glauben Sie mir, ich krieg Ihren Namen raus, wir machen das nicht zum ersten Mal.«

Der Mann biss die Zähne aufeinander und schwieg einen Moment. Seine Augen wanderten hin und her, als suche er nach einem Ausweg. »Was willst du?«

Er überlegte. Anfangs hatte er eigentlich nur die vierzig Mark gewollt, aber jetzt, wo er so dick aufgetragen hatte – würde das nicht irgendwie verdächtig wirken? Der Kerl musste unter allen Umständen weiter daran glauben, dass sie eine ganze Bande waren, sonst konnte das hier noch jederzeit kippen. »Vierhundert Mark«, sagte er und bemühte sich, seiner Stimme einen festen Klang zu geben.

»Pah«, stieß der Mann hervor. »So viel hab ich nicht dabei.«

Und jetzt? Er musterte den Mann. Schweißperlen glänzten auf seiner kahlen Stirn, sein schütteres Haar lag wirr auf seinem Kopf.

»Was haben Sie denn dabei?«

Er tastete seine Hose ab und zog ein dünnes Portemonnaie hervor, klappte es auf, entnahm ihm drei Fünfziger und drei Zwanziger, die er ihm mit zusammengepressten Lippen übergab.

»Das ist alles?«

Der Mann schob den Kiefer vor, klappte das leere Fach für die Scheine auf, hielt das Portemonnaie verkehrt herum und schüttelte es demonstrativ. »Zufrieden?«

Es klapperte, und eine EC-Karte fiel auf den Fußboden. Hastig bückte sich der Mann, doch er war zu langsam. Mit zwölf ist man einfach so verdammt viel fixer als mit fünfzig, besonders wenn's ums Bücken geht. Er hob die Karte noch vor ihm auf und las, was draufstand. *Gerd Fussmann. VKE Handelsgruppe.* Schweigend reichte er dem Mann die Karte, der sie mit hochrotem Gesicht aus seinen Fingern schnappte und wegsteckte. »War's das jetzt?«, presste er zwischen seinen wulstigen Lippen hervor.

»Oh ja. Das war's«, erwiderte er und gab den Weg zur Tür frei.

Der Mann grunzte, drückte die Klinke und riss die Tür auf. Er sah so gar nicht mehr furchterregend aus, fast schon bemitleidenswert, wie ein geprügelter Hund. Was ihn vermutlich nicht daran hindern würde, sich bei der nächsten Gelegenheit wieder an irgendjemandem zu vergreifen.

»Obwohl, eine Sache noch, Herr Fussmann«, sagte er leise.

Gerd Fussmann drehte sich um und starrte ihn an. »Was?«

»Wenn ich je mitkriege, dass Sie sich wieder an jemanden ranmachen, dann besuche ich mit dem Video Ihre Frau und die Polizei.«

Fussmanns Kinn bebte. Er nickte knapp, dann verschwand er durch die Tür.

Er stieß einen langen Seufzer aus, ballte die Fäuste und sah an die Decke. Scheiße noch mal, JA! Und da sollte noch mal einer sagen, der Name Boxer würde nicht zu ihm passen.

»Alter, das hast du nicht gesagt!«, rief Ellie.

»Doch, hab ich«, sagte er.

Sie brach in wildes Gelächter aus und klatschte in die Hände. »Hat er verdient, die Drecksau.«

»Der hat noch viel mehr verdient«, sagte er. »Aber ich will keine Schwierigkeiten.«

»Was für Schwierigkeiten meinst du?«

»Egal«, winkte er ab.

Ellie reichte ihm die kleine DV-Kamera. »Deine?«, fragte sie.

»Nee. Gehört meinem Vater.« Er drückte den Eject-Knopf, und die Kamera spuckte surrend die Kassette aus. Sie war gerade einmal so groß wie eine Streichholzschachtel. Nachdenklich betrachtete er das Videoband.

»Was machst du damit?«, fragte Ellie.

Gute Frage, dachte er. Am liebsten hätte er das Band weggeworfen, aber irgendwie kam ihm das leichtsinnig vor. Was, wenn der Typ ihm wegen des Geldes doch noch Schwierigkeiten machen würde? Dann brauchte er die Kassette. Andererseits graute ihm davor, das Band zu Hause zu verstecken. Im ganzen Haus gab es keinen Winkel, der vor Mutter sicher war – noch nicht einmal sein Zimmer. »Keine Ahnung«, sagte er. »Auf jeden Fall aufheben, denke ich.«

»Klar, aufheben!«, sagte sie voller Inbrunst. »Du brauchst nur ein gutes Versteck.« Sie kicherte. »Nicht dass dein Vater versehentlich das Ding in die Kamera schiebt.«

Boxer zog ein Gesicht, als hätte er Magenschmerzen, und Ellie hob die Brauen. »Was denn? Soll *ich* das Band für dich aufheben?«

Boxer zögerte.

»Mach dir keine Sorgen«, sagte sie und deutete auf die Kamera in seinen Händen. »So was Cooles hat meine Mutter nicht. Selbst wenn sie das Band finden würde, kann sie's nicht gucken.«

»Okay ...« Boxer reichte ihr die DV-Kassette. »Ist nur für 'ne Weile, ja«, sagte er. »Danke.«

Ellie schob das Band in die kleine Vordertasche ihres Jeansrocks. »Poahhh«, atmete sie aus und betrachtete ihn prüfend. »Und die vierzig Mark willst du jetzt echt abdrücken?«

Er zuckte mit den Schultern und versuchte, den Stich, den er dabei spürte, zu ignorieren. »Wie gesagt, ich will keine Schwierigkeiten.«

»Dafür, dass du keine Schwierigkeiten willst, hast du gerade aber 'ne Menge riskiert.«

»Ey, die sind zu dritt, und ...« Er verstummte und merkte, dass er rot wurde. Sie sah beiseite, als würde sie ahnen, welcher peinliche Augenblick ihm gerade in den Kopf schoss. »Okay, Boxer«, sagte sie betont gut gelaunt. »Und was machst du mit der restlichen Kohle? Sind immerhin noch hundertsiebzig, oder?«

»Eis essen gehen«, schlug er vor. »Mit dir.«

Sie kniff ein Auge zu und betrachtete ihn. »Das machen Zwölfjährige.«

»In der Schlange vor der Eisdiele hab ich neulich aber 'ne Menge älterer Leute gesehen. Da waren auch Erwachsene, sogar ein paar Omis.«

Sie prustete. »Omis, ja? Und das macht's jetzt besser?«

»Was denn, magst du kein Eis?«

»Doch. Schon.«

»Und?«

»Ich überleg noch.«

»Welche Sorte magst du?«

»Was denkst du denn?« Sie grinste und sah ihn an, als wäre das ein Test.

Er überlegte eine Weile. »Ich glaube, Vanille«, sagte er. »Vanille und Zitrone.«

»Vanille und Zitrone? Das passt doch überhaupt nicht, du Spacken.«

»Eben«, sagte er und grinste.

Ellie hob drohend den Zeigefinger. »Werd ja nicht übermütig.«

»Was ist, kommst du jetzt mit oder nicht?« Er machte eine ausschweifend höfliche Geste mit den Händen, die er sich in einem Mittelalter-Film abgeschaut hatte. »Ich lad dich ein.«

»Willst mich beeindrucken, mit dieser ...«, sie wackelte mit dem Kopf, »Gentleman-Nummer, oder was?«

»Äh, joah ...«

Sie lächelte. »Hast du doch schon, Boxer. Ehrlich, hast du schon.« Sie zwinkerte ihm zu, und er bekam eine Gänsehaut. »Aber glaub ja nicht, dass du mir deswegen auf die Titten glotzen darfst.«

»Tu ich nicht«, protestierte er.

»Tust du doch.«

»Und wenn, was wär so schlimm dran?«

»Mensch, Boxer«, seufzte sie. »Du bist zwei Jahre jünger als ich! Und fünf Jahre jünger als der Typ, mit dem ich gehe.«

Boxer spürte einen Stich im Herzen. Hätte er doch bloß nicht so saudumm gefragt.

»Ach, und noch was«, meinte Ellie. »Kein Wort über das hier zu den anderen, klar?«

Kapitel 12

Grelles Licht, Fenster mit Milchglas, raumhoch gekachelte Wände und immer dieser Geruch. Nele war schon ein paar Mal in der Rechtsmedizin gewesen, in ihrer Ausbildung, aber nie zuvor im Rahmen eines echten Falls. Ihre Oberlippe brannte vom Tigerbalsam, den sie sich vorsichtshalber unter die Nase geschmiert hatte. Sie stand zwischen ihren Kollegen, Art Mayer zu ihrer Linken und Martin Buchwald zu ihrer Rechten, als ob die beiden glaubten, sie in Schutz nehmen zu müssen, was nun wirklich das Letzte war, was sie wollte. Unwillkürlich trat sie einen halben Schritt zurück.

»Entschuldigung?«, beschwerte sich jemand hinter ihr. Sie zuckte zusammen und drehte sich um.

»Ich muss hier arbeiten.« Ein grauhaariger korpulenter Rechtsmediziner mit einer schief sitzenden Pilotenbrille wies auf eine Leiche mit geöffnetem Brustkorb, die auf dem Tisch hinter Nele lag, und deutete mit einer weiteren Handbewegung an, dass Nele ihm dabei im Weg stand.

»Äh, klar. Selbstverständlich«, murmelte sie nervös und trat wieder einen Schritt nach vorne, zurück zwischen Mayer und Buchwald. Von den insgesamt fünf Tischen im Sektionssaal der Rechtsmedizin waren drei belegt; sie standen vor dem mittleren und noch leeren Tisch und warteten. Die süßlichen Ausdünstungen der Leichen waren selbst durch den Tigerbalsam, der scharf nach Menthol und Kampfer roch, nicht ganz zu überdecken. Sie rümpfte einmal kurz die Nase und versuchte, sich darüber hinaus nichts anmerken zu lassen. Buchwald warf ihr einen väterlich amüsierten Seitenblick zu. »Geht's?«

Sie nickte und reckte das Kinn. »Und bei Ihnen?«

Sein Lächeln wurde breiter. Mist, als hätte sie gelbe Flauschfedern überall. Wie sehr sie das Küken-Image hasste! Art Mayer dagegen verzog keine Miene. Was wohl nicht daran lag, dass er weniger Macho als Buchwald war. Irgendetwas schien ihn gewaltig verärgert zu haben. Seit sie vom Großen Stern in die Rechtsmedizin aufgebrochen waren, hatte er nicht ein einziges Wort gesprochen.

Die automatische Tür surrte. Dr. Veronika Perlau schob einen Hubwagen mit einem weißen Leichensack in den Sektionssaal und steuerte den mittleren Tisch an. Sie trug wie alle hier einen blauen Overall, bat einen Kollegen, ihr zu helfen, und kaum, dass sie das Wort an ihn gerichtet hatte, kam ein weiterer Kollege hinzu, und die beiden hoben die Leiche für sie vom Wagen auf den Tisch. Die Blicke und Gesten verrieten ihren Respekt. Perlau schien eine Institution zu sein.

»Kein Wort über die Adresse und *Sie wissen schon* … klar?«, raunte Buchwald ihr und Mayer zu. Er warf einen demonstrativen Blick zu den umliegenden Tischen und den daran arbeitenden Leuten.

Voldemort lässt grüßen, dachte Nele. Ganz schön schräg.

Mit einem unangenehmen Sirren zog Veronika Perlau den Reißverschluss des Leichensacks auf. Ein wachsweißer Körper kam zum Vorschein. Die Frau war Mitte dreißig, klein, mollig mit aufgedunsenem Bauch und hatte ein seltsam asymmetrisches Gesicht, gerahmt von stumpfen braunen Haaren. Die Y-förmige Narbe auf ihrem Rumpf durchschnitt den verwaschenen, kaum lesbaren Schriftzug auf ihrem Bauch. Die Adresse war dieselbe wie bei Marietta Althauser.

»Sahra Heß«, sagte Buchwald leise. »Vierunddreißig Jahre alt, wohnhaft in Potsdam. Reinigungskraft. Alleinstehend. In der Putzkolonne fiel auf, dass sie nicht zur Arbeit erschien. Zwei Tage später wurde sie von ihrer Mutter vermisst gemeldet. Da war sie bereits tot. Mithilfe der Vermisstenanzeige konnten wir sie identifizieren.«

Die Worte verhallten im Raum. Nele überkam eine Welle des Mitleids. Am hintersten Tisch summte eine elektrische Knochensäge.

»Die Todesursache ist die gleiche wie bei Frau Althauser?«, fragte Mayer.

Veronika Perlau zeigte auf ein paar Einstiche in der Armbeuge der Toten. »Ja, sie ist ausgeblutet worden. Seltsame Art, zu töten, wenn ihr mich fragt. Ist mir noch nicht untergekommen, in all den Jahren.«

»Er will, dass sie unversehrt sind«, murmelte Mayer. »Er will keinen Schock, er will Dramatik.«

»Die hat er jetzt«, sagte Buchwald düster.

»Ach, und Frau Heß war schwanger. Ende sechster Monat«, ergänzte die Rechtsmedizinerin. »Den Fötus haben wir entnommen.«

Nele wurde übel. Unwillkürlich fasste sie sich an den Unterleib, zog die Hand aber sofort wieder zurück und blickte zu ihren Kollegen. Hatten sie etwas bemerkt? Das Letzte, was sie brauchen konnte, war, dass sie neben dem Küken auch nach das Label *Schwanger* bekam.

Konzentrier dich. Lass dir bloß nichts anmerken.

»Wer ist der Vater des Kindes?«, fragte Mayer.

»Yoroba Awokoya, ein Nigerianer. Er wurde vor zwei Monaten abgeschoben. Ihre Mutter meinte allerdings, er hätte sich nicht im Geringsten für das Kind interessiert. Sahra hat ihn wohl ein paar Mal getroffen. Als sie dann schwanger wurde, hat er sich nicht mehr blicken lassen, und das, obwohl es ihm möglicherweise mit dem Bleiberecht hätte helfen können. Der Kerl ist 'ne Sackgasse«, meinte Buchwald.

»Wann und wo ist sie gefunden worden?«, wollte Art Mayer wissen.

»Vor sieben Tagen, am Groscurth-Platz im Westend.«

Mayer runzelte die Stirn. »Groscurth-Platz? Nie gehört.«

»Ist ein kleiner Streifen Grün, nah dem Branitzer Platz, wo auch …« Buchwald deutete auf die Adresse auf dem Bauch der Toten.

… da, wo *du weißt schon, wer* wohnt … ergänzte Nele in Gedanken.

Art Mayer nickte nur.

»Um halb sechs in der Früh hat sie ein Pensionär gefunden, der mit seinem Hund rausmusste. Es hat geregnet. Sie lag einfach auf dem Rasen, am Rand des Platzes. Beweisaufnahme, Fotos und Vernehmungen findest du im Intranet, Passwort schick ich dir gleich. Frau Heß muss in der Nacht abgelegt worden sein. Von den Anwohnern hat leider niemand etwas mitgekriegt. Keine Zeugen, kein Garnichts. Die Leiche kann theoretisch jederzeit zwischen zweiundzwanzig Uhr des Vortags und halb sechs Uhr früh dorthin gebracht worden sein.«

»Warum zweiundzwanzig Uhr?«

»Da war der Mann, der sie am nächsten Morgen gefunden

hat, mit seinem Hund auf der Abendrunde, der Hund macht wohl immer an die gleiche Stelle.«

Nele sah nachdenklich auf die verwaschene, nahezu unleserliche Adresse.

»Wissen wir, wann es in der Nacht angefangen hat zu regnen?«, erkundigte sich Art Mayer.

»Nein, warum?«, fragte Buchwald.

»Weil der Täter sie dort abgelegt haben muss, als es noch trocken war«, sagte Nele leise wie zu sich selbst.

Buchwald sah sie verblüfft an. »Wie kommen Sie darauf?«

»Hm?« Erst jetzt bemerkte Nele, dass sie laut gedacht hatte. »Äh, na ja«, meinte sie, »er will, dass die Adresse gesehen wird. Sie ist Teil der Inszenierung, oder? Aber wenn es schon geregnet hätte, als er die Leiche dort abgelegt hat, dann hätte er bestimmt darüber nachgedacht, ob die Adresse durch den Regen fortgewaschen wird. Vielleicht hätte er sie dann abgedeckt oder die Tote später abgelegt. Aber so, wie es jetzt aussieht, ist die Adresse fast nicht mehr leserlich, der Regen hat sie beinah vollständig abgewaschen. Also hat er nicht mit Regen gerechnet … weil es noch nicht geregnet hat.«

»Guter Gedanke«, gab Buchwald zu. »Ich lass das mal recherchieren.« Er nahm sein Handy und tippte eine kurze Nachricht.

Art Mayer verzog keine Miene. »Was ist mit ihrer rechten Hand?«, fragte er. »Blutspuren?«

»Jo«, meinte Veronika Perlau. »Ihr eigenes Blut. Genauso wie die Schrift auf ihrem Bauch.«

»Was so viel heißt wie: Sie hat das selbst geschrieben. Vermutlich unter Zwang.«

»… oder jemand hat ihre Hand geführt«, spann Mayer den Gedanken weiter. »Hatte sie auch einen Handschuh an?«

»Nein«, sagte Buchwald.

»Irgendwelche anderen Besonderheiten?«

»Na.« Veronika Perlau schüttelte den Kopf.

»Wie weit ist es vom Fundort zu … ihr wisst schon«, fragte Mayer.

»Luftlinie etwa dreihundert Meter.«

»Das ist nicht viel.« Art Mayer legte die Stirn in Falten. »Habt ihr irgendeine Idee, was eine Reinigungskraft mit der Frau des Gesundheitsministers verbindet? Und die beiden wiederum mit …«, er machte eine kreisende Handbewegung.

Buchwald schüttelte den Kopf. »Nichts. Und ich bin die Vernehmungsprotokolle mehrfach durchgegangen.«

»Was sagt der Erkennungsdienst? War sie vielleicht im Ministerium, in irgendeiner Putzkolonne? In irgendeinem Regierungsgebäude oder … privat bei einem Politiker zu Hause?«

»Nichts«, meinte Buchwald.

»Okay, und wer ist da dran? Beim Erkennungsdienst, meine ich?«

»Gallwitz.«

»Okay. Der ist gründlich«, murmelte Art Mayer. Nele wusste sofort, was er meinte. Ben Gallwitz war im Herzen ein Terrier, gefangen in der Gestalt eines Mannes mit stattlichem Bauchumfang, der von sich selbst sagte, er liebe drei Dinge: Jagen, Männer und Essen, und zwar genau in dieser Reihenfolge.

»Was Marietta Althauser angeht, ist Gallwitz natürlich noch dran, aber nach dem, was wir über Sahra Heß wissen, scheint es auch da keine Verbindung zu geben.«

»Aber es muss eine geben«, stellte Mayer fest.

»Genau das ist die Eine-Million-Euro-Frage«, meinte Buchwald.

Ja, dachte Nele. Und eigentlich gibt es nur eine Person, die eine Antwort darauf geben kann, was diese drei Menschen verbindet. Die einzige Person von diesen dreien, die noch lebt: Henrik Westphal. Die Frage war nur, wie organisierte man die Befragung eines Bundeskanzlers? Und wer würde die Befragung übernehmen? Doch sicher nicht einer wie Art Mayer. Sie sah Martin Buchwald an und fragte sich, ob er das nötige Format dafür hatte, und vor allem, ob seine Vorgesetzten ihm dafür die nötigen Befugnisse geben würden.

»Wird Zeit für 'ne Befragung«, knurrte Art Mayer.

Buchwald nickte und seufzte wie jemand, der schon viel zu viel Verantwortung trägt und nun noch mehr aufgeladen bekommt. Nele beneidete ihn nicht im Geringsten.

»Ich kümmer mich drum«, sagte Mayer.

»Dafür bist du hier«, meinte Buchwald. »Aber bau ja keinen Scheiß, Art.«

Nele traute ihren Ohren nicht. Art Mayer sollte den Kanzler vernehmen?

»Ach, und sie nehm ich mit?« Mayer deutete in ihre Richtung.

»Hatte ich ja gesagt«, meinte Buchwald. »Sie ist deine Assistentin.«

»*Sie* hat einen Namen«, entfuhr es Nele.

Art Mayer nickte und lächelte müde. »Am Ende«, sagte er zu Buchwald, »werde ich auf *sie* vielleicht besser aufpassen müssen als du auf mich.«

Kapitel 13

Frida Wilke nickte freundlich, ging langsam weiter und wich dem bohrenden Blick des Mannes auf dem Beifahrersitz des titangrauen Audis aus, der neben der festungsähnlichen Einfahrt der großen Stadtvilla parkte. Zwei mannshohe Torflügel, glatt und modern, wie mit Teflon beschichtet, und gerahmt von zwei verwitterten imposanten Torsäulen. Der Fahrer des blitzblank geputzten Wagens schenkte sich gerade Kaffee aus einer Thermoskanne in einen Plastikbecher ein. Umweltsau, dachte sie. Als ob nicht schon genug Plastik die Meere vermüllt.

Frida reckte den Hals, um über das Tor hinweg einen Blick auf das Haus zu erhaschen, bekam aber nur Teile eines hellroten Daches zu sehen. Eins war schon mal klar. Wer hier wohnte, legte Wert auf Privatsphäre. Die Villa lag gut abgeschirmt hinter einer hohen und dichten Kirschlorbeerhecke, aus der in regelmäßigen Abständen auf Stangen montierte Kameras ragten. Mit der Zeit waren die Pflanzen allerdings so hoch gewachsen, dass sie den Blick der Kameras nach unten auf den nahen Gehsteig einschränkten. Die Straße und der Bürgersteig auf der gegenüberliegenden Seite dagegen lagen voll im Blickfeld der Objektive, also hielt Frida sich dicht an der Hecke.

Unauffällig zog sie ihr Handy hervor. Sie hatte ihr altes Samsung mit dem gesplitterten Display reaktiviert, das neue lag immer noch bei der Polizei. Sorgfältig achtete sie darauf, dass die beiden Typen in dem Audi das Handy nicht sehen konnten. Ihr Nacken prickelte vor Aufregung. Zum ersten Mal in ihrem Leben war sie etwas Großem auf der Spur. Etwas *wirklich* Großem. Erst die Tote auf dem Laster, dann die ganze Geheimnistuerei von diesem BKA-Ekel Kleinschmidt, und jetzt dieses epische Anwesen mitten in Berlin. Wer zum Henker wohnte so? Jeff Bezos? Die Aldi-Brüder? Okay, das war vielleicht etwas übertrieben. Einige Häuser in der Gegend rochen zwar nach viereckig Geld, aber das Viertel hier war eigentlich nicht gerade Palm Beach oder die Hamptons, wo sich die Superreichen tummelten.

Also wer zum Geier wohnte in dieser Villa?

Als Kleinschmidt vom BKA endlich mit seiner Fragerei durch war, hatte sich Frida noch der Bernardi stellen müssen. Katrina hatte sie auf der Suche nach Details für die Story um den Mord an der Siegessäule förmlich ausgequetscht. Die Geschichte schrie danach, der nächste große Aufmacher zu werden. Frida war wie elektrisiert und erzählte und erzählte, bis ihr langsam klar wurde, was sie da gerade alles herschenkte. Das war *ihre* Geschichte. *Sie* hatte das alles erlebt. Aber würde ihr Name unter dem Artikel stehen? Nein.

»Schätzchen, Alter vor Schönheit«, hatte die Bernardi gesagt, die ihr den Gedanken wohl angesehen hatte. Was für ein Abfuck. Den Spruch hatten ihr Wim, Karlo und Christian schon immer reingedrückt. Drei ältere Brüder. Sie hatte es gehasst, immer die Kleinste zu sein. Dass die drei immer alles durften, war eins, aber das Schlimmste war die Verarsche dabei gewesen. Alter vor Schönheit! Niemand musste ihr auf die Nase binden, dass sie kein Model war, das wusste sie selbst. Haare, die sich an keine Frisur hielten, Brille, zu kleine Titten und ein Mäusezähnchen-Lächeln. Ihre Zähne waren so kurz, dass die Oberlippe beim Lachen mehr Zahnfleisch als alles andere entblößte.

Schön. So lief das wohl nun mal. Immerhin waren es jetzt nicht mehr ihre Brüder, sondern die Bernardi. Die hatte wenigstens was drauf und hatte sie heute Morgen verteidigt. Also biss Frida die Zähne zusammen und erzählte der Bernardi alles – bis auf eine Kleinigkeit. Denn auch das hatte sie bei ihren Brüdern gelernt: Behalte immer einen Trumpf in der Hinterhand.

Als die Bernardi endlich fertig war, bat Frida sie um einen Tag Urlaub. Sie sei immer noch ziemlich geschockt wegen der Leiche – was ja nicht gelogen war.

Zu Hause in ihrem kleinen Einzimmerapartment hatte Frida sich eine Kanne Ingwertee gemacht, dicke Socken und einen Wollpullover angezogen, sich ins Bett gehockt und dort ihr Laptop aufgeklappt. Das Gesicht der Toten und die Adresse auf ihrem Leib hatten sich in ihr Gedächtnis eingebrannt, also begann sie, auf gut Glück zu recherchieren. Was auch immer die Polizei hier vertuschen wollte, sie würde es herausbekommen.

Was hatte Kleinschmidt gesagt? Es gehe um die nationale Sicherheit?

Frida googelte eine Weile nach Frauen in der Regierung und weiblichen Prominenten, fand aber niemanden, der auch nur annähernd so aussah wie die Frau auf dem Laster. Dann erweiterte sie ihre Suche auf Prominente, Red-Carpet-Events und Empfänge. Nach einer Weile begannen die zahllosen Gesichter und Fotos im Netz, vor ihren Augen zu verschwimmen. Eine Frau sah aus wie die nächste, und in ihren teuren Kleidern hatten sie so gar nichts gemein mit der Toten.

So brachte das nichts.

Sie rieb sich die Augen und begann, sich erneut mit der Regierung zu beschäftigen. Vielleicht war die Frau ja auch die heimliche Geliebte eines Ministers oder eine Spionin. Systematisch begann sie, die einzelnen Minister zu recherchieren, bis sie in einer Ausgabe der *Bunten* auf eine Homestory über den Bundesgesundheitsminister Althauser stieß. Auf einem Foto saß er heile-Welt-mäßig auf einer Bank in seinem Garten vor einem Rosenbusch, gemeinsam mit seiner Frau. Marietta Althauser hatte ein entzückendes Lachen und perfekte Zähne. Sie trug ein geblümtes Sommerkleid und wirkte gar nicht wie die Frau eines Ministers. Die Sonne fiel von rechts ins Bild und ließ einen Perlohrring glänzen. Knapp darunter, an ihrem schlanken Hals war ein kleines, aber markantes längliches Muttermal. Fridas Herz schlug schneller. Sie erkannte das Muttermal sofort wieder. Wenn man sich das Lachen wegdachte, dann passten auch die Gesichtszüge. Das also war die Frau, die sie tot auf dem Laster gefunden hatte! Marietta Althauser.

Sie atmete tief durch und starrte auf das lichtdurchflutete idyllische Foto im Garten der Althausers. Deshalb also der ganze Aufriss? Die Geheimnistuerei?

Plötzlich überkam sie eine Woge des Mitleids. Jetzt, wo die Tote einen Namen und sie ihr strahlendes Bild aus der Homestory der Althausers vor sich hatte, kam es Frida noch schrecklicher vor, was Marietta Althauser zugestoßen war. Warum tat jemand so etwas? Und wozu diese krasse Geheimhaltung der Polizei? Doch nicht etwa wegen des G20-Gipfels in acht Tagen? Damit hatte die Frau des Gesundheitsministers ja wohl wenig zu tun, oder? Vielleicht ging es einfach nur darum, dass man ihre Privatsphäre und die ihrer Familie schützen wollte. Für einen Augenblick überkam Frida das ungute Gefühl, in das Leben von Marietta Althauser eingebrochen zu sein. Durfte sie das?

Andererseits war da das merkwürdige Verhalten von Kleinschmidt, das ja geradezu zum Himmel stank. Irgendwas war da faul. Die nationale Sicherheit brachte man doch nicht einfach so ins Spiel.

Frida rief sich die roten Buchstaben und Zahlen ins Gedächtnis, auf dem Körper von Marietta Althauser.

Schlehdornweg 5, 14050.

Als Erstes spuckte Google den Namen Villa Dornhoff aus, im Berliner Westend. Dazu ein Schwarz-Weiß-Bild aus den Dreißigerjahren von einem imposanten Haus mit Fachwerkelementen, Erkern, Winkeln und zwei kleinen Türmchen, erbaut von einem Berliner Likörfabrikanten. Im Krieg war die Villa zerstört worden. Neuere Fotos und Angaben zu ihrem Besitzer gab es nicht. Auf Google Street View konnte sie zwar die Straße aufrufen, doch das Haus war von Google unkenntlich gemacht worden. Egal, wie oft sie sich durch die Straßen klickte, aus keiner Perspektive war das Haus zu erkennen. Nur aus der Vogelperspektive sah sie ein imposantes Gebäude mit einem verschachtelten hellroten Dach auf einem großen Grundstück mit alten Bäumen. Von oben schien es, als hätte jemand die alte Villa wieder neu errichtet. Weitere Informationen fand sie nicht, weshalb sie beschlossen hatte, sich vor Ort umzusehen.

Langsam ging sie an der Kirschlorbeerhecke entlang. Ob die Männer im Audi sie weiter beobachteten? Sie wagte nicht, sich umzudrehen, das würde sie nur verdächtig erscheinen lassen. Stattdessen konzentrierte sie sich auf die Hecke.

Vielleicht gab es irgendwo ja eine Lücke oder ein kleines Loch – das würde schon reichen. Nach einigen Metern fand sie etwas welkes Laub in der Hecke, etwa auf Hüfthöhe. Sie kramte ihr Portemonnaie aus der Jackentasche, ließ es fallen, schob es mit dem Fuß an den Rand der Hecke und bückte sich. Die welken Blätter hingen an einem gebrochenen Ast, und der Kirschlorbeer war an dieser Stelle etwas weniger dicht. Rasch aktivierte sie die Videokamera an ihrem Handy und schob das Telefon mit der Kamera voran durch die Lücke in der Hecke. Die Äste knackten, ein paar Blätter fielen von den Zweigen. Ihre Arme waren jetzt ganz in der Hecke verschwunden, ihr Gesicht berührte bereits die Blätter. Trotzdem sah sie auf dem Display nichts als Grün. Shit! Wie breit war diese Misthecke?! Sie lehnte sich vor und schob sich mit dem Kopf und den Schultern in die Hecke hinein. Zweige kratzten ihr die Haut auf. Dann stieß sie mit dem Telefon an einen Gitterzaun. Wie paranoid musste man sein, wenn man hinter einer solchen Hecke auch noch einen Zaun brauchte? Sie spähte durchs Dickicht nach dem Display des Telefons und versuchte, die Kamera so auszurichten, dass sie durch das engmaschige grüne Gitter hindurchfilmen konnte. Für einen Moment sah sie das Haus auf dem Display. Was für ein Kasten! Fasziniert starrte sie auf das Gebäude und versuchte, mit minimalen Bewegungen des Handys noch mehr von dem umliegenden Grundstück zu filmen.

»Hey, Sie! Raus da!«

Frida zuckte zusammen.

Hastig zog sie sich aus der Hecke zurück und sah aus dem Augenwinkel einen Mann auf sie zueilen. Sie drehte ihm den Rücken zu, steckte rasch das Handy ein und fing dann an, auf dem Boden umherzutasten.

»Hey, haben Sie mich gehört? Weg da von der Hecke!«

»Äh, Entschuldigung … ich glaube, ich hab mein Portemonnaie hier verloren, es muss irgendwo hier … ah, Gott sei Dank! Ich hab's.« Sie hob das Portemonnaie vom Boden auf, klopfte etwas Schnee davon ab und hielt es demonstrativ in die Höhe.

Der Mann war jetzt bis auf ein paar Schritte herangekommen. Frida schätzte ihn auf Mitte zwanzig. Er war groß, hatte breite Schultern und schaute sie an, als wäre sie eine Terroristin oder so was. »Stehen Sie bitte auf.«

»Ja, ja. Schon gut. Mein Gott, was ist denn los?«

»Was machen Sie hier?«

»Äh, wie gesagt … mein Portemonnaie.« Sie wedelte mit der Geldbörse. Der Mann verfolgte jede ihrer Bewegungen argwöhnisch. Sein Blick flog hektisch hin und her zwischen ihr und der Lücke in der Hecke. »Ist mir aus der Tasche gefallen und …« Frida deutete auf ihre Augen. »Ich seh nicht so gut, hab meine Kontaktlinsen vergessen, deshalb hab ich's nicht gleich gefunden …« Sie machte eine entschuldigende Geste, als sei ihr das alles furchtbar unangenehm, und schob dann die Hand mit dem Portemonnaie in die rechte Jackentasche.

Der Mann reagierte mit einer blitzschnellen Bewegung, griff in seine Jacke und zog eine Pistole. »Nehmen Sie die Hand aus der Tasche, langsam!«

Frida erstarrte. Der Kerl stand jetzt mit leicht gespreizten Beinen da, beide Hände an der Waffe, die Pistole halbhoch, sodass die Mündung auf den Boden vor ihr zeigte. Sie hatte noch nie eine echte Pistole gesehen, geschweige denn, dass jemand ihr mit einer gedroht hätte.

»M… mein Gott, was haben Sie denn? Was … was machen Sie da?«, stammelte Frida.

»Ihre rechte Hand …« Der Mann deutete mit einer nervösen Kopfbewegung in ihre Richtung. Er blinzelte gestresst. »Nehmen Sie Ihre Hand *ganz* langsam aus der Tasche.«

»Ich … wie kommen Sie dazu, mich mit einer Pistole …?« Frida versagte die Stimme vor Angst.

»Die Hand! SOFORT.«

Sie zuckte zusammen, starrte auf die halb erhobene Pistole. Der Finger des Mannes lag am Abzug. Was dachte er, was sie in der Tasche hatte?

Das rechte Augenlid des Mannes zuckte. Frida war unfähig, sich zu bewegen. Sie hörte das Kommando, ein Teil von ihr wusste, es wäre das Beste, einfach auf ihn zu hören, aber sie konnte an nichts anderes denken als daran, dass der Mann vielleicht einen Fehler beging. Dass er vielleicht nicht richtig hinsah und in dem Moment, wo sie die Hand aus der Tasche zog, einfach schoss, weil er dachte, sie hätte …

»Letzte Chance«, zischte er nervös.

»Eddie? Was ist los?«

Fridas Blick ging zum Audi, der Mann am Steuer hatte die Tür geöffnet und stieg aus dem Wagen. In der Hand hielt er den Kaffeebecher. »Eddie?«, rief er noch einmal. Seine Stimme war tief und ruhig.

Eddies Blick war unruhig. Er hielt die Pistole weiter im Anschlag.

»Ist … äh, ist okay«, brachte Frida heraus. »Ich zieh jetzt die Hand aus meiner Tasche, ja? Ist nur ein Portemonnaie, okay?« Ganz langsam zog sie ihre Hand wieder aus der Jackentasche.

»Fallen lassen.«

Frida ließ ihr Portemonnaie auf den Gehweg fallen.

Eddie starrte auf die Geldbörse, dann entspannten sich seine Züge.

»Eddie, was machst du da?« Der Mann aus dem Auto kam

heran und nahm im Gehen einen Schluck Kaffee zu sich, er war die Ruhe in Person. Frida schätzte ihn auf Mitte vierzig.

»Alles unter Kontrolle«, sagte Eddie. »Sie hatte was in der Tasche.«

»Was denn, etwa das Portemonnaie?« Der Ältere musterte Frida und nickte ihr freundlich zu.

»Wie gesagt, sie hatte was in der Tasche«, erklärte Eddie trotzig und steckte die Waffe zurück unter seine Jacke, offenbar trug er ein Schulterholster.

»Bitte entschuldigen Sie meinen Kollegen«, sagte der Ältere. »Nichts für ungut.«

Frida atmete erleichtert auf. »Schon okay«, stieß sie hervor. Was vollkommen gelogen war. Gar nichts war okay. Dieser Typ hätte beinah auf sie geschossen. Wegen nichts. Wie irre konnte man sein?

Sie bückte sich, um das Portemonnaie aufzuheben, doch der Mann mit dem Kaffee kam ihr zuvor.

»Danke«, murmelte sie und streckte ihre Hand aus. Doch anstatt ihr das Portemonnaie auszuhändigen, drückte er Eddie seinen Kaffee in die Hand, klappte dann ihr Portemonnaie auf und zog ihren Personalausweis heraus.

»Äh, dürfen Sie das?«, fragte Frida verblüfft.

Mit einem freundlichen Lächeln gab er ihr das Portemonnaie zurück.

»Und … und mein Ausweis?«

»Wir überprüfen nur kurz Ihre Personalien.« So, wie er das sagte, klang es ganz harmlos, wenn da nur dieses Lächeln nicht wäre. Der Mann machte Eddie ein Zeichen, mit zum Wagen zu kommen. Als er sich hinters Steuer setzte, ließ er die Fahrertür offen, und Frida hörte, wie er in ein Funkgerät sprach.

Sie stöhnte und sah hoch in den grauen Himmel.

»Nicht aufregen, Sie sind nicht die Erste«, sagte jemand hinter ihr. Frida drehte sich um. Eine ältere Dame mit einem kurzkrempigen dunkelgrünen Hut und zwei angesteckten Federn nickte ihr streng zu. Sie hielt einen Basset mit langen Schlappohren und traurigen Augen an der Leine, der kräftig zog und Richtung Hecke schnupperte. »Winston, nein«, wies die Dame ihn zurecht.

»Wie meinen Sie das?«, fragte Frida.

»Na ja, nun …« Sie wedelte mit der linken Hand. »Immer diese Kerle in ihren Anzügen. Die reinsten Wegelagerer. Das wird immer schlimmer. Dass die aus unserer Straße *so was* machen …« Die Frau wies auf eine der Kameras über der Hecke. »Ich hätte ihn nicht gewählt, ganz sicher nicht … *Winston!* Ich habe *Nein* gesagt.« Sie zerrte an der Leine, schien aber nicht genug Kraft zu haben. Winston gab nicht nach und hockte sich am Rand der Hecke hin und schien sein Geschäft verrichten zu wollen.

»Gewählt? Wen meinen Sie denn?«, fragte Frida.

»Na, diesen verkappten Sozi«, machte sich die Frau Luft. »Der hat's doch bloß geschafft, weil's keine Köpfe mehr gibt. Adenauer, das war noch einer. Ach, was red ich, da wäre mir selbst ein Schmidt lieber – der war nur immer in der falschen Partei.« Sie sah zu ihrem Hund, der gerade seinen Haufen vollendet hatte.

Frida starrte sie an. »Sie meinen Westphal? Soll das heißen, in diesem Haus wohnt Henrik Westphal?«

»Na ja, nun … wohnen wäre wohl zu viel gesagt. Seit er sich im Kanzleramt breitgemacht hat, hören wir immer nur das elektrische Tor, abends spät und morgens früh. Ich hab schon einige Male angemerkt, er solle das Tor ölen lassen. Das Ding quietscht furchtbar, wissen Sie. Aber glauben Sie, da nimmt einer Rücksicht?« Sie schnaubte empört. »Haben

Sie den gewählt?« Die alte Dame warf ihr einen prüfenden Blick zu.

»Ich, äh, nee«, sagte Frida verwirrt. Sie hatte immer noch Mühe, zu verarbeiten, was sie gerade gehört hatte.

Die alte Dame nickte anerkennend. »Winston, komm!« Sie ruckte zweimal an der Leine, und der Basset bequemte sich zu ihr. »Dann besteht ja noch Hoffnung«, murmelte sie. »Guten Tag.« Winston lief an ihr vorbei in Richtung des Audis, und sie stakste ihm mit wackeligen Schritten hinterher.

Henrik Westphal, dachte Frida. Was zur Hölle hatte seine Adresse auf dem Bauch der toten Frau des Gesundheitsministers zu suchen? In ihrem Kopf fiel eine Reihe von Dominosteinen. Jetzt machte alles einen Sinn. Der ganze Aufriss am Tatort, das BKA, die Nachrichtensperre, Kleinschmidts Gerede von nationaler Sicherheit.

Sie stieß eine Atemwolke in die kalte Luft.

Sah zum Audi.

Der ältere der beiden Männer saß immer noch im Wagen, bei offener Fahrertür, ein Bein hatte er auf den Gehweg gestellt. In seiner linken Hand hielt er Fridas Ausweis, und während er sprach, wedelte er damit in der Luft. Jetzt beugte er sich ein wenig vor und hörte zu, dabei fixierte er sie und nickte grimmig.

Frida lief es kalt den Rücken herunter. Rasch nahm sie ihr Handy, löschte das Video vom Haus und wählte Katrina Bernardis Nummer.

»Katrina?«, plapperte sie los, kaum dass die Bernardi abgehoben hatte. »Ich hab was rausgefunden. Die Tote auf dem Laster, das ist Marietta Althauser, die Frau des Gesundheitsministers, und auf ihrem Bauch, das hab ich noch nicht erzählt, da war eine Adresse, in roten Buchstaben, das ist die Adresse von Henrik Westphal.«

Im Telefon rauschte es leise. Sie konnte die Hintergrundgeräusche aus der Redaktion hören. Die Bernardi schwieg.

»Der *Bundeskanzler*«, schob Frida erregt nach.

»Interessant«, meinte die Bernardi leise.

Interessant? Im Ernst? War das alles, was sie dazu zu sagen hatte? »Das heißt doch, der Kanzler hat irgendwas mit diesem Mord zu tun, ich meine, seine Adresse steht auf der Toten«, ergänzte Frida flüsternd, »und die wollen das vertuschen. Das müssen wir bringen!«

»Schätzchen«, erwiderte die Bernardi, »*wir* bringen im Moment gar nichts. Und du, halt erst mal die Füße still. Du hast Urlaub, also erhol dich, klar?«

Es klickte, und das Gespräch war beendet.

Frida schnappte nach Luft. Was war das denn? Sie servierte hier gerade die Story des Jahrzehnts, kurz vorm G20-Gipfel, und die Bernardi legte einfach auf? Was lief hier? Gingen jetzt etwa alle in Deckung?

Der Mann im Audi stieg wieder aus dem Wagen, nickte Eddie zu, und die beiden kamen mit ausdruckslosen Mienen auf sie zu.

»Frau Wilke«, rief der Ältere und winkte sie heran. Fridas Blick blieb an seiner Hand hängen. Wo ist mein Ausweis?, dachte sie. Bis gerade hatte er den doch noch in der Hand?

Ein weiterer Dominostein fiel.

Das war kein gutes Zeichen. Überhaupt nicht.

Und zu allem Überfluss griff der Typ, der Eddie hieß, in seine Jackentasche und zog Handschellen hervor.

Kapitel 14

Art öffnete die Beifahrertür und ließ sich in den Sitz des Dienstwagens fallen, ein BMW älteren Modells. Nele Tschaikowski stieg auf der Fahrerseite ein und rümpfte die Nase.

»Der Leichengeruch bleibt immer 'ne Weile«, sagte Art und suchte in seinem Handy nach der Adresse, die er vor ein paar Minuten aus dem Protokoll herauskopiert hatte. »Empfindliche Nase, hm?«

Nele Tschaikowski zuckte mit den Achseln, als wäre ihr das Thema lästig. Sie ließ den Wagen an, und Art gab die Adresse ein. Das Navi bestätigte mit einer freundlichen Frauenstimme ihr Ziel.

»Treptow-Köpenick? Äh, das ist jetzt aber nicht das Westend, oder?« Sie sah ihn irritiert an.

Art legte den Kopf schief und dehnte seine verspannte Halsmuskulatur. Der Atlaswirbel knackte laut. »Hatte ich gesagt, dass wir ins Westend fahren?«

»Ich dachte nur, weil –«

»Oder am besten gleich ins Kanzleramt?«

Stille.

»Wenn ich mich mit Westphal treffe, will ich vorher was in der Hand haben«, sagte Art.

Sie presste die Lippen aufeinander, und ihre Wangen wurden rot. Was zum Teufel hatte sie jetzt schon wieder? Lag es daran, dass er »ich« gesagt hatte? *Wenn ICH mich mit Westphal treffe.* Offenbar fühlte sie sich ausgeschlossen. Sie hörte die Flöhe husten – und das wurde langsam anstrengend.

Nele Tschaikowski gab vorsichtig Gas. Der BMW schlidderte über einen Buckel aus Schneematsch und reihte sich in den Verkehr ein. Es war früher Nachmittag, der Himmel war grau und schwer, als hielte er weiteren Schnee zurück.

»Wohin fahren wir denn?«, fragte sie.

»Zur Mutter der Ermordeten.«

»Zur Mutter von Marietta Althauser?«

»Zur Mutter von Sahra Heß. Margot Heß heißt sie, glaube ich, laut Protokoll.«

»Margot Heß wurde doch schon vernommen, die Althausers dagegen noch gar nicht«, wandte sie ein.

»Aber Frau Heß' Tochter war das erste Opfer. Das hier sieht für mich aus wie der Beginn einer Serie, und wenn das tatsächlich so ist, dann verrät uns das erste Opfer am meisten. Bei ihm macht der Täter noch die meisten Fehler. Er ist aufgeregt, hat noch keine Routine, ist überfordert, wie zum Beispiel die Geschichte mit dem Regen und der fast unleserlichen Adresse zeigt. Bei einem Mord gibt es Hunderte Dinge, die schieflaufen können, die dich verraten können. Egal, wie gut du planst, du schaffst es nie, an alles zu denken, erst recht nicht beim ersten Mal«, sagte Art.

»Sie glauben, er mordet weiter?«

»Sie nicht?«

Nele Tschaikowski schwieg einen Moment und schien zu überlegen.

»Es gibt noch einen Grund, warum ich zuerst mit Sahra Heß' Mutter sprechen will«, sagte Art.

»Weil Sahra Heß keine Lobby hat?«

Art seufzte innerlich. Das mit der Moral war offenbar ein Riesending für sie, und scheinbar schätzte sie ihn genauso ein. »Könnte einer sein«, sagte er, »ist es aber nicht.«

»Weil sie schwanger war?«

Art runzelte die Stirn und musterte sie von der Seite. Sie fing seinen Blick auf und errötete. »Sicher nicht«, knurrte er. »Die Sache ist die: Bei Marietta Althauser kann ich mir jede Menge Gründe vorstellen, warum sie getötet wurde: Frau eines Regierungsmitglieds, einflussreich, wohlhabend, vielleicht sogar reich, positioniert – jedenfalls soweit ich das gehört habe. Sie wird Feinde haben, ihr Mann hat ebenfalls Feinde. Außerdem ist der Kollege von der Abteilung Sicherungsgruppe gerade schon in Richtung politisch motiviertes Verbrechen unterwegs. Was Marietta Althauser angeht, ist der Weg gepflastert mit Vermutungen, die wir alle überprüfen müssen. Das dauert. Und wenn ich recht haben sollte und der Kerl wieder zuschlägt, haben wir keine Zeit. Viel interessanter finde ich deshalb gerade die Frage, warum sich jemand die Mühe macht, auf diese komplizierte Weise eine Reinigungskraft zu töten. Ich glaube, die Verbindung von Sahra Heß und dem Kanzler dürfte viel aufschlussreicher sein.«

»Aber Buchwald meinte doch, es gibt keine Verbindung. Im Protokoll steht nichts davon«, wandte sie ein.

»Buchwald ist ein Protokoll-Fetischist. Ich hab's mehr mit Menschen.«

Nele Tschaikowski schnaubte. »Sie? Mit Menschen?«

Er zuckte mit den Schultern. »Auf die ein oder andere Art«, erwiderte er lakonisch.

»Dann bin ich gespannt auf die *andere* Art«, sagte sie.

Eine Weile fuhren sie schweigend. Links flog das weiß bedeckte Tempelhofer Feld vorüber, durch das kahle Gestrüpp am Rand der A100 war der Fernsehturm in weiter Ferne zu erkennen.

»Puh. Hier stinkt's so dermaßen nach Rauch«, sagte Nele und ließ die Seitenscheibe ein Stück herunter. Eisige Luft dröhnte in den Wagen. »Dabei ist das Rauchen in Poolfahrzeugen schon seit 'ner Ewigkeit verboten, hält sich nur keiner dran.«

»Stört Sie das?«, fragte Art.

»Was, der Gestank? Klar.«

»Dass sich keiner dran hält, meinte ich.«

»Wir sind bei der Polizei, ich meine, wenn wir's nicht schaffen, uns an Regeln zu halten, wer dann?«

Art zuckte mit den Schultern.

»Sie stört's nicht?«

»Gibt größere Sünden, oder?«, meinte Art. *Ehebruch, zum Beispiel,* schoss es ihm in den Sinn. *Oder Körperverletzung.* Er schob den Gedanken an seine Frau und Kauder rasch beiseite, mit bescheidenem Erfolg.

Ja, verdammt, die Perlau hatte recht. Es war kindisch gewesen. Und dumm. Kauder war Polizeipräsident. Und trotzdem hatte es sich gut angefühlt, ihm eine zu verpassen. Nicht allein wegen der Sache mit seiner Frau, das hatten die meisten missverstanden, eingeschlossen seiner Frau selbst. Sie war nur der Auslöser gewesen. Art hatte sich so lange zusammengerissen, die Handbremse angezogen, hatte unbedingt der gute Polizist sein wollen, hatte nach den Regeln gespielt. Und was hatte es gebracht? Er war beglückwünscht worden, zu seiner sensationellen Erfolgsquote. Doch über die *andere* Quote, über die derjenigen, die wieder freikamen, die sich entzogen, sich mit Lügen, Drohungen, Anwälten und Geld freikauften, über die redete niemand.

Nele Tschaikowski wechselte von der A100 auf die 113. Arts Blick ging zur vorgezeichneten Route im Straßengewirr auf dem Navi. Wenn's nur im echten Leben genauso einfach wäre. Ziel eingeben. Route folgen. Ankommen. Andere Polizisten soffen, um all das auszuhalten, oder wurden hinter ihren Aktenbergen depressiv. Ihm war eben die Faust ausgerutscht. Na und?

Henrik Westphal stahl sich in seine Gedanken, und die große Tür in seinem Inneren, die er nie wieder hatte öffnen wollen, und nun hatte ausgerechnet Westphal selbst die Klinke gedrückt.

Er schüttelte die Erinnerungen ab.

Und jetzt? War er wieder ein Teil der Maschine?

Eine WhatsApp-Nachricht ging mit einem Ping auf seinem Handy ein. Fast zeitgleich ertönte dasselbe Geräusch auf Nele Tschaikowskis Telefon. »Ist von Buchwald«, sagte er mit Blick auf das Display. »Stallorder.«

»Und?«

»Nachrichtensperre. Keine sensiblen Namen, keine sensiblen Fotos ohne Freigabe. Immer dran denken«, zitierte er.

»Das hör ich jetzt schon zum x-ten Mal«, murmelte sie. »Da wird so was von Druck aufgebaut.«

Art massierte mit Daumen und Mittelfinger seinen Nacken. »Eins will ich noch wissen«, sagte er. »Wussten Sie, dass Dana Karasch für Buchwald nur ein Vorwand war, um mich zu ködern.«

»Ist das Ihr Ernst?«, fragte sie überrascht. »Es gibt keine Verbindung von Dana Karasch zu diesem Fall?«

»Definitiv keine.«

»Scheiße«, murmelte sie. Ihre spontane Betroffenheit

wirkte echt. »Tut mir leid für Sie, ich hatte wirklich keine Ahnung.«

Art nickte und starrte aus dem Fenster. Der Himmel hatte die Farbe von Waschbeton. »Lassen wir das mit dem Sie. Ich bin Art.«

»Nele«, sagte sie.

Ihr stilles Lächeln dabei gefiel ihm. Wenn die Strenge, die ganzen Ambitionen und die Unsicherheit von ihr abfielen, dann hatte sie was. Nicht das, worauf er stand. Doch er konnte sich gut vorstellen, dass es jemanden gab, der sie dafür liebte. Bei dem Gedanken spürte er einen Stich in der Brust. Die Einsamkeit überfiel ihn immer hinterrücks. *So, wie ich sie geliebt habe,* dachte er. *Oder es immer noch tue?*

Aber die einzige große Liebe in seinem Leben war fort. Unerreichbar. Und egal, was passierte, er durfte nicht zulassen, dass sie ihm noch ein zweites Mal zum Verhängnis wurde.

Nele sah zu ihm herüber. »Übrigens, du bist nicht angeschnallt.«

»Du schon«, murmelte er und vertiefte sich in sein Handy.

Kapitel 15

»Krumme Laake«, murmelte Nele. Sie ließ das Schild links liegen und bog in den Geinsheimer Weg ab. »Hier bin ich in meiner Schulzeit ein paar Mal baden gewesen.«

Art schwieg und ließ die Gegend auf sich wirken. Sie waren am äußersten südöstlichen Rand von Berlin. Die Straße bestand aus aneinandergereihten großen Betonplatten, in den Ritzen spross im Sommer Gras, jetzt waren die welken Büschel von grauem Schneematsch bedeckt. Jemand hatte kürzlich gestreut, und der BMW warf Spritzwasser auf. Links und rechts häuften sich kleine Schneehügel vor Jägerzäunen. Schlichte graue Häuser mit Satteldächern, einfache Bungalows, ein paar Schrebergärten mit Blockhütten, hin und wieder ein paar hochgewachsene kränkliche Fichten. Nach dreihundert Metern ging die Straße über in einen Weg aus Erde und Schotter und mündete schließlich in einer Sackgasse direkt am Waldrand. Ein schmaler Fußweg verlor sich zwischen den Bäumen. Ein grünes Schild wies das Ziel aus: *Krumme Laake*. Auf dem Navi hatte der See die Form eines Wasserhahns.

Nele hielt vor einem verwitterten Lattenzaun mit grünen

Moosflecken. Ein baufällig wirkendes einstöckiges Etwas duckte sich in den hinteren Teil eines großen Grundstücks. Eine Mischung aus Baracke, Bungalow und Hexenhaus. Im Garten standen ein paar mannshohe bemalte Holzstatuen mit angeschraubten Gebrauchsgegenständen wie Fahrradlampen, alten Ketten oder Zylinderköpfen. Eine der knorrigen Statuen hatte den Nacken gebeugt und trug eine verblasste blaue Kugel zwischen den Schulterblättern. An einem schiefen Mast hing eine gefrorene Deutschlandfahne, vom Wetter gegerbt.

»Hier?«, fragte sie.

»Das Navi sagt Ja«, meinte Art und stieg aus. Ein kalter Windhauch fuhr ihm in den Nacken und trieb den Rauch, der aus dem verrußten Schornstein aufstieg, zwischen die Äste der Fichten am Waldrand. Am Gartentor hing ein rot umrandetes Schild. *Vorsicht vor dem Hund.* Eine Klingel war nirgendwo zu sehen. Ebenso wenig ein Name oder eine Hausnummer. Das Haus löste tiefes Unbehagen in Art aus.

Nele warf einen Blick auf das Warnschild, dann öffnete sie das Gartentor und betrat das Grundstück, als kümmere sie die Warnung nicht im Geringsten. Art zögerte. Sie sah ihn verwundert an. »Angst vor Hunden?«

»Respekt trifft es wohl eher.«

»Ah, Respekt«, wiederholte sie trocken. »Alles klar.« Verarschen ließ sie sich nicht, so viel stand fest. Eigentlich gefiel ihm das, nur nicht unbedingt jetzt. »Wo ist die Nele geblieben, die sich anschnallt?«

Sie zuckte mit den Schultern. »Wo ist der Art geblieben, der sich *nicht* anschnallt.«

Art trat durch das kleine Gartentor auf das Grundstück.

»Sie hat keinen Hund«, erklärte Nele. »Jedenfalls ist im Protokoll keiner erwähnt. Hättest du's gelesen, wüsstest du's.«

»Ist das so?«, meinte Art. Nele lächelte. Es sah ein wenig schnippisch aus.

Sie folgten einem kleinen Pfad aus vom Schnee verwehten Fußspuren. Die Haustür hatte ein kleines quadratisches Sprossenfenster auf Brusthöhe, jedenfalls, was Art betraf, für Nele war es eher Augenhöhe. Hinter der Scheibe verhängte eine gehäkelte Gardine die Sicht. Am Türpfosten klebte eine kleine Funkklingel. Art drückte sie, und im Haus ertönte das tiefe Bellen eines großen Hundes. Er schaute Nele an und hob die Brauen. »Protokoll, hm?«

Das Tier verstummte.

Sie warteten eine Weile vergeblich, dann drückte Art erneut die Klingel. Wieder fing der Hund an zu bellen, seltsamerweise im exakt gleichen Rhythmus wie zuvor. Rasch drückte er die Klingel ein drittes Mal, und dasselbe Gebell begann von vorne, um dann wieder zu verstummen.

Diesmal hob Nele die Brauen.

»Hallo?«, ertönte die kratzige Stimme einer älteren Frau. »Wer ist denn da?« Es klang, als stünde sie direkt hinter der Tür, doch hinter dem gehäkelten Stoff war nichts zu erkennen.

»Frau Heß?«

»Wer ist denn da?«, wiederholte die Stimme misstrauisch.

»Mein Name ist Artur Mayer, Bundeskriminalamt Berlin. Ich komme mit einer Kollegin, wir haben noch ein paar Fragen an Sie, wegen Ihrer Tochter.«

»Fragen? Ich hab doch schon alles beantwortet.«

»Es gibt ein paar neue Entwicklungen im Fall Ihrer Tochter.«

Stille.

Dann wurde ein Riegel zurückgeschoben, und die Tür ging eine Handbreit auf. Zwei dunkle, raubvogelartige Augen in einem zerfurchten Gesicht voller Altersflecken fixierten Art. Margot Heß hatte schlohweißes Haar, war sorgfältig gekämmt, schien jedoch länger nicht beim Friseur gewesen zu sein. Am rechten Ohr trug sie einen goldenen Ohrring, eine Art Kreole von der Größe eines Zwanzigcentstücks. »Dürfte ich wohl Ihren Ausweis sehen?«, forderte sie.

Weder die gewählte Ausdrucksweise noch ihr strenger Ton passten zu der Baracke, in der sie wohnte. Art reichte ihr die ID-Karte, die Buchwald ihm am Morgen ausgehändigt hatte. Ein kurzer scharfer Blick genügte ihr. Ein weiterer Blick traf Nele, die ein knappes Nicken erntete, dann tauchte sie in der Dunkelheit des Flures unter, ließ die Tür jedoch offen. »Was stehen Sie da noch rum. Kommen Sie rein, bevor ich noch die ganze Straße heize.« Sie wirkte seltsam hartleibig, nicht als hätte sie erst vor einer Woche ihre Tochter verloren. Wollte sie sich keine Blöße geben? Die Trauer nicht zulassen? Oder war sie einfach nur der Typ, der hart gegen sich selbst und andere war?

Margot Heß wies sie an, am Esstisch Platz zu nehmen. Über einer rot karierten Wachsdecke hing eine Bootslampe, die einen müden Schein ins Zimmer warf. Durch das Fenster sah man auf einen alten Schuppen am Waldrand. Gegenüber vom Tisch hing ein Flachbildschirm an einer mit Holzimitat getäfelten Wand. RTL lief, ohne Ton. Die Stühle knarrten, als hätten sie etwas dagegen, dass Art und Nele sich setzten. Auf der Fensterbank stand neben einer Schneekugel ein Foto in einem offenbar selbst gebastelten Fichtenholzrahmen. Margot Heß in jüngeren Jahren, in einem strengen schwarzen Kleid mit einer weißen Schürze, auf dem Arm trug sie ein kleines Mädchen.

Die alte Heß öffnete eine Klappe an der Vorderseite des gusseisernen Küchenherdes, der aussah, als stamme er noch aus dem neunzehnten Jahrhundert, schob ein Brikett in die schwelende Glut im Inneren, stieß mit einem Schürhaken nach und schob dann einen Wasserkessel auf die Eisenplatte über der Feuerstelle.

Auf dem Weg zum Tisch warf sie einen Blick in einen flachen breiten Korb, der auf dem Boden stand. Sie schürzte die schmalen Lippen und machte ein Kuss-Kuss-Geräusch. Auf einer verfilzten Decke rekelte sich ein ältlicher Rauhaardackel.

Nele und Art wechselten einen Blick.

»Das war aber nicht er, der eben gebellt hat, oder?«, meinte Nele und lächelte Margot Heß gewinnend an. Sie schien gute Stimmung machen zu wollen. Art fand das sympathisch, aber verfehlt. Margot Heß offenbar auch. »Die Klingel, ja«, schnaubte sie abfällig. »Eine Idee meines Mannes. Gott hab ihn selig. Eins der wenigen Dinge, die er in sechsunddreißig Jahren Ehe zustande gebracht hat. Ein Wachhund als Funkklingel, ein Haufen Holz im Garten und ein Berg Schulden, das ist alles.«

»Frau Heß«, erkundigte sich Nele, »darf ich das Gespräch mit Ihnen aufzeichnen?«

Sie zuckte mit den Achseln. »Wenn es sein muss.«

Nele aktivierte die Aufnahme-App in ihrem Handy und legte es auf den Tisch.

»Sie leben allein hier?«, fragte Art.

»Mit Helmut.« Ihre knotige Hand zeigte auf den Dackel. »Mein Mann ist vor drei Jahren gestorben. Aber Sie sind sicher nicht hier, um meine Geschichte zu hören, Sie wollen über Sahra reden, oder?«

»Ist sie das?« Art wies auf das Foto auf der Fensterbank.

Margot Heß nickte. Zum ersten Mal, seit Art und Nele das Haus betreten hatten, schien die Trauer sie einzuholen. Für einen kurzen Moment bebte ihr Kinn, doch dann biss sie die Zähne zusammen, ihre Lippen wurden schmal, und ein Ring aus Fältchen zog sich um ihren Mund zusammen.

»Wie war Ihr Verhältnis?«, fragte Nele.

Margot Heß' Blick wanderte zum Fernseher. »Gut«, meinte sie. »Sie kam eher nach ihrem Vater. Na ja, vielleicht auch ein bisschen nach mir. Hat wenig aus sich gemacht.« Sie schwieg einen Moment. »Immer nur Putzkolonne. Fast-Food-Restaurants hat sie sauber gemacht. Da hat sie auch diesen Kerl kennengelernt, aus Namibia, oder wo auch immer der herkam ...«

»Nigeria«, half Nele aus.

»Schön, das liegt etwas weiter nördlich. Was macht das schon für einen Unterschied.«

»Für einen Afrikaner sicher einen großen.«

Margot Heß zuckte mit den Schultern. Für politische Korrektheit schien sie nicht viel übrigzuhaben, doch in Geografie kannte sie sich überraschend gut aus. »Was fragen Sie überhaupt, Sie wissen doch alles«, seufzte sie und schien sich in Gedanken zu verlieren. »Ein Kind ohne Mann ... Na ja, immerhin, das hat sie wohl schlauer angestellt als ich.«

»Wissen Sie, wie Sahra damit klarkam, ohne den Vater des Kindes, meine ich. Wie waren ihre Pläne?«

»Pläne? Sie hatte ja mich. Ich hätte schon drauf aufgepasst. Wissen Sie, im Sommer ist es hier eigentlich ganz schön, der See, der Wald.«

»Ihre Tochter wollte zu Ihnen ziehen?«

»Ich hab's ihr angeboten.«

»Und, wollte sie?«, bohrte Nele.

»Ihr wäre nichts anderes übrig geblieben, denke ich.«

»So, wie Sie das sagen, klingt es, als wäre Ihr Verhältnis doch nicht so gut gewesen?«

»Was wollen Sie denn damit sagen?«, erkundigte sich Margot Heß spitz.

»Nichts, ich frage nur.«

»Dann stellen Sie andere Fragen.« Margot Heß' Blick war undurchdringlich, zwei schwarze Murmeln, tief in den Höhlen.

»Was haben Sie eigentlich früher gearbeitet?«, wechselte Art das Thema.

»Ich? Ist das wichtig?«

Art fixierte sie schweigend.

»Was soll's«, lenkte sie ein, »hab ja nichts zu verstecken. Als Erzieherin.«

»Und wo?«

»Pfff«, stieß sie hervor. »Suchen Sie sich was aus. Kindergarten, Schule, Nachmittagsbetreuung. Zuletzt in der Hauptmann-von-Köpenick-Grundschule. Ich hab vor vielen Jahren damit aufgehört, je älter man wird, desto schwieriger wird's, die Bande zu hüten.«

»Aber um Ihr Enkelkind wollten Sie sich kümmern?«

»Mein eigen Fleisch und Blut – das ist was anderes.«

Art nickte nachdenklich.

»Fremde Kinder«, brummte sie, »das ist immer … na ja …«

Art verzog den Mund und sah zu dem alten Herd. Das Feuer im Inneren bullerte, und die Wärme trieb ihm das Blut in die Wangen.

»Hatten Sie nicht gesagt, es gäbe neue Entwicklungen«, erkundigte sich Margot Heß.

Art räusperte sich.

»Oder haben Sie das nur behauptet, damit ich Sie reinlasse?«

»Es gibt eine weitere Tote«, sagte Art schnörkellos. Nele

warf ihm einen beunruhigten Blick zu. Buchwalds Stallorder. Haltet euch an die Informationssperre.

»Und … wer ist es?«, fragte Margot Heß.

»Darüber darf ich Ihnen nichts sagen«, erwiderte Art. »Aber das Muster der Tat spricht dafür, dass die beiden Fälle zusammenhängen.«

»Was … was meinen Sie genau mit Muster?«

»Hat man Sie über die genauen Umstände des Todes Ihrer Tochter aufgeklärt?«

Margot Heß' Augen zogen sich misstrauisch zusammen. »Sie ist verblutet – und sie wurde in einem Park … abgelegt.«

»Ihnen wurde eine Reihe von Fotos gezeigt, richtig?«

»Von meiner Tochter, wie sie gefunden wurde? Äh, nein. Ich weiß auch nicht, ob ich das …« Sie verstummte.

»Ihnen wurde das Foto eines Hauses gezeigt. Eine Villa.«

Sie nickte. Ihr Blick floh zum Fernseher.

Nele runzelte die Stirn. Offenbar wurde ihr gerade klar, dass er das Protokoll der Befragung von Margot Heß sehr wohl gelesen hatte, und zwar während der Fahrt hierher via VPN auf seinem Handy. Er war nur nicht bereit gewesen, sich mit den Ergebnissen der Befragung zufriedenzugeben.

»Haben Sie das Haus erkannt?«, fragte er, obwohl er die Antwort schon wusste.

»Nein«, sagte sie.

»Haben Sie einen der Männer, deren Fotos Ihnen gezeigt wurden, erkannt? Hatte Ihre Tochter jemals mit einem von ihnen zu tun, in welcher Form auch immer? Und sei es nur eine Fünf-Minuten-Begegnung, von der sie Ihnen erzählt hat.«

»Nein.«

»Sie haben wirklich niemanden auf den Fotos erkannt?«, hakte Art nach.

»Pfff. Na ja. Da war dieser eine Typ, der ein bisschen aussah wie Westphal, Sie wissen schon, der Bundeskanzler. Ich dachte, was ist das denn für ein Blödsinn. Was sollte meine Tochter mit dem zu tun haben, hab ich gefragt. Dieser Polizist, Kleinschmidt, der hat mir danach erklärt, das Foto wäre Teil eines Tests. Irgendwas Psychologisches, um den Wert von Zeugenaussagen zu überprüfen. Es ginge um Aufmerksamkeit und Falschikation oder so ähnlich ...«

»Falsifikation«, sagte Art.

»Ja, das war das Wort, das er benutzt hat. Ich fand das ziemlich ... irritierend, wenn Sie mich fragen.«

»Das heißt, Sie konnten nichts davon mit Ihrer Tochter in Verbindung bringen? Weder den Mann, der aussah wie der Kanzler, noch die anderen Männer, noch das Haus auf dem Foto?«

»Nichts von alledem.«

Art nickte nachdenklich.

»Aber das hatte ich Ihren Kollegen ja alles schon erzählt.« In ihrer Stimme schwang ein gewisser Vorwurf mit.

»Ich weiß«, seufzte Art. »Frau Heß, die Sache ist die: Ich glaube, es gibt eine Reihe von Dingen, die Ihnen über den Tod von Sahra verschwiegen wurden.«

Aus dem Augenwinkel sah Art, dass Nele unruhig wurde.

»Ach so?«, sagte Margot Heß. Es klang beinah desinteressiert, als hätte sie mit dem Tod ihrer Tochter bereits abgeschlossen.

»Sie war vollständig entkleidet«, fuhr Art fort, »und auf ihrem Bauch stand eine Adresse, mit Blut geschrieben.«

Margot Heß erbleichte. Die Fältchen um ihren Mund wurden noch etwas tiefer, als sie die Lippen aufeinanderpresste.

»Sahra hat die Adresse offenbar selbst dort hingeschrieben, mit ihrem eigenen Blut. Schlehdornweg 5, im Westend. Villenviertel. Sagt Ihnen das etwas?«

Margot Heß schüttelte den Kopf.

»Das ist das Haus auf dem Foto, das Ihnen gezeigt wurde.«

»Art«, mahnte Nele leise.

»Wissen Sie, wem es gehört?«

»Nein.«

Art lehnte sich vor und fixierte sie. »Dem Mann auf dem Foto, der aussah wie der Kanzler.«

Margot Heß' Gesichtszüge waren leer, ihre knotigen Hände hielt sie eng umschlungen in ihrem Schoß.

»Und wissen Sie, wer das zweite Mordopfer ist?«

»Art, bitte!«, versuchte Nele es erneut.

»Marietta Althauser. Und sie hatte dieselbe Adresse auf ihrem Bauch.«

Margot Heß starrte ihn regungslos an. Vom Herd kam das leise Geräusch von brodelndem Wasser in einem Kessel. »Und warum erzählen Sie mir das alles?«, fragte sie.

»Das wissen Sie doch, oder?«, entgegnete Art mit bohrendem Blick.

Zwei schwarze Murmeln starrten zurück. Für einen merkwürdigen Augenblick kam es Art vor, als würde er in einen Spiegel schauen. Margot Heß war auf der Flucht vor sich selbst und verschloss sich vor allem und jedem. Keine Gefühle. Keine Regung. Was war hier los? War sie vielleicht von irgendjemandem unter Druck gesetzt worden? Oder war das einfach ihr Wesen? Er ließ die Stille einen langen Moment auf sie wirken, in der Hoffnung, dass doch noch irgendeine Reaktion kam. Doch nichts geschah. Nur der Dackel schnaufte und drehte sich in seinem Körbchen. Auf der eisernen Herdplatte ließ das kochende Wasser den Kessel vibrieren. Nele schien den Atem angehalten zu haben und saß kerzengerade am Tisch. Der Stuhl seufzte, als Art sich wieder zurücklehnte. »Ich erzähle Ihnen das«, sagte Art, »weil ich finde, Sie haben das verdient. Ihre Tochter ist tot. Da speist man jemanden nicht mit der halben Wahrheit ab, oder?«

Margot Heß stand schweigend auf, als läge die Trauer um ihre Tochter zentnerschwer auf ihren Schultern. Sie wollte zum Herd, dabei fiel ihr Blick auf den Fernseher. Erschüttert blieb sie stehen. Art folgte ihrem Blick und sah Marietta Althauser unbekleidet und schutzlos auf der Ladefläche des Kleinlasters liegen, genau so, wie er sie dort vorgefunden hatte. Ihre Scham und ihre Brüste waren mit einem Bildbearbeitungsprogramm unscharf gemacht worden, ihre Nacktheit trat dennoch unerträglich zutage. Am unteren Bildrand war in kleinen weißen Buchstaben eine Quellenangabe eingeblendet: *Shibuya-News.com.*

Die Adresse war ebenfalls unscharf. Ein Pfeil deutete auf die unkenntliche Schrift. Danach wurde auf eine Drohnenaufnahme einer Villa geschnitten, und dazu wurde ein Foto von Henrik Westphal eingeblendet. Die Katze war aus dem Sack.

Art warf rasch einen Blick auf sein Telefon. Ein verpasster Anruf von Martin Buchwald, dazu drei Nachrichten. Die letzte davon war kurz und duldete keinen Widerspruch. *Meld Dich. Sofort!*

Kapitel 16

Heute war es so weit. Schon in der Schule ging er wieder und wieder durch, wie er es angehen wollte.

Das Fahrrad zu Hause lassen.

Bloß keinen Schlips.

Die Klappe halten, was Ellie angeht.

Und vor allem: cool bleiben, egal was passieren würde.

Schließlich war er Boxer.

Der Name gefiel ihm viel besser als sein richtiger Name. Als hätte ihn Ellie umgetauft, und er war nicht bereit, diesen Namen wieder herzugeben.

Er sah in den Spiegel und beäugte sich kritisch. Bluejeans, dazu seine neue Jeansjacke, die er heimlich gekauft hatte, mit einem Teil des Geldes von dem ekligen Typen aus dem Bahnhof, darunter ein einfaches weißes T-Shirt und seine abgelatschten Adidas-Superstar, die ihm Mutter für den Sportunterricht gekauft hatte. Er fand, das machte was her. Ob Ellie das auch so sehen würde? Er hatte sie jetzt zwei Tage lang nicht getroffen, und es kam ihm vor wie eine Ewigkeit. Ständig hatte er ihr Gesicht vor Augen, ihr Lachen, ihre Lippen beim Sprechen, Schweigen oder beim Eisessen.

Heute in der Schule hatte er plötzlich geglaubt, den Geruch ihrer Haut in der Nase zu haben. Früher hatte er sich immer gefragt, was die Leute alle mit dem Verliebtsein hatten. Verliebt sein war etwas für Leute, die Vertrauen hatten. Die bereit waren, sich den Verstand rauben zu lassen.

Und jetzt? War er selbst einer davon geworden?

Abends um halb sechs stahl er sich aus dem Haus, er wollte keine unangenehmen Fragen wegen der neuen Jeansjacke riskieren. Auf dem Weg durch den Park raste sein Herz.

Sie saßen alle da wie beim letzten Mal, nur dass sie andere Klamotten anhatten. Zippo sah ihn als Erster und machte Brille und Kappe auf ihn aufmerksam. Ausschnitt kaute mit offenem Mund Kaugummi. Ellie schaute einfach nur. Sie trug eine in Regenbogenfarben verspiegelte Sonnenbrille, ein langes rotes Sommerkleid und Converse-Turnschuhe. Er hätte schwören können, noch nie in seinem Leben ein schöneres Mädchen gesehen zu haben.

»Guck mal an«, feixte Kappe, »der Kleine ist den Schlips losgeworden.«

»Hast du unsere Kohle?«, fragte Brille. Er kam direkt zur Sache und schien keine Zeit verplempern zu wollen. Zippo hielt sich, wie schon beim letzten Mal, im Hintergrund. Er schien nicht viel zu sagen zu haben.

Boxer fischte die Scheine aus der Hosentasche und wollte sie Brille geben, doch Kappe schnappte ihm grinsend das Geld vor der Nase weg. Dann runzelte er plötzlich die Stirn. »Ey, der Spacko hat mir achtzig gegeben«, sagte er verblüfft.

Brille zupfte ihm die Scheine aus den Fingern und zählte nach. Dann lachte er. »Das Doppelte. Kapiert das einer?«

»Warum hast du ihm das Doppelte gegeben?«, fragte Zippo ruhig.

»Weil ihr mich sowieso nach mehr fragen werdet«, entgegnete Boxer. »Und ich hab keinen Bock, Schläge zu kassieren, nur weil ihr glaubt, dass ich dann mehr Angst vor euch habe.«

Die drei wechselten Blicke. Ausschnitt hob ihre Bierflasche und rief: »Cheers! Der Abend ist gesichert.«

»Entweder«, sagte Brille, »bei dir sitzt das Geld ziemlich locker, oder du hast die Hosen echt voll.«

»Ich will keinen Ärger, das ist alles«, sagte Boxer.

Zippo musterte ihn und nickte. »Weil du 'n Heimkind bist, oder?«

Boxer drehte sich mit einem Mal der Magen um. Sie wussten davon! Er sah Ellie an, doch die verzog keine Miene, ein leichtes Lächeln lag auf ihren Lippen. Was dachte sie jetzt von ihm?

»Der is 'n Heimkind?« Kappe sah ihn abschätzig an.

»Pflegekind«, sagte Boxer trotzig. Als würde das was ändern.

»Woher hast du die Kohle«, fragte Kappe. »Geklaut?«

»Geht dich nichts an, oder? Ihr habt sie, und gut.«

»Guck mal an«, meinte Brille. Er trat neben Ellie und legte einen Arm um sie. »Vielleicht hat der Kleine ja doch Eier. Was denkst du?«

»Ich würd sagen, ja«, meinte Ellie. Boxer hätte gerne ihre Augen dabei gesehen, doch er blickte nur in sein eigenes verzerrtes Spiegelbild in ihrer Sonnenbrille.

»Na, wenn du das sagst«, meinte Brille.

Ausschnitt rollte mit den Augen. »Der? Der hat sich doch eingenässt beim letzten Mal.«

Kappe lachte, und Ausschnitt stimmte mit ein.

Boxer stieg das Blut in den Kopf. »Das war euer Scheißbier, du blöde Kuh!«, platzte es aus ihm heraus.

Von einer Sekunde auf die andere war es still.

»Wie hast du meine Freundin genannt?«, fragte Kappe.

Boxer presste die Lippen zusammen.

Kappe ging zum Tisch, nahm Ausschnitt das Bier aus der Hand und goss es in aller Seelenruhe über Boxer aus.

»Ey, du bist so 'n Arschloch«, sagte Ellie wütend.

»Was denn, meinst du mich?«, fragte Kappe.

»Wen denn sonst?«

Boxer stand regungslos da, ließ das Bier abtropfen und starrte Kappe an. »Ich sagte, *blöde Kuh*!«, wiederholte er mit bebender Stimme.

Wieder Stille.

Wobei das nicht ganz stimmte. Es gab diese Momente, in denen zwar niemand etwas sagte, die aber so erfüllt waren von all dem Gebrüll der Gedanken und Gefühle von Leuten, dass die Stille gar keine Stille war.

Du kriegst gleich auf die Fresse, stand Kappe auf die Stirn geschrieben.

Hat er das gerade wirklich gesagt, dachte Ellie. Wobei er hoffte, dass sie eher ein *Wow* dachte.

Interessant, fand Zippo.

Brille wollte es krachen sehen, und auch wieder nicht.

Und Ausschnitt? Ein klares: *Fick dich!*

Die Stille, die keine war, hielt an.

»Ey, lass ihn«, sagte Ausschnitt schließlich und winkte ab. »Ich komm klar drauf.«

Kappes Lippen arbeiteten. Es ging ihm gegen den Strich, dass sie einlenkte.

»Wie gesagt, ich hab keinen Bock auf Ärger«, sagte Boxer. »Ihr wollt wissen, wo ich die Kohle herhabe? Meinetwegen, ich verrat's euch. Aber dann lasst ihr mich in Ruhe, okay?«

Brille musterte ihn neugierig. Zippo grinste und zündete sich eine Zigarette an. Boxers Blick fiel auf das silberne

Feuerzeug, das eine Gravur hatte, ein in Schreibschrift geschwungenes *J. H.* Waren das etwa seine Initialen? »Sag ich doch«, meinte Zippo und stieß lässig Rauch in die Luft. »In dem steckt mehr, als du denkst.«

»Okay, du kleiner Stinker«, knurrte Kappe. »Du glaubst, du bist mutig? Kannst meine Freundin beleidigen? Bedingungen stellen?«

»Ich hab doch gesagt, ist okay für mich«, mischte sich Ausschnitt ein.

»Lass mich das regeln«, wies Kappe sie zurecht, ohne sie auch nur eines Blickes zu würdigen. »Also, du glaubst, du hast Mut? Dann beweis es.« Er sah Boxer herausfordernd an und stieß seine rechte Faust in seine linke hohle Hand, als wollte er sich aufwärmen für das, was kommt.

»Im Ernst?«, fragte Boxer. Sein Herz raste. »Drei gegen einen. Das findest du mutig?« Sein Blick ging unwillkürlich zu Ellie, weil er verzweifelt hoffte ... ja, was hoffte er eigentlich? Dass sie ihm half? Dass er nicht wie der letzte Idiot dastand?

Kappe folgte seinem Blick, kniff ein Auge zu, und als er ihn wieder ansah, hatte er auf ein hämisches Grinsen umgeschaltet. »Das wär zu einfach. Hast schon recht. Wie wär's, wir machen 'nen Handel. Ich organisiere 'ne kleine Mutprobe für dich. Heute Nacht. Wenn du's durchziehst – meinen Respekt. Wenn nicht, wirst du Scheiße fressen, klar?«

Ausschnitt verzog angewidert das Gesicht.

Meinte Kappe das wörtlich? Im St. Joseph wäre das keine Frage gewesen. Aber hier? Was sollte das heißen? Dass er weiter Geld beschaffen sollte?

»Und zwar vor ihren Augen«, meinte Kappe und deutete auf Ellie.

»Jetzt komm schon«, sagte Ellie. »Gib ihm 'ne Chance.«

»Wieso? Kriegt er doch. 'ne faire Chance.« Kappe zählte

vierzig Mark ab und drückte sie Boxer in die Hand. »Bis halb sieben haben die Läden noch auf«, sagte er. »Geh zum Fleischer und kauf das größte Stück Fleisch, das du kriegen kannst. Und dann komm um ein Uhr nachts her. Wir holen dich ab. Dann kannst du zeigen, ob du wirklich Eier hast. Klar?«

Ellie hatte die Brille abgenommen, starrte ihn an und schüttelte mit einer sehr langsamen Bewegung warnend den Kopf.

»Und wie das klar ist«, presste Boxer hervor.

Kapitel 17

»Hast du etwa getrunken?«

Boxer blieb auf der Treppe auf halbem Weg zu seinem Zimmer stehen und schloss die Augen. Warum musste sie immer alles mitbekommen? »Nein, Mama.«

»Du riechst wie ein Fass Bier.«

Er atmete tief durch und drehte sich zu ihr um. Sie stand im Bademantel und mit Lockenwicklern am Fuß der Treppe und stemmte die Arme in die Hüften. Er selbst hatte nur noch die Unterhose an, seine Kleidung hatte er im Keller in die Waschmaschine gesteckt, und das Fleisch weit hinten im Kühlschrank im Keller untergebracht.

»Ich hatte Ärger. Da waren so ein paar Typen. Der eine hat mir sein Bier über den Kopf geschüttet. Deshalb rieche ich so.«

»Ich finde, du hast viel Ärger in der letzten Zeit.«

»Ich kann nichts dafür, ehrlich.«

»Hast du dich gewehrt?«

»Nein.«

»Sicher?«

»Wirklich. Nein.«

»Gut. Nicht dass mir Klagen kommen. Du weißt ja, warum.«

»Ich würde jetzt gerne duschen.«

Sie sah ihn eine Weile an, als müsste sie prüfen, ob sie ihm glaubte. Dann fiel ihr Blick auf eins der Fotos von Sabine an der Wand. Es war, als würde sich ihre Seele für einen kurzen Moment daran festhalten, dann riss sie sich los. »Ja, gut. Zieh bitte nachher nur die Duschkabine mit dem Wischer ab, ja.«

»Mach ich.«

Die Dusche war heiß und gut. Danach aß er etwas in der Küche, ging nach oben, setzte den Kopfhörer auf und hörte Massive Attack. Wenn er die Augen schloss, sah er Brille, der seinen Arm um Ellie legte.

Um halb zehn kam Mutter, um Gute Nacht zu sagen.

»Was ist das für eine Jeansjacke in der Waschmaschine?«, fragte sie.

»Äh, von 'nem Freund. Geliehen. Die hat was von dem Bier abbekommen. Ich wollte sie unbedingt waschen, bevor ich sie zurückgebe.«

Sie nickte. »Gut. Ich habe sie in den Trockner getan.«

So war das immer bei ihr, nahm man auf andere Rücksicht, hatte man gute Karten.

Boxer überlegte, sich den Wecker zu stellen, doch er war eh so aufgekratzt, dass er kein Auge zutun würde. Was meinte Kappe mit einer kleinen Mutprobe? Warum das Fleisch? Und warum hatte Ellie so den Kopf geschüttelt – wusste sie, worum es ging?

Um kurz vor halb eins schlich er die Treppe in den Keller hinab, nahm seine Sachen aus dem Trockner, zog sich an, stopfte das Fleisch, das in eine Tüte gewickelt war, in seinen Rucksack und stahl sich aus dem Haus.

Der Kiosk lag zwischen den Bäumen wie ein totes Tier. Aus dem Mond schien jemand ein Stück herausgebissen zu haben. Seine Sportschuhe waren immer noch etwas feucht und rochen nach Bier. Die Stühle um den Stahltisch waren leer.

Vier Minuten nach eins hörte er einen Wagen. Um die Ecke schlug eine Autotür, Schritte näherten sich. Im Licht des Dreiviertelmondes erkannte er Kappe und Brille. Sie winkten ihm zu, er solle mitkommen. Am Straßenrand stand ein Geländewagen mit laufendem Motor. Boxer meinte, einen Land Rover Defender zu erkennen, sein Vater hatte den Wagen mal als Försterauto und mal als Reichenspielzeug verspottet. Der Defender war ungewöhnlich lang. Auf der Rückbank machte er die drei anderen aus, Ellie, Ausschnitt und Zippo, dahinter hatte der Geländewagen noch einen großen Laderaum.

»Wo fahren wir hin?«, wollte er wissen.

»Wart's ab«, erwiderte Kappe. Brille setzte sich auf den Fahrersitz, und Kappe schob ihn zum Heck des Wagens, wo der Defender anstelle einer Klappe eine Tür hatte. Im Laderaum waren zwei kleine Sitzbänke links und rechts an den Seiten. Kappe zog ein schwarzes Tuch aus seiner Hosentasche und verband ihm die Augen. »Okay, dann nimm mal Platz.«

Boxer tastete nach dem Einstieg, kletterte in den Wagen und stieß sich prompt den Kopf. Vorsichtig setzte er sich auf die linke Bank.

»Gib mal deinen Discman«, hörte er Kappe leise sagen. Der Motor des Wagens klang wie der eines Treckers und übertönte die Antwort. »Schön«, knurrte Kappe. »Am besten kommst du nach hinten und passt auf ihn auf.«

Es schwankte ein wenig, offenbar stieg jemand aus dem

Wagen, einen Moment später kletterte dieser jemand zu ihm ins Heck, setzte sich neben ihn auf die Bank, und er spürte, wie ihm ein Kopfhörer aufgesetzt wurde. War das nicht Ellies Parfüm?

Der Wagen ruckte und fuhr holpernd an.

»Alter. Lern mal fahren«, frotzelte Kappe.

»Fahr doch selber«, gab Brille zurück. »Ach ja, geht ja gar nicht. Dein Alter hat ja noch nicht mal 'ne Karre, oder?« Laute Musik dröhnte plötzlich auf Boxers Ohren. Der Song startete mitten im Lied. Irgendetwas von Mariah Carey, ausgerechnet. Ihm war eher nach Iron Maiden, *Fear of the dark* oder so. Irgendwas Düsteres, Aggressives. Dieses Geträller machte alles nur noch schlimmer. Was hatte er sich bloß dabei gedacht? Kappe war der Typ, der ihn auf ein Zehnmeterbrett lotsen würde und ihn in ein leeres Becken springen ließ.

Ihm brach der Schweiß aus.

Eine warme Hand legte sich auf seinen Oberschenkel und drückte ihn sanft. Ellie! Er atmete tief durch und sog ihr Parfüm ein. Sie lehnte sich bei ihm an und schob den Kopfhörer ein Stück neben sein Ohr, dann spürte er ihren Atem. Ein Ziehen lief durch seinen ganzen Körper. »Musst keinen Schiss haben«, flüsterte sie. Boxer zuckte zusammen. Das war nicht Ellie – neben ihm saß Ausschnitt. »Hey, ruhig.« Sie drückte sein Bein noch fester. »Passiert nichts Schlimmes. Wird 'n bisschen kitzelig, aber mehr nicht, also bleib cool. Dann hast du's schnell hinter dir.«

Er nickte stumm.

»Und nimm's Henner nicht übel. Der is so. Kann ein ziemlicher Arsch sein. Aber im Grunde ist er ganz nett.«

Henner. Damit konnte sie nur Kappe meinen. Was das »ganz nett« anging, hätte er gerne widersprochen, aber würde das was bringen?

»Bist ganz schön verknallt, oder?«, hauchte Ausschnitt ihm ins Ohr. Er spürte, dass er rot anlief. Das Ziehen vom Ohr abwärts in den ganzen Körper wollte nicht gehen. »Vergiss es, ist nicht deine Liga. Verbrennst dir nur die Finger.«

Nicht deine Liga. Er musste an Brille denken, der seinen Arm um Ellie legte. Was hatte sie noch zu ihm gesagt? *Mensch, Boxer. Du bist zwei Jahre jünger als ich! Und fünf Jahre jünger als der Typ, mit dem ich gehe.* Und da hatte sie gedacht, er wäre dreizehn.

»Ich bin übrigens Nora«, flüsterte Ausschnitt. »Und denk dran. Bleib cool, dann passiert dir nichts.« Sie schob den Kopfhörer zurück auf sein Ohr, und Mariah Carey übernahm wieder.

Sieben Songs später blieb der Wagen stehen, und der Motor hörte auf zu vibrieren. Boxer wurde aus dem Laderaum gelotst, dann ging es zu Fuß weiter. Jemand hielt ihn am Arm und führte ihn. Immer wieder stieg ihm ein seltsam strenger Geruch in die Nase, als wäre er auf einem Bauernhof oder in einem Stall. Mit jeder Minute, die er lief, wurde ihm mulmiger zumute. Dann, endlich, blieben sie stehen. Jemand nahm ihm die Kopfhörer herunter. Anstelle von Mariah Carey krächzte ein Vogel. Es knackte, und ein paar seltsame Tierlaute waren zu hören. War das hier ein Wald, irgendeine abgelegene Stelle? Vielleicht auch deshalb der Geländewagen? Aber dafür war der Weg bis hierhin nicht buckelig genug gewesen. Es kam ihm eher vor, als wären sie die ganze Zeit über Asphalt gefahren und gelaufen.

»Kannst die Augenbinde abmachen«, sagte Zippo.

Boxer streifte hastig das Tuch ab.

Vor ihm ragte ein Gitterzaun mit fast drei Metern Höhe auf, dahinter lag ein größeres Gelände im Mondlicht. Er konnte Grasbüschel erkennen, ein paar Bäume, eine Senke mit einem Wasserbecken, mannsgroße Felsbrocken und einige querliegende Baumstämme. In der Nähe ertönte das tiefe kehlige Brüllen einer Raubkatze, und ihm gefror das Blut in den Adern.

Das hier war kein Wald. Sie waren mitten in Berlin, im Zoo.

»Wie … wie seid ihr hier reingekommen«, keuchte er. Wenn sie hier eingebrochen waren und erwischt wurden, dann konnte das gewaltigen Ärger geben, und Ärger, das war nun mal das Letzte, was er gebrauchen konnte.

»Er kann sprechen«, stellte Kappe belustigt fest, oder vielmehr – Henner. »Willkommen im Berliner Zoo.«

»Mach dir keine Sorgen«, meinte Zippo, als würde er ahnen, was Boxer beschäftigte. »Wir haben einen Schlüssel.«

»Woher?«

»Kann dir doch egal sein«, meinte Henner. »Das Einzige, was zählt, ist, dass wir hier sind.« Er deutete auf das Gehege vor ihnen. Wieder ertönte das Brüllen einer Raubkatze. Boxer starrte durch das Gitter, doch dort war kein Tier zu sehen. Henner grinste, ließ einen Schlüssel vor Boxers Nase baumeln, deutete auf eine Eingangsschleuse, die ein paar Meter weiter seitlich lag, und sagte: »Fütterungszeit!«

Boxer erstarrte. Natürlich, das Fleisch. Hilfesuchend ging sein Blick zu den anderen. Ellie, Nora, Brille und Zippo bemühten sich um ausdruckslose Mienen. »Was ist dadrinnen?«, fragte er.

»Erdmännchen?«, schlug Henner vor. Er schien in seinem Element.

»Oder Flamingos«, witzelte Brille.

Boxers Blick wanderte über den drei Meter hohen Zaun.

»Ich geh da nicht rein, das könnt ihr vergessen.« Aus der Dunkelheit kam ein weiteres tiefes Brüllen, das ihm durch Mark und Bein ging. »Ihr seid irre.«

»Wenn's dir hilft«, sagte Zippo. »Die Löwen und Tiger sind in den Gehegen, die weiter rechts liegen.«

»Kannst du mal die Klappe halten«, fuhr Henner ihn an.

Keine Löwen und Tiger also. Aber was half das? Es gab immer noch Leoparden, Panther, Geparde. »Was ist hinter dem Zaun?«, fragte Boxer erneut.

»Keine Raubkatzen«, sagte Brille. Henner sah ihn strafend an.

»Was denn?«, verteidigte sich Brille. »Dann würde ich da auch nicht reingehen.«

Henner seufzte. »Okay. Es läuft so«, wandte er sich an Boxer. »Du gehst mit deinem Fleisch da rein und fütterst, was auch immer da kommt, aus der Hand.«

»Aus der Hand?«, fragte Boxer alarmiert.

»Henner, ich finde, das ist eine Scheißidee«, mischte sich Ellie ein. »Das war nicht besprochen. Mach's nicht komplizierter als nötig.«

Henner rollte mit den Augen. »Mein Gott, ihr seid alle solche Memmen.«

»Sie hat recht, Henner«, meinte Zippo. »Ich würd's auch nicht machen. Nicht aus der Hand.«

»Soll ich's euch vormachen, oder was?«, rief Henner.

»Ist nicht dein Ernst. *Du* willst da rein und aus der Hand füttern?«, fragte Ellie.

»Klar. Was glaubst du, wie die Wärter das machen?«

»Echt?«, fragte Brille.

Henner lachte spöttisch. »Vielleicht hat *dein* Vater ja 'ne Garage voller Autos – aber *meiner* arbeitet hier, falls du dich erinnerst. Also, ja. Echt! Die machen das so.«

Für einen kurzen Moment schwiegen alle. In der Ferne grunzte ein Tier. Ein paar andere antworteten.

»Okay«, meinte Henner schließlich. »Ich hab's ja gesagt, der kleine Schisser kneift.« Er sah Ellie triumphierend an. »*Du* wolltest, dass er 'ne Chance kriegt. Das war's. Jetzt ist er dran.« Er wandte sich an Boxer. »Nur zu deiner Info: Sie ist dein größter Fan hier. Liegt wahrscheinlich an ihrem Große-Schwester-Komplex. Hätte nicht viel gefehlt, und sie hätte ihren süßen kleinen Arsch für dich verwettet …«

Boxer sah Ellie überrascht an. Ellie wiederum starrte wütend zu Henner hinüber.

»Was heißt denn hier *süßer kleiner Arsch*?«, fragte Nora säuerlich.

»Beruhig dich, hab ich nur so gesagt«, wiegelte Henner ab.

»Liegt daran, dass dein Freund nie nachdenkt, bevor er was sagt«, zischte Ellie. »Große Klappe und nichts dahinter.«

»Ach ja? Und was ist mit dem da?« Er zeigte auf Boxer. »Ich bin hier nicht der, der kneift«, stieß Henner hervor.

Ellie war mit drei Schritten bei Boxer. »Ist da das Fleisch drin?« Sie deutete auf den Rucksack.

»Ja, aber …«

»Gib her«, sagte sie entschlossen.

Widerspruchslos händigte Boxer ihr den Rucksack aus. Sie holte das Fleisch heraus, streifte die Tüte ab und hielt das rohe Stück Rinderbraten, das er gekauft hatte, vor Henners Brust. »Dann mach. Beweis es.«

»Wie. Jetzt?«

»Ach, verstehe«, spottete sie. »Morgen wäre dir lieber …«

Henners Augen wurden schmal. »Mach du's doch, wenn du so wild drauf bist.«

Ellie warf die Haare zurück. »Jungs. Die Krone der Schöpfung, was?« Sie ließ ihren Arm mit dem Fleisch sinken und streckte ihm fordernd die freie Hand entgegen. »Den Schlüssel.«

»Wieso?«

»Wenn du's nicht machst, dann mach ich's.«

Boxer starrte sie an. War sie jetzt von allen guten Geistern verlassen?

Henners Blick flackerte. Dann lachte er unbehaglich. »Das bringst du nicht.« Er hielt ihr den Schlüssel hin. Mit einer schnellen Bewegung griff sie danach und ging zur Tür des Gitters. »Damit du siehst, was dein Freund für ein toller Hecht ist«, sagte sie zu Nora und steckte den Schlüssel ins Schloss.

»Jetzt reicht's«, sagte Zippo.

»Halt dich da raus«, zischte Ellie.

»Stopp!«, rief Boxer. »Nicht, Ellie.«

»Ellie?« Zippo und die anderen sahen einander verwirrt an. »Wieso Ellie?«

Boxer nahm ihr das rohe Fleisch aus der Hand, schob sie beiseite, schloss die Tür auf und schlüpfte in die Schleuse.

»Mach das nicht«, stieß Ellie hervor.

»Was, verdammt noch mal, ist dadrin?«, fragte Boxer.

»Ein Schneewolf.«

»Ookay«, sagte Boxer gedehnt. Dabei war gar nichts hier okay. In seinem Kopf herrschte Chaos. Eine Uhr tickte und zählte viel zu schnell die Sekunden herunter. Oder war das sein Puls? »Ich tu's. Ich geh da rein.« Im selben Moment, als er es aussprach, machte sich die Angst in seinen Eingeweiden breit.

»Boxer, bitte. Komm da raus. Das macht keinen Sinn«, flehte Ellie.

»Boxer?«, fragte Henner ungläubig. »Boxer und Ellie?« Er begann, wie ein Irrer zu lachen.

»Halt die Klappe, du Idiot«, stieß Brille hervor.

Boxer wurden die Knie weich. Er wusste, wenn er es jetzt nicht tat, dann würde er einen Rückzieher machen, und das durfte auf keinen Fall passieren. Nicht vor Ellie. Nicht nach dem, was sie für ihn getan hatte. Er wandte sich von den anderen ab, entriegelte die zweite Tür der Schleuse und trat auf das Gelände.

»Scheiße«, flüsterte Brille.

»Boxer, komm zurück, mach das nicht«, rief Ellie.

Er ignorierte sie, setzte langsam einen Fuß vor den anderen und starrte dabei ins milchige Dunkel der Mondnacht. Im St. Joseph hatte es zwei Schäferhunde gegeben, die das Gelände bewachten. Jockel und Falco waren dennoch immer abgehauen, sie verfütterten Würste an die Hunde, damit sie nicht bellten. War ein Schneewolf größer als ein Schäferhund? Er spähte über einen querliegenden Baumstamm hinweg. Im Mondlicht erkannte er dahinter ein paar Felsbrocken, die eine Art Dach über einer Senke bildeten. Regte sich da nicht etwas? Er sah sich nach allen Seiten um. Vielleicht würde der Wolf auch einfach von der Seite kommen?

Ellie rief immer noch nach ihm. Doch umzukehren war keine Option. Wenn eins ganz klar war, dann das: Bevor Ellie hier rein ging, würde er das tun. Er richtete den Blick erneut auf die Höhle. Wie in Zeitlupe schälte sich ein helles Etwas aus der Finsternis. Und dann noch ein Tier. Oh nein!, dachte Boxer. Es sind zwei!

Jetzt nicht zurückweichen.

Sie dürfen nie kapieren, dass du Schiss hast, hatte Jockel ihm mal gesagt. *Bleib stehen, halt den Blick. Du kannst sie auch anknurren und die Zähne zeigen, damit verschaffst du dir Respekt.* Aber funktionierte das auch bei Schneewölfen?

Der eine der beiden kam langsam ganz aus der Höhle und

trat ins Mondlicht. Das dichte Fell schimmerte im fahlen Schein. Mit geschmeidigen Bewegungen schlich der Wolf auf ihn zu.

»Komm her«, flüsterte Boxer und hielt das Stück Fleisch vor sich. »Ich hab was für dich.«

Der zweite Wolf kam jetzt ebenfalls aus der Höhle, blieb jedoch direkt davor stehen.

»Komm schon«, sagte Boxer mit bebender Stimme. »Hier, hol's dir.«

Der erste Wolf war bis auf fünf Meter herangekommen. Jetzt blieb er stehen und fixierte ihn. Plötzlich erfasste ihn ein matter Lichtstrahl. Die anderen hatten offenbar eine Taschenlampe dabei. Boxer beugte sich vor und hielt dem Wolf das Fleisch hin. Mit ganz langsamen Bewegungen und geducktem Oberkörper pirschte sich der Schneewolf heran, bleckte die Zähne und begann zu knurren.

Boxer sträubten sich die Haare. Er versuchte, den Blick zu halten und dem Wolf fest in die Augen zu sehen, doch hinten in der Höhle regte sich plötzlich etwas und lenkte ihn ab. Ein paar kleine weiße Flecken lösten sich aus der Dunkelheit und wurden von einer zweiten Taschenlampe erfasst. Noch mehr Wölfe? Da ging ihm ein Licht auf. Das waren Junge! Die beiden Schneewölfe waren ein Paar, und die Wölfin hatte geworfen.

Das Knurren wurde lauter und bedrohlicher, der Schneewolf war jetzt auf zwei Meter herangekommen. Die entblößten weißen Zähne glänzten. War das die Wölfin? Oder der Wolf? Spielte das überhaupt eine Rolle? Er musste kurz an Ellie denken und ihre wilde Entschlossenheit von eben. Wenn die Wölfin ihre Jungen mit der gleichen Entschlossenheit verteidigen würde, dann wollte er es lieber mit dem Wolf zu tun bekommen.

Er beugte sich noch etwas weiter vor und streckte dem Tier den Rinderbraten entgegen. »Nimm schon«, lockte er sanft. »Das ist lecker.« Das Knurren wurde nur noch lauter, die Lefzen des Schneewolfs bebten. Alles in Boxer schrie nach Rückzug. Aber wenn er jetzt floh, würden sich die Tiere nicht erst recht auf ihn stürzen?

Er musste an Henner denken. *Aus der Hand füttern*, hatte er gesagt.

Nur noch einen Meter. Das Licht einer der Taschenlampen fing sich in den Augen des Wolfs. Das weiße Fell strahlte, die Augen glühten förmlich.

Scheiß auf Henner, dachte Boxer. Mit einer schnellen Bewegung warf er das Fleisch am Wolf vorbei Richtung Höhle. Im selben Moment stürzte sich der Schneewolf auf ihn und biss ihm ins Bein. Boxer schrie vor Schmerzen auf, als sich die Zähne in sein Fleisch gruben. Er versuchte zurückzuweichen, schlug nach dem Kopf des Tieres, doch der Wolf ließ nicht los, stattdessen begann er, an ihm zu zerren. Boxer verlor das Gleichgewicht und stürzte. Wie von Sinnen prügelte er auf die weiße Schnauze, die sich in sein Bein verbissen hatte. Die anderen riefen entsetzt durcheinander, die Taschenlampen zuckten. Mit glühenden Augen riss der Wolf an seinem Bein, ließ plötzlich los und schnappte erneut zu. Boxer glaubte, in Ohnmacht zu fallen, er hörte die Gittertür schlagen, hörte Stimmen, grub verzweifelt seine Hände ins Gras, bekam einen faustgroßen Stein zu fassen, packte ihn mit aller Kraft und drosch auf die Schnauze des Wolfes. Jaulend ließ das Tier los und drehte ab. Boxer wollte davonrennen in Richtung Gittertür, doch sein Bein versagte. Er starrte auf die zerfetzte Jeans und sein Bein. Aus der Bisswunde sprudelte Blut und färbte sein ganzes Bein dunkel. Ihm wurde schwindelig. Verzweifelt rappelte er sich auf, schaffte mit seinem gesunden Bein ein paar kraftlose Sprünge, bevor er hinschlug. Alles um ihn herum wurde matt und kalt und dunkel. Etwas packte ihn und zerrte an seiner Schulter, und das Letzte, was er dachte, war: Jetzt hat mich auch der zweite Wolf.

Kapitel 18

Nele Tschaikowski schlug die Fahrertür zu, startete den Wagen und drehte die Heizung auf volle Leistung. Nach der Wärme des bullernden alten Herdes kroch ihr die feuchte Kälte in alle Glieder. Art richtete sich schweigend auf dem Beifahrersitz ein, blickte auf die gefrorene Fahne vor Margot Heß' Haus und schien darauf zu warten, dass sie losfuhr, doch Nele hatte nicht die geringste Lust dazu. Sie war immer noch nicht darüber hinweg, mit welcher Selbstverständlichkeit Art sich vorhin über die Informationssperre hinweggesetzt hatte. Fast schon, als hätte er gewusst, dass jemand die Informationen der Presse zugespielt hatte. »Woher zum Teufel kommt das Foto von Frau Althauser auf dem Laster?«, fragte sie. »Wie sind die da rangekommen? Jemand von der Spusi?«

»Glaube ich nicht«, sagte Art. »Dafür ist der Fall zu hoch aufgehängt. Jeder hier weiß, dass die ganze Abteilung SG damit beschäftigt ist, alles unter der Decke zu halten. Wer da was rauslässt, der handelt sich ziemlichen Ärger ein.« Er zog sein Handy heraus. *»Shibuya-News«*, sagte er nachdenklich. »Hast du das schon einmal gehört? Ich jedenfalls nicht.« Er begann zu googeln, doch im selben Moment klingelte sein Telefon. Art betrachtete stirnrunzelnd die Nummer und drückte den Anrufer weg.

Nele hatte währenddessen ihr eigenes Handy zur Hand genommen und die Adresse in den Browser eingegeben. Erschüttert sah sie auf den Bildschirm ihres Handys. »Oh Gott, das glaube ich jetzt nicht.«

Art lehnte sich zu ihr herüber. Auf der Homepage von *Shibuya-News.com* war das Foto der toten Marietta Althauser zu sehen, nur dass es hier, im Gegensatz zum Fernsehen, sogar ohne jede Verfremdung gezeigt wurde.

»Verdammter Mist«, sagte Art.

Nele scrollte ein Stück nach unten. In einem knappen Text stand mehr über die Adresse auf dem Bauch der Toten und den jetzigen Besitzer des Hauses, Henrik Westphal. Seltsam war, dass nirgendwo stand, dass die Adresse mit Blut auf Marietta Althausers Körper geschrieben worden war. Ebenso wenig wurde erwähnt, dass es bereits die zweite Tote war.

»Wer macht so was?«, schimpfte Nele. »Das ist entwürdigend. Die müssen doch wissen, dass sie dafür belangt werden.« Sie tippte auf das Menü-Symbol der *Shibuya-News*-Seite. Die Auswahl war bescheiden, es gab nur einen einzigen Punkt zum Anwählen, und der hieß *ÜBER UNS*.

Wir von *Shibuya-News* sind ein anonymes Reporter-Kollektiv, das ausschließlich der Wahrheit verpflichtet ist! Wir sind nicht käuflich. Wir sind nicht werbefinanziert. Wir sind nicht manipulierbar. Hier findest du nur 100 % ungefilterte Informationen. Direkt, offen und schonungslos. Wir sind gegen Eliten. Wir sind gegen Meinungsführerschaft. Wir sind für Meinungsfreiheit. Und wir stellen unsere Arbeit in den Dienst der Wahrheit.
#sn!

»Ziemlich proklamatisch«, meinte Art.

»Glaubst du, die haben was damit zu tun?«, fragte Nele.

»Ein Bekennerschreiben sieht anders aus.« Erneut klingelte Arts Telefon. Er stellte es auf »leise« und legte es mit dem Display nach unten auf die Mittelkonsole.

»Willst du nicht drangehen?«, fragte Nele.

Art zuckte mit den Schultern. »Damit mir irgendjemand erzählt, dass es einen Leak gab? Und mich fragt, ob ich damit etwas zu tun habe oder ob ich einen Verdacht hätte, wer es gewesen sein könnte?«

»Und? Hast du?«

»Nein, natürlich nicht. Du?«

Nele schnaubte und schüttelte den Kopf.

»Schön, dann wäre das ja geklärt«, schloss Art. Er zeigte auf die Seite von *Shibuya-News*. »Ich finde übrigens, die Seite sieht aus, als gäbe es sie noch nicht lange. Der Mord an der Siegessäule ist das einzige Thema. So oder so, sobald die IT herausfindet, wer dahintersteckt, sollten wir mit den Initiatoren reden.«

»Falls die IT das überhaupt herausfindet«, meinte Nele. »Man kann solche Seiten auch anonym betreiben.« Ihr Blick fiel auf Arts Handy, das auf der Mittelkonsole vibrierte. Drei Anrufe in zwei Minuten, und er machte immer noch keine Anstalten, ans Telefon zu gehen. »Und wenn's wichtig ist?«, fragte sie und deutete auf das Handy.

Art verzog genervt das Gesicht, nahm das Handy und reichte es ihr. »Wenn es dir so wichtig ist, vielleicht möchtest du drangehen?«

»Äh, nein«, wehrte Nele ab. »Ich geh nicht an anderer Leute Telefone.«

»Du bist doch meine Assistentin, oder?«

Nele biss sich auf die Lippen. War das jetzt wirklich nötig, dass er daraus ein Machtspiel machte?

Art legte ihr das immer noch klingelnde Telefon aufs Bein. »Also, dann geh ran und überprüf, ob es wichtig ist.« Er öffnete die Beifahrertür und stieg aus. Ein paar vereinzelte Schneeflocken fielen vom Himmel und trieben in den Wagen. Sie spürte, wie ihr der Ärger die Röte in die Wangen trieb. Art ließ die Tür sperrangelweit offen, steckte die Hände in seine Manteltaschen, zog den Kopf zwischen die Schultern und stapfte durch den Schnee am Straßenrand. Wenn sie jetzt das Telefon klingeln ließ, hatte er mit seiner Machtdemonstration Erfolg – und wenn sie abnahm auch. Sie starrte auf das leuchtende Display. *Unbekannte Nummer.* Womit rechnete Art wohl am ehesten? Vermutlich, dass sie es nicht wagte, abzunehmen.

Sie griff nach dem Telefon und nahm das Gespräch an. »Nele Tschaikowski bei Art Mayer«, sagte sie im besten Sekretariatston und so laut, dass Art es auf jeden Fall hören musste.

Am anderen Ende herrschte kurz Schweigen. Dann kam ein Räuspern. »Ich möchte bitte Art Mayer sprechen.« Reservierte Stimme, tief, hochdeutsch, höflich. Aber nicht höflich genug, sich mit seinem Namen zu melden. Seltsamerweise kam ihr die Stimme bekannt vor.

»Wen darf ich denn melden?«, fragte Nele zuckersüß.

Der Anrufer schnaubte kurz auf. »Ist er in der Nähe?«

»Das kommt darauf an«, flötete sie.

»So? Worauf denn?«

»Wer Sie sind, natürlich. Er ist *sehr* beschäftigt gerade.«

Art drehte sich jetzt zu ihr um und runzelte die Stirn. Ihr Ton schien ihm nicht zu gefallen. Gut so.

»Hören Sie«, die Stimme des Anrufers wurde mit einem

Mal eiskalt. »Ich weiß nicht, ob Sie sein neues Betthupferl sind oder ob Sie glauben, mich verarschen zu können ... aber ich habe weder Lust noch Zeit, Teil Ihrer kleinen Komödie zu werden. Also holen Sie ihn mir doch bitte ans Telefon.«

Betthupferl. Hatte er das wirklich gerade gesagt? Art kam jetzt auf sie zu, streckte die Hand fordernd nach seinem Handy aus. Sie quittierte seine Geste mit erhobenen Augenbrauen und behielt das Telefon am Ohr. »Wenn Sie mir einfach Ihren Namen sagen würden«, flötete sie, »dann reiche ich Sie gerne weiter. Er liegt hier direkt neben mir und raucht seine Zigarette danach, wissen Sie ...«

Art starrte sie einen Moment lang an, dann seufzte er, schlug die Tür zu und wandte sich ab.

Der Mann am Telefon hatte ebenfalls geseufzt, fast zeitgleich mit Art, als wäre Nele eine Geduldsprobe sondergleichen, was sie irgendwie amüsierte. Die ganze Anspannung des Tages, der Schwangerschaftstest, die beiden Toten, Arts Grobheiten, seine Stimmungsschwankungen und die Weise, wie er sie auflaufen ließ, all das war für einen Augenblick wie fortgewischt.

»Hören Sie«, begann der Mann wieder – offenbar war das sein Lieblingssatzanfang. »Sagen Sie dem Spinner doch bitte, egal, was er gerade macht, er soll es mal bitte für fünf Minuten unterbrechen, Henrik ist am Telefon.«

Henrik? Nele stutzte. Ihr wurde plötzlich glühend heiß. Deshalb war ihr die Stimme so bekannt vorgekommen. Was zum Geier wollte bitte der Bundeskanzler von Art?

Kapitel 19

Art Mayer hörte, wie die Fahrertür geöffnet wurde, und hob den Kopf. Nele wirkte plötzlich verändert. Verwirrt, um Beherrschung bemüht. Sie hielt sein Telefon hoch und winkte ihn heran. »Da will dich jemand sprechen.«

»Klar, sonst ruft man ja nicht an«, knurrte er. »Und, worum geht's?«

Sie hob die Augenbrauen. »Du wärst ein Spinner, und egal, was du gerade machst, du sollst es unterbrechen.«

Art seufzte. Schon ein Telefonat mit Buchwald wäre jetzt nicht gerade das gewesen, was er gebraucht hätte – aber das, was Nele sagte, klang nach seiner Ex-Frau. »Sag ihr, sie bekommt den Wagen morgen früh zurück. Sie kann sich drauf verlassen.«

Nele zog die Stirn kraus. »*Sie* heißt Henrik«, sagte sie bedeutungsschwanger. »Und es hört sich nicht an, als geht's um ein Auto.«

Art brauchte einen kurzen Moment, um die Information zu verdauen. Wortlos setzte er sich in Bewegung, nahm das Telefon entgegen und brachte etwas Abstand zwischen sich und Nele, bis er glaubte, außer Hörweite zu sein. »Hey«, sagte er und sah sich nach Nele um, die am Wagen stand und ihm nachsah.

»Hallo, Art«, sagte Henrik. »Bist schwerer zu erreichen als der Bundeskanzler.«

»Sehr witzig«, erwiderte Art.

»Ist lange her, mein Freund.« Henriks Stimme war kraftvoll und dabei trotzdem abwartend.

»Sind wir das?«, fragte Art. »Freunde?«

»Manchmal zählt, was man zusammen erlebt hat, und nicht, wie oft man sich gesehen hat, oder?«

»Mhm«, knurrte Art. Eine längere Pause entstand. »Das war nicht schlau«, sagte Art schließlich.

»Was war nicht schlau?«

»Sie hat mitbekommen, wer du bist, oder?«

»Ich vermute, ja«, meinte Henrik. »Sie hatte eine kleine Denkpause, nachdem ich mich als Henrik vorgestellt habe. Danach war ihr Tonfall ziemlich anders.«

»Du hast nur deinen Vornamen genannt?«

»Ich wollte nicht direkt den Bundeskanzler in die Waagschale werfen, ist aber offensichtlich nicht gelungen. Warum fragst du? Ist das ein Problem?«

»Kommt drauf an, was du von mir willst«, meinte Art.

Henrik schwieg einen Moment. »Du liegst nicht neben ihr im Bett?«

»Sag jetzt bitte nicht, dass du ihr die Story geglaubt hast.«

»Sie war witzig und aufgedreht. Wäre das so unwahrscheinlich?«

»Na ja, du musst es ja wissen«, entgegnete Art.

»Vorsicht«, gab Henrik zurück.

»Vorsicht? Warum? Weil du Kanzler bist? Warum hast du mich angefordert, was willst du?«

»Buchwald hat dir gesagt, dass das von mir kam?«

»Blieb ihm nichts übrig«, brummte Art und sah zu Nele, die ihn immer noch beobachtete. »Herrgott, und du glaubst ernsthaft, dass ich mich in so einer Situation mit 'ner Frau treffe, statt zu ermitteln?«

»Du hast sowieso nie gemacht, was andere von dir erwartet haben.«

»Im Gegenteil«, erwiderte Art. »Ich hab viel zu lange gemacht, was andere von mir erwartet haben. Und du solltest dir jetzt sehr genau überlegen, was du von mir willst, denn die Frau, die du gerade in mein Bett fantasiert hast, ist Polizistin. Sie ist meine Assistentin, erst seit gestern. Ich weiß also nicht genau, wie sie tickt. Und so, wie ich das sehe, weiß sie jetzt, dass wir uns kennen. Und zwar nicht irgendwie, sondern auf Du und Du.« Art ließ seine Worte für einen Moment nachhallen. Er wusste, dass Henrik die Bedeutung seiner kleinen Fehleinschätzung sofort verstand. Ein persönliches Verhältnis zu einem im eigenen Fall ermittelnden Beamten war bei der Polizei nicht erwünscht. Wenn dann noch herauskam, dass Henrik ihn selbst angefordert hatte, war das sofort verdächtig. Erst recht, wenn man dann noch einen Gefallen einfordern wollte. Und warum sonst sollte Henrik ihn extra angefordert haben, wenn nicht genau dafür.

»Wer sagt denn, dass ich etwas von dir will«, erwiderte Henrik ruhig.

Art verkniff sich die Bemerkung, die ihm auf der Zunge lag.

»Das Einzige, was ich brauche«, sagte Henrik, »ist ein vertrautes Gesicht, und nicht irgendwelche nervösen oder übereifrigen BKA-Ermittler. Bei dir weiß ich, dass alles, was ich sage, gut aufgehoben ist. Diese ganze Sache ist schon unangenehm genug …«

»Es gibt zwei Tote, das weißt du, oder?«

»Komm um acht zu mir nach Hause«, sagte Henrik. »Dann können wir reden.«

»Ich kann dich nicht allein befragen, ist gegen die Vorschriften.«

»Jaja, schon gut. Wie heißt noch mal diese Polizistin, deine neue Assistentin?«

»Nele Tschaikowski.«

»Gut, dann bring doch diese Tschaikowski mit. Ich hab keine Geheimnisse.«

Als Art auflegte, schaute er nachdenklich zu Nele. Henrik hatte kein Problem damit, dass sie mitkam? Entging ihm hier irgendetwas? Oder meinte Henrik es tatsächlich ernst, und er hatte viel zu empfindlich reagiert?

Auf dem Weg zurück zum Wagen überflog er die Nachrichten auf seinem Handy. Buchwald schrieb, er habe die Befragung von Althauser übernommen, und er bestand darauf, dass Art sich meldete. Was den Leak anging, fiel seine Reaktion aus, wie Art es erwartet hatte.

Schweigend stieg er in den Wagen und ignorierte dabei geflissentlich Neles fragenden Blick.

»Art?«

»Mhm.«

»Wohin jetzt?«

Die Uhr zeigte halb fünf. Die ersten Ergebnisse aus der Rechtsmedizin und vom Erkennungsdienst würde es erst am nächsten Morgen geben, also gab es eigentlich keinen Grund, in die Zentrale zu fahren. Außerdem knurrte sein Magen, und er wurde immer müder. Er musste an den Arzt im Krankenhaus und seine eindringlichen Warnungen denken. Vielleicht sollte er einmal seinen Blutzucker kontrollieren – und etwas essen wäre auch nicht schlecht. »Ich kenne da eine kleine Pizzeria in Köpenick«, sagte er zu Nele.

»Gut.« Nele ließ den Wagen an. »Pizza ist gut.« Beim Zurücksetzen drehten die Räder auf dem gefrorenen Boden durch, dann bekamen sie wieder Halt, und der BMW machte einen Satz. Sie bremste, schob den Wahlhebel auf D und lenkte den Wagen aus der Sackgasse am Waldrand. Art warf im Rückspiegel einen letzten Blick auf das Haus von Margot Heß. Aus dem Schornstein kam ein dünner Rauchfaden. Einzelne Schneeflocken trudelten vom Himmel. Er kramte das kleine schwarze Etui mit seinem Blutzuckermessgerät aus dem Mantel und stach sich mit einer Lanzette in den Finger. Als er Blut aus der Fingerkuppe auf den kleinen Teststreifen presste, kam eine Bodenwelle, und alles ging daneben. In der verdammten Gebrauchsanleitung hatte das leichter ausgesehen. Vielleicht hätte er auch nicht einfach das erstbeste Gerät in der Apotheke kaufen sollen. Als das Blut endlich auf dem Teststreifen landete, zeigte das Display ein paar Sekunden später die Zahl 453. Mist. Deutlich zu hoch. Vielleicht war er auch deshalb so müde? Er konnte Neles Blicke spüren, als er sich mit dem Pen umständlich etwas Insulin in den Bauch spritzte, um den Zucker wieder nach unten zu bringen. Das Letzte, was er jetzt brauchen konnte, war eine komische Bemerkung von ihr, oder die falschen Fragen.

»Warum hast du das gemacht«, erkundigte sich Nele. »Ich meine, vorhin«, fügte sie hastig hinzu, »bei Margot Heß.«

»Was genau meinst du?«

»Buchwald hatte sich doch klar geäußert. Es gab eine Informationssperre. Mal abgesehen davon, dass die jetzt hinfällig ist, weil die Presse eh alles zu wissen scheint, aber als wir bei Margot Heß waren, galt die Informationssperre noch – und du hast sie einfach ignoriert.«

»Ich wollte sie provozieren. Ich hatte das Gefühl, sie lügt.«

»Und Buchwalds Ansage war dir egal?«

»Buchwald sagt, ich soll ermitteln. Also tu ich's.«

»Du weißt, dass ich das eigentlich ins Protokoll schreiben müsste?«, fragte Nele.

»Schreib, was du schreiben musst«, erwiderte Art.

Nele schwieg einen langen Moment. »Warum hast du gedacht, dass Margot Heß lügt?«

»Sie war zu kontrolliert«, sagte Art.

»Vielleicht ist das ihre Weise, mit dem Verlust umzugehen?«

»Möglich.« Nach einer Weile schob Art nach: »Sie hat spät reagiert, auf die Frage, ob sie jemanden auf den Fotos erkannt hätte … erst bei der zweiten Nachfrage hat sie erzählt, dass da ein Mann auf den Fotos aussah wie der Bundeskanzler. Ich meine, deine Tochter wird ermordet, und die Polizei zeigt dir daraufhin ein Foto des Kanzlers, dazu noch mit dieser merkwürdigen Begründung. Und das erzählt sie nicht direkt?«

»Sie könnte es auch einfach unter ›irrelevant‹ abgespeichert haben.«

Art wiegte den Kopf. »Und als ich gesagt habe, dass das zweite Opfer Marietta Althauser ist, hat sie keine Miene verzogen. Sie hat nicht einmal nachgefragt.«

»Ja, das war *strange*«, gab Nele zu. »Aber Marietta Althauser ist auch nicht gerade eine Prominente. Vielleicht sagt ihr der Name einfach nichts.«

»Aber selbst dann frage ich doch nach, wer die Frau ist, die wie meine Tochter ums Leben gekommen ist, oder?«

Nele wollte etwas entgegnen, doch sie wurde vom lauten Klingeln ihres Handys über die Freisprechanlage unterbrochen. Auf dem Display des BMW erschien der Name Roman. Art sah ihr an, dass sie mit sich rang, ob sie das

Gespräch in seiner Anwesenheit annehmen sollte, doch den Anruf zu ignorieren, war ihr offensichtlich nicht möglich. Pflichtschuldig hob sie ab, und sofort füllte die enthusiastische Stimme eines Mannes den Wagen. »Schatz, du wirst nicht glauben, was passiert ist.«

»Hallo, Roman, du, äh, ich bin gerade bei der Arbeit, ich sitze hier mit einem Kollegen im Auto …«

»Ah, verstehe.« Roman bremste seine Euphorie etwas. »Du, mein Vater hat angerufen und uns beide zum Essen eingeladen …« Er machte eine dramatische Pause und wartete offenbar auf eine Reaktion.

»Jaaa«, erwiderte Nele gedehnt.

»Du weißt, was das heißt, oder? Ich meine, das hat er seit einer Ewigkeit nicht mehr gemacht.«

»Ja, schon, aber …«

»Das Sägewerk«, platzte es aus Roman heraus. »Er will über das Sägewerk reden.«

»Oh«, meinte Nele und zog ein Gesicht, das in keiner Weise zu Romans Ausgelassenheit passte.

»Heute Abend halb acht, hat er gesagt. Ich schätze mal, das dauert zwei Stunden, und danach könnten wir darauf trinken, also, wenn's das ist, was ich vermute. Aber was sollte es sonst sein.«

Nele nickte stumm.

»Du sagst gar nichts. Freust du dich nicht?«

»Doch, doch«, beeilte sich Nele, zu sagen. »Ich hab nur …« Sie warf einen kurzen Blick zu Art. »Der Fall, zu dem ich heute gerufen wurde … das ist eine große Sache. Wir sind mitten in den Ermittlungen, und ich weiß nicht genau, wann wir fertig sind.«

»Ist okay«, sagte Roman etwas enttäuscht. »Dann kommst du nach.«

»Ehrlich gesagt«, wand sich Nele, »es wird spät. Vielleicht sogar sehr spät.«

»Oh.« Roman schwieg einen Augenblick. »Kannst du nicht vielleicht mit deinen Vorgesetzten reden? Ich meine, immerhin ist dein Onkel der –«

»Das geht nicht, ganz sicher nicht«, unterbrach ihn Nele entschieden. »Ich muss jetzt auch Schluss machen, ja?«

»Okay«, meinte Roman etwas verdattert. »Dann, äh …«

»Wir sprechen morgen früh«, fiel ihm Nele ins Wort. »Warte nicht auf mich, ja? Tschüss.«

Sie drückte das Gespräch weg, bevor Roman noch etwas erwidern konnte. Mit geröteten Wangen hielt Nele sich am Steuer fest, den Blick auf die Straße geheftet, und hüllte sich in Schweigen. Der graue Himmel hing tief über Köpenick. Art lotste sie bis in eine kleine Seitenstraße, wo sie vor der *Trattoria Toto* hielten. Den Besitzer kannte er seit vielen Jahren, weil er ihm in einer Notsituation geholfen hatte. Seitdem hatte er bei Toto einen Stein im Brett.

Nele klopfte suchend ihre Taschen ab. »Ich hab mein Portemonnaie vergessen«, seufzte sie.

»Toto lädt uns ein«, sagte Art und wies auf die Trattoria. Hinter einer Schaufensterscheibe fiel dämmeriges Licht auf karierte Tischdecken. Im Fenster hing eine schiefe Neonreklame.

Nele nickte und schnallte sich ab.

»Es geht mich zwar nichts an«, sagte Art leise, »aber weiß er, dass du schwanger bist?«

Nele schnappte nach Luft. »Bitte?«

»Die Hand auf deinem Bauch in der Rechtsmedizin, dein empfindlicher Geruchssinn … und dann schlägt er dir vor, mit dir einen trinken zu gehen, und du weichst aus …«

Nele strich sich eine nicht vorhandene Haarsträhne aus

dem Gesicht. »Vielleicht reden wir vorher mal darüber, woher du den Bundeskanzler kennst?« Sie sah ihn herausfordernd an. »Schön, oder auch nicht. Es geht mich ja vielleicht auch gar nichts an. Obwohl, es könnte ja den Fall beeinflussen, oder? Aber egal. Ist ja *deine* Sache. So, und jetzt habe ich Hunger.« Sie stieß die Fahrertür auf. Ein Wagen fuhr knapp an ihr vorbei und hupte wütend. »Idiot«, rief Nele ihm hinterher, dann stieg sie aus. Art tat es ihr gleich. Über das Wagendach hinweg funkelte sie ihn zornig an. »Und wenn dein Toto uns dann endlich was zu essen auf den Tisch gebracht hat, würde ich vorschlagen, du verrätst mir mal, wie es danach weitergeht. Ich hab's nämlich satt, die ganze Zeit Mr Schweigsam hinterherzueiern und noch nicht mal zu wissen, was du in den nächsten zehn Minuten vorhast.«

Art nickte und betrachtete sie interessiert. Aus ihrem straff zurückgebundenen Haar hatte sich eine lange blonde Strähne gelöst. »Die nächsten zehn Minuten? Das kann ich dir sagen«, meinte er trocken. »Essen gehen.«

Nele streckte ihm den Mittelfinger entgegen. Es sah wenig lässig aus, sie schien das nicht oft zu machen.

»Und danach«, fuhr Art fort, »haben wir ein Date mit Henrik Westphal.«

»Sehr, sehr witzig«, meinte Nele und schlug krachend die Fahrertür zu.

Kapitel 20

Ellie. Sie hatte den Namen so sehr gemocht. Hätte nur ihre Mutter mehr Fantasie aufgebracht, oder mehr Geschmack, dann wäre ihr eigener Name vielleicht ein bisschen schöner geworden. Vielleicht hätte ein bisschen mehr Liebe auch schon gereicht, damit sich ihr Name besser anfühlte, wenn ihre Mutter sie rief. Vielleicht kam es überhaupt bei Namen mehr darauf an, wie man sie aussprach. Oder wer sie aussprach. Aber für derartige Feinheiten hatte ihre Mutter nichts übriggehabt, zwischen Geldnöten, Schnaps und so viel Kummer wie Weingummi im Regal.

Sie beobachtete durch das Kassettenfenster die heraufziehende Dämmerung. Im Glas spiegelte sich das lodernde Gaskaminfeuer ihres Schlafzimmers. Der Garten war vollkommen weiß, und die Flocken taumelten nur noch vereinzelt vom Himmel. Auf der Straße sammelten sich immer mehr Autos. Kein Wunder eigentlich. Sie trat ein wenig vom Fenster zurück. Sie sollte sich etwas anziehen, doch allein schon die Auswahl fiel ihr schwer heute. Früher hatte sie sich immer ein Ankleidezimmer gewünscht. Jetzt hatte sie eins und wollte nicht hinein. Sie musste an ihr rotes Sommerkleid von damals denken. In der Nacht hatte man Boxers Blut darauf kaum gesehen.

Die Szenen am Wolfgehege zuckten manchmal wie ein Blitzlichtgewitter durch ihre Erinnerung. Die Schnauze des Wolfs, der sich in Boxers Bein verbissen hatte. Henner mit aschfahlem Gesicht, der wie versteinert am Zaun stand. Boxer schrie vor Schmerzen und brüllte ihre Namen, nicht ihre echten, die kannte er ja nicht, aus gutem Grund. Er schrie nach Zippo und Brille, immerzu. Henner fühlte sich nicht angesprochen, er war zur Salzsäule erstarrt. Die beiden anderen kapierten sofort, wer gemeint war. Zippo und Brille – das war eindeutig. Mit Namen hatte Boxer ein Händchen.

Zippo und Brille hatten Henner den Schlüssel fürs Gatter entrissen und waren aufs Gelände gestürmt. Sie riefen laut und schwenkten wild die Taschenlampen. Irgendwie schienen die grellen Lichter der Schneewölfin Angst zu machen. Sie ließ von Boxer ab, zog sich ein, zwei Meter zurück und fletschte die blutigen Zähne. Aus ihrer Kehle kam ein tiefes raues Donnergrollen, es war das bedrohlichste Geräusch, was sie je in ihrem Leben gehört hatte, zumal ihr der zweite Wolf noch zu Hilfe kam und in ihr Knurren einstimmte.

Brille nahm jetzt beide Taschenlampen und leuchtete den Tieren direkt in die Augen, während Zippo Boxer packte und ihn von den Wölfen fortzog. Es dauerte viel zu lange, bis sie am Gatter waren. Und noch einmal zu lange, bis sie durch den Gang das Gehege verlassen hatten. Erschöpft sanken Zippo und Brille zu Boden. Boxer zitterte am ganzen Leib.

»Scheiße, war das knapp«, ächzte Brille.

Ellie starrte Boxer an. Er bewegte den Mund, brachte aber

kein Wort heraus. Ihr Blick fiel auf sein zerfleischtes Bein. Eine Blutspur zog sich über den Asphalt bis zur Gittertür. »Oh Gott, das ist zu viel«, stöhnte sie.

»Fuck, du hast recht«, sagte Zippo.

Brille sah verwirrt aus. »Was denn?«

»Er verblutet, du Idiot«, schrie Ellie.

»Wir müssen das Bein abbinden«, sagte Henner matt. »Hab ich mal in 'nem Film gesehen.«

»Womit denn? Wie?« Nora stieß Henner an, der mit hängenden Armen dastand. »Scheiße, jetzt mach was!«

Brille zog seinen Gürtel aus den Schlaufen der Hose.

»Nee, Mann. Was zum Knoten«, sagte Zippo.

»T-Shirt oder was?«

»Zu kurz.«

Sie tauschten Blicke.

Ellie sah an ihrem Kleid herab. Das war definitiv lang genug. Sie streifte es hastig ab. »Halt sein Bein hoch«, wies sie Zippo an. Er reagierte gedankenschnell, sie kniete sich neben Boxer, schlang das rote Kleid oberhalb der Wunde um sein Bein und wollte es zuknoten, doch Brille rief. »Nicht knoten, drehen! Wie bei 'nem Schraubstock, wir müssen die Ader abklemmen« Er sprang ihr bei, schlang die Enden des Kleides umeinander und verdrehte sie so, dass die Schlinge um Boxers Bein immer enger wurde.

Boxer verzog das Gesicht vor Schmerzen.

Als kein Blut mehr aus der Wunde floss, verknotete Brille das Kleid, damit es hielt.

Boxer war leichenblass und gab keinen Laut mehr von sich. Sie fühlte seine Stirn und erschrak. »Er ist eiskalt. Er muss ins Krankenhaus. Sofort.«

»Ja, Scheiße, ey. Und was sagen wir denen?«, fragte Henner. »Dass wir in den Zoo eingebrochen sind? Mein Alter macht mich kalt. Und die Bullen finden das ganz sicher auch nicht witzig.«

»Sag mal, geht's noch?«, brüllte Ellie. »Er verblutet hier, und du denkst daran, wie du deinen Arsch retten kannst?«

»Zum Auto, Leute«, sagte Zippo. »Wir bringen ihn selbst hin, das geht am schnellsten. Das Franziskus ist direkt um die Ecke.«

»Quatsch, wir rufen den Notarzt«, meinte Nora. »Am Eingang ist doch 'ne Telefonzelle. Hat jemand Münzgeld?«

Brille schien in einiger Entfernung plötzlich etwas entdeckt zu haben und stürmte davon, ohne ein Wort zu sagen.

»Sei nicht bescheuert«, blaffte Zippo Nora an. »Bis die hier sind … das dauert viel zu lange.«

»Die haben Medizin und Geräte an Bord, die können ihn doch sofort versorgen.«

Ellie wollte ihr gerade beipflichten, da spürte sie eine kalte Hand auf ihrem Arm. »Ich will keinen Ärger«, flüsterte Boxer kraftlos. »Wir müssen weg hier. Bringt mich ins Krankenhaus.«

Zippo nickte. »Ist okay, Kleiner.« Er wedelte mit den Armen, als müsse er alle antreiben. »Also, Leute, ihr habt's gehört.« Er bückte sich zu Boxer herab und machte Anstalten, ihm unter die Arme zu greifen.

»Wartet«, rief Brille. Er kam aus einiger Entfernung auf sie zu und schwenkte seine Taschenlampe, um auf sich aufmerksam zu machen. In der anderen Hand hielt er das Ende einer Plane, die er hinter sich her schleifte.

Noch heute wusste sie, dass die Plane nach Heu gerochen hatte. Sie benutzten sie als Trage und brachten Boxer zum Auto. Im Laderaum setzte sie sich mit dem Rücken zur Fahrtrichtung, spreizte die Beine, sodass sich Boxer rücklings und halb sitzend, halb liegend an sie lehnte, seine Schultern auf ihre Brüste gebettet, seinen Kopf an ihre Wange gedrückt. Er zitterte und war eiskalt, sodass sie die Arme um ihn schlang. Nora warf eine kratzige alte Wolldecke über sie beide.

Im Krankenhaus brachten Zippo und Brille Boxer zur Notaufnahme, tischten dem Personal eine wirre Geschichte von einem Rottweiler auf, der ihn angefallen hätte. Kaum war Boxer hinter den Türen der Notaufnahme verschwunden, machten sie sich aus dem Staub, ohne ihre Namen zu nennen. Zippo meinte später, sie hätten alle zu viel zu verlieren, wenn herauskam, was wirklich passiert war. Im Grunde fand sie das kurzsichtig; das viele Blut im Zoo würde sowieso auffallen, vermutlich würde man dort die Polizei rufen, und die würde ermitteln. Vor allem jedoch quälte sie das Gefühl, Boxer im Stich gelassen zu haben.

Sie seufzte und warf einen Blick auf die Uhr. Zeit, sich etwas anzuziehen. Sie ging ins Ankleidezimmer und entschied sich ohne langes Überlegen für ein elegantes, aber schlichtes schwarzes Kleid mit einem Rückenausschnitt. Vorne geschlossen, hinten ein kleines Versprechen. Dazu eine goldene Kette mit einem münzgroßen Kreuz mit Arabesken.

Im Badezimmer betrachtete sie sich im schmeichelnden Licht des Spiegels und überlegte, Lippenstift aufzutragen, entschied sich dann jedoch dagegen. Für einen Moment blitzte die Frage in ihr auf, ob sie den natürlichen Look wegen *ihm* wählte.

Auch im Aufzug des Krankenhauses war ein Spiegel gewesen, das Licht fiel hart und kalt von oben herab, als wollte man den Kranken und ihren Besuchern schonungslos zeigen, wie es ihnen ging.

Vierter Stock, Intensivstation.

Auch am sechsten Tag war Boxer immer noch bewusstlos. Die Schwestern kannten sie inzwischen. Sie hatte sich als Ellie vorgestellt, sie wäre Boxers Freundin. Er würde nicht Boxer heißen und überhaupt, ob er nicht ein bisschen jung für sie wäre, merkte die Pflegerin skeptisch an. *Beste* Freundin, korrigierte sie. Und Boxer wäre sein Spitzname. Die Pflegerin hatte Mitleid und ließ sie zu ihm. Nach drei Tagen hatte sie raus, zu welchen Zeiten sie kommen musste, um Boxers Eltern aus dem Weg zu gehen, zwei zittrige blasse Gestalten, die nicht zu ihm passen wollten. Im Krankenhaus erfuhr sie auch Boxers richtigen Namen. Sie mochte ihn zwar, doch Boxer war und blieb nun mal Boxer.

Mal saß sie an seinem Bett, mal lief sie im Zimmer umher. Meistens erzählte sie ihm von ihrem Tag, vom Kiosk, von ihrer Mutter, davon, dass sie es hasste, die Bahnen der Minigolf-Anlage zu fegen, dass sie Anwältin werden wollte – eben alles, was ihr einfiel. Nur eins ließ sie immer aus, weil es einfach zu wehtat, darüber zu sprechen.

Am vierten Tag ging ihr der Gesprächsstoff aus, sodass sie am fünften Tag spontan ein altes Kinderbuch mitnahm, *Der Zauberer von Oz,* und begann, ihm daraus vorzulesen. Wäre Boxer der Blechmann gewesen, hätte ihm der Schneewolf nichts anhaben können. Dafür hatte Boxer ein Herz, und was für eins. Am sechsten Tag fragte sie sich, ob das die richtige Geschichte für ihn war.

Sie berührte seine Hand und sah ihn an. »Was willst du von mir hören? Was kann ich tun, damit du wieder aufwachst?«

Boxer schwieg wie immer. Sein Herz schlug unbeeindruckt vor sich hin. Mit ihren Fingerspitzen strich sie über seinen Arm. »Du wärst so gerne so viel größer«, flüsterte sie. »Dabei bist du schon groß, du weißt es nur noch nicht.«

Sein Gesicht zeigte keine Regung, auch hinter den Lidern gab es kein Zucken oder eine dieser Bewegungen der Pupillen, die dafür sprachen, dass Komapatienten etwas wahrnahmen.

»Weißt du noch, als du mich zum Eisessen eingeladen hast? Und wie ich dir verboten habe, dauernd auf meine Titten zu gucken?« – »Komm, jetzt red dich nicht raus, du hast ziemliche Stielaugen gemacht.«

Ellie kicherte leise. »Soll ich dir was verraten?« Sie hob die Augenbrauen, als könnte er das sehen. »Du hast es vielleicht nicht gemerkt, aber du hast sie sogar schon berührt«, flüsterte sie. »Auf dem Weg zum Krankenhaus ... Gut, nur mit dem Rücken. Aber trotzdem.«

Sie kicherte erneut. »Du hättest die anderen sehen sollen. Als ich das Kleid ausgezogen habe, meine ich. Wie die gestarrt haben.« Was sie nicht zugeben wollte, war, dass es ihr im Nachhinein irgendwie doch peinlich gewesen war, aber das gehörte hier nicht hin. »Immer diese Aufregung, nur um so ein paar Fettbatzen.« Sie lächelte Boxer an und ahnte, diese Art von Lockerheit würde ihn verwirren, aber vielleicht würde auch seine Schlagfertigkeit siegen. »Einer der Jungs hat mir übrigens danach sein T-Shirt gegeben. Rate, wer.« – »Genau! Der, den's am meisten gefuchst hat, weil er eifersüchtig war.« – »Weißt du, was ich glaube?«, sagte sie nachdenklich. »Ich glaube, du hättest mir dein T-Shirt sofort gegeben. Nicht, weil du eifersüchtig wärst – steht dir ja auch gar nicht zu, oder? –, nee, du hättest es mir gegeben, weil du nicht willst, dass es mir peinlich ist.«

Sie verharrte einen Moment bei diesem Gedanken.

Dann beugte sie sich vor, sah Boxer an und hatte für einen Moment das Gefühl, sie könnte ihn durch die geschlossenen Lider hinweg ansehen. Sie schloss selbst die Augen, berührte mit ihren Lippen seine und gab ihm einen langen stillen Kuss.

Als sie sich von ihm löste, hatte sie plötzlich die Hoffnung, dass er aufwachen könnte, aber nichts geschah. Sein Gesicht war unbeteiligt und friedlich.

»Jetzt ist's aber gut«, murmelte sie. Dann nahm sie ihr Buch und ihre Jacke und stürmte hinaus. Es war bereits Abend, und sie hatte Brille warten lassen.

Kapitel 21

Art sah den Aufruhr schon von Weitem. Der Presse-Aufmarsch ähnelte beinah amerikanischen Verhältnissen. Ein Dutzend Fahrzeuge parkte am Straßenrand vor dem Grundstück Schlehdornweg 5, einige der Lieferwagen hatten kleine Satellitenschüsseln auf dem Dach, mehrere Kameras waren aufgestellt und sahen auf ihren Stativen aus wie dreibeinige Spinnen, die auf alles lauerten, was sich in ihrem Netz bewegte. Im Licht von Akkulampen standen Kameraleute, Assistenten und Reporter herum. Ein Kamerateam drehte einen Aufsager mit einer extrem gut gestylten jungen blonden Frau, die immerzu nach hinten auf das Haus wies und dann entschlossen mit dem Kameramann im Schlepptau auf einen der beiden Wagen zuging, die vor dem Tor parkten, um hart an die Scheibe der Beifahrertür zu klopfen.

»Mein Gott, was für ein Wahnsinn«, murmelte Nele. Sie fuhr im Schritttempo an der Presse vorbei und steuerte auf die Einfahrt zu. In die Kameras kam Bewegung, alle hatten nur darauf gewartet, dass etwas passierte, und sei es auch noch so unspektakulär. Als Nele vor dem Tor hielt, stiegen zwei Männer aus dem Wagen links vom Tor. Die blonde

Reporterin bestürmte den einen von ihnen sofort mit einer Frage, doch der Mann ignorierte das Mikrofon, das sie ihm unter die Nase hielt, und kam direkt auf Nele zu. Sie ließ die Scheibe herab und zeigte ihren Ausweis. »Wir werden erwartet«, sagte sie.

Art hatte nur Augen für das Tor. Er versuchte, sich zu wappnen, für das, was dahinter auf ihn wartete. Seit dem frühen Morgen wusste er, dass dieser Moment unweigerlich kommen würde. Er selbst hatte sich mit Händen und Füßen dagegen gewehrt, involviert zu werden, aber Henrik hatte es ihm unmöglich gemacht, ihn zu meiden. Warum, verflucht noch mal, hatte er das getan? Was wollte er?

Der Mann von der SG sprach leise in ein Mikrofon am Revers seines Anzugs und bekam über ein Funk-Öhrchen eine Freigabe. Im selben Moment hielt die blonde Reporterin ihr Mikrofon durch das offene Fenster in den Wagen. »Sie sind vom BKA, oder?«

»Kein Kommentar«, sagte Nele zugeknöpft.

»Sind Sie hier, um den Kanzler zu schützen?« Einige Blitzlichter flammten auf. Ein zweites Kamerateam kam hinzu. Akkulampen wurden auf den Wagen gerichtet.

»Oder ermitteln Sie gegen ihn?«

Sofort bildete sich eine Traube um den Wagen.

»Glauben Sie, die Morde sind politisch motiviert?«

»Gibt es Hinweise auf ein Attentat?«

»Kein Kommentar«, erwiderte Nele schmallippig und betätigte den automatischen Fensterheber. »Nehmen Sie bitte Ihr Mikrofon weg.«

Die Reporterin zog ihre Hand etwas zurück, doch das Mikrofon ragte immer noch ins Innere des BMWs. Das Tor vor ihnen öffnete sich, und einer der Beamten von der SG rief: »Treten Sie bitte zurück!«

Neles Blick flog von links nach rechts, um zu schauen, ob der Weg frei war und sie niemanden anfuhr, dann gab sie sanft Gas und passierte das Tor. Die Reporterin hielt ihr Mikrofon immer noch in den Wagen und lief neben der Fahrertür her. »Ist der Kanzler in die Morde verwickelt?« Die Seitenscheibe knirschte, als sie das Mikrofon zwischen Scheibe und Rahmen einklemmte. Die Reporterin hielt mit dem Wagen Schritt und versuchte, ihr Mikro herauszuziehen, während Nele hektisch nach dem Knopf zum Herunterlassen der Scheibe tastete und dabei schneller statt langsamer wurde. Im selben Moment kam die Reporterin ins Straucheln, sie stieß einen überraschten Schrei aus und stürzte. Für Art auf dem Beifahrersitz sah es geradezu komisch aus, wie sie plötzlich hinter der Scheibe aus dem Blickfeld verschwand, doch er wusste nur zu gut, dass nichts daran komisch war.

»Scheiße«, murmelte Nele.

Durch den offenen Fensterspalt drang ein aufgeregtes Raunen. Nele fuhr langsam weiter, und im Rückspiegel sah Art, wie mehrere Kameras die gefallene Reporterin und den Wagen filmten. Zwei Männer von der SG eilten der Reporterin zu Hilfe, die sich schimpfend die Hose abklopfte. Dann schloss sich das Tor, und die Presse verschwand wie ein Spuk. Die Reporterin wurde von den SG-Leuten zurück zum Tor und nach draußen geleitet.

Mit der linken Hand zog Nele das stecken gebliebene Mikrofon heraus. Sie war blass geworden. Art tat sie jetzt schon leid. »Wir überlegen uns was, okay?«, sagte er.

»Was sollen wir uns da überlegen? Da waren ein halbes Dutzend Kameras, die werden das ausschlachten.«

Art wusste, dass sie recht hatte. Die Bilder waren stärker als alles, was sie dazu sagen würden.

Nele atmete tief durch und richtete ihren Blick nach vorne.

»Oh, wow«, sagte sie leise. Vor ihnen lag eine vierstöckige cremefarbene Villa mit geschwungenen Giebeln, weißen Rundbogenfenstern und hellroten, in die Jahre gekommenen Dachziegeln. Zahlreiche Gauben machten das Dach zu einem zerklüfteten Etwas. Die rechte vordere Ecke des Hauses trat als Türmchen hervor, auf dem ein zwiebelförmiges Schieferdach thronte. Im gesamten Untergeschoss waren die Fenster vergittert. »Hier wohnt Henrik Westphal?«

»Sieht so aus.«

Nele parkte neben zwei rundgeschnittenen Buchsbaumhecken. Aus der Nähe betrachtet war der Anstrich des Hauses ein wenig verschmutzt. Von den Rändern der verzinkten Fenstersimse liefen dunkle Streifen an der Fassade herab. »Warst du schon mal hier?«, fragte sie.

»Wie kommst du darauf?«

»Ich dachte, ihr kennt euch?«

»Nicht so«, erwiderte Art.

»Was heißt denn ›nicht so‹?«, hakte Nele nach. »Nicht so wie Toto, den Pizzabäcker, der dir einen Gefallen schuldet?«

Art dachte wehmütig an den schmerbäuchigen Italiener mit dem zottigen grauen Schnurrbart. Als sie vorhin die Pizzeria betreten hatten, waren sie von Claudio begrüßt worden, der sich als Totos Sohn vorgestellt hatte. Toto war vor drei Monaten gestorben, an Magenkrebs. Art hatte sein Beileid ausgedrückt und wollte wieder gehen, doch Claudio bestand darauf, ihn und ›seine charmante Begleiterin‹ zu bewirten. Nur weil sein Vater tot sei, sagte er, hieß das nicht, dass seine Dankbarkeit erloschen sei. Bei ihnen in Italien gingen die Dinge von den Vätern auf die Söhne über. Der Verstand, die Liebe, der Hass, die Dankbarkeit, einfach alles.

»Nein«, sagte Art, »das mit Henrik Westphal lässt sich mit Toto nicht vergleichen. Das sind völlig andere Geschichten.«

»Also, ihr kennt euch, aber du warst nie bei ihm zu Hause.«

Art nickte.

»Hat er damals schon hier gewohnt? Seit wann kennt ihr euch überhaupt?«

»Eine ganze Weile schon«, sagte Art diffus. »Mehr musst du nicht wissen.«

Nele lachte verblüfft auf und hob die Brauen.

»Jedenfalls kriege ich kein Kind von ihm«, schob Art nach und stieg aus dem Wagen.

»Was hat denn bitte *das* jetzt damit zu tun?«, empörte sich Nele.

»Nichts. Eben deswegen.«

»So was von unnötig«, hörte er Nele murmeln, bevor er die Tür zuwarf. Er blickte zur Haustür, die sich in diesem Moment öffnete. Henrik trug einen stahlblauen Anzug, dazu ein weißes Hemd. Die obersten drei Knöpfe waren geöffnet. Der Krawatte hatte er sich entledigt. Die Haare waren nicht mehr so voll wie früher, das hatte Art schon auf den zahlreichen Fotos und auch im Fernsehen bemerkt. Eine markante schwarze Brille verstärkte seinen Auftritt und ließ ihn weltoffen und intellektuell wirken. In der Öffentlichkeit hatte Art diese Brille noch nicht an ihm gesehen.

»Hallo, Herr Mayer«, sagte Henrik, gerade so laut, dass Art ihn hören konnte.

»Hallo, Herr Westphal«, erwiderte Art. Hinter sich hörte er Nele aus dem Wagen steigen. So viel zum Thema: Bring sie mit, ich habe nichts zu verbergen. Aber vermutlich war sich Henrik allzu bewusst, dass ein Du im Protokoll unangebracht wirken würde. Falls die SG ein solches Protokoll überhaupt freigab.

Henrik kam die kleine Treppe vor der Haustür herab, um

ihm die Hand zu geben. Sicherer Gang, fester Druck. Klare graue Augen hinter der Brille. Ein feines, leicht ironisches Lächeln, mit dem er alle Vergangenheit einfing, die es zwischen ihnen gegeben hatte. Nein, nicht alle. Nur fast.

»Meine Kollegin Tschaikowski«, stellte Art Nele vor.

»Freut mich«, lächelte Henrik, dabei maß er auch dieses Lächeln so ab, dass es weder zu viel noch zu wenig war, und reichte ihr die Hand.

»Nele Tschaikowski«, murmelte sie. »Ist mir eine Ehre.«

Henrik nickte nur.

Hinter ihm ging die Haustür noch etwas weiter auf, und eine Frau kam die Treppe herab. Sie hatte schulterlanges blondes Haar, trug ein elegantes, aber schlichtes schwarzes Kleid mit einer goldenen Kette. Art verschlug es den Atem. Insgeheim hatte er sich auf diesen Moment vorbereitet, oder es zumindest versucht. Er hatte sich geschworen, sich nichts anmerken zu lassen, cool zu bleiben. Doch jetzt, wo er ihr gegenüberstand, wurde seine Kehle eng. Er spürte, wie die Falle zuschnappte, und er konnte nichts dagegen tun.

»Hallo, Art«, sagte sie leise. Kein Lippenstift. Ein paar Fältchen mehr. Kluge, aber müde Augen, mit einem mühsam erhaltenen Feuer. War es wirklich erhalten? Oder aufgesetzt?

»Hallo, Juli«, sagte Art.

Er spürte Neles Blick auf sich und hatte das Gefühl, jede seiner Empfindungen war ihm anzusehen.

»Darf ich euch bitten, die Form zu wahren und euch zu siezen«, merkte Henrik an.

Art ignorierte ihn und sah Juli unverwandt an. »Wie geht es Boxer?«

Für einen Moment entgleisten ihre Züge, und eine tiefe Traurigkeit drang an die wohlsortierte Oberfläche. Sie zwang sich zu einem Lächeln. »Boxer ist gestorben.«

Bestürzt sah Art sie an. »Wann? Wann ist das passiert?«
»Vor fünf Jahren, im Pflegeheim.«
Für einen Moment herrschte Stille.
Nele stand am Rand und blickte verwirrt in die Runde.
»Das tut mir leid«, sagte Art.
»Ich weiß«, nickte Juli.

Kapitel 22

Nele hatte das Gefühl, in einem absurden Theaterstück gelandet zu sein. Art schien nicht nur Westphal zu kennen, sondern auch seine Frau? Und wer war dieser Boxer?

Sie betrat die Villa mit dem Gefühl, das fünfte Rad am Wagen zu sein. Der Hausflur war überraschend eng und dämmerig angesichts der Größe des Hauses, dann durchquerten sie ein quadratisches Treppenhaus mit Stufen aus dunklem Holz, die sich über alle vier Wände bis hinauf ins Dach wanden. In der Mitte schwebte an einem langen Halteseil ein Kristallkronleuchter, der schummeriges Licht auf einen hellen Marmorboden warf.

Auch im Wohnraum herrschte dämmeriges Licht. Die Fenster waren von Gardinen verschattet, und das beinah schwarze Parkett schien das wenige Licht im Raum zu verschlucken. Mooreiche – es musste ein kleines Vermögen gekostet haben. Nele konnte sich gut daran erinnern, wie Romans Vater bei einem ihrer ersten Besuche in seinem Sägewerk von diesem Holz erzählt hatte. Die Stämme wurden ausschließlich aus Sümpfen und Mooren geborgen, wo sie eingeschlossen über Jahrhunderte mit Eisensalzen reagierten und ihre schwarze Färbung angenommen hatten. Die ältesten Stämme waren bis zu achttausend Jahre alt. Subfossil, hatte Roman das damals genannt und gegrinst. »Ein bisschen wie eine Moorleiche«, meinte er und wandte sich an seinen Vater. »Nele will Polizistin werden. Bei der Mordkommission.« – »Ah«, hatte Romans Vater erwidert. Mehr Worte hatte er seitdem für Neles Beruf nicht gefunden.

Die Wände im Haus der Westphals waren hüfthoch mit dem gleichen schwarzen Holz getäfelt, und selbst die drei riesigen hellen Sofas, die zu einem Hufeisen um einen hellen fellartigen Teppich in der Mitte arrangiert waren, konnten den Eindruck der Düsternis nicht wettmachen. Ein gewaltiger steinerner Kamin, wie in einem schottischen Landschloss, bestimmte die Wand gegenüber der Sofalandschaft. Auf dem Rost lagen verkohlte Holzscheite über grauer Asche.

»Bitte«, sagte Henrik Westphal und wies auf eins der Sofas. Nele setzte sich neben Art. Westphal zupfte beim Setzen kurz die Beine seiner Anzughose hoch, die selbstverständliche Geste eines Mannes, der schon seit seiner Jugend Anzüge trug. Jedes Lächeln, jeder Satz und jede Geste von Henrik Westphal versprühten den Geist von Wohlerzogenheit. Der einzige Bruch war das etwas zu weit geöffnete Hemd, es hätte lässig sein können – oder kernig –, aber es wirkte an ihm wie ein halboffener Hosenstall.

Nele fragte sich, ob sie ihn attraktiv fand, jetzt wo sie ihm leibhaftig gegenübersaß. Er hatte eine gewisse Schwere an sich, war aber keinesfalls dick. Sein volles dunkelblondes Haar begann, etwas von der Stirn zurückzuweichen. Der Vollbart gab seinem Kinn und dem Kiefer einen Ausdruck von männlicher Entschlusskraft, den die markante Brille unterstrich. Sie fragte sich, warum er sie nicht in der Öffentlichkeit trug. Seine Augen waren blau und agil, doch seine Haut wirkte etwas aufgeschwemmt, und seine Nase war etwas zu groß und stand ein wenig schief, wodurch die Brille ebenfalls etwas schief saß. Die ganze Zeit hatte sie sich gefragt, ob die Tatsache, dass er der Bundeskanzler war, sie einschüchtern würde, doch seltsamerweise verband sie diesen Mann nicht mit dem Menschen, den sie aus dem Fernsehen kannte. Irgendetwas war anders, sie wusste nur nicht, was. An der Brille und der fehlenden Krawatte lag es jedenfalls nicht. Vielleicht das Hosenstall-Hemd?

»Sie haben Fragen«, sagte Westphal und wandte sich Art zu.

Natürlich, die Jungs würden das unter sich ausmachen.

Juli Westphal schien das ebenfalls zu denken und hatte sich mit übereinandergeschlagenen Beinen neben ihrem Mann ins Sofakissen zurückgelehnt und betrachtete Art, als wollte sie ihn lesen.

»Ja«, sagte Art. Er nahm sein Handy heraus. »Darf ich unser Gespräch aufzeichnen?«

»Nein«, sagte Henrik Westphal und legte sein eigenes Handy auf den Tisch. »Ich zeichne es selbst auf, lasse es dann transkribieren und Ihnen durch die Kollegen von der SG zukommen.«

Art nickte, als hätte er nichts anderes erwartet, schaltete sein Handy aus und bedeutete Nele, das Gleiche zu tun.

»Sie sind informiert über die beiden Morde?«, fragte Art. Es war eher eine rhetorische Frage, mit Sicherheit war der Kanzler bereits von der Abteilung SG grob ins Bild gesetzt worden.

»Natürlich«, sagte Westphal erwartungsgemäß.

»Auch über die Adresse, die auf beiden Opfern gefunden wurde?«

»Wenn die Presse bereits informiert ist, dann bin ich es wohl auch.«

»Die Presse weiß bisher nur von Marietta Althauser.«

Henrik Westphal verzog den Mund. »Das ist ärgerlich genug. Und ich frage mich, wer verdammt noch mal bei Ihnen nicht dichthalten konnte.«

Da war es wieder kurz, das offene Hemd, dachte Nele.

»Wir sind dabei, das zu klären«, sagte Art diffus.

»Nicht auszudenken, was für ein Spektakel das da draußen wird«, meinte der Kanzler und deutete in Richtung Straße, »wenn das mit dem zweiten Opfer auch noch publik wird. Das ist wirklich völlig verrückt.«

»Haben Sie irgendeine Idee, wie Ihre Adresse ins Spiel kam?«

»Nicht die geringste.«

»Kennen Sie die beiden Opfer persönlich?«

»Marietta Althauser, ja. Das andere Opfer, nein.«

»Marietta Althauser kennen Sie woher?«

»Sie ist die Frau meines Gesundheitsministers, was glauben Sie?«

»Darf ich Sie bitten, meine Fragen nicht mit Gegenfragen zu beantworten«, sagte Art ruhig.

Henrik Westphal sah ihn scharf an, und Art erwiderte den Blick gelassen. Juli Westphal nestelte an ihrem Ehering.

»Von diversen Empfängen«, sagte Westphal spröde. »Eine Feier im Haus des Ministers. Gesehen haben wir uns vielleicht ein Dutzend Mal, ganz genau kann ich es nicht sagen. Ich erinnere mich nicht.«

Ich erinnere mich nicht. Dieser Satz schien inzwischen zum Standardrepertoire von Politikern zu gehören. Art quittierte ihn mit einem ausdruckslosen Nicken. »Und wie gut kennen Sie Theodor Althauser?«

»Ein alter Parteifreund. Seit über sechzehn Jahren.«

»Sind Sie befreundet?«

»Pfff«, machte Westphal. »Was heißt ›befreundet‹.« Er sah Art an, als müsste er über diese Frage tatsächlich nachdenken. »Mehr oder weniger«, sagte er schließlich. »Ein Parteifreund halt. Das trifft es wohl am besten. Ich weiß nicht, für wie viel Freundschaft mir die Zeit reicht, die die Arbeit übrig lässt.«

»Standen Sie und Marietta Althauser sich näher?«, fragte Art.

Nele sah ihn überrascht an. Auch wenn Art den Kanzler schon lange kannte – schonen wollte er ihn offenbar nicht. Seine Frage lief eher auf das Gegenteil hinaus. Zumal Art sie in Gegenwart von dessen Frau gestellt hatte. Doch Juli Westphal schien nicht einmal mit der Wimper zu zucken. Wenn das ein Test war, war er zwar unverschämt, aber auch gelungen.

Westphals Augen waren schmal geworden. »Näher? Ich hatte eigentlich gehofft, dass mir solche Fragen erspart bleiben würden.«

»Welche Fragen genau?«, erkundigte sich Art höflich.

»Die indiskreten.«

»Die Frage kann nur indiskret sein, wenn Sie sie mit Ja beantworten.«

Nele blieb die Spucke weg. War das hier ein Duell?

»Die Antwort ist Nein.«

»Haben Sie irgendeine Idee, wer Marietta Althauser das angetan haben könnte, und warum?«

»Nein.«

»War Frau Althauser jemals in diesem Haus?«

»Nein.«

»Ist das nicht ungewöhnlich, ich meine, Sie sind mit Herrn

Althauser gut bekannt soweit ich weiß, sind Sie beide seit Langem Parteifreunde. Gibt es da nicht hin und wieder diese Feste, wo die privaten mit den politischen Zwecken verbunden werden und man die wichtigsten Freunde aus der Partei mit ihren Ehefrauen einlädt?«

»Soweit ich mich erinnern kann, ist das einmal geschehen. Frau Althauser war damals allerdings krank.«

»Was ist mit dem anderen Opfer, Sahra Heß?«

»Wie gesagt, sie kenne ich nicht«, meinte Henrik Westphal wie aus der Pistole geschossen.

Art sah ihn demonstrativ verwundert an. »Das kam jetzt aber sehr schnell; wissen Sie überhaupt, wie sie aussieht?«

»Ich bitte Sie. Eine Reinigungskraft … die SG hat mir ein Foto von ihr vorgelegt. Ich habe sie noch nie gesehen. Diese ganze Sache ist wirklich völlig absurd.«

»Ist es nicht denkbar, dass sie vielleicht mal hier im Haus war? In Ihrer Abwesenheit? Zum Beispiel als Teil einer Putzkolonne oder als Vertretung für eine andere Reinigungskraft?«

»Die SG überprüft jeden, der hier als Arbeitskraft Zugang hat. Ausnahmslos. Selbst wenn *ich* sie nicht kenne, die würden es. Tun sie aber nicht.«

»Was ist mit der Parteizentrale, dem Kanzleramt?«

»Da gilt das Gleiche.«

»Was ist mit Margot Heß? Sahras Mutter.«

Henrik Westphals Blick ging zu einem der Fenster. Ein kleiner Sekretär mit Blick in den Garten stand davor. Fing die Befragung etwa an, Westphal zu langweilen?

»Keine Ahnung«, sagte er und lehnte sich im Sofa zurück. Juli Westphal saß angespannt neben ihm und schlug die Augen nieder. Ihr Blick versank im hellen Fellteppich auf dem Mooreichenboden. »Was ist mit Ihnen, Frau Westphal?«, warf Nele spontan ein. »Kannten Sie eines der beiden Opfer? Marietta Althauser oder Sahra Heß? Oder vielleicht Margot Heß?«

Es war plötzlich so still im Raum, als wäre jedes Geräusch von einem Vakuum verschluckt worden. Nele hatte die Frage gar nicht bewusst gestellt, sie war einfach ihrem Instinkt gefolgt. Irgendetwas im Blick von Juli Westphal war ihr seltsam vorgekommen, und sie war einfach damit herausgeplatzt.

»Ich … äh …« Juli Westphals Blick wanderte zu Art und dann zu ihrem Mann. »Nein.«

»Nein«, wiederholte Henrik Westphal und machte mit ausgebreiteten Händen eine Da-haben-Sie's-Geste.

»Frau Westphal, haben Sie auch die Fotos von der SG gezeigt bekommen?«, hakte Nele nach.

Wieder zögerte Juli Westphal einen Moment zu lange.

»Ja«, übernahm Henrik Westphal für seine Frau. Er sah Art an und ignorierte Nele, als ob sie schlicht nicht anwesend wäre. Art schien für einen Moment abwesend und starrte auf die verkohlten Holzscheite im Kamin. »Also gibt es keinerlei Verbindung zwischen den beiden Mordopfern und Ihrem Leben oder Ihrem Haushalt, Herr Bundeskanzler«, schloss Art nachdenklich. »Es muss aber eine geben, das macht sonst keinen Sinn.«

»Was ist mit dieser *Shibuya-News*-Seite?«, fragte Henrik Westphal. »Die scheinen ziemlich links und radikal zu sein.«

Art zuckte mit den Achseln. »Die reagieren auf das, was passiert ist, aber als mögliche Täter sehe ich die nicht.«

»Reiter von der SG sieht das anders.« Der Kanzler lehnte sich wieder vor und sah Art eindringlich an. »Wenn das eine radikale politische Gruppierung ist oder eine Kampagne, um mir zu schaden …«

»Die SG wird dafür bezahlt, das so zu sehen«, erwiderte

Art. »Aber wer bitte bringt denn für eine Kampagne zwei Menschen um?«

»Politische Destabilisierung durch Mord hat eine lange Tradition«, sagte Westphal. »Sowohl international als auch in Deutschland. Und da rede ich nicht von Weimarer Verhältnissen. Vor Kurzem ist ein Regierungspräsident von Rechten auf seiner Terrasse erschossen worden. Kommunalpolitiker werden attackiert, in den USA dringt ein Mann bei den Pelosis ein und erschlägt beinah mit einem Hammer den Ehemann der Sprecherin des Repräsentantenhauses … es passiert. Warum also nicht jetzt und hier, in diesem Fall?«

»Ist es das, was Ihnen Ihr gesunder Menschenverstand sagt?«

»Ich habe vor allem die Sorge«, entgegnete Westphal, »dass der gesunde Menschenverstand immer mehr Leuten abhandenkommt.«

Arts Blick wanderte nachdenklich durch den Raum. Dann stand er auf und ging zu einem der Fenster und sah hinaus. Als er sich umdrehte, sagte er: »Diesen Teil der Ermittlungen überlasse ich gerne der SG und dem Verfassungsschutz. Wenn es bei alledem darum gehen sollte, dann finden die Kollegen das sicher heraus. Was mich angeht, ich glaube eher an ein anderes Motiv.«

»Wer auch immer was herausfindet – Sie wissen, dass in acht Tagen der G20-Gipfel in Berlin stattfindet und ich Gastgeber bin?«

»Ja, ich weiß«, nickte Art. »Und auch der russische Präsident hat sich angekündigt.«

»Ich brauche ein schnelles Resultat. In dieser Situation darf ich nicht beschädigt in die Verhandlungen gehen.«

»Wir wollen alle ein schnelles Resultat«, sagte Art.

»Ich bin nicht alle«, sagte Westphal.

»Ja. Das warst du noch nie.«

Henrik Westphal verzog die Mundwinkel. Er nahm sein Handy vom Tisch, stoppte die Aufnahme in der App, und Nele konnte sehen, wie er in die Audiodatei hineinzoomte, etwas zurückspulte und dann die Aufnahme neu startete. Vermutlich hatte er Arts letzten Satz gelöscht. Dem Kanzler schien also sehr daran gelegen zu sein, dass selbst bei der Abteilung SG im BKA, die ja das Protokoll herstellen und freigeben würde, niemand ahnte, dass Art und er sich kannten. Aber was um Himmels willen verband die beiden?

»Sind Sie fertig mit Ihren Fragen?«, erkundigte sich der Kanzler. Er sah auf seine Armbanduhr, was zugleich eine so selbstverständliche wie machtvolle Geste war. Hätte jemand anders auf seine Uhr gesehen, dachte Nele, es hätte nicht annähernd die gleiche Wirkung gehabt.

»Ja, vorläufig schon«, sagte Art.

Der Kanzler stoppte die Aufnahme, steckte das Handy in seine Jackett-Innentasche und stand auf. »Frau Tschaikowski, bitte entschuldigen Sie mich.« Er nickte ihr zu und sah daraufhin Art an. »Herr Mayer – auf ein Wort.«

Natürlich, dachte Nele verärgert, jetzt kam der inoffizielle Teil. Herrenklub, hinter verschlossenen Türen. Eine ebenso lange Tradition wie politische Destabilisierung durch Mord.

Art stand ebenfalls auf. Dabei mied er Julis Blick, so gut er nur konnte. Ihn trieb die Sorge um, dass jeder im Raum sehen konnte, was er empfand.

Henrik ging mit ihm zurück in Richtung Haustür, schlug dann jedoch den Weg die Treppe hinauf ein. »Wir gehen ins Billardzimmer«, sagte er und bedeutete ihm, mitzukommen.

»Billardzimmer?«

»Na, ein Spaziergang im Garten scheidet wohl aus, bei dem Presserummel. Im Zweifel stellt sich einer der Kameraleute auf eine Leiter oder ein Podest, und das Letzte, was ich will, sind Bilder von uns beiden, wie wir ein vertrauliches Gespräch führen.«

Im ersten Stock lotste Henrik ihn in einen kleinen Flur, öffnete am Ende des Flures eine Tür und bat Art herein.

Das Billardzimmer war ähnlich dunkel wie der Wohnraum. Der gleiche schwarze Parkettfußboden, die gleiche hüfthohe Täfelung. In der Mitte des Zimmers stand ein großer Poolbillardtisch, der mit rotem Tuch bezogen war. Die Vorhänge an den Fenstern hatten die gleiche Farbe, und die Theke einer kleinen schwarzen Bar aus Holz war passend dazu rot lackiert worden.

»Whiskey? Grappa? Ich kann dir auch einen Marillenschnaps anbieten«, sagte Henrik.

»Danke«, knurrte Art. »Ist mir zu viel Klischee auf einmal.«

Wortlos drückte Henrik ihm einen Queue in die Hand und ging zum Tisch, wo ein sorgfältig arrangiertes Dreieck von Billardkugeln auf den Anstoß wartete. Als hätte er alles vorbereitet. »Du zuerst«, meinte er und rieb die Spitze seines Queues sorgfältig mit einem blauen Kreidewürfel ein.

»Du willst nicht ernsthaft jetzt mit mir Billard spielen«, sagte Art. »Zwei Menschen sind gestorben.«

»Weißt du, was das Härteste an diesem Kanzlerjob ist?«, entgegnete Henrik. »Es ist immer existenziell. Alles, was du tust, alles, was du entscheiden musst – immer ist es für irgendjemanden existenziell. Wenn du das seelisch und geistig überleben willst, dann musst du zwischendurch einen Weg finden, den Kopf frei zu kriegen. Das hier«, er deutete mit dem Queue auf den Tisch, »ist für mich einer davon.«

Art war hin- und hergerissen, ob er das zynisch oder verständlich fand. So oder so, er hatte keine Lust, Henrik zu erklären, dass er Billard schon immer gehasst hatte und auch nicht die geringste Übung darin besaß. Er nahm den Queue, zielte grob und stieß die weiße Kugel mit viel Kraft an, traf sie jedoch nicht in der Mitte, sodass sie kläglich in die Seite des Dreiecks aus Kugeln holperte und dann im Loch verschwand.

Henriks Lippen umspielte ein Lächeln. Er positionierte die weiße Kugel neu und versenkte mit einem geschickten Stoß eine der vollfarbigen Kugeln.

»Komm zur Sache, Henrik. Was willst du?«

»Ich hab voll, du halb«, sagte Henrik und versenkte eine weitere der vollfarbigen Kugeln.

»Klar, so wie's aussieht, von Geburt an«, sagte Art.

Henrik stieß die nächste vollfarbige Kugel in eins der Ecklöcher, wobei jedoch die weiße Kugel mit ins Loch rollte, was bedeutete, dass Art am Zug war. Er schnalzte unzufrieden. »Zunächst mal will ich, dass du Juli in Ruhe lässt.«

»Warum sagst du das?«

»Weil sie heute keinen Lippenstift trägt, weil du sie dauernd anschaust und weil ich weiß, dass Kauder mit deiner Frau schläft.«

»Ex-Frau.«

»Seid ihr schon geschieden?«

Art positionierte die weiße Kugel an der Grundlinie, zielte mit ihr auf eine der halbvollen Kugeln und verfehlte sie knapp. »Nein, aber bald.«

»Juli ist tabu.«

»Seit wann unterschätzt du deine eigene Anziehungskraft so?«, fragte Art.

Henrik lochte polternd eine weitere seiner vollen Kugeln

ein. »Gravitation ist so eine Sache«, meinte er und nahm die nächste Kugel ins Visier. »Ein kleiner dummer Stups von irgendwoher«, er stieß die weiße Kugel mit einem seitlichen Drall an, sodass sie gegen die Bande rollte und in einem überraschenden Winkel abprallte, um dann eine lilafarbene Kugel zu touchieren, die daraufhin in einem Eckloch verschwand, »und schon fliegt etwas aus der Kurve.« Er nahm Maß und stieß die weiße Kugel lässig direkt hinterher. »Damit's nicht zu schnell geht«, meinte er gönnerhaft. »Du bist dran.«

Art legte die weiße Kugel wieder auf die Grundlinie, zielte und versenkte sie ebenfalls in einem Eckloch, ohne auch nur in Richtung einer seiner eigenen Kugeln zu zielen.

»Stur wie immer und nur ja nichts annehmen«, sagte Henrik.

»Leck mich«, erwiderte Art. »Was willst du noch?«

»Ein Ergebnis. Schnell. Sagte ich das nicht vorhin?«

»Ergebnisse brauchen Zeit. Es dauert so lange, wie es eben dauert. Mehr kann ich dir nicht zusagen.«

Henrik legte die weiße Kugel zurück auf die Grundlinie. »Siehst du die gelbe Zwei?«, fragte er. »In welches Loch willst du, dass ich sie spiele?«

Art betrachtete den Tisch. Am aussichtslosesten erschien ihm das mittlere Loch auf der rechten Seite, also deutete er mit dem Queue darauf. Henrik nickte. Für einen Moment versank er ganz in Konzentration, dann stieß er die weiße Kugel an die gegenüberliegende Bande, von wo aus sie auf die gelbe Zwei zulief und sie anklackte. Flüsterleise glitt die gelbe Kugel auf das mittlere Loch zu, näherte sich ihm, stieß knapp davor an die Bande und blieb zwei Zentimeter vor dem Loch liegen. Henrik ging langsam um den Tisch herum zur Kugel, gab ihr mit der Hand einen kleinen Stoß, sodass sie ins Loch fiel und polternd in den Innereien des Tisches verschwand. Er sah Art an. »Wenn es sein muss, kriegt man jede Kugel in jedes Loch. Also such dir eins aus und sorg dafür, dass es ein Treffer ist. Hauptsache, die Kugel ist vom Tisch.«

Art starrte Henrik ungläubig an. »Du willst, dass ich *irgendein* Ergebnis präsentiere?«

»Eins, das mich da raushält. Mich nicht beschädigt.«

»Das kann ich nicht machen.«

»Weißt du, was davon alles abhängt?«

Art fixierte Henrik. War das wirklich sein Ernst? »Bist du denn in die Sache verwickelt?«

»Nein, natürlich nicht«, sagte Henrik.

»Sicher? Du hast nichts damit zu tun?«

»Nein, aber das ist nicht der Punkt. Du weißt doch, wie das inzwischen ist. Es spielt gar keine Rolle, ob ich etwas damit zu tun habe. Es genügt, dass ein paar Leute behaupten, ich *hätte* damit zu tun. Sie setzen irgendwas Verrücktes über mich in die Welt, und schon verbreitet es sich wie ein Lauffeuer – und die Leute glauben daran. Fake News sind keine Ausnahme mehr. Sie sind die Regel. Es geht gar nicht mehr um die Wahrheit, die ist vielen doch viel zu langweilig. Es geht darum, die Wahrheit zu modellieren.«

»Modellieren«, knurrte Art. »Klingt, als ginge es um Knetgummi.«

Henrik zuckte mit den Schultern. »Die Welt ist, wie sie ist.«

»Wie praktisch. Und jetzt willst *du* dir deine eigene Wahrheit stricken?«

»Ich will verhindern, dass jemand *anders* etwas in die Welt setzt, was einfach nicht stimmt. Und ich will, dass unser Land und Europa beim nächsten Gipfel eine entscheidende

Rolle spielen. Aber dafür muss dieses Theater aufhören! Wir brauchen eine Lösung, Art. Hier steht wirklich viel auf dem Spiel.«

»Also, um es noch mal auf den Punkt zu bringen«, sagte Art. »Du willst, dass ich an der Wahrheit drehe, damit du gut dastehst?«

»Ich muss raus aus dem Scheinwerferlicht. Und nein, es geht dabei nicht um mich, es geht ums ganze Land. Am Ende vielleicht sogar den ganzen Kontinent.«

Art zog die Augenbrauen hoch.

»Was? Du denkst wirklich, mir geht's um meine Karriere?«, fragte Henrik. Er schaffte es, beinah gekränkt zu klingen. »Es geht ums Amt. Das Amt darf nicht beschädigt werden. Und du siehst doch, was da gerade für eine Schmutzkampagne läuft. Schau doch raus auf die Straße. Da sitzen sie schon, die Geier.«

»Und um denen zu entgehen, willst du ihnen eine Lüge auftischen? Oder wie hast du das genannt? Eine Lösung? Irgendeinen Schuldigen, so eine Art von Sündenbock, damit du raus aus der Sache bist?«

»Eine Lösung, das trifft es am besten.«

»Was für ein Scheißpositivismus. Und was ist mit der Wahrheit, Herr Bundeskanzler?«

»Komm schon, Art. Meistens ist die Wahrheit ohnehin zu komplex, um zu erwarten, dass irgendjemand da draußen sie versteht. Das müsstest gerade du doch wissen.«

Art schnaubte und schüttelte den Kopf. Er nahm die weiße Kugel, legte sie auf die Grundlinie, zielte und stieß dann den Queue mit aller Kraft in den roten Stoff vor der Kugel. Mit einem hässlichen Ton riss der Bezug auf einer Länge von fast zwanzig Zentimetern auf, und der Queue schrammte über die polierte Oberfläche darunter. »Oh«, sagte Art und richtete sich auf. Er stellte den Queue beiseite, betrachtete den zerstörten Tisch und zuckte dann mit den Achseln. »Nicht mein Spiel.«

Henrik war rot im Gesicht geworden und biss sich auf die Lippen. Dann zwang er sich, ein Lächeln aufzusetzen. »Beim Tisch lasse ich dir das noch durchgehen.«

»Meine Antwort war Nein.«

»Dann formulier deine Antwort bitte um, du bist mir was schuldig.«

»Trotzdem tue ich nichts, was ich nicht tun kann.«

»Du hast mir dein Wort gegeben«, erinnerte Henrik.

Art starrte auf den Riss im Stoff, der aussah wie eine offene Wunde, die Tischplatte darunter war hellgrau und fleckig. Hatte er das? Ja, irgendwie schon. Auf jeden Fall war er Henrik etwas schuldig. »Das ist verdammt lange her«, knurrte er.

»Spielt das eine Rolle? Es war ja nicht gerade eine Kleinigkeit.«

»Henrik, das geht nicht.«

»Habe ich damals gefragt, was geht und was nicht? Hast du dich das gefragt, als du Kauder geschlagen hast?«

Art schwieg. Die Stille dehnte sich.

»Dachte ich mir«, sagte Henrik. »Also versteck dich jetzt bitte nicht hinter einer Moral, an die du gar nicht glaubst.« Henrik tippte ihm mit der Spitze seines Queues vor die Brust. Ein kleiner blauer Kreidefleck blieb auf Arts Pullover haften. »Wir hatten damals was gemeinsam. Wir haben beide an höhere Ziele geglaubt. Erinnerst du dich, unser Treffen damals am Kiosk. An unseren Plan? Kurz bevor das alles passiert ist?«

»Wie könnte ich das vergessen«, sagte Art.

»Wir waren uns damals einig, was wichtig ist und was nicht. Und diese Art von Haltung war das Einzige, was mich über die Jahre in der Politik gerettet hat. Ich habe mir diesen Blick erhalten. Und ich hoffe, du auch.«

»Selbst wenn ich wollte, Henrik. Da ist Martin Buchwald, der Ermittlungsleiter, da ist Nele Tschaikowski, meine neue Assistentin. Es wird auffallen, wenn ich in die falsche Richtung ermittle.«

»Warum die falsche Richtung? Die Kollegen sollten den Eindruck haben, es ist die richtige Richtung.«

»Falls du damit meinst, dass ich Indizien oder Beweismittel türke …«

»Um Gottes willen. Das habe ich nicht gesagt.«

»Gut so, denn es reicht ein Hinweis von irgendjemand an die Innere oder, noch schlimmer, an die Presse, und was glaubst du, was dann los ist? Der Verdacht wird sofort auch dich treffen. Machtmissbrauch, Manipulation … und wie gesagt, dafür braucht es nicht viel. Meine neue Kollegin hat einen ziemlich starr justierten moralischen Kompass.«

Henrik lächelte. »Wie erfrischend. Wir brauchen Menschen mit einem klaren moralischen Kompass, so wie dich. Und um deine neue Kollegin mach dir mal keine Sorgen. Sie ist die Nichte von Polizeipräsident Kauder.«

Art entglitt für einen Moment die Kontrolle über seine Gesichtszüge. Nele war Kauders Nichte?

Henrik musste angesichts von Arts Verblüffung lachen. »Was, das wusstest du nicht? Na ja, jedenfalls, wenn sie ausscheren sollte, dann hoffe ich, dass ihr Onkel ihr einen guten Rat geben kann, wie man am besten seinem Land dient und unsere Interessen schützt. Dafür ist die Polizei ja schließlich da, oder? Dienen und schützen.«

Nele hatte im Wagen gewartet und sah jetzt Art aus der Haustür der Villa stürmen. Mit raumgreifenden Schritten und finsterer Miene kam er auf den BMW zugelaufen, stieg ein und zog die Tür zu.

»Was ist los?«, fragte Nele. »Du siehst verärgert aus?«

»Okay. Tacheles«, knurrte Art. »Warum zum Teufel sagst du mir nicht, dass Kauder dein Onkel ist?«

Die Frage traf Nele wie ein Schlag in die Magengrube. »Oh Gott«, stöhnte sie. »Das … ich …« Sie rieb sich das Gesicht.

»Du weißt von meiner Auseinandersetzung mit ihm?«, blaffte Art.

»Ja«, sagte Nele kleinlaut. »Ich weiß, dass er mit deiner Frau –«

»Danke, ich kenn die Geschichte.«

Nele hob abwehrend die Hände. »Art, ich habe keine Ahnung, was das zwischen ihm und dir und deiner Frau ist, und ich will es auch gar nicht wissen. Bitte glaub mir, das spielt für unsere Zusammenarbeit überhaupt keine Rolle.«

»Darum geht's nicht, verdammt.«

»Nicht? Ich dachte gerade –«

»Ja – und nein, verdammt. Ich will wissen, ob Kauder dir Direktiven gibt.«

»Direktiven?« Nele sah ihn fassungslos an.

»Befehle. Anweisungen. Was auch immer. Hat er dich hier reingebracht? Bist du sein Protegé?«

»Ich weiß, was Direktiven sind«, erwiderte Nele wütend. »Was glaubst du, wer ich bin? Verdammte Scheiße«, brach es aus ihr heraus, »was glaubst du, warum ich dir verschwiegen habe, dass Kauder mein Onkel ist? Um genau solche Sprüche nicht zu hören. Ich bin da, wo ich bin, weil ich *ich* bin. Ich wollte schon immer in meinem Leben Polizistin sein, und ich hab mir das verdammt noch mal *erarbeitet*. Ich bin hier nicht von Onkels Gnaden, nur dass das klar ist. Aber mal abgesehen davon: Weißt du, was ich am beschissensten an der ganzen Sache finde? Ihr mit euren blöden Jungsklubs schiebt euch seit Jahrzehnten die Posten zu und protegiert euch gegenseitig. Und dann komme ich als Frau daher, mache mein Ding und bin auf mich gestellt, ohne Hilfe – denn ich hab meinem Onkel verboten, irgendetwas Derartiges zu tun –, und zack, wird mir vorgeworfen, ich bin nur da, wo ich bin, weil es IHN gibt.« Sie warf zornig die Hände in die Luft und schlug aufs Lenkrad. »Ich würde mich noch nicht mal wundern, wenn an irgendeinem eurer bescheuerten Stammtische das Gerücht verbreitet wird, ich hätte auch noch mit ihm geschlafen, um nach oben zu kommen.«

Sie holte tief Luft und wartete auf eine Replik von Art, doch er blieb zunächst stumm. Sein Zorn schien angesichts ihres Ausbruchs verraucht zu sein. »Ich gehe nicht zu Stammtischen«, sagte er schließlich und lehnte sich im Sitz zurück.

Neles Brustkorb hob und senkte sich. Sie hielt sich am Lenkrad fest und versuchte, ihren Puls unter Kontrolle zu bringen.

»Okay«, sagte Art. »Ich habe eine Frage. Was passiert, wenn dein Onkel versucht, dich bei deiner Arbeit zu beeinflussen?«

»Dann werde ich wie immer nett lächeln, mir überlegen, ob ich das richtig finde, was er sagt, und wenn ich es *nicht* richtig finde, dann mache ich es auch nicht.«

»Und was definiert für dich das Richtige?«

»Äh, das Gesetz?! Ich versteh die Frage nicht.«

»Du verstehst die Frage«, behauptete Art.

Nele lachte spöttisch auf. »Bist du hier derjenige, der sich nicht anschnallt, oder ich?«

»Das eine ist Moral, das andere Sicherheit«, entgegnete Art. »Die Frage ist, ob du beides gleichzeitig haben kannst.«

»Natürlich bin ich moralisch, ich meine, ich gendere. Das ist doch ein klares Zeichen von Moral.«

»Eher von Korinthenkackerei«, knurrte Art.

»Ist nicht dein Ernst, oder?«

»Was dich angeht, schon, du wirkst dabei immer so … bemüht.«

»Du bist so ein …« Nele suchte nach einem besseren Wort als dem, was ihr gerade auf der Zunge lag, doch es gab keins. »… so ein *Arsch*!«

Art grinste und ruckelte sich im Beifahrersitz zurecht. »Wenn du noch ein paar Mal Arsch sagst, dann kannst du von mir aus auch wieder gendern. An sich hab ich nämlich nichts gegen gendern – außer jemand zwingt mich, es auch zu tun.«

Nele holte tief Luft. »Arsch, Arsch und noch mal Arsch. Geht's dir jetzt besser?«

»Ich habe *noch* eine Frage«, entgegnete Art.

»Ja, super. Wo wir gerade dabei sind, immer raus damit.«

»Willst du jetzt nach Hause und mit deinem Freund über das Sägewerk und deine Schwangerschaft sprechen, oder brauchst du noch eine Ausrede?«

»Du bist *wirklich* ein Arsch.«

Art zuckte mit den Schultern. »Ich wollte gerade nur die Ausrede sein, die du ihm sowieso schon aufgetischt hast.«

Nele seufzte und fühlte sich mit einem Mal wieder klein und schwach. »Ich nehm die Ausrede«, sagte sie und ließ den Wagen an. »Aber jetzt habe ich auch eine Frage.«

»Schieß los«, meinte Art lakonisch.

Nele sah ihn forsch an. »Wer ist dieser Boxer?«

Kapitel 23

Boxer hatte zwei Monate im Franziskus-Krankenhaus zugebracht. Zwei einsame Monate, nachdem er aus dem Koma erwacht war, denn die einzigen Besucher waren seine Eltern. Er wünschte sich nichts mehr, als dass Ellie vorbeikam, zur Not auch Nora. Sogar über seine alten Heimkumpel Falco und Jockel hätte er sich gefreut. Wenigstens etwas Abwechslung. Doch bis auf seine Eltern, die Physiotherapeutin und eine Schar von Ärzten und Schwestern blieb er allein. Dass Ellie ihm fernblieb, schmerzte ihn mehr, als er sagen konnte. Das Einzige, was ihn ähnlich beschäftigte, war die Angst vor der Polizei. Was, wenn die Blutspuren im Zoo analysiert wurden und jemand auf die Idee kam, sie mit einem Jungen in Verbindung zu bringen, der nachts, kurz vor dem Morgen, an dem die Blutspuren entdeckt worden waren, mit angeblichen Hundebissen ins Krankenhaus gebracht worden war?

Wäre er Polizist, er hätte sich diesen Jungen vorgeknöpft.

Doch aus irgendeinem rätselhaften Grund kam niemand auf diese Idee. Vielleicht, dachte Boxer, war die ganze Sache auch zu unwichtig.

Eine Woche nach der dritten Operation durfte er nach

Hause, wo er genauso einsam war. Er war noch nicht in der Lage, zu laufen, und konnte nur kleinere Trainingsstrecken absolvieren. Den Schulstoff lernte er zunächst ebenfalls zu Hause. Vier Monate nach dem Biss wurde er ein letztes Mal operiert. Den Herbst verbrachte er in einer Rehaklinik in den Alpen, was ihn etwas ablenkte. Als er das erste Mal wieder am Sportunterricht teilnahm, war es Januar. Es fiel Schnee, und wenn er nur lange genug in die Flocken starrte, nahmen sie die Gestalt von Ellie an.

Immerhin, dachte er auf dem Nachhauseweg von der Schule, inzwischen bin ich dreizehn. Wann hatte eigentlich Ellie Geburtstag? Mit einem gewissen Schrecken fiel ihm ein, dass ja nicht nur er älter wurde, sondern Ellie auch. Wenn es also sein Alter war, das Ellie störte, dann würde sich vorläufig daran nicht viel ändern. Außer vielleicht, wenn er irgendwann fünfundzwanzig oder so war.

Er stieß frustriert den Fuß in einen Schneehügel und sah zu, wie das weiße Pulver in alle Richtungen zerstob.

»Hey, Cowboy«, rief eine Mädchenstimme hinter ihm. Im selben Moment hakte sich jemand bei ihm unter. Verblüfft sah er in das Gesicht von Ausschnitt. Er war so perplex, dass er sie beinah sogar so angesprochen hätte. »Hey. Nora.« Mehr brachte er nicht heraus.

»Alles klar?«, flötete sie, als wäre nichts gewesen. »Was macht das Bein?«

»Geht«, sagte er ausweichend.

»Hat dir was die Laune verhagelt?«

Was für eine Frage. Tausend Dinge. Und vor allem eines.

»Hast du Lust, dich heute Abend mit uns am Kiosk zu treffen?«

»Uns? Wen meinst du mit ›uns‹?«, fragte er. Sofort schlug sein Herz höher.

»Na, wir alle.«

Das klang gut. »Wie komm ich dazu? Ich meine, wenn ihr glaubt, ich mach noch mal so 'n Scheiß mit, das könnt ihr vergessen.«

»Nee, Quatsch«, meinte Nora. »Hör mal, bleib mal stehen.« Sie hielt ihn am Ellenbogen zurück und sah ihn an. Ihr Blick war klar und direkt, sie hatte schöne Augen, auch wenn sie einen Fehler hatten: Es waren nicht Ellies Augen. Aber im Wagen auf der Fahrt zum Zoo war sie eigentlich ziemlich nett zu ihm gewesen.

»Das ist echt scheiße gelaufen, was wir da gemacht haben. Das wollten wir nicht. Keiner von uns. Auch Henner nich'.« Sie kicherte. »Der hat übrigens noch einen Mordsärger von seinem Alten bekommen, der hat nämlich gerochen, dass da was faul war. Die Blutspuren, der Schlüssel ganz woanders. Henner musste zwei Monate lang im Affenhaus die Scheiße wegkarren, jeden Nachmittag. Aber er hat dichtgehalten und nichts erzählt.«

»Und die Polizei?«, fragte Boxer.

»Henners Vater hat's nich' gemeldet. Wollte wohl selbst keinen Ärger.« Nora grinste und zwinkerte lässig mit einem Auge. »Also, was ist, kommst du heute Abend?«

»Wie komm ich denn zu der Ehre. Was habt ihr vor mit mir?«

»Keine Ahnung. Spaß haben?«

»Aber nicht auf meine Kosten.«

»Hey, hör mal«, sagte Nora. »Wir sind nich' immer so. Sieh's als Wiedergutmachung. Selbst Henner tut's leid, und der braucht immer am längsten. Das mit dem Wolf war echt mutig von dir. Und du hast uns nicht verpfiffen, das rechnen wir dir echt hoch an.«

Boxer nickte. Offenbar meinte Nora es ernst, und das hier

sollte so 'ne Art Schwamm-drüber-Angebot werden. »Ist Ellie heute Abend auch da?«, fragte er.

Nora seufzte. »Mein Gott, was ihr alle immer mit *der* habt.« Dann sah sie ihn etwas mitleidig an. »Hör mal, bist echt 'n Cowboy. Mein ich ernst, ja. Also, wenn jemand bewiesen hat, dass er Eier hat, dann du. Aber schlag dir Ellie aus dem Kopf. Die is nichts für dich. Die spielt nur mit dir.«

»Woher willst du das wissen?«, fragte er trotzig.

»Hat sie dich einmal besucht, in der ganzen Zeit?«

Boxer spürte einen Stich in der Herzgegend. »Nein«, gab er zu. »Aber ihr auch nicht.«

»Klar«, lachte sie. »Wir sind ja auch nich' verknallt in dich.« Sie wurde schnell wieder ernst. »Und deine Ellie auch nich'. Sonst wär sie ja da gewesen.«

Boxer konnte nicht anders als nicken, und zugleich wollte er es nicht gelten lassen. Vielleicht hatte Ellie ja einen guten Grund dafür, dass sie ihn nicht besucht hatte.

»Mach dir nichts draus«, sagte Nora. Gut gelaunt schob sie ihre Wollmütze zurecht und sah in den schneeverhangenen Himmel. Eine Flocke tanzte auf ihre Nase zu. »Bist halt nicht der größte Stecher auf 'm Hof. So is das nun mal. Aber kann ja noch werden … in ein paar Jahren.«

In ein paar Jahren. Das war nun wirklich das Letzte, was er hören wollte, aber er machte gute Miene zum bösen Spiel. »Geht klar, ich komm heute Abend. Wann?«

»Um neun im Kiosk. Wir sind drinnen. Deine Ellie hat Sturm, ihre Alte ist nicht da.«

»Okay«, sagte er, »ich kann erst um kurz nach zehn«, und hoffte, dass es möglichst erwachsen klang.

»Ha!« Sie kniff ein Auge zu und sah ihn an. »Musst warten, bis die Alten in der Heia sind, um dich rauszuschleichen, wa?«

Boxer schwieg.

Sie zuckte lässig mit den Achseln. »War bei mir früher auch so. Dann bis heute Abend, kleiner Cowboy.« Sie drehte sich um und lief in die andere Richtung. »Ach, eins noch.« Sie blieb stehen und wandte sich ihm noch mal zu. »Wie heißt 'n du eigentlich?«

»Boxer«, sagte er.

»Nee, echt jetzt?«

»Ja, klar. Wieso?«

»Wer hat 'n dir *den* Namen verpasst?«

»Ellie«, sagte er und lächelte.

»*Das* hat sie gebracht? Echt?« Sie sah ihn ungläubig an. »Krass«, murmelte Nora und zog ihre Mütze etwas tiefer. »Na dann. Bis heute Abend, Cowboy.«

Kapitel 24

Das Licht der Laternen im Park malte Inseln in den Schnee. Es war windstill, und die Flocken fielen senkrecht, als würde jemand da oben den Atem anhalten. Die Bäume ragten auf wie schwarze stoische Gerippe, ihre Äste fingen Schnee.

Boxer lief mit schnellen Schritten auf den Kiosk zu. Ihm war, als würde sich an diesem Abend etwas entscheiden zwischen Ellie und ihm, und davor fürchtete er sich. Eigentlich mochte er den Schwebezustand; er ließ ihn hoffen.

Vor dem Kiosk parkten zwei Enduro-Mopeds. Über dem Gelände hing ein oranger Schein. Erst als er die Gittertür zum Minigolfplatz öffnete, erkannte er den Grund. Auf einem kleinen Platz zwischen dem länglichen Anbau hinter dem Kiosk und den Minigolfbahnen stand ein Feuerkorb. Die Scheite brannten lichterloh, Flocken zischten leise, wenn sie in die Hitze taumelten. Die Tür zum Anbau stand einen Spaltbreit offen. Stimmen und Wärme umfingen ihn, als er eintrat. Auf den ersten Blick sah es aus wie in einer winzigen Kneipe: eine Theke, drei Biertische und bunte Leuchten.

»Hey, da ist er ja«, rief Nora. »Der Kleinste kommt als Letzter.«

Alle Köpfe drehten sich in seine Richtung.

Zippo, Henner, Brille, Nora und Ellie saßen auf Bänken um den mittleren Biertisch herum, über dem eine alte Pendellampe hing. Durch die großen Fenster drang der Feuerschein und flackerte auf ihren Gesichtern. Hinter ihnen tupfte eine Lichterkette aus bunten Glühbirnen Farbflecke auf eine Wand mit alten Filmplakaten. Rechts ging es in den Kiosk, links, hinter dem provisorischen Tresen, standen zwei große Coca-Cola-Kühlschränke, halb voll mit Getränken, von Orangenlimo über Wein bis Wodka. Vor Ellie und ihren Freunden standen Bierflaschen und zwei Kerzen.

Nach Noras Worten war es still geworden.

Boxer kam es so vor, als säße die Schneewölfin mit am Tisch, also, nicht die Wölfin direkt, aber das, was passiert war. Er war auf der Hut. Noras Freundlichkeit und die nette Einladung konnten auch eine Falle sein.

»Hi«, sagte er. Nicht gerade der perfekte Eisbrecher.

»Was stehst du da noch rum. Setz dich, Mann«, meinte Zippo und klopfte auf den Platz neben sich.

»Warm hier«, sagte Boxer. Sein Blick fiel auf zwei Elektroheizungen. Er zog seine Winterjacke aus und setzte sich auf die Bank neben Zippo, direkt gegenüber von Ellie, die neben Brille saß. »Hi. Siehst gut aus«, meinte sie und schenkte ihm ein Lächeln.

»Du auch«, entgegnete er – was noch untertrieben war. Sie sah umwerfend aus.

Wieder war es still. Draußen knackte das Feuer.

Brille musterte ihn.

»Ein Bier?«, fragte Henner.

Boxer nickte. »Klar.« Bier hatte er schon mit neun im Heim probiert, um nicht uncool zu sein. Außerdem hatte es ihm das Rauchen erspart. Eins von beidem war angepfiffen, sonst war man raus. Seit er nicht mehr im Heim war, hatte er jedoch keinen Schluck Alkohol mehr getrunken.

Henner ging zum Kühlschrank, öffnete ihm eine Flasche und stellte sie ihm hin. Er schien nervös zu sein. Ellie warf Henner einen Blick zu und hob die Augenbrauen. Henner räusperte sich. »Du, hör mal«, wandte er sich an Boxer, »ich wollte mich … ähm, also, tut mir leid«, nuschelte er. »Wegen dem Scheiß im Zoo und so …«

»Ich wär fast draufgegangen«, sagte Boxer.

»Ich weiß«, murmelte Henner.

»Wir hatten alle 'ne Scheißangst um dich«, warf Zippo ein.

Ellie fasste über den Tisch hinweg nach seiner Hand und drückte sie. »Geht's dir wieder gut?«

Die Berührung löste ein Prickeln in ihm aus, als würde sein Blut plötzlich schneller fließen. »Ja, ist überstanden.«

»Ey, ich schwör dir«, sagte Henner, »ich wusste das nicht, dass die Schneewölfin Junge hat. Sonst ist die nicht so. Aber ich war schon länger nicht mehr da und hab's nicht mitgekriegt.«

Ellie nahm ihre Hand wieder zurück. Er löschte die Enttäuschung darüber mit einem Schluck Bier.

»Bist 'ne coole Socke, Mann«, sagte Brille. »Wie du da rein bist, echt, Respekt.«

Boxer nickte. Ihm lag auf der Zunge, sich dafür zu bedanken, dass sie ihn da rausgeholt hatten, aber andererseits: Sie hatten ihn ja auch da reingeschickt. Auch für den Zwiespalt einen Schluck Bier. Er musste wohl aufpassen, wenn er für alles einen Schluck brauchte, war er vermutlich bald betrunken.

»Jetzt guck nicht so, als würden wir dich auffressen«, meinte Zippo und stieß ihn in die Seite. »Du hast deinen Mann gestanden, wir lassen dich in Ruhe. Außerdem hast du uns nicht verpfiffen! Oder hast du's noch vor?« Zippo hob die Brauen und sah ihn herausfordernd an.

»Wenn ich was nicht bin, dann 'ne Petze«, meinte Boxer.

»Keine Petze!«, wiederholte Zippo laut. Offenbar gab das den Ausschlag. »Darauf trinken wir.«

Brille hob seine Bierflasche. »Also, vergessen wir doch den ganzen Scheiß, der war.«

Alle stießen mit ihren Flaschen über der Tischmitte an und tranken.

»Sag mal«, meinte Brille, »heißt du eigentlich wirklich Boxer?«

Boxer nickte.

Es wurde still, und Ellie bekam Blicke zugeworfen. Sie schlug die Augen nieder. »Und meine Freundin hast du Ellie getauft?« Brille hob eine Augenbraue.

»Was dagegen?«, fragte Boxer bemüht lässig und nahm noch einen Schluck. Das Bier begann langsam, zu wirken.

»Na ja«, sagte Brille amüsiert. »Sieht so aus, als hätten wir alle Namen von dir bekommen, oder?«

»Warum?«

»Weißt du nicht mehr?«, fragte Zippo. »Du hast sie im Zoo gebrüllt.«

Boxer schluckte.

»Ist schon okay.« Zippo grinste. »Ich find meinen Namen cool, ich behalt ihn. Und du?«, wandte er sich an Brille.

Brille rollte mit den Augen. »Was Cooleres ist dir für mich nicht eingefallen, oder?«

»Ich dachte irgendwie, du bist schlau«, meinte Boxer.

»Pffff«, prustete Nora. »Er *dachte*! Habt ihr das gehört. Vergangenheit!« Alle brüllten los, selbst Brille.

»Was ist mit mir?«, fragte Nora.

Boxer wurde rot.

»Komm, jetzt sag schon.«

»Ausschnitt.«

Wieder brüllten alle los. Der ganze Tisch wackelte, weil irgendjemand dran gestoßen war. Nora zog eine Schnute und kniff ein Auge zu. »Is aber ziemlich sexistisch, hä?«

»Tut mir leid«, meinte Boxer, »es war halt das Erste, was –«

»Er hat ja recht«, johlte Brille. »Bei deinen Sachen kann man immer bis zum Bauchnabel gucken.«

»Bauchnabel?«, witzelte Nora. »Echt jetzt, da guckst du hin? Komm, sprich's aus, hä?« Sie hob mit beiden Händen ihre Oberweite an. »Komm schon, sei ein Mann, sprich's aus.«

»Titten«, prustete Brille.

Der Tisch bebte vor Gelächter.

»Was ist mit mir?«, japste Henner.

»Kappe«, erwiderte Boxer lachend.

»Ha! Die zieht er nie aus«, rief Nora. Sie gab Henner einen Stups auf den Schirm seiner Kappe und küsste ihn. Henner sah nicht glücklich aus, lachte aber mit den anderen mit.

Zippo wischte sich die Tränen aus den Augen und meinte: »Das ist doch mal was, Kleiner. Du hast uns alle getauft.«

»Zumindest für heute Abend«, warf Nora ein. »Ich bin nämlich mehr als das, klar?« Sie schaukelte mit ihrem Oberkörper und bemühte sich zugleich um eine übertrieben ernste Miene. Boxer konnte sehen, dass hinter ihrer aufgedrehten Art noch etwas anderes war.

»Okay«, meinte Brille und wurde plötzlich ernst. »Jetzt musst du uns noch eins verraten. Wo hast du die Kohle hergeholt, die wir von dir wollten?«

Boxer warf Ellie einen schnellen Blick zu. Hatte sie geredet?

»Hast du's geklaut?«, fragte Henner.

»Nein«, meinte Boxer.

»Jetzt sag schon, oder vertraust du uns nicht?«, drängte Brille.

Hilfesuchend sah Boxer Ellie an, die die ganze Zeit seltsam still gewesen war. Jetzt nickte sie kaum merklich.

»Ich hab das Geld so 'nem fiesen Typen abgeknöpft, einem, der Sex mit kleinen Jungs haben will und dafür bezahlt.«

Es wurde totenstill um den Tisch.

»Hast du etwa mit dem …?«, fragte Nora angewidert.

»Nee, im Gegenteil. Ich hab ihn reingelegt, mit 'ner Kamera, und dann hab ich gesagt, ich schick das Video seiner Frau, wenn er mir nicht das Geld gibt.«

Zippo gab ein leises, anerkennendes Pfeifen von sich. »Der Arsch hat's nicht besser verdient, würde ich sagen.«

»Scheißkinderficker«, knurrte Henner.

»Und, hast du das Video seiner Frau gegeben?«

»Ich hab gesagt, ich tu's, wenn ich mitkriege, dass er so was noch mal versucht.«

Stille.

»Stark«, sagte Zippo.

»Saustark«, meinte Henner.

»Hattest du Schiss?«, fragte Nora.

»Und wie.«

»Das Feuer«, sagte Ellie, »ich leg mal schnell was nach.« Sie stand auf, ging um den Tisch herum und hinter Boxer vorbei, wobei sie ihn streifte. War das Absicht oder Zufall? »Ich helf dir«, sagte er und wollte gerade aufstehen, als Zippo ihn zurückhielt. »Leute, ich hab 'ne Idee. Was haltet ihr davon, wenn wir so was noch mal machen?«

»Was denn, etwa um an Geld zu kommen?«, fragte Nora.

»Quatsch«, sagte Zippo und sah Henner an. »Um solche Typen auszuschalten. Um's denen zu zeigen.«

»Ist das dein Ernst?«, fragte Ellie. Alle Köpfe flogen herum. Sie hatte offenbar bereits Scheite nachgelegt und stand nun in der Tür, die Arme in die Hüften gestemmt.

»Wär 'ne gute Sache, oder?«, meinte Brille und sah ebenfalls Henner an. Der zuckte nur mit den Schultern.

»Kinderficker ficken«, sagte Zippo. »Das wär doch mal ein Vorhaben, im Vergleich zu dem Scheiß, den wir sonst so anstellen.«

»Hey, hey, langsam«, bremste Nora. »Worüber reden wir hier? Das ist doch Selbstjustiz.«

»Nee. Eher Prävention«, sagte Brille.

Zippo nickte und wies mit der ausgestreckten Hand auf Brille. »Du sagst es.«

»Euch ist schon klar, dass das gefährlich ist?«, warf Ellie ein.

»Er hat's doch auch gemacht«, erklärte Zippo und zeigte auf Boxer. »Du kannst uns zeigen, wie's geht, oder?«

Boxer warf einen Blick in die Runde. Alle Augen waren auf ihn gerichtet. Das war eigentlich das Letzte, was er hatte erreichen wollen, aber jetzt stand die Idee im Raum, und im Grunde hatten Zippo und Brille recht. Kerle wie dieser Typ hatten es doch nicht anders verdient, oder?

»Ja, kann ich«, meinte Boxer.

»Heilige Scheiße«, flüsterte Nora.

»Na dann«, meinte Brille und hob seine Flasche. »Auf unser neues Mitglied und unser Projekt.«

Boxer wusste nicht, wie ihm geschah. Sein Kopf schwirrte ein wenig, vielleicht auch vom Bier. Plötzlich stand er im Mittelpunkt. Keiner sprach mehr darüber, dass er für irgendetwas zu klein war, zu jung oder sonst etwas. Ja, er wollte keinen Ärger, vor allem nicht mit der Polizei. Aber was sprach dagegen, sich mit Leuten anzulegen, auf die es die

Polizei eh abgesehen hatte? Zugegeben, ohne die Sache mit dem Geld hätte er das alles nie gemacht. Aber Brille und Zippo hatten recht, es war eine gute Sache, und er wusste noch genau, wie es sich angefühlt hatte, diesem Kerl in der Toilette gegenüberzustehen. Gegen solche Typen was zu unternehmen, fühlte sich richtig an. Außerdem würde er so regelmäßig Ellie wiedersehen und konnte sie beeindrucken.

Er hob seine Flasche und stieß sie gegen die der anderen Jungs. Ellie setzte sich wieder und wechselte einen Blick mit Nora.

»Leute, ich weiß nicht, wie's euch geht, aber ich brauch jetzt was«, meinte Zippo.

»Ich hab nichts hier«, meinte Brille.

»Ich auch nicht«, meinte Henner.

»Du hast ja nie was dabei«, frotzelte Brille.

»Mein Vater stopft mir ja auch nicht die Kohle in den Hintern«, gab Henner säuerlich zurück.

Wovon redeten die?, fragte sich Boxer. Drogen?

»Kein Streit, Leute. Wir besorgen einfach was«, meinte Zippo. »Der Typ auf der Siegbertstraße ist immer mindestens bis eins da.«

»Cool, dann lass uns losziehen«, meinte Nora.

»Wie? Alle?«, fragte Henner.

»Macht mehr Gaudi, oder?«

»Ich muss hierbleiben, bis das Feuer aus ist«, meinte Ellie.

»Ach, komm schon«, rief Brille.

Ellie schüttelte den Kopf. »Meine Ma killt mich sonst, kennst sie doch.«

»Die kriegt das doch gar nicht mit.«

»Ich hab's ihr aber versprochen.«

»Ich bleib mit dir hier«, bot sich Boxer an.

»Schau an, die Feuerhüterin und ihr Ritter«, spöttelte

Nora, zog ihre Jacke über und setzte ihre Mütze auf. Brille, Henner und Zippo taten es ihr gleich. Zu viert verließen sie lärmend den Anbau und zogen los.

Stille kehrte ein. Draußen vor dem Fenster zischten Flocken ins Feuer.

»Na, da hast du ja was angezettelt«, sagte Ellie leise.

»Ich? Das war doch nicht mein Vorschlag«, erwiderte Boxer.

»Komm schon, es geht um deine Idee. Die anderen wären auf so was gar nicht gekommen.«

»Und?«, fragte er. »Findest du das jetzt gut oder schlecht?«

Ellie sah ihn lange an. Dann stand sie auf, kam um den Tisch herum und setzte sich rittlings neben ihn auf die Bierbank. »Hör mal«, sagte sie und nahm seine Hand. »Ich seh doch, wie du mich die ganze Zeit anguckst.«

»Und, ist da was falsch dran?«

»Nein«, seufzte sie, »aber …«

Boxer biss sich auf die Lippen und nahm allen Mut zusammen, um es auszusprechen. »Du findest, ich bin zu jung.«

»Ja. Nein! Ich weiß nicht. Du bist halt kein …«

»Was denn, kein Mann?«, fragte Boxer ärgerlich. »Also, wenn's danach geht, das sind Henner, Zippo und dein Brille auch nicht, oder?«

»Ha«, machte Ellie, taxierte ihn und nahm einen Schluck Bier.

»Als ich ins Gehege gegangen bin«, sagte Boxer, »das hab ich nicht für die anderen gemacht. Die anderen waren mir scheißegal. Ich hab's für dich gemacht.«

Ellie sah ihn immer noch an, hob die Flasche erneut an die Lippen und setzte sie überrascht wieder ab. »Leer«, meinte sie und stellte sie auf den Tisch. Sie klang etwas angetrunken. Boxer lächelte, nahm einen Schluck aus seiner Flasche und reichte sie danach an sie weiter. Ellie grinste. »Du bist 'n Typ«, sagte sie kopfschüttelnd, dann nahm sie die Flasche und trank.

»Ich bin wegen *dir* hier, weißt du«, sagte Boxer. »Ich liebe dich.«

Ellie verschluckte sich und setzte die Flasche hustend ab. Etwas Bier lief ihr über das Kinn, und sie wischte es mit der Rückseite der Hand fort. Boxer wusste gar nicht, wo dieser Satz plötzlich hergekommen war, er war ihm einfach so über die Lippen geflossen, als hätte es keinen anderen Satz gegeben, der gerade richtiger gewesen wäre. In Ellies Augen schimmerte es feucht. »Echt«, flüsterte sie, »du hast mehr Eier als die drei anderen zusammen, Boxer. Bist 'ne Rakete.« Sie legte ihm eine Hand auf die Wange. »Aber ich muss dir was sagen.«

Boxer runzelte die Stirn.

Ihr Tonfall, die Hand auf seiner Wange, das war alles nicht das, was er wollte. Hastig schob er ihre Hand weg. »Du hörst dich an wie meine große Schwester, lass das.«

Ellie starrte ihn schockiert an. »Du hast eine Schwester?«

»Nein, und ich will auch keine. Ich will dich.«

Ellie stockte der Atem. Sie saß regungslos vor ihm. Ihr Blick ging von seinen Augen zu seinen Lippen, zur Tür und wieder zurück. Dann beugte sie sich vor und küsste ihn.

Boxer hatte noch nie ein Mädchen geküsst, und dieser Moment löste alle Barrieren in ihm, alle Unsicherheit, alle Fragen, jeden Zweifel – alles verschwand in diesem Kuss.

»Wo hast 'n *das* gelernt?«, fragte sie verschmitzt und ein wenig atemlos.

»Muss man das lernen?«

Sie lächelte. »Gibt welche, die lernen's nie.«

»Bin halt 'ne Rakete.«

»Ha!«, lachte Ellie. Ihr Blick saugte sich an seinen Lippen fest. Vorsichtig fasste sie ihm in den Schritt. »Hast du schon mal …?«

»Nein«, flüsterte er.

Sie sah zur Tür. »Wir haben 'ne halbe Stunde. Niemand darf das wissen, okay? Niemand.«

Alles wäre okay gewesen. Auch wenn sie verlangt hätte, dass er den Eiffelturm anzündete.

Sie landeten auf dem Fußboden neben der Elektroheizung, unter den bunten Lampen. Er wusste, alle Worte würden versagen, wenn er je beschreiben müsste, was er fühlte – was hier passierte – wer Ellie war – wer er *in* ihr war – und was geschah, als er kam und im selben Moment sie. Hätte er vorher wetten müssen, dass das hier geschehen würde, er hätte gegen sich gewettet. Alle hätten gegen ihn gewettet. Nora, Henner, Zippo, von Brille ganz zu schweigen. Und doch lag er hier, und sie war unter ihm.

»Fuck«, stöhnte sie und strich ihm über die Brust.

Da packte ihm plötzlich jemand von hinten ins Haar und riss ihn hoch. »Hab ich dich, du kleiner Scheißer«, zischte ihm eine Männerstimme ins Ohr. Dann bekam er einen Schlag in die Magengrube und krümmte sich vor Schmerzen.

Ellie schrie laut auf und wich halb liegend, halb sitzend zur Wand zurück. Der Mann schleuderte Boxer von sich und ging auf Ellie zu. »Und da ist ja auch die kleine Schlampe mit der Kamera«, knurrte er. Der Mann stand jetzt vor Ellie, die ängstlich an der Wand kauerte, und drehte sich zu Boxer um.

Erst jetzt begriff Boxer, wen er vor sich hatte. Das war der Mann aus der Bahnhofstoilette! Und er war kaum wiederzuerkennen. Er hatte blutunterlaufene Augen, war unrasiert und abgemagert. Der Geruch von Schnaps hing in der Luft.

»Was wollen Sie«, stöhnte Boxer und hielt sich den schmerzenden Unterleib. »Das Geld? Ich hab's nicht mehr.«

»Das Geld!« Der Mann lachte irre. »Nein, deshalb bin ich nicht hier.«

»Das Video? Sie wollen die Kassette?«

»Scheiß auf die Kassette. Die ist doch bei der Polizei.«

»Was? Nein.«

Der Mann kam mit drei wütenden Schritten zurück zu Boxer und trat ihm in die Seite, dann öffnete er seine Jacke, zog ein Messer heraus, drehte Boxer den Rücken zu und ging zu Ellie zurück. Wie paralysiert starrte sie auf die silberne Klinge.

»Vor neun Wochen war die Polizei bei mir zu Hause. Meine Frau hat die Tür geöffnet. Meine zwei Jungs waren da und haben zugesehen, wie die unser Haus durchsucht haben. Jeden verdammten Zentimeter«, brüllte der Mann. »Mein Computer, die Fotos, die haben *alles* gefunden. Und warum?« Er beugte sich zu Ellie herab, packte sie an den Haaren und zerrte sie auf die Beine. »Weil ihr zwei Arschlöcher mich verpfiffen habt. Könnt ihr euch vorstellen, was das bedeutet? Wisst ihr, wie mein Leben jetzt aussieht? Ich hab keins mehr!«

»Wir … wir haben Sie nicht verpfiffen«, keuchte Boxer. »Das kann nicht sein.«

»Schwachsinn«, blaffte der Mann und setzte Ellie das Messer auf die Brust. Die Klingenspitze drückte eine Kuhle in ihre weiche Haut.

»Hören Sie auf, bitte!«, rief Boxer verzweifelt. »Wir waren das nicht, wir haben Sie nicht verpfiffen.«

»Du und deine Gang! Hast du doch erzählt, oder? Dass ihr 'ne Gang seid. Ihr habt wirklich ganze Arbeit geleistet. Es hat mich Wochen gekostet, euch zu finden. Bis ich deine kleine Schlampe hier zufällig auf der Straße gesehen habe. Und jetzt, wo die anderen weg sind, geht's euch an den Kragen. Wenn ich mit euch fertig bin, ist nichts mehr von euch übrig, hört ihr? Von mir ist nämlich auch nichts mehr übrig. NICHTS!«

Er schüttelte Ellie, dabei drang die Messerspitze in ihre Haut, und etwas Blut floss aus der Wunde.

Boxer ballte die Fäuste und versuchte, sich aufzurichten.

»Ich lass mich doch nicht von so ein paar Halbwüchsigen verarschen«, brüllte der Mann. Speichelfetzen flogen aus seinem Mund. Sein linkes Bein zitterte. Er schien sich jetzt nur noch für Ellie zu interessieren.

»Lassen Sie sie los«, schrie Boxer, doch der Mann drehte sich nicht einmal zu ihm um.

»Ich hab doch gar nichts gemacht. Bitte! Wir waren nicht bei der Polizei!«, brachte Ellie hervor. »Ehrlich.«

»Sogar zu feige, es zuzugeben«, zischte der Mann und schlug ihr mit der Faust, die das Messer hielt, ins Gesicht. Dann setzte er ihr das Messer an den Hals.

Boxer kam es vor, als hätte der Schlag ihn getroffen. Er starrte auf die Klinge an Ellies Hals. Mühsam richtete er sich auf. Sein Blick fiel auf die Bierflaschen und die großen schweren Kerzen auf dem Tisch. Er entschied sich für die Bierflasche.

»Bitte, lassen Sie mich«, flehte Ellie benommen.

Boxer packte die Flasche am Hals, lief drei Schritte auf den Mann zu und schlug im Vorübergehen die Flasche mit Wucht auf eine Tischkante. Der Mann sah sich um, im selben Moment war Boxer bei ihm, schlang seinen Arm um die Hüfte des Mannes und rammte ihm den gesplitterten Hals der Bierflasche in den Bauch, genau an die Stelle, wo er glaubte, dass die Jacke offen stand und er schutzlos war.

Der Mann ächzte, ließ Ellie los, taumelte beiseite und starrte Boxer entgeistert an.

»Du!«, keuchte er. »Was hast du getan?«

Boxer stellte sich zwischen ihn und Ellie und hielt drohend den Flaschenhals in der Faust. Von den gezackten Glasrändern tropfte Blut. »Fassen Sie sie ja nicht noch mal an«, zischte er.

»Ich …« Der Mann sah auf seinen blutenden Bauch. »Ich wollte euch doch nur …« Er hob den Blick und starrte Boxer wütend an. »Ich wollte euch Angst machen, und ihr macht das?«, lallte er.

»Fassen Sie nie wieder meine Freundin an!«

Das Gesicht des Mannes verzog sich zu einer Grimasse. Mit einigen wütenden Armbewegungen schwang er das Messer in Bögen vor sich her, doch er war nicht nah genug an Boxer, um ihn zu treffen.

»Raus hier«, knurrte Boxer.

»Du sagst mir gar nichts«, zischte der Mann. Er starrte Boxer an und blinzelte nervös. Boxer machte einen Ausfallschritt und stocherte mit der Flasche nach dem Angreifer. Der Mann zuckte zurück und tastete sich rückwärts bis zur Tür. Boxer setzte ihm nach. Seine Kehle war trocken vor Angst, und seine Knie zitterten, doch er wusste, dass der Mann nicht bei Sinnen war und dass er nicht nachgeben durfte. Das war er Ellie schuldig. Er hatte ihr das eingebrockt, und jetzt musste er sie da auch wieder raushauen.

Der Mann legte den Kopf schief und setzte plötzlich ein listiges Lächeln auf, als wäre ihm eine Idee gekommen. Langsam ging er rückwärts zur Tür, dort griff er nach dem Schlüssel, der auf der Innenseite steckte, zog ihn ab, ging mit dem Rücken voran nach draußen, knallte die Tür zu und schloss ab. Mit einem teuflischen Grinsen ging er zum

Feuerkorb und trat ihn um. Funken stoben umher. Mit dem Fuß kickte der Mann die brennenden Scheite und etwas Glut direkt an die Tür. Unter der Ritze drang Rauch in den Anbau.

»Was macht ihr jetzt, du und das kleine Miststück, hä?« Der Mann lachte triumphierend auf und sah durch die Scheibe in der Tür ins Innere. »Die Bude ist aus Holz. Ich geb euch zehn Minuten, dann brennt ihr wie kleine Fackeln ... wenn euch nicht vorher schon der Rauch umgebracht hat.«

Boxers Gedanken rasten. Er sah durch die Scheiben nach draußen. Der Anbau hatte ein kleines Vordach, sodass direkt vor der Tür und vor den Fenstern kein Schnee lag. Die Flammen würden sich also ungebremst ausbreiten können. »Ellie«, schrie er. »Ist die Tür stabil?«

Es gab einen lauten Knall, dann fiel plötzlich das Licht im Anbau aus, und es wurde dunkel, bis auf das Feuer vor der Tür und die zwei Kerzen auf dem Tisch. Vielleicht ein verbranntes Stromkabel, dachte Boxer.

»Ellie, die Tür. Was ist damit?«

»Die was?«, fragte Ellie benommen. Der Schlag schien ihr immer noch zuzusetzen. »Stabil? Nee, glaub nich'.«

Boxer biss die Zähne zusammen und ging ein paar Schritte zurück, um Anlauf zu nehmen, fixierte den Mann hinter der Tür, dann stieß er einen langen wütenden Schrei aus und rannte auf die Tür zu. Mit der Schulter voran krachte er gegen den Rahmen auf der Seite des Türschlosses. Das Holz barst. In einer Wolke aus Splittern und Funken flog Boxer aus dem Anbau auf den Vorhof. Der Mann wich erschrocken zurück. Boxer kam stolpernd und keuchend zum Stehen. Seine Schulter schmerzte, als hätte jemand mit einem Hammer darauf geschlagen. Zornig starrte er den Mann an. Der Angreifer hatte sich wieder etwas gefangen, bezog breitbeinig Position. Wie gebannt starrte Boxer auf die Klinge in seiner Faust. Es war ein Küchenmesser, vielleicht zwanzig, fünfundzwanzig Zentimeter lang, mit einem schwarzen Griff. Der Mann wechselte das Messer angeberisch von der rechten in die linke Hand und wieder zurück. Der hat noch nie mit einem Messer gekämpft, dachte Boxer. *Er hält das Messer falsch.* Im St. Joseph hatte er ein paar Mal Falco dabei beobachtet, wie er heimlich mit einem Messer Kampfstellungen und Stich- und Hiebtechniken trainiert hatte. Im Heim machten das einige, obwohl es noch nie zu einer Messerstecherei gekommen war. Doch die, die es draufhatten, galten als unangreifbar, und das war etwas im St. Joseph. Also hatte er Falco gefragt, ob er ihm ein paar Griffe beibringen könne. Falco hatte zuerst gelacht, bis er verstand, dass es ihm wirklich ernst damit war. Dann hatte er sich geschmeichelt gefühlt und ein paar Mal mit ihm trainiert. Falco wusste, was er tat, ganz anders als dieser Typ hier. »Letzte Chance«, knurrte Boxer und stellte sich dem Mann gegenüber, die Beine leicht gespreizt, die Flasche fest und abwärtsgerichtet in der Hand. »Verschwinden Sie.«

Der Mann blinzelte kurz, als hätte er etwas im Auge, dann bohrte sich sein Blick in den von Boxer. »Und wenn's das Letzte ist, was ich tue«, lallte er und zeigte mit dem Messer auf Boxer. »Dich und die Kleine erledige ich noch.« Er beugte sich etwas vor, so wie Boxer es getan hatte, und sie standen einander mit etwa zwei Metern Abstand gegenüber. Schneeflocken wehten ihm ums Haupt. In seinen Pupillen spiegelte sich das Feuer wie eine innere Glut, die nichts und niemand stoppen würde.

Boxer musste an die Schneewölfin denken. Er hatte ihr genauso gegenübergestanden, doch anders als damals ging es jetzt nicht nur um ihn. Irgendwie hatte er auch Angst, ja. Aber da war auch noch etwas anderes. Er war so voller

Wut, dass er meinte, sein Blut würde kochen. Er sah Ellie, das Messer an ihrem Hals. In diesem Moment wollte er nur noch, dass dieser widerliche Typ einfach starb.

Mit einem heiseren Stöhnen stürzte sich der Mann auf Boxer und stieß mit dem Messer nach seinem Hals. Boxer tauchte knapp unter dem Stich durch, richtete sich blitzschnell auf und rammte dem Mann die Flasche ins Gesicht. Mit einem markerschütternden Schrei taumelte der Mann zurück und stieß ihn von sich. Boxer stolperte und fiel rücklings hin. Wie von Sinnen stürzte sich der Mann auf ihn und stocherte halb blind vor Blut mit dem Messer nach ihm, wieder und wieder. Boxer wich ihm mit knapper Not aus, griff mit der Hand am Flaschenhals um, sodass die Flasche jetzt aufwärtsgerichtet in seiner Faust lag, und stieß dem Mann die Flasche seitlich ins Gesicht. Blut spritzte aus der Wunde. Boxer biss die Zähne zusammen und stieß noch einmal zu – und noch einmal.

Der Mann ließ das Messer fallen. Mit einem gurgelnden Geräusch brach er zusammen und begrub Boxer unter sich. Panisch wand sich Boxer, schob den schweren Körper von sich herunter, und als er endlich frei war, sprang er mit einem Satz beiseite, als könnte er damit ans andere Ufer eines Flusses springen und etwas Raum zwischen sich und diesen Teufel bringen. Keuchend starrte er auf den im Schnee liegenden blutüberströmten Mann. Die Zeit blieb stehen.

Durch die offene Tür sah er Ellie im Widerschein des Feuers, die ihn mit großen Augen anstarrte.

Er warf einen Blick in die Scheibe und erschrak vor seinem Spiegelbild. Sein Gesicht war rot von Blut, seine Kleidung ebenfalls. Vor der Tür brannte es immer noch.

Hastig kickte er die brennenden Scheite weg und begrub sie unter Schnee, schippte wie besessen Schnee auf den Rest der Glut, bis sie zischend erlosch, dann torkelte er in den Anbau, warf die Tür zu, kauerte sich im Licht der beiden Kerzen neben Ellie auf den Boden und rang zitternd um Atem.

»Ist er tot?«, hauchte Ellie.

»Ja«, flüsterte Boxer. Jetzt, wo er es getan hatte, wünschte er, er könnte es rückgängig machen.

Still saßen sie beieinander.

»Was machen wir jetzt? Die Polizei rufen?«, fragte Ellie.

»Auf keinen Fall«, sagte Boxer. »Die stecken mich doch sofort wieder ins Heim.«

»Der hat mich angegriffen«, flüsterte Ellie. »Das war Notwehr, was du gemacht hast.«

Boxer hatte das Bild des Mannes im Schnee vor Augen. Wie oft hatte er mit der Flasche zugestochen? Er hatte kein Gefühl mehr dafür. »Ich glaub, Notwehr sieht anders aus.«

Ellie schwieg. Ahnte sie, was er dachte? Sie nahm seine Hand und drückte sie.

»Was glaubst du, wann kommen die anderen?«, fragte Boxer.

»Weiß nicht, ein paar Minuten vielleicht.«

»Hast du 'ne Taschenlampe hier?«

»Nein, aber irgendwo Streichhölzer.« Sie zog ihre Hose zu sich heran und fummelte ein kleines Streichholzbriefchen aus einer der Taschen heraus. Ihre Hand war eiskalt, als sie es ihm gab. »Was willst du machen?«

»Wart mal kurz, ja.« Boxer stand auf und ging zur Tür.

Draußen biss ihm die Kälte in die glühenden Wangen. Seine Schritte knirschten auf dem gefrorenen Boden, als ginge er auf zu dünnem Eis und könnte jederzeit einbrechen und von der Erde verschluckt werden.

Er riss ein Streichholz an. Starrte auf den Körper. Der Schnee wirbelte stumm. Weiße verirrte dumme Punkte vor einem Himmel zwischen Schwarz und Orange. Wie viel Zeit blieb ihm noch? Fünf Minuten? Drei? Was sollte er mit der Waffe tun? Sie draußen verstecken? Drinnen? Sie liegen lassen und lügen?

Er schaute zu ihr. Gott, sie hat gar nichts an, schoss ihm in den Sinn. Als wenn das jetzt noch eine Rolle spielen würde. Bis gerade eben war es noch das Allergrößte gewesen.

Er versengte sich die Finger an der Flamme, ließ das Streichholz fallen und zündete ein zweites an.

Der Schwefel zischte in der Stille. Was für eine winzige Flamme und was für eine Riesenscheiße.

Schon damals, am ersten Tag, bei ihrem ersten Aufeinandertreffen, war Blut geflossen.

Und jetzt *das*!

Ihm wurde schlecht.

Noch zwei Minuten, vielleicht auch eine?

In einiger Entfernung hörte er bereits die aufgekratzten Stimmen der anderen.

Noch heute wusste er genau, was er damals bei ihrer ersten Begegnung gedacht hatte: Mutig sein! Einfach mutig sein.

Aber mutig sein zu *wollen* war eines. Es tatsächlich zu sein, etwas ganz anderes. Vor allem, wenn man etwas zu verlieren hatte.

Kapitel 25

Art hatte ihre Frage nach Boxer nicht beantwortet. Natürlich nicht. Es schien nicht in Arts Natur zu liegen, Dinge zu teilen. Der einzige Grund, warum Nele darüber nicht fuchsteufelswild wurde, war, dass sie selbst gerade erlebte, wie es sich anfühlte, etwas verheimlichen zu wollen. Seit dem frühen Morgen war sie auf der Flucht vor Roman und bekam den verdammten Schwangerschaftstest nicht aus dem Kopf. Zwei Striche; und über diese zwei Striche wollte sie auf keinen Fall reden. Erst recht nicht bei einem Abendessen mit Romans grantigem stockkonservativem Vater. Mit seiner engstirnigen Art hatte er bereits Romans Mutter unter die Erde gebracht. Nele würde den Teufel tun und ausgerechnet jetzt mit den beiden Männern über eine Zukunft sprechen, die sie nie haben wollte. *Sägewerk.* Allein schon der Gedanke daran verklebte ihr den Mund mit dem dort allgegenwärtigen Holzstaub. Es war klar, was folgen würde, wenn Roman das Werk übernahm. Sie würden rausziehen, in das Haus auf dem Werksgelände. Finanziell abgesichert, zwischen breitschultrigen Männern mit kräftigen Händen, aufgekrempeltem Holzfällerhemd und munter sprießendem

Brusthaar – manche mochten das sexy finden. Doch die Realität war: krumme Fußnägel in Stahlkappenschuhen, kreischende Sägen, schlichte Gespräche, und sie mittendrin als »Frau vom Chef«, die ihre Polizistenlaufbahn an den Nagel gehängt hatte und nun ein bisschen Buchhaltung machte.

Roman hielt das alles für richtig, wahrscheinlich würde es ihn sogar glücklich machen. Er glaubte fest daran, dass es nur darum ging, die Fehler seiner Eltern nicht zu wiederholen, und dann würde schon alles gut werden. Er war so optimistisch – und das liebte sie an ihm. Gleichzeitig hatte sie bei all seinem Optimismus das Gefühl, dass er übersah, wer sie war.

Warum brachte sie es nicht übers Herz, mit Roman zu sprechen? Sie rieb sich das Gesicht und seufzte, während Art die Haustür aufschloss.

»Alles klar?«

»Geht so«, meinte sie und kam sich dabei vor, als würde sie schon die gleichen abweisenden Antworten geben wie er. Lag das an ihrer Zusammenarbeit, dass diese Unart schon auf sie abfärbte? Bereits am ersten Tag? Wie würde das nach einer Woche aussehen? Wenn man überhaupt von »Zusammenarbeit« sprechen konnte.

Art trat in den dunklen Hausflur. Nele sah skeptisch an dem Eckhaus empor, es wirkte alles andere als einladend. Das Erdgeschoss war mit blassgelben Fliesen aus den Siebzigern verkleidet. Ein paar große Fenster, die wohl einmal zu einem Ladenlokal gehört hatten, waren von innen mit vergilbten Zeitungen verklebt worden. Darüber erhob sich eine viergeschossige dunkelbraune Rauputzfassade. Die Geschosshöhe war unverkennbar die eines Altbaus, doch die Sanierung in den Siebzigern war mit liebloser Effizienz geschehen. Nur die weißen Fenster ließen noch erahnen, was das Gebäude vielleicht einmal gewesen war.

»Kommst du?«, fragte Art.

»Äh, ja. Entschuldige.«

Sie stiegen die Treppe empor, einen Fahrstuhl gab es nicht. Im zweiten Stock blieb Art plötzlich stehen. Vor einer der vier Wohnungstüren saß ein Mädchen, vielleicht fünf oder sechs Jahre alt. Sie schlief im Sitzen, den Rücken an die Tür und den Kopf an den Rahmen gelehnt.

Art beugte sich zu ihr herab. »Milla?«

Das Mädchen seufzte leise, schlief jedoch weiter. Ihr kleiner Brustkorb hob und senkte sich sanft.

Nele sah auf die Uhr. Halb elf. »Ist das deine Wohnung, vor der sie …?«

»Nein«, erwiderte Art. Er ging in die Knie, nahm das Mädchen hoch auf seinen Arm und drückte mehrfach die Klingel neben der Tür. Es schrillte in der Wohnung, das war auch im Treppenhaus gut zu hören, doch sonst geschah nichts. Milla saß auf seinem Arm wie eine schlaffe Puppe und schmiegte den Kopf an seinen. Ihr Haar war ebenso dunkel wie das von Art. Ein kleiner silberner Ohrstecker in Sternform blinkte zwischen den Strähnen auf.

Art legte seine linke Hand schützend über ihr Ohr und wandte sich an Nele. »Kannst du ein paar Mal kräftig mit der Faust an die Tür hauen?«

»Es ist halb elf«, sagte Nele.

»Eben«, seufzte Art. »Sie sollte längst im Bett sein.«

»Nehmen die Eltern Drogen?«

»Die Mutter ist Dana Karasch.«

»Dana Karasch? Du meinst, *die* Dana Karasch, die du –?«

Art legte den Finger auf die Lippen und nickte.

»Was ist mit ihrem Vater?«, flüsterte Nele.

»Abgehauen. Sie hat nur noch ihre Großmutter, aber die ist nicht mehr ganz beieinander …«

Nele sah das Mädchen voller Mitleid an. Dann trat sie an die Tür und schlug ein paar Mal entschlossen mit der Faust ans Holz. Das Geräusch hallte im ganzen Treppenhaus wider. Im ersten Stock wurde eine Tür aufgerissen. »Sach ma, geht's noch?«, brüllte eine Männerstimme. Die Tür wurde wieder zugeschlagen, was nicht weniger laut war als der Krawall, den Nele gerade verursacht hatte.

Milla seufzte im Schlaf und schlang die Arme um Arts Hals, als sei es das Selbstverständlichste der Welt. Nele traute ihren Augen nicht. Offenbar hatte Art mehr Seiten, als sie erwartet hatte.

»Wir gehen hoch zu mir«, raunte Art ihr zu.

»Was, wenn ihrer Großmutter etwas passiert ist und sie Hilfe braucht?«

»Sie wird sie vergessen haben«, meinte Art, »und wenn sie schläft, nimmt sie das Hörgerät raus. Wenn sie's vorher überhaupt drinnen gehabt hat.«

»Sie hat sie *vergessen*?«

»Ist nicht das erste Mal«, sagte Art. »Sie ist nicht gut beisammen, wie gesagt. Wenn sie morgen früh nicht aufmacht, dann rufe ich den Schlüsseldienst.«

»Aha«, meinte Nele skeptisch. »Und warum nicht jetzt?«

»Weil's allen nur Stress macht. Der alten Frau, Milla, dir, mir …« Er ging langsam zur Treppe und stieg die Stufen zur dritten Etage hoch. Nach kurzem Überlegen folgte Nele ihm und hoffte, dass er wusste, was er tat.

Arts Wohnung war klein, dunkel und nur mit dem Nötigsten ausgestattet. Die Zimmerdecken waren hoch, an den Wänden klebten sehr alte Tapeten, mit einem Muster aus den Siebzigern. Von Bildern und Pflanzen schien Art nichts zu halten. Nur der alte Dielenboden strahlte etwas Wärme aus. Art ging ins Schlafzimmer, das aus nicht viel mehr als einem Kleiderständer, einer Eins-vierziger-Matratze und ein paar Kartons bestand. Behutsam legte er Milla aufs Bett, zog ihr die Schuhe aus und deckte sie zu.

Im Wohnzimmer gab es eine ramponierte Küche im Stil des Gelsenkirchener Barocks, einen abgeschrammten Tisch mit vier Stühlen – wobei sich Nele fragte, wann Art wohl je vier Stühle brauchen würde –, und etwas abseits standen ein altes mokkabraunes Ledersofa, eine fancy Stehlampe und ein paar weitere Kartons.

»Gemütlich«, sagte Nele und setzte sich auf einen der Stühle. Der Tag steckte ihr in den Knochen, und der Kopf war müde.

Art ging zur Wohnungstür und hängte seinen Mantel an einen einsamen Haken. »Was zu trinken?«, fragte er.

»Wenn du ein Bier hast.«

»Ich hab Bier und Wasser aus der Leitung.«

»Als wenn ich's gewusst hätte«, seufzte Nele.

Art holte eine Nullfünfer-Dose Heineken aus dem Kühlschrank und stellte sie ihr hin.

»Das ist alkoholfrei«, beschwerte sich Nele.

»Du bist schwanger.«

»Oh Gott, erinner mich nich' dran«, stöhnte sie und riss die Dose auf.

»Was denkst du über Westphal?«, fragte er.

»Pfff. Cooler Typ. Auf diese Politikerweise. Intelligent. Berechnend.« Sie überlegte einen Moment. »Konsequent?«

Art nickte. »Glaubst du ihm?«

»Was meinst du damit? Dass er keins der Opfer kennt?« Nele überlegte eine Weile. »Eigentlich nicht. Du hast es ja selbst gesagt, es macht keinen Sinn, wenn es keine Verbindung gibt; außer jemand ermordet willkürlich Menschen, also als Drohung sozusagen.«

»Oder als Anklage«, ergänzte Art.

»Aber die Frau des Gesundheitsministers ist kein willkürlich gewähltes Opfer. Sahra Heß vielleicht schon eher. Deshalb passt das ja auch alles so gar nicht zusammen.«

»Also glaubst du, dass Westphal lügt.«

Nele holte tief Luft. Glaubte sie das? Tatsächlich hatte sie es gerade gesagt, allerdings hatte es in ihren Worten weniger hart geklungen. Glaubte sie, dass der Bundeskanzler log? »Ja«, sagte sie.

Art nickte nachdenklich. »Hast du Juli Westphals Reaktion auf Sahra und Margot Heß mitbekommen?«

»Ja, sie wirkte etwas … gehemmt. Oder verstört? Auf jeden Fall war da was. Als würden ihr die Namen etwas sagen. Vielleicht geht es gar nicht um Westphal selbst. Vielleicht geht es um sie. Schließlich ist das auch ihre Adresse.«

Art schwieg, ging zur Spüle und ließ Leitungswasser in ein altes Bleikristallglas laufen, das so gar nicht zu seiner spartanischen Einrichtung passte.

»Was ist das mit dir und Frau Westphal eigentlich?«, fragte Nele.

»Wieso. Was meinst du?«

»Ich bitte dich, eure Blicke, das war schwer zu übersehen.«

»Vielleicht überinterpretierst du da etwas. Wir kennen uns von früher. Ist so eine Art … entfernte Bekanntschaft. Ein paar Mal gesehen, ein paar Mal gesprochen …«

»Aha. Deswegen hast du sie auch gleich nach diesem Boxer gefragt und warst so angefasst, weil er gestorben ist.«

»Ich bin ein empathischer Mensch«, erwiderte Art.

»Klar«, schnaubte Nele. »Und ich bin Django.«

Art kippte das Wasser in einem Zug herunter und stellte das Glas auf den Tisch. »Na schön«, sagte er müde, »da du offenbar nicht aufgibst, erzähl ich's dir: Das mit Boxer ist eigentlich ganz einfach.«

Kapitel 26

Zippo kam als Erster durchs Tor, dann Brille und als Letzter Henner, der Nora stützte. Offenbar hatte sie bereits was eingeworfen und kicherte vor sich hin.

»Boxer?«, rief Zippo. »Was ist los, warum ist das so dunkel hier?« Er kam näher heran. »Wonach riecht das?«

Boxer stand apathisch am Rand der Minigolfbahnen und wusste nicht, was er antworten sollte. Zippo kam auf ihn zu und stolperte plötzlich. »Was zum Geier …« Er fing sich und drehte sich um. »… ist das?«

»Der Strom ist ausgefallen«, sagte Boxer mechanisch.

»Wo ist Ellie?«, fragte Brille.

»Puh, is ja finster hier«, giggelte Nora. »Wie im Bärenarsch.«

»Ellie ist hier bei mir«, sagte Boxer. Er hatte den Arm um sie gelegt, und sie hielt sich an ihm fest.

Zippo holte sein Feuerzeug heraus, ließ es aufschnappen und entzündete es, dann leuchtete er zu der Stelle, wo er gestolpert war. »Heilige Scheiße«, entfuhr es ihm. Vor Schreck ließ er das Feuerzeug fallen.

»Ellie, was ist los? Was machst du da?«, fragte Brille, der

in dem kurzen Moment, in dem das Feuerzeug aufgeleuchtet hatte, nur Augen für Ellie gehabt hatte, die sich an Boxer schmiegte.

»Fuck, was … was habt ihr getan?«, stammelte Zippo.

Boxer war unfähig, zu antworten.

»Ellie, ich hab dich was gefragt«, sagte Brille scharf.

»Scheiße, Mann, raffst du's nicht, hier liegt ein Toter«, blaffte Zippo.

»Ein … *was*?«

Zippo las sein Feuerzeug vom Boden auf und beleuchtete damit den blutüberströmten Mann, über den er gerade gestolpert war.

»Uuuu, der sieht nich' gut aus«, kicherte Nora.

»Oh Gott«, stöhnte Henner.

Brille schwankte und musste würgen. »Alter – was … wer ist das?« Er sah Boxer an. »Ist das Dreck in deinem Gesicht oder …?« Er verstummte. Sein Gehirn schien die Zusammenhänge nur Schritt für Schritt begreifen zu wollen. »Warst *du* das?«

Alle Blicke gingen zu Boxer, er kam sich vor wie unter einem Brennglas.

»Mann, jetzt sag was«, drängte Zippo.

»Das ist …« Boxers Stimme versagte. Er räusperte sich, setzte neu an, »… das ist der Typ vom Bahnhof, von dem ich euch erzählt habe.«

»Der Kinderficker?« Henners Augen wurden groß. »Was will der hier? Und wieso ist der …?«

»Mause-mause-hin …«, ergänzte Nora und dirigierte mit den Händen ein imaginäres Orchester.

»Mensch, jetzt halt mal den Rand«, schnauzte Henner sie an.

»Lass sie, sie ist breit«, wies Zippo ihn zurecht. »Und du«, wandte er sich an Boxer, »kannst du bitte mal meine Frage beantworten und mir sagen, was hier los ist.«

»Ich weiß nicht«, sagte Boxer, »der ist hier einfach aufgekreuzt. Hat mich und Ellie bedroht. Wir hätten ihn bei der Polizei verpfiffen, und jetzt wäre sein ganzes Leben hin. Der war betrunken und hatte ein Messer. Damit hat er dauernd rumgefuchtelt, der wollte sich rächen. Ich glaube, er wollte uns alle umbringen.«

»Alter, krass«, stieß Henner hervor, »und *du* hast den erledigt? Wie?«

»Ist das noch wichtig?«, fragte Boxer.

Zippo starrte den leblosen Körper an und schien zu überlegen. »Ist dir was passiert?«, fragte er. »Bist du verletzt?«

Boxer schüttelte den Kopf.

»Und Ellie?«

»Nichts Schlimmes«, flüsterte sie.

»Okay, Gott sei Dank«, murmelte Zippo.

»Er hat dich verletzt und geschlagen«, wandte Boxer ein.

»Ist okay, mir geht's okay«, sagte Ellie und versicherte sich, dass der Reißverschluss ihrer Jacke bis zum Anschlag nach oben gezogen war. Erst jetzt wurde Boxer bewusst, dass sie zwar ihre Hose wieder anhatte, doch unter ihrer Winterjacke, die sie hastig übergeworfen hatte, trug sie nichts.

»Ey, du hast den abgeschlachtet«, stöhnte Brille. »Guck dir das mal an.«

Zippo betrachtete den Toten im Schnee. »Womit hast du …?«, er verstummte. Ein paar vereinzelte Schneeflocken fielen still auf das entstellte Gesicht.

»'ne Bierflasche«, brachte Boxer hervor und wies mit dem Kinn in Richtung Anbau. »Liegt dahinten.«

»*Du* mit 'ner Bierflasche gegen den Koloss da mit 'nem

Messer? Und jetzt sieht der so aus? Alter, das is 'n Massaker«, meinte Henner.

Zippo ging zum Anbau und leuchtete nach der Flasche. »Alles klar«, meinte er, als der Schein des Feuerzeugs die scharf gezackte blutige Flaschenhälfte erfasste.

»Ich kann nichts dafür«, rechtfertigte sich Boxer. »Ich musste was tun, er hat Ellie angegriffen.«

»Was tun ist eins«, meinte Zippo, »aber das hier …«

»Der hat nicht aufgehört«, hauchte Boxer. Doch in seinem Innersten wusste er, das war nicht die ganze Wahrheit. Er hatte die Kontrolle verloren, irgendetwas war wie eine übermenschliche Macht aus ihm herausgebrochen, etwas Wütendes, Tierisches, wie die zähnefletschende Schneewölfin. Da war nur ein Gedanke gewesen, nein, kein Gedanke – etwas, das er nicht beschreiben konnte. Ihm fehlten die Worte dafür, aber da war dieses Gefühl, das ihm solche Angst machte. Als säße er stumm auf dem Grund eines Brunnenschachts, und aus der Dunkelheit hauchte ihm eine Stimme ins Ohr: Gib es zu, du wolltest ihn töten.

Brille ging zu Ellie herüber, nahm ihre Hand, doch Ellie schüttelte sie ab. »Das war Notwehr«, flüsterte sie. »Der hätte mich umgebracht.«

»Aber das wird keiner glauben, so wie der aussieht«, stellte Zippo fest.

»Was heißt 'n das? Was machen wir jetzt?« Henner sah in die Runde. »Die Bullen rufen?«

»Ich geh nicht zurück ins Heim, ausgeschlossen«, sagte Boxer und presste die Zähne aufeinander.

Niemand sagte etwas.

»Heim?«, krähte Nora in die Stille. »Was denn für 'n Heim?« Sie löste sich aus Henners Griff und ließ sich im Schneidersitz auf den eisigen Boden plumpsen. »Puh«, stöhnte sie. »Is aber arschkalt hier.« Sie begann zu kichern und ließ sich nach hinten fallen.

Ellie starrte Zippo an, als würde sie von ihm eine Entscheidung erwarten. »Er kann nichts dafür«, sagte sie. »Das wär nicht fair.«

»Fair«, schnaubte Henner.

Zippo räusperte sich. »Sie hat recht, das wär nicht fair«, sagte er heiser.

Brille nickte.

»Und was wollt ihr jetzt tun?« Henner breitete vorwurfsvoll die Arme aus. »Ich meine, wenn wir *nicht* die Bullen rufen?«

Die Antwort hing unausgesprochen in der kalten Luft.

»Fuck«, stöhnte Brille.

»Ja, eben! Fuck, Mann! Das is nicht unser Film hier. Ich kann da nichts für«, beschwerte sich Henner.

»Ey, wenn Boxer bei den Bullen sitzt, dann kommt auch die Geschichte mit dem Zoo aufs Tablett, und das mit dem Geld und wer weiß was sonst noch alles, du Schwachmat«, zischte Brille in Henners Richtung. »Willst du das? Ich nicht.«

Henner sah plötzlich noch blasser aus als zuvor. »Nee«, knurrte er. »Sicher nich'. Nicht wegen so 'nem Scheißkinderficker.«

Sie standen unschlüssig um den Mann herum.

Zippo blickte auf die Uhr, kratzte sich am Hinterkopf und tigerte nervös auf und ab. Schließlich blieb er stehen, als hätte er eine Entscheidung getroffen. »Okay, Leute, wenn wir nicht die Bullen rufen, dann gibt's nur eins. Wir müssen aufräumen.« Er machte mit der Hand eine Bewegung, die das ganze Areal um den Anbau, die Leiche und die Feuerstelle einschloss.

Stille.

Ein Windstoß ließ die Flamme des Feuerzeugs beinah verlöschen. »Seht ihr das auch so?«, fragte Zippo. »Ich meine, machen wir das?«

Boxer sah bange in die Runde.

»Ja«, hauchte Ellie.

»Fuck. Ja«, sagte Brille.

Henner stöhnte. »Weiß nicht … aber wenn ihr alle dabei seid, bin ich's auch.«

»Aber ich fass den nich' an«, sagte Nora und schüttelte sich. Henner zog sie vom Boden hoch. »Der is so … rooot.«

Boxer fiel ein Stein vom Herzen.

»Okay.« Zippo atmete geräuschvoll ein und aus, als müsste er Kraft sammeln oder sich selbst gut zureden. »Ellie, Brille, Henner, ihr macht sauber. Den blutigen Schnee müsst ihr im Abfluss drinnen schmelzen und runterspülen, das muss hier so aussehen wie vorher.«

Brille nickte beklommen. Ihm schien etwas im Hals zu stecken, doch egal, wie oft er schluckte, es ging nicht fort. »Is okay.« Er wandte sich an Ellie. »Du musst nicht helfen, pass einfach auf Nora auf, dass die nicht durchdreht, wenn sie wieder klar wird. Bring sie ins Warme. Henner und ich, wir machen das schon.«

»Ich will mithelfen«, flüsterte Ellie. Boxer spürte, wie sie sich von ihm löste, die Schultern straffte und nervös zum Anbau sah. Wahrscheinlich dachte sie an den BH und ihre anderen Sachen, weil sie nicht wollte, dass die anderen begriffen, dass sie und er … war das wirklich gerade geschehen? Hatten er und Ellie gerade …? Das, was vorhin im Anbau zwischen ihnen passiert war, kam ihm gerade vor wie in einem anderen Universum.

»Boxer«, verkündete Zippo, »du kümmerst dich um den

Mann. Und zieh bloß Handschuhe an, ja? Ich hole in der Zwischenzeit ein Auto.«

Boxer nickte mechanisch. Die Vorstellung, den Mann noch einmal anzufassen, war Furcht einflößend. Sein Blick wanderte zum Anbau und blieb an der kaputten Tür hängen. »Was machen wir damit?«, fragte er. »Die ist hin. Das fällt doch auf.«

»Einer von uns war betrunken«, schlug Zippo vor.

»Okay. Wer?«, fragte Brille.

Alle Blicke richteten sich auf Boxer.

»Ich mach das«, sagte Ellie leise und nickte Boxer zu. »Ist das Mindeste.«

Nach Zippos Anweisungen verteilten sie sich. Ellie war als Erste im Anbau und klaubte vermutlich unauffällig ihre Sachen zusammen. Boxer zitterte bei jedem Handgriff. Ein ums andere Mal musste er würgen. Die Handschuhe machten das Arbeiten noch schwerer, als es ohnehin schon war. Müllbeutel entfalten – Paketklebeband abrollen – die schweren Glieder in die Tüte schieben – den Anblick des zerstörten Gesichts ertragen … er schaffte es nicht, den Kopf in eine Tüte zu packen und Klebeband darum zu wickeln. Er legte einfach nur eine lose Tüte darunter und eine darüber. Zuletzt packte er seine eigene blutverschmierte Jacke, seine Hose und seine Schuhe in einen extra Sack und schrubbte sich am Spülbecken das Blut des Mannes von der Haut. Egal, wie lange er sich wusch, es flossen immer weiter rote Schlieren in den Abfluss. Plötzlich fiel ihm siedend heiß das Video ein, das Ellie noch hatte. Darauf war *er* mit dem Mann zu sehen. Niemand durfte dieses Video jemals zu Gesicht bekommen.

»Ellie?« Er hastete zu ihr. Sie hockte vor der Tür, sammelte gerade Aschereste in einem Zinkeimer und sah kurz an ihm hoch und runter.

»Ist dir kalt?«

»Hast du noch das Band?«

Sie runzelte die Stirn.

»Das Video!«

»Ach, das«, sagte sie zerstreut.

»Gib's mir. Das muss weg.«

Ellie nickte und sah an ihm vorbei, als wäre sie gar nicht anwesend. Dann stand sie auf und ging in den nebenan liegenden Kiosk. Boxer hörte es rumpeln, kurz darauf kam sie zurück und drückte ihm das Video in die Hand.

Boxer klappte den Schutzbügel der Kassette auf und zog mit hastigen Bewegungen das dünne Magnetband heraus, bis sich ein verworrenes raschelndes Knäuel bildete. Dann legte er die Kassette neben einen der Biertische auf den Boden und stieß mit dem Tischbein so lange darauf, bis das Gehäuse zerbrach. Anschließend warf er es in den Ascheeimer, ging damit nach draußen, riss ein Streichholz an und steckte das Magnetband-Knäuel in Brand, bis es sich in einer stinkenden Rauchfahne auflöste.

Für einen kurzen seltsamen Augenblick kam er sich etwas befreiter vor.

Ellie wedelte sich den Rauch aus dem Gesicht und schüttelte den Kopf. »Ich schau mal, ob ich was zum Anziehen für dich habe. Manchmal bleibt was auf dem Minigolf liegen. Wir haben da so eine Tüte voller alter Sachen.«

Etwa eine Stunde später fuhr Zippo mit einem Wagen vor, einem dunkelgrünen Jaguar, und öffnete den Kofferraum. Im Inneren hatte er Müllsäcke ausgelegt.

Zu viert, alle mit ihren Winterhandschuhen, standen sie um den Mann herum.

»Okay«, schnaufte Zippo und sah Boxer an. »Los geht's?«

Boxer nickte. Gemeinsam mit Zippo hob er den Mann an den Armen hoch, Brille und Henner nahmen jeweils ein Bein. Der Kopf des Mannes fiel in den Nacken, und ein heiseres Stöhnen kam aus seiner Kehle.

»Ach du Scheiße!«, entfuhr es Zippo. Henner ließ das Bein fallen und wich zurück.

»Leg ihn hin, leg ihn hin, *leg ihn hin!*«, rief Brille.

Beinah gleichzeitig ließen sie den Mann los, und er kam mit einem dumpfen Geräusch auf dem gefrorenen Boden auf. Ein weiteres Stöhnen drang aus seiner Kehle.

»Oh Gott, der lebt«, stöhnte Boxer. Ihm wurde schwindelig vor Angst und Erleichterung zugleich.

»Und jetzt? Was machen wir jetzt?«, fragte Henner beinah hysterisch.

»Mann, ins Krankenhaus. Is doch klar«, sagte Brille. »Oder wollt ihr etwa …?« Er stockte und sah in die Runde.

»Nein! Auf keinen Fall«, flüsterte Boxer und schluckte. »Der muss ins Krankenhaus.«

»Er hat recht«, murmelte Ellie, die leichenblass etwas abseits stand.

»Ey, ich fahr da nich' hin. Die behalten uns doch gleich da«, stieß Henner hervor.

»Wir fahren da hin, legen ihn ab und verschwinden«, schlug Zippo vor.

»Und wenn der überlebt und sich an das hier erinnert? Dann sind wir alle dran«, stieß Henner hervor.

»Was soll 'n das heißen?«, fragte Brille. »Vorhin wolltest du nichts damit zu tun haben und die Bullen rufen, und jetzt willst du ihn beiseiteschaffen, oder was?«

»Nein! Keine Ahnung, Mann«, stöhnte Henner. »Ich hab einfach Schiss.«

»Wir bringen ihn ins Krankenhaus«, entschied Zippo.

Brille nickte und schwieg.

»Hinbringen und abhauen«, meinte Zippo und sah Boxer an. Auch er nickte. Was hätte er sonst tun sollen? Alles andere ging nicht.

Gemeinsam hoben sie den Mann in den Kofferraum des Jaguar. Zippo schlug den Deckel zu und sah vom einen zum anderen. »Okay, Henner und du«, er deutete auf Brille, »ihr bleibt hier und bringt den Rest in Ordnung. Und Boxer und ich bringen den Typ zum Krankenhaus und verschwinden.«

Henner brummte zustimmend, während Brille irgendwie unzufrieden wirkte, doch er schwieg. Hastig stiegen Zippo und Boxer in den Wagen.

Die Sitze rochen nach frischem Leder. Boxer klapperten die Zähne vor Müdigkeit und Anspannung, und die Jacke, die Ellie ihm gegeben hatte, bekam er vorne einfach nicht zu. Zippo drückte einen Knopf am Armaturenbrett, und das Leder begann, warm zu werden. Boxer wusste, dass es so etwas wie Sitzheizungen gab, doch er hatte noch nie in einem Wagen mit einer solchen gesessen. »Wem gehört das Auto?«, fragte er.

»Meinem Vater.« Zippo starrte angestrengt auf die Fahrbahn. Seine Knöchel waren weiß, so fest hielt er das Lenkrad.

»Was macht 'n dein Vater?«

»Anwalt«, brummte Zippo.

Schweigend fuhren sie durch die Straßen. Boxer schien es, als ob alle Leute, die noch unterwegs waren, nur zu einem Zweck dort waren. Sie beobachteten ihn.

Am Krankenhaus angekommen, fuhren sie mit ausgeschalteten Scheinwerfern bis auf etwa dreißig Meter an die Zufahrt zur Notaufnahme heran, dann wendete Zippo. Eine Ambulanz stand in der Einfahrt. Zwei Sanitäter waren im Schein der Außenbeleuchtung mit irgendetwas beschäftigt.

Boxer und Zippo sahen einander an und stiegen bei laufendem Motor aus.

Öffneten den Kofferraum.

Hoben den Mann heraus, der leise stöhnte, und legten ihn auf den Asphalt. »Nichts wie weg hier«, raunte Zippo. Er stieg ein und schlug die Tür zu. Boxer stieg ebenfalls ein, drehte sich jedoch noch einmal Richtung Ambulanz um und brüllte durch die offene Tür: »Hilfe! Hier braucht jemand Hilfe!«

Zippo gab Gas, und Boxer zog die Tür zu.

»Bist du verrückt, Mann?«, schimpfte Zippo. »Die sollen uns doch nicht sehen.«

Boxer biss sich auf die Lippen. Sein Puls raste, und seine Gedanken überschlugen sich. War das alles richtig? Was, wenn der Mann doch starb? Oder wenn er überlebte und der Polizei schildern konnte, wer ihn so zugerichtet hatte? Andererseits, Gerd Fussmann wurde doch selbst von der Polizei gesucht. Würde er überhaupt etwas sagen? Immerhin hatte er versucht, Ellie und ihn zu töten.

»Hey, Mann«, sagte Zippo. »Alles okay?«

»Mhm«, murmelte Boxer. Der Jaguar-Motor brummte leise. Die Sitzheizung gab ihm das Gefühl, auf glühenden Kohlen zu sitzen. »Wohin fahren wir?«

Zippo sah in den Rückspiegel.

»Siehst du jemand?«, fragte Boxer und drehte sich hastig um.

»Nee. Nichts«, meinte Zippo. Er blinkte und hielt am Straßenrand. Als er seine Hände vom Lenkrad löste, zitterten sie.

»Und jetzt?«, fragte Boxer.

»Ich fahr dich nach Hause«, erwiderte Zippo. »Sagst du mir, wo du wohnst?«

Boxer erklärte es ihm.

Auf dem Weg schwiegen sie beide zunächst. Nach einer Weile fragte Boxer: »Warum hilfst du mir eigentlich?«

Zippo zuckte mit den Schultern. »Weiß nicht. Ich tu's einfach. Vielleicht, weil's das Richtige ist?«

»Da, wo ich herkomme, hilft einem meistens keiner.«

»Mhm«, machte Zippo. »Ich denke, ich schulde dir noch was«, sagte er schließlich. »Wir alle eigentlich.«

»Wegen dem Wolf?«, meinte Boxer.

»Ja. Und dem ganzen anderen Scheiß. Das war nicht fair.«

»Fällt dir ja früh ein«, sagte Boxer. Irgendwie beschlich ihn das Gefühl, dass Zippo nicht ganz ehrlich war.

»Fällt mir im genau richtigen Moment ein, würde ich sagen«, erwiderte Zippo. »Oder?«

Boxer schluckte. Bisher hatte er immer geglaubt, mit allem, was passierte, allein zu sein. Und nun hatte ihm zum ersten Mal in seinem Leben jemand wirklich geholfen. Waren die Gründe dafür nicht egal? Warum war er so misstrauisch? »Danke, Mann«, murmelte Boxer.

»So wie's aussieht, schuldest *du* jetzt wohl mir was«, meinte Zippo.

»Ja«, sagte Boxer. »Sieht so aus.«

Zippo blinkte und schlich auf der glatten winterlichen Fahrbahn um die Kurve. Vor ihnen lag die Straße, in der Boxer wohnte. Viergeschossige, ansprechend angeordnete Wohnblöcke mit Balkonen, Maisonettewohnungen mit kleinen Dachgärten und sauberen Bänken auf ordentlichen Spielplätzen.

»Dass du Ellie gerettet hast«, sagte Zippo, »das rechne ich dir hoch an.«

»Ellie ist was Besonderes«, murmelte Boxer.

»Ja, das ist sie.« Zippo sah ihn von der Seite an. »Hast dich verknallt, stimmt's?«

Boxer schwieg. Wenn er Zippo sagen würde, dass er Ellie liebte, würde der das sicher belächeln oder abtun, er würde es genauso wenig verstehen wie Nora. Und dann war da noch, was zwischen Ellie und ihm im Anbau passiert war. Er hatte ihr, als der Jaguar gerade auf das Gelände gerollt war und sie auf dem Weg zu den anderen waren, noch einmal versprechen müssen, niemandem davon zu erzählen.

»Weißt du das mit ihrem Bruder?«, fragte Zippo.

»Ihr Bruder?« Boxer schaute ihn verblüfft an. »Ellie hat einen Bruder?«

»Ja, ist 'ne traurige Geschichte. Ist ein paar Jahre her, da war sie mit ihrem kleinen Bruder im Strandbad in Lübars, zum Schwimmen, mit dem Fahrrad. Als sie zurückwollten, schließt sie die Räder auf, verstaut noch die Schwimmtasche und hört plötzlich einen Riesenknall. Ihr kleiner Bruder ist schon los, ist zwischen zwei geparkten Autos auf die Straße, und da erwischt ihn ein Auto von der Seite.«

»Mein Gott, und?«

»Der Kleine ist seitdem in einem Pflegeheim, er ist geistig und körperlich behindert. Dass er überhaupt noch lebt, ist eigentlich ein Wunder.«

Boxer fehlten die Worte. »Das ist … echt furchtbar.«

»Also, wenn du mich fragst«, meinte Zippo, »ich würde, glaube ich, lieber sterben, als so leben zu müssen. Ellie besucht ihn zwei bis drei Mal die Woche, fährt immer mit der 25 rein, und dann bis ans andere Ende der Stadt. Ist 'ne halbe Weltreise.«

Boxer musste an den Tag vor etwa einem halben Jahr denken, als Ellie ihn am Bahnhof aufgegabelt hatte. Wahrscheinlich war sie gerade auf dem Rückweg von einem Besuch bei ihrem Bruder gewesen. »Wie heißt er denn eigentlich?«, fragte er.

»Boxer.«

»Nein, ihr Bruder. Wie heißt der?«

»Boxer«, wiederholte Zippo.

Trotz der Sitzheizung war ihm plötzlich kalt. »Du meinst … Ellies kleiner Bruder heißt *Boxer*?«

»Ja, ist sein Spitzname.«

Boxers Herz blieb stehen.

Zippo hielt an. »Hier wohnst du?«

Boxer nickte mechanisch. *Ellie hatte ihn wie ihren kleinen Bruder genannt?* Mit einem Mal kam er sich furchtbar dumm vor. Wie hatte er nur glauben können, dass sie mehr in ihm sah als einen kleinen Jungen?

Wie betäubt stieg er aus, verabschiedete sich von Zippo, der noch irgendetwas sagte, was er nicht hörte. Er schlug die Autotür zu und blieb am Straßenrand zurück. Mit leerem Blick sah er dem Jaguar nach, der eine helle Abgasfahne hinterließ. Tränen stiegen ihm in die Augen, und die Rücklichter verschmolzen zu einem roten Punkt in der Ferne.

Er wischte sich mit dem Handrücken über die Augen und schaute auf seine Armbanduhr, um sich an irgendetwas festzuhalten in all dem Chaos. Keine Gefühle, nur vier Zahlen mit einem Doppelpunkt dazwischen. 04:16 Uhr am Morgen. Die Zahlen waren etwas unscharf, auf dem Display seiner kleinen Casio waren rötliche Schmierspuren. Mit zitternden Fingern löste er sie von seinem Arm. Er sehnte sich nach einer Dusche und nach seinem Bett und fragte sich, wie er einschlafen sollte nach alldem. Ob er überhaupt je wieder würde schlafen können? Aber am meisten fürchtete er sich vor dem Aufwachen.

Kapitel 27

»Das ist alles?«, fragte Nele verblüfft. »Boxer ist Frau Westphals verunglückter Bruder?«

»Ja«, sagte Art und bemühte sich, die Bitterkeit aus seiner Stimme zu verbannen. »Das ist alles.«

»So, wie du das sagst, klingt es aber nicht so.«

Art zuckte mit den Schultern. Zeit, von sich abzulenken. »Für Juli Westphal war ihr kleiner Bruder ganz sicher alles.«

Nele schwieg einen Moment betroffen. »Entschuldige, so war das nicht gemeint. Ich hatte nur den Eindruck, na ja, so, wie das Gespräch zwischen euch war, da steckt mehr dahinter. Kanntest du Boxer?«

Art schüttelte den Kopf.

Nele nahm einen weiteren Schluck von ihrem alkoholfreien Bier. Sie schien abzuwägen, ob sie es dabei belassen sollte, und Art hatte nicht vor, sie zu weiteren Fragen zu ermutigen.

»Warum bist du Polizist geworden?«, fragte Nele nach einer Weile.

Art stand auf. Seine Glieder kamen ihm schwer vor. Wie

taub, mit erstarrten Muskeln und Nerven. Als würde er wieder allein am Straßenrand stehen und spüren, wie die innere Leere ihn auffraß. Er ging zum Waschbecken, um sich Wasser nachzuschenken. *Warum wird einer, der beinah jemanden getötet hat, Polizist?* »Gibt genug Leute, die das Falsche tun. Schätze, ich wollte schon immer das Richtige tun.«

»Kommt mir bekannt vor«, meinte Nele.

Art drehte den Wasserhahn zu und blieb an der Spüle stehen. Blutige Schlieren kreisten um den Abfluss und versickerten hellrot im Siphon. Er blinzelte. Schob die Erinnerung fort.

»Und, ist es dir gelungen? Das Richtige zu tun?«, wollte Nele wissen.

Art starrte in das blanke Spülbecken und die zahllosen haarfeinen Kratzspuren im Stahl. »Selten.«

Nele ließ das Bier in der Dose kreisen. »Warum bist du so hart mit dir selbst? Du warst super in deinem Job. Du glaubst nicht, wie viele Geschichten über dich im BKA kursieren. Was ist passiert?«

»Kommen jetzt die indiskreten Fragen?«

»Das kommt doch auf die Antworten an, oder?«

»Wer sagt denn so einen Blödsinn?«

Nele lächelte. »Komm schon. Mit irgendjemandem musst du reden. Und für mich sieht's nicht so aus, als hättest du viele Leute, mit denen das geht.«

»Ich weiß nicht, was es da zu reden gibt«, knurrte Art. »Dein Onkel vögelt meine Frau. Das ist passiert.«

Nele seufzte. »Warum bist du immer so grob? Ich meine, du stößt dauernd alle vor den Kopf, und dann ist da plötzlich eine Sechsjährige im Hausflur, und du schließt sie in die Arme und legst sie so behutsam in dein Bett, als wär's deine eigene Tochter …«

»Sie hat niemanden.«

Nele saß da, als würde sie auf den zweiten Teil der Antwort warten.

Art schüttete sein Wasserglas in der Spüle aus. Er brauchte jetzt dringend etwas mit Geschmack. Er nahm eine Dose alkoholfreies Bier aus dem Kühlschrank. Ihm kam der Gedanke, seinen Zucker zu kontrollieren, bevor er ins Bett ging. Spritzen würde er sich auch müssen. Vermutlich auch, um die Kalorien des Biers auszugleichen. Aber Messgerät und Insulin waren in seinem Mantel an der Tür.

Er riss die Dose auf und trank.

Messen konnte er auch nachher noch.

»Suchst du wegen Milla nach ihrer Mutter?«

»Ja.«

»Hast du selbst Kinder?«

Art sah auf Neles Bauch. Sie spürte seinen Blick, und es war ihr plötzlich sichtlich unangenehm, die Frage gestellt zu haben. »Meine Frau wollte keine Kinder«, sagte Art.

»Warum nicht?«

»Sie meint, es läge an mir. Ich wäre nie da.«

»Das Klischee vom Superbullen, der mit seiner Arbeit verheiratet ist?«

»So in etwa, ja.«

Nele schwieg. Für einen Augenblick schien sie mit ihren eigenen Gedanken beschäftigt zu sein. »Liebst du sie?«

Art zuckte mit den Schultern. »Klar.«

Nele sah ihn an, als würde sie erwarten, dass noch etwas kam. Als Art stumm blieb, rollte sie mit den Augen und trank einen Schluck aus der Dose. Das dünne Aluminiumblech knackte in ihrer Hand. »Darf ich ehrlich sein?«

»Klar.«

»Wenn du das bei deiner Frau genauso überzeugend rübergebracht hast wie gerade bei mir, dann wäre ich an ihrer Stelle auch abgehauen.«

Art wich ihrem Blick aus. »Ich muss noch was erledigen«, sagte er brüsk. »Um die Ecke ist ein kleines Hotel, sauber und billig.«

Nele sah ihn mit einer Milde an, die ihn ärgerte. »Hab ich dich verletzt?«, fragte sie.

»Nein, aber mir ist eingefallen, dass ich meiner Frau noch den Wagen zurückbringen muss«, sagte Art.

»Ihr teilt euch ein Auto?«

»Nach der Trennung habe ich ihr den Wagen überlassen. Aber vorgestern hab ich ihn mir geliehen, und sie braucht ihn bis morgen früh zurück.«

Nele nickte und seufzte. »Alles klar. Dann gehe ich auf jeden Fall nicht ins Hotel. Sonst ist Milla alleine, oder?«

Art nickte. Tatsächlich hatte er darüber gar nicht nachgedacht.

»Ich leg mich aufs Sofa«, sagte Nele. »Oder … neben Milla? Ich meine, vielleicht ist das komisch, wenn du in deinem Bett neben der Kleinen …«

»Was soll das denn?«, fragte Art.

Nele lief rot an. »Nein, äh. Entschuldige, so war das nicht gemeint …«

»Du entscheidest«, sagte Art. »Und du musst entweder aufhören, dich ständig zu entschuldigen, oder aufhören, ständig etwas zu sagen, was du so nicht meinst.« Er entsorgte die leere Getränkedose im Mülleimer unter der Spüle und schrieb einen Zettel.

Milla ist bei mir, 3. Stock, Art Mayer.

Dann warf er seinen Mantel über, trat in den Flur und zog die Tür leise hinter sich zu, um Milla nicht zu wecken. Auf dem Weg nach unten steckte er den Zettel bei ihrer Großmutter unter der Tür durch. Seine Glieder waren immer noch schwer, und er hatte das Gefühl, sich kaum richtig bewegen zu können. Genervt tastete er seine Manteltaschen nach dem Messgerät ab, setzte sich auf die Treppe, stach sich in den Finger, quetschte umständlich etwas Blut heraus und träufelte es auf den Teststab. Diese verfluchte Fummelei war so was von überflüssig. Das Gerät zählte die Sekunden herunter und zeigte das Ergebnis. 456 – wieder viel zu hoch. Deshalb auch wieder diese bleierne Müdigkeit. Andererseits, so konnte er wenigstens nicht umfallen wegen einem zu niedrigen Zucker. Er holte den Insulin-Pen heraus, zog den Pullover hoch, verfluchte den Diabetes im Allgemeinen und seinen im Speziellen und spritzte sich in den Bauch. Dann trat er aus der Tür in die beißende Kälte. Der Wagen stand immer noch am Franziskus-Krankenhaus. Auf dem Weg zur U-Bahn-Station Parchimer Allee scrollte er auf dem Handy durch die inzwischen eingetroffenen Vernehmungsprotokolle der Kollegen.

Kapitel 28

Nachdem Art die Wohnung verlassen hatte, ging Nele noch einmal zurück zum BMW und holte ihr Laptop. Damit die Tür nicht zufiel, zerdrückte sie eine leere Bierdose und schob sie in den Spalt. Angesichts der Bierdose fragte sie sich, warum Art sich nicht gemessen und gespritzt hatte, bevor er das Bier getrunken hatte. Ihr Vater war selbst Diabetiker und achtete immer peinlich genau darauf, wann er was zu sich nahm und was er dafür spritzen musste. Als Kind hatte sie es immer nervig gefunden, seine pedantische, bürokratische Art dabei. Steuerfahnder halt. Aber immerhin lebte er noch, trotz fünfunddreißig Jahren Diabetes, und das recht gut. Art dagegen wirkte, als wäre ihm das alles scheißegal.

Die nächste Stunde verbrachte sie damit, die Aufnahme der Befragung von Margot Heß mit einem *Speech-to-Text*-Programm in ein schriftliches Protokoll umzuformen und die üblichen kleinen Fehler auszubügeln, die das Programm machte. Normalerweise hätte sie einfach nur die Audiodatei an den Schreibdienst des BKA weitergeleitet, doch die Datei enthielt nicht veränderbare Metadaten wie zum Beispiel die Uhrzeit, zu der die Befragung stattgefunden hatte. Da sie das

Protokoll selbst schrieb, konnte sie die Uhrzeit leicht verändern – sodass die Befragung knapp nach der Nachrichtensendung, in der das Foto von Marietta Althauser öffentlich geworden war, stattgefunden hatte. Streng genommen war das Umschreiben der Uhrzeit ein Dienstvergehen, doch es würde verhindern, dass Art Probleme bekam, weil er die Informationssperre missachtet hatte. Und sie fühlte sich einfach nicht gut dabei, ihn auflaufen zu lassen.

Als sie fertig war, versandte sie die Textdatei ans BKA und löschte das Audiofile. Sie sah kurz nach Milla, die fest zu schlafen schien. Dann überkam sie das schlechte Gewissen. Roman würde sich Sorgen machen. Sie schrieb eine kurze Nachricht, sie sei noch bei der Arbeit, würde aber bald die Segel streichen, dann setzte sie noch einen Smiley mit drei Herzen dahinter. Eine halbe Stunde später ging die Tür, Art stiefelte sturzmüde an ihr vorbei und nahm kaum mehr Notiz davon, dass sie die Wohnung verließ, um endlich nach Hause zu fahren.

Peppa begrüßte sie mit wedelndem Schwanz und torkeligen Schritten. Roman schlief bereits, der Platz neben ihm war warm. Vermutlich hatte er mal wieder Peppa neben sich ins Bett gelassen, und das Laken war sicher wieder voller Haare. Sie entschied, dass es ihr egal war, zog sich aus und schlüpfte unter die Decke.

Um kurz nach halb sieben ging ihr Telefon. Roman schnarchte leise, und sie huschte mit dem Handy ins Badezimmer. Die Lagebesprechung war vorverlegt worden auf neun, was ungewöhnlich war. Selbst bei Ermittlungen unter Hochdruck dauerte es etwas, bis alle Labor- und Ermittlungsergebnisse vom Vortag und aus der Nachtschicht der Fachabteilungen beisammen waren.

Sie war die Erste im Konferenzraum, einem dieser seelenlosen Funktionszimmer im ebenso seelenlosen Bürogebäude an der Puschkinallee. Von Beamten für Beamte entwickelt. Modulwände, eine Magnettafel, Leinwand, Beamer und ein länglicher Tisch, um den sich zwanzig Stühle im immer gleichen Abstand scharten. Sie setzte sich auf mittlere Höhe und hielt Art den Platz neben ihr frei.

In wenigen Minuten füllte sich der Konferenzraum mit den Vertretern unterschiedlicher Abteilungen und ihren Assistenten. Einige kannte Nele bereits persönlich vom Vortag, wie zum Beispiel die Rechtsmedizinerin Veronika Perlau, andere kannte sie nur vom Hörensagen, wie Nestor Christou von der IT oder Ben Gallwitz vom Erkennungsdienst. Gespannt war sie auf Julia Leitner von der OFA, der Operativen Fallanalyse, die für die psychologischen Profilerstellungen zuständig war. Sie galt als labil, hochintelligent, aber auch als nicht immer treffsicher in ihrem Urteil. Doch bisher war von ihr ebenso wenig zu sehen wie von Art.

Um zwei Minuten nach neun tauchte Art endlich auf.

Sein Mantel war feucht von geschmolzenem Schnee, seine Stiefel hatten helle Schlieren vom Salz auf der Straße. Er hatte gerade von einem Brötchen abgebissen und einen Starbucks-Becher in der Hand. Es war, als ob ihn ein Scheinwerfer begleitete. Alle Augen waren auf ihn gerichtet.

»Morgen, Kollegen«, brummte er. Vereinzelt kam ein »Guten Morgen« zurück. Veronika Perlau nickte ihm lächelnd zu. Die Stille, die kurz eingetreten war, wich wieder dem allgemeinen Gemurmel.

»Morgen«, raunte Nele, als Art sich neben sie setzte. »Was ist mit Milla?«

»Ihre Oma hat mich um halb fünf rausgeklingelt«, erwiderte Art.

»Großer Gott. Und?«

»Ich hab sie runtergetragen.«

»Doch hoffentlich nicht die Oma?«

»Sehr witzig«, murmelte Art. Er biss von seinem Brötchen ab, und ein paar Krümel fielen auf den dunklen Tisch. »Was sagt Roman?«

»Ich war im Bad, bevor er aufgewacht ist.«

»Da hättest du auch gleich bei mir bleiben können.«

»Aber er riecht besser als du«, antwortete Nele, ohne eine Miene zu verziehen. Ben Gallwitz vom Erkennungsdienst warf ihnen einen interessierten Blick zu.

»Oha. Heute noch nicht angeschnallt?«, fragte Art.

»Lebenserhaltende Maßnahmen und Schlagfertigkeit schließen sich nicht aus, oder?«, konterte Nele.

In diesem Moment sprang die Tür auf, und Martin Buchwald eilte gemeinsam mit Gerhard Reiter von der SG in den Konferenzraum. Buchwald trug Jeans, ein graublaues Jackett und darunter einen Pullover mit V-Ausschnitt, aus dem ein weißes Hemd lugte. Er war unrasiert, und sein kleiner Bauch erinnerte an einen Ballon, als hätte er zu viel Luft gefrühstückt. Reiter dagegen war schlank und trainiert, er trug einen dunkelgrauen Anzug, sein Schnäuzer war akkurat gestutzt. Insgesamt waren jetzt achtzehn Personen im Raum, inklusive der assistierenden Ermittler.

»Guten Morgen«, bellte Martin Buchwald noch auf dem Weg zu seinem Platz am Kopf des Tisches. Reiter sagte kein Wort und nahm mit säuerlicher Miene neben ihm Platz. »Ich komme direkt zur Sache«, sagte Buchwald, »ein paar von Ihnen haben es vielleicht schon mitbekommen.« Er machte eine dramatische Pause und sah in die Runde. »Äh, wo ist Julia Leitner?«

»Krank«, meldete Flora Bausch, eine rundliche, etwas ältere Frau mit gutmütigem Gesicht, die Buchwald zuarbeitete. »Sie hat gerade angerufen. Sie macht jetzt einen Coronatest.«

Buchwald schnaubte leicht verärgert. »Na schön, also: Der Morgen hat es in sich. Es gibt eine neue Entwicklung.« Mit einem Knopfdruck ließ er die Verdunkelung vor den Fenstern herunter, und die Leinwand glitt surrend hinter ihm herab. Sein Blick fiel auf Nele. »Ach, richtig«, sagte er eilig. »Wir haben eine neue Kollegin. Für diejenigen, die sie gestern an der Siegessäule noch nicht kennengelernt haben: Nele Tschaikowski, Kommissaranwärterin. Sie assistiert dem Kollegen Mayer, der seit gestern auch wieder an Bord ist«, ratterte Buchwald herunter, als wäre es das Selbstverständlichste der Welt. Verhaltenes Gemurmel setzte ein. Ein paar der Kollegen nickten Nele neugierig zu, und sie fragte sich, wer im Raum wusste, dass sie die Nichte des Polizeipräsidenten war.

Buchwald dimmte das Licht. »So, zur Sache.« Die Gesichter um den Tisch verschwanden im Schatten, und das Gemurmel verebbte.

»Heute früh um 5:56 Uhr«, hob Buchwald an, »gab es einen neuen Beitrag auf der Seite von *Shibuya-News.com,* dem selbst ernannten Nachrichtenportal, wo gestern die Fotos von Marietta Althauser an der Siegessäule geleakt wurden. Dieses Mal handelt es sich um die Veröffentlichung eines kurzen Videoclips. Nestor, würdest du bitte.«

Nestor Christou räusperte sich. Er saß übereck von Buchwald. Im gedimmten Licht waren seine Haare und seine Haut schwarz wie Ebenholz, nur seine hellwachen Augen stachen weiß hervor. Nele hatte gehört, dass er halb Grieche und halb Angolaner war – und mit Abstand der beste IT-Spezialist im BKA. »Wie gesagt, das Video wurde heute früh um 5:56 online gestellt«, begann Christou, »und es wurde bereits mehrere hundertmal geteilt – es verbreitet sich gerade wie ein Lauffeuer. Es handelt sich um einen MP4-Clip von sechsundzwanzig Sekunden Länge, aufgenommen wurde er vermutlich mit einem Smartphone.«

Hinter Buchwald und Reiter erschien ein fahles, aber hochaufgelöstes Bild aus einem Kellerraum. Eine Frau in Unterwäsche saß auf einem einfachen Holzstuhl. Ihr Bauch verriet, dass sie schwanger war. Erst auf den zweiten Blick erkannte Nele in ihr Sahra Heß, das erste Opfer. Ihr ängstliches Gesicht war nur schwer in Einklang zu bringen mit den erschlafften Zügen der Frau in der Rechtsmedizin, Nele lief es kalt den Rücken herunter. In Sahras rechter Armbeuge steckte eine Kanüle, von dort aus führte ein langer dünner Schlauch abwärts, bis er am unteren Bildrand verschwand. Sahra starrte ängstlich auf einen Punkt direkt neben der Kamera, sie war nicht gefesselt, und dennoch wirkte es, als ob sie nicht freiwillig auf diesem Stuhl saß. »Bitte!«, flüsterte sie. Ihr Kinn bebte, sie hob verzweifelt den Kopf und sah zur Decke. Ein seltsames Geräusch ertönte, es klang, als ob jemand mit dem Finger schnippte. Sahra erschrak und blickte wieder zurück zur Kamera. »Entschuldigung«, hauchte sie. Ein paar Sekunden, in denen sie reglos dasaß, verstrichen, dann flehte sie: »Bitte! Ich kann nichts dafür, wirklich.« Kurz darauf fror das Bild ein; der Clip war zu Ende.

Buchwald machte das Licht wieder heller, und Sahra verblasste. Wie ein Geist blieb sie hinter Buchwald und Reiter auf der Leinwand. Im Konferenzraum war es totenstill. »Ich vermute, wir sind uns alle einig«, sagte der Ermittlungsleiter und sah dabei Dr. Veronika Perlau an, die in stillem Einverständnis nickte, »Sahra Heß wird während der Aufnahme Blut abgenommen, oder es wird zeitnah passieren.

Das heißt, wir sehen hier bei Sahra Heß' Ermordung zu, oder zumindest bei den Vorbereitungen.«

Nele schnürte es die Kehle zu. Sie konnte nicht anders, als immerzu an das Kind in Sahra Heß' Bauch zu denken.

»Es gibt einen Begleittext zu diesem Video«, fuhr Buchwald fort. Christou schob einen Screenshot der *Shibuya-News*-Seite ins Bild. »Im Wortlaut heißt es dort:«

#das erste Opfer!
Wir von *Shibuya-News.com* zeigen euch, was die Polizei euch verschweigt.
Diese Frau wurde sieben Tage vor Marietta Althauser ermordet aufgefunden, am Groscurth-Platz im Westend in Berlin. Auf ihrem Körper stand dieselbe Adresse – die des deutschen Bundeskanzlers. Dieses Video wurde im Haus des Bundeskanzlers aufgezeichnet. Ihr wollt Beweise? Achtet auf den Gaszähler im Hintergrund und folgt diesem Link.
Wir fragen uns: Was verschweigt uns die Polizei noch alles? Was verschweigt uns der Kanzler? Wir fragen uns:

#was geschah im Haus des Kanzlers?

Um den Tisch herum begann es zu rumoren. Nele blickte zu Art, der still auf die Leinwand sah und den Text studierte.

»Für diejenigen, die sich fragen, wohin der Link führt«, sagte Nestor Christou, »es ist ein Scan der Gasrechnung der Vattenfall Europe AG, adressiert an Henrik Westphal, im Kopf der Rechnung befindet sich Westphals Zählernummer, und diese Zählernummer findet sich hier«, er deutete mit einem Laserpointer auf das eingefrorene verblasste Bild von Sahra Heß. Der rote Punkt kreiste um den Gaszähler an der hinteren Kellerwand. »Anhand der gleichlautenden Zählernummer drängt sich also der Verdacht auf, dass dieses Video tatsächlich im Haus des Bundeskanzlers aufgenommen wurde.«

Es wurde still um den Tisch.

»Wie sicher ist das?«, fragte Art. »Gibt es noch mehr Belege als nur die Zählernummer?«

Kleinschmidt räusperte sich. »Das Sicherheitspersonal vor Ort hat bestätigt, dass der Kellerraum und der Gaszähler in Herrn Westphals Haus sind.«

»Es fehlt noch der Eins-zu-eins-Fotoabgleich«, warf Egon Brunner von der Kriminaltechnik ein. Nele schätzte ihn auf Mitte fünfzig, er war hager, beinah so groß wie Art, trug eine rahmenlose Brille, sein Kopf war kahl, und er hatte zwei leicht hervorstehende Schneidezähne, die ihm, hinter vorgehaltener Hand, den Spitznamen Nosferatu eingebracht hatten. »Ihr wisst schon, gleicher Aufnahmewinkel, gleiche Beleuchtung … Abgleich der Proportionen und Schattenwürfe …«

»Was ist mit dem Video?«, fragte Art. »Ist das authentisch?«

»Wir sind dran«, sagte Christou. »Aber zunächst mal gibt es keine groben Auffälligkeiten, die auf eine Bearbeitung oder Manipulation hindeuten.«

»Und die Gasrechnung?«

»Dito«, sagte Brunner.

»Der Punkt ist folgender«, ergriff Gerhard Reiter, der stellvertretende Leiter der SG, das Wort. »Die Sache ist in der Welt. Und damit haben wir ein Problem. Die Fotos von Marietta Althauser und vom Haus des Kanzlers, dieses Video, die Gasrechnung, das alles verbreitet sich im Netz mit rasender Geschwindigkeit. Twitter, Snapchat, TikTok, Facebook – über alle Social-Media-Plattformen. Fernsehen und Print spielen mit und werden die Sache zusätzlich befeuern. Die Kommentare im Netz sind ein Albtraum. Das Ganze kommt einem Cyberanschlag auf den Kanzler gleich. Es ist eine gezielte Destabilisierung. Natürlich gehen wir von einem Fake aus, aber im Netz spielt das keine Rolle. Die geleakten Informationen reichen aus, um eine, sagen wir mal, *gewisse Substanz* vorzutäuschen. Im Netz werden daraus Fakten.«

»Können wir die Seite nicht abschalten, damit das nicht aus dem Ruder läuft?«, schlug Brunner vor.

»Ist ja schon aus dem Ruder gelaufen«, knurrte Buchwald.

»Um die Seite abzuschalten, müssten wir sie erst mal identifizieren und an den Server herankommen«, sagte Christou. »Dummerweise ist das nicht so einfach. Wer auch immer dahintersteckt, er hat es clever angestellt. Anonymes Webhosting, Rechenzentrum irgendwo im Ausland, Pflege der Seite nur über VPN-Tunnel, Bezahlung über Bitcoin … Ich will euch hier nicht mit Tech-Kram langweilen, Tatsache ist: Wir kommen an die Seite nicht ran. Wir kriegen sie weder einer IP noch einem Namen zugeordnet.«

»Was ist mit dem Kontaktformular auf der Seite?«, fragte Art. »Wir könnten eine Mail schicken, so tun, als wären wir linke Aktivisten, uns solidarisieren und versuchen, eine Falle zu stellen.«

Nestor Christou nickte grimmig. »Schon passiert. Hab mal einen ersten Testballon geschickt. Aber selbst wenn was zurückkommt, heißt das nicht, dass wir sie finden. Dafür müsste ich ein persönliches Treffen vereinbaren, und das wird dauern. Die müssen mir vertrauen. Dafür braucht's eigentlich ein glaubwürdiges Profil im Netz, das geht nicht von heute auf morgen. Oder ich frag bei der IT vom Staatsschutz an, die haben so was, wahlweise links- oder rechtsgerichtet.«

»Dann frag an«, sagte Buchwald. »Autorisierung geht über mich.«

Christou nickte. »Aber wie gesagt, wird dauern. Wer das gemacht hat, ist clever.«

»Mit anderen Worten«, fragte Nele, »wir haben es mit Hackern zu tun?«

»Nicht zwingend. Aber auf jeden Fall mit jemandem, der sich im Web auskennt und sich intensiv schlaugegoogelt hat.«

»Okay«, sagte Buchwald, »Themenwechsel. Art, was ist mit dir? Du warst bei Margot Heß und bei Westphal. Irgendwelche Erkenntnisse? Irgendeine Verbindung zwischen den Opfern und dem Kanzler?«

»Du warst beim Kanzler?«, rutschte es Gallwitz heraus. »Wie ist der so?«

»Ben!« Martin Buchwald brachte den Erkennungsdienstler mit einem scharfen Blick zum Schweigen. Ein paar Leute grinsten, zumal Gallwitz Henrik Westphal noch kurz vor der Besprechung ein ziemliches Schnittchen genannt hatte. Nun richteten sich alle Augen auf Art; im Grunde hatte Ben Gallwitz nur gefragt, was alle beschäftigte: Wie war der Kanzler Westphal, wenn man ihm begegnete?

»Nein, keine persönliche Verbindung zwischen den Opfern und dem Kanzler«, beantwortete Art Buchwalds Frage. »Die Verbindung zwischen Marietta Althauser und dem Kanzler beschränkt sich angeblich auf das normale erwartbare Maß. Henrik Westphal meint, da war nichts Ungewöhnliches.«

»Bei Minister Althauser leider das Gleiche«, bestätigte Buchwald. »Was das angeht, sind wir also keinen Schritt weiter.«

»Entschuldigung«, sagte Reiter scharf. »Meint? Angeblich?« Er sah Art missbilligend an. »Für mich hört sich das an, als würden Sie Westphals Äußerungen misstrauen. Haben Sie Grund dazu?«

»Ist das nicht Grundlage bei jeder Ermittlung? Misstrauen?«, fragte Art.

»Das hier ist nicht wie jede Ermittlung.«

»Ach«, sagte Art, »dann sollen wir dem Kanzler einen Vertrauensvorschuss geben?«

»Zumindest sollten wir nicht in die Tonlage der Social-Media-Verdächtigungen verfallen.«

»Interessant. Ich habe kein Nein gehört, was den Vertrauensvorschuss angeht«, stellte Art fest. »Sind Sie sein Anwalt?«

Reiter riss sich zusammen und ließ die Provokation an sich abperlen, nur ein kurzes Zucken seiner Oberlippe verriet, dass ihm Arts Bemerkungen gegen den Strich gingen. »Sollten wir nicht alle ein bisschen sein Anwalt sein? Der Mann hat keinen leichten Stand. Prinzipielles Misstrauen ist da nicht hilfreich. Und erst recht solche Aktionen wie die gestern Abend nicht.« Reiters Blick traf Nele vollkommen unvorbereitet. »Was zum Teufel haben Sie sich dabei gedacht? Einer Reporterin das Mikrofon abzunehmen und sie dann auch noch beinah zu überfahren?«

Nele spürte, wie ihr das Blut in den Kopf stieg. »Ich hab ihr das Mikrofon nicht abgenommen«, widersprach sie.

»So? Danach sah es aber aus. Haben Sie sich mal die Berichterstattung im Frühstücksfernsehen angesehen?«

»Der Eindruck täuscht … das war ganz …«

»Anders? Wollten Sie das sagen?« Reiter hob die Augenbrauen. »Hören Sie, mir ist vollkommen egal, wie es war. Sie haben gefälligst zu vermeiden, dass es aussieht, wie es jetzt aussieht. Haben Sie überhaupt eine Ahnung, wen Sie da beinah überfahren haben?«

»Ich habe sie nicht überfahren, sie ist gestolpert, weil sie meine Warnungen ignoriert hat.«

»Ich kann das bestätigen«, sagte Art. »Die Reporterin hat uns bedrängt, und meine Kollegin hat mehrfach darum gebeten, dass sie ihr Mikrofon zurücknimmt, und ihr klar gesagt, dass sie vom Wagen zurücktreten muss.«

»Mirja Henn«, sagte Reiter und ignorierte Art. »Über hundertvierzigtausend Follower auf Twitter, sie hat gerade einen Vertrag unterschrieben für ein eigenes Enthüllungsformat. Ihr Haussender bezeichnet sie als den neuen weiblichen Günter Wallraff.«

»*Die* neue weibliche Günter Wallraff«, sagte Nele leise. Unter dem Tisch bekam sie einen kräftigen Stoß von Art.

»Verdammt noch mal«, bellte Reiter. »Frau Tschaikowski, muss ich Sie wirklich daran erinnern, dass Sie Teil des BKAs sind? Alles, was Sie tun, fällt auf uns zurück. Und dann auch noch vor der Haustür des Kanzlers! Es gibt bereits Tweets, der Kanzler habe angeordnet, aggressiv gegen die Berichterstattung vorzugehen.«

»Gerhard, ist gut jetzt«, bremste Buchwald Reiter. »Die Kollegin ist neu. Sie hat es jetzt verstanden. Es wird nicht wieder vorkommen.« Nele bekam einen strengen fragenden Blick von ihm, der zugleich eine Aufforderung war, die Rettungsleine zu ergreifen. Sie presste die Lippen zusammen und nickte.

»Ich brauche ein Ja«, sagte Buchwald.

»Mein Fehler«, erwiderte sie. »Kommt nicht wieder vor.«

»Das will ich hoffen«, meinte Reiter.

»Zurück zu unseren Ermittlungen.« Mit einem Seufzer übernahm Buchwald wieder das Ruder. »Der Hebel, bei dem wir im Moment ansetzen, ist das Video – und das Portal *Shibuya-News*.«

»Was heißt eigentlich *Shibuya*?«, fragte Kleinschmidt von der Abteilung SG.

»Ist 'n Viertel in Tokio«, erklärte Ben Gallwitz. »Am bekanntesten sind die Bilder von dieser einen Kreuzung, Shibuya Crossing. Ist ein bisschen wie der Times Square in New York, nur noch größer und belebter. Hochhäuser, Werbetafeln, die Zebrastreifen laufen in alle Richtungen, sogar diagonal über die Kreuzung. Ist immer ein unglaubliches Gewusel da.«

»Das heißt, die Macher der Seite kommen möglicherweise aus Japan?«, fragte Kleinschmidt verblüfft.

»Kann sein, kann nicht sein«, meinte Gallwitz. »Vielleicht will ja auch nur jemand andeuten, dass er den Anspruch hat, Massen zu bewegen.«

»Kann man nachvollziehen, wie lange es die Seite schon gibt?«

»Auf mich wirkt das, als wäre die Seite gerade erst entstanden«, meinte Nele.

»Kann ich bestätigen«, sagte Nestor Christou. »Für die Seite wurde ein Template eines deutschen Anbieters benutzt, und der einzige Content besteht aus unserem Fall.«

»Was bedeuten könnte«, meldete sich Reiter zu Wort, »dass unser Täter auch der oder die Macher der Seite sind. Weshalb sie auch im Besitz des Videos sind.«

»Und das Motiv?«, fragte Art.

»Der Regierung schaden, den Kanzler sabotieren, vielleicht sogar die Regierung stürzen«, meinte Reiter. »Erinnern Sie sich an die geplante Entführung des Gesundheitsministers? Der *Spiegel* hat einen Teil unserer Erkenntnisse öffentlich gemacht. Der Täter gab zu, einen Umsturz geplant zu haben, um wieder das ›Deutsche Reich‹ auszurufen. Man wollte sogar einen Doppelgänger des Kanzlers installieren. Und dann kürzlich diese Gruppe von Reichsbürgern unter Führung eines Adeligen, ehemalige KSK-Kräfte, eine Ex-Abgeordnete; die wollten ernsthaft den Reichstag stürmen …«

»Das waren wirre rechte Umsturzfantasien«, warf Veronika Perlau ein.

»Die Tatsache, dass sie wirr sind, heißt ja nicht, dass es sie nicht gibt«, meinte Art. »Wir erleben doch ständig Täter mit irren Motiven. Aber was dabei für mich einfach nicht ins Bild passt, ist der Mord an Sahra Heß. Sie gehört nicht der Regierung an. Sie gehört keiner Elite an, sie ist kein Teil der Presse, die diese Leute ja oft als Propagandakanal der Regierung sehen. Sahra Heß gehört nicht zu denen da oben, sie ist keine Täterin, sie ist eigentlich ein Opfer.«

»Wenn es um Sympathie geht, und um Beeinflussung der öffentlichen Meinung, dann ist die Sache doch klar«, sagte Reiter. »Seht her, die da oben bringen eine von euch um.«

Art zog die Brauen zusammen. »Und warum dann Marietta Althauser?«

»Sie ist Teil der Elite und mitschuldig – eine Strafe und eine Warnung an die da oben.«

»Das würde heißen, die beiden Morde sind aus komplett unterschiedlichen Motiven begangen worden? Marietta Althauser ist tot, weil sie schuldig ist, und Sahra Heß, weil sie unschuldig ist. Weshalb ihr Tod bei den Menschen Empörung auslösen soll? Gegen die da oben? Mal ehrlich, psychologisch gesehen passt da nichts zusammen. Wenn ich wütend auf die da oben bin, dann bringe ich doch auch nur die da oben um, also die, die verantwortlich sind.«

»Das seh ich anders«, widersprach Reiter. »Bei einer Schizophrenie oder anderen schweren psychischen Störungen lebt der Täter in seiner eigenen Welt, und die kann manchmal extrem widersprüchlich sein. Zwei widersprüchliche Taten, die derselben fixen Idee dienen sollen; für mich durchaus möglich. Außerdem kann es ja immer noch sein, dass Sahra Heß sich irgendwie schuldig gemacht hat, wir wissen es nur noch nicht.«

»Okay«, sagte Buchwald laut und beendete damit die Diskussion. »Wir gehen folgendermaßen vor: Vorläufige Arbeitshypothese: Der Täter und die Macher der Seite sind deckungsgleich. Nestor für die IT, Egon für die KT, ihr prüft weiter, ob das Material echt ist und ob ihr einen Weg findet, die Macher der Seite zu identifizieren. Ben, der Erkennungsdienst kümmert sich in Zusammenarbeit mit der SG um alle Besucher der Kanzlervilla. Ich will, dass wir jeden checken, der in den letzten sechs Monaten auch nur *eine* Minute dort verbracht hat, vom Postboten über die Leute, die Strom und Gas ablesen, Fensterputzer, Chauffeure, alle, bis hin zu den Freunden von Herrn Westphal, andere Regierungsvertreter. Wer könnte Zugang zu Herrn Westphals Gasabrechnungen gehabt haben? Wer könnte Zugang zum Keller gehabt haben? Fotos oder Videos für einen eventuellen Fake gemacht haben. Wer könnte dort unten unbemerkt etwas getan haben? Geht bitte diskret vor, ich will nicht, dass es Ärger gibt. Und seid euch bitte alle bewusst, Henrik Westphal ist in der Öffentlichkeit in die Schusslinie geraten. Unsere Aufgabe ist es, ihn aus dieser Position herauszuholen, indem wir diesen Fall so schnell wie möglich aufklären.«

Während Buchwald sprach, hatte Gerhard Reiter etwas auf den Block, der vor ihm lag, geschrieben und klopfte nun mit dem Stift darauf. Buchwald nahm mit einem kurzen Seitenblick Notiz davon. »Und noch etwas. In sieben Tagen findet hier in Berlin der G20-Gipfel statt. Sorgen wir dafür, dass der Gastgeber diesen Gipfel mit der nötigen Autorität und Glaubwürdigkeit gestalten kann. Und damit zum letzten und heikelsten Punkt: Du, Art, nimmst persönlich den Keller des Kanzlers in Augenschein. Mit allem Respekt, der dazugehört. Und kein Aufsehen diesmal, bitte. Meldet euch vorher bei der SG an, dann lassen euch die Personenschützer direkt durchfahren, und ihr müsst nicht erst die Fenster öffnen.« Er warf Nele einen strengen Blick zu.

Nele nickte und schluckte das Gefühl hinunter, ungerecht behandelt zu werden.

»Ich würde gerne Egon Brunner von der KT mitnehmen«, sagte Art.

»Kannst du vergessen«, erwiderte Buchwald. »Die Kriminaltechnik tue ich dem Kanzler erst an, wenn klar ist, dass die Aufnahme im Keller kein Fake ist.«

»Auch wenn wir mithilfe der KT viel zuverlässiger und schneller belegen können, dass es ein Fake ist?«, fragte Art.

»Was genau ist an ›bitte kein Aufsehen erregen‹ nicht zu verstehen?«, fragte Buchwald. Er stand auf und klatschte auffordernd in die Hände. »Also, Leute, ihr habt's gehört. Wir haben viel Arbeit vor uns, und sieben Tage sind nicht viel Zeit.« Er sah Art noch einmal eindringlich an und sagte leise. »Ich brauche Ergebnisse.«

Art nickte und wirkte mit einem Mal sehr nachdenklich.

Nele stand auf und wandte sich an Art. »Ich besorg uns ein Poolfahrzeug.«

»Mhm«, murmelte Art. »Parkplatz. Wir treffen uns in zwanzig Minuten. Muss noch kurz was erledigen.« Er warf einen Blick zur Tür, durch die gerade Egon Brunner verschwand, und eilte ihm nach.

Kapitel 29

Art Mayer schwirrte der Kopf. Alles, was er an Polizeiarbeit verachtenswert fand, begegnete ihm gerade erneut in Reinkultur. Die Forderung nach schnellen Ergebnissen, vorschnelle Thesen, politisch gefärbte Ermittlungen – und er war mittendrin, an vorderster Front. Er hasste das Gefühl, ein Spielball zu sein. Genau deshalb hatte er hingeschmissen. Doch das Video von Sahra Heß hatte ihn tief getroffen, und es hatte ihn daran erinnert, dass es einen besseren Grund gab, in diesem Fall zu ermitteln, als ausgerechnet Henrik aus der Schusslinie zu bringen. Weder Sahra Heß noch ihr ungeborenes Kind hatten es verdient, zu sterben. Und erst recht nicht so. Er musste immer wieder daran denken, wie ihr Körper in der Rechtsmedizin gelegen hatte, kreideweiß, mit dem leicht gewölbten Bauch, und an Marietta Althauser und den würdelosen Anblick, den sie unbekleidet auf der Pritsche eines Lasters bot.

Warum zum Teufel hatte Henrik ihn dazu bewegen wollen, die Ermittlungen zu lenken? Wollte er wirklich nur unbeschädigt in die Verhandlung des G20-Gipfels gehen, oder ging es um mehr?

Es war kurz nach elf, als sie in die Straße vor Henrik Westphals Grundstück einbogen. Über Nacht war von Westen her eine Front mit etwas wärmerer Luft aufgezogen, und nun fiel Regen auf den noch gefrorenen Boden. Es war spiegelglatt. Nele hatte alle Mühe, den Wagen sicher auf der Straße zu halten. Die Scheibenwischer gaben den Blick auf die Kameras und Übertragungswagen vor der Villa frei. Seit gestern waren es noch mehr geworden. Die meisten schienen vor dem Wetter in ihre Fahrzeuge geflüchtet zu sein, einige wenige trotzten mit großen Schirmen dem Regen.

Nele fuhr im Schritttempo. Sie hatten den Wagen getauscht und sich bei der SG angemeldet, sodass die Personenschützer am Tor sie schon am Kennzeichen erkannten und durchwinkten. Das Tor schloss sich hinter ihnen, noch bevor irgendjemand von der Presse überhaupt richtig mitbekommen hatte, dass sie kamen.

»Danke für deine Unterstützung vorhin«, sagte Nele.

»Hat nicht viel geholfen«, erwiderte Art.

»Na ja, ich bin noch hier.«

»Dein Onkel ist der Polizeipräsident.«

»Das war nicht das, was ich hören wollte.«

»Gewöhn dich dran, das macht's einfacher.«

Nele parkte den Wagen und zog die Handbremse an. Das Haus lag wie ausgestorben unter dem tiefen grauen Himmel. Nicht ein einziges Fenster war erleuchtet. »Glaubst du, er ist da?«

»Westphal? Sicher nicht«, meinte Art.

Sie stiegen aus. Art stellte seinen Mantelkragen gegen den eisigen Regen auf, doch es half nicht viel. Nele hatte einen Rucksack geschultert, und Art fragte sich, was sie damit wollte. Auf den Stufen zur Haustür hatte jemand sorgsam gestreut. Er klingelte und wappnete sich. Nach einer Weile öffnete Juli die Tür. Sie trug ein olivgrünes Kleid und dieselbe goldene Kette wie am Vortag. Ihre blonden Haare hatte sie hochgesteckt. Sie wirkte müde und zugleich hellwach. Für einen Moment musste er an die kampfbereite Schneewölfin vor der Höhle mit ihren Jungen denken.

»Morgen«, brummte Art.

Julis Blick wanderte von Art zu Nele und wieder zurück. »Guten Morgen«, erwiderte sie und schien sich etwas zu entspannen. »Gut, dass du es bist.« Ohne Henrik an ihrer Seite maß sie dem förmlichen Sie offenbar keinen Wert bei.

»Ich kann nicht versprechen, dass es dabei bleibt«, sagte Art.

»Ich weiß, aber ich hoffe, Henrik kann. Ihr wollt den Keller sehen?«

Art nickte. »Du kennst das Video?«

Sie lachte bitter auf. »Wer nicht? Der Shitstorm ist verheerend. Die Zahl der Anrufe auch.« Sie trat beiseite, um Art und Nele einzulassen.

»Wer hat denn angerufen?« Art trat ins Haus, und Nele folgte ihm stumm.

»Der Generalsekretär der Partei, der Pressesprecher, unser Imageberater …« Sie schloss die Tür.

Art strich sich die vom Regen feuchten Haare zurück. »Imageberater?«

Juli zuckte mit den Schultern. »So gewinnt man Wahlen. Er wollte sogar herkommen und dich bei deiner Kellerbegehung begleiten. Er bestand regelrecht darauf.«

»Ist er hier?«

»Nein. Ich hab ihm gesagt, du wärst ein Bekannter von mir, und ich wüsste schon, was ich sagen darf und was nicht.«

»Und das hat gereicht?«

»Ich hab ihm deinen Namen gesagt. Er hat gefragt, ob du

derjenige wärst, der Kauder die Nase gebrochen hat. Das hat am Ende wohl den Ausschlag gegeben.«

»Hätte nicht gedacht, dass das mal Vorteile hat«, knurrte Art.

Juli lächelte. »Du bist ein gefürchteter Mann.«

»Das war nie mein Ziel.«

Sie nickte. »Ich weiß«, sagte sie leise. Für einen Wimpernschlag war es, als stünden sie vor dem Anbau und hielten sich aneinander fest. Julis Blick fiel auf Nele, die etwas abseits stand und sie beobachtete. Sofort strafften sich Julis Züge. »Gut, ihr wolltet ja den Keller sehen, richtig?«

»Ja, Frau Westphal«, sagte Nele.

»Juli reicht völlig«, entgegnete sie. »Hier entlang, bitte.«

Sie ging mit raschen Schritten, beinah als liefe sie vor etwas davon, und öffnete im Treppenhaus eine Tür, hinter der eine Steintreppe in den Keller führte. Die Wände bestanden aus gemauertem und weiß getünchtem Ziegelwerk, dazwischen alte Metalltüren, dick mit grauer Farbe überstrichen.

»Ich kann die Dinger nicht ausstehen«, murmelte Juli. »Mich erinnert es immer an ein Gefängnis. Aber Henrik liebt die alten Türen, er würde gerne möglichst alles im Originalzustand erhalten. Er ist hier groß geworden.« Sie drückte die Klinke der vorletzten Tür auf der rechten Seite. »Hier ist es.«

Vor Art öffnete sich ein Kellerraum, der etwa vier mal vier Meter groß war, er war schlecht beleuchtet und auf den ersten Blick dem im Video sehr ähnlich. »Ist dieser Raum normalerweise abgeschlossen?«, fragte Nele.

Juli schüttelte den Kopf. »Nein. Nie.«

»Gibt es noch einen weiteren Zugang zum Keller?«

»Ja, direkt hier.« Juli deutete auf die Tür am Ende des Flures, in kaum drei Metern Entfernung. »Über eine Außentreppe am Haus geht es hoch in den Garten.«

»Wer hat den Schlüssel zu dieser Tür?«

»Nur Henrik, ich und unsere Haushaltshilfe. Und bei der SG ist ein Schlüssel hinterlegt, für alle Fälle.«

»Und der Schlüssel für die Haushaltshilfe«, fragte Art, »ist der an ihrem Schlüsselbund?«

»Nein, der wird oben in der Küche in einem Schlüsselkasten aufbewahrt. Er verlässt das Haus nicht. Genauso wie alle anderen Schlüssel.«

»Verstehe.« Art trat aus dem Flur in den Kellerraum. Eine altersschwache Leuchte unter einer vergitterten Glashaube gab spärliches Licht in den Raum. Wie im Flur waren auch hier die Ziegelwände weiß getüncht. Auf der rechten Seite waren eine Gasheizung und ein großer Warmwasserspeicher, auf der gegenüberliegenden Wand waren eine Gaszuleitung, der Gaszähler und der Sicherungskasten angebracht. Darüber hinaus war der Kellerraum leer und wirkte wie frisch gewischt.

»Ist das immer so ordentlich hier?«, fragte Nele verwundert. »Wir haben zwölf Kellerräume«, meinte Juli und lächelte nachsichtig. »Da müssen wir nicht auch noch den Raum mit der Haustechnik mit irgendwelchem Zeug vollstellen.«

Art betrachtete Juli von der Seite. Die unterschwellige Herablassung kam ihr für jemanden, der in einem Kiosk groß geworden war, erstaunlich leicht über die Lippen. Aber vielleicht war es auch gerade das, was sie als Kanzlergattin als Erstes hatte lernen müssen: ihre Herkunft zu verbergen, und da war Herablassung ein billiges Mittel. »Was glaubst du?«, fragte Art. »Ist das Video hier gemacht worden?«

Juli stieß geräuschvoll Luft aus. »Ist das nicht grotesk, dass du mich das fragst? Was erwartest du?«

»Dass du mir, ohne deinen Imageberater zu konsultieren, eine Antwort gibst, zum Beispiel.«

»Er ist nicht *mein* Imageberater«, erwiderte sie verstimmt.

»Also, was denkst du?«

»Art, was soll ich sagen? Ich meine, schau dich um. Ja, auf dem Video sieht es aus wie hier, das merkt man sofort. Aber wie soll das gehen? Ein Mord in unserem Keller. Warum? Abgesehen davon: Das hätten wir doch merken müssen. Jemand hätte die Frau herbringen müssen – und wieder weg. Von allen unbemerkt. Und das, obwohl das Grundstück rund um die Uhr bewacht ist.«

Art nickte. »Zeigst du mir noch die Treppe in den Garten?«

»Natürlich.«

»Äh, ich würde so lange kurz hierbleiben, wenn das okay ist«, sagte Nele.

»Ja, natürlich. Sehen Sie sich ruhig um«, meinte Juli. Dem Klang ihrer Stimme nach behagte ihr der Gedanke nicht, doch sie wollte es offenbar auch vermeiden, den Eindruck zu erwecken, sie hätte etwas zu verbergen. Sie fuhr sich nervös durch die Haare, lockerte sie, als gäbe es hier einen roten Teppich, auf dem es galt, sich zu zeigen, dann schloss sie die Tür zum Garten auf. Art warf sowohl innen als auch außen einen Blick auf das Schloss. Keine Einbruchsspuren, keine Kratzer. Vor der Tür war es dunkel. Im Schatten von etwa drei Meter hohen Mauern lag ein kleiner Austritt mit einem Abfluss im Boden. Rechts führte eine Treppe an der Hauswand entlang in den Garten hinauf. Art hielt sich am Handlauf fest und stieg die teils vereiste Treppe hoch. Kaum trat er aus dem Schutz des Aufgangs, erwischte ihn der Regen kalt von der Seite. Sie befanden sich hinter dem Haus. Eine unberührte, nur vom Regen durchlöcherte Schneedecke bedeckte den Rasen. Vor acht Tagen, als Sahra Heß ermordet worden war, hatte es ebenfalls geregnet. Weicher Boden, kein Schnee. Danach hatte es Frost gegeben. Die Frage war, ob sich unter der Schneedecke noch Spuren finden ließen – falls Sahra Heß tatsächlich im Haus ermordet worden war und jemand sie über den Hinterausgang nach draußen gebracht hatte. Solange der Untergrund noch gefroren war, würden sich mögliche Fußabdrücke halten. Art schaufelte mit den Händen etwas Schnee vor der Kellertreppe beiseite und leuchtete mit seinem Smartphone den Rasen ab. Nichts. Was nicht unbedingt hieß, dass die KT mit ihren Untersuchungsmethoden nicht vielleicht doch etwas fand. Aber das Grundstück detailliert abzusuchen, war sehr aufwendig, und ein halbes Dutzend Männer in weißen Overalls im Garten von Henrik wären ein gefundenes Fressen für die Presse. Und das würden weder Buchwald noch Reiter im Moment durchwinken.

Art rieb sich die kalten Hände an seinem Mantel ab, ließ den Blick noch mal über den Garten schweifen und stieg die Treppe wieder hinab. Juli stand unten im Schatten vor der Tür und sah etwas verloren aus zwischen den hoch aufragenden Wänden. Ihr Kleid hatte Sprenkel vom Regen. Die Tür zum Keller war offenbar zugefallen.

»Gibt es Kameras, die den Garten im Blick haben?«

»Nein«, erwiderte sie, »nur nach außen gerichtete Kameras. Henrik und ich wollten nicht das Gefühl haben, in unserem eigenen Garten beobachtet zu werden.«

»Das heißt, es gibt auch keine Kamera, die auf diese Tür gerichtet ist?«

»Nein.« Ihr Blick folgte jedem seiner Schritte.

»Das ist die Wetterseite, oder?«

Sie nickte. »Gibt es Sturm, dann spürt man ihn hier am meisten.«

Art blieb stehen und zögerte. Ganze zwei Stufen noch. Juli sah zu ihm auf. »Was ist?« Ihr Blick ging zu den Stufen. »Glatt?«

»Dünnes Eis«, meinte Art. Er ging die letzten beiden Stufen hinab und stand jetzt direkt vor ihr.

»Du bist groß geworden«, sagte Juli leise.

»Und du geschrumpft«, konterte Art und schluckte.

»Schuft.«

»Polizist«, verbesserte Art.

»Beides.« Ihre Lippen zitterten vor Kälte.

Sie standen kaum eine Handbreit voneinander entfernt im Schacht.

»Was ist eigentlich aus Brille geworden?«, fragte er und räusperte sich.

»Brille?« Sie sah ihn an, als wäre es das Letzte, worüber sie gerade reden wollte. »Du meinst Reinhard Schlottbeck. Hast du das nicht verfolgt? Er arbeitet mit Henrik. Reinhard ist Staatssekretär im Kanzleramt. Drei Kinder hat er.«

»Staatssekretär«, schnaubte Art. »Und Henner?«

»Pfff. Henner. Er hat Nora geheiratet, aber die beiden haben sich bald wieder scheiden lassen. Ich hab sie schon lange nicht mehr gesehen. Henrik hat ihn bei seiner Stiftung untergebracht. Was genau er da tut, hab ich bis heute nicht verstanden. Ist aber eher eine kleine Nummer.«

»Henrik hat eine Stiftung?«, fragte Art.

»Für Kinder mit schwierigen Startbedingungen«, sagte Juli. »Er vergibt Stipendien für Begabte. Du hast ihn dazu inspiriert.« Ihre Lippen bebten immer noch, doch sie rührte sich keinen Zentimeter von der Stelle, geschweige denn, dass sie Anstalten machte, wieder ins Haus zu gehen. »Willst du jetzt vielleicht noch wissen, was aus Ellie geworden ist?«

Art schwieg.

»Hat dich das nie interessiert?«, fragte sie.

»Ich war nie mehr als dein kleiner Bruder.«

Sie strich ihm über die nasse Wange. Ihre Körper berührten sich. »Art Mayer«, flüsterte sie, »du magst ein gefürchteter Mann sein. Und du hast ein Löwenherz. Aber hier drin«, sie tippte ihm an die Schläfe, »da bist du immer noch der kleine arme Junge, der glaubt, dass er nichts wert ist.«

Art schwieg. Der Schacht war tief wie ein Brunnen, und der Himmel über ihm war so dunkel wie sein Grund. Zwei Minuten mit Ellie, und er war wieder Boxer.

Kapitel 30

Nele saß im Schneidersitz auf dem kalten Boden und blickte ungeduldig auf den kleinen Balken auf ihrem Smartphone. Die Übertragung des Fotos vom Handy auf das Laptop dauerte quälend lange. Die dicken Mauern ruinierten die Datenrate. Im Flur hörte sie eine Tür zuschlagen und drehte sich um. Art betrat den Heizungskeller, während Juli Westphal an der Tür vorbeihuschte und verschwand.

»Was machst du?«, fragte Art und deutete auf den Laptop, der aufgeklappt neben ihrem Rucksack stand.

»Was machst *du*?«, erwiderte Nele und deutete mit dem Kopf in die Richtung, in die Juli Westphal verschwunden war.

»Wir waren im Garten und haben uns kurz nach Spuren umgesehen. Ist schwierig.«

»Spuren aus der Vergangenheit, hm?«

»Du siehst da was, wo nichts ist.«

»Ich seh nur, dass du ganz nass bist und dass Frau Westphals Kleid auch nass ist, aber nur auf der Vorderseite.«

»Wir haben an unterschiedlichen Stellen gestanden«, erklärte Art abweisend.

Nele nickte und beschloss, sich jeden weiteren Kommentar zu verkneifen. Es hatte eh keinen Sinn. Wenn Art etwas nicht wollte, war er stur wie ein Esel, so viel hatte sie in den letzten vierundzwanzig Stunden begriffen. Ihr Laptop gab ein leises Ping von sich und bestätigte den Eingang einer Mail. Sie speicherte den Anhang auf dem Desktop und wechselte zu Photoshop. Art hockte sich neben sie und sah auf den Bildschirm.

»Ich wollte nicht auf die KT warten. So haben wir das Ergebnis direkt«, sagte sie.

»Du machst einen Bildvergleich?«, fragte er.

»Genau. Ich hab von Nestor Christou einen Screenshot vom Video mit Sahra Heß bekommen, dann habe ich mit dem Handy ein Foto der Wand mit dem Gaszähler aus möglichst der gleichen Perspektive gemacht, und jetzt lege ich das neue Bild halbtransparent über das alte Videobild. Wenn alles deckungsgleich ist, Leitungen, Struktur im Mauerwerk und so weiter, dann handelt es sich um denselben Raum.«

»Hat Nestor dir das Foto von sich aus geschickt?«, fragte Art.

»Ehrlich gesagt«, Nele zögerte einen Moment, »ich hab ihn drum gebeten.«

»Ohne mit mir zu sprechen«, stellte Art fest.

Nele spürte, wie ihr das Blut in den Kopf stieg. »Ich dachte … na ja, Buchwald hat ja zu dir gesagt, er will Ergebnisse, aber er hat auch gesagt, bitte kein Aufsehen erregen …«

»Gut«, nickte Art und sah auf den Monitor.

»Äh, ja«, sagte Nele. Erleichtert nahm sie die Arbeit wieder auf und schob das obere Bild so lange hin und her, bis sie das Gefühl hatte, dass es passte. Das Ergebnis war auf den ersten Blick zu erkennen. »Es *ist* derselbe Raum«, sagte sie leise.

»Mhm«, machte Art. Dann ging er zum Gaszähler, machte mit dem Handy eine Nahaufnahme des Zählerstands und der Seriennummer und verschickte das Bild, vermutlich an Brunner oder Christou. »Dann schauen wir jetzt mal, ob wir Blutspuren finden«, sagte er. »Nimmst du mal dein Laptop vom Boden?«

Nele klappte ihren Computer zu und verstaute ihn wieder im Rucksack, während Art drei kleine Fläschchen aus seinen Manteltaschen holte. Er stellte sie vor sich auf den Boden, goss aus den beiden vollen Fläschchen jeweils die Hälfte in das dritte leere und schraubte dann einen Sprühkopf darauf.

»Was ist das? Luminol?«, fragte Nele.

Art nickte. »Luminol mit Natronlauge und Wasserstoffperoxid.«

»Woher hast du das?«, fragte Nele.

»Von Brunner, nach der Lagebesprechung. Wie du schon sagtest: Buchwald will Ergebnisse, ohne Aufsehen zu erregen. Und wenn die KT nicht herdarf, dann doch zumindest das Luminol der KT.« Er sah Nele an. War da nicht ein Lächeln? So etwas wie ein stilles Einverständnis?

»Kannst du deine Handylampe anmachen?«, fragte Art. »Ich brauche etwas Licht, damit ich sehe, wo ich hinsprühe. Aber bitte nicht zu viel Licht. Sonst sehen wir das Leuchten nicht.«

Er schaltete die Deckenlampe aus, während Nele ihr Handy so hielt, dass nur ein fahler Schimmer in den Raum drang. Art begann, systematisch den Boden einzusprühen, von der Wand mit dem Gaszähler ausgehend bis zur Mitte des Raumes, wo ein kleiner Abfluss im Boden eingelassen war. Zwischendurch schaltete Nele immer wieder für ein paar Sekunden die Lampe aus, sodass sie im Stockfinsteren ins Nichts starrten und gebannt warteten.

Nichts. Dachte Nele enttäuscht. Wenn irgendwo in diesem Raum Blut gewesen wäre, selbst kleinste, nicht mehr sichtbare Reste, hätte es jetzt eine Reaktion in Form einer Chemolumineszenz geben müssen, ein bläuliches Leuchten für einige Sekunden, doch es blieb alles dunkel.

»Entweder der Kellerboden hat noch nie Blut gesehen«, sagte Art schließlich, »oder jemand hat ihn aufwendig mit Chlorbleiche gereinigt.«

»Glaubst du, das hier ist ein Tatort?«

»Bisher gibt es nicht einen einzigen Beweis dafür«, sagte Art. »Aber wir sollen auf jeden Fall glauben, dass hier etwas nicht stimmt. Und die Frage ist, warum?«

Kapitel 31

Katrina Bernardi saß wie angebunden auf ihrem Platz. Ein bisschen bewegen wäre okay, nur nicht zu viel bitte, hatte man ihr eingeschärft. Sie kannte das schon. Das grelle Licht blendete sie, sobald sie in die falsche Richtung sah, und die Verhörspezialistin Wenke de Fries, die ihr gegenübersaß, lächelte auf eine seltsam unangemessene Weise. Katrina wusste, dass sie sich von dieser Freundlichkeit nicht täuschen lassen durfte. Die Frau vor ihr war erbarmungslos, wenn es um die Wahrheit ging – oder um das, was sie daraus machen wollte. Dabei drehte sich all das hier eigentlich gar nicht um sie. Es ging um Frida Wilke, die zu ihrer Linken saß, und vielleicht auch noch ein bisschen um diese blonde Sarah-Jessica-Parker-Kopie, die vor dem Haus des Kanzlers mit der Nase voran im Schneematsch gelandet war. Um ehrlich zu sein, es hatte ein bisschen wie Slapstick ausgesehen, im Grunde die reinste Medienparodie, wäre nicht das BKA beteiligt gewesen.

Sie selbst saß nur in dieser Runde, weil sie »gut sprechen« konnte. In TV-Interviews brauchte man O-Ton-Garanten, die gut verwertbare und handfeste Sätze von sich gaben.

Das hier war nicht ihre erste Diskussionsrunde im Fernsehen, man hatte sie in der Kartei gespeichert, und sie wurde mit schöner Regelmäßigkeit eingeladen, wenn es irgendwo brannte und zugespitzte Meinungen gefragt waren.

»Frau Henn, die Beamtin, die Ihren Unfall verursacht hat, hat sich heute Vormittag bei Ihnen mit einem Tweet entschuldigt, wie kam das bei Ihnen an?«, erkundigte sich Wenke de Fries, die Moderatorin. Auf dem Screen hinter ihr wurde Nele Tschaikowskis Tweet eingeblendet.

»Der springende Punkt ist doch, dass sie von einem Unfall spricht«, erwiderte Mirja Henn und strich sich eine Strähne aus dem Gesicht. »Denn das, was vor Herrn Westphals Haus passiert ist, war kein Unfall, es war eine gezielte Rücksichtslosigkeit. Und insofern ist die Entschuldigung nichts wert.«

»Würden Sie so weit gehen, zu sagen, es war Absicht?«

»Wenn Sie mich fragen, ja.«

»Frau Bernardi, Sie sind langjährige Chefin vom Dienst bei der *Morgenpost*, wie würden Sie das einordnen?«

Katrina Bernardi ließ sich einen kurzen Moment Zeit, gerade genug, damit ihre Antwort gut überlegt wirkte. »Wissen Sie, Absicht ist in diesem Zusammenhang ein großes Wort. Ich würde eher von einer *Inkaufnahme* sprechen. Wenn ich die Scheibe hochfahre, noch während die Hand der Reporterin mit dem Mikrofon im Wageninneren ist, dann weiß ich doch, dass die Gefahr besteht, dass ich ihre Hand einklemme. Und wenn ich dann auch noch losfahre, dann nehme ich in Kauf, dass die Reporterin stürzt und sich dabei sogar schwerwiegend verletzen kann.«

»Woher, glauben Sie, kommt diese Inkaufnahme?«

»Da kommen wir an einen interessanten Punkt«, sagte Katrina. »Wenn wir die allgemeine Situation der Polizei betrachten, dann gibt es immer wieder rechte Tendenzen in unterschiedlichen Abteilungen. Telegram-Gruppen haben das jüngst wieder auf bestürzende Weise bestätigt. Das betrifft sicher nicht die Mehrzahl der Beamt:innen, doch es zeigt eine gewisse Verhärtung der Meinungsbilder innerhalb der Polizei. Nun wissen wir ja, dass die Kollegin Tschaikowski und ihr Begleiter vom BKA kommen, dort, wo auch die Abteilung Sicherungsgruppe angesiedelt ist, die zum Schutz des Kanzlers und anderer hochrangiger Politiker abgestellt ist. Wenn ich mir nun vorstelle, dass Frau Tschaikowski die Weisung hat, den Kanzler zu schützen, und diese Weisung auf ein verhärtetes Meinungsbild gegenüber unserer freien Presse trifft, dann glaube ich, dass sie mit einer gewissen Aggressionsbereitschaft in die Situation gegangen ist.«

Mirja Henn nickte. »Aggressiv, das kann ich bestätigen.«

»Interessanter psychologischer Aspekt«, sagte Wenke de Fries. »Die Frage ist natürlich, was passiert mit dieser latent aggressiven – ich sage mal – ›Beschützerrolle‹ in Momenten wie diesem. Es geht ja gerade um viel. Wir haben einen Bundeskanzler, der plötzlich in Verbindung mit einem Kapitalverbrechen zu stehen scheint. Das ist ein bisher einmaliger und schockierender Vorgang.« Wenke de Fries wandte sich Frida zu. »Frau Wilke, Sie sind Volontärin bei der *Morgenpost,* arbeiten eng mit Frau Bernardi zusammen – durch Zufall haben Sie gestern Morgen die Leiche der Gattin des Gesundheitsministers unter erschütternden Umständen entdeckt. Und kaum einen Tag später sind Sie selbst in die Mühlen der Justiz geraten – Sie sind verhaftet worden. Was war da los?«

Frida holte tief Luft. Ihre Wangen waren gerötet, und Katrina Bernardi konnte sehen, wie sich ihre Hände im Schoß aneinander festhielten, damit sie sich vor Nervosität nicht ständig durch die Haare fuhr oder ins Gesicht fasste; ein Tipp, den Katrina ihr noch kurz vor der Sendung gegeben hatte. »Wissen Sie, im Grunde genommen glaube ich, dass wir hier alle für dumm verkauft werden sollen«, sagte Frida.

Peng. Die Kleine ging in die Vollen, dachte Katrina.

»Was genau meinen Sie damit?«, wollte Wenke de Fries wissen.

»Ich glaube, dass die Polizei nicht neutral ermittelt. Unsere Arbeit wird behindert, wir werden verhaftet und beiseitegestoßen. An der Siegessäule wurde als Erstes mein Handy beschlagnahmt, es wurden Fotos von mir gelöscht, und mir wurde eingeschärft, dass ich nicht über den Fall sprechen dürfe. Das hat mich als Journalistin natürlich neugierig gemacht. Es war total offensichtlich, dass etwas vertuscht werden sollte. Als ich die Adresse recherchiert habe, die auf dem Körper von Frau Althauser stand, bin ich sofort dort hingefahren, um mir ein Bild zu machen. Tatsächlich wurde ich vor dem Haus des Bundeskanzlers mit der Waffe bedroht und verhaftet.«

»Und so, wie ich das verstanden habe, wurden Sie daraufhin von dort in die BKA-Zentrale gebracht. Ich nehme an, dort hat sich dann alles aufgeklärt?«

»Nein, im Gegenteil. Beim BKA unterstellte man mir dann, ich sei am Mord von Frau Althauser beteiligt gewesen.«

»Wie bitte?«, staunte die Moderatorin. Ein falsches Erstaunen natürlich, für die Zuschauer gemacht. Durch das Briefing vor der Aufzeichnung war Wenke de Fries längst über alles informiert.

»Ja. Plötzlich wurde ein Zusammenhang hergestellt zwischen meinem Auftauchen vor dem Haus des Bundeskanzlers und meinem zufälligen Fund der Leiche am Morgen.

Es hieß, ich hätte gewusst, dass die Leiche auf diesem Lastwagen liegt und gezielt für ihre Entdeckung gesorgt. Ohne mich, sagte man mir, wäre die Leiche vielleicht gar nicht gefunden worden.«

»Das klingt absurd«, kommentierte Wenke de Fries. »Fast schon wie eine Täter-Opfer-Verkehrung. Sie erleben etwas Traumatisches und sollen hinterher selbst daran schuld sein. Frau Bernardi, wie sehen Sie das? Glauben Sie, da steckt Absicht dahinter? Oder Methode?«

»Ich bin nicht ganz sicher«, überlegte Katrina Bernardi. »Für mich kommen hier zwei Möglichkeiten infrage. Möglichkeit eins wäre das PLP-Phänomen, das –«

»PLP, können Sie uns das kurz erklären?«

»Das ist ein psychologisches Phänomen: PLP steht für das Pippi-Langstrumpf-Prinzip. Es ist dem Titelsong der damaligen Filme entlehnt. *Ich mach mir die Welt, widde widde wie sie mir gefällt …*«

Wenke de Fries spielte geschickt ihre Verblüffung aus. »Sie meinen, unsere Polizei leidet an einer Pippi-Langstrumpf-artigen Realitätsverkennung?«

»Ja, so in etwa. Was nicht sein kann, darf nicht sein. Und mehr noch: Ich baue mir zurecht, wie die Dinge sein müssen, damit ich meine inneren Glaubenssätze nicht ändern muss und damit ich weniger Stress habe.«

»Ein starker Vorwurf.«

»Finden Sie?«, fragte Katrina Bernardi. Sie war jetzt in ihrem Element. »Ich finde die zweite Möglichkeit viel erschreckender. Die zweite Möglichkeit wäre ja Absicht.«

»Also ich«, schaltete sich Frida erneut ein, »bin fest davon überzeugt, dass es Absicht war. Man wollte mich unter Druck setzen und mundtot machen. Und wie die Veröffentlichungen auf *Shibuya-News.com* gezeigt haben, gibt es ja reihenweise Fakten, die uns die Polizei bisher vorenthalten hat, ich würde sogar sagen, bewusst verschwiegen.«

»Heißen Sie gut, was auf *Shibuya-News.com* veröffentlicht wurde?«

»Ja, natürlich«, sagte Frida. Ihre Wangen glühten, und sie lehnte sich vor. Sie war in ihrem Element, und Katrina Bernardi sah sich für einen Augenblick lang selbst in ihr. Die Kleine war fantastisch in ihrem Eifer, sie musste nur aufpassen, dass sie sich nicht zu weit vorwagte.

»Die Leaks sind doch im Interesse der Öffentlichkeit«, sprudelte es aus Frida heraus.

»Glauben Sie denn, dass es wirklich Leaks sind?«, fragte Wenke de Fries. »Oder verstecken sich möglicherweise hinter *Shibuya-News* der oder die Täter?«

Für einen Moment schien Frida aus dem Tritt zu kommen. »Äh, nein. Auch das ist ja wieder so eine Täter-Opfer-Umkehr. Das Opfer ist die Öffentlichkeit, also wir alle, und diejenigen, die alles vertuschen, behaupten plötzlich, dass engagierte Journalisten und Aktivisten, wie die von *Shibuya,* die eigentlichen Täter sind.«

Katrina Bernardi sog scharf die Luft ein. Fridas Bild war schief und konfus, aber gut, sie war jung – und es waren ja auch nur Worte. Andererseits konnten genau solche Dinge dank YouTube und Social Media in eine fast endlose Vervielfältigungs- und Wiederholungsschleife geraten.

»Woher glauben Sie, dass *Shibuya* die Informationen bekommt, Frau Bernardi?«

»Wenn ich auch etwas dazu sagen kann«, schaltete sich Mirja Henn ein. »Plattformen wie *Shibuya* entstehen immer wieder spontan als Gegenwehr von einzelnen mutigen Personen oder Kollektiven gegen Machtstrukturen. Daran ist nichts Verwerfliches, im Gegenteil. Ich finde es eine Schande, wie Regierungen weltweit mit ihren eigenen Fehlern und Systemkritikern umgehen.«

Wenke de Fries nickte, schien allerdings nicht sonderlich erbaut, dass ihre Kollegin das Ruder einfach an sich gerissen hatte. »Frau Bernardi, woher könnten die Informationen kommen, die *Shibuya* veröffentlicht?«

Frida öffnete den Mund, merkte aber im letzten Moment, dass sie gar nicht gefragt worden war, und sah ihre Chefin an.

»Entweder«, begann Katrina, »jemand aus dem Umfeld des Täters heißt nicht gut, was der Täter macht, und stellt das Material zur Verfügung, oder aber der Täter selbst spielt es der Plattform zu. Ich denke, diese beiden Möglichkeiten gibt es.«

»Weiß man denn inzwischen, wer hinter dieser rätselhaften Plattform steckt?«, fragte de Fries und sagte dann mit einem Lächeln: »Oder müssen wir auch hier davon ausgehen, dass die Polizei uns etwas verheimlicht?«

»Interessant ist doch«, sagte Katrina Bernardi, »dass die Polizei niemals so gut ermitteln kann wie Hunderttausende Nutzer im Internet. Die Sache zieht ja riesige Kreise, und so wie ich das Netz kenne, versuchen gerad zig neugierige Journalisten und diverse Hacker, vom talentierten Schuljungen bis zum Chaos Computer Club, herauszufinden, wer dahintersteckt.«

»Glauben Sie, es wird weitere Leaks geben?«

»Ja, bestimmt.« – »Mit Sicherheit.« Katrina Bernardi und Frida hatten fast gleichzeitig geantwortet und warfen sich rasch einen Blick zu. Katrina nickte anerkennend.

»Und was glauben Sie persönlich«, wandte sich de Fries noch einmal an Frida, »was steckt hinter diesen beiden ungeheuerlichen Morden?«

Frida öffnete den Mund und hielt einen Moment inne. »Also, ich sag mal so. Mir persönlich wurde ja unterstellt, an der Tat beteiligt zu sein. Insofern habe ich kein schlechtes Gefühl dabei, meinen eigenen Verdacht zu äußern ...«

»Genau deshalb frage ich Sie ja«, meinte Wenke de Fries und lächelte aufmunternd.

»So wie hier die Dinge vertuscht werden, muss eine hochrangige Persönlichkeit hinter alldem stecken. Und so, wie alle sich vor Herrn Westphal stellen, glaube ich nicht, dass er das Opfer ist.«

»Sie glauben, dass er der *Täter* ist? Unser Bundeskanzler?«, hakte Wenke de Fries nach.

Nicht Ja sagen, dachte Katrina Bernardi, sag einfach: Das habe ich nicht behauptet! – Das reicht schon.

»Ehrlich gesagt ...« Frida machte eine kurze Pause. »Ja.«

»Ich muss das jetzt noch einmal fragen: Sie glauben, der deutsche Bundeskanzler ist direkt oder indirekt an einem Mord beteiligt?«

»Ja«, bekräftigte Frida mit roten Wangen.

Katrina Bernardi seufzte. Talent, ja. Leidenschaft, auch! Aber diese verdammte jugendliche Hybris. Frida würde noch viel zu lernen haben.

»Aber was macht dann die Adresse des Kanzlers auf den toten Frauen?«, fragte de Fries. »Das wäre dann ja wie ein Geständnis?«

»Ich glaube, dass auch die Adresse eine Art Leak sein könnte. Zum Beispiel von jemandem, der die Toten im Auftrag fortbringen sollte«, spekulierte Frida.

»Wäre es dann nicht viel sinnvoller, gleich den Namen des Täters preiszugeben?«, wandte de Fries ein.

Frida schien plötzlich unsicher zu werden. Sie tat Katrina fast ein bisschen leid. Bisher hatte sie Rückenwind gehabt, und nun war sie voller Elan in eine Falle gelaufen. De Fries hatte sie dazu verleitet, den ungeheuerlichen Verdacht auszusprechen, der Kanzler könne ein Mörder sein, und mit jeder weiteren Frage brachte sie nun Frida dazu, ihre kühne These zu verteidigen – oder aber ihre Position zu räumen, und zu Letzterem war Frida offensichtlich nicht bereit.

»Ja, das stimmt«, gab Frida zu. »Aber ich glaube, dass hier auf allen Seiten Angst im Spiel ist. Angst, die Dinge beim Namen zu nennen. Auch derjenige, der für den Leak verantwortlich ist, wird Angst haben.«

»Sie meinen, jemand weist indirekt auf den Kanzler hin, wagt es aber nicht, seinen Namen zu nennen? Klingt das nicht ein bisschen sehr nach Harry Potter? Also, wo der Bösewicht nur ›Der, dessen Name nicht genannt werden darf‹ heißt?«

»Wie gesagt, ich glaube, da hat jemand einfach Angst. Wie würde es Ihnen gehen, wenn Sie es mit einem zweifachen Mord zu tun haben und mit dem größten Machtapparat des Landes? Ich hab es am eigenen Leib erfahren, ich bin verhaftet und beschuldigt worden. Aber ich für mich habe beschlossen, mich nicht einschüchtern zu lassen. Ich will die Wahrheit wissen. Und ich will sie offen aussprechen.«

Katrina Bernardi blieb kurz der Mund offen stehen. Schau an! Wenn das mal kein gelungener Befreiungsschlag war.

»Auf der Suche nach der Wahrheit und sie offen aussprechen«, wiederholte Wenke de Fries. »Ein gelungenes Abschluss-Statement für heute von der angehenden Journalistin Frida Wilke. Ich könnte noch stundenlang mit Ihnen allen weiterdiskutieren, aber unsere Sendezeit ist leider zu Ende. Wenn Sie, liebe Zuschauer, die neuesten Entwicklungen zu diesem Fall, der nicht nur Berlin, sondern ganz Deutschland in Atem hält, verfolgen wollen, besuchen Sie unseren

Liveticker im Onlineportal.« Sie sah mit ernster Miene in die Kamera. »Die Welt ist ein verwirrender Ort geworden. Behalten Sie den Überblick. Ich bin Wenke de Fries und versuche, meinen Teil dazu beizutragen.« Sie nickte, und der Anflug eines Lächelns umspielte ihre Lippen. »Kommen Sie gut in den Abend!«

Der Abschluss-Jingle wurde eingespielt. Dann löste sich mit einem Mal die konzentrierte Atmosphäre im Studio auf. Die Aufnahmeleiterin eilte hin und her, der Tonassistent sammelte die Mikrofone ein, Wenke de Fries besprach sich mit dem Regieassistenten.

»Entschuldigung«, wandte Frida sich an die Moderatorin. »Wann kommt die Sendung heute Abend noch mal?«

»19:10 Uhr«, rief der Regieassistent ihr über die Schulter zu. Wenke de Fries blickte nicht einmal auf, doch Katrina konnte ihr ansehen, dass ihr die Frage nicht gefiel. De Fries war eine Institution im Fernsehen. In Katrinas Generation wusste so gut wie jeder, wann ihre Sendung lief, aber für Digital Natives wie Frida schien Fernsehen inzwischen so etwas wie Altgriechisch zu sein. Für einen kurzen Augenblick wirkte sie wie ein Teenager, der sich in einer fremden Welt verlaufen hatte. Frida nahm ihr Handy heraus, checkte mit raschen Wipes ihre Nachrichten und runzelte die Stirn. Hastig wählte sie eine Nummer, sprach leise und eindringlich ins Telefon, dann hörte sie eine Weile zu. Dabei warf sie einen Blick nach links und rechts, bemerkte, dass Katrina sie ansah, und drehte sich von ihr weg.

»Frau Bernardi?« Wenke de Fries stand plötzlich neben Katrina. »Wie sieht's bei Ihnen und Ihrer Volontärin aus, könnten Sie morgen noch mal zur selben Zeit? Wir bereiten uns gerade auf ein zweites Special zum Thema vor. Das Honorar wäre das Gleiche.«

»Was mich angeht, ist das in Ordnung.« Katrina sah sich nach Frida um, konnte sie jedoch nirgends entdecken.

»Und Ihre Volontärin?«

»Ich frage sie, wir fahren gleich zusammen in die Redaktion. Ist Mirja Henn auch wieder dabei?«

»Ehrlich gesagt, nein. Wir planen gerade mit jemandem vom BKA oder aus dem Kanzleramt.«

»Gut. Also etwas konfrontativer«, sagte Katrina.

Die Moderatorin lächelte vielsagend. »Wie stehen Sie eigentlich zu Henrik Westphal?«

»Gelegentlich links von ihm«, erwiderte Katrina.

De Fries lachte. Wenn sie nicht ihr Moderatorinnen-Gesicht einschaltete, war sie ungleich attraktiver. »Sie zu kriegen ist unmöglich, oder?«

»Unmöglich nicht«, sagte Katrina und lächelte mindestens ebenso vielsagend wie ihre TV-Kollegin.

Ihrer beider Blicke verhakten sich kurz. »Ich mag spannende Frauen«, meinte Wenke de Fries leichthin.

Hatte sie das gerade wirklich gesagt? »Ich weiß«, antwortete Katrina, um Contenance bemüht. Die Scheinwerfer der Studiobeleuchtung gingen aus, und sie standen im Halbdunkeln. Um sie herum arretierten die Kameraleute die fahrbaren Gestelle und schalteten die Geräte aus. »Meine Nummer für die Terminabsprache haben Sie ja.«

Als Katrina auf dem Parkplatz des Studiogeländes zu ihrem Wagen kam, war von Frida weit und breit nichts zu sehen. Sie stieg ein und ließ den Motor laufen, um die Sitzheizung auf Temperatur zu bringen. Dann checkte sie ihr Handy. Sie hatte drei WhatsApp-Nachrichten in Folge von Frida bekommen:

Sorry. Bin durch.

Also krank. Mir ist übel.

Muss noch der Schock sein, von gestern. Komme auf Ihr Angebot mit dem Kranksein zurück.

Angebot?, dachte Katrina irritiert. In welchem Universum lebte die eigentlich? Sie hatte Frida gestern nach Hause geschickt, mit der Anweisung, die Füße still zu halten; denn Kleinschmidt, dieser piefige BKA-Beamte, hatte recht behalten. Tatsächlich war der Verleger der *Morgenpost*, Roman Böckler, von ganz oben angerufen worden und hatte dann ihren Chefredakteur Ralf Scheuer instruiert, sie »dringlichst« anzuweisen, die Sache an der Siegessäule klein zu halten. Sie sollte keine Zeile über das bedauernswerte Opfer oder die Details über den Zustand der Toten veröffentlichen. Kurz gesagt, sie hatte einen Maulkorb von Scheuer bekommen, und den hatte sie direkt an Frida durchgereicht.

Später dann, als Frida vor der Villa des Kanzlers aufgegriffen und verhaftet worden war, hatte es den nächsten Anruf von Scheuer gegeben. Was denn, verdammt noch mal, mit dieser Wilke eigentlich los sei?

Wenige Stunden später, als die Katze aus dem Sack war, rief Scheuer wieder an. Frida sei ein Glücksfall für die Zeitung, eine unbestechliche Reporterin, wie sie im Buche stehe, und dazu noch eine unbezahlbare Augenzeugin. »Katrina, passen Sie mir gut auf das kleine wilde Pony auf«, hatte er gesagt und sie gebeten, in Böcklers Namen *Finch & Berger* anzurufen, damit sie Frida anwaltlich vertraten. Drei Stunden später war Frida aus der U-Haft entlassen worden. Um zweiundzwanzig Uhr meldete sich dann die Redaktion von Wenke de Fries mit der Bitte um ihre Teilnahme an einer Talkrunde zu den aktuellen Ereignissen um Henrik Westphal.

Und jetzt? War Scheuers Wilder-Pony-Glücksfall krank.

Morgen noch mal Talk mit de Fries, schrieb Katrina an Frida per WhatsApp zurück. *Gleiches Honorar, gleiche Zeit.* Sie machte sich gar nicht erst die Mühe, zu fragen, ob Frida kommen wolle. Sie würde kommen. Erstens wegen des Honorars und zweitens, weil sie sich die Chance nicht entgehen lassen würde. Katrina hatte in ihrer Laufbahn schon etliche Volontäre und Volontärinnen gesehen, und nicht viele waren so hungrig wie Frida gewesen.

Nachdenklich legte sie ihr Handy auf der Mittelkonsole ihres Wagens ab, denn Fridas Hunger warf eine Frage auf. Warum war sie gerade jetzt so plötzlich auf und davon? Katrina wurde das Gefühl nicht los, dass da etwas nicht stimmte. Zumal Frida im Studio nicht für eine Sekunde den Eindruck erweckt hatte, sie sei angeschlagen oder nachhaltig schockiert. Dass Frida »krank« war, schien ihr jedenfalls so wahrscheinlich wie eine Giraffe im Briefkasten.

Kapitel 32

Das Tor öffnete sich, und die Linsen der Kameras auf der gegenüberliegenden Straßenseite schwenkten auf ihren Wagen ein. Ein paar Blitzlichter flammten auf, Akkuleuchten wurden eingeschaltet. Die nasse Straße glänzte kalt und grell unter dem dunklen Himmel. Nele klappte den Blendschutz an der Windschutzscheibe herunter, um den Objektiven zu entgehen. Sie fragte sich, ob Mirja Henn irgendwo in einem der Pressefahrzeuge saß. Vorsichtig beschleunigte sie, und die Übertragungswagen mit ihren Satellitenschüsseln wurden im Rückspiegel kleiner. Ihr Blick ging zum Navi und dem eingegebenen Ziel. *Krumme Laake.*

»Ist das wirklich nötig«, fragte sie Art, der neben ihr auf dem nach hinten abgesenkten Beifahrersitz lag, mit geschlossenen Augen.

»Das fragst du jetzt schon zum dritten Mal«, murmelte er.

»Weil du mir keine Antwort gibst.«

»Warum bist du Polizistin geworden?«, fragte Art.

»Ich?«

»Ist noch jemand im Auto?«

»Pfff. Ich will helfen«, sagte Nele. »Mich hat schon als

kleines Kind aufgeregt, wenn ich irgendetwas ungerecht fand. Und ich konnte nie etwas dagegen unternehmen. Heute kann ich.«

»Willst du Gerechtigkeit?«

»Ja, unbedingt.«

»Was, wenn du dafür zu jemandem ungerecht sein musst?«

»Kommt drauf an, wer derjenige ist.«

»Du meinst, *wie* derjenige ist? Also im Sinne von gut oder schlecht, Täter oder Opfer, schuldig oder unschuldig …?«

»Ja.«

»Okay, aber woher weißt du denn, *wie* jemand ist?«

Nele rollte mit den Augen. »Art, ich find's einfach nicht richtig, einer trauernden Mutter das Video zu zeigen, das ihre Tochter beim Sterben zeigt. Das ist unmenschlich.«

»Das Einzige, was mich interessiert, ist, dass Marietta Althauser, Sahra Heß und ihr Baby ermordet wurden. Und wenn ich irgendjemandes Gefühle verletzen muss, um herauszufinden, wer das war, dann tue ich's.«

Arts Telefon klingelte. Erst jetzt öffnete er die Augen, warf einen Blick auf das Display und nahm das Gespräch an. »Frau Dr. Perlau«, sagte er mit einem Anflug von Ironie. Sein Lächeln wurde breiter. Zwischen ihm und der Rechtsmedizinerin schien es ein tieferes Einverständnis zu geben. Für einen kurzen Moment hatte sich Nele sogar gefragt, ob die beiden wohl einmal etwas miteinander gehabt hatten, war sich dann aber sexistisch vorgekommen und hatte den Gedanken nicht zuletzt wegen des Altersunterschieds verworfen. Was eigentlich nicht weniger sexistisch war.

»Okay. Schieß los«, sagte Art. Mit einem Mal war sein Lächeln verschwunden. Eine ganze Weile lang hörte er nur zu. »Und habt ihr sie in einer der Datenbanken gefunden?« –

»Nein, mir ist klar, dass du keinen Zugriff auf die Datenbanken hast, aber was sagt denn Gallwitz, ich meine, ihr redet doch miteinander.« – »Okay. Verstehe.« – »Dank dir! Bis später.« Art legte auf und kurbelte seine Rückenlehne nach oben.

»Untersuchungsergebnisse?«, fragte Nele.

»Erinnerst du dich an den Handschuh, den Marietta Althauser trug, als wir sie gefunden haben?«

»Ja, klar. Was ist damit?«

»Veronika Perlau hat zwei verschiedene DNA daran gefunden, die von Marietta Althauser und die einer weiteren Person.«

»Was?« Nele warf Art einen verblüfften Blick zu. »Aber dann müsste es doch die DNA des Täters …« Sie verstummte, weil ihr im selben Augenblick klar wurde, wie unwahrscheinlich das war. Wer würde eine Frau töten und ihr dann einen Handschuh mit der eigenen DNA anziehen. »Gibt es einen Treffer in den Datenbanken?«

»Nein. Laut Gallwitz weder bei INPOL noch bei ViCLAS. Und das schließt eigentlich alles ein. Täter, Opfer, vermisste Personen. Wir haben keinen Anhaltspunkt, wessen DNA das sein könnte. Das Einzige, was Veronika sagen kann, ist, dass es sich um die DNA einer weiblichen Person handelt.«

»Vermutlich einer erwachsenen weiblichen Person«, ergänzte Nele. »Sonst hätte der Handschuh Marietta Althauser nicht gepasst.«

»Okay. Mal ganz methodisch«, überlegte Art. »Der Handschuh war Teil der Inszenierung. Er war das einzige Kleidungsstück, das Marietta Althauser trug. Wir sollten ihn finden.«

»Aber warum gab es beim ersten Opfer keinen solchen Hinweis? Oder haben wir etwas übersehen?«

»Denk an den Regen, den der Täter beim ersten Opfer nicht bedacht hat. Und denk an die vielen Einstiche im Arm. Er ist unsicher. Er hat so etwas noch nie gemacht. Ihm passieren Fehler. Und er lernt mit jedem Mal dazu. Vielleicht hat er bei Marietta Althauser einfach einen weiteren Hinweis hinzugefügt, um sicher zu sein, dass wir die richtigen Schlüsse ziehen.«

»Verlassen wir nicht gerade die These, die Buchwald und Reiter heute früh in den Raum gestellt haben?«, merkte Nele an.

Art runzelte die Stirn. »Glaubst du wirklich, hier geht es um etwas Politisches?«

»Ich weiß nicht, bisher fand ich den Gedanken nicht falsch. Aber der Handschuh mit der fremden DNA passt da nicht rein.«

»Sehe ich auch so«, nickte Art. »Dazu kommt das Video mit Sahra Heß. Es enthält keine politische Botschaft oder etwas Ähnliches. Der einzige Hinweis dabei war der auf den Heizungskeller.«

»Da war noch etwas«, widersprach Nele. »Sahra Heß hat gesagt ›ich kann nichts dafür‹.«

Art schwieg einen Moment. »Hast recht«, sagte er verblüfft. »Wie konnte ich das übersehen! Wir haben also eigentlich drei Hinweise. Der erste ist ein konkreter Ort. Das Haus des Kanzlers, der Heizungskeller. Der zweite gilt einer Frau, die wir noch nicht kennen, und der dritte Hinweis ist, dass Sahra Heß, das erste Opfer, ›nichts dafürkann‹, also gewissermaßen unschuldig ist.«

»Glaubst du, das gilt auch für Marietta Althauser?«, fragte Nele.

»Keine Ahnung, aber viel spannender finde ich ja: Wenn Sahra Heß nichts dafürkann …«

»… *wer* kann etwas dafür?«, setzte Nele Arts Gedankengang fort. »Henrik Westphal? Aber warum ist dann nur seine Adresse und nicht sein Name auf den Toten zu finden?«

»Wenn Sahra Heß sagt, ›ich kann nichts dafür‹, dann muss sie doch zumindest gewusst haben, worum es geht. Außer der Täter hat ihr die Worte nur in den Mund gelegt. Also, worum geht es bei den Inszenierungen des Täters?«

»Die unbekannte Frau mit der DNA?«, schlug Nele vor.

»Aber was macht es dann für einen Sinn, dass der Täter uns eine DNA gibt, mit der wir nichts anfangen können?«

»Vielleicht weiß der Täter das ja nicht.«

»Oder er geht davon aus, dass es so naheliegend ist, dass wir selbst darauf kommen«, überlegte Art.

Nele warf ihm einen Blick von der Seite zu. »Ich weiß, es wird dir vermutlich nicht gefallen«, sagte sie. »Aber die einzige Frau, auf die wir ganz selbstverständlich kommen könnten, ist Juli Westphal. Es ist auch ihre Adresse, die auf den Toten steht. Das würde auch erklären, warum nicht Henrik Westphals Name benutzt wurde, sondern nur seine Adresse.«

Art verfiel in Schweigen und blickte zum Beifahrerfenster hinaus, sodass Nele sein Gesicht nicht sehen konnte.

»Art?«

»Wie spät ist es?«, fragte er.

Nele stieß einen Seufzer aus und bog von der 96 in Richtung Köpenick ab. »Schon nach fünf«, sagte sie. In Köpenick empfing sie ein Schauer aus Schneeregen. Hier draußen war es kälter als in der Stadt. »Findest du nicht, du solltest mir langsam mal sagen, woher genau du Henrik und Juli Westphal kennst?«

»Berlin ist so scheißgroß«, knurrte Art. »Du fährst dreimal hin und her, und schon ist der Tag vorbei.«

»Mit jeder Antwort, die du mir nicht gibst, wird der Elefant im Raum größer, das ist dir schon klar, oder?«

»Es gibt keinen Elefanten. Wir waren Kinder. Wir kannten uns. Wir haben ein paar Mal zusammen am Minigolfplatz von Julis Mutter abgehangen. Das ist alles.«

»Juli Westphals Mutter hatte einen Minigolfplatz?«, fragte Nele verblüfft. »Das passt ja so gar nicht zu dieser Frau.«

Art verfiel erneut in Schweigen, und Nele kam es vor, als würde er sich ärgern, überhaupt etwas gesagt zu haben.

Juli. Ihre Umarmung im Schacht an der Kellertreppe. Ihr Körper, der sich eng an seinen gedrückt hatte. Er hatte fliehen wollen, und doch war er auf sie zugegangen. Umarmen, ja, aber doch nicht so. Boxer gab es nicht mehr. Er wollte nicht wieder dahin zurück, wollte nicht, dass Ellie sich wieder in seine Gedanken schlich und er von Gefühlen überwältigt wurde, die er nur mühsam verdrängt hatte. Ein einziges Mal hatte er Ellie damals noch getroffen. Fast zwei Wochen nach dem Morgen, an dem er mit Zippo den Mann in der Nähe des Krankenhauses abgelegt hatte. Zippo, Ellie, Brille, Henner und Nora waren in Deckung gegangen, als könnte das alles verschwinden, wenn sie sich nicht mehr mit ihm trafen. Er hatte beinah einen Mann getötet – und nichts passierte. Er wusste ja nicht einmal, ob Fussmann wirklich noch lebte. Sie hatten sich einfach aus dem Staub gemacht. Und alles blieb still. Es war, als wäre gar nichts geschehen. Er hatte Ellie verteidigt. Es war Notwehr gewesen. Aber auch das war wie ausgelöscht. Als wären seine Albträume nur das, Albträume, ohne jeden Halt in der Realität. Es gab Momente, da wachte er schweißgebadet auf und dachte, er hätte all das wirklich nur geträumt. Dann wieder hatte er alles vor Augen, als wäre es gerade geschehen. Der Moment, in dem er mit der Flasche zugestoßen hatte. Das viele Blut. Die Blicke der anderen.

So etwas musste doch Folgen haben?

Aber da war einfach nur diese Stille. Nach ein paar Tagen hatte er angefangen, Vaters Zeitung durchzuschauen, jeden Nachmittag nach der Schule, Seite für Seite, auch den Regionalteil. Sexualstraftäter schwer verletzt aufgefunden, wegen Kindesmissbrauch gesuchter Mann nach Überfall gestorben … irgendetwas in der Art. Aber er fand nichts. Hatte er den Moment verpasst? War er zu spät dran? Sollte er sich bei den anderen melden? Nein, besser nicht. Schließlich gab es einen Grund, warum die anderen ihn mieden. Er war derjenige, der die Kontrolle verloren hatte, der wie ein Verrückter auf Fussmann eingestochen und die anderen damit in Schwierigkeiten gebracht hatte. Was stimmte nicht mit ihm?

Und dann waren sie sich doch noch einmal begegnet, ausgerechnet am Bahnhof; sie waren fast ineinandergelaufen, Ellie wollte gerade zum Bahnsteig, und er kam zurück vom Arzt, ein Nachsorgetermin wegen des Beins.

»Boxer«, stieß sie verblüfft aus.

»Nenn mich nicht so«, sagte er. »Nenn mich ja nie wieder Boxer.«

Von einem Augenblick zum nächsten wechselte ihr Gesichtsausdruck. Ihr Blick sagte alles. Sie wusste, dass er es wusste. »Henrik hat's dir erzählt, oder?«, fragte sie verlegen.

»Henrik?«

»Zippo.«

Er nickte. Zippo hieß also Henrik.

»Es tut mir leid, ich wollte nicht, dass …« Sie verstummte und suchte nach Worten.

»Scheiß drauf«, sagte er grob.

»Box–«, sie unterbrach sich selbst. »Es tut mir leid. Ehrlich. Können wir nicht noch mal neu … ich meine …«

»Ich weiß nicht mal, wie du heißt.«

»Juli«, sagte sie leise.

»Juli – wie August?«

»Eigentlich mit langem i. Julie. Aber ich mag das lange i nicht. Klingt wie Kaugummi.« Sie schwieg einen Moment und sah zum Gleis.

»Ich bin Artur«, sagte er.

»Ich weiß.«

»Woher?«, fragte er perplex.

»Ich hab's im Krankenhaus erfahren, als ich dich besucht hab.«

»Du warst bei mir im Krankenhaus? Wann?«

»Als du im Koma lagst. Ich hab bei dir gesessen, manchmal hab ich dir vorgelesen oder von meinem Tag erzählt. Oder deine Hand gehalten.«

»So wie bei deinem kleinen Bruder, hm?«

»Mensch, Art! Das ist was anderes.«

»Red keinen Scheiß, ich hab keinen Bock auf die ›mein kleiner behinderter Bruder‹-Nummer«, stieß er wütend hervor. »Ich bin kein Kind, verdammt.«

Julis Wangen wurden flammend rot. »Jetzt sei doch nicht so ein Arsch, Mann!«

»Arsch? Ich? Du hast mich Boxer genannt. Und ich Idiot erzähl auch noch stolz rum, dass ich so heiße. Dabei wussten alle Bescheid. Boxer – der kleine Bruder. Haha, sehr witzig. Was bin ich für dich? Das dumme kleine Heimkind? Der Vollpfosten, dem man Geld abknöpft? Und der so blöd ist, ins Wolfsgehege zu gehen, für eine beschissene Mutprobe?«

»Art, wenn's nach mir gegangen wäre, ich …« Sie rang um Worte.

»Ich Idiot hab gedacht, du magst mich«, sagte er mit einem Anflug von Bitterkeit.

»Tue ich doch auch, ich … es ist nur …« Sie sah zum Gleis, wo gerade ein Zug einfuhr. »Ich muss los«, sagte sie leise.

»Deinen kleinen Bruder besuchen, ja?«, spottete er.

Sie biss sich auf die Lippen. Erst jetzt begriff er, dass er ins Schwarze getroffen hatte. »Art, bitte. Es tut mir leid.«

»Spar dir das. Ich komm gut allein klar. Bin ich übrigens schon immer.« Er schob trotzig das Kinn vor und verschränkte die Arme.

Wieder pendelte Julis Blick zum Bahnsteig und zurück zu ihm. »Und … das war's jetzt?«, fragte sie.

»Das war's«, knurrte er und bemühte sich, seiner Stimme einen tiefen, entschlossenen Klang zu geben. Juli zögerte, dann beugte sie sich vor und drückte ihm einen flüchtigen Kuss auf die Lippen. Bevor er reagieren konnte, sie zurückküssen konnte oder sagen: »Nein, bleib!«, löste sie sich von ihm und rannte zum Gleis, als wäre sie auf der Flucht. Er sah ihr wie versteinert nach, bemerkte, dass im Zug jemand in der offenen Waggontür stand und ihr zuwinkte. Erst jetzt erkannte er Zippo. Juli lief ihm entgegen, erreichte den Zug und gab Zippo einen Kuss. Er legte den Arm um sie und zog sie in den Waggon. Beinah im gleichen Moment fuhr der Zug ab.

Er blieb mit dem Gefühl zurück, verraten und verkauft worden zu sein. In diesem Moment hatte er beschlossen, dass er mit alledem nichts mehr zu tun haben wollte. Boxer gab es nicht mehr. Und Ellie, Zippo, Brille, Kappe und Ausschnitt waren für ihn gestorben. Es war das letzte Mal, dass er Juli begegnet war – oder einem der anderen. Ab da fuhr er Umwege, wenn er das Gefühl hatte, er könnte an irgendeinem Ort Ellie oder den anderen begegnen. Er mied den

Kiosk, mied den Schulhof, und wann immer er in weiter Ferne einen der anderen auf der Straße sah, blickte er in die entgegengesetzte Richtung, und er hatte das Gefühl, die anderen machten das auch. Er war es gewohnt, keine Freunde zu haben, er würde also klarkommen. Das sagte er sich fast täglich. Manchmal, wenn er das Alleinsein kaum aushielt, redete er sich ein, dass er so wenigstens seltener an Fussmann dachte, sein blutiges Gesicht, doch auch das stimmte nicht.

Erst Jahre später, als er bei der Polizei anfing, konnte er systematisch recherchieren, und schließlich war er bei ViCLAS, einer Falldatenbank, auf den Namen Gerd Fussmann gestoßen. Fussmann hatte überlebt und saß in der JVA Moabit ein. Zunächst war er erleichtert gewesen, dass Fussmann lebte. Doch das Gefühl, dass es nicht sein Verdienst war und dass es genauso gut anders hätte kommen können, ließ ihn dennoch nicht los.

»Art? Alles in Ordnung?« Neles Stimme holte ihn aus seinen Gedanken.

»Mhm«, brummte er. Schmelzwasser rauschte unter den Reifen, dazu das rhythmische Tacktack, wenn der Wagen über die Fugen zwischen den Betonplatten fuhr. Der Geinsheimer Weg wirkte trostlos. Er nahm sein Handy und wählte Ben Gallwitz' Nummer. Nach dreimaligem Klingeln hob Gallwitz ab.

»Sag mal, eine Frage, Ben. Gerd Fussmann, sitzt der noch in Moabit?«

»Fussmann mit Doppel-s?«, fragte Gallwitz.

»Ja. Gerd.«

»Wart mal eben«, murmelte Gallwitz, während seine Finger hörbar über die Tasten flogen. »Ups. Ganz schön dicke Fallakte … ach du Heiliger … was für ein Mistkerl.«

»Ja oder nein?«

»Eindeutig ja. Er sitzt. Der kommt sein Lebtag auch nicht mehr raus, glaube ich.«

»Freigang?«

»Null.«

Art seufzte erleichtert. »Alles klar. Danke.« Ohne weitere Erklärungen legte er auf. Auch wenn er nicht ernsthaft gedacht hatte, dass Fussmann als Täter in Betracht kam, ein Motiv, Henrik zu schaden, hätte er gehabt, und es tat gut, ihn von der Liste streichen zu können.

»Wer ist Gerd Fussmann?«, fragte Nele.

»Unwichtig«, erwiderte Art schroff.

Ihre Hände griffen fester ums Lenkrad, und ihre Kieferknochen traten hervor. Wenn ihr jemand Informationen vorenthielt, reagierte sie wie alle guten Polizisten. Genervt und misstrauisch. Trotzdem sah Art keinen Grund, sie einzuweihen.

Der Übergang von der Straße zum Schotterweg war holprig. Der Waldrand lag finster hinter einem Vorhang aus Schneeregen. Die nasse Deutschlandfahne hing schlaff am Mast. Vor dem verwitterten Lattenzaun von Margot Heß' Grundstück parkte ein knallrotes Mini-Cooper-Cabrio im Schlamm. In der sibirischen Taiga hätte es nicht unpassender sein können.

»Ups«, meinte Nele. »Besuch?« Sie rollte neben den Mini, stellte den Motor ab und machte Anstalten, auszusteigen. Art hielt sie am Arm zurück. »Warte«, sagte er. »Schau mal dahinten.«

Neles Blick folgte seinem.

Vor der offenen Haustür des barackenartigen Gebäudes stand ein Mann. Es war Theodor Althauser, der Gesundheitsminister, und bis gerade eben hatte er noch die fast dreißig Jahre ältere Margot Heß umarmt. Jetzt löste er sich hastig von ihr, blickte zu ihnen rüber und versuchte zu erkennen, wer hinter der Windschutzscheibe saß.

Kapitel 33

Halb sechs. Katrina Bernardi trommelte mit den Fingern auf die Schreibtischplatte. Hinter den schräg gestellten Jalousien ihres gläsernen Büros saßen gut die Hälfte ihrer Mitarbeiter an ihren Schreibinseln. Langarmige Tischleuchten erhellten die Arbeitsflächen. Auf den PC-Monitoren wimmelte es von Google-Recherchen, Agenturmeldungen und Texten, daneben standen Kaffeetassen mit dunklen Rändern. Dimi, ein vierzigjähriger Redakteur, hatte sich mit hinter dem Kopf verschränkten Armen zurückgelehnt, um noch einmal den Sound seines aktuellen Artikels zu checken und ihn auf Fehler zu durchforsten.

Warum eigentlich meldete sich Frida nicht zurück?

Auf die Einladung zur zweiten Talkrunde hatte sie bisher mit keiner Silbe reagiert. Inzwischen hatte Katrina sogar zwei Mal bei Frida angerufen. Das erste Mal war sie weggedrückt worden. Das zweite Mal sprang die Mailbox an. Sie machte sich nicht die Mühe, eine Sprachnachricht zu hinterlassen. Wenn man die Nummer der CvD sah, rief man zurück.

Aber seltsamerweise passierte nichts. Kein Anruf, keine WhatsApp.

Normalerweise hätte Katrina nicht viel Aufhebens darum gemacht, wenn sich eine Volontärin nicht adäquat verhielt. Dafür hatte sie einfach zu viel zu tun. Die Betreffende hätte am nächsten Tag einen Rüffel bekommen und fertig. Doch die derzeitige Nachrichtenlage um den Kanzler hatte alles verändert. Frida war als Augenzeugin und Opfer der Ermittlungen heiß begehrt, sie war Gold wert, und irgendwie wurde Katrina das Gefühl nicht los, dass der Anruf, den Frida im Studio angenommen hatte, etwas mit ihrem Abtauchen zu tun hatte. Möglicherweise hatte jemand von der Konkurrenz ihr ein Exklusivangebot gemacht? Wenke de Fries ging ihr nicht aus dem Kopf. Gerade TV-Sender machten so etwas gerne. Opfer, Zeugen oder andere wichtige Akteure wurden per Exklusivvertrag an eine Sendergruppe gebunden. Wenn sie wichtig genug waren, flossen da auch gerne mal fünfstellige Beträge, auch von sechsstelligen hatte sie schon gehört.

Scheuer würde toben.

Katrina rief den Personalbogen von Frida auf.

Manteuffelstraße in Kreuzberg.

Von hier aus würde sie nicht mehr als eine Viertelstunde brauchen. Wenn Frida irgendwo in einem Konferenzraum mit irgendeinem Justiziar von einem TV-Sender beisammensaß, dann war der Weg umsonst, doch falls sie zu Hause war und dort vielleicht über einem Vertragsentwurf brütete, dann hatte Katrina noch eine Chance, Frida umzustimmen.

Katrina warf ihr iPhone in die Handtasche, pflückte ihre Daunenjacke vom Haken und eilte aus dem Büro in den Fahrstuhl. Ihr Alfa Spider dröhnte in der Tiefgarage, als sie ihn startete. Die Gangschaltung hakte, und die Kälte machte es nicht besser. Die Schranke fuhr hoch und gab den Weg aus dem Parkhaus frei, und Katrina fluchte leise, als sie sich in den zähen Abendverkehr einreihte. Bei diesem Wetter schlichen alle wie Schnecken über die Straße.

Verfluchtes Berlin, verfluchte Kälte. Sie hatte fünf Jahre in Rom gearbeitet, und das waren die besten Jahre ihres Lebens gewesen. Auch weil es da im Winter nicht so scheußlich war wie in diesem arschkalten Moloch.

Als sie von der Köpenicker Straße in die Manteuffelstraße einbog, sah sie das Haus direkt. Sie parkte am Straßenrand, stieg aus und blickte an der Fassade hoch. Fünf Stockwerke, schmuddeliges Weiß, im Erdgeschoss eine Kneipe. Linker Hand war das Haus wie abgeschnitten, eine Baulücke bestimmte das Bild, ein Bagger hatte bereits einen Teil des Kellers ausgehoben; doch bei diesen Temperaturen stockten die Arbeiten im Boden. Seitlich am Haus, direkt neben der Baulücke, war die Eingangstür. Katrinas Finger schwebte über dem Klingelknopf, neben dem *Frida W.* stand. Dann drückte sie die darüberliegende Klingel. Für einen Überraschungsbesuch war es wirkungsvoller, direkt vor der Wohnungstür zu stehen.

»Pronto Pizza«, rief sie mit italienischem Akzent in die Sprechanlage. »Ihre Quattro Stagioni …«

»Schon wieder?«, blökte eine missgelaunte Männerstimme. »Ich hab keine Pizza bestellt.«

»Oh, *scusi*, falsche Klingel. Machen Sie trotzdem auf, bitte …? Ich muss zu –«

Noch bevor sie den Satz beenden konnte, summte es, und sie drückte die Tür auf. Auf den ersten Stufen der Treppe meldete sich plötzlich ihr Handy. War das etwa Frida? Ausgerechnet jetzt? Sie warf einen Blick auf das Display.

Hey. Wir könnten die Sendung heute Abend gemeinsam bei mir sehen. Champagner im Kühlschrank. Etwas Sushi … Was sagen Sie? WdF

Direkt dahinter poppte eine zweite Nachricht auf:

Haben Sie Lust? Adresse folgt.

Katrina spürte ein leichtes Kribbeln im Unterleib. Wenke de Fries verlor jedenfalls keine Zeit. Sie starrte auf ihr Handy und ertappte sich dabei, über ihre Unterwäsche nachzudenken und über die Frage, ob sie es vorher noch bis nach Hause schaffen würde. Vermutlich nicht. *Bin den Tag noch nicht los,* textete sie. *Muss eben 'ne Kleinigkeit erledigen. Komme etwas später.*

Sie drückte auf Senden. Es lebe die Zweideutigkeit.

Katrina stellte ihr Handy stumm und steckte es wieder ein. Im zweiten Stock fand sie Fridas Wohnungstür. Zu ihrer Überraschung stand sie einen Spaltbreit offen. Seltsam. Sie klopfte ans Holz des Rahmens. »Frida?«

Keine Reaktion.

Sie schob die Tür ein Stück auf. Erwartete sie jemanden?

»Frida?«

Immer noch nichts. Katrina schob sich in die Wohnung. Ein Miniflur, dahinter ein Zimmer mit einem zerwühlten Bett, einer Pantry-Küche und vor dem Fenster ein Tisch, auf dem eine Bechertasse mit einem herzzerreißend süßen Katzenmotiv stand. An den Zimmerwänden hingen Manga-Poster. Durch das Fenster sah Katrina auf einen winzigen Balkon mit Blick auf den Innenhof. Auf dem Fußboden lagen Klamotten und hinter der angelehnten Badezimmertür rauschte Wasser.

»Frida!«, rief Katrina und klopfte an die Badezimmertür.

Das Wassergeräusch klang seltsam gleichförmig. Nicht nach dem lauten dunklen Plätschern, wenn Wasser in eine Wanne lief, sondern heller, als würde das Wasser aus einem Duschkopf herabprasseln.

»Frida?«, rief sie erneut. Für einen Moment überlegte sie,

was Frida wohl denken würde, wenn ihre Chefin plötzlich beim Duschen in ihrem Badezimmer auftauchte.

Was hatte sie hier überhaupt verloren? Ging das nicht viel zu weit?

Aber warum meldete sich Frida nicht? Und warum war die Wohnungstür offen?

»FRIDA!«, rief sie laut und klopfte energisch an die Tür, die unter dem Druck nach innen aufschwang. Eine Welle feuchter, heißer Luft schlug ihr entgegen. Der Brausekopf hoch über der Wanne sprühte dampfendes Wasser auf die Emaille. Ein mit Fröschen gemusterter Duschvorhang war halb abgerissen. Ein Bein ragte hinter der jetzt halboffenen Tür hervor. Katrina betrat vorsichtig das Bad, die weißen Kacheln waren glitschig vom Wasserdampf. Frida lag nackt auf dem Boden, mit offenen Augen. Ihr Kopf war an der Schläfe eingedrückt, und Blut war zwischen ihren Haaren auf die Fliesen gelaufen und von einer grünen Badematte aufgesogen worden. Unmittelbar über ihr hing das Waschbecken, an dessen Vorderkante etwas Blut haftete. Es sah aus, als wäre sie in der Dusche ausgerutscht und mit dem Kopf gegen das Becken geknallt.

Katrina stand einen Moment da und hatte das Gefühl, sich nicht rühren zu können. Sie schloss die Augen, schluckte, sah erneut hin. Ihr Herz raste. Absurderweise dachte sie darüber nach, wie unrecht sie Frida getan hatte. Frida hatte sich nicht von einem Sender einfangen lassen und Geld genommen, ihr war einfach das Blödeste passiert, was einem passieren konnte. Sie war in ihrer eigenen Dusche ausgerutscht und unglücklich gestürzt. Eine Welle des Mitleids überkam Katrina. Ihre Knie wurden weich, und sie wankte zurück in die Wohnung, wo sie schließlich auf einen der beiden Stühle am Esstisch sank. Ihr Blick streifte die verstreuten

Kleidungsstücke am Boden, das ungespülte Geschirr neben dem winzigen Spülbecken, das zerwühlte Bett, über dem das Poster einer Manga-Heldin festgepinnt war, ein Mädchen mit wilden schwarzen Haaren, einer Action-Brille und In-Ear-Ohrhörern. Sie streckte Katrina eine riesige silberne Pistole entgegen und feuerte beidhändig im Sprung. Ihr kurzer karierter Rock flog dabei hoch auf und entblößte lange Beine bis in den Schritt, die in hautengen schwarzen Kniestrümpfen steckten. Im Sprung rutschte ihr ein hellbrauner Schulranzen vom Rücken, aus dem Hefte purzelten und ein knallrotes Handy.

Katrina hatte plötzlich das Gefühl, keine Luft mehr zu bekommen.

Sie zwang sich, einzuatmen, starrte auf das Manga-Mädchen mit den fransigen Haaren und dem entschlossenen Gesicht. Im Bad lief immer noch die Dusche. Ihr Verstand schaltete sich ein. Sollte sie nicht besser das Wasser abdrehen? Die Wohnungstür schließen? Aber wieso hatte Frida sie überhaupt offen gelassen? Irgendetwas stimmte hier nicht. Mit zitternden Fingern griff sie nach ihrem Handy und wählte die Notrufnummer der Polizei.

Kapitel 34

Theodor Althauser schien innerhalb eines Tages um Jahre gealtert zu sein. Die Augen hinter der Brille lagen tief in den Höhlen, er war unrasiert, sein Seitenscheitel in Auflösung begriffen, und er trug nicht wie sonst einen Anzug. Doch auch in seiner brandneuen blauen Adidas-Jogginghose und der teuren glänzenden Moncler-Daunenjacke wirkte er hier fehl am Platz. Schon beim Aussteigen hatte er Nele und Art erkannt und seine Haltung verändert, als wollte er sich wappnen.

Margot Heß war einen Schritt zurückgetreten und stand im Halbdunkel des Hausflures. Aus dem Schornstein quoll heller Rauch.

»Guten Tag zusammen«, sagte Art, während sie auf die beiden zugingen. Seine Hände steckten tief in den Manteltaschen. »Sie kennen sich?«

Althauser öffnete den Mund, doch Margot Heß kam ihm zuvor. »Herr Althauser hat mir sein Beileid ausgesprochen.«

»Das Video«, sagte Althauser und räusperte sich. »Ich habe das Video gesehen.«

Art nickte und musterte Margot Heß. Die Chance, sie

mit dem Video zu konfrontieren und so eine Reaktion zu provozieren, war damit vermutlich vertan. »Ihre Umarmung gerade wirkte recht vertraut«, sagte er.

»Ich glaube, niemand kann gerade verstehen, was das alles«, Althauser stockte, »was das mit einem macht. Außer jemand hat das Gleiche erlebt.« Margot Heß und er wechselten einen Blick. War das Vertrautheit? Oder tatsächlich die spontane Verbundenheit von Fremden, wenn sie ein Schicksal teilten?

»Vereint im Leid«, meinte Art. Es klang ironischer, als er beabsichtigt hatte.

»So in etwa.« Althausers Stimme wurde merklich kühler.

Art deutete auf das rote Mini-Cabrio. »Ist das Ihr Wagen?«

»Der Wagen unserer Nachbarin. Sie ist … war mit meiner Frau befreundet. Der Dienstwagen sorgt immer für etwas zu viel …«, er wedelte mit der Hand in der Luft, »Aufmerksamkeit.«

»Und die wollten Sie vermeiden.«

»Ja, natürlich.«

»Warum genau?«

Althauser zögerte einen Moment, dann sah er Nele an. »Vielleicht könnten Sie Ihrem Kollegen die Sache mit der Empathie und der Intimität noch mal erklären«, sagte er schmallippig. »Sie schienen mir das gestern ganz gut verstanden zu haben, wofür ich wirklich dankbar bin.«

Nele schien kurz zu erstarren. Art konnte ihr Dilemma an der Körperhaltung ablesen: Sie wollte weder dem Minister auf die Füße treten noch ihm in den Rücken fallen. »Ich glaube«, sagte sie leise, »mein Kollege tut das, was er am besten kann. Er ermittelt in zwei Mordfällen. Und auf der Polizeischule bringt man uns bei, jeden noch so kleinen Widerspruch vorurteilsfrei zu hinterfragen.«

Althauser schnaubte, als hätte er gerade auch noch den letzten Glauben an die Menschheit verloren. Sein Gesicht lief rot an; er sah aus, als könnte er jeden Augenblick die Beherrschung verlieren.

»Lass es«, sagte Margot Heß.

Für einen kurzen Moment herrschte Stille. Theodor Althauser stand da wie eingefroren.

»Haben Sie den Minister gerade geduzt?«, fragte Art interessiert.

»Wie bitte?«, fragte Margot Heß.

»Sie sagten: Lass es.«

Margot Heß wirkte kurz irritiert, dann fuhr sie sich mit der Hand ordnend durch ihr weißes Haar. »Da hab ich mich wohl versprochen. Ich meinte *Sie*, natürlich.« Sie seufzte und trat zurück auf die Schwelle. Im grauen Winterlicht wirkte alles an ihr alt. »Entschuldigen Sie meinen Tonfall. Das kommt von früher … Wenn Sie als Erzieherin nicht wollen, dass Ihnen alle auf der Nase herumtanzen … Sie wissen schon.« Margot Heß zuckte entschuldigend mit den Achseln. »Ist halt immer noch drin. Geht Ihnen mit Ihrer Fragerei vielleicht in zwanzig Jahren auch so.«

»Ja, das kenn ich«, nickte Art verständnisvoll. »Auch in zwanzig Jahren werde ich noch merken, wenn mir jemand Mist erzählt.«

Wieder wurde es still. Von einer der Fichten im Garten tropfte Schmelzwasser und schlug wie im Takt eines Metronoms auf ein Brett, das einen Zinkeimer neben einem verwitterten Holzstapel abdeckte.

»Mich würde interessieren«, sagte Theodor Althauser kühl, »ob Sie beim Kanzler den gleichen Ton angeschlagen haben. Nur von wegen der vorurteilsfreien Ermittlung.«

Art musterte ihn misstrauisch. Der Gesundheitsminister

hielt seinem Blick mühelos stand. »Sie haben mit Henrik Westphal gesprochen?«, fragte Art.

»Wir sprechen ständig. Ich bin in seinem Kabinett«, sagte Althauser und fügte hinzu: »Auch mit dem Innenminister spreche ich ständig. Gelegentlich auch mit Herrn Kauder.«

Art stutzte. Was sollte das werden? Eine Drohung? Eine Zurechtweisung? Oder wollte Althauser einfach nur die Rangordnung klären und ihm bewusst machen, dass er sich im Ton vergriff und dass so etwas Konsequenzen haben konnte. »Wollen Sie mir damit etwas sagen?«

Althauser blickte auf seine Uhr, eine Jaeger-LeCoultre, ein wirklich teures Stück. »Höchstens, dass es recht spät ist. Es gibt ein paar Angelegenheiten, die ich noch dringend erledigen muss. Ob Sie es glauben oder nicht, aber meine Arbeit richtet sich nicht nach meinem privaten Unglück. Auch wenn Sie offenbar glauben, Minister zu sein wäre ausschließlich mit Privilegien und Machtbefugnissen verbunden«, er blickte Art mit einstudierter Herablassung an, »ich kann Ihnen versichern, die Verpflichtungen, die damit einhergehen, wiegen deutlich schwerer als die paar bescheidenen Vorteile.« Er nickte Margot Heß zu. »Danke, dass ich Sie besuchen durfte.«

»Herr Althauser«, intervenierte Art, »ein paar Fragen habe ich noch zu –«

»Nein danke«, schnitt Althauser ihm das Wort ab, kehrte ihm den Rücken zu und ging gemessenen Schritts Richtung Auto. »Rufen Sie mein Büro an, machen Sie dort einen Termin aus. Oder schicken Sie mir meinetwegen eine Vorladung.«

»Herr Althauser?«, rief Nele ihm nach.

Der Minister blieb stehen und seufzte. »Mein Gott. Was

wollen Sie? Ich habe bereits alles gesagt, was es zu sagen gibt. Lesen Sie das Protokoll. Ihr Chef Martin Buchwald war gründlich mit seinen Fragen. Oder glauben Sie etwa, dass Sie das besser hinkriegen? Dann sollten Sie das mit ihm besprechen.«

»Bitte entschuldigen Sie«, meinte Nele und hob leicht die Arme, »ich verstehe nur nicht, warum Sie offenbar so wenig Interesse daran haben, dass der Tod Ihrer Frau aufgeklärt wird.«

Art sah sie verblüfft an. Was war *das* denn? Nele Tschaikowski ging zur Provokation über?

Althauser zögerte einen Moment, dann drehte er sich um. Er stand stocksteif da, sein Gesicht hatte sich erneut gerötet, und seine Augen waren zu Schlitzen verengt. »Sie haben nicht die geringste Ahnung, *wie* sehr ich mir das wünsche.«

»Dann helfen Sie uns«, bat Nele eindringlich. Es klang beinah, als wäre sie selbst mit den Opfern verwandt. »Am wichtigsten ist im Moment, dass wir verstehen, was die beiden Fälle miteinander verbindet«, fuhr sie fort. »Das ist vermutlich der Schlüssel. Deshalb interessiert es uns, ob Sie und Frau Heß sich vielleicht kennen.« Sie wartete kurz ab, ob Althauser über die Brücke gehen wollte, die sie ihm gebaut hatte.

»Mir reicht's«, knurrte der Minister, verabschiedete sich mit einem knappen Nicken und ging mit schnellen Schritten zum Wagen. Umständlich sortierte er sich in den tief liegenden Mini; für Art sah es aus, als hätte er Rücken- oder Nackenprobleme. Als Art sich wieder Margot Heß zuwandte, war in ihrem Blick nichts als Ablehnung.

»Frau Heß«, sagte Nele sanft, »haben Sie verstanden, was ich gerade zu Herrn Althauser gesagt habe?«

Margot Heß nickte. Arts Telefon klingelte plötzlich unangenehm laut und übertönte das Geräusch des abfahrenden Minis. Er griff in seine Manteltasche und stellte es stumm.

Nele seufzte. »Wir sind auf Ihrer Seite, Frau Heß. Aber Sie müssen mit uns zusammenarbeiten. Wenn Sie uns etwas verschweigen, dann kann das schwerwiegende Konsequenzen haben.«

»Ich verschweige Ihnen nichts.«

»Könnten wir noch einmal reinkommen?«

»Nein. Mir geht es nicht gut«, sagte Margot Heß leise. »Dieses Video ist kaum auszuhalten.« In ihren dunklen Augen schimmerten Tränen.

»Ich weiß«, sagte Nele. »Das tut mir leid. Haben Sie eine Ahnung, was Ihre Tochter gemeint haben könnte, als sie gesagt hat, sie könne nichts dafür?«

Margot Heß atmete tief durch die Nase ein und straffte die Schultern. »Nein.«

Nele nickte ein weiteres Mal verständnisvoll. Ihre sanfte Tour gegenüber der Heß ging Art langsam auf die Nerven, aber er musste zugeben, dass es ihr im Moment wenigstens gelang, das Gespräch in Gang zu halten.

»Sagen Sie, ich hab da beim letzten Mal im Regal in Ihrer Küche ein Fotoalbum gesehen«, sagte Nele. »Sind da auch Fotos Ihrer Tochter drin?«

Die Frage brachte Margot Heß sichtlich aus der gerade gewonnenen Fassung. »Äh, ja. Schon. Warum?«

»Wäre es möglich, dass wir uns das Album ausleihen? Wir würden gerne etwas besser verstehen, wer Ihre Tochter war.«

»Als Kind? Was soll das bringen?«

»Manchmal sind es die Kleinigkeiten, die eine Ermittlung plötzlich voranbringen.«

»Ich kann Ihnen das Album nicht geben, ich brauche diese Fotos«, flüsterte Margot Heß.

»Sie würden sie ja wiederbekommen. Oder Sie lassen mich kurz mit dem Handy ein paar Fotos von den Seiten machen.«

Margot Heß' Blick wanderte zwischen Art und Nele hin und her. Schließlich nickte sie. »Warten Sie hier.« Schlurfend verschwand sie im Haus.

Neles Handy klingelte, sie sah rasch aufs Display, runzelte die Stirn und nahm das Telefonat mit einem knappen »Ja« an.

Bitte jetzt keine Sägewerks-Gespräche, dachte Art.

Margot Heß kam mit ihrem Fotoalbum zurück und schaute irritiert zu Nele.

»Scheiße«, murmelte Nele leise, presste das Handy ans Ohr und wandte sich von der Tür ab. »Wo?«

Art lächelte Margot Heß knapp zu und nahm ihr das Album aus der Hand. »Vielen Dank.« Er schlug es in der Mitte auf und blätterte wahllos durch die Seiten. Etwa die Hälfte der Bilder fehlte, auf vielen Seiten klebten nur leere Fotoecken. Ein Tropfen Schneeregen fiel auf den Kartonbogen. »Wo sind die übrigen Bilder?«, fragte er.

»Meine Tochter wollte sie«, erwiderte Margot Heß.

»Wir kommen«, murmelte Nele hinter ihm.

Art klappte das Album zu. »Wir bringen Ihnen das schnell zurück.«

»Aber … Ihre Kollegin meinte doch …« Margot Heß blickte Hilfe suchend zu Nele.

»Sie hat ihre Meinung geändert«, stellte Art fest.

Nele beendete das Telefongespräch, sie war blass und angespannt.

»Dienstlich?«, fragte Art.

Sie nickte ernst. »Wir müssen los.«

»Wir melden uns«, sagte Art und ließ Margot Heß an der Tür stehen.

Mit raschen Schritten liefen sie den Weg zwischen den bizarren hölzernen Skulpturen hindurch zurück zum Wagen. Beim Anblick der Statue, die eine verblichene blaue Kugel auf ihrem Rücken trug, kam ihm Henrik in den Sinn und das baldige Treffen der G20. Hinter sich hörte er Margot Heß die Tür schließen.

»Was ist passiert?«, fragte Art.

»Frida Wilke ist tot.«

»Die Zeugin?«

»Genau die, ja.«

»Wie ist das passiert?«

»Sieht auf den ersten Blick nach einem Unfall aus. Nach dem Duschen ausgerutscht und mit dem Kopf gegen das Waschbecken geknallt. Buchwald meint allerdings, da stimmt was nicht. Er will, dass wir sofort zu ihrer Wohnung nach Kreuzberg fahren. Manteuffelstraße.«

Art stieg ins Auto und sah Frida Wilkes Gesicht im morgendlichen Schneegestöber an der Siegessäule vor sich. Der kurze Moment, als sich ihre Blicke trafen, nachdem ihm der Mann vors Auto gelaufen war. Ein tödlicher Unfall im Bad? Ausgerechnet jetzt? Dem Protokoll nach zu urteilen, war Frida eine Zeugin, nicht mehr und nicht weniger. Ihre Beschreibung des flüchtenden Fahrers war dürftig gewesen. Eine dunkle Gestalt, das war alles gewesen. Hatte sie doch etwas gesehen? Art blickte auf die Uhr. Halb sieben. »Wann wurde sie gefunden? Und von wem?«

»Gegen halb sechs, von ihrer Chefin.« Nele startete den Wagen und wendete.

»Hast du heute schon was gegessen?«, fragte Art. »Totos Pizzeria liegt auf dem Weg.«

»Bitte?«

Er seufzte. »Ist das ein ›wie-kriegst-du-unter-diesen-Umständen-nur-was-runter‹-Bitte? Oder ein ›Buchwald-hat-doch-gesagt-wir-sollen-sofort-kommen‹-Bitte?«

»Wie wär's mit beidem?«, gab Nele zurück. »Ach ja, und da wäre auch noch das ›wie-kann-man-nur-so-ignorant-sein‹-Bitte!«

»Ich bin nicht ignorant. Nur erfahren«, knurrte Art. »Und hungrig.«

Nele schüttelte stumm den Kopf.

»Okay«, sagte Art. »Was glaubst du, was uns in Kreuzberg erwartet? Ich würde sagen, die vermutlich ziemlich kleine Butze einer Volontärin, die tot in einem noch kleineren Badezimmer liegt, was die Kollegen erst seit einer Stunde wissen. In der Wohnung tummeln sich also jetzt vermutlich gerade Veronika Perlau, Martin Buchwald, wenn wir Pech haben auch noch Gerhard Reiter von der SG mit diesem Kleinschmidt, Ben Gallwitz vom Erkennungsdienst, und vor allem Egon Brunner von der Kriminaltechnik mit zwei Assistenten. Die stehen sich da alle gegenseitig auf den Füßen, und Brunner hatte inzwischen vermutlich seinen ersten Ausraster und hat alle bis auf die Perlau aus der Wohnung rausgeschmissen, weil er mindestens noch zwei weitere Stunden braucht, um alles im Istzustand zu fotografieren und auf Fasern und Abdrücke zu untersuchen. Wir werden also sicher warten müssen. Und ich warte lieber mit etwas im Bauch als ohne. Der Tag wird sowieso wieder endlos.«

Einen Augenblick lang war nur das rhythmische Tacktack der Reifen auf den Betonplatten zu hören.

»Also«, sagte Art. »Toto in Köpenick oder Manteuffelstraße in Kreuzberg?«

Zehn Minuten später stieß Art die Tür zur Pizzeria auf und ging zu dem Tisch, an dem sie bereits letztes Mal gesessen hatten. Er war klein, mit einer rot-weiß karierten Decke in einer Nische neben der Bar aus dunkel gebeiztem Holz. Das Licht war schummrig, das Restaurant vollgestellt mit kleinen Fußballpokalen, Weinflaschen, Fanartikeln vom SSC Neapel, und an den Wänden hingen verblichene Fotos einer Olivenplantage am Vesuv, eins davon zeigte einen gebeugten alten Mann mit zwei kleinen Kindern, einem Jungen mit trotzigem Blick und einem verschmitzt lächelnden kleinen Mädchen.

»Hallo, schöne Frau«, begrüßte Totos Sohn Claudio Nele. Sein Deutsch war akzentfrei, im Singsang seiner Stimme schwang dennoch ein wenig Italien mit. Er war Anfang dreißig, glatt rasiert, hatte volles dunkles Haar, und die Trauer um seinen Vater stand ihm noch ins Gesicht geschrieben, auch wenn er versuchte, sie hinter seinem italienischen Charme zu verbergen. »Arturo«, er nickte Art zu. »Was kann ich euch bringen?« Mit der Dankbarkeit war auch wie selbstverständlich das Duzen vom Vater auf den Sohn übergegangen.

Nele bestellte eine Pizza Salami und eine Cola, Art ebenfalls eine Pizza Salami und einen Doppio Espresso. Art schlug das Fotoalbum von Margot Heß auf und begann, es durchzublättern.

»Warum fehlen da so viele Bilder?«, fragte Nele.

»Frau Heß meinte, ihre Tochter hätte sie haben wollen.«

»Wer reißt denn heute noch Fotos aus einem Album? Einfach scannen oder abfotografieren.«

»Vielleicht hat sie aufgeräumt.«

»Um etwas zu verstecken, meinst du?«

Art nickte und musste an den Eisenherd und das lodernde Feuer darin denken. Aber hätte er dann nicht etwas riechen müssen? Die meisten der verbliebenen Fotos zeigten Margot Heß mit ihrer Tochter als kleinem Mädchen. Sahra mit Schultüte, Sahra beim Kindergeburtstag am Küchentisch, die Kerzen auf der Torte auspustend, dann noch ein paar Urlaubsfotos auf einem Zeltplatz. Auf zwei Fotos war Sahra mit ihrem Vater zu sehen, einem hageren Mann mit Vollbart in Cordhosen und einem lässig geknöpften Hemd mit Farbflecken. Er hockte neben ein paar Holzscheiten mit Reisig und Zeitungspapier, aufgeschichtet zu einem Lagerfeuer, das er gerade entzündete. Arts Blick fiel auf sein Feuerzeug, ein silbernes Zippo, mit einer kleinen, kaum zu erkennenden Gravur. Er starrte verblüfft auf das Foto. »Claudio?«, rief er.

»Pizza ist gleich fertig«, antwortete Claudio. Er rotierte; das Restaurant war halb voll, und außer ihm gab es nur noch eine Frau in der Küche. »Toto hatte immer eine Lupe hier«, sagte Art, »wegen seiner Augen. Hast du die noch?«

»Du meinst die hier?« Claudio ging hinter die Bar und hob eine eckige Leselupe mit schwarzem Rand hoch.

»Genau die.«

Claudio reichte ihm die Lupe, und Art beugte sich über das Foto.

»Was ist?«, fragte Nele.

»Ich schau mir nur Sahras Vater genauer an«, murmelte Art. Das silberne Feuerzeug war ein kleines Rechteck auf dem Bild. Die Ränder waren ein wenig unscharf, und selbst durch die Lupe war die Gravur etwas undeutlich, dennoch war Art sicher, ein *J.H.* zu erkennen. Dieselben Initialen wie auf dem Feuerzeug, das Zippo früher gehabt hatte, in der gleichen geschwungenen Schrift. War das Zufall? Er nahm sein Handy heraus, machte ein Foto des Bildes und schickte es an Egon Brunner, mit der Bitte einer Recherche zu Gravuren von Zippo-Feuerzeugen mit diesem Schriftzug. Vielleicht ließ sich ja herausfinden, ob es solche Gravuren in großer Zahl gab, ob sie beim Hersteller angefordert werden konnten oder ob sie individuell angefertigt worden war.

»Und«, fragte Nele, »irgendwas Besonderes?«

»Mhm, nee«, brummte Art. »Ich frag nur Gallwitz, ob er Sahra Heß' Vater mal unter die Lupe nimmt.«

»Johann Heß?«, meinte Nele.

»Du kennst seinen Namen?«

Sie zuckte mit den Achseln. »Ich lese die Berichte. Denkst du, er spielt hierbei eine Rolle? Der Mann ist doch schon seit drei Jahren tot, oder?«

»Meistens«, murmelte Art, »finde ich die Geschichten der Toten viel aufschlussreicher als die der Lebenden.«

Kapitel 35

Nele hatte sich all die Jahre in ihrer Ausbildung gefragt, wie es sein würde, auf ihre erste Leiche an einem Tatort zu treffen. Jetzt erwartete sie bereits die dritte. Dabei war sie gerade einmal zwei ganze Tage an der Seite von Art Mayer. Es war zwanzig nach acht. Vor dem Haus in der Manteuffelstraße standen ein halbes Dutzend Fahrzeuge. Eine kleine Traube Schaulustiger hatte sich versammelt, und zwei schlecht gelaunte Kollegen in Uniform bewachten die Haustür. Keine SG, dachte Nele. Im Gegensatz zum Fundort an der Siegessäule. Im Hausflur vor Frida Wilkes Tür herrschte Hochbetrieb bis ins Treppenhaus hinein. Ein Zinksarg stand bereit, zahlreiche Koffer mit dem Equipment der Kriminaltechnik, ein schmaler Klapptisch mit Aufreißboxen von Füßlingen, Hauben und Latexhandschuhen, dazu eine große Thermoskanne Kaffee und eine Reihe mit schwarzem Edding beschriftete Pappbecher.

»Ganz schön spät dran«, kommentierte Buchwald ihr Kommen. Er stand mit Reiter und Kleinschmidt im Flur. Kleinschmidts Blick streifte beiläufig Neles Figur. Etwas abseits, an einem weiteren Klapptisch hatte sich Gallwitz mit einem Laptop niedergelassen und blickte auf, als er Art und Nele bemerkte. »Weise Entscheidung«, brummte er, »Nosferatu ist gut in Fahrt.«

»Ist er durch, oder brauchen wir die Dinger noch?«, fragte Art und deutete auf die Füßlinge und Handschuhe.

»Ist durch.«

»Gibt es schon etwas zu Johann Heß?«, fragte Nele.

Gallwitz sah sie stirnrunzelnd an. »Schätzchen, immer zwei Dinge beachten: eins nach dem anderen, und bitte keine unverständlichen Fragen.«

Nele wollte gerade zu einer Erklärung ansetzen, als Brunners hagere Gestalt in der Wohnungstür von Frida Wilke auftauchte. »Wenigstens einer, der den Anstand besitzt, mir nicht ab Sekunde eins den Abend zu versauen«, begrüßte er Art. Nele schien für ihn Luft zu sein. »Kannst rein.« Brunner deutete mit dem Daumen hinter sich.

»Tschaikowski«, rief Kleinschmidt von der SG quer durch den Flur. »Ich brauch gleich Hilfe bei der Vernehmung der Hausbewohner. Mach's dir dadrin also nicht gemütlich.«

»Ignorier ihn«, murmelte Art. »Was dich angeht, ist er nicht –«

»Weisungsbefugt«, vervollständigte Nele seinen Satz.

Über Arts Gesicht huschte ein Lächeln.

Sie fanden Veronika Perlau über den Körper der Toten gebeugt. Sie trug einen weißen Overall mit der Aufschrift *Rechtsmedizin.* Frida Wilke lag seitlich auf dem Boden. Blut verklebte ihre Haare. Veronika Perlau sah nicht einmal auf, als sie das Badezimmer betraten. »Habt's schon gehört?«, fragte sie. »Die Tür stand offen, Laptop und Handy fehlen.«

»Okay«, meinte Art. »Dann haben wir die Wahl zwischen Unfall und Raubüberfall?«

Veronika Perlau blickte auf. »Ah, die Rakete«, sagte sie

trocken, als sie Nele bemerkte. Nele errötete. Wenn das Wohlwollen war, dann tat es gut. »Hallo, Frau Dr. Perlau.«

»Veronika«, sagte die Rechtsmedizinerin.

»Nele.«

Veronika nickte, dann ging ihr Blick zu Art. »Die dritte Möglichkeit wäre Mord.«

Nele sah sich in dem kleinen länglichen Badezimmer um. Die Badewanne war von der Tür aus gesehen gleich rechts an der Wand, dahinter war die Toilette, und links davon, direkt gegenüber der Tür, war das Waschbecken. Die Entfernung der blutigen Kante des Beckens zum Badewannenrand betrug etwa siebzig, achtzig Zentimeter. Ein halb abgerissener Duschvorhang hing an einer alten Gardinenstange, die über der Wanne montiert war. Frida Wilke lag mit dem Kopf nah am Waschbecken, den Körper parallel zur Badewanne. Die obere Körperhälfte lag auf einer grünen Badematte, die sich unter ihrem Kopf mit Blut vollgesogen hatte.

»Von wo ist sie gefallen?«, fragte Art.

»Jedenfalls nicht beim Duschen, sonst hätte sie sich die Hüfte oder den Rücken am Wannenrand verletzen müssen. Aber da ist nichts, nicht das kleinste Hämatom.«

»Wie sah es denn im Bad aus, als sie gefunden wurde?«, fragte Nele. »Lief die Dusche noch?«

Art und Veronika wechselten einen Blick. »Egon?«, rief Art. Nosferatus blasses Gesicht erschien in der Tür. »Lief die Dusche noch, als sie gefunden wurde?«

Brunner nickte. »War 'ne richtige Dampfsauna hier. Warum?«

Art wies auf Nele, und sie ließ sich die Einladung nicht entgehen. »Wenn sie fertig mit Duschen gewesen wäre, hätte sie das Wasser abgedreht und wäre aus der Wanne gestiegen, alles andere wäre eigentlich zu umständlich.«

»Klar, und wo bringt uns das hin?«, fragte Brunner.

»Sie war noch nicht fertig mit Duschen«, fuhr Nele fort. »Das heißt, sie hat noch in der Wanne gestanden, als sie ausgerutscht ist. Dann hätte sie aber Verletzungen im Hüftbereich haben müssen. Und die hat sie nicht.«

»Sie könnte sich Seife oder Shampoo geholt haben und dafür aus der Wanne geklettert sein«, wandte Brunner ein.

Nele deutete auf eine direkt neben der Wannenarmatur montierte Schale, in der ein Duschgel, Shampoo, Conditioner und eine Bodylotion standen.

Egon Brunner nickte.

»Den Verletzungen nach muss sie ganz sicher außerhalb der Wanne gestürzt sein«, sagte Veronika.

»Die Frage ist, warum lief das Wasser noch?« Nele betrachtete die Armatur. »Wenn sie gerade dabei war, das Wasser abzudrehen, als sie ausgerutscht ist, dann müsste ihr Kopf auf der Wanne oder an der Armatur, aber nicht auf dem Waschbeckenrand aufgeschlagen sein.«

»Gut, sie könnte zum Beispiel auch die Brause angemacht haben, ist dann zurück ins Zimmer, und auf dem Weg zurück ins Bad dann auf den Fliesen ausgerutscht und – peng – mit dem Kopf ans Becken«, sagte Brunner. »Allerdings liegt genau da, wo sie dann hätte ausrutschen müssen, um ans Waschbecken zu stoßen, die Badematte. Und die ist rutschfest.« Er deutete auf die grüne Frotteematte, die unter Fridas Kopf und ihrem Oberkörper lag.

»Also«, fasste Art zusammen, »gibt es eigentlich kein realistisches Szenario, bei dem sie so gefallen sein kann, wie sie jetzt liegt. Damit scheidet ein Unfall eigentlich aus.«

»Jemand könnte sie im Bad überrascht haben und mit dem Kopf gegen das Waschbecken gestoßen haben«, sagte Veronika.

»Und anschließend hat derjenige einen Unfall vorgetäuscht und die Dusche angemacht.«

Egon Brunner nickte. »Das würde auch zum verschwundenen Laptop und dem verschwundenen Handy passen. Und zu der offenen Wohnungstür. Die Frage ist dann, wie ist der Täter reingekommen? Hat sie ihm die Tür geöffnet?«

»War sie angezogen, als sie gestorben ist?«

»Vermutlich nicht«, sagte Veronika. »Wäre sie posthum ausgezogen worden, müsste es irgendwo blutige Schmierspuren geben. Man kann keine Leiche ausziehen, ohne sie dabei zu bewegen.«

»Sie könnte auch vorher gezwungen worden sein, sich auszuziehen«, merkte Nele an.

»Dann müsste es den Plan, sie zu töten und es wie einen Unfall aussehen zu lassen, schon vorher gegeben haben«, folgerte Art.

»Aber warum?«, meinte Brunner. »Weil sie etwas gesehen hat? Oder den Mörder kannte?«

»Scheiße, Leute, das müsst ihr euch ansehen«, rief Ben Gallwitz laut aus dem Flur. Mit roten Wangen tauchte er an der Tür neben Brunner auf; er hielt das Laptop wie ein Tablett auf der linken Hand. »Das hier wurde vor gut einer Stunde gesendet und geht gerade im Netz durch die Decke. Frida Wilke war bei der de Fries im Talk. Und die Leute teilen das, bis der Arzt kommt.« Er stellte den Ton lauter und drehte das Laptop so, dass sie es alle sehen konnten. Frida Wilke saß in einem Fernsehstudio neben Wenke de Fries. Links von ihr erkannte Nele Mirja Henn, die Reporterin, die neben ihrem Wagen zu Fall gekommen war.

»Wie würde es Ihnen gehen, wenn Sie es mit einem zweifachen Mord zu tun haben und dem größten Machtapparat des Landes?«, sagte Frida gerade. Die Regie schnitt auf eine

Großaufnahme von ihr. »*Ich hab es am eigenen Leib erfahren, ich bin verhaftet und beschuldigt worden. Aber ich hab beschlossen, mich nicht einschüchtern zu lassen. Ich will die Wahrheit wissen. Und ich will sie offen aussprechen.*«

An dieser Stelle fror das Bild ein, und der Clip endete. Offenbar war es nur ein kleiner Ausschnitt der Sendung, gepostet auf irgendeinem YouTube-Kanal. Neles Blick wanderte von der Frida Wilke auf dem Bildschirm zu der toten jungen Frau auf den Fliesen, die kaum älter war als sie selbst. Was auch immer Frida Wilke angetrieben hatte, die Sätze in de Fries' Sendung zu sagen, offenbar hatte sie etwas gewusst oder etwas gemacht, das sie möglicherweise das Leben gekostet hatte.

»Könnte die Sendung der Grund sein?«, fragte Art und deutete auf Frida.

»Eigentlich nicht. Sie war schon vor der Ausstrahlung tot«, sagte Veronika.

»Aber die Sendung wurde ja aufgezeichnet, oder?«

»Und die vierte Frau im Studio, das ist Katrina Bernardi«, sagte Gallwitz, »Frida Wilkes Chefin. Sie hat die Tote um halb sieben hier gefunden.«

»Hat sie ein Alibi für die Zeit zwischen Aufzeichnung und Auffinden?«, erkundigte sich Nele.

Gallwitz zuckte mit den Schultern. »Ein Dutzend Kollegen im Büro, für die Zeit von 15:05 Uhr bis 17:10 Uhr, mehr kann ich nicht sagen.«

»Nach meiner ersten Einschätzung ist Frau Wilke zwischen 16 und 17 Uhr gestorben, damit wäre sie raus«, stellte Veronika fest.

»Ich wüsste auch nicht, warum ausgerechnet die Bernardi sie umbringen sollte«, meinte Art. »Aber an einen Raubüberfall mit tödlichem Ausgang glaube ich auch nicht. So viel Zufall gibt es nicht. Das hier hat mit unserem Fall zu tun. Und ich bin mir ziemlich sicher, wenn wir Frida Wilkes Mörder finden, dann haben wir vermutlich auch den Mörder von Marietta Althauser und Sahra Heß.«

»Okay, Leute«, meldete sich Buchwald aus dem Hintergrund. »Schluss mit Spekulationen, morgen früh zur Lagebesprechung haben wir vielleicht noch ein paar Untersuchungsergebnisse mehr. Dann können wir Arbeitshypothesen aufstellen. Nicht vergessen, bisher gehen wir davon aus, dass der Kanzler mit alldem hier gemeint sein könnte. Bitte also immer daran denken, die politische Richtung der Befragten im Blick zu behalten. Also, weiter geht's. Die Nachbarn in der oberen Etage fehlen uns noch, bei den Befragungen bitte in alle Richtungen vorgehen, nur zur Sicherheit, auch eine Beziehungstat können wir noch nicht mit letzter Sicherheit ausschließen. Es liegt 'ne Menge Arbeit vor uns.«

»Kann jemand was zu essen besorgen?«, fragte Brunner. »Pizza oder so?«

»Aber bitte nicht wieder so 'n amerikanischen Pizzamüll«, rief Gallwitz. »Was Anständiges.«

»Ich kenn da jemand«, sagte Art. »Die arbeiten auch mit Lieferando.«

»Ihr habt's gehört«, meinte Buchwald. »Art nimmt die Bestellung entgegen. Die Kosten übernimmt die Dienststelle.«

Beifälliges Gemurmel erklang.

»Wo sitzt deine Pizzabude denn?«, fragte Gallwitz skeptisch.

»Köpenick.«

»Viel zu weit weg«, winkte Gallwitz ab. »Kalte Pizza. Brrr.« Er schüttelte sich und begann, in Windeseile auf seinem Handy zu recherchieren. Dann erschien ein Leuchten auf seinem Gesicht. »Lass mal«, wandte er sich wieder an Art. »Ich mach das. Kosten übernimmt ja die Dienststelle.« Er zwinkerte Art zu, und Nele ahnte, was er meinte. Vermutlich hatte Gallwitz gerade den besten und auch den teuersten Pizzadienst in ganz Berlin aufgetan.

»Tschaikowski?« Kleinschmidt zog Nele beiseite. »Wir zwei gehen schon mal nach oben und klappern Türen ab.«

Art wollte protestieren, doch Nele gab ihm mit einem angedeuteten Kopfschütteln zu verstehen, dass er sich raushalten sollte. Sie spürte Kleinschmidts Blicke auf ihrer Haut, und sie mochte ihn nicht, aber wenn sie solche Situationen nicht allein in den Griff bekam, dann hatte sie in diesem Männerverein hier keine Chance.

Das Stockwerk über der Wohnung von Frida Wilke wirkte merkwürdig leer, im Gegensatz zu dem Getümmel eine Etage darunter.

»Schon mal Befragungen gemacht?«, erkundigte sich Kleinschmidt seifig. »Kann ich helfen?«

»Am besten, indem Sie am anderen Ende des Flures anfangen«, meinte Nele.

Kleinschmidt überging die Zurückweisung mit einem Grinsen. Vermutlich, weil das andere Ende gar nicht so weit weg war, wie sie es sich gewünscht hätte. »Apropos Befragung«, sagte Kleinschmidt, »wie war's eigentlich beim Kanzler? Ich meine, bis auf die Sache mit der überfahrenen Journalistin?« Wieder dieses Grinsen.

Nele drückte die Klingel an der ersten Tür und hoffte, damit das Gespräch zu beenden.

»Was ist der so für ein Typ?«, fragte Kleinschmidt.

Nele maß ihn mit einem Blick und lächelte gewinnend. »Größer als Sie.«

»Das dürfte auf gut die Hälfte aller Männer in Deutschland zutreffen«, sagte der SG-Beamte.

Das war nicht auf die Physis bezogen, dachte Nele und klingelte erneut.

»Ich mag ja die trockene Art von dem«, sagte Kleinschmidt. »Ist der privat auch so?«

Im Schloss der Tür wurde ein Schlüssel herumgedreht, dann ging sie einen Spaltbreit auf. Eine Sicherheitskette spannte sich bis zum Anschlag. Ein junger Mann, etwa Mitte zwanzig, lugte über die Kette. Er trug einen blauen Mund-Nasen-Schutz und hatte blondierte Haare. Nele vermutete, dass mindestens ein Elternteil aus Asien stammte. »Ja?«, näselte er.

Nele zeigte ihm ihren BKA-Ausweis und spulte routiniert ihre Selbstvorstellung, den Zweck ihres Besuches und die Frage herunter, ob sie vielleicht eintreten könne.

»Nee. Also, eigentlich ja. Aber, wär schlecht für Sie. Hab mir vor 'n paar Tagen Corona eingefangen.«

Nele nahm vorsichtshalber etwas Abstand. Kleinschmidt klingelte auf der anderen Seite an einer Tür.

»Haben Sie sich testen lassen?«, fragte sie.

»Was dachten Sie denn, klar.«

»PCR?«

Er runzelte die Stirn. »Ja, klar, hier um die Ecke is 'n Labor.«

Nele holte ihr Handy heraus und aktivierte die Aufnahme-App. »Darf ich unser Gespräch aufzeichnen?«

Schulterzucken.

»Ja oder nein?«

»Von mir aus.«

»Wie heißen Sie denn?«

»Neo.« Er schwieg und starrte sie an.

»Und wie weiter?«

»Wolters.«

»Herr Wolters, ist Ihnen seit heute Nachmittag irgendetwas Besonderes im Haus aufgefallen?«

»Nee. Ich hab geschlafen. Mir geht's nicht gut.«

»Keine Geräusche, fremde Personen, irgendetwas?«

»Hören Sie schwer? Ich hab geschlafen.«

»Wir müssen das fragen.«

»Aha.«

»Kennen Sie Frau Wilke aus der Etage unter Ihnen?«

»Wer soll das sein?«

»Anfang zwanzig. Etwa so groß wie ich, blonde Haare. Sie teilen offenbar eine Leidenschaft.« Nele zeigte über seinen Kopf hinweg in den Wohnungsflur, wo ein großes Manga-Poster hing.

»Ach, die«, sagte Neo Wolters. »Und die steht auf Mangas?«

»Stand«, sagte Nele. »Sie wurde heute Nachmittag mutmaßlich getötet.«

»Krass«, murmelte Neo Wolters dumpf.

»Frag ihn mal, ob er den Pizzaboten mitbekommen hat«, rief Thomas Kleinschmidt herüber, der gerade eine ältere Frau befragte. »Und wann genau das war …?«

»Haben Sie einen Pizzaboten am Nachmittag oder am frühen Abend bemerkt?«, nahm Nele seine Frage auf.

»Pizzabotin? Nee. Wie gesagt, hab ja gepennt.«

»Nein, nichts. Er hat geschlafen«, rief Nele zu Kleinschmidt herüber und wandte sich wieder Wolters zu. »Kennen Sie Henrik Westphal?«

»Sie meinen, den Bundeskanzler?« Auf Neo Wolters' Stirn glänzte ein dünner Film aus Schweißperlen. »Ja, klar. Warum? Also, ich meine … den kennt doch jeder.«

»Sie verfolgen die aktuelle Debatte?«

»Sie meinen, wegen der Morde?« Er stutzte, und plötzlich schien ihm der Zusammenhang klar zu werden. »Heißt das etwa …?« Er deutete nach unten, dahin, wo Frida Wilkes Wohnung lag. »Wurde sie auch so gefunden?«

»Nein, nicht so.«

Neo Wolters schien eine Frage auf den Lippen zu haben, doch er schwieg und wischte sich mit zittrigen Fingern den Schweiß von der Stirn.

»Sagt Ihnen *Shibuya-News.com* etwas?«, fragte Nele.

»Klar.« Er hustete verhalten, dabei hielt er die Hand vor den Mundschutz, was absurd wirkte. »Die kommen gerade in jedem dritten Tweet vor. Ist schwer, die *nicht* mitzukriegen.«

»Haben Sie eine Idee, wer hinter dieser Plattform stecken könnte?«

Neo Wolters' Augen verengten sich zu einem wütenden, misstrauischen Blick. »Nicht Ihr Ernst jetzt, oder?«

»Wie meinen Sie das?«, fragte Nele irritiert.

»Hätten Sie mich das auch gefragt, wenn ich Deutscher wäre? Also, ich meine, wenn ich wie einer *aussehen* würde?«

Nele stutzte. »Nein, vielleicht nicht«, gab sie zu.

»Ich hab mit *Shibuya-News* nichts zu tun, falls das Ihre Frage gewesen sein sollte«, zischte er.

»Es war nur eine Routinefrage«, versuchte Nele, die Wogen zu glätten. »Ich wollte Sie auch nicht beschuldigen oder vorverurteilen.«

»Haben Sie mal das Buch *Warum ich nicht länger mit Weißen über Hautfarbe spreche* gelesen?«

Nele biss sich auf die Lippen. Nein, hatte sie nicht, doch sie wusste, dass es von einer Schwarzen geschrieben worden war, dass es um Rassismus ging und darum, wie tief er im alltäglichen Denken von Weißen verwurzelt war. Es war ihr mehr als unangenehm, dass sie gerade bewiesen hatte, wie recht die Autorin damit hatte. Jemand mit asiatischen Wurzeln stand ihr gegenüber, und sie hatte ihn insgeheim sofort mit dieser Plattform in Verbindung gebracht, ihn sogar verdächtig gefunden, nur weil diese den Namen *Shibuya* enthielt. »Nein«, sagte sie, »aber ich werde es lesen. Versprochen.«

Neo Wolters nickte. Ihre Antwort schien ihm den Wind aus den Segeln zu nehmen. Fahrig wischte er sich mit dem Ärmel den Schweiß von der Stirn.

»Haben Sie Fieber?«

Neo Wolters nickte matt.

»Soll ich einen Arzt rufen?«

»Danke, geht schon.«

»Okay«, sagte Nele. »Dann gute Besserung und danke für Ihre Mithilfe.«

Neo Wolters knurrte ein »Ja, klar«, dann schloss er die Tür. Nele seufzte, stellte die Aufnahme-App aus und sah auf die Uhr. Schon neun. Und das würde jetzt den ganzen Abend so weitergehen. Sie checkte kurz ihre Nachrichten und rief eine WhatsApp von Roman auf. *Wo steckst du?* Dahinter ein trauriger Smiley. *Krieg ich dich überhaupt noch mal zu sehen?*

Auch das noch. Er war beleidigt. *Sorry,* schrieb sie. *Verbringe den Abend mit meinem neuen Geliebten.*

Was???, kam sofort zurück. *Wie heißt der? Den bring ich um.*

Fängt mit P an und hört mit ei auf, antwortete sie, dann setzte sie noch einen Zwinkersmiley und einen Sticker mit fliegenden Herzen dahinter.

»Nele?«

Sie drehte sich um und sah Art, der mit hastigen Schritten

auf sie zukam. »Ich brauch den Wagen. Gibst du mir den Schlüssel?«

»Was ist los?«, fragte sie verdutzt.

»Muss was erledigen«, erwiderte Art zugeknöpft.

»Was denn?«

Er zögerte einen Moment. »Milla«, sagte er schließlich.

»Die Kleine aus der Etage drunter? Ist ihr was passiert?«, fragte sie schockiert.

»Ich erklär's dir später. Aber jetzt muss ich los.«

Sie reichte ihm den Autoschlüssel, Art pflückte ihn aus ihrer Hand und ging ohne ein weiteres Wort. Nele sah ihm verärgert nach. Vielleicht war es Zeit für ein weiteres Buch, mit dem Titel: *Warum ich nicht länger mit Männern über Kommunikation spreche*.

Kapitel 36

Art zog die Fahrertür des Audis mit einem Knall zu, startete den Motor und wendete. Die Reifen drehten einen kurzen Moment auf der aalglatten Straße durch, er geriet ins Schlingern und verfehlte nur um Haaresbreite den am Straßenrand geparkten Transporter der Kriminaltechnik.

Die Lüge mit Milla würde ihm auf die Füße fallen, so viel stand fest. Aber was hätte er sagen sollen? Ich treffe mich mit Juli Westphal?

Er bog nach rechts auf die Skalitzer Straße ein und fuhr Richtung Westen. Der Hochbahnhof Kottbusser Tor lag auf seinen Stelzen in der Mitte der Straße, die Fenster eine Linie aus hinterleuchteten schmutzigen Scheiben in der Dunkelheit. Eine Gruppe Jugendlicher kam flachsend die Treppe hinab, zwei hielten eine Bierflasche in der Hand. Juli hätte eine von ihnen sein können, früher. Jetzt saß sie in einem Elfenbeinturm mit zwei Dutzend Zimmern, einem Boden aus Mooreiche und einem Billardtisch. Eigentlich war sie da, wo sie immer hingewollt hatte, nach oben, raus aus der Enge, weg vom Schnapsgeruch an den Biertischen im Anbau. Weg von dem klebrigen Süßzeug in den Regalen. Aber hatte sie wirklich gedacht, sie würde dafür keinen Preis zahlen?

Nele war gerade mit Kleinschmidt in die obere Etage gegangen, da hatte Ben Gallwitz, der mit seinem Laptop auf den Knien wieder im Flur hockte, plötzlich gerufen. »Leute, es geht weiter. *Shibuya-News* hat ein neues Video veröffentlicht. Das müsst ihr euch ansehen.«

Es dauerte einen Moment, bis Martin Buchwald, Egon Brunner, Reiter, Veronika Perlau und Art sich hinter ihm versammelt hatten. Das Gemurmel wich einer angespannten Stille. In der Enge des Flures standen sie alle dicht gedrängt. Brunner roch nach dem Schweiß, der sich unter seinem KT-Overall gesammelt hatte, Gallwitz nach Rasierwasser. Er stellte das Fenster auf »bildfüllend« und startete den Clip.

Marietta Althauser lag unbekleidet auf einem roten Billardtisch, nur ihre Unterschenkel ragten aus dem Bild. Art stockte der Atem. Die Kamera schaute senkrecht von oben auf sie herab. An der rechten Hand trug sie den verblichenen rosafarbenen Handschuh, den sie auch an der Siegessäule angehabt hatte. Neben dem leuchtend roten Bezug war auch ein kleiner Ausschnitt des Fußbodens zu erkennen. Dunkelbraun, fast schwarz, mit einer schemenhaften Holzmaserung. Unverkennbar Mooreiche. Das hier war mit ziemlicher Sicherheit derselbe Billardtisch, an dem er mit Henrik eine Partie Pool gespielt hatte.

In der rechten Armbeuge von Marietta Althauser steckte eine Kanüle, und von dort lief eine dunkle Flüssigkeit durch einen Plastikschlauch. Die Frau des Gesundheitsministers war bei Bewusstsein, dennoch regte sie sich kaum, als hätte ihr jemand gesagt, sie müsse stillhalten. Tränen rannen ihr seitlich über die Schläfen und verliefen sich in ihren Haaren.

Ihr Kinn bebte. »Ich kann nichts dafür«, flüsterte sie. »Bitte, hören Sie auf! Ich kann nichts dafür.« Sie kniff die Augen zusammen, ihre Lider flatterten, dann fror das Bild ein, und der Clip endete. Es herrschte drückende Stille. Im Erdgeschoss wurde lautstark eine Türklinke gedrückt. Ein Stoß kühler Luft fuhr durchs Treppenhaus, und die Wohnungstür von Frida Wilke schlug zu. Alle zuckten zusammen.

Ben Gallwitz rief den Begleittext zum Video auf.

#das zweite Opfer!
Wir von *Shibuya-News.com* zeigen euch, was die Polizei euch verschweigt.
Dieses Video mit Marietta Althauser wurde im Haus des Bundeskanzlers aufgezeichnet, auf seinem Billardtisch. Der Handschuh an Frau Althausers rechter Hand trägt die DNA einer fremden Frau. Die Polizei weiß, zu wem diese DNA gehört. Doch sie verschweigt euch ihren Namen.
Wir fragen uns: Was verschweigt uns die Polizei noch alles? Was verschweigt uns der Kanzler? Wir fragen uns:

#was geschah im Haus des Kanzlers?

»Verflucht noch mal«, knurrte Buchwald. »Woher wissen die das mit dem Handschuh und der DNA?« Er sah in die Runde. »Ich frage nur ungerne, aber hat irgendjemand von euch gequatscht?«

Betretenes Schweigen.

Sie tauschten Blicke.

»Die Sache ist doch klar, oder«, platzte Reiter in die Stille. »*Shibuya-News* hat offensichtlich Täterwissen und auch Videos, die nur der Täter aufgenommen haben kann. Wir müssen endlich wissen, wer hinter dieser verdammten Plattform steckt. Dann haben wir unseren Täter, und dann wissen wir auch, wer den Kanzler diskreditieren will.«

»Das ist keine Diskreditierung«, sagte Buchwald. »Das ist ein Feldzug. Lass die rauskriegen, was mit Frida Wilke passiert ist, und dann heißt es sofort, sie wäre vom Geheimdienst umgebracht worden, weil sie zu viel wusste.« Buchwald hatte den Nagel so sehr auf den Kopf getroffen, dass für einen Moment der Eindruck entstand, die Anschuldigungen wären schon in der Welt.

»Geht's denn jetzt hier um eine linke Gruppe, oder sind das Rechte?«, fragte Brunner.

»Ist beides möglich«, sagte Reiter.

»Na ja, *Shibuya* kommt mit der üblichen linken Denke daher«, warf Gallwitz ein. »Die Polizei verschweigt uns was, die Mächtigen vertuschen etwas, die Medien sind gleichgeschaltet«, leierte er herunter.

Reiter zuckte mit den Schultern. »Wir haben auch schon Nationalisten erlebt, die sich bei der linken Rhetorik bedienen. Dass das gut funktioniert und dass die Grenzen zwischen den Gruppen fließend sind, haben wir doch durch Corona und in der Querdenkerszene oft genug erlebt. Da standen Reichsbürger neben linken Aktivisten auf der Straße.«

»Was soll eigentlich dieser Hinweis auf den Handschuh«, fragte Art. »Warum heißt es, die Polizei wüsste, um wessen DNA es geht?«

»Das ist doch Unfug«, wiegelte Egon Brunner ab. »Wir haben keine Ahnung, oder?«

»Wir haben nichts«, bestätigte Gallwitz. »Keinen Treffer. Weder bei ViCAP noch bei INPOL.«

»Du meinst INPOL NEU?«, hakte Art nach.

»Wenn ich INPOL sage, dann meine ich natürlich INPOL

NEU. Wir sind 'ne Bundesbehörde, Schätzchen«, sagte Gallwitz. »Das alte länderbezogene INPOL ist seit 2003 Geschichte. Solltest du eigentlich wissen, Herr Topermittler.«

»Klar«, nickte Art. »Aber es wäre nicht das erste Mal, dass es bei Datenübergaben an neue Systeme zu Komplikationen gekommen ist.«

»Das wäre dann aber 'ne hübsche Weile her«, schnaubte Gallwitz. »Neunzehn Jahre mindestens.«

»Ist vielleicht ja auch Blödsinn«, gab Art zu. »Ich frage nur, weil die *Shibuya*-Infos bisher richtig waren. Oder zumindest ist immer was dran, selbst wenn nicht alle Details stimmen.«

»Noch wissen wir nicht, ob die Videos vielleicht Fake sind. Nestor prüft immer noch«, widersprach Egon Brunner.

Art wollte etwas entgegnen, als sein Handy in der Tasche vibrierte. Er holte es hervor und sah aufs Display. Eine Nachricht von einer unbekannten Nummer.

Das ist UNSER Billardtisch! Was passiert hier? Komm vorbei, bitte, ich hab Angst. Ellie.

Art sah sich um, ob ihn jemand beobachtete oder ihm jemand über die Schulter geschaut hatte, doch alle schienen in die Diskussion über das Video vertieft zu sein. Er trat aus der Gruppe heraus, ging ein paar Schritte den Flur hinunter und tippte eine Antwort.

Ist Zippo da?

Sie schrieb postwendend zurück.

Nein. Bin alleine.

Das sieht nicht gut aus, wenn ich Dich besuche.

Diesmal dauerte es einen kleinen Moment, bis die Antwort kam.

Muss ja keiner mitkriegen. Es gibt einen Hintereingang. Ein kleiner Weg zwischen den beiden Nachbargrundstücken hintenraus. Ich lass das Tor auf. Ruf an, wenn Du es nicht findest.

Art starrte auf das Display. Ein Hintereingang? Hatte sie nicht gesagt, das gesamte Gebäude würde überwacht, niemand kam unbemerkt hinein oder heraus? Den Hintereingang hatte sie offenbar für sich behalten, aber warum? Für besondere Gelegenheiten? Durfte er das riskieren? Selbst wenn keiner davon Wind bekam – er hatte sich geschworen, sich nie wieder auf Ellie einzulassen. Schon allein die Tatsache, dass aus Juli in seinen Gedanken wieder Ellie wurde, war ein Fehler.

Andererseits konnte er nur zu gut verstehen, dass sie Angst hatte. Sie saß alleine in diesem riesigen Haus und hatte gerade ein Video gesehen, das zeigte, wie eine Frau in *ihrem* Billardzimmer getötet wurde. »Martin?«, rief er.

Buchwald blickte herüber und kam zu ihm.

»Ich muss Schluss machen für heute, ist das in Ordnung?«

Buchwald bemerkte das Telefon in Arts Händen und verzog das Gesicht. »Okay. Gut, dass du fragst und nicht einfach abhaust«, meinte er. »Ich denke, wir sind eigentlich durch. Morgen um neun Lagebesprechung. Von mir aus kannst du gehen.«

»Gut«, nickte Art. Ein Danke erschien ihm zu viel.

»Eine Frau?«, fragte Martin Buchwald neugierig.

»Ja.«

»Freut mich«, sagte Buchwald. Plötzlich schwang ein Hauch von Euphorie in seiner Stimme mit. »Ehrlich. Hoffentlich hast du diesmal mehr Glück!«

Mit diesen Worten im Ohr hatte er sich von Nele den Autoschlüssel geben lassen. Immerhin, wenigstens Buchwald hatte er die Wahrheit gesagt. Wenn auch nicht die ganze.

Kapitel 37

Ein kleiner Weg zwischen den beiden Nachbargrundstücken hintenraus. So hatte Juli es beschrieben. Tatsächlich gab es am Gehsteig ein antiquiertes schmiedeeisernes Tor zwischen den beiden Grundstücken hinter dem Haus der Westphals. Es quietschte leise, als Art es aufschob. Er schaltete seine Handytaschenlampe an.

Links und rechts standen Mülltonnen unter mannshohen winterharten Hecken, direkt vor ihm erhob sich eine Mauer, in die eine Tür aus verwitterten Holzplanken eingelassen war. Die Mauer war überwuchert von altem Wein, am Fuß der Tür lagen Reste von modrigem Laub. Auch auf der Tür hatte der Wein Spuren hinterlassen; alte Äste wie vertrocknete Adern, die an den Rändern der Tür zerrissen waren. Sie schien hin und wieder in Gebrauch zu sein.

Art drückte die von Grünspan verfärbte Messingklinke.

Trotz ihres Alters ließ sich die Tür geräuschlos öffnen. Dahinter lag ein schmaler gepflasterter Weg, der zwischen den Hecken der Nachbargrundstücke hindurchführte. Offenbar hatte jemand kürzlich gestreut, die Steinplatten waren feucht, aber nicht glatt. Art bedeckte die kleine LED an seinem Telefon mit der Hand, sodass er ausreichend Licht hatte, sich zu orientieren. Er ging etwa zwanzig Meter geradeaus, dann stand er vor einem weiteren schmalen Tor, diesmal aus Metall. Als er das Tor öffnete, erkannte er die Umrisse der Villa der Westphals. Das Wohnzimmer war erleuchtet, und einige Zimmer im ersten wie auch im zweiten Stock. Juli vertrieb vermutlich ihre Furcht mit Licht, und Art konnte sie nur allzu gut verstehen, besonders wenn er daran zurückdachte, was sie damals im Anbau des Kiosks erlebt hatten. Bei Dunkelheit war die Villa der Westphals ein düsteres Etwas, das einen mit den dunklen Böden, den Täfelungen, den alten Kaminen und den vielen Zimmern zu verschlingen drohte.

Bin da, schrieb er.

Kellertür ist offen. Bin im Wohnzimmer, schrieb sie zurück.

Auf dem Weg zum Haus sah er, wie sie die Vorhänge zuzog. Art spürte ein Flattern im Magen. Er kam sich vor wie damals, als Teenie auf dem Weg zu Ellie. Nur dass er diesmal keinen Kiosk vor sich hatte, sondern die Villa des Bundeskanzlers; und ein Haus, in dem möglicherweise zwei Menschen getötet worden waren.

Er nahm den Weg über die Kellertreppe. Um keine Spuren im Haus zu hinterlassen, zog er an der Tür seine nassen Stiefel aus. Seine linke Socke hatte ein Loch, und sein großer Zeh lugte hervor.

Juli wartete im Wohnzimmer. Sie trug ein langes, eng anliegendes dunkelgrünes Samtkleid. Ihre Locken flossen wie Gold um den Ausschnitt. An einer Kette um ihren Hals leuchtete ein raffiniert geschliffener gelblicher Stein, in dem sich das Feuer des prasselnden Kamins fing. An den Füßen trug sie dicke orangene Wollsocken. Es war bullig warm im Zimmer, und sie sah dennoch aus, als ob sie fror.

Sie musterte ihn und lachte auf, als sie das Loch in seiner Socke sah. »Wo hast du deine Schuhe gelassen?«

»Im Keller, die waren nass.«

»Wie rücksichtsvoll«, sagte sie mit ironischem Unterton und war dabei für ein paar Sekunden Ellie. Dann verschwand die Leichtigkeit aus ihren Zügen, und Juli war zurück. Unschlüssig standen sie voreinander.

»Wie machen wir das jetzt?«, fragte sie.

Art blieb stehen und rührte sich nicht.

»Ich könnte 'ne Umarmung gebrauchen«, sagte sie leise. Ohne seine Reaktion abzuwarten, schlang sie die Arme um ihn. Art drückte sie an sich, und sein Körper reagierte prompt. Statt sich zu lösen, presste Juli sich an ihn. Fünf Sekunden zu lang. Zehn Sekunden zu lang. Dann erst ließ sie ihn los, drehte sich um und floh zum Kamin, wo sie ein Holzscheit nahm, sich vorbeugte und es ins Feuer schob. Ihr Gesäß zeichnete sich unter dem Kleid ab. Sie mied seinen Blick, blieb dort stehen und starrte in die Flammen. »Was würdest du jetzt tun, wenn ich nicht die Frau des Kanzlers wäre?«, fragte sie.

»Du bist die Frau des Kanzlers«, sagte Art.

»Ja. Richtig«, seufzte sie. »Und die Besitzerin dieses verdammten Hauses. Mit einem Keller und einem Billardzimmer. Und während mein Mann sich mit dem Regierungsflieger auf und davon macht, nach Katar, muss ich hier alleine klarkommen.« Sie schwieg einen Moment. »Wenn ich könnte, würde ich diese beiden Zimmer aus dem Haus rausreißen. Ich bekomme diese Videos nicht mehr aus dem Kopf.«

»Versteh ich«, sagte Art. »Glaubst du, das alles ist hier passiert?«

Sie zuckte mit den Achseln. »Gestern hast du mich gefragt, und ich habe Nein gesagt. Heute weiß ich nicht mehr, was ich sagen soll.«

»Wie meinst du das?«, fragte Art, irritiert über ihren Unterton. Es war das erste Mal, dass sie sich nicht schützend an die Seite von Henrik stellte.

»Ich bin etwas … ich weiß nicht …«

»Lass uns zum Billardzimmer gehen«, schlug Art vor. »Vielleicht kann ich helfen.«

Juli schnaubte. »Schön wär's. Aber bei dem, was da draußen gerade passiert, kann mir niemand helfen. Weißt du, wie viele Anrufe ich seit gestern bekommen habe?«

»Keine Ahnung. Sicher viele.«

»Keinen«, sagte sie. »Nicht einen einzigen! Aber ich kann sie alle denken hören, bis hierhin. Und ich kann nichts dagegen tun. Weil ich verdammt noch mal seine Frau bin. Also muss ich die Klappe halten.« Sie wandte den Blick ab und starrte erneut ins Feuer.

»Was würdest du tun, wenn du's nicht wärst?«, fragte Art.

»Wenn ich *nicht* seine Frau wäre? Ist das eine ernst gemeinte Frage?«

Er schwieg.

Juli wandte sich vom Feuer ab und sah ihn an. »Vermutlich dir das Zeug vom Leib reißen und dich vögeln, bis ich bewusstlos werde.«

Art blieb der Mund offen stehen.

Juli hielt den Blick eine Weile, dann winkte sie ab. »Keine Sorge, ich wollte nur dein Gesicht sehen.« Ohne eine Miene zu verziehen, lief sie an ihm vorbei zur Tür. »Komm mit, ich zeig dir das Billardzimmer. Dann verstehst du, was ich meine.«

»Ich glaube, ich versteh auch so, was du meinst«, sagte Art.

»Da wäre ich nicht so sicher«, sagte Juli und trat in den Flur.

Sie stiegen die Treppe hinauf in den ersten Stock. Art hatte ihren wiegenden Schritt vor Augen. Wie konnte es sein, dass er immer wieder aufs Neue das Gefühl hatte, Juli würde ihn um den Verstand bringen? Weil sie nun mal war, wie sie war? Oder legte sie es darauf an?

Im ersten Stock bog sie zum Billardzimmer ab, und Art fragte sich, ob Henrik ihr davon erzählt hatte, was sie beide dort in dem Zimmer besprochen hatten.

»Hier sind wir«, murmelte Juli und öffnete die Tür.

Art trat ins Zimmer ein und sah ungläubig dahin, wo der Billardtisch stand, vielmehr, wo er hätte stehen sollen. Denn auf dem Mooreichenparkett waren nur vier große runde Abdrücke der Standfüße zu sehen. Der Tisch war fort.

Kapitel 38

»Er ist heute Mittag abgeholt worden«, sagte Juli. »Henrik war aufgebracht, er hat mir erzählt, dass du den Bezug ruiniert hättest. Der Tisch ist sein Ein und Alles. Du glaubst gar nicht, mit wem er hier schon gespielt hat, Macron, Johnson, Jain, Zetsche, Burda ... außerdem, er hat nicht viele Möglichkeiten, zu entspannen, aber wenn er es mal tut, dann zieht er sich hierher zurück und spielt eine Partie Pool, meistens gegen sich selbst.«

»Heißt das, der Tisch ist zur Reparatur?«, fragte Art.

»Ja.«

»Warum gleich der ganze Tisch? Kann man den Bezug nicht hier vor Ort tauschen?«

»Frag nicht, davon hab ich keine Ahnung. Henrik hat sich darum gekümmert.«

»Weißt du, wie die Firma heißt, die ihn abgeholt hat?«

»Keine Ahnung, aber frag doch deine Kollegen von der SG, die wissen doch, wer hier ein und aus geht.«

Art versuchte sich vorzustellen, wie viele Männer wohl nötig gewesen waren, um das Ungetüm aus dem Zimmer und die Treppe hinunter zu wuchten. »Das ging ganz schön schnell«, stellte er fest. »Ich meine, egal, was ich reparieren lassen will, Kühlschrank, Waschmaschine, irgendwelche Möbel … wenn ich heute einen Handwerker anrufe, dann steht der sicher nicht schon am gleichen Tag bei mir vor der Tür.«

»Du bist ja auch nicht der Kanzler«, erwiderte Juli trocken.

Art nickte. »Hat wohl alles zwei Seiten.«

Sie lächelte. »Diese jedenfalls ist nicht so schlecht.«

»War es das, was du immer gewollt hast?«

»Glaubst du, darum geht's mir?« Sie klang verletzt, beinah wütend. »Hältst du mich für so … oberflächlich?«

»Nein.«

»Klang aber so.«

»Nein«, insistierte er.

Sie hob die Brauen. »Ein ›Entschuldigung‹ kommt dir nicht über die Lippen, oder?«

Art schwieg. Er schob die Hände in die Manteltaschen und holte die drei kleinen Fläschchen mit dem Luminol heraus. »Kann ich was ausprobieren?«, fragte er.

»Was ist das?«

Art ging zu der kleinen Bar und schraubte die Fläschchen auf. »Luminol. Es macht Blutspuren sichtbar.« Er goss die Luminol-Natron-Lösung mit dem verdünnten Wasserstoffperoxid zusammen in die kleine Flasche mit dem Sprühkopf. »Selbst kleinste Rückstände, die man mit bloßem Auge nicht sehen kann.«

Sie holte tief Luft, dann nickte sie. »Ist okay. Mach.«

Art schaltete das Licht aus. Julis Silhouette zeichnete sich schwach vor dem Fenster und dem nächtlichen Himmel ab. Die kahlen Äste eines Baumes im Garten ragten schwarz auf und schienen sich in ihrem Haar zu verfangen.

Stück für Stück benetzte Art den Boden mit Luminol. Nur seine leisen Schritte und das Zischen des Sprühkopfes waren in der Stille zu hören. Art bewegte sich langsam und rückwärts von der Mitte des Raumes weg, als plötzlich direkt vor ihm ein schwaches, aber deutliches blaues Leuchten entstand. Ein Fleck, etwa handtellergroß, dazu ein paar Sprenkel. Er hielt inne, stellte die Flasche direkt neben die Stelle und richtete sich auf.

»Oh Gott«, keuchte Juli und griff nach seinem Arm.

Art schwieg. Ein Schauer lief ihm den Rücken hinunter.

»Heißt das jetzt …?« Juli versagte die Stimme.

»Das heißt, an dieser Stelle sind vermutlich Rückstände von Blut«, sagte Art. »Nicht mehr und nicht weniger.«

»Aber … dann ist das Video tatsächlich *hier* aufgenommen worden?«

»Ja, vielleicht. Es könnte aber auch Blut von Henrik oder von dir sein, oder von einer Reinigungskraft. Vielleicht hat sich mal jemand hier geschnitten oder leicht verletzt. Das wäre auch möglich.«

»Möglich? Aber nicht wahrscheinlich, oder?«

Das blaue Leuchten auf dem Fußboden verblasste allmählich. Die chemische Reaktion wurde schwächer.

»Das finden wir nur raus, wenn ich Brunner anrufe und die Kriminaltechnik dieses Zimmer untersucht«, sagte Art.

»Weißt du, wie das aussieht, wenn ihr hier mit dem großen Aufgebot ankommt?«, stöhnte Juli. »Das wird Henrik nie mehr los, selbst wenn er damit nichts zu tun hat.«

»Und wenn er etwas damit zu tun hat?«

Stille.

Ihre Hand an seinem Arm.

Als sie merkte, dass sie sich immer noch an ihm festhielt, löste sie den Griff. Sie standen im Dunkeln nebeneinander.

Für einen Augenblick war es, als gäbe es weder Zeit noch Raum, nur die Dunkelheit von damals, sie beide, wie sie sich drinnen nackt und zitternd vor dem Toten versteckten, atemlos, blutverschmiert, erfüllt von dem verzweifelten Wunsch, die Zeit zurückzudrehen.

Hätten sie dann eine Chance gehabt?

Wenn es diesen Mann nie gegeben hätte? Wenn er nie auf die Idee gekommen wäre, in dieser verfluchten Bahnhofstoilette die Falco-und-Jockel-Nummer abzuziehen?

Er spürte plötzlich ihre Lippen auf seinen. War das Ellie? Oder Juli? Spielte das eine Rolle? Boxer zog sie an sich. Der Kuss war, als würden zwei Züge zusammenstoßen und die Zeit verbiegen, sich einander verschlingen, alle roten Signale niederreißen und die Kontrolle verlieren. Fuck. Das durfte nicht noch mal passieren. Er riss sich los.

Juli keuchte.

»Scheiße«, flüsterte er.

»Ich … tut mir leid«, hauchte sie. »Ich kann nicht …«

Stille.

»Das ist nie passiert«, sagte er heiser. »Okay?«

Der letzte Rest des blauen Schimmers in der Zimmermitte verlosch.

»Ich hab Angst«, flüsterte Juli, und nach einer Pause: »Glaubst du, er hat mit alldem etwas zu tun?«

»Er hat mich darum gebeten, irgendeinen Sündenbock zu finden«, erwiderte Art. »Gestern, hier in diesem Zimmer.«

»Sündenbock?«

»Er hat's Lösung genannt.«

»Das passt zu Henrik«, meinte Juli. »Er will die Sache loswerden.« Sie stand vor ihm in der Dunkelheit und schien zu überlegen. »Und, wirst du?«

»Eine Lösung finden?« Er schwieg.

»Du bist ihm was schuldig, wegen damals«, sagte Juli.

»Ich hab was versprochen. Aber ich glaub nicht, dass ich's halten will.«

»Aber trotzdem denkst du drüber nach, richtig?«

Art schwieg erneut und meinte, sie in der Dunkelheit nicken zu sehen. »So macht er das immer.« Juli stieß einen Seufzer aus. »Ich muss aus diesem verdammten Haus raus.«

»Du willst Henrik verlassen?«, fragte er perplex.

»Was? Nein. Das kann ich nicht. Hast du etwa gedacht ...?«

»Nein. Hab ich nicht«, sagte Art schroff.

Sie atmete ein paar Mal in die Stille. Eine unsichtbare Uhr tickte Sekunden herunter.

»Ich brauch frische Luft«, stöhnte sie.

Art ging zur Tür und schaltete das Licht ein. Sie blinzelten beide. Die kleine Sprühflasche mit dem restlichen Luminol stand auf dem Fußboden neben der Stelle, wo das Blut eben noch geleuchtet hatte. Er nahm sein Telefon und wählte.

»Was tust du?«, fragte sie alarmiert. »Wenn du jetzt deine Kollegen herholst, wird Henrik wissen, dass du und ich hier ... dass ich dich hier ins Zimmer gelassen habe.«

»Hast du Angst vor ihm?«

»Nein, Blödsinn.« Sie schüttelte energisch den Kopf. »Er ist mein Mann. Aber er darf nicht wissen, dass wir ... Kannst du bitte auflegen!«

»Beantwortest du mir ein paar Fragen?«

Sie starrte ihn an. »Was soll das werden? Willst du mich unter Druck setzen?«

»Nein, ich brauche nur ein paar Antworten zu Henrik.«

Sie zögerte. »Gut. Klar. Geb ich dir, wenn ich kann.«

»Offen und ehrlich?«

»Ja. Aber bitte leg auf.«

»Claudio?«, fragte Art, als jemand am anderen Ende das Gespräch annahm.

»*Sì*. Wer ist denn da?«

»Art Mayer hier. Hast du noch auf?«

Juli runzelte die Stirn.

»Ich wollte gerade abschließen. Alle sind fort.«

»Tust du mir einen Gefallen und machst einer Freundin und mir noch etwas zu essen?«

Juli schüttelte entschieden den Kopf. »Ich kann nicht mit dir essen gehen«, zischte sie. »Niemand darf uns zusammen sehen, das ist dir doch klar, oder?«

»Die junge Signorina, mit der du das letzte Mal hier warst?«

»Nein, eine andere Dame.« Bei diesen Worten hob Juli die Augenbrauen. »Wir brauchen etwas Privatsphäre«, ergänzte Art.

Claudio schwieg einen Moment. »Komm vorbei und klopf an die Tür, ich mache auf. Du kannst dich auf mich verlassen.«

»Danke«, sagte Art und legte auf.

Juli öffnete den Mund, doch Art unterband ihren Protest. »Mach dir keine Sorgen, wir haben das ganze Lokal nur für uns.«

»Nur für uns?«, fragte sie skeptisch.

»Nur du, ich und der Koch. Ganz exklusiv.«

Juli musterte ihn und schien mit sich zu ringen. »Jetzt hörst du dich beinah an wie Henrik.«

»Ich sorge mich nur um deine Privatsphäre.«

»Das hätte er auch gesagt.«

»Ich muss noch kurz telefonieren«, sagte Art und rief Brunner an, mit der Bitte, diskret bei der SG nachzufragen, wer den Billardtisch bei Westphals zur Reparatur abgeholt hatte. Vermutlich war Reiter von seinen Kollegen sowieso schon darüber informiert worden und sorgte bereits dafür, dass der Tisch untersucht wurde.

Den Blutfleck erwähnte er mit keinem Wort.

Kapitel 39

Es war zwanzig nach elf, als Claudio zwei gusseiserne Pfannen auf Brettern servierte, mit zwei dampfenden Portionen Spaghetti all'arrabbiata. Zwischen ihnen brannte eine Kerze, und etwas Wachs tropfte auf die rot-weißen Karos der Tischdecke. Juli trug immer noch ihre Wollmütze, offenbar glaubte sie, so weniger erkannt zu werden. Die Leere des Restaurants hatte etwas Gespenstisches.

»Wirklich keinen Wein dazu?«, fragte Claudio.

Juli schüttelte den Kopf.

Mit einem undurchsichtigen Lächeln schenkte Claudio ihr Wasser nach. Art konnte nicht sagen, ob Claudio ahnte, wer sie war. Jedenfalls gab er sich alle Mühe, kein Aufhebens um Juli zu machen.

Sie stießen ihre Gabeln in die Nudeln und begannen zu essen. »Mhm, köstlich«, seufzte Juli. Sie beobachtete ihn kauend, und er wurde das Gefühl nicht los, dass sie abwechselnd Art und Boxer in ihm sah und dass sie unsicher war, mit wem sie es zu tun hatte. Nach ein paar Bissen legte sie die Gabel beiseite und sah ihn auffordernd an. »Jetzt fang schon an mit deiner Vernehmung.«

»Das ist keine Vernehmung«, protestierte er.

Sie lächelte.

»Bei der Polizei heißt es, wenn überhaupt, Befragung.«

»So. Befragung.« Sie hob die Brauen. »Dann befrag mal deine alte Flamme Juli. Deswegen sind wir doch hier. Weg aus meinem Haus. Auf neutralem Boden.«

Art seufzte. Es war zwecklos, ihr etwas vormachen zu wollen. »Okay«, sagte er, »erinnerst du dich noch an Henriks silbernes Feuerzeug von damals?«

Sie runzelte die Stirn. »Das Zippo?«

»Ja. Hat er es noch?«

»Ich glaube schon. Es liegt in seinem Arbeitszimmer.«

»Raucht er noch?«

»Nein, schon lange nicht mehr.«

»Behält er es aus nostalgischen Gründen?«

»Nostalgisch?« Sie überlegte. »Vielleicht. Ab und zu kommen Gäste zu Besprechungen. Manchmal bietet er ihnen eine Zigarre an. Herrenklub und so, du weißt schon.«

»Wusstest du, dass dieses Feuerzeug eigentlich dem Mann von Margot Heß gehört hat?«

Julis Mundwinkel zuckten. Sie öffnete den Mund, um etwas zu sagen, unterließ es dann jedoch. Art war nicht ganz sicher gewesen, dass es sich bei den beiden Feuerzeugen wirklich um ein und dasselbe handelte, er hatte es einfach unterstellt, und Julis Reaktion schien ihm recht zu geben. »Wie kommt Henrik an das Feuerzeug von Johann Heß?«

Juli sah auf ihren Teller, nahm die Gabel wieder zur Hand, wickelte umständlich ein paar Nudeln damit auf und schob sie sich in den Mund. »Henrik bringt mich um, wenn ich dir das sage«, murmelte sie mit halb vollem Mund.

»Wirklich?«

»Nein, also, nicht so«, beeilte sie sich, zu sagen. »Aber

das ist der Teil seiner Vita, über den er nicht spricht. Er will den Medien kein Futter geben. Du weißt ja, was sonst passiert.«

»Ich bin nicht die Medien«, sagte Art.

Juli ergab sich mit einem Seufzen. »Margot Heß war Henriks Erzieherin.«

»Was?«, stieß Art hervor.

»Henrik war zehn, als seine Mutter bei einem Autounfall starb. Sein Vater war von morgens bis spätabends in der Kanzlei, also hat er jemanden eingestellt, der sich um Henrik kümmern konnte, und das war Margot.«

»Warum zum Teufel habt ihr mir das verschwiegen? Und warum weiß davon niemand? Selbst Reiter und die SG scheinen davon keine Ahnung zu haben, und die sind immerhin für den Schutz des Kanzlers zuständig.«

Juli zuckte mit den Schultern. »Frag Henrik, er wollte es so. Aber bitte verrat ihm nicht, dass du's von mir hast.«

Art presste die Lippen aufeinander und stocherte wütend in seinen Nudeln. Plötzlich fiel ihm ein, dass er sich für die Mahlzeit spritzen musste, das Insulin jedoch im Wagen gelassen hatte. Er schob den Gedanken beiseite und versuchte, einen klaren Kopf zu bekommen. »Und wie ist er an das Feuerzeug von Johann Heß gekommen?«

»Margot Heß hatte ja damals selbst eine Tochter. Sahra. Die durfte sie aber nicht zu den Westphals mitbringen. Manchmal ist sie dann mit Henrik zusammen heimlich zu sich nach Hause gefahren.«

»Vom Westend bis nach Köpenick?«, fragte Art. »Ein ziemlicher Ritt, einmal quer durch die Stadt. Und das hat niemand bemerkt?«

»Henriks Vater war ja nie da, und selbst wenn er gemerkt hätte, dass sie fort waren, hätte sie gesagt, sie wären einkaufen gewesen oder so etwas.« Juli zuckte mit den Achseln. »Na ja, jedenfalls, da hat Henrik Johann kennengelernt.«

»Das heißt, Henrik kannte auch Sahra Heß?«

»Kennen ist zu viel gesagt. Sie war damals noch sehr klein.«

»Und Henrik hat seinem Vater nie etwas von den Fahrten zu Margot Heß erzählt?«

»Nein. Nie. Er wusste, wenn er das tut, dann ist der Teufel los, und das wollte er nicht. Das Haus an der Krummen Laake, das Grundstück, der See, die verrückten Skulpturen im Garten, das war für ihn der reinste Abenteuerspielplatz. Johann Heß hat mit ihm ein Baumhaus gebaut und mit ihm Lagerfeuer gemacht und auch gegrillt. Bei ihm hat Henrik sein erstes Bier getrunken.«

»Und niemand wusste davon?«

»Doch, schon. Manchmal waren ein paar Freunde mit dabei.«

»Welche Freunde?«

Juli rührte mit der Gabel in den Nudeln.

»Scheiße, Ellie. Doch nicht du?«

»Du hast mich gerade Ellie genannt«, flüsterte sie.

»Jetzt komm mir nicht so«, sagte Art heiser. »Hier geht's gerade um was ganz anderes. Warst du mit dabei?«

Juli nickte. »Manchmal.«

Art stieß Luft aus und schlug mit der flachen Hand auf den Tisch. Wachs spritzte von der Kerze. »Und wer noch?«

»Die ganze Clique.«

»Nora, Henner? Alle?«

»Manchmal auch noch Theo und Rufus.«

»Theo?« Art musste an die Begegnung von Althauser und Margot Heß denken. »Meinst du etwa Theo *Althauser*? Den Gesundheitsminister?«

Sie nickte.

Art lehnte sich zurück und rang um Fassung. *Das* also war die Verbindung. Und sie alle, Althauser, Henrik und Juli hatten über diese Verbindung geschwiegen. Sogar Margot Heß. Die Frage war nur, warum? Und wie passten die Morde da hinein? »Wart ihr auch ab und zu bei Henrik zu Hause?«, fragte er.

Sie zuckte mit den Schultern. »Selten. Und wenn, dann hieß es meistens, nur ja nichts anfassen. Sein Vater war ein ziemlicher Tyrann. Heute würde man vielleicht Kontrollfreak sagen. Er wollte, dass Henrik lernt, Hausaufgaben macht, Sport, was auch immer. Mit Freunden rumhängen fand er unproduktiv, und er schwadronierte immer über seine Erfahrungen als Anwalt, wie schnell man als junger Mensch an die falschen Freunde geraten könne, auf die schiefe Bahn, und, und, und … Hätte er von Henner oder mir gewusst, er hätte uns vermutlich rausgeschmissen. Die Tochter einer Kioskbesitzerin und der Sohn eines Tierpflegers«, schnaubte sie. »Von Nora ganz zu schweigen. Ihre Mutter arbeitete damals in einem Solarium. Nichts für seinen ach so begabten Sohn. Brille war der Einzige, für den das vielleicht nicht galt. Der Vater hat mit Jeans und T-Shirts viel Geld gemacht. Hätte man Henriks Vater gefragt, hätte er vermutlich gesagt, er sei ein Emporkömmling. Henrik hat das alles ignoriert. Für ihn waren alle gleich.« Sie schwieg kurz. »Na ja, insgeheim war *er* vielleicht ein bisschen gleicher.«

»Warum habt ihr mir damals nichts davon erzählt?«

Juli lächelte bedauernd, fast ein wenig, als würde sie seine Frage kindlich finden, was sie ja in gewisser Weise auch war. »Du warst für uns ein Außenseiter, Art. Ich meine, du warst … cool, das haben irgendwann alle begriffen. Aber du warst noch soo jung, und wir wussten nicht, woran wir mit dir sind.

Vielleicht hätten wir dir das alles später erzählt, aber dann ist das mit diesem Ekel passiert. Und danach war alles anders. Keiner wollte mehr …« Sie rollte mit der Gabel Spaghetti auf, ließ sie dann jedoch liegen, stieß einen Seufzer aus und sah ihn an. »Wir wollten das alle vergessen.«

… und am besten nichts mehr mit dir zu tun haben, vollendete Art ihren Satz im Stillen. »Außenseiter, klar.« Art räusperte sich. »Nur, warum habt ihr mir dann überhaupt in der Nacht geholfen?«

Juli lächelte. »Weil es das Richtige war? Ich meine, der Kerl war ein Schwein, er war gefährlich. Er hätte dich und mich beinah umgebracht. Wenn du nicht gewesen wärst … also, wenn du nicht getan hättest, was du getan hast …«

»Aber das wussten die anderen nicht, als sie zurückgekommen sind, oder?«

»War das nicht offensichtlich?«, fragte Juli.

»Vielleicht«, gab Art zu.

»Brille und Nora haben's am Ende auch ein bisschen für mich getan«, meinte Juli. »Mal abgesehen davon, dass Nora sowieso breit war und erst am nächsten Tag begriffen hat, was Sache war. Und vermutlich hatten sie auch noch ein schlechtes Gewissen, wegen der Geschichte im Zoo. Wie Henner auch, und der hat übrigens schon immer getan, was Henrik wollte, auch wenn er es nie zugegeben hätte.«

»Und Henrik?«, fragte Art. »Warum hat *er* mir geholfen? Es war sein Vorschlag, er hat das Ruder übernommen.«

»Henrik eben. So ist er. Deshalb ist er da, wo er ist.«

»Mal ehrlich, er war bereit, einen Toten für mich zu entsorgen.«

»Mein Gott, Art, wir waren alle Teenager. Wir hatten was getrunken, die Situation war doch völlig … irre. Außerdem war der Mann ja nicht tot.«

»Es ist doch eine Sache, ob man sich gegenseitig deckt, wenn man gemeinsam Mist gebaut hat … Aber *das*? Stell dir vor, die Polizei hätte uns aus irgendeinem dummen Zufall heraus angehalten, oder jemand hätte uns dabei beobachtet.«

»Wie gesagt … wir waren alle ziemlich jung …«

Art nickte still. Er wusste, was Juli meinte. Er kannte die Studien über Jugendliche aus Fortbildungen an der Berliner Polizeiakademie nur zu gut. In der Pubertät entwickelte sich die körperliche und intellektuelle Reife viel schneller als die emotionale. Bei Jungen war die Differenz besonders groß. Es war, als ob man plötzlich 300 PS unterm Hintern hatte, aber noch keine Bremse. Die kam laut Studien meist erst mit zwanzig, einundzwanzig. Und trotzdem blieben ihm diese nagenden Zweifel.

Juli sah ihn über die Kerze hinweg an. »Reicht es nicht, dass er dir einfach geholfen hat?«

Art musste plötzlich an ihren Satz am Fuß der Kellertreppe denken. *Du hast ein Löwenherz. Aber hier drin, da bist du immer noch der kleine arme Junge, der glaubt, dass er nichts wert ist.* Fiel es ihm deshalb so schwer, daran zu glauben, dass ihm jemand freiwillig helfen wollte? »Klar«, brummte Art. »Ich bin ihm dankbar. Wirklich. Fällt mir trotzdem schwer, mir keine Gedanken darüber zu machen.«

Juli nickte. »Henrik hatte schon immer seine Gründe, und die kennt nur Henrik.« Ihr Blick ging zur Kerzenflamme, die unruhig am Docht flackerte. Von irgendwoher kam ein Luftzug. Aus der Küche drang das Geräusch von klapperndem Geschirr.

»Und du?«, fragte Art. »Warum hast du mir geholfen?«

»Ist dir das wirklich nicht klar?«, fragte Juli leise und hob den Blick. Sie fasste über den Tisch hinweg nach seiner Hand, doch er zog sie zurück.

»Was machen wir hier?«, fragte sie und suchte seinen Blick.

»Etwas aufklären«, erwiderte er.

Sie nickte langsam. »Ich würde dich gerne etwas fragen«, sagte sie. »Aber ich bin nicht sicher, ob du es nicht wieder falsch verstehst.« Während sie sprach, drehte sie nervös an ihrem Ehering.

Art starrte sie an. Blickte hinab auf ihre Hand und auf den Ring. Dann stand er auf. »Ich muss zur Toilette«, sagte er brüsk. Ohne ein weiteres Wort wandte er sich von ihr ab und ging zum WC. Die Tür quietschte erbärmlich. Es roch nach Urinstein und Ammoniak. Am Waschbecken drehte er den Kaltwasserhahn auf, wusch sich lange die Hände und sah anschließend in den Spiegel. Boxer starrte zurück.

Er trocknete sich die Hände ab und ging zurück ins Lokal.

Julis Stuhl war leer.

»Claudio?«, rief er.

»Ja?«, drang Claudios Stimme aus der Küche. Im Hintergrund war das leise Geräusch eines Fernsehers zu hören und eine Spülmaschine, die lief.

»Wo ist sie hin?«

»Wer, deine Begleiterin? Ist sie weg?«

»Ja. Hat sie was gesagt?«

»Nein, keine Ahnung. Ich meine, ich hab eben mal die Tür gehört.«

Art öffnete die Restauranttür, trat auf den Gehsteig und blickte nach links und rechts die Straße hinunter. Eiskalte Luft hüllte ihn ein. Juli war nirgendwo zu sehen. Hatte er sie verletzt? Verärgert? Hastig ging er durch das Restaurant zu den Toiletten und sah im Damen-WC nach. Auch dort war sie nicht.

Er biss sich auf die Lippen. Plötzlich kam er sich vor wie damals am Bahnsteig, bei ihrer letzten Begegnung, als sie in den Zug gestiegen war, wo Henrik sie erwartete. Und er Idiot hatte sie gehen lassen.

Kapitel 40

Es war zwanzig nach elf, als Nele die Haustür aufschloss. Ihre Glieder waren bleischwer, und sie fühlte sich ausgelaugt. Die Befragungen in der Manteuffelstraße und deren Nachbereitung hatten sich gezogen wie Kaugummi. Kleinschmidt hatte sie danach in lauter unnütze Fragen verwickelt, was ihr angesichts der Eskalation durch das neue Video absurd erschien. Doch Kleinschmidt genoss jeden dieser unnützen Momente, als würden sie gerade in einer Bar sitzen und Cocktails miteinander trinken. Um ganz sicherzugehen, dass sie nichts übersehen hatte und Kleinschmidt sie nicht vorführen konnte, ging sie noch mal alle Aussagen durch und schickte eine kurze Liste an Gallwitz, mit Details, die er für sie überprüfen sollte.

Da Art den Wagen genommen hatte, fuhr sie mit der S-Bahn nach Hause. Sie rief ihn an, um ihn nach Milla zu fragen, doch er ging nicht ans Telefon. Um sich etwas abzulenken, steckte sie sich In-Ears ins Ohr, doch egal, welchen Song ihrer Playlist sie spielte, nichts wollte passen, im Gegenteil, die Beats und Vocals begannen, sie zu stressen. Genervt zupfte sie die In-Ears wieder heraus. Das Rumpeln der Bahn füllte die Stille. Berlin flog an den Scheiben vorbei. In der Ferne leuchtete das Kanzleramt. Wie ging einer wie Westphal damit um, plötzlich am Pranger zu stehen? Politisch war er das sicher gewohnt. Aber privat? Sie rief verschiedene Nachrichtenplattformen auf und surfte durch die Kommentare. Von »Drecksack« bis »der arme Mann« war alles dabei. Die eher linken Plattformen ergingen sich in Spekulationen, gaben sich aber den Anschein, abzuwägen. Ein paar wenige verteidigten ihn. Die Rechten dagegen badeten förmlich in Verschwörungstheorien. QAnon-Mythen wurden zitiert, Westphal wahlweise als Kindermörder oder Killer beschimpft, wobei Sahra Heß' Schwangerschaft als Beweis für die Existenz der satanischen Sekte genommen wurde, die aus toten Kindern ein Verjüngungsserum herstellte. Andere wiederum kommentierten hämisch, dass es mit der Frau des Gesundheitsministers ja immerhin die Richtigen getroffen habe, jetzt müsse nur noch der Kanzler weg. Die Behauptung, der Kanzler sei an der Ermordung beider Frauen schuld, war da geradezu konservativ – und tatsächlich erschreckend weit verbreitet. Morgen würden die wilden Theorien durch die Ermordung von Frida Wilke mit Sicherheit noch einmal mehr Fahrt aufnehmen. Nach einer Weile musste sie das Handy beiseitelegen, weil sie den Schmutz und die Widerwärtigkeiten nicht länger ertrug. Als dann noch drei junge Männer in den Waggon stiegen und einer von ihnen Westphal als Polit-Fotze beschimpfte, steckte sie sich die In-Ears wieder in die Ohren und drehte die Musik auf. Ibiza-Chill-out, Sunset Beach. Sanfte Dünung, Möwen, geschlossene Augen.

Als sie daheim die Wohnungstür öffnete, hatte sie nur noch den Wunsch, ins Bett zu fallen, doch der Geruch von Blut, der Hass im Netz, die Winterkälte, das Wühlen in fremden Leben, Arts Verschlossenheit … das alles klebte an ihr. Sie brauchte eine Dusche, so heiß wie nur möglich. Peppa kam ihr mit müden Augen entgegengeschlichen und strich ihr um die Beine. Die Tür zum Schlafzimmer stand offen. Roman war nicht da. Sie checkte ihre Nachrichten, doch da war nichts. Im Grunde war es ihr recht. Sie wollte weder gefragt werden, wie ihr Tag war, noch mit ihm über das Sägewerk sprechen, ganz zu schweigen von ihrer Schwangerschaft. Für einen Moment blitzte die Sehnsucht auf, sich einfach nur still in seine Arme flüchten zu können.

Unter der Dusche spülte sie sich den Tag vom Leib und versuchte, nicht an Fridas Kopf auf der blutigen Badematte zu denken.

Sie ging mit Peppa ins Bett, die sich eng an sie schmiegte.

Als um Viertel vor sieben der Wecker ging, war ihr ein wenig übel. Na, danke. Die Schwangerschaft ließ grüßen. Roman lag neben ihr und blinzelte verschlafen gegen das Licht der Nachttischlampe an.

»Morgen«, murmelte sie in seine Richtung.

Roman brummte nur.

»Wo warst 'n gestern Abend?«

»Bei Sabine.«

»Sabine *Fischbach*?«

»Mhm.«

Nele spürte einen Stich. Mit achtzehn hatte Roman einen One-Night-Stand mit Sabine gehabt, die beiden kannten sich noch aus der Schule, seitdem hatte sie den Eindruck, dass Sabine keine Gelegenheit ausließ, Roman einzufangen, mal mit raffinierten kleinen Schmeicheleien, mal, indem sie über seine Witze lachte, auch die weniger guten, oder indem sie keinen BH unter ihrer Bluse trug, was sie sich zweifellos leisten konnte. Doch Roman tat immer, als würde er nichts davon bemerken.

»Warum?«, fragte sie.

Roman rieb sich die Augen und gähnte. »Bist du eifersüchtig?«

»Pff«, machte Nele.

»Sie ist Bürokauffrau«, sagte Roman. »Und kann gut organisieren. Ich hab sie gefragt, ob sie Lust hat, die Verwaltung im Sägewerk zu übernehmen.«

Nele überkam ein schales Gefühl. »Ist das dein Ernst?«

»Ja. Sie hat ein gutes Händchen, denke ich.«

»Klar. Ein gutes Händchen.« Nele schwang die Füße aus dem Bett.

»Was ist denn los?«, meinte Roman. »Warum bist du so gereizt? Ich dachte, du bist froh, wenn ich dich nicht frage, ob du es machen willst. Und irgendjemand muss es machen.«

»Und sie macht's bestimmt gerne, oder?«

»Ja«, sagte Roman. »Tut sie. Sie hat sich gefreut.«

»Tss.«

»Was denn? Willst du es doch machen?«

»Ich habe einen Jo-hob, schon vergessen?«

»Eben, dann sind das doch gute Nachrichten.«

»Ja. Wirklich gute Nachrichten«, sagte Nele trocken. Sie nahm ihr Handy vom Nachttisch und sah nach ihren Mails.

»Meinst du nicht, du übertreibst etwas?«, fragte Roman.

Neles Blick blieb an einer Mail von Ben Gallwitz hängen, um halb sieben hatte er sie geschickt, im Betreff stand *Prüfung Gesundheitsamt.*

Wie zum Geier hatte er das so schnell hingekriegt?

»Nele?«

Sie öffnete die Mail, die nur aus drei knappen Sätzen bestand.

Neo Wolters war laut Gesundheitsamt tatsächlich corona-positiv, aber das war Anfang November letzten Jahres. Zwei Wochen später hat er sich freigetestet. Der letzte PCR-Test war damit vor fast drei Monaten, Ergebnis: negativ.

Sie starrte auf das letzte Wort der Mail. Negativ.

Also hatte Neo Wolters gelogen?

»Nele, jetzt komm schon.« Roman kam auf ihre Seite des Bettes herüber und versuchte, sie an sich zu ziehen.

»Ich kann jetzt nicht«, murmelte Nele und schob seine Hand weg. Sie stand auf, ging in die Küche und setzte einen Kaffee auf. Die Frage war, hatte Neo Wolters sie nur angelogen, weil er nicht wollte, dass jemand erfuhr, dass er trotz einer Coronainfektion keinen offiziellen PCR-Test gemacht hatte? Die Zeiten, wo der Test ein Muss war, waren eigentlich vorbei. Oder hatte er die Krankheit vorgeschoben, um Nele nicht in seine Wohnung zu lassen? Sie lief ins Bad, putzte sich die Zähne, band die Haare zurück, ging zurück in die Küche und schenkte sich eine Tasse Kaffee mit etwas Hafermilch ein.

Neo Wolters hatte krank ausgesehen, ihm hatte der Schweiß auf der Stirn gestanden. Aber genau genommen hätte es auch Stress statt Fieber sein können. Peppa kam angetrappelt, stupste sie mit ihrer feuchten Nase ans Bein, und Nele kraulte ihr den Hals. Dann stand sie auf, öffnete eine Dose Futter mit Wild, Reis und Karotte und füllte Peppas Napf.

»Der Hund kriegt mehr Aufmerksamkeit als ich«, stellte Roman fest und betrat die Küche.

»Es ist *dein* Hund«, erinnerte ihn Nele. »Und meistens denkst du morgens nicht daran, ihm was zu fressen zu geben.«

Roman ersparte sich und ihr klugerweise eine Antwort, nahm sich einen frischen Kaffee und räumte verstimmt das

Feld. Nele musste plötzlich daran denken, wie vehement Neo Wolters sie in die Rassismusdebatte verstrickt hatte. Danach hatte sie vor lauter schlechtem Gewissen nicht weiter gefragt. Sie war sich dumm und unfair vorgekommen. Jetzt hatte sie das Gefühl, dass sie sich mit ihrer Political Correctness vielleicht selbst ein Bein gestellt hatte. Art an ihrer Stelle hätte Wolters vermutlich was gehustet und ihm gesagt, er solle sich seine Wokeness sonst wohin stecken. Und vor allem wäre Art nicht einfach so abgezogen.

Ihr wurde abwechselnd heiß und kalt. Mein Gott, das war so peinlich. Sie hatte Kleinschmidts Hilfe überheblich zurückgewiesen, hatte sich beweisen wollen, und jetzt? Sie sah auf die Uhr. »Roman, kann ich deinen Wagen haben?«, rief sie.

»Pfff«, stöhnte Roman. Er tauchte in der Küchentür auf. »Wie lange denn?«

»Eine Stunde. Vielleicht eineinhalb.«

Er nickte. »Wenn's sein muss. Hauptsache, du bist um neun wieder da. Ich muss zu meinem Vater, ein paar Dinge regeln.«

»Versprochen«, sagte Nele.

Sie sprang in ihre Klamotten und war schon an der Tür, als sie noch einmal kehrtmachte, zu Roman in die Küche lief und ihn küsste.

»Mhm«, brummte er. »Womit hab ich das verdient?«

»Gar nicht«, sagte sie.

»Vorhin warst du noch sauer.«

Nele zuckte mit den Achseln. »Sollst nicht leben wie ein Hund.« Sie versuchte sich an einem Grinsen, doch in Gedanken stand sie bereits vor Neo Wolters' Tür, um ihren Fehler möglichst noch vor der Lagebesprechung wieder auszubügeln. Art würde ihren Fauxpas vielleicht noch verstehen, doch wenn die anderen ihr Protokoll lasen und dazu die Mail von Gallwitz, dann würde die Häme kommen, und das Getuschel über Kauders unfähigen Protegé würde quer durch die Abteilung gehen, und das war das Letzte, was sie wollte. Einmal mehr dachte sie, wie scheißungerecht die Welt war. Andere konnten sich solche Fehler leisten. Sie nicht.

Um zwanzig vor acht klingelte sie in der Manteuffelstraße an der Haustür. Das Sprechgerät blieb stumm. War das ein Zeichen, dass sie recht hatte mit ihrem Verdacht? Oder eben gerade nicht?

Sie klingelte bei zwei anderen Bewohnern, erst beim dritten hatte sie Glück. Sie wies sich als BKA-Beamtin aus und bekam die Tür geöffnet.

Mit schnellen Schritten lief sie in den dritten Stock und klopfte an Neo Wolters' Wohnungstür. Das Pochen hallte im Flur wider. Nichts geschah. Sie begann zu klingeln und abwechselnd zu klopfen, wartete dann eine Weile und begann erneut. Normalerweise, dachte sie, taten so etwas nur Stalker. Aber was blieb ihr übrig? Sollte er tatsächlich krank sein, dann war er zu Hause und musste sie irgendwann hören. Falls er nicht zu Hause war, hatte er gelogen. Aber was dann? Um sich Zutritt zu verschaffen, brauchte sie einen unterzeichneten Durchsuchungsbeschluss. Im Falle eines konkreten Verdachts oder von Gefahr im Verzug konnte sie sich den natürlich auch nachträglich verschaffen, doch dafür war die Beweislage noch nicht ausreichend. Vielleicht reimte sie sich ja auch nur etwas zusammen und war gerade dabei, den nächsten Fehler zu begehen?

Sie klingelte erneut und ließ den Daumen fast eine halbe Minute lang auf dem Knopf, mit der anderen Hand klopfte sie ans Holz.

Plötzlich rumpelte es, und die Tür wurde einen Spaltbreit geöffnet. Wie zuletzt war die Kette vorgeschoben und spannte sich. Neo Wolters' Gesicht tauchte auf, seine schwarzen Haare standen in alle Richtungen ab, sein blauer Mundschutz saß schief, als hätte er ihn hastig übergestülpt. »Was ist los?«, fragte er verwirrt. »Was wollen Sie?«

»Sie haben mich gestern belogen«, stellte Nele schnörkellos fest.

»Wie kommen Sie darauf?«, fragte er.

»Sie haben keinen Test gemacht, jedenfalls nicht beim Gesundheitsamt.«

»Sind Sie jetzt die Corona-Schutzpolizei, oder was?«

»Wenn Sie mir die Tür öffnen, dann können wir das vielleicht drinnen besprechen.«

»Haben Sie einen Durchsuchungsbeschluss?« Neo Wolters hob die Augenbrauen. Es sollte souverän wirken, doch er schien gestresst zu sein, fast ängstlich.

»Muss ich Ihnen erklären, dass die Frage Sie verdächtig macht.«

Wolters seufzte. »Verdammter Polizeistaat«, murmelte er.

»Was haben Sie gesagt?«

»Nichts.« Er verschwand einen Moment aus Neles Blickfeld.

»Herr Wolters?«

Keine Antwort.

»Hören Sie, ich kann mir auch Zutritt verschaffen und die Tür aufbrechen. Bei Ihrem Verhalten wird mir der Staatsanwalt auch ganz sicher nachträglich einen Durchsuchungsbeschluss unterzeichnen«, versuchte Nele zu bluffen. Sie war entschlossen, sich nicht noch ein weiteres Mal abweisen zu lassen.

»Sie haben ja noch nicht mal einen Zeugen dabei«, sagte Neo Wolters hinter der Tür.

Verdammter Mist, der Kerl kannte sich tatsächlich aus. »Wissen Sie, wie egal mir das gerade ist?«, erwiderte Nele. »Entweder Sie machen mir jetzt die Tür auf und sagen die Wahrheit, oder ich rufe die Kollegen, und glauben Sie mir, das wird unangenehm für Sie.«

Wolters schien zu überlegen. »Meinetwegen«, brachte er schließlich hervor. Er hakte die Kette aus, und die Tür schwang nach innen auf. Neo Wolters stand in einem winzigen Flur, ähnlich dem von Frida Wilkes Wohnung. Er schien drahtig zu sein, vielleicht auch einfach hager, das war unter der weiten Cargohose und dem viel zu großen Kapuzenpullover schwer zu deuten. Seine Füße steckten in offenen hohen Sneakers. Er drehte sich um und ging vor in Richtung Wohnraum. Nele trat über die Schwelle und folgte ihm. Ihr Blick fiel auf einen Schreibtisch vor dem Fenster, darauf stand ein konkav geformter extrabreiter Bildschirm.

Kaum hatte sie die Tür passiert, klickte es leise hinter ihr, als wäre die Wohnungstür wie von Zauberhand ins Schloss gefallen. Erst in diesem Augenblick begriff sie, dass sie einen weiteren Fehler gemacht hatte. Sie sah zurück zur Tür, im selben Moment traf sie ein Schlag am Kopf. Sie stürzte, rutschte an der Flurwand entlang zu Boden, bekam einen harten Tritt in die Seite und trudelte in ein tiefes dunkles Nichts.

Kapitel 41

Art bekam Julis WhatsApp-Nachricht nicht aus dem Kopf.

Lass uns Abstand nehmen, hatte sie noch in der Nacht um Viertel nach zwölf geschrieben.

Das funktioniert so nicht mit uns. Und sag bitte niemandem, dass wir zusammen bei Toto waren. Das macht mir nur Schwierigkeiten, und davon hab ich gerade wirklich genug.

Das funktioniert so nicht mit uns. Hatte es damals nicht, und tut es heute auch nicht. Er würde für immer Boxer bleiben.

Eine halbe Stunde nachdem er die Nachricht gelesen hatte, löschte Juli sie, sodass sie auch auf seinem Telefon verschwand. Vermutlich hatte sie auch den Chat mit seiner Nummer aus ihrem Handy gelöscht. Nur ja nicht für andere sichtbar mit ihm verbunden sein. Auch an den Heimlichkeiten hatte sich seit damals nichts geändert.

Art schob den Gedanken frustriert beiseite und blickte auf den leeren Stuhl neben sich. Zwölf Minuten nach neun. Wo steckte eigentlich Nele? Das Letzte, was zu ihr passte, war Unpünktlichkeit. Vielleicht ja Un*päss*lichkeit? Schließlich war sie schwanger. Martin Buchwald war selbst fünf

Minuten zu spät zur Lagebesprechung erschienen. Auf seine Frage, wo Nele Tschaikowski sei, hatte niemand eine Antwort. Art versuchte, sie auf ihrem Handy zu erreichen, doch es nahm niemand ab. Buchwald war inzwischen zur Eröffnung der Lagebesprechung übergegangen, in der er im Wesentlichen Dinge wiederkäute, die als gesetzt galten, und die Fragen und Spuren aufzählte, bei denen es bisher zu keinen verwertbaren Ergebnissen gekommen war, wie zum Beispiel der gestohlene Pritschenwagen, die Plane, fehlende Fingerabdrücke, nutzlose Faserspuren oder die Zeitabläufe rund um die Entführungen von Sahra Heß und Marietta Althauser.

Der Blutfleck kam ihm wieder in den Sinn. War es ein Fehler, dass er ihn Brunner verschwiegen hatte? Einmal mehr schlich Juli sich in seine Gedanken. Erst der Kuss im Billardzimmer, dann diese Nachricht. Er war so aufgewühlt gewesen, dass er die erste Hälfte der Nacht über kaum geschlafen hatte. Er war immer noch wütend, sowohl auf Juli als auch auf Henrik. Beide hatten ihn belogen und nichts von Margot Heß erzählt. Die Frage war, warum? Und was hatte Juli ihn zuletzt im Restaurant fragen wollen, bevor sie einfach aufgestanden und gegangen war? Dass er vor ihrer Frage geflüchtet war, erschien ihm im Nachhinein als furchtbar kleinmütig.

Die Tür des Besprechungsraumes sprang plötzlich auf und riss Art aus seinen Gedanken. Eigentlich hätte er Nele erwartet, doch es war Nestor Christou, der mit seinem Laptop unter dem Arm den Konferenzraum betrat. Er nickte beiläufig Buchwald und Reiter am Kopfende des Tisches zu, lief mit schlaksigen Schritten zu seinem Platz und richtete sich mit seinem Laptop ein. Seine fast schwarzen Augen flogen hin und her, als er begann, sich durch seine Programme zu klicken.

»Nestor?«, fragte Buchwald.

Christou sah überrascht auf, als hätte er nicht erwartet, angesprochen zu werden.

»Das hab ich richtig verstanden, du bist fertig mit deiner Untersuchung, oder?«, meinte Buchwald.

»Äh, ja. Absolut. Also, äh, gerade so«, murmelte Christou. »Aber fertig, ja.«

»Dann leg los.«

Nestor Christou räusperte sich und drückte den Knopf für die Verdunkelung. »Vielleicht vorher noch ein Wort zur IP der Seite von *Shibuya-News.com*. Da gibt es nichts Neues. Meine Mail an die Kontaktadresse wurde nicht beantwortet, aktuell habe ich noch eine falsche Identität vom Staatsschutz benutzen dürfen. Mal sehen ... aber jetzt zu den Videos ...« Auf der Leinwand erschien das Startbild des Videoclips mit Sahra Heß. »Also, Fake oder nicht Fake, das ist hier die Frage, um es mal mit Shakespeare zu sagen«, murmelte er. »Also mehr oder weniger jedenfalls. Aber was ist und was nicht ist, is ja heute abhängig von Fake oder nicht Fake, deshalb ...«

»Nestor, kannst du es kurz machen, bitte«, ging Reiter dazwischen.

»Äh, ja. Krieg ich hin. Also, ich hab die Pixel auf Anomalien untersucht. Auf den ersten Blick stimmt alles. Bis auf ein paar Kleinigkeiten, dazu später mehr. Aber wenn ich die Chroma-Werte hochdrehe«, er switchte das Fenster, und es erschien ein weiteres Bild von Sahra Heß, auf dem alle Farben übertrieben bunt waren, sodass das Bild regelrecht zerfranst wirkte, »dann sieht man, dass eng um unser Opfer herum ein kleiner dünner Rand ist, der etwas weniger bunt erscheint. Das ist einem Spill Key geschuldet, einer Advanced-Key-Technik, die in Videoprogrammen für professionelle und semiprofessionelle Bildbearbeitung benutzt wird.«

»Und was heißt das jetzt?«, fragte Art.

»Das heißt, Sahra Heß wurde vermutlich vor einer blauen Wand gefilmt. Danach hat der Täter den blauen Hintergrund weggekeyt. Das heißt quasi, alles, was im Bild blau ist, verschwindet, und stattdessen erscheint ein anderer Hintergrund. In diesem Fall ist es der Heizungskeller der Westphals.«

»Das heißt, das Video ist ein Fake?«

»Jepp. Also, Sahra Heß ist schon real. Aber es wurde nicht in Westphals Keller gedreht.«

»Wie sicher lässt sich das sagen?«, fragte Buchwald.

Christou zeigte mit dem Laserpointer erneut auf die Leinwand. »An den Übergängen, also da, wo Sahra Heß' Körper an den blauen Hintergrund stößt, gibt es normalerweise immer ein paar Probleme. Man sieht dann oft kleine bläuliche Restpixel an den Übergängen. Dafür wird der Spill genutzt, man kann damit die farbigen Übergänge gewissermaßen entfärben. Dann fallen die verräterischen blauen Reste nicht mehr auf. Wenn man allerdings die Chroma-Werte so hochzieht wie ich in diesem Beispiel, dann bemerkt man den typischen entsättigten Rand.«

»Gibt es noch andere Belege?«, fragte Reiter.

»Die lange oder die kurze Variante?«, wollte Christou wissen.

»Die kurze«, sagte Buchwald.

»Ja. Gibt es«, sagte Christou. »Den Rest könnt ihr in meinem Bericht nachlesen. Ach, und eine Sache noch. Art, du hattest mir ja noch den aktuellen Gaszählerstand geschickt. Wir können ihn allerdings nicht mit dem Zählerstand auf dem Video abgleichen, die Zahlen sind zu verschwommen. Liegt an der Auflösung. Wir können also nicht anhand des Gasverbrauchs feststellen, wann genau die Fake-Aufnahme für den Kellerwand-Hintergrund gemacht wurde. Das kann also gestern oder auch vor drei Jahren gewesen sein. Interessant in diesem Zusammenhang: Die Seriennummer des Zählers ist dagegen relativ gut lesbar. Sieht aus, als hätte da jemand nachgeholfen.«

»Hm. Clever«, sagte Buchwald. »Was ist mit der Gasrechnung?«

»Die ist echt«, warf Brunner ein. »Entweder jemand hat Zugriff auf die Post oder auf die Fakturierung beim Gasversorger.«

»Ein Hack?«

»Möglicherweise.«

»Was ist mit dem zweiten Video? Von Marietta Althauser?«, fragte Art.

»Auch ein Fake«, meinte Nestor Christou.

Buchwald atmete erleichtert aus. »Gott sei Dank.« Er nahm sein Handy und schrieb rasch eine Nachricht. »Für zwölf bereite ich eine Pressekonferenz vor, auf der wir das mitteilen.«

Art hatte Mühe, seine Überraschung zu verbergen. Hieß das, Henrik hatte nichts mit alldem zu tun? Warum hatte Henrik ihn dann gebeten, einen Sündenbock zu finden? Einfach nur, weil er wusste, dass in solchen Fällen immer die Gefahr bestand, dass etwas an einem haften blieb, wenn man nicht schnell und entschlossen handelte? Aber dann blieb immer noch die Frage, was war mit dem Blutfleck im Billardzimmer? Er überlegte kurz, den Fleck doch zur Sprache zu bringen, ließ es dann aber. Juli hatte ihn extra darum gebeten, es nicht zu tun. Und wenn das Video von Marietta Althauser auf dem Billardtisch wirklich ein Fake war, dann gab es eigentlich keinen Anlass, die Sache an die große Glocke zu hängen.

»Heißt das alles nicht auch, wir müssen unseren Täter im Medienbereich suchen?«, fragte Brunner. »Oder können solche Programme auch von Laien bedient werden?«

»Mmmm«, brummte Christou. »Ist die alte Frage. Muss ein Bombenbauer Bomben bauen gelernt haben, oder reicht ein Video-Tutorial und etwas Übung?«

»Unser Täter muss ja nicht nur die Nachbearbeitungsprogramme beherrschen«, gab Art zu bedenken. »Er muss ja auch die Aufnahmen so machen, dass sie zusammenpassen, also, die Perspektiven der Aufnahmen aus dem Keller und die der Blue-Screen-Aufnahmen müssen übereinstimmen, oder?«

»Jepp«, räumte Christou ein. »Mal ganz abgesehen davon scheint er auch in Sachen Netz und IT ziemlich schlau zu sein.«

»Braucht man eigentlich für so einen Fake nur ein Foto des Kellers und des Billardtisches, oder muss man ein Video machen?«, fragte Art.

»Ein Foto reicht«, erwiderte Christou. »Ist ja nur ein Hintergrund, auf dem sich nichts bewegt. Einfach loopen, und das typische minimale Bildrauschen der Pixel bei Bewegtbildern kann man nachträglich draufrechnen. Dafür gibt es zahlreiche sogenannte Plug-ins.«

Art nickte nachdenklich. Dem Täter musste also ein kurzer Moment vor Ort gereicht haben.

»Wo ist eigentlich Julia Leitner von der OFA?«, fragte Reiter.

»Immer noch krank«, knurrte Buchwald.

»Das mit dem Täterprofil habe ich übernommen«, meldete sich Ben Gallwitz. Egon Brunner tat, als verschluckte er sich, und hustete ein paar Mal, wofür er einen säuerlichen Blick von Gallwitz kassierte. Alle wussten, dass Psychologie

Gallwitz' zweite Berufung war, mitunter glitt der brillante Erkennungsdienstler dabei jedoch in die Küchenpsychologie ab. »Unser Täter«, hob Gallwitz an, »ist nach der Beschreibung von der Siegessäule vermutlich männlich. Dazu kommt, laut Statistik werden etwa achtundachtzig Prozent der Morde von Männern begangen. Das Einzige, was gegen einen Mann spricht, ist die Mordmethode. Das Ausblutenlassen ist eher ›weich‹ und distanziert. Als hätte der Täter gewisse Hemmungen, im Gegensatz zum Beispiel bei einem Mord mit einem Messer. Er ist kräftig genug, um Tote zu bewegen, er ist gut und schnell zu Fuß. Er könnte medizinische Kenntnisse besitzen, zumindest rudimentär. Er kann mit Videokameras und Nachbearbeitungssoftware umgehen, besitzt Kenntnisse über IT und IP-Adressenverschleierung, er könnte also im Bereich Medien gearbeitet haben oder dort eine Ausbildung gemacht haben.«

»Vermutlich ist er bewaffnet«, warf Art ein. »Wie sonst hätte er die Frauen dazu gebracht, still dazusitzen, während sie ausbluten.«

»Klar, guter Punkt«, murmelte Gallwitz und machte sich eine Notiz. »Er will Aufmerksamkeit«, fuhr er fort. »Dabei benutzt er indirekte Hinweise und versucht, über seine Plattform die öffentliche Meinung zu beeinflussen.«

»Wobei noch nicht klar ist, ob es seine Plattform ist«, bremste Art.

»Natürlich ist es seine Plattform«, mischte sich Reiter ein. »Woher sonst sollte er das Originalmaterial haben? Ich meine, wie wahrscheinlich ist es, dass jemand solches Material zugespielt bekommt und es einfach veröffentlicht, ohne es der Polizei zu melden? Und vor allem gibt es diese Plattform erst seit den Morden.«

»Nicht ganz«, widersprach Art. »*Shibuya* scheint erst nach

dem zweiten Mord, also dem Mord an Marietta Althauser, online gegangen zu sein.«

»So oder so müssen wir uns auf *Shibuya-News* konzentrieren«, sagte Buchwald. »Die Anonymität, die Verschleierung der IP, der Besitz der Videos – das alles spricht dafür. Und die gefakten Videos zeigen eindeutig: Da will jemand dem Kanzler schaden. Für ein persönliches Motiv sehe ich derzeit keine Anhaltspunkte. Aufgrund der exponierten Stellung von Henrik Westphal ist ein politisches Motiv naheliegend, ob von jemandem innerhalb oder außerhalb von Deutschland, bleibt abzuwarten.«

»Außerhalb von Deutschland? Wer sollte das denn sein?«, fragte Art. »Die Russen oder die Chinesen etwa? Ist das nicht etwas weit hergeholt.«

»Die Kollegen vom BND halten das zumindest nicht für unwahrscheinlich«, sagte Reiter.

»Könnte es nicht auch sein, dass wir von sich überlagernden Szenarien ausgehen müssen?«, meinte Art. »Die Morde passieren, und eine politische Splittergruppe versucht, sie als Trittbrettfahrer zu nutzen?«

»Das erklärt nicht, wie die Videos auf der *Shibuya*-Site gelandet sind«, erwiderte Reiter.

Art sah in die Runde. War das wirklich bei allen die vorherrschende Meinung? Ein politisches Motiv? Andererseits konnte er den Kollegen schlecht widersprechen. Bisher gab es tatsächlich keine relevanten Hinweise auf ein persönliches Motiv. Bis auf einen. Und den hatte er erst gestern Abend Juli abgetrotzt: die Verbindung von Henrik, Heß und Althauser. Und natürlich der Blutfleck im Billardzimmer.

»Übrigens«, warf Brunner ein, »hat jemand die Programmhinweise für heute Abend gesehen? De Fries macht ein weiteres Spezial ...«

Buchwald stöhnte und rieb sich die Schläfen. »Wenn wir nicht aufpassen, droht uns das Ganze zu entgleiten. Wir müssen –«

»Ist uns doch schon entglitten«, stellte Brunner fest. »Schau dich mal im Netz um. Im Kanzleramt müssen inzwischen die Drähte glühen.«

Für einen Augenblick schwiegen alle. Brunner hatte den Nagel auf den Kopf getroffen. Art überlegte, die Verbindung, die er entdeckt hatte, offenzulegen. Aber er wusste schon, was die erste Frage sein würde: Wer ist deine Quelle? Und das Letzte, was er wollte, war, Juli da mit hineinzuziehen.

»Wo ist Westphal eigentlich gerade?«, fragte Gallwitz.

»Im Flieger, auf dem Rückweg aus Katar. Thema Gasversorgung«, sagte Reiter.

»Na, dann fröhliche Landung in Berlin«, meinte Brunner. »Wenn er aus dem Flieger klettert, wartet vermutlich die versammelte Meute.«

»Das werden wir zu verhindern wissen«, meinte Reiter düster.

»Wie denn? Wollen Sie die Abteilung SG mit halbautomatischen Waffen der Presse entgegentreten lassen?«, spöttelte Brunner.

»Okay, stopp!«, unterbrach Buchwald laut. »Nicht unsachlich werden jetzt. Wir sind hier, um zu ermitteln. Also, noch mal: Es geht darum, herauszufinden, *wer* Westphal beschädigen will und *warum*. So finden wir den Täter. Wer steckt hinter *Shibuya-News.com*? Was ist mit dem Handschuh? Wem gehört die DNA? Was ist die Botschaft? Und weiterhin: Gibt es eine Verbindung zwischen den Opfern? Damit schließe ich natürlich auch Frida Wilke mit ein. Unsere Arbeitshypothese«, er wies auf Reiter, »solange wir kein privates Motiv erkennen können, gehen wir von einem politischen aus.« Er erhob sich und klatschte zum Abschluss in die Hände. »Wir brauchen Resultate, und zwar schnell. In fünf Tagen ist G20. Bis dahin muss das vorbei sein.« In der Runde gab es zustimmendes Gemurmel.

»Martin?«, sagte Art. »Ich hab da noch was.«

Buchwald hatte bereits die Papiere vor sich auf Stoß sortiert und sah ihn an. »Ja, Art?« Brunner hatte die Tür geöffnet und wollte den Raum verlassen. »Leute«, rief Buchwald, »wir sind noch nicht fertig.« Brunner schloss die Tür und kam zurück. Art wartete, bis der Kriminaltechniker sich gesetzt hatte. »Es gibt tatsächlich eine Verbindung zwischen den Morden«, sagte Art, »genauer gesagt, es gibt eine Verbindung zwischen Sahra Heß, Marietta Althauser und dem Kanzler.«

Im Konferenzraum wurde es still. Buchwald setzte sich wieder, und sein Stuhl knarzte leise. »Und die wäre?«

»Margot Heß war die Erzieherin von Henrik Westphal, sein Vater hatte sie eingestellt. Und Westphal und Althauser waren bereits als Kinder befreundet. Das heißt, der Minister Althauser kennt Margot Heß ebenfalls.«

Alle schienen den Atem angehalten zu haben.

»Und damit kommst du jetzt?«, fragte Buchwald. »Woher weißt du das? Und seit wann?«

Art zögerte. »Eine anonyme Quelle«, sagte er.

Stille.

»Eine *bitte WAS*?«, fragte Reiter.

Art schwieg.

»Kollege, wir sind hier nicht bei der Presse. Also kommen Sie mir hier nicht mit diesem Anonyme-Quelle-Gewäsch. Hier geht's um was, wir müssen wissen, woher diese Info kommt«, stieß Reiter nach.

»Dazu kann ich nichts sagen«, erwiderte Art.

»Das werden Sie müssen«, blaffte Reiter. »Ansonsten werde ich Sie suspendieren, und zwar schneller, als Sie Ihren eigenen Namen aussprechen können.«

Art lächelte. »Dann bitte ich Sie darum, das zu tun. Ich fürchte nur, da Sie der Abteilung SG vorstehen, dürfen Sie das gar nicht. Sie müssten also Ihren Kollegen Buchwald fragen, ob er das für Sie tut.« Art wies mit der Hand auf seinen Chef. »Martin, würdest du bitte?«

Reiter presste die Zähne aufeinander. Martin Buchwald schürzte die Lippen und versuchte, Zeit zu gewinnen. »Bevor wir hier schwere Geschütze auffahren«, sagte er mit mühsam kontrollierter Stimme, »sollten wir vielleicht erst einmal auf anderen Wegen den Wahrheitsgehalt der Aussage deiner Quelle überprüfen. Ben, du checkst bitte Margot Heß' Steuerunterlagen. Geh so weit zurück wie nötig.«

»Du weißt, das wird schwierig«, stöhnte Gallwitz. »Die Finanzämter platzen aus allen Nähten und kommen mit dem Digitalisieren von Uraltunterlagen nicht nach, wir müssen also nach Papier wühlen – wenn die Akten überhaupt noch vorhanden sind. Das kann ein paar Tage dauern.«

»Dann hol dir Hilfe«, sagte Buchwald gereizt. »Kleinschmidt, Gerhard Reiter und ich, wir befragen Margot Heß und Althauser. Art, du bist dabei raus, damit wir nicht Gefahr laufen, dass du deine eigene Quelle bestätigen willst. Kümmere dich bitte weiter um Frida Wilke, sieh dir noch mal alle Befragungen von gestern Abend an.«

Art nickte. »Damit kann ich leben.«

»Ich will nicht, dass du damit leben kannst«, zischte Buchwald. »Ich will, dass du deine Arbeit machst und dir verdammt noch mal überlegst, ob du deine Quelle nicht besser schleunigst offenlegst.« Es knallte, als Buchwald erneut seine bereits geordneten Papiere auf dem Konferenztisch auf

Kante stieß, dann verließ er mit schnellen Schritten seinen Platz. Kleinschmidt folgte ihm, während Reiter Art einen vernichtenden Blick zuwarf und sich erst erhob, als Buchwald bereits den Raum verlassen hatte.

»Sie haben gehört, was Ihr Chef gesagt hat?«, fragte Reiter.

»Dass ich meine Arbeit machen soll? Nichts anderes tue ich«, erwiderte Art und blickte auf sein Handy in der Hoffnung, eine Nachricht von Nele zu finden. Doch da waren nur eine Reihe Anrufe von einer unbekannten Nummer.

»Ich meinte den zweiten Teil«, zischte Reiter. »Sagen Sie uns verdammt noch mal, wer Ihre Quelle ist. Und hören Sie auf, sich querzulegen, sonst könnte ich auf die Idee kommen, weiter oben an die Türen zu klopfen, um Sie zu entfernen.«

Arts Telefon begann zu vibrieren. Dieselbe Nummer wie bei den Anrufen zuvor. »Klopfen Sie von mir aus so weit oben, wie Ihr Arm reicht«, schlug Art vor. »Und viel Glück dabei.« Dann nahm er das Gespräch an. »Mayer, BKA Berlin?«

»Hallo?«, fragte eine verblüffte Männerstimme. Es klang beinah, als hätte derjenige gar nicht damit gerechnet, dass jemand abnahm.

»Wer ist denn da?«

»Äh, Entschuldigung. Roman Hoff hier, ich bin der Freund von Nele Tschaikowski. Ich bin auf der Suche nach ihr, wissen Sie, wie ich sie erreichen kann?«

»Dann sind wir schon zwei«, sagte Art. »An ihr Telefon geht sie jedenfalls nicht.«

Roman Hoff schwieg einen Moment. »Sie hatte mir versprochen, dass sie mir bis neun den Wagen zurückbringt und –«

»Den Wagen?«, unterbrach Art.

»Ja, ich hab ihr meinen Wagen geliehen.«

»Wer hat Ihnen überhaupt meine Nummer gegeben?«

»Äh, die Assistentin von Herrn Buchwald. Hören Sie, das mit dem Wagen ist –«

»Ihr Wagen interessiert mich ehrlich gesagt nicht«, erwiderte Art genervt und war drauf und dran, aufzulegen.

»Nein, darum geht's doch gar nicht«, sagte Roman Hoff. »Also, schon auch, aber der Wagen steht hier, und ich kann Nele nicht finden. Ich glaube, da stimmt was nicht.«

»Was soll das heißen? Wo steht der Wagen?«

»In der Manteuffelstraße, vor so einem Eckhaus.«

Art runzelte die Stirn. Nele war zu Frida Wilkes Wohnung gefahren statt zur Lagebesprechung? Ohne Bescheid zu geben? Das sah ihr überhaupt nicht ähnlich. »Der Wagen ist verschlossen, nehme ich an?«

»Ja. Und Nele ist im Haus.«

»Woher wissen Sie das?«

»Ich hab so einen Smart-Tracker an meinem Autoschlüssel, damit ich ihn finden kann, falls ich ihn mal verliere. Und die App auf meinem Handy zeigt mir an, dass der Schlüssel in diesem Haus ist. So hab ich auch das Auto gefunden.«

»Dann nehme ich an, Nele kommt früher oder später auch wieder raus.«

»Nein, das ist es ja«, sagte Roman Hoff beunruhigt. »Ich war schon im Haus. Dem Tracker nach ist sie im dritten Stock, da ist das Signal am stärksten. Eigentlich kommen nur zwei Wohnungen infrage, und ich hab bei beiden geklingelt. Da macht niemand auf.«

Art stutzte. Langsam verstand er, warum Roman Hoff so beunruhigt klang – und dabei wusste Hoff noch nicht einmal, dass dieses Haus gestern Abend Schauplatz eines Mordes gewesen war.

»Sind Sie sicher, dass Ihr Tracker richtig funktioniert?«

»Hundert Prozent. Diese AirTags sind so genau …, je näher man kommt, desto intensiver das Signal. Ich hab den Schlüssel damit mal in meiner Sockenschublade gefunden.«

»Okay. Haben Sie mal auf die Namensschilder an den Türen gesehen?«

»Äh, ja. Jungmann stand da, und an der anderen Klingel Wollers, glaube ich.«

»Einen Moment«, meinte Art. Gallwitz und Christou saßen noch mit Brunner am Tisch und diskutierten. »Ben? Nestor?«, ging er dazwischen, »gestern Abend, das Haus in der Manteuffelstraße, dritter Stock, die Namen Jungmann und Wollers, sagt euch das was?«

Ben Gallwitz runzelte die Stirn. »Wollers? Da gibt es nur einen Wolters. Das ist der mit dem angeblichen Corona-Check, da hatte ich heute früh Nele eine Antwort vom Gesundheitsamt geschickt. Warum?«

»Um was genau ging es da?«

»Wolters meinte, er hätte seit ein paar Tagen Corona. Deshalb wollte er Nele wohl nicht in die Wohnung lassen. Er meinte, er hätte im Labor um die Ecke einen PCR-Test gemacht. Nele war so schlau, mich zu fragen. Inzwischen hab ich beides gecheckt. Labor um die Ecke und Gesundheitsamt. Ergebnis: Der Kerl hat keinen Test gemacht.«

Art lief ein Schauer über den Rücken. »Wo sind Sie jetzt?«, fragte er Roman Hoff.

»Am Wagen.«

»Gut. Bleiben Sie, wo Sie sind. Gehen Sie nicht wieder zurück ins Haus, hören Sie? Wir kommen zu Ihnen.«

Kapitel 42

Staatssekretär Reinhard Schlottbeck spürte, wie die Räder des Airbus A350 die Landebahn des BER touchierten und dann aufsetzten. Eine sanfte Bilderbuchlandung, dem Wetter zum Trotz. Er wusste den neuen Regierungsflieger zu schätzen, die alten Pannenkisten waren eine nationale Peinlichkeit gewesen. Er hatte auch nicht vergessen, wie Merkels Flieger im Schatten der mehr als doppelt so großen 747 der Heavy-Metal-Band Iron Maiden parkte. Allein der Schriftzug *Iron Maiden* war fast so groß wie der Regierungsjet gewesen. Understatement war eine feine Sache, aber manche Dinge hatten nun mal eine Außenwirkung, und es war nicht klug, die zu ignorieren.

Der Pilot aktivierte die Schubumkehr, und der Jet wurde merklich langsamer. Schubumkehr, genau das hatte er Henrik geraten, und damit war er nicht allein. Pressesprecher, PR-Berater, sogar Gerhard Reiter von der Abteilung SG hatten einen Lagebericht geschickt. Henrik hatte sie alle ignoriert und auf seine ganz eigene Schubumkehr gesetzt. Paradoxe Intervention oder »jetzt erst recht«, wie er es nannte. Henrik liebte große Auftritte, deshalb hatte er bereits vor zwei Wochen seine Rückkehr aus Katar geplant. Er wusste ja, mit welcher Nachricht er zurückkommen würde – und eine zusätzliche Gasversorgung, die halb Deutschland unabhängig von anderen Lieferanten machte, war eine langersehnte Nachricht. Insofern hatte er recht. Die Frage war nur, ob das reichte, um die Aufmerksamkeit zu kanalisieren.

Die Maschine bog in Richtung Parkposition ab. Ein paar Schneeflocken fielen. Oder war das Schneeregen? In den letzten Tagen hatten die Temperaturen immer um den Nullpunkt herum gelegen. In Katar waren es dagegen vierundzwanzig Grad gewesen. Schlottbeck wusste jetzt schon, dass ihn der plötzliche Temperaturwechsel umhauen würde. Henrik dagegen schien das nichts anhaben zu können. An ihm schien alles abzuprallen. Und wenn nicht, dann musste man eben etwas unternehmen. Das war schon früher so gewesen. Die Sache mit Boxer im Zoo kam ihm in den Sinn. Und der Mann am Kiosk. Unglaublich, aber selbst das war gut gegangen. Vielleicht dachte Henrik auch deswegen, es würde immer so weitergehen. Andererseits, vielleicht hatte er ja recht? Wie lange bitte hatte sich der britische Regierungschef Boris Johnson noch halten können, trotz aller Unkenrufe? Aber konnte *das* Henriks Vorbild sein?

Die Maschine ruckte sanft und blieb auf ihrer Parkposition stehen. Die Anschnallzeichen erloschen. Eigentlich ziemlich ironisch, dachte er. Rumpelig würde es erst nach der Landung werden.

Henrik eilte an ihm vorbei und machte ihm mit der Hand ein Zeichen, aufzustehen. »Na, komm schon. Es geht los, alter Freund«, sagte er, und dann sah er ihn an und fügte leise hinzu: »Reinhard, die bellen nur.« Wie immer schien ihm ein Blick zu reichen, und er erkannte die Seelenlage der Leute um ihn herum. So war es früher schon gewesen.

Schlottbeck stand auf, zupfte sein Jackett und die Anzughose zurecht und folgte Henrik zur Tür. Erst jetzt fiel ihm auf, dass er Schal und Mantel vergessen hatte, aber nun war es zu spät. »Bleib dicht hinter mir«, raunte Henrik ihm zu. Schlottbeck fand, dass er erstaunlich frisch aussah, obwohl er bis gerade eben geschlafen hatte. Kanzlerschlaf, nannte er das. Es war, als könnte er ihn an- und abschalten. Früher hatte er noch den Timer seines Handys auf sechzig Minuten gestellt. Inzwischen wachte er von allein nach einer Stunde wieder auf. Wurde er zwischendurch geweckt, war er allerdings ausgesprochen mies gelaunt.

Henrik blieb neben der Tür stehen, vor der sich der Wirtschaftsminister Bassermann und Korfu Nagel, einer seiner Staatssekretäre, einfanden. Zwei Männer der SG flankierten die Tür. Ein dritter Mann von der SG, Olm, der Verbindungsmann zu Gerhard Reiter, soweit sich Schlottbeck erinnerte, versuchte, sich nach vorne durchzudrängen, und hob den Arm. »Herr Westphal?« Irgendwie klang er atemlos. »Entschuldigen Sie bitte, einen Moment.«

»Olm, nicht jetzt.« Henrik hob den Zeigefinger. Die Geste erinnerte Schlottbeck immer an seine Schwiegermutter, wenn sie ihrem Retriever »Sitz« befahl.

»Herr Westphal, nur eine kurze –«

»Sehen Sie nicht, dass ich mich konzentrieren muss?«, sagte Henrik scharf. Olm holte Luft, was auch immer er Henrik sagen wollte, es schien ihm wirklich wichtig zu sein, doch Henriks Blick ließ ihn verstummen.

»Wir gehen da zusammen runter«, sagte Henrik und nickte Bassermann und Korfu zu. Reinhard Schlottbeck wusste, dass auch er gemeint war. »Das Katar-Abkommen haben wir gemeinsam erreicht. Alles klar?«

Schlottbeck meinte, in Bassermanns Gesicht die gleichen

Zweifel zu sehen, die ihn selbst plagten. Aber wenn der Kanzler darum bat, gemeinsam vor die Presse zu treten, dann wäre es ein Affront, sich zu verweigern.

Einer der SG-Beamten öffnete die Tür, und ein Stoß kalter Luft wehte in den Jet. Henrik trat an ihm vorbei auf die beleuchtete Treppe, die ans Flugzeug gefahren worden war, deutete ein kurzes souveränes Winken an und stieg gemessen die Treppe herunter. Der kleine Tross folgte ihm. Auf dem Rollfeld, rund um den Fuß der Treppe, hatte sich eine Traube von Pressevertretern mit ihren Kameras, Mikrofonen und entgegengereckten iPhones versammelt, dahinter standen die wartenden Limousinen. Fluchtfahrzeuge, dachte Schlottbeck. Ein paar Schneeflocken wehten ihm von der Seite ins Gesicht. Er fror von einem Augenblick auf den anderen. Es war seltsam still, trotz der vielen Journalisten. Die Öfis waren da, RTL, die ProSieben-Gruppe, dpa, RND, CNN, mehrere Zeitungsvertreter, Radiostationen und ein paar weitere Reporter.

Henrik trat vor die Mikrofone und wartete, bis die anderen sich in seinem Rücken aufgestellt hatten. Wie immer blieben die SG-Beamten dicht bei ihnen, jedoch außerhalb des Bildes. Nichts wirkte weniger nahbar als Sicherheitsbeamte – Henriks Worte.

»Meine Damen und Herren«, begann Henrik, »wir sind froh und stolz, Ihnen mitteilen zu können, dass wir mit Katar ein Abkommen über Gaslieferungen abschließen konnten. Unser Ziel war es, Sicherheit und Stabilität für die deutsche Gasversorgung zu erreichen, und selbstverständlich die vollständige Unabhängigkeit von einzelnen Gaslieferanten. Diesem Ziel sind wir nun einen großen Schritt näher. Zudem haben wir in Katar die Frage der Menschenrechte angesprochen und unsere Position deutlich gemacht.«

Henrik setzte eine kurze Pause. Eine Sollbruchstelle. Kritische Fragen hier, und bitte nicht zu anderen Themen. Doch es blieb still.

»Wir haben in den letzten Monaten hart an diesem Abkommen gearbeitet, im Bewusstsein, dass die deutsche Industrie eine zuverlässige und bezahlbare Grundversorgung braucht und dass insbesondere – und das liegt mir persönlich sehr am Herzen – die deutschen Bürgerinnen und Bürger, dass Familien mit Kindern *nicht* frieren müssen und auch nicht den größten Teil ihres hart erarbeiteten Einkommens ausgeben müssen, nur um heizen zu –«

»Was sagen Sie zu den Anschuldigungen?«, rief ein Reporter dazwischen.

»Haben Sie eine konkrete Frage zum Thema Energieabkommen?«, fragte Henrik höflich.

Der Reporter schob sich durch die Menge nach vorne. Er hatte schütteres Haar und trug eine dunkle Weste, an der ein Schild mit der Akkreditierung klemmte. »Das Energieabkommen stand doch schon vorher fest. Meine Frage gilt –«

»Ich bitte Sie um Verständnis, dass ich mich hier und heute ausschließlich zu relevanten politischen Themen äußere«, sagte Henrik und nickte ihm zu, als hätte der Mann sich einsichtig gezeigt und als verdiene das Dank. »Besonders froh bin ich darüber«, fuhr Henrik fort, »dass nun der Weg auch frei ist für einen kontrollierten Übergang zu nachhaltiger und umweltfreundlicher –«

»Entschuldigung?!«, drängte sich eine etwa fünfzigjährige Frau vor. Als Schlottbeck sie erkannte, schrillte eine Alarmglocke. Er hatte ihr bereits einmal in einer Talkshow gegenübergesessen, und ihre Rhetorik war bekanntermaßen ein scharfes Schwert. »Katrina Bernardi von der *Morgenpost*«, stellte sie sich vor. »Ist Ihnen bewusst, dass es in der Mordserie, die mit Ihnen in Zusammenhang gebracht wird, ein drittes Opfer gibt?«

Henrik schien für einen Moment wie erstarrt. »Das ist sehr erschütternd«, sagte er zögerlich. »Ich bin sicher, die Polizei –«

»Das Opfer heißt Frida Wilke. Sie wurde kurz zuvor von der Polizei verhaftet, als sie an Ihrem Privathaus vorbeiging, Herr Bundeskanzler. Und erst gestern Abend hat sie in einer Talksendung erklärt, sich rückhaltlos für die Wahrheit einzusetzen.«

Reinhard Schlottbeck hatte das Gefühl, den Schnee fallen zu hören, so leise war es auf dem Rollfeld vor dem Regierungsterminal. Jetzt wusste er auch, was Olm dem Kanzler noch Dringendes hatte sagen wollen. Reiter hatte ihn beauftragt, Henrik zu dem dritten Mord zu briefen, aber Henrik hatte geschlafen, und danach hatte Olm einfach den richtigen Moment verpasst.

»Das ist wirklich sehr bedauerlich«, betonte Henrik, »aber das gehört alles nicht hierher.« Schlottbeck sah, wie sich zwei SG-Beamte Katrina Bernardi näherten, doch Henrik gab dem Führungsoffizier einen Wink, und die beiden Beamten bekamen über ihre Funköhrchen die Anweisung, sich fernzuhalten. Immerhin, Henrik wusste, wie man verhindert, dass aus einem GAU ein Super-GAU wird.

»Das gehört nicht hierher, finden Sie? Wohin denn dann? Zwei Frauenleichen, mit Ihrer Adresse. Es gibt Videos, die die Tötung dieser Frauen zeigen, in Ihrer Villa gedreht«, fuhr Katrina Bernardi fort, »und vor Ihrer Villa wurde eine Reporterin von BKA-Beamten verletzt, eine junge Volontärin und Zeugin einer der Morde wurde vor Ihrer Villa verhaftet, einfach nur, weil sie sich dort umgesehen hat, und anschließend wird sie zu Hause tot aufgefunden, angeblich ein Unfall, aber ihr Laptop und ihr Handy sind verschwunden. Wie sieht das für Sie aus?«

Für einen Augenblick fragte sich Schlottbeck, ob es nicht doch besser gewesen wäre, Katrina Bernardi rechtzeitig abzuräumen. Manchmal war richtig falsch und falsch richtig.

»Frau Bernardi, oder?«, versuchte Henrik, Zeit zu gewinnen. »Sie rücken hier eine Menge Dinge sehr verkürzt in einen Zusammenhang. Dabei entsteht leider ein Bild, das nicht der Realität entspricht und das ich auch nicht weiter in der Öffentlichkeit kommentieren will.«

»Aber dreiundvierzig Prozent dieser Öffentlichkeit haben Sie gewählt«, rief ein junger Mann mit schwarzer Brille und einer grüngrauen Schiebermütze. »Und jetzt vertreten Sie hundert Prozent. Meinen Sie nicht, da wären Sie uns eine Erklärung schuldig?«

»Oder enthalten Sie uns die Erklärung bewusst vor?«, hakte Katrina Bernardi nach.

»Was ist mit den Videos?«, rief eine Frau von weiter hinten, die Schlottbeck kaum sehen konnte. Die Sache war außer Kontrolle, es wurde Zeit, abzubrechen, nur wie?

»Da Sie die Videos ansprechen«, sagte Henrik. »Ich wollte das eigentlich der zuständigen Behörde überlassen, aber ich greife jetzt aus gegebenem Anlass einer Pressekonferenz des BKA vor, die für heute Nachmittag angesetzt wurde. Nach einhelliger Meinung des BKA – und nach sorgfältiger Prüfung des Materials – konnten wir feststellen, dass die Videos Fälschungen sind.«

In der Menge entstand Gemurmel.

»Das machen die Russen auch so«, rief jemand von weiter hinten. »Sobald denen was nicht in den Kram passt, ist es eine Fälschung.«

»Wie bitte?«, fragte Henrik eisig. »Von wem kam das gerade?« Ein Mann mittleren Alters trat nach vorne; er hatte eine Glatze, fehlende Augenbrauen und trug eine beige Daunenjacke.

»Darf ich wissen, für wen Sie arbeiten und wie Sie heißen?«

»*Tagesblatt.* Dondai ist mein Name. Warum fragen Sie, wollen Sie mich von der Liste der Akkreditierten streichen?«

»Ich wollte nur wissen, wen ich auf keinen Fall streiche«, sagte Henrik schmallippig, »damit es nicht so aussieht, wie Sie sich die Welt zurechtmachen.«

»Die Welt zurechtmachen, ist das Ihr Bild von der Presse?«

»Nein, nur von einzelnen Medienvertretern, ansonsten halte ich die Pressefreiheit für ein hohes Gut«, erwiderte Henrik. Er ging jetzt auf Konfrontation, und Schlottbeck fragte sich, ob das angesichts der versammelten Presse eine gute Idee war.

»Eben wollten Sie sich zu diesem Thema noch nicht einmal äußern«, rief Katrina Bernardi. »Was ist in Ihrem Haus passiert?«

»Ermittelt das BKA bereits gegen Sie? Oder arbeitet man dort *für* Sie«, fragte der junge Kerl mit der Schiebermütze. Er hatte sich neben Katrina Bernardi in Stellung gebracht, die aussah wie eine hungrige Leitwölfin.

»Wissen Sie, dass Jungmann und einige andere Oppositionspolitiker Ihren Rücktritt fordern?«, fragte der Kahlköpfige.

»Ich habe mir nichts zuschulden kommen lassen. Und Sie wissen so gut wie ich, dass die Opposition *immer* die Regierenden zum Rücktritt aufruft. Das liegt in der Natur der Sache.«

»Nur wenn man machtpolitisch denkt«, erwiderte Katrina

Bernardi. »Aber wenn Sie es mal menschlich und mit etwas Anstand betrachten würden: Glauben Sie, dass ein Bundeskanzler, der anscheinend in mehrere Morde verwickelt ist, überhaupt noch glaubwürdig sein Land vertreten kann?«

Kapitel 43

Als Art mit Christou und Gallwitz in der Manteuffelstraße ankam, stand ein junger gut aussehender blonder Mann neben einem blauen Audi A3 Sportback auf der Straße und diskutierte aufgebracht mit zwei Streifenpolizisten.

Art stieg aus. »Roman Hoff?«

Der Blonde drehte sich um, er sah wütend und zugleich ängstlich aus. »Ja?«

»Mayer, BKA. Wir haben telefoniert.« Art wandte sich an die beiden Streifenpolizisten. »Waren Sie oben?«

»Ja klar«, sagte der Kleinere der beiden. Er war kompakt, hatte einen Stiernacken und ein trotzig vorgerecktes Kinn. »Macht keiner auf.«

»Sind Sie reingegangen?«

»Nee. Macht ja keiner auf, wie gesagt.«

Roman Hoff stöhnte, warf die Hände in die Luft und wandte sich ab.

»Ich hatte doch gesagt, gehen Sie rein, wenn niemand reagiert«, blaffte Art.

»Ohne richterlichen Beschluss? Nee, machen wir nich'.«

»Verdammt, ich hatte das *ausdrücklich* autorisiert.« Die

Worte »Gefahr im Verzug« wollte Art vor Roman Hoff nicht wiederholen, der Mann sah ohnehin schon aus, als wäre für ihn die Grenze längst überschritten. Doch genau diese Worte hatte er den Kollegen mit auf den Weg gegeben. Gefahr im Verzug. »Was bitte war daran so schwer zu verstehen?« Die beiden Streifenpolizisten wechselten einen Blick. »Sind Sie denn wirklich wieder im Dienst? Mein Chef meinte, nein.«

Art sah ihn fassungslos an. Das konnte nicht wahr sein. Die beiden hatten bei ihrer Dienststelle nachgefragt. Vermutlich hatte sich irgendein Vorgesetzter an die Geschichte mit Kauder erinnert und die Bremse gezogen, weil er nicht wusste, dass Art wieder im Dienst war. Hinfahren, ja. Situation checken, auch. Aber Reingehen ist nicht. Nicht, wenn Mayer das sagt.

»Großartig«, knurrte Art. »Wirklich großartig.« Er wandte sich an Roman Hoff. »Sie bleiben bitte hier, mit meinem Kollegen Ben Gallwitz. Ben? Kümmerst du dich?« Ohne eine Antwort abzuwarten, lief er mit schnellen Schritten zur Haustür. »Worauf warten Sie noch?«, fuhr er die beiden Polizisten an. »Kommen Sie mit.«

»Wenn das hier nicht genehmigt ist …«, sagte der Beamte mit dem Stiernacken.

»Ach, scheiß der Hund drauf«, knurrte Art. »Nestor, kommst du mit?«

»Bin dabei«, sagte Christou. In seinem Gesicht sah Art pure Entschlossenheit. »Geben Sie mir Ihr Handy«, sagte er zu Hoff, der ihm widerspruchslos sein Telefon aushändigte. »AirTag, richtig?«

Roman Hoff nickte und wirkte überfordert.

Mit grimmiger Miene lief Christou an den beiden Beamten vorbei. »Wenn der Kollegin was passiert ist«, fauchte er, »dann will ich nicht in eurer Haut stecken.«

Art stürmte die Treppe hoch, hörte hinter sich Christou »Paragrafenärsche« knurren, blieb im dritten Stock vor der ersten Tür stehen. Oberhalb der Klingel klebte ein Tesastreifen mit einem kleinen Zettel, auf dem *N. Wolters* stand. Er klingelte Sturm. Nestor Christou ging im Flur auf und ab, wischte auf dem Display von Hoffs Handy herum und hielt es an verschiedenen Stellen in die Luft. Schließlich blieb er neben Art stehen und deutete auf das Telefon. Ein Pfeil zeigte auf die Tür, in etwa dorthin, wo innerhalb der Wohnung wohl die Wand zwischen Wolters und dem Nachbarn verlief. Rechts unten auf dem Display stand *5,4 Meter entfernt.*

Christou deutete auf die Tür und nickte. Art nahm Anlauf und trat auf der Höhe des Schlosses gegen die Wohnungstür. Das Holz zerbarst mit einem Krachen, die Tür flog auf, prallte gegen die Flurwand und federte zurück. Art schob sie auf und betrat die Wohnung. Hinter dem kleinen Flur lag, wie in Frida Wilkes Wohnung, der Wohnraum. Eine kleine Pantry-Küche, vor dem Fenster ein Tisch mit einem übergroßen gewölbten Computermonitor, unter dem Tisch lagen lose Kabel und Stecker auf dem Teppichboden. Jemand hatte hastig einen Desktop-Computer entfernt. An den Wänden hingen Manga-Poster, eins zeigte eine laszive halb nackte junge Frau am Strand. Ansonsten gab es zwei Stühle, einen blau melierten Schrank, leere Kaffeebecher, herumliegende Kleider, daneben leere Bügel. Die Tür zum Badezimmer war geschlossen. Art blieb davor stehen. Wappnete sich, drückte die Klinke und stieß die Tür auf. Das Bad war leer. Wo zum Teufel war Nele?

»Hey«, sagte Christou hinter ihm und deutete hektisch auf den Schrank im Wohnraum. Der Pfeil auf dem Display von Hoffs Handy zeigte genau auf den Schrank. Art riss die beiden Flügeltüren auf. Ein kleiner hölzerner Riegel sprang ab und flog ins Zimmer. In der rechten Schrankhälfte war auf Brusthöhe eine Kleiderstange montiert. Zwischen herabhängenden Hoodies und T-Shirts kauerte Nele. Sie war von Fesseln eingeschnürt, über dem Mund war ein breiter Streifen Klebeband, und um den Hals hatte sich eine Seilschlinge zugezogen, die mit ihren Hand- und Beinfesseln verbunden war, sodass sie sich mit jedem Befreiungsversuch unweigerlich selbst stranguliert hätte. Sie blinzelte verwirrt ins Licht. Als sie Art erkannte, gab sie ein dumpfes erleichtertes Stöhnen von sich, und das Klebeband vor ihrem Mund wölbte sich.

Art riss das Klebeband ab, und sie holte tief Luft.

»Hey. Bist du verletzt?«

»Bin nich' sicher«, keuchte sie. »Meine Beine sind eingeschlafen. Alles tut weh.«

Christou reichte Art ein Küchenmesser, und er begann, die Fesseln zu lösen. »Was ist passiert?«

»Wolters«, stöhnte Nele. »Er hat gelogen, und ich wollte noch mal zu ihm. Er hat mich reingelassen, aber ich glaube, da war noch jemand … ich hab's zu spät gemerkt, und dann hab ich einen Schlag auf den Kopf bekommen.«

»Jemand anders? Ein Mann oder eine Frau?«

»Weiß nich'.«

»Kannst du dich erinnern, wer dich niedergeschlagen hat? Wolters? Oder diese andere Person?«

»Keine Ahnung. Ich hab den anderen auch nicht gesehen. Ich bin gar nicht sicher, ob da jemand war. Ist nur so ein Gefühl.«

Kapitel 44

Nele humpelte die Treppe ins Erdgeschoss hinab, rechts von ihr ging Art und stützte sie, links hielt sie sich am Handlauf des Treppengeländers fest. Sie hatte immer noch das Gefühl, kaum Luft zu bekommen, ihre Handgelenke, ihre Beine, ihre rechte Hüfte und ihr Kopf schmerzten, doch sie hatte sich geweigert, auf einer Trage hinuntergebracht zu werden.

Ein paar Meter von der Haustür entfernt stand ein Rettungswagen, zwei Sanitäter und ein Notarzt erwarteten sie. Roman stürmte ihr plötzlich entgegen, blass vor Sorge und mit zerwühlten Haaren. Sie starrte ihn an wie einen Fremden, weil sie nicht begriff, warum und wie er hierhergekommen war. »Oh, mein Gott … Nele«, stammelte er, »was ist mit dir …?« Sie fiel ihm in die Arme, Worte hatte sie keine, nur das überwältigende Gefühl, losweinen zu müssen, doch sie biss die Zähne zusammen, zitterte vor Kälte und Erleichterung.

Mühsam kletterte sie mit Romans Hilfe in den Krankenwagen. Als sie auf die Pritsche sank, bekam sie mit, dass Art Roman zu sich winkte und etwas sagte.

»Hat das nicht Zeit?«, fragte Roman.

»Nein, absolut nicht«, meinte Art.

»Bin gleich wieder da, Schatz.« Roman strich ihr über die Hand. Im selben Moment sah sie, wie Art in Romans Rücken kurz auf seinen Unterleib deutete und dann auf den Arzt.

Eine seltsame Mischung aus Panik und ungeheurer Erleichterung überkam sie. Wer hätte gedacht, dass ausgerechnet Art Mayer sie so gut verstehen und ein so warmes Gefühl in ihr auslösen würde.

Roman verließ den Wagen, schloss die Tür hinter sich, und der Notarzt begann, sie durchzuchecken und seine Standardfragen zu stellen. »Haben Sie irgendwelche Erkrankungen?«

»Nein.«

»Allergien? Gegen irgendwelche Medikamente?«

»Nein.«

»Sind Sie schwanger?«

»Ja.«

Der Arzt hielt inne und stellte dann das Novalgin, das er bereits in den Händen hielt, wieder zurück. »Dann muss Ibuprofen gegen die Schmerzen reichen.«

Sie nickte. »Ich hab einen Tritt in die Seite bekommen, denken Sie ...?« Sie wagte es nicht auszusprechen. Der Arzt tastete vorsichtig ihren Unterleib und die Seite ab. Der Schmerz war erträglich, bis auf einen Punkt direkt oberhalb des Hüftknochens.

»In der wievielten Woche sind Sie?«

Nele zuckte mit den Achseln. »Ich weiß nicht, vierte? Fünfte?«

»Sie waren noch nicht beim Frauenarzt?«

Sie schüttelte den Kopf, und der Arzt bedachte sie mit einem strengen Blick. »Wird aber Zeit.« Dann wurde sein Gesicht milder. »Ich denke, um Ihren Kopf müssen wir uns vermutlich mehr Sorgen machen. Sie haben eine starke Prellung an der Hüfte, aber ich würde denken, Ihre Gebärmutter hat alles gut überstanden. Solange Sie keine Blutung haben, ist alles gut.«

Nele nickte. »Hören Sie, mein Freund –«

In diesem Moment ging die Tür auf, und Roman stieg zu ihr in den Wagen. Nele biss sich auf die Lippen.

»Und?«, fragte Roman. »Wie geht's dir?«

Sie presste die Lippen aufeinander, nickte, lächelte, und Roman hielt ihre Hand. »Sag was«, meinte er.

»Wird alles wieder«, murmelte sie. »Ich brauch gerade einen Moment, ja?«

Er nickte, doch sie konnte sehen, wie schwer es ihm fiel, die Stille auszuhalten.

Der Arzt tastete vorsichtig ihren Kopf, ihren Hals, ihre von den Fesseln wunden Gelenke und ihre Glieder ab, und sie betete, dass er nicht noch einmal auf ihre Schwangerschaft zu sprechen kam. Am liebsten wäre sie sofort aufgestanden, aber dazu war sie einfach nicht in der Lage. Nach und nach hörte sie Fahrzeuge ankommen, Türen wurden geschlagen, und als einer der Sanitäter kurz die Hecktür des Krankenwagens öffnete, sah sie Egon Brunner, der mit zwei Assistenten KT-Ausrüstung in Richtung Haus trug. Langsam begann das Schmerzmittel zu wirken. Kurz darauf schaute Martin Buchwald bei ihr vorbei und wollte wissen, ob sie in Ordnung sei. »Alles okay«, sagte sie. »Mir fehlt nichts.«

»Alles okay?«, platzte es aus Roman heraus. »Wow. Mal langsam. Gar nichts ist okay. Du bist niedergeschlagen worden und wärst beinah in diesem Schrank erstickt. Weißt du, was ich mir für Sorgen gemacht habe?«

Buchwald verabschiedete sich rasch und fügte dann noch hinzu, sie solle zwei Tage freinehmen. Sie erwiderte, sie würde es sich überlegen.

»Was gibt's denn da zu überlegen?«, sagte Roman. »Du brauchst Ruhe.«

Nele schwieg. An Ruhe war nicht zu denken, und Roman würde das nicht verstehen. Niemand hatte sie getadelt. Niemand hatte ihr einen Vorwurf gemacht. Noch schonten sie alle. Doch sie wusste, sie hatte gleich zwei Fehler gemacht, und der zweite wog schwerer als der erste. Sie hätte niemals alleine hierherfahren dürfen.

»Musst du nicht los, Schatz?«, fragte sie Roman. »Du hattest doch einen Termin?«

»Nicht so wichtig«, erwiderte er. Sie sah ihm an, dass es nur die halbe Wahrheit war.

»Ich hab noch deinen Autoschlüssel«, murmelte sie. »Ist in meiner Jacke.«

Roman angelte sich ihre Jacke vom Fußende der Pritsche und fischte seinen Schlüssel aus der Jackentasche. »Äh, ist das deiner?«, fragte er irritiert und hielt ihr den Schlüssel entgegen.

»Meiner?«

»Der USB-Stick.« Roman wedelte mit dem Schlüssel. »Ich hab ihn jedenfalls nicht drangemacht.« Zwischen dem schwarzen Audi-Schlüssel und dem runden AirTag-Anhänger klapperte ein silberner USB-Stick am Bund.

Verblüfft starrte Nele den kleinen Datenträger an. »Scheiße«, flüsterte sie. »Nicht anfassen!«

»Was?«

»Leg den Schlüssel hin, sofort!« Ihr Ton war so scharf, dass Roman widerspruchslos reagierte und den Schlüssel auf eine schmale Ablage neben sich legte. »Was ist damit?«, fragte er.

»Das ist nicht mein USB-Stick.«

Roman sah sie mit offenem Mund an. »Du meinst …?«

»Haben Sie einen Plastikbeutel?«, fragte sie den Arzt.

»Hören Sie, ich würde gerne eben in Ruhe die Untersuchung beenden.«

Nele setzte sich auf. »Ich brauche eine Plastiktüte, jetzt.«

Der Arzt atmete gereizt durch die Nase ein, hob die Brauen und holte aus einem Seitenfach einen Spuckbeutel.

»Roman, kannst du den Schlüssel bitte da reintun? Am besten, du greifst mit der Tüte danach, bitte, ja?«

Roman tat, worum sie ihn gebeten hatte.

»Hilf mir bitte auf«, sagte Nele.

»Du sitzt doch schon. Was um Himmels willen hast du vor?«

»Ich muss das Art und den Kollegen zeigen.«

»Äh, was soll denn das heißen?«, fragte Roman. »Ich meine, ich brauch den Autoschlüssel.«

»Du bekommst ihn zurück«, versicherte Nele. Sie schwang die Beine von der Liege und versuchte, das Schwindelgefühl zu ignorieren. »Es dauert nicht lang.«

Roman wollte protestieren, doch der Arzt ließ es gar nicht erst dazu kommen. »Sie sollten niemandem etwas zeigen, Sie sollten sich ausruhen, Frau Tschaikowski. Lassen Sie sich nach Hause bringen, und legen Sie sich ins Bett. Insbesondere in Ihrem Zustand.« Er sah sie eindringlich an. »Sie haben einen Schlag auf den Kopf und einen Tritt in die Seite bekommen. Offensichtlich haben Sie ziemliches Glück gehabt, und Sie haben das erstaunlich gut weggesteckt. Aber Sie müssen jetzt für zwei denken, und da ist –«

»Entschuldigung«, unterbrach ihn Roman. »Was meinen Sie mit ›für zwei denken‹?«

Nele erstarrte und glaubte, im Boden zu versinken.

»Äh, ich dachte …«, der Arzt sah von Roman zu Nele und wieder zurück. »Gut, ich kann mich auch täuschen«, räumte er ein. Eine nett gemeinte Notlüge. Die nichts ändern würde.

»Täuschen womit?«, fragte Roman.

Nele biss sich auf die Lippen.

»Ich lass Sie wohl mal besser für einen Moment allein«, seufzte der Arzt und verließ den Wagen durch die Hecktür. Roman sah ihm verwirrt nach. Als die Tür zuschlug, spürte Nele ein leichtes Stechen im Kopf. Romans Blick trieb ihr die Röte ins Gesicht. »Nein«, sagte er ungläubig. »Sag, dass das nicht wahr ist.«

»Ich bin schwanger«, hauchte sie.

In Romans Gesicht stritten Freude, Fassungslosigkeit und Ärger miteinander. »Wieso sagst du denn nichts davon?«

»Ich … keine Ahnung«, erwiderte sie hilflos.

Romans Gesicht hellte sich auf. »Aber das ist doch …«

Jetzt sag bitte nicht »toll«, dachte Nele.

»Toll«, meinte Roman. »Oder?«

Ihr traten Tränen in die Augen.

Roman runzelte die Stirn. »Was ist denn los? Wo ist das Problem?«

Nele schüttelte den Kopf und brachte kein Wort heraus.

Romans Freude verschwand mit einem Mal aus seinem Gesicht. In seine Stimme schlich sich ein argwöhnischer Ton. »Soll das etwa heißen …?« Er schien nicht zu wagen, den Gedanken auszusprechen. »Scheiße«, flüsterte er. »Hast du mir *deshalb* nichts gesagt? Weil das Kind nicht von mir ist?«

Kapitel 45

Art und Nestor Christou waren die Einzigen, die Egon Brunner in der Wohnung duldete; die beiden hatten den Tatort ohnehin schon mit ihren Fingerabdrücken und Faserspuren kontaminiert. Alle anderen mussten draußen bleiben, selbst Martin Buchwald, der sich den Platz an der geöffneten Wohnungstür verschafft hatte und von dort aus versuchte, sich ein Bild zu machen.

Nestor Christou kniete unter dem Schreibtisch und vermaß mit einem Zollstock ein paar Abdrücke im Teppichboden, kontrollierte etwas auf seinem iPad, dann kam er unter dem Tisch hervor.

»Und?«, fragte Art. Er trug Einmalhandschuhe und hatte den Inhalt des Mülleimers in eine ausgebreitete Mülltüte in der Spüle geschüttet, um nach Auffälligkeiten zu suchen.

»Ich würde tippen, da stand eine Mac-Pro-Workstation, neuste Generation. Die Höhe der Lüfterspuren an der Wand, die Dellen von den Anschlusskabeln, die Abstände der Füße … Ziemlich teures Teil bei so einer schrammeligen Bude.«

»Wie teuer denn?«

»Je nach Ausführung acht- bis fünfundzwanzigtausend.«

Art pfiff leise durch die Zähne. »Da scheint jemand viel Wert auf seinen Rechner zu legen.«

»Jo«, meinte Christou. »Kein Wunder, dass er ihn mitgenommen hat.«

»Heißt das, wir haben unseren Mann?«, rief Buchwald von der Tür aus.

»Möglich wär's, aber ich kann dir leider nicht sagen, *was* er mit dem Rechner gemacht hat. Dafür müsste ich die Kiste in die Finger kriegen. Aber so oder so«, sagte Christou. »Er hat die Fähigkeiten dazu. So einen Rechner schaffst du dir nicht an, um ein paar Ballerspiele zu machen oder Streaming-Portale zu dudeln.«

Art fischte ein zusammengeknülltes Blatt Papier mit Kaffeeflecken aus der Mülltüte, strich es glatt und betrachtete es verblüfft. »Aber ich kann's dir sagen«, meinte Art.

»Hm? Was denn?«

»Was er mit dem Rechner gemacht hat.« Art hielt ihm das fleckige Blatt Papier hin. Es war die Gasrechnung von Henrik Westphal, die im Internet gezeigt worden war. Christou stieß einen leisen Pfiff aus. »Wow. Volltreffer.«

»Leute? Schaut mal, was ich unter der Matratze gefunden habe«, sagte Egon Brunner. Er hielt einen mehrmals gefalteten blauen Molton-Stoff in die Höhe.

»Na, wenn das kein Zeichen ist.« Reiter hatte sich an Buchwald vorbeigeschoben und begutachtete den Stoff. »Können Sie den mal ausbreiten?«

Brunner musterte Reiter mit einem ungnädigen Blick, tat jedoch, worum ihn Reiter bat; er entfaltete den schweren Stoff, nahm ihn an zwei Enden und hielt ihn hoch. Fast lautlos fiel der Molton bis zum Boden, wie ein königsblauer Vorhang von etwa zwei Metern Höhe und zwei Metern Breite. Art betrachtete den Rand des Stoffes, der ihm etwas schief erschien, als hätte jemand mit einer Schere zu schnell geschnitten.

»Groß genug, um eine Person davorzustellen, zu filmen und dann das Blau wegzukeyen, richtig, Nestor?«, fragte Reiter.

»Mhm.« Christou nickte zögerlich. Irgendetwas ging ihm gegen den Strich, vielleicht, dass Reiter ihn einfach duzte. Ein Grund mehr, warum Art den groß gewachsenen Halbangolaner mochte.

»Übrigens«, sagte Egon Brunner, »was die Fingerabdrücke in der Wohnung angeht, da gibt es eine kleine Überraschung. Frida Wilke muss hier gewesen sein. Wir haben mehrere Abdrücke von ihr.«

»Hatte Neo Wolters nicht gesagt, er würde sie nur vom Sehen kennen?«, fragte Christou. »Dann hat er auch, was Frau Wilke angeht, gelogen.«

»Oder auch nicht«, sagte Art. »Frida Wilke könnte herausbekommen haben, was er getrieben hat. Außerdem war Frida als Zeugin an der Siegessäule. Sie hat den Fahrer des Pritschenwagens gesehen. Sie konnte ihn im Nachhinein zwar nicht gut beschreiben, aber manchmal erkennt man ja jemanden an Kleinigkeiten, zum Beispiel am Gang oder an irgendwelchen anderen Merkmalen, die einem erst wieder auffallen, wenn man demjenigen das nächste Mal begegnet. Möglicherweise hat sie hier in der Wohnung spioniert, und Wolters hat es bemerkt, und er hat sie deshalb getötet.«

»Passable Theorie, Mayer«, räumte Reiter ein.

»Fast schon zu passabel«, erwiderte Art nachdenklich.

»Wie meinen Sie das?«

»Nichts, ich hab nur laut gedacht. Gibt es weitere Abdrücke von anderen Personen? Irgendetwas Verwertbares in

Bezug auf denjenigen, der Nele von hinten niedergeschlagen hat?«

»Keine Abdrücke, aber ich habe drei verschiedene Arten von Haaren gefunden. Die im Bad würde ich Wolters zuordnen. Ein längeres blondes könnte zu Frida Wilke passen; aber da ist noch ein anderes – kürzer, auch dunkel, wie die von Wolters, nur dünner. Mehr kann ich erst sagen, wenn die Laborergebnisse da sind.«

»Aber es würde bedeuten, dass Neo Wolters nicht allein handelt. Er hat einen Komplizen«, stellte Buchwald fest.

»Art?« Nele war plötzlich hinter Buchwald an der Tür aufgetaucht. Sie wirkte mitgenommen und stützte sich am Türrahmen ab. Ihr Gesicht war gerötet, und Art wusste sofort, dass sie geweint hatte. Dennoch hatte ihre Miene etwas Hartes, Eisernes, das Art nur zu gut von sich selbst kannte.

»Nele, alles in Ordnung?«

»Hatte ich nicht gesagt, Sie sollen sich ausruhen?«, fragte Buchwald gereizt.

»Sie meinten, wenn ich wollte, könnte ich zwei Tage freinehmen«, entgegnete sie. »Ich will aber nicht.«

Buchwald machte ein wenig begeistertes Gesicht. Wenn Nele ihn damit hatte beeindrucken wollen, war es ihr offensichtlich nicht gelungen.

»Hast du einen Moment, Art?«, fragte sie.

Er nickte, zupfte sich die Handschuhe von den Fingern und ging mit Nele zusammen durch den mit Koffern und Klapptischen vollgestellten Hausflur. Als einziger etwas stillerer Ort bot sich die Treppe zum Dachgeschoss an.

»Was ist los?«, fragte Art. »Geht's dir nicht gut?«

»Frag nicht«, meinte sie.

»Wo ist dein Freund?«

Ihre Miene zeigte, dass er mit der Frage einen Nerv getroffen hatte. »Er hat sich ein Taxi genommen«, sagte sie leise. »Aber darum geht's jetzt nicht.« Sie hielt ihm eine Spucktüte entgegen, doch Art ignorierte die Tüte. »Was ist denn das für ein Arsch?«, fragte er. »Erst krakeelt er die ganze Zeit nach seinem Auto, dann behauptet er, er würde sich Sorgen um dich machen, und am Ende haut er einfach ab?«

Nele lächelte gequält. »Ist schon okay. Das hier ist wichtiger.« Sie schüttelte die Tüte.

Art sah die Tüte an und dann Nele. Warum ließ sie diesem Kerl das durchgehen? Plötzlich ging ihm ein Licht auf. »Du hast es ihm gesagt?« Er deutete auf ihren Bauch.

»Schlimmer. Er hat's mitbekommen.«

»Der Arzt?«

Nele nickte. Ihr Kinn bebte, und sie biss die Zähne aufeinander. Art seufzte und nahm sie in die Arme. Nele vergrub ihren Kopf an seiner Brust und schluchzte auf, nur ein einziges Mal, als stünde ihr mehr nicht zu. Er hätte gerne etwas gesagt, doch ihm fiel nichts Hilfreiches ein, also stand er einfach still da und hielt sie. Irgendwann lief Reiter durch den Flur, sah sie beide durch das Geländer, runzelte die Stirn und ging weiter.

Nele atmete tief durch, zog geräuschvoll die Nase hoch und löste sich von Art. »Danke«, murmelte sie.

Er nickte.

»Du musst dir das hier ansehen.« Nele drückte ihm den Beutel in die Hand, und er warf einen Blick hinein. Ein Autoschlüssel mit einem runden Anhänger und einem USB-Stick.

»Nicht anfassen«, warnte Nele. »Das ist Romans Schlüssel, den hatte ich bei mir. Als ich losfuhr, war an dem Bund nur der Audi-Schlüssel und der AirTag. Aber als ich vorhin den Schlüssel aus meiner Jacke geholt habe, war da auf einmal dieser USB-Stick.«

Er sah sie verblüfft an. »Du hast ihn nicht drangemacht?«

Nele schüttelte den Kopf. »Ich vermute, das war Neo Wolters. Er wollte, dass wir den Stick finden.«

Art nickte und verschloss die Tüte. »Okay. Du gehst jetzt runter zum Krankenwagen. Ich besorge dir jemanden, der dich nach Hause fährt. Ich kümmere mich um den Rest.«

Nele schwieg einen Moment, dann schüttelte sie den Kopf. »Tu mir das nicht an«, sagte sie leise.

»Nele, bitte. Du bist vollkommen erledigt. Schau mal in den Spiegel. Du brauchst eine Pause. Das hier ist nur ein Job, okay?«

»Und du?«, fragte sie. »Schaust du auch mal zwischendurch in den Spiegel? Du hast offensichtlich Diabetes und kümmerst dich einen Scheiß drum. Du lebst in einem Loch, rennst durch die Gegend und stößt jeden, den du finden kannst, vor den Kopf. Der einzige Mensch, zu dem du nicht grob bist, ist ein kleines Mädchen, das bei dir auf der Treppe sitzt, ach ja, und Juli Westphal, warum auch immer das so ist. Also, was wärst *du* denn ohne das, was du ›nur einen Job‹ nennst, hm?«

Art starrte sie an. Sein Gesicht brannte, es fühlte sich an, als ob sie ihn geohrfeigt hätte. Er legte eine Hand aufs Geländer, hielt sich fest. »Okay«, sagte er heiser, »komm mit, wir machen das zusammen.«

Wenige Minuten später stiegen sie mit Nestor Christou in den Wagen, mit dem Art, Gallwitz und Christou gekommen waren. Christou hatte sein Laptop aus dem Kofferraum geholt, setzte sich auf den Beifahrersitz, klappte es auf und angelte in der Tüte vorsichtig nach dem Schlüsselbund.

Im Wagen war es eisig kalt. Auf den Scheiben war der Schneeregen gefroren und machte aus dem Fahrzeug eine

Kabine im Nirgendwo. Christou hatte den Motor und die Heizung angestellt. Dennoch standen dünne Atemwolken vor ihren Mündern. Nele hielt sich die Hüfte und wirkte verkrampft. Arts Handy klingelte; es war Roman Hoffs Nummer, und er drückte ihn weg in der Hoffnung, dass Nele nichts davon mitbekam. Er fand, dieser Mistkerl hatte sie nicht verdient. Es dauerte eine Weile, bis Christou es schaffte, den USB-Stick in die Buchse zu stecken, ohne dabei eventuelle Fingerabdrücke zu verwischen. »Was auch immer da drauf ist«, meinte Christou, »sollten wir das nicht besser mit den anderen zusammen ansehen?«

»Ich will mir erst mal einen Überblick verschaffen«, sagte Art.

»Alles klar«, murmelte Christou und doppelklickte den USB-Stick. Art sah auf die Uhr. Es war 13:17 Uhr.

»Ein Video«, brummte Christou, zog die Datei auf den Desktop, wartete, bis sie kopiert war, und startete den Clip.

Art und Nele beugten sich vor, um Christou über die Schulter zu schauen. Auf den ersten Blick kam ihnen das Bild bekannt vor: ein Stuhl vor einer Kellerwand. Art rang um Luft. Denn das Bild zeigte nicht Henriks Heizungskeller, und auf dem Stuhl saß auch nicht Sahra Heß.

Kapitel 46

Henrik Westphal wurde um 13:37 Uhr angerufen. Er nahm den Anruf im Kanzleramt entgegen, an seinem Schreibtisch. Nicht auf dem Festnetzanschluss, sondern auf seinem Mobiltelefon.

In Gedanken war er immer noch dabei gewesen, seine Niederlage auf dem Rollfeld zu verdauen. Er hätte auf Reinhard hören sollen, seinen guten alten Freund. Schlotti, wie ihn ein paar Leute aus dem inneren Zirkel nannten, hatte es ihm ja prophezeit. Doch es gab so viele Situationen, wo immer hinterher irgendjemand irgendetwas geahnt hatte. Hätte er sich immer danach gerichtet, wäre er nicht hier, an diesem Schreibtisch. Woher sollte man auch wissen, wann das *eine* Mal war, wo man besser auf die ängstlichen Stimmen hörte. Angst war ein miserabler Ratgeber. Nicht etwa, dass er Angst nicht wichtig fand. Man konnte *mit* ihr arbeiten, man konnte *gegen* sie arbeiten, aber ganz sicher niemals unter ihr. Sich von ihr beherrschen zu lassen, war das Schlimmste. Nicht zuletzt deshalb hatte er Reinhard ignoriert.

Henrik hatte am Panoramafenster seines 143 Quadratmeter großen Büros gestanden, zwischen der Topfpflanze und der eleganten hellen Sitzecke, und hinüber zum Reichstag geschaut. Die Fahnen hingen schlaff im Schneeregen. Auf den Gängen zerrissen sie sich vermutlich gerade die Mäuler über seinen Auftritt. Spätestens in den Siebzehn-Uhr-TV-Nachrichten würden sie Katrina Bernardi zitieren. Im Radio und im Netz früher. »*… wenn Sie es mal menschlich und mit etwas Anstand betrachten würden: Glauben Sie, dass ein Bundeskanzler, der anscheinend in mehrere Morde verwickelt ist, überhaupt noch glaubwürdig sein Land vertreten kann?*«

Anstand. Das würde auch in Brüssel die Runde machen und bis über den Atlantik hinüberschwappen. Die Amerikaner waren ja einiges gewohnt von ihren Präsidenten. Vom Oralverkehr mit der Praktikantin, dreisten Lügen, bis hin zur Unterstützung eines Aufstandes. Aber die Verwicklung in einen Mord? Chelsea Manning kam ihm in den Sinn, die amerikanische Whistleblowerin. Wir brauchen keine Whistleblower, hatte sie kürzlich gesagt, wir brauchen Faktenchecker.

Er wandte sich vom Reichstag ab. Kokoschkas Gemälde von Konrad Adenauer hing wie ein Mahnmal hinter seinem Schreibtisch. Aus dem Porträt sprachen Zurückhaltung und eine große stille Autorität. Lenken und bewahren. Zugleich fand er es irgendwie altbacken, doch er hatte es auch nicht austauschen wollen, nicht zuletzt deshalb, weil er nicht wusste, welches Porträt er stattdessen hätte hinhängen sollen. Baselitz' *Der stürzende Adler*, für den sich damals Schröder entschieden hatte? Der Name war Programm, ein im Sturzflug kopfüber herabfallender Adler, der an eine geballte Faust erinnerte. Drama, Hochmut vor dem Fall, aber auch Farbigkeit, belebende Widersprüchlichkeit, Federn lassen, Tempo – das alles stecke darin; so hatte es damals Tanja Dückers in der *Frankfurter Rundschau* geschrieben. Der Artikel hätte von Katrina Bernardi sein können.

Henrik Westphal musste an Julis Vorschlag denken, und ein Lächeln huschte über sein Gesicht. Kauf doch ein NFT, einen *Bored Ape* zum Beispiel. Ein Scherz, natürlich, und für einen Moment hatte er sich sogar gefragt, ob er den *gelangweilten Affen* persönlich nehmen sollte. Aber genau das war es ja, was ihn schon immer so an Juli angezogen hatte: ihre Schlagfertigkeit, ihre kleinen Dreistigkeiten, ihre Doppelbödigkeit, ihr bezauberndes Lächeln dabei, sodass man ihr unmöglich böse sein konnte. Gott, wie er diese Frau liebte, schon vom ersten Tag an.

Trotzdem war es bei Kokoschkas Adenauer-Porträt geblieben. Erst im Nachhinein war ihm aufgegangen, dass es genau das war, was sein alter Herr hier hätte sehen wollen, und nun hing ihm dieses Bild im Nacken, wann immer er hier saß. Wie wohl sein Vater mit dem ganzen Wahnsinn der letzten Tage umgegangen wäre? Vermutlich hätte er versucht, alles zu ignorieren, und wäre dabei einfach den Abhang weiter hinuntergerodelt. Oder er hätte gegen alles und jeden geklagt. Sein Vater hatte die Welt unterteilt in »kann man verklagen« und »kann man nicht verklagen«. Wen man nicht verklagen konnte, kam für ihn an nachgeordneter Stelle. Das Zynische daran war, dass sein Vater der Klage gegen den Verursacher des Unfalls, bei dem Henriks Mutter ums Leben gekommen war, letztlich mehr Bedeutung beigemessen hatte als dem Verlust selbst.

Und letztlich auch mehr Bedeutung als mir.

Und nun, wo er hier im Kanzleramt saß, fragte er sich manchmal, warum er ausgerechnet den Weg eingeschlagen hatte, den sein Vater gutgeheißen hätte. Das Leben in Johanns Garten war so anders gewesen. Mit der Axt Holz spalten. Raben in den Kiefern. Prasselndes Lagerfeuer. Die stille krumme Laake. Beim Gedanken an den See schwenkte er rasch um. Nein, besser an Margots bullernden Herd denken, der einem die Augenbrauen versengen konnte, wenn man die Klappe öffnete, um ein Brikett nachzuschieben. Der Geruch von Freiheit. Jetzt lebte er das Gegenteil von Freiheit. Ja, er hatte hoch hinausgewollt. Genauso wie Juli. Dafür war er bereit gewesen, alles zu tun.

Doch jetzt war er an einem Punkt, wo die Bereitschaft, alles zu tun, nichts mehr half. Es gab gefakte Videos und falsche Beweise – und aus den Scheinfakten waren plötzlich Fakten geworden. Der Beweis, dass die Videos gefakt waren, wirkte auf einmal selbst wie ein Fake. Wenn das so weiterging, würde es keine zwei Wochen mehr dauern, bis die innerparteilichen Hyänen seine Absetzung fordern würden, vermutlich mit dem Argument, einem Misstrauensvotum zuvorkommen zu müssen. Das alles musste ein Ende haben. Warum zum Teufel gelang es denn niemandem beim BKA, einen Verdächtigen zu finden?

Er beschloss, Art noch einmal anzurufen und ihn daran zu erinnern, dass er ihm etwas schuldete. Gerade in diesem Augenblick hatte sein Handy geklingelt.

Es war Reiter von der Abteilung SG.

Während Reiter sprach, sank Henrik auf seinen Stuhl. Eine kalte Hand fasste nach seinem Herz.

Er schaltete seinen Computer ein und rief das Video auf, das Reiter ihm geschickt hatte, dann legte er auf. Plötzlich kam er sich unendlich allein vor in seinem Büro. Der wuchtige Konferenztisch mit den acht Stühlen. Die vielen Meter zwischen diesem Tisch und seinem eigenen Schreibtisch. Die weit entfernte Sitzecke mit den hellen Sesseln vor den großen Fenstern. Konnte Leere einen erdrücken?

Das Bild auf dem Monitor zeigte einen Kellerraum.

Henrik schnappte nach Luft. Juli saß auf einem Stuhl, genau auf dem Stuhl, auf dem auch Sahra Heß gesessen hatte. Es war ungeheuerlich. Großer Gott, es war entwürdigend! Seine Hand war automatisch zur Maus gewandert, nun lag sie wie erstarrt auf deren rundem Plastikrücken, sein Finger wollte den Klick nicht machen, er wollte diesen Film nicht sehen.

Kapitel 47

Es war 14:09 Uhr, und im Lagezentrum des BKA herrschte vollkommene Stille. Die Verdunkelung war heruntergefahren, die Heizungsluft trocken und staubig. Art, Nele, Christou, Buchwald und Reiter kannten den Film bereits, alle anderen hatten bisher nur davon gehört. Als Art Buchwald informiert hatte, hatte der sofort ein Screening mit erweiterter Lagebesprechung für die Ermittlungsgruppe angesetzt. Neo Wolters war zur Fahndung ausgeschrieben. In der Manteuffelstraße blieben nur die Assistenten der KT.

Art starrte finster auf die noch graue Leinwand. Zu allem Überfluss hatte er auf dem Weg ins BKA einen Unterzucker gehabt. Er hatte sich wie an der Siegessäule gefühlt, sein Herz galoppierte, sein ganzer Körper war in Aufruhr und schrie nach Zucker. Er hielt an einem Kiosk und kaufte mehrere Stangen Traubenzucker. Neben der Kasse standen Plastikbehälter mit Weingummi aller Art. Der Geruch versetzte ihn wie mit einem Fingerschnippen zurück vor den Kiosk, in dem er immer nach Ellie Ausschau gehalten hatte. Er sah sie in ihrem roten Kleid vor sich, meinte, ihren Duft zu riechen. Oder war das die junge Frau an der Kasse? Er war regelrecht aus dem Kiosk geflohen, hatte eine halbe Stange Traubenzucker eingeworfen, sein Körper fing sich, jedenfalls, was den Zucker anging, und nach ein paar Minuten war er in der Lage gewesen, weiterzufahren. Mehrfach hatte er geglaubt, Juli am Straßenrand zu entdecken, oder in einem Auto, an dem er vorbeifuhr. Nele hatte still neben ihm auf dem Beifahrersitz gesessen, bleich und verloren, und schien nichts davon zu bemerken. Und gleichzeitig alles zu wissen.

Statt am Lenkrad hielt sich Art nun am Konferenztisch an den geschwungenen silbernen Armlehnen des Bürostuhls fest. Seine Knöchel waren weiß. Er hätte sich gerne vor Juli gestellt und ihr diesen Albtraum erspart, hätte am liebsten alle aus dem Konferenzraum gejagt, und fand, dass es an der Zeit war, Henrik hierherzuschleifen, um ihn zu fragen, was um Himmels willen hier vor sich ging. Der Gedanke, dass die versammelte Ermittlungsgruppe Juli so sah, war unerträglich.

Als Christou den Clip anklickte, füllte der Kellerraum die Leinwand aus. Martin Buchwald schaltete das Licht aus. Eine nackte Wand, fleckig, mit etwas bröseligem Putz und hervortretenden Fugen. Juli saß entkleidet auf einem Stuhl vor der Wand. Ihre Augen waren gerötet, ihre zitternden Hände lagen in ihrem Schoß und verbargen ihre Scham. Ihr Blick ging zwischen der Kamera und jemandem, der offensichtlich neben der Kamera stand, hin und her. Anders als Marietta Althauser und Sahra Heß zuvor, saß sie geradezu stoisch und aufrecht da, im Versuch, der Demütigung zu trotzen.

Es war totenstill im Konferenzraum.

Alle Anwesenden, Ermittler, Vorgesetzte und Assistenten, waren mit dem verstörenden Anblick entkleideter Opfer vertraut. Doch das hier war etwas anderes. Juli war nicht irgendeine Frau – und auch wenn das schreiend ungerecht gegenüber allen anderen Opfern war –, Juli war zudem die Frau des Kanzlers, und das änderte alles und zugleich nichts.

Die ersten zehn Sekunden schwieg Juli. Nur das leichte Pixelrauschen und ihre Augenbewegungen verrieten, dass der Film bereits lief. Juli schluckte nervös, befeuchtete ihre Lippen mit der Zunge, bevor sie mit leiser und gebrochener Stimme zu sprechen begann. »In zwei Tagen wirst du wissen, wie es sich anfühlt, alles zu verlieren. Zwei Tage, und du kannst nichts dagegen machen. Zwei Tage, und dann bin ich tot.« Sie schluckte erneut, sah neben die Kamera, dann fror das Bild ein.

Alle hatten den Atem angehalten.

Martin Buchwald stöhnte leise.

Irgendwo in einem der Lüftungsschächte knisterte ein Ventilator.

»Kannst du das Bild abschalten, Nestor«, bat Art heiser.

Die Leinwand wurde dunkel, und die Deckenbeleuchtung flammte wieder auf. Ben Gallwitz räusperte sich. »Wen meint sie mit ›du‹? Ihren Mann?«

»Ist am naheliegendsten, würde ich sagen«, brachte Art heraus. Sicher war er sich nicht.

»Was bedeutet, dass wir richtigliegen«, meinte Reiter. »Jemand hat es auf Henrik Westphal abgesehen. Die Frage ist nur, warum?«

»Das Motiv klingt doch nach Rache, oder?«, sagte Nele. »Warum sonst sollte der Täter sie dazu bringen, zu sagen: ›In zwei Tagen wirst du wissen, wie es sich anfühlt, alles zu verlieren.‹ Für mich klingt das nach ›ich habe auch alles verloren – und er soll fühlen, was ich gefühlt habe‹.«

Wieder Stille. Als müssten sie sich alle gedanklich vorwärtstasten. Art hatte das Gefühl, in seinen eigenen Gedanken festzusitzen. »Auf der Suche nach dem *Warum*«, sagte Art mit belegter Stimme, »sollten wir uns vielleicht erst mal mit Neo Wolters beschäftigen.« Er sah zu Ben Gallwitz herüber.

Gallwitz nickte und machte Martin Buchwald ein Zeichen, der das Licht wieder ausschaltete. Auf der Leinwand erschien ein Personalausweis mit Foto. Ein junger schwarzhaariger Mann mit eindeutig asiatischen Wurzeln und dem für biometrische Fotos typisch unbeteiligten Ausdruck blickte über ihre Köpfe hinweg. »Das ist Neo Wolters«, stellte Buchwald vor. »Siebenundzwanzig Jahre alt, ledig. Mutter Japanerin, geboren in Tokio, Vater Deutscher. Aufgewachsen ist Neo in Hamburg, dort hat er auch IT studiert. *Xanax Solutions*, ein Softwareunternehmen, hat ihn direkt nach der Uni angeworben. Nach einem halben Jahr hat er zu einem anderen Unternehmen gewechselt. Grund – wissen wir bisher nicht. Dort ist er ebenfalls nur acht Monate geblieben. Danach hat er zwei weitere Male gewechselt. Offenbar hatte er Anpassungsschwierigkeiten, wir recherchieren das noch. Seitdem ist er selbstständig und schlägt sich mit der Programmierung von Internetseiten durch. Seiner Wohnung nach zu urteilen, mit bescheidenem Erfolg. Wir gehen davon aus, dass Neo Wolters der Initiator von *Shibuya-News.com* ist. Dafür spricht die Namensgebung und die Geburtsstätte seiner Mutter. Shibuya ist ein Viertel in Tokio. Er hat die entsprechenden Fähigkeiten, eine solche Seite zu gestalten und zu verschleiern. Er hat auch die Fähigkeiten, mit einem Hack Rechnungen des Gasversorgers abzugreifen. Einen Ausdruck der Rechnung haben wir in seinem Müll gefunden. Außerdem gehen wir davon aus, dass Neo Wolters die Videos gedreht hat. Bei ihm wurde ein blauer Molton-Vorhang gefunden, ein entsprechender Vorhang ist als Key-Hintergrund für die Vorbereitung der Fake-Videos benutzt worden.« Auf der Leinwand wurde der blaue Stoff gezeigt, dann wechselte das Bild, und das Foto eines kleinen grauen USB-Sticks war zu sehen. »Am schwersten wiegt dieser Stick, auf dem der Videoclip mit Juli Westphal gespeichert war, den wir alle gerade gesehen haben. Auf dem Stick ist ein Fingerteilabdruck von Neo Wolters. Der Stick wurde, nachdem mutmaßlich Neo Wolters oder ein Komplize unsere Kollegin Nele Tschaikowski in seiner Wohnung niedergeschlagen hat, unserer Kollegin zugesteckt. Mutmaßlich, damit wir ihn finden.« Buchwald holte kurz Luft, dann fuhr er fort. »Wir müssen also aktuell davon ausgehen, dass Neo Wolters der Mann ist, den wir suchen. Aktuell ist er untergetaucht, und er scheint Juli Westphal entführt zu haben. Abgesehen davon ist er unser Hauptverdächtiger für den Mord an Frida Wilke und für die beiden Morde an Marietta Althauser und Sahra Heß.«

»Ist das nicht ein seltsamer Zufall«, sagte Art, »dass unser Hauptverdächtiger für die Morde ausgerechnet im gleichen Haus wohnt wie Frida Wilke, die die Leiche von Frau Althauser am Großen Stern entdeckt hat?«

»Ja, sicher«, gab Buchwald zu. »Die Kollegen von der SG hatten ja anfangs auch den Verdacht, dass Frida die Leiche nicht zufällig gefunden hat.«

»Da müsste sie schon ziemlich abgebrüht sein, oder? Vielleicht gibt es noch eine andere Erklärung dafür«, überlegte Art.

»Wenn du eine hast, nur raus damit«, erwiderte Buchwald.

Art zuckte mit den Schultern. »Noch fällt mir keine ein.«

»Gibt es denn bisher irgendeine Verbindung zwischen Neo Wolters, Henrik Westphal und den beiden ersten Opfern?«, fragte Nele.

»Nichts«, seufzte Buchwald.

»Na ja, sagen wir mal, ich arbeite dran«, ergänzte Gallwitz.

Art war immer noch damit beschäftigt, das Gesehene zu verarbeiten. Hätte er sie doch nur nicht allein gelassen. Er ballte die Fäuste unter dem Tisch und versuchte, seine Gedanken zu ordnen. »Wissen wir, wie und wann Juli Westphal entführt wurde?«

»Anscheinend von zu Hause«, erwiderte Reiter zerknirscht. Kein Wunder, die Bewachung des Hauses lag in den Händen der Abteilung SG. »Meine Leute sind gerade vor Ort und versuchen zu klären, wie das passieren konnte. Wir haben ihr Handy auf dem Nachttisch gefunden. Das Bett war benutzt. Eine Stehlampe war umgestürzt, und auf dem Fußboden sind Glasscherben. Sieht nach einem Wasserglas aus. Da der Täter den USB-Stick vormittags am Autoschlüssel von Frau Tschaikowski befestigt hat, gehen wir von einer Entführung in der Nacht oder am sehr frühen Morgen aus.«

Ein zerbrochenes Wasserglas, eine umgestürzte Lampe. Art sah Juli vor sich, wie sie sich wehrte. Zugleich wunderte er sich. Warum ließ sich der Täter auf ein Handgemenge ein? In all seinen Videos hatten die Opfer immer still dagesessen, ohne gefesselt zu sein. Auch Juli. Das sprach dafür, dass er eine Waffe hatte. Warum also sollte er sie nicht bei der Entführung verwenden? Andererseits traute er Juli zu, dass sie dennoch versuchte, sich zu wehren. Erneut machte er sich Vorwürfe. Er hätte sie nicht allein lassen dürfen. Julis letzte Sätze kamen ihm in den Sinn. Was hatte sie ihn fragen wollen? Er war geflohen, weil er fürchtete, dass es dabei um ihn ging, dass sie mehr wollte, vielleicht eine Affäre, vielleicht eine Nacht mit ihm. Er wusste, dass seine Antwort im Grunde ein Ja war. Alles in ihm hatte Ja geschrien. Genau deshalb war er aufgestanden. »Was ist mit der …«, Art brach ab und musste sich räuspern, »… mit der Kellerwand im Hintergrund?« Er sah Brunner an. »Können wir irgendwelche Rückschlüsse auf die Lage des Kellers ziehen?«

Brunner zuckte mit den Achseln. »Null Komma null.«

»Okay«, sagte Nele. »Noch mal zurück zu Neo Wolters. Wir wissen noch nicht genug über ihn und seine Verbindung zum Kanzler, vielleicht sollten wir also von der anderen Seite rangehen und uns fragen, warum will sich jemand an Henrik Westphal rächen? Irgendeinen Grund muss es doch dafür geben. Was wissen wir über Westphal?«

Rund um den Konferenztisch wurden Blicke getauscht. Für einen Moment herrschte Stille.

»Sie schlagen vor«, sagte Reiter nuanciert, »wir sollen das Leben des Kanzlers durchleuchten? Also, erst einmal, ich halte Henrik Westphal für einen hochanständigen Menschen, aber glauben Sie im Ernst, er wäre Kanzler geworden, ohne dabei nicht nahezu täglich Menschen zu verärgern?« Er hob die Augenbrauen und sah Nele an. »Wollen Sie die *alle* vorladen?« Er rang sich ein trockenes Lachen ab. »Ich meine, sicher, die Idee ist ja nicht völlig falsch, aber bis wir diese Leute alle vernommen haben, ist Frau Westphal mit Sicherheit tot.« Sein Blick traf Art bis ins Mark. »Aber vielleicht können *Sie* ja helfen, mit Ihrer anonymen Quelle?«

Art schwieg einen Moment, dann entschloss er sich zur Flucht nach vorne. »Ich wünschte, ich könnte. Aber meine Quelle war Juli Westphal selbst.«

Am Konferenztisch wurde es unruhig, leise Kommentare wurden geraunt, Blicke gewechselt.

»Sie hat mich ausdrücklich gebeten, ihren Namen nicht

zu nennen«, fuhr Art fort. »Wir waren gestern Abend zusammen bei einem Italiener.«

»Du warst mit Frau Westphal essen? Auswärts?«, fragte Martin Buchwald Art ungläubig.

Nele warf ihm einen raschen Seitenblick zu.

»Sie war nervös«, versuchte sich Art zu rechtfertigen, »ihr fiel die Decke auf den Kopf, sie fühlte sich allein nicht wohl im Haus. Die Videos, der Shitstorm im Netz, die Presse vor der Haustür. Ich dachte, es wäre vielleicht eine gute Gelegenheit, bei einem vertraulichen Gespräch ein paar Details zu erfahren, die uns weiterhelfen oder auf eine Spur bringen könnten. Das hat sich dann ja auch bestätigt. Ohne sie wüssten wir nicht, dass es eine Verbindung zwischen den beiden toten Frauen gibt.«

Buchwalds Blick ruhte prüfend auf Art. Ahnte er, dass da noch mehr war? Schließlich wusste er, dass Westphal ihn angefordert hatte.

»Was zum Teufel haben Sie sich dabei gedacht?«, zischte Reiter. »Sie hätten das bei den Kollegen der SG vor Ort anmelden müssen.«

»Hätte ich? Darf Frau Westphal nicht ohne Personenschutz das Haus verlassen?«

»Natürlich darf sie«, erwiderte Reiter scharf, »aber doch nicht unter diesen Umständen, das hätten Sie doch wissen müssen.«

Art presste die Zähne zusammen. Reiter hatte recht. Er hätte tatsächlich darüber nachdenken müssen. Doch er hatte das Risiko in Kauf genommen, weil er mit Juli allein sein wollte.

»Wo genau waren Sie mit ihr? Und wie sind Sie überhaupt aus dem Haus gekommen, ohne dass es jemand bemerkt hat?«

»Durch die Hintertür im Garten, zwischen den Nachbargrundstücken hindurch führt ein Weg zu den Mülltonnen der Nachbarn an einer Parallelstraße hinter dem Haus.«

Buchwald sah Reiter an. »Im Ernst? Es gibt einen Hintereingang, und niemand wusste davon?«

Reiter war blass vor Wut. »Natürlich wussten wir davon«, fauchte er. »Aber der Eingang war tot. Stillgelegt. Angeblich gab es nicht einmal mehr Schlüssel.« Er machte sich im Handy eine Notiz. Jemand im Sicherheitsteam des Kanzlers würde ganz sicher eine Menge Ärger bekommen. »Und das Lokal?«

Art berichtete kurz von Toto, seiner Absprache mit Claudio, dass niemand sonst anwesend sein würde, was Reiter mit einem geknurrten »immerhin« kommentierte, und von Julis plötzlichem Aufbruch.

»Sie haben sie gehen lassen?«

Die Frage saß wie ein Dorn in Arts Fleisch. Ja, hatte er. Und je länger er darüber nachdachte, desto mehr bereute er es. »Ich hätte es nicht verhindern können. Es war ihre Entscheidung«, sagte er zerknirscht.

»Was heißt hier *können*? Sie hätten es verhindern *müssen*!«

»Ich war kurz auf Toilette, als ich zurückkam, war sie weg.«

»Was haben Sie gemacht? Sie beleidigt, oder was?«

Art überlegte, was er sagen sollte. *Sie war auf eine Affäre aus, und ich habe abgelehnt, weil ich zu feige war?* Sicher keine gute Alternative. Wenn es überhaupt so gewesen war, vielleicht bildete er sich das auch nur ein. »Ich denke, sie wollte meine Fragen nicht weiter beantworten«, sagte er. »Ich war wohl etwas … unsensibel.«

»Unsensibel«, wiederholte Reiter gedehnt.

Nele verschränkte die Arme und starrte auf den Tisch.

»Mein Gott, ja! Ich wollte den Fall lösen«, sagte Art.

»Scheiße«, blaffte Reiter. »Das wollen wir alle. Aber deswegen bringen wir nicht andere in Gefahr. Sie können verdammt noch mal froh sein, dass wir Frau Westphals Handy im Schlafzimmer gefunden haben und sie offensichtlich heil nach Hause gekommen ist. Was nicht heißt, dass sie nicht doch vielleicht verfolgt worden ist und jemand so den hinteren Zugang zum Haus gefunden hat. Und *das* ist dann in jedem Fall Ihre Schuld.«

Art biss die Zähne aufeinander. Am liebsten hätte er etwas aus dem Fenster geworfen, vielleicht sogar Reiter, nicht etwa, weil er Reiter nicht ausstehen konnte, sondern weil er verdammt noch mal recht hatte, und zwar so sehr, dass es wehtat.

Nele legte ihre Hand auf seinen Oberschenkel. Sie mied seinen Blick, doch der sanfte Druck ihrer Hand und deren Wärme taten gut. Einen Augenblick später zog sie ihre Hand zurück.

»Okay«, knurrte Buchwald. »Kleinschmidt, Sie fahren jetzt sofort zu diesem Toto –«

»Claudio«, sagte Art. »Totos Sohn.«

»… gut, also zu Claudio und befragen ihn, ob ihm noch irgendetwas aufgefallen ist.«

»Was ist mit den Befragungen von Theo Althauser und Margot Heß?«, fragte Art. »Was hat sich daraus ergeben?«

»Althauser konnte sich erinnern, dass er früher einmal auf dem Grundstück der Heß gewesen sei, zusammen mit Henrik Westphal. Sie wären an der Krummen Laake gewesen, zum Baden. Dort wollten sie eigentlich grillen, doch das war an der Laake verboten. Auf dem Rückweg hätten sie auf dem Grundstück der Heß ihren Mann gesehen, der dort gegrillt hätte. Sie wären ins Gespräch gekommen, und er hätte angeboten, dass sie ihre Würstchen bei ihm auf den Rost legen könnten. Was sie dann getan haben.«

»Warum hat er das nicht gleich gesagt?«, fragte Art.

»Es war lange her und kein besonders einschneidendes Erlebnis. Althauser meinte, es wäre ihm erst wieder eingefallen, als er vor dem Grundstück stand, weil er Margot Heß seine Anteilnahme ausdrücken wollte. Klang plausibel, fanden wir.«

»Und Margot Heß?«

»Weiß von nichts. Dass sie als Henrik Westphals Erzieherin gearbeitet hat, bezeichnet sie als Unfug. Das müsse eine Verwechslung sein. Tatsächlich haben wir bisher auch keine Belege dafür gefunden. Keine Bankunterlagen, keine alten Gehaltsabrechnungen und keine Steuerunterlagen.«

»Aber welchen Grund sollte Juli Westphal haben, uns diese Geschichte zu erzählen, wenn es gar nicht stimmt?«, fragte Nele skeptisch.

Reiter zuckte mit den Achseln. »Ein Irrtum? Eine Fehleinschätzung vielleicht.«

»Es klang nicht nach Fehleinschätzung«, widersprach Art. »Eher nach regelmäßigen Treffen. Sie war ja dabei.«

»Leider können wir sie dazu jetzt nicht mehr befragen«, meinte Reiter bitter.

»Was wäre, wenn es bei alledem um irgendeine Geschichte aus der Vergangenheit geht?«, brachte Nele ein.

Reiter hob spöttisch die Brauen. »Etwas vage, finden Sie nicht?«

»Ich weiß ehrlich gesagt nicht, ob uns das jetzt weiterbringt«, stellte Buchwald fest. »Unser Hauptverdächtiger heißt aktuell Neo Wolters. Im Moment kennen wir zwar sein Motiv noch nicht, aber fest steht, wir müssen ihn finden.«

»Die Beweise gegen ihn sind erdrückend«, ergänzte Reiter.

Art räusperte sich. »Ehrlich gesagt, mir scheint das etwas *zu* gut zu passen.«

»Gibt es das?« Reiter verzog die Lippen zu einem zynischen Grinsen. »Dass etwas *zu* gut passt? Können Sie das begründen?«

»Ist eher ein Gefühl«, gab Art zu. »Mir gefällt nicht, dass wir das Motiv noch nicht kennen.«

»Gefühl«, schnaubte Reiter. Er betonte das Wort, als wäre es ein Synonym für etwas zutiefst Verabscheuungswürdiges. »Davon gibt's gerade jede Menge im Netz.«

Martin Buchwald seufzte genervt, sparte sich aber seinen üblichen Fakten-Fakten-Fakten-Vortrag.

»Es gibt da eine Sache, die vielleicht noch interessant wäre«, meldete sich jetzt Kleinschmidt, als hätte er nur auf den richtigen Moment gewartet. »Aus Henrik Westphals Vergangenheit, meine ich.« Alle Augen richteten sich auf ihn. »Diese Geschichte mit dem Mann, der in allerletzter Sekunde ins Krankenhaus gebracht wurde. Dieser Pädophile, im Herbst 98.«

Art horchte alarmiert auf. Ging es hier etwa um Fussmann?

»Welcher Pädophile?«, fragte Buchwald verwirrt.

Reiter winkte ab. »Ist 'ne uralte Geschichte, und der Mann sitzt.«

»Darf ich bitte erfahren, worum es hier geht?«, fragte Buchwald gereizt.

»Ist wirklich ewig her«, gab Kleinschmidt zu. »Als Westphal Kanzler wurde, poppte die Sache in einer Routineuntersuchung auf. Wir machen immer solche Umfeld-Scans, um besser vorbereitet zu sein, falls mal –«

»Schon gut, ich kenne die Vorgehensweise«, unterbrach Buchwald ungeduldig. »Hätten Sie die Güte, mich jetzt einfach in Kenntnis zu setzen?«

Kleinschmidt sah Reiter an, als wolle er um Erlaubnis fragen, und der nickte kurz.

Kleinschmidt warf einen Blick auf sein Handy, auf dem er offenbar Notizen gespeichert hatte. »Im Spätherbst 98 wurde der Sitte von einer anonymen Quelle ein DV-Videoband zugespielt. Ein kleiner Stricher-Junge auf einer Bahnhofstoilette erpresste einen übergriffigen Mann, der ihn sexuell gefügig machen wollte.«

Art erstarrte. Kein Zweifel. Es ging um Fussmann. Aber wie war das Video in die Hände der Polizei gekommen? Er hatte doch das Band eigenhändig verbrannt.

»Den Jungen haben wir nie identifizieren können«, fuhr Kleinschmidt fort, »den Mann dagegen schon. Er hieß – oder vielmehr heißt – Gerd Fussmann. Damals leitender Angestellter einer Supermarktkette, verheiratet, zwei Kinder …«

Art spürte Neles überraschten Blick von der Seite. Sie hatte sich wohl den Namen Fussmann gemerkt, als er kürzlich Gallwitz am Telefon gefragt hatte, ob Fussmann noch sitzen würde.

»Bei einer anschließenden Hausdurchsuchung«, fuhr Kleinschmidt fort, »wurde so viel kinderpornografisches Material bei Fussmann gefunden, dass sofort ein Haftbefehl gegen ihn ausgestellt wurde. Er bekam damals allerdings Wind von der Sache und hat sich abgesetzt. Wochen später wurde Fussmann dann schwer verletzt vor einem Krankenhaus abgelegt. Jemand hatte ihn so übel zugerichtet, dass er nur mit knapper Not überlebt hat …«

Nach dem Clip mit Juli war das alte Video nun schon der

zweite Schock in kurzer Folge. Art hatte das Gefühl, dass die Welt sich zu schnell drehte.

»Seitdem sitzt Fussmann«, sagte Kleinschmidt, »mit einer kurzen Unterbrechung vor ein paar Jahren. Er wurde rückfällig, wurde erneut verhaftet, verurteilt und ist aktuell in Sicherungsverwahrung, aus der er nie mehr herauskommen wird.«

Art sah an Kleinschmidt vorbei und fixierte einen Lichtschalter. Ellie hatte damals das Video gehabt. Wenn jemand es tatsächlich der Polizei anonym übergeben hatte, musste es Ellie gewesen sein. Aber warum? Das ergab doch gar keinen Sinn? Und welches Band hatte sie ihm denn dann in der Nacht am Kiosk gegeben? Eine Kopie? Eine andere Kassette, die einfach nur genauso ausgesehen hatte?

»Und was hat das alles mit Westphal zu tun?«, fragte Buchwald skeptisch.

»Als Fussmann damals vor dem Krankenhaus abgelegt wurde, hat ein Sanitäter einen grünen Jaguar beobachtet. Zwei junge Leute haben Fussmann aus dem Kofferraum gehoben und sind dann davongefahren. Der Sanitäter konnte noch ein Berliner Kennzeichen erkennen. Bei den Ermittlungen kam heraus, dass es nur zwei grüne Jaguar dieses Typs in Berlin gab. Einer gehörte dem Vater von Henrik Westphal.«

»Okay«, sagte Buchwald gedehnt. »Und dann?«

Reiter zuckte mit den Schultern. »Westphal senior war Anwalt und hochgeschätzt. Sein Sohn hatte mehrere Zeugen, er hatte mit Freunden gefeiert.«

Mehrere Zeugen, dachte Art. Er fragte sich, ob er froh oder verärgert sein sollte, dass er außen vor geblieben war. Vielleicht beides. Aber das schale Gefühl, verraten worden zu sein, ausgerechnet von Ellie, wurde größer.

»Und der andere grüne Jaguar?«, erkundigte sich Nele.

»Soweit ich mich erinnere, war das der Geschäftsführer eines Energieversorgers«, sagte Kleinschmidt. »Oder einer Zeitung? Ich bin nicht sicher. Er hatte jedenfalls zwei Töchter und einen Sohn. Der Sohn – wie sollte es anders sein – wurde ebenfalls von einem guten Anwalt vertreten und hatte ebenfalls Zeugen, die ihm sein Alibi bestätigten.«

»Klassischer privilegierter Alter-weißer-Männer-Scheiß«, murrte Brunner. »Väter hauen ihre Söhne raus.«

»Du bist doch selbst 'n alter weißer Mann«, murmelte Christou.

»Aber nicht privilegiert«, protestierte Brunner.

»Wärst du aber gerne, oder?«

»Jedenfalls«, fuhr Kleinschmidt fort, »verlief die Sache im Sand. Letztlich war man froh, Fussmann gefunden zu haben. Man machte den Deckel drauf, und es gab eine saftige Verurteilung.«

»Sicher, dass der Mann noch im Gefängnis sitzt?«, fragte Buchwald.

»Bitte! Wir sind doch keine Anfänger«, gab Reiter schmallippig zurück. »Der Mann ist bei uns auf der Liste, also haben wir ihn sofort überprüft.«

»Ohne uns Bescheid zu geben?« Buchwalds Blick sprach Bände. Er hasste es, wenn er nicht ins Bild gesetzt wurde.

Reiter zuckte zum wiederholten Mal die Achseln. »Er sitzt und kommt nicht infrage. Warum sollte ich den Kanzler beschädigen und alte unbewiesene Geschichten ans Tageslicht zerren.« Er schaute herausfordernd in die Runde. »Wer weiß, auf welchem Portal nun das wieder aufgetaucht wäre.«

Buchwalds Kiefermuskulatur trat hervor. »Schön«, sagte er gepresst. »Wir konzentrieren uns also auf die Fahndung nach Neo Wolters und einem eventuellen Komplizen. Der Staatsanwalt ist bereits informiert, ich setze eine Pressekonferenz an. Offizielle Sprachregelung: Im Zusammenhang mit den Morden an … und so weiter und so weiter … wird der dringend Tatverdächtige Neo Wolters gesucht. Damit sollten wir den Kanzler erst mal aus der Schusslinie bekommen. Für alle anderen, wir verteilen die Aufgaben wie folgt … ach, und bei allem, was ich jetzt gleich sagen werde, gilt: maximale Schnelligkeit, maximale Transparenz in der Ermittlungsgruppe.« Er bedachte erst Art und dann Reiter mit einem mehr als vorwurfsvollen Blick. Dann schlug er mit der Faust auf den Tisch. »Ich will verdammt noch mal keine Alleingänge mehr und schon gar keine vierte Frauenleiche finden müssen.«

Rund um den Tisch wurde genickt. Reiter schaute aus dem Fenster.

Buchwald wollte gerade die Sitzung beenden, als Christou ihn unterbrach. »Chef?« Der IT-Spezialist starrte konzentriert auf sein Laptop.

»Was?«, blaffte Martin Buchwald.

»Der Clip mit Frau Westphal ist gerade online gegangen, auf *Shibuya-News.com*.«

»Großer Gott, das war ja zu erwarten«, stöhnte Buchwald.

Art war noch dabei, seine Gefühle zu sortieren. Bis gerade eben war er noch an Julis Seite gewesen, ganz so, als wäre er immer noch Boxer und bereit, alles für sie zu tun. Aber was, wenn sie ihn tatsächlich verraten und belogen hatte? Änderte das etwas? War Juli ihm plötzlich weniger wichtig? Vielleicht hatte sie einen Grund gehabt, den er nicht kannte.

»Und wir können wirklich nichts gegen die Verbreitung tun?«, fragte Buchwald.

Christou hob entschuldigend die Hände. »Keine Chance, der Typ ist clever.«

Reiter warf Art einen kalten, vernichtenden Blick zu.

»Dass Ihnen das klar ist. Das ist Ihre Schuld. Und sollte auch nur ein einziger der *Big Foots* auf die Idee kommen, das mit der Westphal hätte *ich* verbockt, dann mach ich Ihnen einen Ring durch die Nase und zieh Sie durch die Manege, das schwör ich Ihnen.«

»Wenn das Ihre Priorität ist«, erwiderte Art und zuckte mit den Schultern. Plötzlich fiel ihm die Entscheidung ganz leicht. »Meine ist ehrlich gesagt, Juli Westphal zu finden, und zwar *vor* Ablauf der zwei Tage.«

Kapitel 48

Art war geradezu aus dem Konferenzraum gestürmt. Nele wollte ihm nach, doch an der Tür trat ihr Martin Buchwald in den Weg. »Auf ein Wort«, sagte er kühl, lotste sie in einen Nebenraum und schloss die Tür. In seiner Haltung lag etwas, das keinen Widerspruch duldete, und Nele wappnete sich für eine Standpauke wegen ihrer Fehleinschätzung von Neo Wolters.

Buchwalds braune Augen bohrten sich in ihre. »Was läuft da zwischen Juli Westphal und Art Mayer?«, blaffte er. »Und erzählen Sie mir nicht, Sie hätten nichts davon mitbekommen.«

»Ehrlich gesagt, ich habe keine Ahnung«, erwiderte Nele etwas überrumpelt. Das eine war, dass sie den gleichen Verdacht hatte, den offensichtlich auch Buchwald hegte. Aber den Verdacht mit ihm zu teilen, kam nicht infrage. »Wie kommen Sie darauf?«

Martin Buchwalds Lippen wurden schmal, und er taxierte sie; seine sonst so väterliche Art schien wie fortgewischt. »Ich kenne Artur«, knurrte er. »Und zwar schon sehr viel länger, als mir lieb ist.«

Nele versuchte, seinem Blick standzuhalten. »Das hört sich beinah an, als wäre Herr Mayer ein Frauenheld.«

»Blödsinn«, schnaubte Buchwald. »Das Gegenteil ist der Fall. Aber wissen Sie, was die Kollegen von der SG auf Juli Westphals Handy gefunden haben? Arts Nummer, gespeichert unter A. Mehr nicht, nur A. Und der WhatsApp-Chat mit ihm wurde gelöscht. Wonach sieht das für Sie aus?«

»Ich würde sagen«, meinte Nele und sprach so vorsichtig, als würde sie über dünnes Eis laufen, »Juli Westphal wollte nicht, dass ihr Treffen mit Herrn Mayer bekannt wird. Sie hat ihm ja offenbar etwas über ihren Mann anvertraut, über das bisher alle geschwiegen haben.«

Buchwald betrachtete sie skeptisch. »Sind Sie so naiv, oder tun Sie nur so?«

»Ich finde das ehrlich gesagt logisch.«

Buchwald seufzte und schob das Kinn vor. »Dass Kauder Ihr Onkel ist, wird Sie nicht retten, wenn Sie Mist bauen.«

»Ich bin nicht wegen meines Onkels hier«, entgegnete sie. »Und wenn ich Mist baue, dann stehe ich allein dafür gerade.«

Martin Buchwald musterte sie nachdenklich, als wollte sein Bild von ihr nicht mehr passen und er wäre auf der Suche nach einem neuen. »Können Sie arbeiten?«, fragte er etwas sanfter.

»Ich bin fit«, log Nele.

»Gut, wir können jeden Mann brauchen.«

»Mann?«, fragte Nele.

»Gehen Sie mir nicht auf die Nerven mit Ihrem Gender-Kram und machen Sie, dass Sie loskommen.«

Nele schluckte und lächelte artig. »Verstanden. Und wenn es etwas Neues gibt, dann melde ich mich selbstverständlich bei meiner Vorgesetzten.« Bevor Buchwald etwas entgegnen konnte, hatte sie auf dem Absatz kehrtgemacht und den Raum verlassen. Auf der Treppe nahm sie jeweils zwei Stufen auf einmal, um Art einzuholen. Sie fand ihn zwischen den Poolfahrzeugen, sein Handy am Ohr, mit dem Rücken zu ihr. »Kannst du was für dich behalten?«, fragte er leise. Nele bremste abrupt ihren Schritt.

»Ihr seid doch sowieso gerade bei Westphals, oder?«

Sie blieb stehen, unschlüssig, ob sie sich besser abwenden oder heimlich zuhören sollte. Zwischen ihnen waren nur noch zwei Autos, und sie konnte jedes Wort verstehen.

»Dann tu mir doch den Gefallen und untersuch den Boden im Billardzimmer. Da, wo früher der Tisch stand, ist ein Blutfleck auf dem Parkett. – Was? Nein. Luminol. – Eben, ich bin nicht sicher. Habt ihr den Tisch denn gefunden? – Wie, nicht? – Aber die SG bewacht doch das Tor, die müssen doch wissen, welche Reparaturfirma die reingelassen haben. – Was, Müller? – Aber das kann doch nicht so lange …« Art brach ab und schwieg einen Moment, und Nele überkam der absurde Gedanke, zwischen den eng stehenden Poolfahrzeugen in Deckung gehen zu wollen.

»Alles klar«, brummte Art. »Danke.« Er legte auf, drehte sich um und stutzte, als er Nele zwei Autodächer weit entfernt entdeckte.

»Auf der Suche nach Juli Westphal?«, fragte sie.

Er nickte, sagte jedoch kein Wort.

»Ich komme mit.«

»Du brauchst Ruhe«, wiegelte er ab. Er hatte den Kragen seines Marinemantels hochgeschlagen und sah erschöpft und zugleich aufgebracht aus. Unter seinen Augen waren dunkle Ringe. »Fahr nach Hause«, sagte er müde.

Nele schüttelte den Kopf. »Anweisung von Buchwald«, sagte sie. »Was soll man da machen …«

Er taxierte sie einen Moment. »Lügnerin«, stellte er fest und warf ihr den Schlüssel zu. Sie schnappte ihn aus der Luft und ging zum Wagen. »Was war das mit dem Blutfleck am Billardtisch gerade?«

»Du hast mich belauscht?«

»Du redest ja nicht.«

»Ich rede, wenn's was zu reden gibt. Hast du deine Dienstwaffe dabei?«, fragte Art.

Sie stutzte und errötete. Verdammt, wie hatte sie das vergessen können, vor allem nach dem, was ihr heute passiert war? »Nein, du?«

»Ich hab meine noch nicht wieder zurück.«

Sie seufzte. »Ich hole eben meine – aber du wartest, ja?«

»Was bleibt mir übrig. Du hast den Schlüssel«, erwiderte er lakonisch.

Sie machte auf dem Absatz kehrt, ging im Laufschritt Richtung Waffenschließfach, nahm ihre Heckler & Koch P30 aus dem Schrank, entschied sich für das kleine Gürtelholster und schob ein Magazin mit fünfzehn Schuss in die Waffe. Mit einem flauen Gefühl verriegelte sie den Schrank und joggte zurück zum Parkplatz. Als sie beim Wagen ankam, war Art fort.

Sie fluchte und sah sich um. Der Parkplatz war etwa zu einem Drittel belegt, insgesamt standen noch etwa zwanzig Fahrzeuge dort. Am anderen Ende des Parkplatzes setzte gerade ein dunkelgrauer Audi Avant zurück. Der Fahrer gab Gas und steuerte auf die Schranke an der Ausfahrt zu. Sie sprintete los, nahm eine Abkürzung zwischen den parkenden Fahrzeugen, stieß sich die Hüfte an einem Außenspiegel und verbiss sich den Schmerz. Sie erreichte die Schranke unmittelbar vor dem Audi und stellte sich mitten auf die Fahrbahn. Der graue Kombi bremste und kam direkt vor ihr zum Stehen. Art sah sie durch die Windschutzscheibe ausdruckslos an. Nele blickte hinter sich zur Schranke und vergewisserte sich, dass sie noch unten war und sie genug Zeit zum Einsteigen hatte. Dann ging sie rasch zur Beifahrertür, wollte sie öffnen, doch die Zentralverriegelung war aktiviert. Art gab vorsichtig Gas und fuhr an die Schranke heran, die gemächlich nach oben zuckelte. Nele schlug wütend an die Scheibe. »Verdammt, mach die Tür auf! Sonst red ich mit Buchwald über dich und die Westphal.«

Art sah stur geradeaus, fuhr an ihr vorbei, und Nele schlug noch einmal außer sich gegen das Heck des Wagens. Dieser verdammte sture egozentrische Mistkerl.

Kaum war der Wagen unter der Schranke hindurch, leuchteten die Bremslichter. Der Audi blieb stehen, einen Moment später wurde die Beifahrertür von innen aufgestoßen.

»Mein Gott«, stieß Nele hervor, tauchte unter der wieder herabfahrenden Schranke durch, ließ sich auf den Beifahrersitz fallen und schloss die Tür mit einem Knall.

Schweigend fuhr Art los.

Nele schnallte sich an und rang um Luft. »Wohin fährst du?«

»Margot Heß«, erwiderte Art.

»Schon wieder?«

»Sie lügt. Ich muss wissen, warum.«

»Und weshalb wolltest du mich nicht dabeihaben?«

Art zuckte mit den Schultern und hüllte sich in Schweigen.

»Okay, mir reicht's«, sagte Nele. »Was ist mit dir und der Westphal. Habt ihr was miteinander? Und jetzt komm mir bitte nicht mit irgendwelchen blöden Ausreden.«

Art stieß einen knurrigen Seufzer aus und hielt vor einer roten Ampel. »Ist kompliziert«, murmelte er.

»Das merk ich«, sagte Nele gereizt. »Aber was heißt das? Vögelt ihr miteinander?«

»Nein.«

»Liebst du sie?«

»Ich hab sie mal geliebt, früher.« Die Ampel wurde grün, und Art fuhr an.

»Wie alt warst du da?«

»Zwölf. Dreizehn.«

»Zwölf?«, fragte Nele fassungslos. »Und jetzt? Liebst du sie immer noch?«

»Ich weiß es nicht.«

»Also ja.«

Art schwieg.

»Scheiße!«, fluchte Nele.

Einen Augenblick lang waren nur die Reifen auf dem Asphalt und das leise Motorgeräusch zu hören.

»Vielleicht sollte ich mir doch die Rüschenbluse überziehen, das Kind kriegen und Sägewerksrechnungen schreiben.«

»Was?«, fragte Art verwirrt.

»Ach, fick dich, Art.«

»Wie bitte?«

»Mann!«

Art bog auf die B96a ab und beschleunigte sanft. Ein paar Schneeflocken trudelten von oben herab. »Hört das nie auf«, murmelte er mit Blick auf den grauen schweren Himmel.

Nele seufzte. »Entschuldige«, murmelte sie. »Ich bin drei Tage mit dir unterwegs und erkenne mich selbst nicht mehr wieder.«

Art runzelte die Stirn. »Wieso? Es fing gerade an, gut zu werden.«

Nele kamen die Tränen, und sie starrte eine Weile auf die

wirbelnden Flocken, die immer zahlreicher wurden und im Luftstrom um den Wagen einen fast schon hypnotischen Tunnel bildeten. Die Dämmerung hatte eingesetzt, und Art starrte konzentriert geradeaus. Nele nahm ihr Handy und schaute, ob sie einen Anruf verpasst hatte. Kein Roman. Nicht einmal eine Nachricht. Um sich abzulenken, lud sie noch einmal das Vernehmungsprotokoll von Neo Wolters herunter und begann, seine Aussage durchzugehen.

NT: »Herr Wolters, ist Ihnen seit heute Nachmittag irgendetwas Besonderes im Haus aufgefallen?«
NW: »Nee. Ich hab geschlafen. Mir geht's nicht gut.«
NT: »Keine Geräusche, fremde Personen, irgendetwas?«
NW: »Hören Sie schwer? Ich hab geschlafen.«
NT: »Wir müssen das fragen.«
NW: »Aha.«
NT: »Kennen Sie Frau Wilke aus der Etage unter Ihnen?«
NW: »Wer soll das sein?«
NT: »Anfang zwanzig. Etwa so groß wie ich, blonde Haare. Sie teilen offenbar eine Leidenschaft.«
NW: »Ach, die. Und die steht auf Mangas?«
NT: »Stand. Sie wurde heute Nachmittag mutmaßlich getötet.«
NW: »Krass.«
ThK: »Frag ihn mal, ob er den Pizzaboten mitbekommen hat. Und wann genau das war …?« (Zwischenfrage Th. Kleinschmidt, Befragungsnr. 19.3.7.)
NT: »Haben Sie einen Pizzaboten am Nachmittag oder am frühen Abend bemerkt?«
NW: »Pizzabotin? Nee. Wie gesagt, hab ja gepennt.«

Nele stutzte und rief die Befragung von Katrina Bernardi vom selben Tag auf. Nach dem Auffinden von Frida Wilkes Leiche hatte sie ausgesagt, dass sie sich als vermeintliche Pizzabotin Zutritt zum Haus verschafft hatte. So weit, so gut, aber –

»Was ist *das* denn?«, entfuhr es Art. Er bremste jäh, steuerte den Wagen an den Straßenrand und stellte den Motor ab.

»Was ist los?«, fragte Nele.

Art deutete geradeaus durch die Windschutzscheibe. Sie waren inzwischen auf dem Geinsheimer Weg angekommen, Margot Heß' Baracke lag in etwa fünfzig Metern Entfernung. Durch den Schnee sah Nele die Schemen von zwei großen schwarzen Limousinen, die direkt vor dem Zaun parkten. »Hm. Mal wieder hoher Besuch?«, mutmaßte Nele.

»Du meinst Althauser? Dann aber diesmal mit Begleitschutz.«

»Oder eine Befragung? Vielleicht hat Reiter das angeordnet?«

»Mit *zwei* Autos?«, sagte Art skeptisch. »Und hat Reiter vorhin nicht das Thema Margot Heß zugemacht?«

»Also doch der Minister«, stellte Nele fest.

Arts Blick ruhte nachdenklich auf den Limousinen.

»Art?«

Ein Ruck ging durch seinen Körper, als wäre er plötzlich aufgewacht. »Okay, das sehen wir uns an. Komm mit.« Er stieg so schnell aus dem Wagen, dass Nele verblüfft zurückblieb. Die Tür schlug zu, und ein paar Schneeflocken wehten ins Innere. Hastig stieg Nele ebenfalls aus und setzte sich ihre Wollmütze auf. Art war bereits ums Heck des Wagens gelaufen und betrat das Grundstück, vor dem sie geparkt hatten. Seine dunklen Haare und sein Mantel fingen weiße Punkte. Er lief an einem einstöckigen grauen Haus mit steilem Satteldach und Rauputz vorbei. Im Inneren brannte Licht. Nele duckte sich, als sie die Fenster passierte. Im Garten wandte sich Art nach links und stieg im Schutz der Dämmerung über den Zaun auf das Nachbargrundstück. In sicherer Entfernung zu den nächsten Häusern huschten sie durch zwei Gärten, auf denen Schmelzwasser stand, und über weitere Zäune. Ihr Atem ging schwer, sodass Art sich irgendwann nach ihr umdrehte. »Alles okay?«

Nele nickte und biss die Zähne aufeinander. Ihre Hüfte schmerzte, und ihr Kopf meldete sich ebenfalls. Sie verfluchte sich für ihre Dummheit am Morgen. Sie hätte niemals allein zu Wolters fahren und schon gar nicht seine Wohnung betreten dürfen.

An der Grenze zu Margot Heß' Grundstück schlichen sie nach vorne, um einen Blick auf die beiden Autos zu werfen, einen schwarzen Audi A6 und einen Mercedes der S-Klasse. Der Audi war leer, im Mercedes saß ein Mann am Steuer.

»Regierungsfahrzeuge«, sagte Art leise. »Schau mal auf die Kennzeichen.«

»Meinst du, das ist Althauser?«, fragte Nele.

»Ich bin nicht sicher«, meinte Art. »Aber irgendwas ist komisch. Komm, wir gehen hinters Haus und sehen nach.«

»Was ist, wenn die im Garten jemand postiert haben?«, flüsterte Nele.

»Was auch immer hier los ist, das sieht mir nicht nach einem Staatsbesuch aus, bei dem man die Vorder- und Hintertür sichert.«

Sie machten kehrt, schlichen längs des Zauns bis in den hinteren Teil des Gartens, in dem zwischen ein paar kranken Fichten dorniges Gebüsch wucherte. Der Zaun war hier so morsch, dass er zerfiel. Der Schnee sank dicht vom Himmel, mit großen nassen Flocken. Ihre Schritte schmatzten leise in dem angetauten Boden. In der zunehmenden Dunkelheit leuchtete das Küchenfenster der Baracke wie eine Verheißung auf die bullernde Wärme des Herdes. Nele folgte Art bis dicht ans Fenster, wo sie sich zu beiden Seiten der Scheibe an die kalte Hauswand lehnten. Sie wagten nicht, ins Zimmer zu schauen. Doch leise Stimmen drangen durch die alte Einfachverglasung mit dem brüchigen Fensterkitt.

»Mago, bitte!«, sagte eine Männerstimme. »Sieh das doch ein, es hat keinen Zweck.«

Nele hielt unwillkürlich den Atem an. War das nicht die Stimme von Henrik Westphal? Sie sah Art mit fragendem Blick an und malte mit dem Finger ein W in die Luft. Er nickte.

»*Mago!* Jetzt sag etwas.«

»Warum glaubst du mir nicht? Ich weiß es doch auch nicht.« Margot Heß war schlechter zu verstehen als der Kanzler. Sie klang verzweifelt. Nele hatte Mühe, ihre Stimme der Frau zuzuordnen, die sie kennengelernt hatte.

»Mago, es ist vielleicht die letzte Chance, Juli zu retten, ich *bitte* dich.«

»Glaub mir, Henrik, wenn ich es wüsste … ich würde dir ja helfen, wirklich.«

»Ich glaube nicht, dass wir so weiterkommen«, sagte eine zweite Männerstimme, die Nele ebenfalls bekannt vorkam. Art malte ein R in die Luft. Natürlich. Gerhard Reiter von der SG. Wie um alles in der Welt war der so schnell hierhergekommen? Er musste sofort nach der Lagebesprechung losgefahren sein, während sie noch mit Art und dem Holen der Pistole beschäftigt gewesen war.

»Was schlagen Sie vor?«, fragte Westphal. »Mir gehen die Alternativen aus.«

»Geben Sie mir etwas Zeit, mit Frau Heß allein«, schlug Reiter vor.

»Das kommt nicht infrage.«

»Sie wollten meine Hilfe, mehr kann ich nicht anbieten.«

»Dann überlegen Sie, verdammt noch mal, und machen nicht irgendwelche Vorschläge, denen ich nicht zustimmen kann.«

»Mir geht's wie Ihnen«, sagte Reiter. »Mir gehen die Alternativen aus.«

Einen Moment lang blieb es still in der Küche. Was um Himmels willen sollte das alles bedeuten? Nele fröstelte und schlang die Arme um ihren Körper. Der nasse Schnee blieb an ihrer Wollmütze hängen. Sie sah in den dunkel werdenden Himmel. Rauchschlieren aus dem Schornstein zogen zwischen den weißen Flocken Richtung Krumme Laake.

»Mago«, sagte Westphal. Eigentlich war es eher ein Seufzer. »Ich hab immer nur versucht, das Richtige zu tun.« Plötzlich krachte es laut, und Nele zuckte zusammen. Es klang, als hätte jemand etwas zerschlagen oder mit der Faust auf den Tisch gehauen. »Aber es kann nicht sein, hörst du, es *kann nicht sein,* dass *das* dabei herauskommt.«

Margot Heß flüsterte etwas, das Nele nicht verstand.

»Du musst mir sagen, wo er ist!«, forderte Westphal.

»Ich weiß es aber nicht.«

»Du kannst dich doch nicht für *ihn* entscheiden. Doch nicht nach allem, was passiert ist.«

Stille.

»Hör zu«, sagte Westphal, »ich erwarte, dass du Juli und mich jetzt nicht im Stich lässt.«

»Henrik, ich kann dir nicht geben, was du willst. Ich weiß nicht, wo er ist.«

»Ich glaub dir nicht. Ich weiß, wie gut du lügen kannst. Du hast für uns gelogen. Du hast für ihn gelogen.«

»Das kannst du mir nicht vorwerfen. Das war zu deinem Besten.«

»Und jetzt? Ist es auch zu meinem Besten?«

»Weißt du, wie lange das alles her ist?«, versuchte sie sich zu verteidigen.

»Damals interessiert mich nicht mehr, Mago. Mich interessiert heute! Juli ist weg, und sie wird verflucht noch mal sterben, wenn ich nichts unternehme.«

»Dann unternimm was und stell mir nicht irgendwelche Fragen, auf die ich keine Antwort habe«, schrie Margot Heß ihn an.

Eine Weile lang herrschte Schweigen.

»Er war dir schon immer wichtiger als alle anderen«, sagte Westphal bitter. »Sogar wichtiger als Sahra.«

»Das ist nicht wahr.« Margot Heß' Stimme klang gebrochen.

»Wenn ich nicht Bundeskanzler wäre, dann würde ich dir die Hölle heißmachen, dir die Bude hier anzünden«, zischte Westphal. »Gerhard? Kommen Sie, wir sind hier fertig.« Ein Stuhl rückte, dann ein zweiter. Die Küchentür schlug zu, dann ein paar Sekunden später die Haustür. Durch die Scheibe drang leises Weinen. Autotüren wurden geöffnet und geschlossen, die Motoren der Limousinen waren kaum zu hören, nur das leise Knirschen von Reifen verriet, dass Westphal und Reiter in der Sackgasse wendeten und davonfuhren.

Kapitel 49

Katrina Bernardi hatte mit etwas Glück und im Kielwasser eines breitschultrigen Kameramanns einen der vorderen Plätze ergattert. In ihrem Rücken ging es zu wie in einem Bienenstock. Es war heiß und stickig; die Luft war schon verbraucht, bevor es überhaupt losging. Der Saal war überfüllt. Allein in diesem Raum drängten sich etwa hundertfünfzig Journalisten, trotz der kurzfristigen Einberufung der Pressekonferenz, und vor der Tür standen mindestens noch fünfzig weitere, die nicht mehr eingelassen wurden und darauf hofften, wenigstens ein paar Stimmen und Emotionen nach dem Termin einfangen zu können.

Sie hatte die nachmittägliche Aufzeichnung bei Wenke de Fries abgesagt, sie brachte es nicht übers Herz, sich auf ein TV-Sofa zu setzen und über Fridas Tod und die Morde der letzten Tage zu sprechen, oder vielmehr, sie auszuschlachten, denn darauf würde es hinauslaufen.

Frau Bernardi, Sie sind selbst Zeugin eines Mordes geworden. Wie fühlt sich das an?

Wie war Ihr Verhältnis zu Frida Wilke, dieser jungen talentierten Journalistin? Haben Sie sie gefördert?

Wenn wir von einem Unfall ausgehen, also, war es dann nicht vielleicht zu viel Druck? Frida Wilke ist ja auf das Unsanfteste verhaftet worden? Hätten die Behörden anders vorgehen müssen? Zumal bei einer so wichtigen Zeugin?

Oder, was meinen Sie, hat Frida etwas gewusst? Liegt es nicht nahe, vielleicht wurde sie deswegen … getötet?

Sie wollte keine dieser Fragen beantworten müssen. Sie wollte das Bild von Frida auf der blutigen Badematte abschütteln, und das ging nur, wenn sie selbst die Fragen stellte. Sie *musste* herausfinden, was hier lief und wer Frida auf dem Gewissen hatte.

Die Nachricht von der Entführung der Kanzlergattin hatte sich wie ein Lauffeuer verbreitet und beherrschte den Saal. Die Stimmung war auf dem Siedepunkt. Die welt- und innenpolitische Lage, Corona, der Ukrainekrieg, die Klima- und Energiekrise, diverse Skandale und Falschnachrichten, das alles hatte die Menschen in den letzten Jahren aufgewühlt. Es war ein Gefühl, als hätte man lange geschlafen und als sei man gerade auf einem Pulverfass aufgewacht.

Und jetzt waren es nur noch fünf Tage, dann war Berlin im Ausnahmezustand. Die Weltpresse hatte sich wegen des G20-Gipfels versammelt, täglich rückten neue Journalisten an, Hotels waren überbucht, es wurden Pläne für Straßensperren veröffentlicht, und nach und nach überschwemmten zusätzliche Polizisten und Mitarbeiter von ausländischen Geheim- und Regierungsbehörden die Stadt. Auch wegen der immer zahlreicheren Demonstrationsaufrufe. Berlin lag da wie unter einem Brennglas, seit drei Tagen jagte ein Gerücht über den Kanzler das nächste, und nun ging ein Video viral, in dem seine entführte Ehefrau offenbar ihren bevorstehenden Tod ankündigte. Katrina Bernardi hatte schon viel erlebt in ihrer Karriere, aber das hier war beispiellos.

Im Saal entstand plötzlich Unruhe. Martin Buchwald, der leitende Ermittler der BKA-Soko, betrat mit einem Assistenten und der Staatsanwältin Dr. Leonie Wupper den Saal durch eine Seitentür. Blitzlichter flammten auf, Smartphones und Kameralinsen richteten sich nach ihm aus und schwenkten mit, bis er hinter einem von Mikrofonen überladenen Tisch auf einer leicht erhöhten Bühne Platz nahm. Die Anspannung stand ihm ins Gesicht geschrieben. Um keinen Preis der Welt hätte Katrina mit ihm tauschen wollen. Sie aktivierte die Aufnahmefunktion ihres Handys und hielt das Mikrofon in Richtung der Bühne.

»Meine Damen und Herren«, begann Buchwald, räusperte sich und trank einen Schluck von dem Wasser, das dort für ihn bereitstand. »Wir haben einen dringenden Tatverdacht in den Mordsachen Marietta Althauser, Sahra Heß und Frida Wilke.«

Im Saal wurde es still.

»Wir fahnden seit heute Nachmittag nach einem Mann namens Neo Wolters.« Auf einem Monitor neben Buchwald erschien ein biometrisches Passfoto. »Neo Wolters ist derzeit flüchtig. Er ist siebenundzwanzig Jahre alt, ledig und selbstständiger Software-Ingenieur, und er wohnt im selben Haus wie die mutmaßlich ermordete Frida Wilke.«

Katrina Bernardi starrte auf das Foto eines jungen Mannes mit störrischen schwarzen Haaren, einer trotzigen Miene und asiatischen Gesichtszügen.

»Außerdem«, fuhr Buchwald fort, »ist er der Initiator der Seite *Shibuya-News.com*. Wir gehen davon aus, dass Frau Wilke private Ermittlungen angestellt hat und dabei Herrn Wolters auf die Spur gekommen ist. Um seine Taten zu verschleiern, hat er sie mutmaßlich getötet und einen Unfall mit Sturz im Badezimmer vorgetäuscht.«

Katrina biss sich auf die Lippen und drückte so die Tränen weg. Sie versuchte, im Gesicht von Neo Wolters zu lesen. Dieser Kerl also hatte Frida getötet? Und Marietta Althauser und Sahra Heß? Wenn es nach dem Foto ging, war es ihm irgendwie zuzutrauen, andererseits: Die meisten Passbilder sahen so aus, als könnte jeder alles getan haben, die Emotionslosigkeit der Bilder war ja Vorschrift – auch ihr eigenes Passfoto ließ sie aussehen wie eine gefühlskalte Verbrecherin.

»Wir bitten die Bevölkerung bei der Suche um Mithilfe. Zurzeit vermuten wir, dass Neo Wolters einen Komplizen haben könnte. Das gilt aber nicht als gesichert. Wir haben eine Telefonhotline eingerichtet«, Buchwald wies auf die Flipchart, auf der unter dem Foto eine Nummer stand, »wie immer die Bitte, die Nummer zu veröffentlichen, mit dem Vermerk, sachdienliche Hinweise und so weiter …«

Die Staatsanwältin Dr. Wupper nutzte die kurze Pause, die Buchwald ließ, und ergriff das Wort. »Der Tatverdächtige gilt als gefährlich. Wir haben Grund zu der Annahme, dass er bewaffnet ist, und warnen deshalb eindringlich vor eigenmächtigen Aktionen. Bitte weisen Sie in Ihrer Berichterstattung ausdrücklich darauf hin.«

»Ist dieser Mann auch für die Entführung von Frau Westphal verantwortlich?«, rief ein Journalist aus der Mitte des Saals.

»Ja, davon müssen wir ausgehen«, sagte die Staatsanwältin. »In seiner Wohnung wurde ein USB-Stick mit dem Teilabdruck seines Daumens gefunden. Auf dem Stick war der Videoclip mit Frau Westphal, der inzwischen vermutlich hinlänglich bekannt sein dürfte.«

»Können Sie uns etwas über das Motiv sagen?«, rief Katrina Bernardi in den Saal.

»Beim derzeitigen Stand der Ermittlungen gibt es darüber noch keine gesicherten Erkenntnisse.« Buchwald sah kurz zu Boden und dann wieder in den Saal. »Wir gehen aber zurzeit der Vermutung nach, dass es sich um ein politisches Motiv handeln könnte.«

Stille.

Der Satz schlug ein wie eine Bombe.

»Geht es um Terrorismus?«

»Gehört Wolters etwa zur Reichsbürgerszene?«

»Haben Sie ein Bekennerschreiben gefunden? Aus welcher politischen Richtung kommen die Anschläge? Von rechts oder links?«

»Gibt es Anzeichen für eine Beteiligung von russischen oder chinesischen Regierungsorganisationen?«

Buchwald seufzte. »Bitte, bewahren Sie Ruhe. Ich verstehe Ihr Interesse, und natürlich auch das berechtigte Interesse der Öffentlichkeit. Leider können wir zurzeit aus taktischen Gründen keine Details über die laufende Entwicklung preisgeben.«

»Wie kommen Sie denn auf den Verdacht, dass ein politisches Motiv dahintersteckt«, rief Katrina Bernardi.

Buchwald sah die Staatsanwältin an, doch die schien sich bedeckt halten zu wollen. »Es gibt Grund zur Annahme, dass Herr Bundeskanzler Westphal mit einer Kampagne persönlich geschadet werden soll, und da Herr Westphal und sein Amt untrennbar miteinander verbunden sind, liegt ein politisches Motiv nah.«

Ein paar Meter links von Katrina hob eine junge Frau mit langen schwarzen Haaren und einer auffällig grünen Hornbrille die Hand und redete sofort los. »Was genau meinen Sie mit einer Kampagne?«

»Nun«, sagte Buchwald, »ich denke, Sie alle sind bestens

mit den Mechanismen der sozialen Medien, des Netzes und der medialen Berichterstattung vertraut. Der Täter scheint es ebenfalls zu sein. Ich denke, wenn wir auf die letzten Tage schauen, dann erklärt sich von selbst, wie der Begriff ›Kampagne‹ gemeint ist und welche Wirkung der Täter erzielen wollte.«

»Verstehe ich das richtig«, fragte die Frau mit der grünen Brille, »Sie schieben den Medien die Verantwortung für die gegenwärtige Situation zu?«

»Nein. Das habe ich nicht gesagt«, ruderte Buchwald zurück.

»Aber gemeint?«

»Um Meinungen geht es hier nicht. Es geht um Fakten, und darum, sie zu überprüfen.«

»Fakten sind ein gutes Stichwort«, sagte Katrina Bernardi. »Worauf gründet sich denn nun der Verdacht? Sowohl, was die vier Fälle angeht, wenn man die Entführung mit einrechnet, und das politische Motiv? Das einzige Indiz, das Sie bisher erwähnt haben, ist ein USB-Stick mit einem Fingerabdruck.«

»Es gibt weiteres belastendes Material«, erklärte Buchwald zugeknöpft.

»Warum lassen Sie uns dann nicht teilhaben?«, fragte die junge Frau mit der grünen Brille.

»Ich kann Ihnen versichern«, sprang Dr. Leonie Wupper Buchwald bei, »die Staatsanwaltschaft hat die vorgelegten Indizien und Beweise sorgfältig geprüft und auf deren Grundlage den Haftbefehl ausgestellt. Sie können sicher verstehen, aufgrund der ungewöhnlichen und heiklen –«

»Sie stecken doch alle unter einer Decke!«, rief ein Mann mit schütterem grauem Haar, das er im Nacken zu einem fusseligen Pferdeschwanz gebunden hatte.

Buchwald rang sich ein Lächeln ab und bemühte sich, den unsachlichen Einwurf zu ignorieren. »Aufgrund der heiklen Situation müssen wir einige Informationen aus ermittlungstaktischen Gründen zurückhalten. Ich bitte Sie um Verständnis dafür und verspreche, Sie alle zu gegebener Zeit zu informieren.«

»Wer ist denn mit der persönlichen Botschaft von Frau Westphal im Video gemeint«, erkundigte sich Katrina Bernardi. »Der Kanzler?«

»Das können wir nicht mit Sicherheit sagen«, wich Buchwald aus.

»Glauben Sie, dass Sie Frau Westphal rechtzeitig finden werden?«

»Wir arbeiten mit Hochdruck daran. Sie zu finden hat absolute Priorität.«

»Gibt es denn eine Spur?«

»Neo Wolters ist unsere Spur. Wir haben unser Team auf über einhundert Leute erweitert und nutzen alle Ressourcen des Bundeskriminalamts. Und seien Sie versichert, die sind beträchtlich.«

»Ist das Video überhaupt echt? Die letzten beiden Videos wurden vom BKA zu Fälschungen erklärt.«

»Fälschungen in Bezug auf den Ort der Aufnahme«, präzisierte Buchwald. »Die Videos wurden nicht im Haus von Herrn Westphal gedreht. Das, was sie zeigen, ist leider wahr.«

Ein gut aussehender etwa dreißigjähriger Mann mit braunem Jackett und Seitenscheitel hob artig die Hand. Buchwald nickte ihm zu. »Im Internet haben sich einige Experten gemeldet, die genau das bezweifeln. Wie stehen Sie dazu?«

»Im Internet gibt es Experten zu allem und jedem, ich denke, das ist bekannt«, sagte Buchwald und konnte sich einen ironischen Unterton nicht verkneifen. »Wir haben die Videos jedenfalls sorgfältig von Bildbearbeitungsexperten prüfen lassen.«

»Wie gesagt, die gibt's auch im Netz«, erwiderte der junge Mann, »und die waren anderer Meinung.«

Buchwald seufzte. »Ich verstehe Ihre Haltung. Aber die Frage ist ja immer, welche Art von Experten sich zu Wort meldet. Wissen Sie, es gibt ja auch sehr authentisch daherkommende Erklärungen, die belegen, dass die Mondlandung der Amerikaner ein Fake war und in Wahrheit in einem Filmstudio gedreht wurde.«

Im Saal gab es einige Lacher.

»Finden Sie nicht, dass Sie sich das hier etwas einfach machen?«, fragte der junge Mann.

»Wenn ich die Wahl habe zwischen meinen Experten beim BKA und deren Laboratorien und Untersuchungsmethoden oder einem Medium, das QAnon groß gemacht hat, dann weiß ich ehrlich gesagt sehr genau, wem ich vertraue.«

»Und das neue Video, was ist damit?«

»Wir gehen davon aus, dass es in jeder Hinsicht echt ist. Aber wir prüfen es noch.«

»Das heißt, Sie sind nicht sicher?«

»Die Sicherheit, nach der Sie hier fragen, erfordert einen aufwendigen Prozess«, begann Buchwald umständlich. »Bitte vergessen Sie nicht, dass wir das Video gerade erst bekommen haben. Gerade weil wir keine vorschnellen, sondern fundierte Ergebnisse brauchen. Bitte haben Sie etwas Geduld, wir –«

»Gibt es überhaupt etwas, bei dem Sie sicher sind?«, rief eine Frau aus der letzten Reihe dazwischen.

»Klar«, spottete der Grauhaarige. »Dass der Kanzler nichts damit zu tun hat.«

Colpo, dachte Katrina Bernardi, was auf Italienisch so viel wie Treffer hieß. Dass ausgerechnet jetzt, wo sich herausstellte, dass der Kanzler ein Riesenproblem hatte, das BKA diesen Neo Wolters als Verdächtigen aus dem Hut zauberte und sich offenbar vollständig auf ihn einschoss, war auffällig. Die Frage war, ob Westphal gerade tatsächlich Opfer einer Intrige und des medialen Sogs wurde oder ob er nicht doch in diese Geschichte verstrickt war und man nun versuchte, ihn aus der Schusslinie zu bekommen. Beides war möglich. Und wenn er tatsächlich verstrickt war, dann warf das eine dringende Frage auf. »Sie wissen, dass Frida Wilke zuletzt offen ausgesprochen hat, dass der Kanzler in die Morde verwickelt ist?«

»Das war schwer zu überhören, Frau Bernardi, ja.«

»Ist es dann nicht ein eigenartiger Zufall, dass sie kurz darauf stirbt?«

Im Saal wurde es erneut still.

»Was wollen Sie damit andeuten?«, fragte Buchwald.

»Ich will nichts andeuten. Ich stelle nur Fragen.«

»Dann habe ich Ihre Frage noch nicht genau verstanden«, sagte Buchwald. »Vielleicht müssen Sie deutlicher fragen.«

Kein schlechter Move, dachte Katrina. Buchwald wusste nur zu gut, dass sie es nicht wagen würde, diese Frage öffentlich zu formulieren. Noch nicht.

»Ist doch klar«, rief der Grauhaarige. »Dieser inszenierte Unfall von dem armen Mädchen, das riecht doch danach, als hätte da der Geheimdienst oder der Staatsschutz seine Finger im Spiel.«

»Ich muss doch sehr bitten«, ging Dr. Leonie Wupper harsch dazwischen. »Ist Ihnen klar, was Sie da unterstellen?«

»Wie die Kollegin schon sagte«, grinste der Grauhaarige. »Wir sind nur hier, um Fragen zu stellen.«

»Dann stellen Sie angemessene Fragen, und bringen Sie keine haltlosen Anschuldigungen hervor, die an der Grenze zur Verleumdung sind«, sagte Dr. Wupper scharf. »Alleine das Video mit Frau Westphal sollte klarmachen, dass Herr und Frau Westphal hier die Opfer sind. Alles andere wäre zynisch.«

»Ich hätte da noch eine Frage«, meldete sich Katrina.

»Ja, bitte«, sagte Buchwald.

»War es nicht so, dass Sahra Heß schwanger war, als sie getötet wurde?«

Buchwald sah sie irritiert an. »Ja, schon. Sie war schwanger.«

»Ist denn inzwischen geklärt, von *wem* das Kind war?«, fragte sie interessiert nach. Ihre Worte sorgten umgehend für Gemurmel. Sie schien nicht die Einzige zu sein, die den Verdacht hatte, dass hier möglicherweise irgendetwas nicht stimmte.

»Der Vater ist ein Schwarzafrikaner aus Namibia, soweit ich mich gerade erinnere«, sagte Buchwald rasch, um die Unruhe im Keim zu ersticken.

»Wenn Sie sich richtig erinnern?«, hakte Katrina Bernardi nach.

»Möglicherweise auch aus …« Buchwald blätterte in den Unterlagen vor sich, fand jedoch offenbar nicht, wonach er suchte. »… Nigeria, meine ich«, sagte Buchwald.

»Namibia, Nigeria«, lächelte sie und vollendete genüsslich den kleinen Dolchstoß in Sachen Political Correctness. »Ist ja alles dasselbe, nicht wahr?«

Das Gemurmel wurde lauter. »Das glaubt doch alles kein Mensch mehr«, entrüstete sich der Grauhaarige. »Afrikaner!«

»Wäre es möglich, dass der Kanzler der Vater des Kindes war?«, fragte die junge Frau mit der grünen Brille.

Martin Buchwald stieß verblüfft Luft aus. »Ich bitte Sie! Machen Sie sich nicht lächerlich.«

Ein Fehler. Und Buchwalds nächster Fehler war, dass er nicht genauso entschieden reagierte wie vorhin Dr. Leonie Wupper. Für einen kurzen Augenblick verstummten alle Fragen, es herrschte Windstille, dann kam die erste Böe.

»Wurde von dem Fötus eine Gewebeprobe entnommen?«, rief der Journalist mit dem braunen Jackett.

»Hat Frau Heß im Haus des Kanzlers gearbeitet? Stand deswegen seine Adresse auf ihrem Bauch?«, kam es aus der Mitte des Saals. Von einem Moment zum anderen riefen alle durcheinander.

»Bitte, bewahren Sie Ruhe«, versuchte Buchwald, zu beschwichtigen. »Ich beantworte Ihre Fragen, aber nacheinander!«

»Ziehen Sie die Schwangerschaft als Motiv in Betracht?«

»Gibt es einen Vaterschaftstest?«

»Ja, klar«, kommentierte der Grauhaarige sarkastisch. »Das Ergebnis haben wir doch alle gehört. Der Schwarzafrikaner.«

»Und ein Japaner als Täter«, rief jemand im Saal. »Weil es so schön passt. Hauptsache kein Deutscher.«

Katrina Bernardi konnte die Schweißtropfen auf Buchwalds Stirn glitzern sehen. Vermutlich war genau jetzt der Moment, ihm ein exklusives Interview in der *Morgenpost* anzubieten. Das Einzige, womit man den Boulevard bekämpfen konnte, war der Boulevard selbst. Und wenn Buchwald den rettenden Strohhalm nicht ergriff, dann würden es der Regierungssprecher oder der Staatssekretär im Kanzleramt, Reinhard Schlottbeck. Die waren allerdings cleverer, was Medien anging. Von Buchwald würde sie mehr haben.

Kapitel 50

Gerhard Reiter und Henrik? Was zum Teufel war hier los, warum führten die beiden gemeinsam und auf eigene Rechnung Ermittlungen durch?

Art machte Nele ein Handzeichen, ihm zu folgen. Gemeinsam schlichen sie vom Fenster fort in den hinteren Teil des Gartens. Der Waldrand glich in der Dunkelheit einer schwarzen Wand. Art steuerte auf einen baufälligen kleinen Schuppen zu, etwa zehn Meter hinter der Baracke. Als er die Tür öffnete, gackerten ein paar Hühner, die in einem Drahtverschlag aufgescheucht hin und her liefen. Er zog Nele in den Stall und sah noch einmal rasch zum erleuchteten Küchenfenster. Margot Heß saß am Tisch und hatte das Gesicht in den Händen vergraben.

»Was war das dadrinnen gerade?«, platzte Nele heraus.

»Ich habe keine Ahnung«, sagte Art. Er schüttelte sich mit der Hand den nassen Schnee aus den Haaren. Ihm war eiskalt. Die Sorge um Juli lastete ihm zentnerschwer auf den Schultern. Die Zeit lief ihnen davon, und mit jeder Minute, die verrann, verblasste Julis vermeintlicher Verrat. Er wollte sie nur finden. Das war alles, was zählte. »Es sieht so aus, als würde Henrik mit Reiter nach jemandem suchen, und ich vermute, es ist nicht Neo Wolters.«

»Aber um wen geht es dann? Es klang doch, als müsste es jemand sein, der ihr sehr wichtig ist. Vielleicht … Johann Heß? Ich weiß, er ist tot«, sagte sie schnell, »aber …«

»Was, wenn er nicht tot ist?«, vollendete Art den Gedanken. Er zog sein Handy aus der Tasche und schickte eine Nachricht an Ben Gallwitz, mit der Bitte, Johann Heß' Tod zu überprüfen. »Sollte es Zweifel an seinem Tod geben, dann wissen wir das hoffentlich bald.«

»Verstehst du, worum es hier geht? Ich meine, bei allem?«

Art schüttelte in Gedanken versunken den Kopf.

»Bis vorhin«, sagte Nele, »hatte ich noch den Eindruck, ich weiß, woran wir sind. Alles deutete auf Neo Wolters. Aber jetzt …? Glaubst du, dieser Mann, von dem die beiden gesprochen haben, ist Wolters' Komplize?« Sie schlang die Arme um ihren Körper und starrte in die Dunkelheit. In ihrem Rücken scharrten und gackerten die Hühner.

»Wir haben nur eine Chance, das rauszufinden«, murmelte Art, »und die sitzt dadrinnen.« Er deutete in Richtung der Baracke.

»Meinst du wirklich, wir kriegen mehr aus ihr raus?«, wandte Nele ein.

»Na ja, Reiter und Westphal wollten wissen, *wo* er ist. *Wir* müssen ja erst mal herausfinden, *wer* er ist.« Art sah nachdenklich zum Fenster, dann gab er sich einen Ruck. »Okay. Lass uns was versuchen.«

»Was? Wie meinst du das?«

»Spiel einfach mit, sag nichts und mach ein schlaues Gesicht, Margot Heß muss glauben, wir wissen Bescheid.«

Nele sah ihn skeptisch an. »Du willst sie unter Druck setzen? Ich glaube nicht, dass das –«

»Nein, anders. Vertraust du mir?«

»Äh, eigentlich … nein.«

Art knurrte gereizt. Warum hatte er überhaupt diese Frage gestellt? »Ich hab keine Zeit für diesen Blödsinn. Dann geh und warte im Wagen.«

»Sicher nicht.«

»Dann spiel nach meinen Regeln. Wenn ich eine Chance haben soll, Juli zu retten, dann muss es jetzt schnell gehen.«

Nele wollte etwas sagen, beschränkte sich dann aber zu seiner Überraschung auf ein Nicken.

Art ging vor und lief in einem weiten Bogen durch den nassen Schnee auf das Küchenfenster zu, um nicht zu früh entdeckt zu werden. Dann klopfte er an den Hintereingang neben dem Fenster. Durch die kleine halb blinde Scheibe in der Tür sah er, wie Margot Heß am Küchentisch zusammenzuckte.

»Frau Heß? BKA, Mayer und Tschaikowski. Wir wissen, dass Sie da sind. Bitte machen Sie auf.«

Margot Heß brauchte etwas, bis sie sich aufraffte und vom Tisch erhob. Dann erschien ihr erschöpftes Gesicht hinter der Scheibe. Es klapperte, dann wurde die Tür knarzend aufgezogen. »Was machen Sie hier?«, fragte Margot Heß verwirrt. Sie musterte Art und Nele, die schmutzigen Schuhe, die nasse Kleidung und Arts nasse Haare. »Warum klingeln Sie nicht vorne wie anständige Leute?«

»Wir sind schon eine ganze Weile hier, Frau Heß«, sagte Art sanft und gab seiner Stimme den Klang von Bedauern. »Also, hier am Küchenfenster. Wir haben das Gespräch eben mit angehört.«

Die dunklen Augen in ihrem faltigen Gesicht weiteten sich leicht.

»Dürfen wir hereinkommen?«

Ihre Miene verriet, dass sie ihnen am liebsten die Tür vor der Nase zugeschlagen hätte, doch sie nickte, gab den Eingang frei und schlurfte zurück an ihren Platz, wo sie sich auf den Stuhl fallen ließ. Ihre ganze Körpersprache war die eines Menschen, der aufgegeben hatte, sie glaubte, enttarnt worden zu sein. Art kannte diese Haltung aus zahlreichen Vernehmungen. Es war der Moment, in dem die Wahrheit zum Greifen nah war. Margot Heß schien nicht für eine Sekunde anzuzweifeln, dass er und Nele das gesamte Gespräch belauscht hatten, obwohl sie vermutlich nur die letzten Minuten mitbekommen hatten. Art setzte sich übereck zu ihr an den Tisch, Nele nahm schweigend ihr gegenüber Platz. Margot Heß' Dackel hatte sich erhoben und schnupperte an Arts Beinen, dann hievte er seinen kleinen langen Körper zurück ins Körbchen.

»Es tut mir leid für Sie, dass es so weit kommen musste«, sagte Art. Er sah, dass ihre Hände zitterten, und legte seine Hand behutsam auf ihre. Wenn er etwas erreichen wollte, dann musste er *bad cop* und *good cop* in einem sein. »Ich kann nur ahnen, was das für Sie bedeutet.«

Sie zog ihre Hände unter seinen fort und legte sie in ihren Schoß. Rückzug. Nicht gut.

»Wissen Sie, ich verstehe, dass Sie nicht sagen wollen, wo er ist«, fuhr Art fort und brachte das Gespräch auf den Mann, dessen Namen er unbedingt erfahren wollte. »Wenn Sie nicht wissen, wo er ist, dann wissen Sie es nicht.« Er ließ einen kurzen Moment verstreichen. »Was das letzte Mal angeht, als er sich bei Ihnen gemeldet hat … da sind Sie sicher?«

Sie zuckte mit den Schultern. »Mein Gott, ja. Ich bin alt, aber so alt nun auch wieder nicht. Er war vor knapp drei Wochen hier. Da war alles noch normal, wir hatten ja keine Ahnung, was passieren würde …«

»Er auch nicht?«, fragte Art. »Sind Sie sicher?«

Wieder zuckte sie mit den Achseln. »Was heißt schon sicher. Ich war mir nie sicher bei ihm. Er ist einfach … er.« Sie schwieg und sah auf ihre Hände. »Das hat auch Sahra immer gesagt, deshalb wollte sie keinen Kontakt mehr zu ihm.«

Art nickte. »Ich finde übrigens nicht, dass das heißt, dass Sie *ihn* Sahra vorgezogen haben.«

Sie blinzelte und sah Art unsicher an. Der Gedanke, den er gerade formuliert hatte, schien sie zu quälen.

»Henrik ist ein Idiot«, murmelte sie. »Zu denken, dass er mir sagen würde, wo er ist … tsss. Henrik war schon immer der Cleverste von der Truppe, aber wenn's hart auf hart kam … na ja, dann hat er oft die Lage falsch eingeschätzt, so war er schon als Teenager.« Sie zog geräuschvoll die Nase hoch.

Art nickte, um bei seiner Linie zu bleiben. Er hatte Zippo vor Augen und fragte sich, was genau sie damit meinte.

Margot Heß sah ihn mit gerunzelter Stirn an. »Warum nicken Sie? Was wissen Sie denn schon, wie er früher war?«

Art schwieg und suchte nach der richtigen Antwort. Er musste aufpassen, dass er nicht zu viel verriet. Immerhin saß Nele mit am Tisch.

»Oder kannten Sie Henrik etwa? Schon damals?« Margot Heß' Blick veränderte sich plötzlich, und sie sah ihn mit ihren durchdringenden dunklen Augen an. »Natürlich«, flüsterte sie. »Deshalb kennen Sie ja auch *ihn*!«

Art hatte das Gefühl, auf einer Falltür zu sitzen.

»Mein Gott«, murmelte Margot Heß und starrte ihn an. »*Sie* sind das?«

Die Falltür ging auf. Die ganze Zeit hatte er versucht, Margot Heß vorzugaukeln, er wisse Bescheid, und jetzt schien es so, als ob Margot Heß viel mehr über ihn wusste als er über sie.

»Henrik hat erzählt, Sie wären kleiner. Nicht so ein …« Sie maß ihn mit den Augen. »Gut, Sie waren ja erst … dreizehn?«

Großer Gott, sie wusste wirklich, wer er war. »Nele, würdest du uns bitte eine Weile allein lassen«, sagte Art.

Nele blieb schweigend sitzen und hob die Augenbrauen.

Margot Heß lachte heiser auf. »Und die Kleine da weiß natürlich nicht Bescheid, was?«

»Worüber weiß ich nicht Bescheid?«, fragte Nele.

Art wurde plötzlich heiß. Er stand im Schnee, riss mit zitternden Fingern ein Streichholz an, starrte auf das, was er getan hatte.

Warum zum Teufel hatte er Nele nur mit reingenommen. »Wir gehen«, entschied er und stand auf.

Nele blieb sitzen.

»Nele?«, forderte Art.

»Du kannst gerne gehen«, sagte sie. »Ich bleibe.«

Margot Heß lachte erneut auf und verschluckte sich dabei. Ein kratziger Husten schüttelte ihren Körper, und Art schob ihr eine halb volle Teetasse hin, die auf dem Tisch stand. Margot Heß trank einen Schluck und beruhigte sich etwas. »Sie gefallen mir«, sagte sie in Richtung Nele. »Genauso stur wie Juli. Und bestimmt genauso ehrgeizig. Nur aufs Geld sind Sie nicht so aus, sonst wären Sie nicht bei dem Verein gelandet, oder?«

Art setzte sich wieder auf den Stuhl.

Margot Heß musterte ihn mit neuer Kraft. »Das ist schon ziemlich komisch«, sagte sie. »Sie kommen her und glauben, mich in der Hand zu haben, weil Sie mich belauscht haben, und jetzt habe *ich* Sie in der Hand?«

»Sie haben gar nichts«, sagte Art.

»So?« Sie lächelte verkniffen. »Ihre Kollegin scheint unbedingt wissen zu wollen, was damals passiert ist, und Sie wollen auf keinen Fall, dass sie es erfährt. Also, wonach sieht das für Sie aus?«

Art überlegte. Offenbar wusste sie wirklich, was damals passiert war – wer auch immer ihr davon erzählt hatte, es kamen ja nicht viele infrage. Henrik, Henner, vielleicht auch Juli? Fakt war aber auch, dass Margot Heß bisher geschwiegen hatte, und dafür musste es einen Grund geben. »Da Sie bisher geschwiegen haben, nehme ich an, Sie tun es auch weiter, oder?«

»Warum sollte ich?«

»Aus dem gleichen Grund, den Sie auch vorher hatten?«

Margot Heß' Lippen wurden schmal.

»Sollte es anders sein, bitte!«, sagte Art und wies mit einer einladenden Geste Richtung Nele. »Tun Sie sich keinen Zwang an.«

Margot Heß musterte ihn kühl und verschränkte die Arme vor der Brust. »Wenn Sie jetzt glauben, dass Sie noch irgendetwas von mir erfahren, dann sind Sie schiefgewickelt.«

Jetzt lächelte Art. »Ehrlich gesagt, ich glaube, ich habe gerade schon alles erfahren, was ich wissen wollte.«

Margot Heß bedachte ihn mit einem misstrauischen Blick. »Sie bluffen.«

Art zuckte mit den Schultern und stand auf. »Nele, kommst du?«

Nele erhob sich, als würde es ihr schwerfallen, aufzustehen. Sie war so blass, dass Art sich fragte, ob es ihr wirklich gut ging. Margot Heß beobachtete sie beide argwöhnisch und machte nicht die geringsten Anstalten, aufzustehen.

»Wir finden die Tür allein«, meinte Art.

Es schneite immer noch; eine Wolke aus Flocken leuchtete um die Straßenlaterne in der Nähe des Gartentors. Die

Reifenspuren der beiden Limousinen waren nur noch als Konturen zu erkennen. Art ging schneller. Wenn Henrik der Meinung war, dass er Juli retten könnte, wenn er *ihn* finden würde, dann galt es, keine Zeit mehr zu verlieren.

»Art, warte. Nicht so schnell«, rief Nele hinter ihm.

Er verlangsamte seine Schritte. »Was ist los? Geht's dir nicht gut?«

»Nur einfach nicht ganz so schnell«, keuchte Nele und holte etwas auf. »Sag mal, was war das dadrinnen gerade? Wovon habt ihr geredet?«

»Vergiss es«, sagte Art barsch.

»Findest du nicht, es wäre langsam mal an der Zeit, mir zu erzählen, was damals passiert ist. Da *ist* doch was passiert, oder?«

»Nichts ist passiert.«

»Mein Gott«, stöhnte Nele. »Du fällst eher tot um, als mir zu sagen, woher Westphal, seine Frau und du euch kennt.«

Art eilte in Richtung Dienstwagen und drückte den Knopf der Fernbedienung. In der Stille klickte es leise, und die Lichter flammten auf.

»Würdest du mir bitte wenigstens sagen, was du gemeint hast, als du der Heß gesagt hast, du wüsstest jetzt, was du wissen wolltest?«

»Der Mann, den Reiter und Westphal suchen«, sagte Art grimmig, »er heißt Henner.«

»Wie bitte?«, fragte Nele verwirrt.

»Henner. Ich kenne nur seinen Vornamen.«

»Und wie kommst du da so plötzlich drauf?«

»Alles, was Margot Heß gesagt hat, bezog sich auf früher. Außerdem meinte sie, ich würde ihn kennen … also, denjenigen, um den es die ganze Zeit ging. Das schränkt den Kreis ein. Ich kenne nur vier Leute, die damals mit Henrik um die

Häuser gezogen sind. Juli und Nora scheiden schon mal aus. Bleiben also nur noch Henner und Brille.«

»Wer bitte ist Brille?«, meinte Nele. »Was ist das für ein Name?«

»Brille war damals der Spitzname von Reinhard Schlottbeck. Er ist heute Staatssekretär im Kanzleramt. Bei den Fernsehbildern der Pressekonferenz auf dem Rollfeld, als Henrik seine Katar-Erfolge verkaufen wollte, da stand Schlottbeck mit im Bild, hinter Henrik. Schlottbeck kann also nicht derjenige sein, der verschwunden ist. Es bleibt nur noch einer übrig, und das ist Henner.«

»Und wer zum Teufel ist dieser Henner?«

»Einer, dem du nicht begegnen willst.«

»Warum?«

Sie erreichten den Wagen, und Art öffnete die Türen. »Henner ist schwach«, sagte er. »Und genau deshalb ist er gefährlich.«

Nele stand an der Beifahrertür und sah ihn über das schneebedeckte Autodach hinweg an.

»Aha«, sagte Nele ironisch. »Jetzt weiß ich viel mehr.«

Art seufzte. So konnte er nicht weitermachen. Irgendetwas musste er sagen. Früher oder später. »Okay. Steig ein, ich fahr dich nach Hause. Du bist kreidebleich.«

»Auf keinen Fall«, sagte Nele entschieden. »Auf keinen Fall geh ich jetzt nach Hause.«

»Du brauchst eine Pause, Nele.«

»Klar, brauch ich 'ne Pause. Aber zu Hause wird Roman auf mich warten, da hab ich ganz sicher keine Pause. Lieber arbeite ich.«

»Du kannst ihm nicht die ganze Zeit aus dem Weg gehen«, meinte Art. »Schon gar nicht nach der Aktion heute Morgen.«

»Nicht?«, fragte sie trotzig. »Was tust du denn?« Sie öffnete die Beifahrertür, ließ sich auf den Sitz fallen und zog die Tür mit einem satten Knall zu.

Art stöhnte und sah in den Himmel. Weiße verirrte dumme Punkte. Manche Bilder blieben ein Leben lang im Kopf, und man konnte nichts dagegen tun. Er stieg in den Wagen, startete und wendete auf dem schmalen Geinsheimer Weg.

»Also«, sagte Nele, »was ist jetzt mit diesem Henner?«

»Kann es sein, dass du nicht angeschnallt bist?«, fragte Art mit einem Seitenblick.

»Mein Gott, ja, aber lenk nicht ab.«

»Wenn du mir versprichst, mich nie wieder nach damals zu fragen, dann erzähl ich dir, was passiert ist.«

»Gut«, nickte Nele. »Versprochen.«

»Das kam jetzt ziemlich schnell«, meinte Art.

»Ist deswegen nicht weniger ernst gemeint.«

»Okay.« Art bremste und parkte den Wagen erneut am Straßenrand. Bei laufendem Motor stieg er aus und öffnete seinen Gürtel.

»Was bitte soll das werden?«, fragte Nele irritiert.

Art ließ seine Hose bis zu den Kniekehlen herab, sodass sie sein rechtes vernarbtes Bein sah. Da er stand, konnte er ihr Gesicht nicht sehen, hörte jedoch, wie sie scharf Luft einsog. Dann zog er die Hose wieder hoch und stieg zurück in den Wagen. »*Das* passiert, wenn man sich mit Henner einlässt.« Er fuhr wieder an und steuerte den Wagen vorsichtig zurück auf die glatte Straße.

Erst als er vom Geinsheimer Weg auf den Müggelheimer Damm einbog, fand Nele ihre Sprache wieder. »Wie um Himmels willen ist das passiert?«

Kapitel 51

Kappe, Zippo, Brille, Nora und Juli. Und eine Schneewölfin mit ihren Jungen. Nele starrte durch die Windschutzscheibe in die wirbelnden Flocken im Scheinwerferkegel. Arts Nacht im Zoo kam ihr vor wie ein Film. Unwirklich und schockierend. Eine Gruppe von Jugendlichen auf einem Trip. Sie fragte sich, ob in dieser Nacht Drogen im Spiel gewesen waren. Ein Joint, etwas Weed, vielleicht hätte das schon gereicht, um so aufzudrehen. Doch sie hatte Art versprochen, nicht weiter nachzufragen. Es war ja schon ein mittleres Wunder, dass er überhaupt etwas Persönliches erzählt hatte.

Statt weiterzubohren, hatte sie mit ihrem Handy im Netz recherchiert. Art meinte, laut Juli würde Henner für die Stiftung ihres Mannes arbeiten. Auf der Homepage von Henrik Westphals Stiftung war sie auf ein Foto gestoßen. Henner Karlson. *Vice-President.* Nach hinten gekämmtes blondes Haar und eine fliehende Stirn über hellblauen Augen und einer knolligen Nase, blauer Anzug, bullige Statur, die obersten beiden Hemdknöpfe offen, der Gesichtsausdruck verschlossen.

»Ist er das?« Sie hielt Art das Handy ins Sichtfeld.

»Sieht inzwischen ganz schön anders aus, aber ja, das ist er.«

»Kannst du mir erklären, warum Westphal ihn sucht?«, fragte Nele. »Ich komme nicht mehr mit. Ist Henner der Komplize von Neo Wolters?«

»Selbst wenn«, sagte Art, »das erklärt noch nicht, warum Reiter ihn nicht zum Thema in der Ermittlungsgruppe macht. Es muss irgendeinen Grund geben, warum Henrik nicht will, dass das publik wird.«

»Und du bist wirklich sicher, dass es um Henner Karlson geht?«

Art schwieg einen Moment. »Okay. Ruf doch bitte einmal Nestor Christou an und stell auf ›laut‹, ja?«

Nele wählte Christous Nummer, der bereits nach dem zweiten Klingeln abnahm. »Ja«, sagte er knapp.

»Nestor, wir sind's, Art und Nele. Könntest du bitte einmal den Namen Henner Karlson für uns bei INPOL eingeben?«

»Warum fragst du nicht Gallwitz«, meinte Christou. »Ist doch eigentlich sein Beritt.«

»Sag ich dir gleich«, meinte Art.

»Ookay. Hast du ein Geburtsdatum, oder ein Jahr?«

»Findest du vielleicht bei der Westphal-Stiftung auf der Homepage.«

»Aha«, brummte Christou. Seine Tastatur klapperte, sein Atem rauschte im Telefon. »So. Hab dich«, murmelte er. Erneut flogen seine Finger über die Tastatur, in so schneller Folge, dass die einzelnen Anschläge kaum voneinander zu trennen waren. »Bei INPOL ist nichts«, sagte er. »Aber im Fahreignungsregister in Flensburg ist einiges los, sehe ich. Der Mann fährt gerne schnell, etliche Knöllchen. Und zwei Mal musste er den Führerschein abgeben. Einmal zu viele Punkte und einmal Alkohol am Steuer. Das war vor … warte

… drei Jahren. Inzwischen hat er den Führerschein wieder. Willst du seine Adresse? Kennzeichen?«

»Am besten per Mail, ja. Was mich aber viel mehr interessiert, kannst du rauskriegen, ob noch jemand anders vor Kurzem die gleiche Anfrage gestellt hat?«

»Ahhh«, meinte Christou, »deshalb hast du *mich* angerufen und nicht Gallwitz.«

»Exakt.«

»Dafür muss ich mit dem Systemadministrator in Flensburg Kontakt aufnehmen, den kriege ich aber erst morgen früh.«

»Okay«, sagte Art enttäuscht. »Was ist, wenn ich dir einen Namen aus dem BKA nenne. Kannst du dann überprüfen, welche Abfragen derjenige über unsere Netzwerke gemacht hat?«

»Heikel, ehrlich gesagt.«

»Aber möglich?«

»Möglich und heikel. Um wen geht's denn?«

»Reiter«, sagte Art.

»Du meinst … Reiter von der SG?«

»Ja.«

Christou stieß ein lautes Schnaufen ins Mikrofon. »Ich nehme an, dafür habt ihr keinen richterlichen Beschluss, oder?«

»Haha, sehr witzig.«

»War gar nicht witzig gemeint.«

Art schwieg kurz und schien nachzudenken.

»Warum willst du das wissen?«, fragte Christou.

»Kannst du dich daran erinnern, dass Buchwald mich zum Kanzler geschickt hat und ich die Befragung übernommen habe?«

»Klar. So was passiert nicht alle Tage. Und mit seiner Gattin warst du beim Italiener. Passiert auch nicht alle Tage … Reiter hatte schon recht, das war nicht schlau von dir.«

»Die Sache ist die«, erwiderte Art. »Henrik Westphal hat mich persönlich angesprochen, er will, dass ich Himmel und Hölle in Bewegung setze, um seine Frau zu finden.«

»Westphal hat *dich persönlich* …?« Christou verstummte und schien beeindruckt.

»Kannst du dir vorstellen, warum er so explizit mich fragt und nicht …?«

»Scheiße …«, flüsterte Christou. »Ist nicht dein Ernst.«

Nele sah Art von der Seite an und fragte sich, ob sie ihn für das, was er gerade tat, bewundern oder verachten sollte. Vielleicht von beidem etwas? Oder hatte Art schlicht die Wahrheit gesagt?

»Ich will Reiter nichts«, sagte Art, »aber ich muss wissen, ob der Verdacht zutrifft, dass er Nebenermittlungen durchführt, von denen niemand weiß. Im besten Fall ist er sauber, und niemand erfährt je davon. Falls nicht, erhöht das unsere Chancen, Juli Westphal lebend zu finden.«

Christou stieß einen leisen Pfiff aus. »Okay. Du hast mich«, sagte er leise. »Gib mir ein bis zwei Stunden. Ich melde mich.«

»Danke, Nestor. Und zu niemandem ein Wort.«

»Ich bin ja nicht verrückt«, murmelte Christou. »Bis nachher.«

Nele beendete die Verbindung und sah durch die Windschutzscheibe. Die Wischer fegten den Schnee beiseite. Die Stadt schien ihr wie unter einer Glocke. Ihr halbes Leben lang hatte sie den unbedingten Wunsch gehabt, Polizistin zu werden. Sie hatte eine Vorstellung davon gehabt, wie die Welt sein sollte, gerechter, geschützter, sicherer. Sie hatte ihren Onkel bewundert, seine Haltung, die er in jeder öffentlichen

Ansprache vertrat, und jetzt, nach wenigen Tagen beim BKA, kam ihr diese Vorstellung vor wie der Schnee auf der Straße. Jungfräulich für den ersten Augenblick, und wenige Momente später verwässert, grau und schmutzig. Ihre Hand ging zu ihrem Bauch, und sie schloss erschöpft die Augen. Hoffentlich war mit dem Baby wirklich alles in Ordnung. Sie stutzte. Hatte sie das tatsächlich gerade gedacht? Es war so selbstverständlich gewesen, so als wäre sie bereits Mutter und würde es nicht erst noch werden müssen. Sie schob den Gedanken beiseite und ließ sich für einen Moment fallen. Einmal kurz Ruhe. Sie wollte Art noch nicht einmal mehr fragen, wohin er fuhr und was er vorhatte. Sie wollte nicht gegen seine Schweigsamkeit, gegen seine Geheimnisse, gegen seine Lügen kämpfen. Sie wollte auch nicht darüber nachdenken, warum sie selbst angefangen hatte, Roman zu belügen. Auch die Frage, wann man log und wann man nur etwas verschwieg, schien ihr viel zu kompliziert. Sie sehnte sich nach einem Garten, etwas außerhalb von Berlin, mit frisch gefallenem Schnee.

»Wir sind da«, sagte Art.

Nele schlug die Augen auf. Anscheinend war sie eingenickt. Auf der gegenüberliegenden Seite erkannte sie das Haus wieder, in dem Art wohnte. Sie gähnte. »Wie spät ist es?«

»Halb neun.«

»Hat sich Christou gemeldet?«

»So lange hast du nun auch wieder nicht geschlafen«, meinte Art. »Soll ich dich nicht doch besser nach Hause bringen?«

»Nicht jetzt«, erwiderte Nele. »Ich will wissen, was mit Reiter ist und ob du mit Henner Karlson recht hast.«

Art nickte nur und stieg aus. Offenbar war das ein unausgesprochenes »komm mit«.

Auf der Treppe hielt sie sich am Geländer fest, ihre Glieder waren schwer wie Blei, und ihr Kopf wollte zurück in den schneebedeckten Garten. Im zweiten Stock saß Milla auf der Treppe.

»Hey«, sagte Art. »Alles gut, junge Frau?«

Milla zog die Nase kraus. »Bin doch keine junge Frau.«

»Warum sitzt du hier draußen?«

»Ich hab mich mit Oma gestritten«, sagte sie und zog eine Schnute.

»Worum ging es denn?«

»Ich wollte fernsehen, aber Oma wollte das doofe Quiz sehen, und das ist soo langweilig.«

»Und deshalb bist du jetzt hier draußen?«

»Nee.« Milla gähnte. »Oma ist mein Handy in die Wanne gefallen, und jetzt isses kaputt.« Sie biss sich auf die Lippen. »Mama hat mir das gekauft. Sie hat sich nicht mal entschuldigt.«

»Wahrscheinlich versteht deine Oma gar nicht, wie wichtig das Handy für dich ist«, sagte Nele.

Milla sah sie an und hatte Tränen in den Augen. »Oma versteht manchmal gar nichts.«

»Vielleicht klingeln wir mal und gucken, ob sie aufmacht«, schlug Nele vor.

Milla zuckte mit den Achseln. »Sie sitzt im Sessel und hat den Fernseher laut.«

»Na, dann klingeln wir eben laut«, sagte Nele.

Milla bedachte sie mit einem Blick, als zweifele sie am gesunden Menschenverstand ihres Gegenübers. »Mama hat ihr einen Kopfhörer gekauft, und sie sitzt immer ganz nah dran, und irgendwann schläft sie ein.«

Art nickte, ging an ihr vorbei und klingelte ein paar Mal. Nichts regte sich. »Hast du Hunger?«, fragte Art.

»Weiß nich'«, meinte Milla und gähnte herzhaft. »Kann ich bei dir *Se Woiz of Görmeni* gucken?«

Art lächelte. Auf seiner Stirn standen winzige Schweißperlen. »Das ließe sich wohl einrichten.« Er reichte ihr die Hand. Milla ergriff sie und tappte neben Art die Treppe hinauf in den dritten Stock. In der Wohnung fläzte sich Milla auf Arts altes Ledersofa und drückte sich auf der Fernbedienung durch, bis sie den richtigen Sender gefunden hatte.

»Hast du 'ne Decke?«, fragte Nele.

Art nickte und deutete Richtung Schlafzimmer. Nele zog die Decke vom Bett und brachte sie Milla, die daran roch, halbwegs zufrieden schien und sich darin einkuschelte. Art verschwand wortlos im Bad.

»Hast du Kakao?«, fragte Milla.

»Ich weiß nicht«, erwiderte Nele.

Milla stand auf, ging zielsicher in die Küche, öffnete eine Klappe neben dem Kühlschrank und wurstelte einen Tetra Pak mit Kakao aus einer Großpackung heraus. Dann holte sie einen Topf aus dem Fach daneben, schnitt den Tetra Pak auf und wollte etwas in den Topf gießen. »Setz dich mal da rüber und guck deine Sendung. Ich mach dir das eben warm«, sagte Nele.

»Echt?«, fragte Milla.

»Echt«, sagte Nele.

Milla schien einen Moment zu überlegen, dann deutete sie auf Neles Gürtelholster. »Ist das da eine Pistole?«

Nele nickte. Ihre Hände gingen unwillkürlich zur Waffe, und sie überprüfte, ob die Heckler & Koch gesichert war und fest im Holster saß.

»Ist die echt?«, fragte Milla staunend.

»Ja.«

»Bist du Polizist?«

»Polizistin, ja.«

»Art war auch mal Polizist«, stellte Milla fest. »Hat er auch eine Pistole?«

Kapitel 52

Art saß im Bad auf dem heruntergeklappten Toilettendeckel und wartete darauf, dass das Zittern nachließ. 46 mg/dl, sein Blutzucker war viel zu niedrig. Nach dem Messen hatte er sofort mehrere Stücke Traubenzucker gegessen, doch er wusste inzwischen, es würde zehn bis fünfzehn Minuten dauern, bis er sich wieder halbwegs normal fühlte. Sein Körper schien unter Strom zu stehen, das Adrenalin versetzte ihn in eine Art Hypernervosität, und er schwitzte vor Stress.

Das Video, das 98 der Polizei zugespielt worden war, ging ihm nicht aus dem Kopf. Warum war dieses Video bei der Polizei gelandet, wenn doch nur Juli und er von dem Video gewusst hatten? Sein Verstand war löchrig und anfällig, und die Vorstellung, dass er Juli so wenig wert war, dass sie das Band einfach so herausgegeben hatte, brachte alles ins Wanken. Sie hatte ihn schon einmal belogen, mit Boxer. Doch das mit dem Band war mehr als eine Lüge. Seine Ex-Frau kam ihm in den Sinn, ihr Streiten, die Vorwürfe und die Lügen. Er hatte die Schnauze gestrichen voll von Lügen, ihm war, als würde ein Turm einstürzen. Er versuchte sich abzulenken und dachte über Henner nach, doch er konnte keinen klaren Gedanken fassen, geschweige denn ihn halten.

Immer wieder sah er auf die Uhr seines Handys und wartete, dass die Zeit heruntertickte.

Aus Sorge, der Zucker könnte nicht reichen, kaute er zwei weitere Stücke Traubenzucker.

Sah in den Spiegel.

Ellie im roten Kleid war plötzlich da. Und Fussmann. Das Geräusch, als er die Flasche auf die Tischkante schlug, der Schrei, als die scharf gezackten Ränder ins Gesicht von Fussmann …

Nicht dran denken.

Er streckte seine linke Hand aus, spreizte die Finger und beobachtete sie. Zitterte er noch? Hatte er sich wieder im Griff? Sein Zucker war immerhin wieder bei achtundsechzig. Achtzig war das minimale Soll.

Sein Handy vibrierte, Christous Name erschien auf dem Display.

Rangehen. Ablenken.

»Rate«, sagte Christou.

»Was?«, fragte Art.

»Stehst du auf der Leitung?«

»Nein, ich … egal. Hast du was rausgefunden?«

»Deswegen rufe ich an. Also: Reiter hat Henner Karlson tatsächlich durchgecheckt. Auf allen Ebenen, inklusive der Verkehrsdatenbank Flensburg.«

Art atmete einmal tief durch. Er lag also richtig mit seiner Vermutung. »Kannst du mir sagen, wann er das gemacht hat?«

»Die erste Anfrage bei INPOL um 12:56 Uhr, um 13:08 Uhr hat er sich in Flensburg eingeloggt.«

»Ich dachte, das findest du nur raus, wenn du den Systemadministrator kontaktierst.«

»Frag nicht«, meinte Christou.

Kurz vor eins, überlegte Art. Sein Verstand kam langsam wieder in geregelte Bahnen. »Das heißt doch, er muss schon *vor* der Lagebesprechung, bei der wir das Video angesehen haben, nach Henner Karlson geforscht haben.«

»Wer ist dieser Henner Karlson eigentlich, also, ich meine, was hat er mit alledem zu tun?«

»Genau das wüsste ich auch gerne. Ich weiß nur, *dass* er etwas damit zu tun hat.« Art rieb sich den Nacken, alle Muskeln waren verspannt.

»Der Komplize von Wolters vielleicht?«

»Ja, haben wir auch schon gedacht. Aber wenn es so einfach wäre, warum informiert er dann nicht während der Besprechung das Team?«

»Gute Frage«, murmelte Christou.

»Hat Reiter noch weitere Abfragen bei den Datenbanken gemacht?«

»Ja. Bezüglich eines Toto Bosco.«

»Toto?«, fragte Art überrascht.

»Ja. Vor drei Monaten verstorben, Inhaber einer Pizzeria in –«

»Köpenick«, ergänzte Art. »Ich weiß. Das ist der ehemalige Besitzer der Pizzeria, in der ich mit Juli Westphal essen war.«

»Dann ist ja auch klar, warum Reiter diesen Toto überprüft hat. Warte mal, ja, hier steht's. Die Anfrage war heute um 16:18 Uhr, also nach der letzten Teamsitzung. Aber, warte mal … hier ist noch was«, sagte Christou. »Das ist merkwürdig.«

»Was denn?«

»Reiter hat diesen Toto Bosco noch ein weiteres Mal abgefragt, und zwar vor drei Tagen.«

»Was? Aber warum?«, fragte Art perplex. »Das ergibt keinen Sinn.«

»Steht aber hier. Vor drei Tagen, um 11:47 Uhr.«

»Vor drei Tagen haben wir doch am frühen Morgen Marietta Althauser gefunden«, überlegte Art. Mit einem Mal überkam ihn eine Gänsehaut. Sah Reiter etwa einen Zusammenhang zwischen Toto und dem Tod von Althausers Frau? »Kannst du mal bitte kurz nachsehen, ob Reiter noch eine Abfrage gemacht hat?«

»Kann ich dir direkt sagen, hat er nicht«, entgegnete Christou.

»Und wenn du noch etwas weiter zurückgehst? Sagen wir mal bis zum Auffinden von Sahra Heß?«

»Auch nicht.«

»Merkwürdig«, murmelte Art.

»Wieso?«, meinte Christou. »Reiter ist stellvertretender Leiter bei der SG. Normalerweise lässt er diese ganzen Abfragen sowieso von seinen Leuten bearbeiten und bekommt dann einen Report. Ist schon seltsam genug, dass er die anderen Anfragen persönlich gemacht hat.«

»Kannst du mal bitte den Namen Antonia Bosco bei INPOL eingeben«, bat Art.

»An-to-ni-a Bosco … wie man's spricht?«

»Ja.«

Einen Moment lang herrschte Stille.

»Nichts«, sagte Christou.

»Nichts? Bist du sicher?«

»Ich probier's gerne noch mal«, erwiderte Christou. Art hörte sein Fingertippen auf der Tastatur.

»Nein, da ist nichts.«

»Da muss was sein«, drängte Art. »Sieh noch mal nach.«

Erneutes Fingertippen. Eine kurze Pause. Wieder Fingertippen, diesmal länger. »Da ist nichts«, sagte Christou. »Ich hab's jetzt auch noch mit anderen Schreibweisen versucht, selbst mit Buchstabendrehern. Keine Antonia Bosco.« Er schwieg einen Moment. »Art, was läuft hier?«

Art musste an das Foto der beiden Kinder in der Pizzeria denken und an Totos Verzweiflung, als der ihn damals um Hilfe gebeten hatte. Wie lange war das her? Zwölf Jahre? »Ich muss etwas überprüfen«, sagte Art.

»Digital?«, fragte Christou.

»Nein, analog.«

Der IT-Spezialist schwieg. Er hatte sich reingehängt, und nun fühlte er sich zurückgesetzt. »Hör mal«, sagte Art, »kann ich dich nachher noch erreichen?«

»Auf dem Handy schon, aber sicher nicht mehr am Rechner«, sagte Christou verschnupft. Im Grunde wusste Art, dass Christou auch von zu Hause aus auf die BKA-Datenbanken zurückgreifen konnte. »Okay, danke. Wie gesagt, ich muss erst was überprüfen, bevor ich etwas lostrete. Ich will vorsichtig sein, noch ist das alles nur ein vager Verdacht.«

»Gut«, meinte Christou. »Na ja, dann viel Glück. Aber denk dran, Buchwald steht nicht auf Alleingänge. Erst recht nicht, wenn sich dabei einer seiner Leute in Gefahr begibt. Das bleibt nämlich meistens an ihm hängen.«

»Keine Sorge, so gefährlich wird's nicht«, sagte Art. Er legte auf, atmete tief durch. Sein Zucker war wieder stabil, und er war froh, endlich wieder klar denken zu können. Er ging zurück ins Wohnzimmer. Aus dem Fernseher donnerte Applaus, jemand verbeugte sich übers ganze Gesicht strahlend. Milla blinzelte müde in den Fernseher, Nele war im Sitzen eingeschlafen, ihr Kinn war ihr dabei auf die Brust gesunken und der Kopf ein wenig zur Seite gerollt.

»Sie ist ganz schön müde«, flüsterte Milla, was bei der

Lautstärke des Fernsehers nicht nötig gewesen wäre. Art nahm die Fernbedienung und stellte den Ton etwas leiser. »Du kannst die Sendung gerne noch zu Ende gucken, aber danach ist Schluss, okay?«

»Wieso? Gehst du noch mal weg?«

»Ja, ich muss noch mal los. Aber weck sie nicht, ja? Sie braucht dringend Ruhe.« Er deutete auf Nele.

Milla nickte. »Kann ich noch einen Kakao?«

»Soviel du willst«, sagte Art.

Sein Blick fiel auf die Heckler & Koch im Holster an Neles Gürtel. Vorsichtig beugte er sich über sie, löste den Verschluss, nahm die Waffe an sich, kontrollierte noch rasch das Magazin und steckte sie sich dann in den Hosenbund. Milla hatte ihn mit großen Augen beobachtet. »Machst du was Gefährliches?«, flüsterte sie.

Schlaues Kind!

»Mmnee«, brummte Art. »Ich will nur nicht, dass du heimlich damit spielst.« Er tippte auf die Pistole, sah sie ernst an und zwinkerte ihr mit dem rechten Auge zu. Dann warf er sich den Mantel über, nahm seine schwarze Wollmütze vom Haken und verließ die Wohnung.

Kapitel 53

Toto Boscos Pizzeria lag da wie im Winterschlaf, vor dem Eingang unberührter Schnee, hinter der Scheibe ein schief hängendes *Geschlossen*-Schild. Art saß im Wagen und starrte auf die dunklen Fenster im Erdgeschoss. Von Toto wusste er, dass er in der Etage über dem Restaurant eine Wohnung gehabt hatte. Beides, sowohl die Pizzeria als auch die Wohnung, hatte er nach 89 sehr günstig gekauft. Ein Glücksgriff, hatte er immer betont, mit einiger Wehmut in der Stimme, weil sein Glück ab da aufgebraucht schien. Bis auf die Tatsache, dass er Vater geworden war.

Doch dann war Totos Frau krank geworden, Genaues wusste Art nicht, nur, dass sie nach langer schwerer Krankheit gestorben war. In seiner Anfangszeit beim BKA hatte Art eineinhalb Jahre in Köpenick in einer kleinen Wohnung am Alter Markt gewohnt. Das Restaurant lag um die Ecke, und er war drei, vier Mal die Woche nach einem endlosen Tag im BKA auf eine Pizza oder eine Carbonara in der Pizzeria gewesen. Der einfache Laden mit dem neapolitanischen Charme gefiel ihm, das Essen war gut und bezahlbar, und Totos gelegentliche Melancholie wurde von seiner Tochter wettgemacht. Antonia war damals gerade achtzehn geworden, hatte ein strahlendes Lächeln, lange tiefschwarze Haare, einen italienischen Teint und funkelnde braune Augen. Laut Toto bekam sie doppelt so viel Trinkgeld wie er selbst, wenn sie im Restaurant half. An Claudio dagegen konnte Art sich von damals nicht erinnern. Toto hatte eigentlich nie von ihm gesprochen.

An einem Abend im Herbst vor etwa zwölf Jahren, den genauen Tag wusste Art nicht mehr, war er nach einer Ermittlung im Rockermilieu noch zu Toto gefahren, zu Hause hatte er nicht einmal mehr ein Bier im Kühlschrank gehabt. Doch die Tür des Restaurants war abgeschlossen und das Lokal finster. Am Eingang hing ein DIN-A4-Blatt mit der Überschrift *VERMISST.* Darunter war ein Foto von Antonia. Laut dem Datum auf dem Plakat war sie seit mehr als drei Wochen verschwunden, mitsamt ihrem Vespa-Roller, und Toto bat um Hinweise.

Art sah nachdenklich zu den dunklen Scheiben hinüber. Die Pizzeria sah genauso verwaist aus wie damals. Nur das Plakat in der Tür fehlte. Er stieg aus. Kalte Flocken tupften ihm ins Gesicht. Er ging links vom Restaurant in eine dunkle Toreinfahrt. Am Seiteneingang gab es eine Tür mit drei handgeschriebenen Klingelschildern. Die Schrift war dieselbe wie auf der Speisekarte.

Trattoria Toto, darüber *C. Bosco* und zuoberst *A. Bosco*.

Ihn überkam eine Gänsehaut. Antonia stand immer noch auf dem Klingelschild.

Er drückte alle Klingeln nacheinander und wartete.

Damals hatte Toto ihm die Tür geöffnet. Gebeugt, mit roten Augen und einer leichten Fahne. Antonias Geschichte war wie viele andere Vermisstenfälle. Täglich gingen bundesweit etwa dreihundert Vermisstenmeldungen ein. Viele von ihnen tauchten nach wenigen Tagen wieder auf, nicht alle lebendig. Dennoch galten mehr als elftausend Menschen als dauerhaft verschwunden und waren im INPOL-System zur Fahndung ausgeschrieben, was nicht hieß, dass man aktiv nach ihnen suchte – dafür gab es schlicht zu wenig Personal. Und eine dieser Vermissten war Antonia. Soweit Art sich erinnern konnte, war sie damals mit ihrem Roller und ihrem Portemonnaie aufgebrochen, um Pizza auszuliefern, und dann nicht mehr nach Hause gekommen. Da sie bereits achtzehn war, hieß es, sie könne ihr Aufenthaltsrecht frei wählen. Antonia hatte zwar ihren »Lebenskreis« verlassen – wie es im Polizeideutsch hieß –, Anhaltspunkte für eine Gefahr für Leib und Leben gab es aber nicht. Sie hatte die Pizzen ordnungsgemäß ausgeliefert und war dann einfach verschwunden. Die Polizei war dem nachgegangen, hatte aber keine Hinweise gefunden, und da täglich dreihundert neue Vermisstenmeldungen hinzukamen, rückte sie schnell in den Hintergrund.

Art hatte Mitleid mit Toto gehabt. Er selbst hatte zwar weder die Zeit, noch war die Suche nach Vermissten sein Bereich – und sich ungefragt in die Fälle von Kollegen einzumischen, war ein absolutes No-Go –, aber jemanden um einen Gefallen zu bitten, das war natürlich möglich. Also hatte er mit einem älteren Kollegen beim Landeskriminalamt gesprochen, Werner Schiefer, den er an der Polizeischule als Ausbilder kennengelernt hatte. Schiefer war damals um die sechzig und arbeitete in der Vermisstenstelle. Art hatte Toto nicht weiter nach Details gefragt, dafür war er mit seiner damaligen Ermittlung viel zu beschäftigt gewesen, und auf seinem Tisch türmten sich die aktiven Fälle. Er hatte nur vermittelt. Dennoch war Toto ihm unendlich dankbar. Werner Schiefer begann tatsächlich, sich noch einmal intensiver mit dem Fall zu beschäftigen – das hatte Toto jedenfalls erzählt. Doch auch Schiefers Suche war ergebnislos. Antonia Bosco blieb verschwunden.

Zwei Monate später zog Art nach Kreuzberg um. Seine Besuche bei Toto wurden seltener, und doch begegnete Toto ihm immer mit der größten Dankbarkeit und bestand stets darauf, ihn einzuladen. Im Nachhinein hatte Art den Eindruck, dass es für Toto vor allem um den Moment gegangen war, als er bei ihm geklingelt hatte. In der Tür hatte dieser Mann mit seinem traurigen Siebzigerjahre-Schnurrbart gestanden, der alles verloren hatte, was er liebte, der sich alleingelassen fühlte, hilflos und ohnmächtig, der nicht ernst genommen wurde, immer die gleichen schalen Beruhigungssätze hörte, die eigentlich nur einen Schluss zuließen: Allen anderen war das hier scheißegal.

Und dann hatte Art geklingelt und ihm bewiesen, dass es nicht allen egal war.

Art sah an der Hauswand hoch. Seine Atemwolken stiegen ins Licht einer Energiesparlampe unter einem verschmutzten Metallschirm auf.

Inzwischen war Toto Bosco tot.

Sein Sohn Claudio, der die Pizzeria übernommen hatte, öffnete ihm nicht die Tür. Antonia Bosco war nicht mehr auf der INPOL-Liste der vermissten Personen. Und die Frage war, warum ausgerechnet Gerhard Reiter von der SG sich direkt nach Marietta Althausers Ermordung für Toto Bosco interessierte.

Art trat von der Tür zurück und ging langsam in den Hinterhof und an den Fenstern auf der Rückseite des Restaurants entlang. Auch hier war alles dunkel. Unter seiner Sohle knirschte etwas. Er blieb stehen und hob den Fuß. Im feuchten Schnee glänzten ein paar Glassplitter. Sein Blick ging zum Fenster neben ihm. Auf die Scheibe war von außen ein altes welliges Milva-Poster aufgeklebt, das vermutlich noch aus den Neunzigern stammte. Was hatte das denn hier zu suchen? Er löste einen der unteren Klebestreifen ab und zog das feuchte Plakat wie eine Haut von der Scheibe. Dahinter war ein Loch im Fenster, jemand hatte die Scheibe eingeschlagen. Art nahm ein Taschentuch, griff durch das Loch, öffnete das Fenster. Mit einem Schwung war er auf der Fensterbank und stieg ins Innere.

Der Schein seiner Handylampe glitt über Regale mit Aktenordnern, gerahmte Bilder, ein Poster der italienischen Nationalmannschaft von 2006, als sie Weltmeister geworden waren, ein helles Rechteck, das in etwa die Größe des Milva-Posters hatte, und einen Schreibtisch, auf dem mehrere Aktenordner aufgeschlagen herumlagen, als hätte jemand sie hastig durchgeblättert. Daneben lagen ein Tesaroller, ordentlich sortierte Stifte und ein Foto von Antonia und Claudio in einem Silberrahmen, die Arm in Arm vor dem Kolosseum in Rom standen und in die Kamera lächelten. Antonia musste etwa sechzehn sein, und Claudio drei oder vier Jahre älter.

Der oberste der aufgeschlagenen Ordner war durch bunte Plastikreiter strukturiert. Art fand Handwerkerrechnungen, die jedoch nicht auf das Restaurant ausgestellt waren, sondern auf zwei andere Adressen, beide im Spreewald. Im Ordner darunter fand er Mietverträge zu den beiden Adressen, meist von ein bis zwei Wochen Dauer, Abrechnungen über Bootsvermietungen, ausgedruckte Mails mit Reservierungsbestätigungen, alles unterschrieben von Toto Bosco. Offensichtlich hatte Toto zwei kleine Ferienhäuser im Spreewald gekauft, die er im Sommer an Touristen vermietete. Das Restaurant schien wohl mehr abgeworfen zu haben, als Art angenommen hatte. Vielleicht lag der gute Verdienst aber auch daran, dass die Pizzeria Totos einziger Lebenszweck geworden war.

Art fotografierte die beiden Adressen und schaute sich weiter um. In den Regalen standen zahllose Ordner mit Quittungen, Getränke- und Lebensmittelbestellungen, Schriftverkehr mit dem Gesundheitsamt – jede Kleinigkeit hatte Toto penibel dokumentiert. Nur ein Computer war nirgends zu finden. Eigentlich hätte Art darauf gewettet, dass jemand in Totos Alter einen stationären Rechner älteren Baujahrs hatte, doch es gab weder eine Spur von einem Monitor noch irgendwelche zurückgelassenen Kabel oder eine Maus oder Tastatur. Hatte Claudio als sein Nachfolger den alten Computer durch ein Laptop ersetzt? Falls ja, war davon nichts zu sehen. Überhaupt wunderte es Art, dass alles in diesem Zimmer aussah wie von Toto geschaffen. Nichts deutete auf einen deutlich jüngeren Mann wie Claudio hin. Wären die kaputte Scheibe und das Durcheinander auf dem Schreibtisch nicht gewesen, dann hätte das Büro beinah etwas von einem Schrein.

Fest stand, jemand war hier gewesen und hatte alles durchwühlt. War das Kleinschmidt gewesen, den Reiter nach der letzten Lagebesprechung hierhergeschickt hatte? Und warum war das Restaurant geschlossen und Claudio nicht da?

Art schaltete seine Handylampe aus und ließ die Dunkelheit und die Stille auf sich wirken. Durch das Loch in der Scheibe zog kalte Luft herein. Er dachte an all die Beweise, die gegen Neo Wolters vorlagen. Für einen Augenblick fragte er sich, ob er vielleicht falsche Prioritäten setzte, indem er hier in Totos altem Büro stand. Aber hinter Neo Wolters war das halbe BKA her, während von Claudio und Henner niemand zu wissen schien außer Reiter – und Henrik.

Er verließ das Büro durch die Tür, fand einen Weg in den Hausflur und ging in den ersten Stock, wo er an der Wohnungstür klingelte und dann laut klopfte. Niemand öffnete, und aus der Wohnung drang kein Laut. Art beleuchtete das Türschloss und den Rahmen. Keinerlei Einbruchsspuren. Im zweiten Stock war es dasselbe. Das ganze Haus schien verlassen.

Wohnte Claudio möglicherweise woanders? Vielleicht in einem der Ferienhäuser von Toto?

Als Art aus dem Haus trat, hatte der Schneefall etwas nachgelassen. Vereinzelte Flocken trudelten ins Licht der Straßenlaternen. Die kalte Luft tat gut, gab ihm das Gefühl von einem Reset. Er stieg in den Wagen und rief Kleinschmidt an.

»Mayer«, meldete sich der SG-Beamte distanziert. »Wie komm ich denn zu *der* Ehre?«

»Mhm«, brummte Art. »Ich versuch nur, meinen Kopf klarzukriegen bei all den Infos. Die Sache im Restaurant geht mir nicht aus dem Kopf. Sie waren doch heute bei Claudio Bosco und haben ihn befragt. Ist dabei noch etwas herausgekommen?«

»Nur, dass Bosco nicht da war«, meinte Kleinschmidt.

»Tatsächlich?«, fragte Art mit gespieltem Erstaunen. »Wann waren Sie denn dort?«

»Direkt nach der Lagebesprechung, Viertel vor fünf ungefähr.«

»Sind Sie sicher, dass er nicht da war? Weder im Restaurant noch in der Wohnung darüber?«

»Wollen Sie mir erklären, wie mein Job funktioniert?«, fragte Kleinschmidt bissig. »Und das nach der Sache mit Frau Westphal?«

»Nein. So war's nicht gemeint. Es lässt mir nur keine Ruhe.«

Kleinschmidt schwieg einen Moment. »Versteh ich«, seufzte er. Zu Arts Überraschung war seine Tonlage mit einem Mal weicher. »Aber ich kann Ihnen nicht helfen.«

»Haben Sie nicht irgendwas in der Sache unternommen?«

»Nein, Reiter meinte, es wäre in Ordnung. Die Prioritäten wären gerade andere.«

Art bedankte sich und beendete das Gespräch. Nachdenklich sah er hinüber zum Restaurant. Dann wählte er Gallwitz' Nummer.

»Hallöchen beim Erkennungsdienst«, brummte Ben in den Hörer. Er schien genervt zu sein.

»Viel gerade?«, fragte Art.

»Haha«, erwiderte Gallwitz. »Und wenn *du* anrufst, dann weiß ich immer, es kommt noch mehr.«

»Claudio Bosco«, sagte Art übergangslos. »Hast du den mal gecheckt?«

»Nö. Sollte doch Kleinschmidt machen.«

»Kannst du's bitte einmal für mich machen?«

»Art, doppelt arbeiten macht wirklich keinen –«

»Bei dir weiß ich, dass du sofort siehst, wenn etwas nicht stimmt«, sagte Art.

Ben Gallwitz seufzte und knurrte ein »verdammter Schmeichler«.

»Kannst du bitte?«

»Jetzt?«, meinte Gallwitz entsetzt.

»Bitte.«

Der Erkennungsdienstler seufzte und begann, seine Tastatur zu bearbeiten. Art sah ihn vor sich, im bläulichen Schimmer des Computermonitors, mit seinem großen Schädel, wie er den Kopf schüttelte. Eine Weile lang kam von Gallwitz nichts außer ein paar Schnaufern und unverständlichem Gemurmel. »Hm«, meinte er schließlich. »Ist ja komisch.«

»Was ist komisch?«

»In Berlin ist kein Claudio Bosco gemeldet.«

»Das muss noch nichts heißen, oder?«

»Ja, aber ich gehe gerade auch die bundesweiten Register durch. Es gibt nur drei Claudio Bosco. Einer arbeitet in Brüssel für die Europäische Union und ist Ende fünfzig. Der zweite ist 2017 verstorben, und der dritte ist ein junger Mann, gerade mal einundzwanzig.«

»Das passt alles nicht«, sagte Art. »Aber er hat Totos Pizzeria übernommen. Dafür musste er mit Sicherheit auch an die Bankkonten von Toto ran. Und dafür braucht er eine Vollmacht. Kannst du das mal checken? Die muss ja bei der Bank hinterlegt sein. Und dann gibt es ja sicher noch ein Testament oder eine Erklärung vom Notar, und da finden wir dann sicher auch seinen Ausweis.«

»Bei der Bank wird's schwierig. Auch beim Notar oder dem Amtsgericht. Frühestens morgen, wenn überhaupt. Und dann auch nur mit Freigabe vom Staatsanwalt.«

»Mhmm«, knurrte Art. »Geht's nicht irgendwie schneller?«

»Bin ich Hacker?«

»Nein, aber –«

»Liebchen«, unterbrach ihn Gallwitz und senkte die Stimme, »wir sind weder verheiratet, noch teilen wir uns ein Konto oder ein Bett. Wir tanzen nicht zusammen auf der Pride und haben auch nicht zusammen auf der Schultoilette Joints durchgezogen, also warum zum Geier sollte ich meinen Job für dich riskieren? Morgen kriegst du deine Antwort. Aber sicher nicht heute.«

»Alles klar, Ben«, sagte Art, bedankte sich und legte auf.

Wer zum Teufel war Claudio, wenn er nicht Bosco hieß? War er Totos Sohn? Bisher hatte Art das angenommen, auch deshalb, weil Claudio von Totos Dankbarkeit ihm gegenüber gewusst und ihn genauso herzlich empfangen hatte, und weil er wie selbstverständlich das Restaurant übernommen hatte.

Drei tote Frauen – und drei Männer, die ihm Rätsel aufgaben: Neo, Henner und Claudio. Mal abgesehen von Reiter und Henrik. Wie passte das alles zusammen?

Er lehnte sich im Sitz zurück und ließ den Abend mit Juli im Restaurant noch einmal Revue passieren, sah Juli dort sitzen, sah Claudio, wie er die Pfannen mit den Spaghetti all'arrabbiata vor ihnen abstellte. Wie er Rotwein einschenkte. Julis Lachen blitzte auf, und ihre Frage, die sie nicht mehr gestellt hatte, weil er aufgestanden war. Er stutzte. Ein Gedanke nahm plötzlich Gestalt an, wie aus dem Nichts. Er öffnete die Augen und sah hinüber zum Restaurant. Sein Blick wanderte zur Hofeinfahrt.

Was, wenn Juli die Pizzeria gar nicht verlassen hatte?

Der Gedanke kam ihm auf einmal so naheliegend vor. Andererseits hatten die Spuren in ihrem Haus eine ganz andere Geschichte erzählt.

Art stieg aus dem Wagen, öffnete den Kofferraum des Poolfahrzeugs und nahm Arbeitshandschuhe sowie eine Brechstange heraus, die, neben einigen anderen Dingen, standardmäßig in jedem Fahrzeug des BKA deponiert waren.

Kapitel 54

Als Erstes entschied Art sich für den Keller. Er stieg ein zweites Mal durch das Fenster im Hinterhof ein und ging die Kellertreppe im Flur hinab. Die Tür am Fuß der Treppe war aus Holz und barst mit einem trockenen Geräusch. Art legte die Brechstange beiseite, zog die Waffe und schaltete das Licht ein. Ein kleiner Flur, von dem fünf Türen abgingen. Saubere Wände, ein gefegter alter Betonboden.

Die erste Tür rechts war der Heizungskeller. Eine Gastherme, ein Warmwasserspeicher, dazu eine Waschmaschine und ein Trockner. Der Raum war sauber und aufgeräumt, Waschmittel, Klammern und Bügel gut sortiert in Regalen. Mit der Pistole im Anschlag ging er von Raum zu Raum. Und von Raum zu Raum kam ihm seine Vermutung absurder vor. Das Bild war überall das gleiche, ordentlich eingeräumte Regale, Vorräte, Tiefkühltruhen mit Lebensmitteln, ein Weinkeller – und keine verdächtigen Wände oder irgendetwas, das auf eine weitere Tür hindeutete. Und erst recht keine Juli. Das hier war einfach nur ein Keller.

Er lief ins erste Obergeschoss. Brach die Tür auf. Brachte die Waffe in Anschlag.

Die Möbel in der Wohnung ließen Toto wiederauferstehen. Ein Sofa, auf dem er ihn sitzen sah, ein Lehnstuhl mit Fußhocker vor einem Fernseher. Ein Küchentisch. Ein altes Ehebett mit gedrechselten Pfosten, das besser auf einen Terrazzoboden in einem italienischen Landhaus gepasst hätte. Hier wirkte es fremd. Claudio hatte offenbar wenig verändert, nur ein paar Bilder schien er umgehängt zu haben, wie die Spuren an den Wänden verrieten.

Art verließ die Wohnung und drang ins Dachgeschoss ein. Antonias alte Wohnung. Sofort meinte er, ihre Anwesenheit zu spüren. Die Wohnung sah aus, als würde immer noch eine Achtzehnjährige darin leben. Es lag kein Staub, es hingen Kleider im Schrank, das Bett war gemacht. Art stellten sich die Nackenhaare auf. Für Toto war Antonia immer noch lebendig gewesen. All die Jahre, und er hatte die Wohnung nicht verändert.

Als er das letzte Zimmer gesehen hatte und sicher sein konnte, dass niemand hier war, weder Claudio noch Juli noch sonst jemand, ließ er die Waffe sinken. Er war in ein Büro eingedrungen, in zwei Wohnungen eingebrochen und darüber hinaus in einen Keller – und er hatte nichts!

War er dabei, sich zu verrennen? Schätzte er die Lage falsch ein? Eigentlich war jetzt der Zeitpunkt, sich mit den Kollegen auszutauschen und sich Rückendeckung zu holen. Martin Buchwald kam ihm in den Sinn, und er fragte sich, ob er davon wusste, was Reiter trieb. Im Grunde passte das nicht zu Martin. Er gehörte zu den bedachten Vorgesetzten, war selten impulsiv, vertraute auf seine Leute und war ein Vertreter von zweiten und dritten Chancen. Er konnte sich eher vorstellen, dass Martin Buchwald von Reiter oder anderen eingespannt wurde, ohne es zu wissen. Aber konnte er da sicher sein? Seit Henriks und Reiters Besuch bei Margot Heß hatte er das Gefühl, dass alle ein doppeltes Spiel spielten.

Er nahm sein Handy heraus, und ihm sprangen sofort zwei Nachrichten ins Auge. Gedankenübertragung. Martin Buchwald hatte sich gemeldet. Die erste Nachricht lautete:

Neo Wolters auf A12 unterwegs Richtung Grenzübergang Frankfurt / Oder–Świecko.

Die zweite Nachricht: *Wo bist du? Melde dich!*

Art verließ auf dem schnellsten Weg Totos Haus, setzte sich in den Wagen und rief seinen Vorgesetzten zurück.

»Habt ihr ihn schon?«, fragte Art.

»Nein«, knurrte Buchwald. »Er hat einen alten VW-T3-Campingbus, der auf ihn zugelassen ist. Der Wagen ist vor einer halben Stunde in die Kennzeichenerfassung auf der A12 geraten, vermutlich will er sich nach Polen absetzen. Möglicherweise hat er sogar Juli Westphal bei sich.«

Martin Buchwalds Vermutung weckte bei Art augenblicklich die Erinnerung an Marietta Althausers Leiche auf der Ladefläche des Kleintransporters. Stand Juli etwas Ähnliches bevor? Der Gedanke, sie so zu finden, schnürte ihm den Hals zu. Art sah zum Restaurant hinüber. Hatte er mit seiner Suche nach Claudio einfach nur kostbare Zeit verschwendet? Aber wieso hatte sich dann Reiter so für Toto und Claudio interessiert? Und warum war die Vermisstenakte von Antonia verschwunden?

»Macht das Sinn, was Wolters da gerade macht?«, fragte Art.

»Wie meinst du das?«, fragte Buchwald.

»Warum sollte er nach Polen wollen? Das ist riskant, und wir haben ein Auslieferungsabkommen mit Polen.«

»Erstens weiß das Wolters vielleicht nicht«, entgegnete Buchwald. »Und zweitens, von dort kann er sich ja über weitere Grenzen absetzen. Außerdem dürfte er inzwischen sein Foto in den Medien entdeckt haben und ist vermutlich unter Druck. Wenn er schlau ist, dann kann er sich ausrechnen, dass im Ausland nicht der gleiche Fahndungsdruck für ihn herrscht wie hier.«

»Aber mit einer Geisel über die Grenze«, wandte Art ein. »Ich meine, falls Wolters der Internet-Nerd ist, für den wir ihn halten, dann hat er die Grenzübergänge bestimmt vorher gecheckt, und dann weiß er auch, dass der Übergang auf der A12 bei Frankfurt / Oder besonders leicht zu überwachen ist«, meinte Art. Hinzu kam, dass die Grenze zu Polen mit dem Lauf der Oder identisch war, und es gab nur wenige Brücken über den Fluss.

»Das denken wir auch. Vielleicht weicht er auf eine der Seitenstraßen aus und schlägt sich nach Süden bis zur Neiße durch, oder nach Norden bis nach Stettin. Er könnte auch versuchen, mit einem kleinen Boot überzusetzen. Laut Gallwitz war Wolters zwei Jahre Mitglied in einem Ruderverein. Wenn das passiert, wird's schwierig, ihn aufzuspüren. So oder so, die Kollegen in Polen wissen Bescheid, und wir errichten auf unserer Seite längs der Autobahn weiträumig Straßensperren. Wo bist du gerade?«

»Bei Totos Restaurant«, sagte Art.

»Was zum Teufel machst du da? Ich brauch dich hier.«

Art überlegte kurz, ob er von Reiter erzählen sollte, aber sein Instinkt sagte ihm, es vorläufig noch für sich zu behalten. »Ich hab mich gefragt, ob Juli Westphal überhaupt das Restaurant verlassen hat.«

»Versteh ich nicht«, meinte Buchwald perplex. »Willst du damit sagen, dass –?«

»Ich weiß nur, dass ich vom WC zurückkam und sie plötzlich weg war.«

Am anderen Ende der Verbindung wurde es still. Art konnte seinen Vorgesetzten förmlich denken hören. »Aber ihr Handy war im Schlehdornweg 5, und sie hat es dort nachweislich noch benutzt«, warf Buchwald ein.

»Das muss nicht sie gewesen sein, oder?«

Buchwald stieß einen langen Seufzer aus. »Art, hör zu, wir machen alle mal Fehler. Ich weiß, dass du gerade versuchst, deinen wieder wettzumachen, aber es hilft uns nichts, wenn du dabei mit unwahrscheinlichen Theorien um die Ecke kommst und deine und unsere Zeit verschwendest.«

»Findest du es wahrscheinlicher, dass ein Täter, dem wir Intelligenz unterstellen, ausgerechnet über eine Autobahn flüchtet, deren Kennzeichenerfassung bereits ein paarmal für Aufsehen in den Berliner Medien gesorgt hat?«

»Ehrlich gesagt, ja«, erwiderte Buchwald. »Wir wissen beide, dass selbst den schlauesten Tätern unter Druck ganz einfache Fehler passieren. Neo Wolters ist unser Mann! Wir haben mehrere handfeste Beweise gegen ihn. Er ist der Schlüssel. Und unsere beste Option, Juli Westphal zu retten, ist, ihn zu finden.«

»Und was ist sein Motiv?«

»Den Kanzler beschädigen? So wie ich es heute in der PK erklärt habe.«

»Na, dann bist du ja jetzt voll auf Reiters Linie, oder?«

»Art, was soll das? Ich bin der Ermittlungsleiter, und das ist nun mal der Stand der Dinge. Halt Reiter da raus. Mal ganz abgesehen davon, dass der dir sowieso am liebsten den Kopf abreißen würde.«

»Ich glaube, Reiter spielt falsch«, sagte Art.

»Bitte, was?«

»Ich weiß, dass Reiter sich bereits kurz nach der Ermordung von Marietta Althauser nach Toto erkundigt hat – und damit vermutlich auch nach Claudio –, und das war einige Zeit, bevor ich mit Juli dort war und er Anlass dazu hatte.«

»Woher weißt du das?«, fragte Buchwald argwöhnisch.

»Kann ich nicht sagen«, entgegnete Art. »Aber ich weiß es.«

Buchwald stieß einen gereizten Laut aus. »Art, worum geht's hier? Willst du Reiter anschwärzen, weil er dir an den Karren gefahren ist? Ich meine, selbst wenn er sich nach dem Italiener erkundigt hätte, dafür könnte es Dutzende Gründe geben. Du weißt doch selbst, mit welchem Hochdruck wir hier ermitteln, wie viele Spuren jeden Tag von Dutzenden von Leuten überprüft werden. Vielleicht ging es da um Sahra Heß und ihre Mutter, der Italiener ist doch da in der Nähe, oder?«

Zugegeben, was Buchwald sagte, klang nicht ganz falsch. Einzelne Punkte von Reiters Verhalten ließen sich vielleicht tatsächlich erklären. Nur, wenn man das ganze Bild zusammensetzte, merkte man, dass da etwas nicht stimmte. Aber Buchwald konnte er jetzt nicht auch noch mit Henriks und Reiters Besuch bei Margot Heß kommen, oder mit seiner Vermutung, was Henner anging, all das würde vermutlich Buchwalds Geduldsfaden endgültig reißen lassen.

»Da du nichts sagst, nehme ich an, du gibst mir recht?«

»Nein«, sagte Art. »Aber ich kann's dir auch nicht besser erklären.«

»Hör zu«, knurrte Buchwald. »Schieb dir deinen verletzten Stolz sonst wohin und komm endlich her, wir sind im Lagezentrum. Das ist eine Dienstanweisung, klar? Wir brauchen jeden Mann, nur wenn wir alle am selben Ende vom Seil ziehen, haben wir eine Chance, Juli Westphal zu finden. Und wenn wir sie *nicht* finden, dann …« Er brach ab und seufzte. »Oder lass es mich so sagen: Ich will sie finden, weil ich diesen Wahnsinn stoppen will und weil es mein Job ist. Aber du … nun ja, ich müsste mich schon sehr täuschen, wenn du nicht noch einen besseren Grund hast, sie zu retten. Hab ich recht? – Also, komm gefälligst her.«

»Ich weiß nicht, was du meinst«, erwiderte Art heiser.

Buchwald legte einfach auf.

Art saß eine Weile lang gefangen in der Stille des Wagens da. Alle paar Sekunden fiel eine Schneeflocke auf die Windschutzscheibe. Dann holte er sich die Fotos, die er von den Aktenordnern auf Totos Schreibtisch gemacht hatte, aufs Display. Zwei Ferienhäuser im Spreewald, zwei Adressen. Alt Zauche, Abramka 1 und Abramka 2. Er googelte beide Häuser. Zu seiner Überraschung hatten beide keine Internetseite. Sie waren weder bei Booking.com noch bei irgendeinem anderen Portal gemeldet, und der Abramka-Kanal lag abseits der üblichen Ferienhaussiedlungen, inmitten der bewaldeten Flusslandschaft. Bei Google Maps meinte er, am Rand des Kanals zumindest eine dunkle Reetdachfläche zwischen den Bäumen erkennen zu können. Von der Straße waren die Häuser offenbar nicht zu erreichen. Er suchte ein Gehöft in der Nähe heraus, bei dem er annahm, sich einen Kahn leihen zu können, startete den Motor, gab die Adresse des Gehöfts ins Navi ein und fuhr los. Sollten alle anderen Neo Wolters jagen. Er würde das überprüfen, was ihm keine Ruhe ließ.

Kapitel 55

Etwa sechzig Kilometer südöstlich von Berlin fing es heftig zu schneien an, kleine harte Flocken. Auf der A13 war gestreut worden, und die Autobahn wirkte wie eine düstere schwarze Schneise im Scheinwerferlicht.

Nach über einer Stunde Fahrt bog Art auf die B115 nach Lübben im Spreewald ab, danach ging es weiter auf einer kleinen Landstraße in Richtung Neu Zauche. Art kannte sich hier draußen nicht aus und folgte stumpf dem Navi. Allein das Biosphärenreservat Spreewald, das er ansteuerte, war 475 Quadratkilometer groß und hatte laut Google mehr als 1500 Kilometer weit verzweigte Kanäle und Wasserwege. Im Sommer fuhren hier Scharen von Touristen in Kähnen auf verschlungenen Wegen. Ein Venedig, das nur aus Wald, Sumpf, Auen und einigen dorfähnlichen Ansammlungen von Häusern bestand. Einige dieser Häuser waren auch heute noch ausschließlich über den Wasserweg zu erreichen. Er kannte die malerischen Bilder, die aus den Kähnen heraus fotografiert wurden, und vermutete, dass im Sommer Schwärme von Mücken über den Wasserwegen standen und über die Reisenden herfielen.

Nach Neu Zauche kam Alt Zauche-Wußwerk. Art fuhr über eine schmale schnurgerade Straße, links und rechts war nichts, nur Schnee, der sich in der Finsternis verlor. Mit einem Mal tauchte in der Dunkelheit eine hölzerne Kanalbrücke auf. Der Wagen rumpelte über die Bohlen, dann ließ ihn das Navi zwei Mal scharf einem Zickzackkurs folgen. Plötzlich war er mitten im Wald. Art bremste ab. Die Straße bestand nun aus aneinandergereihten querliegenden Holzbohlen, die stellenweise unter dem Schnee hervorlugten. Mehr als Schritttempo war hier nicht zu wollen. Unter den Reifen knirschte der Schnee, und die Lenkung war so schwammig, dass er fürchtete, jeden Moment von der Fahrbahn zu rutschen. Schneeketten wären jetzt gut gewesen. Seitlich vom Wagen, wo die Scheinwerfer nicht hinreichten, war die Finsternis undurchdringlich. Mit einem Mal erfasste der Lichtkegel eine kleine rötliche Gestalt mit glühenden Augen und einem buschigen Schwanz mitten auf dem Weg. Art trat ruckartig auf die Bremse, das Antiblockiersystem griff, und er spürte das Stottern der Bremse vom Fuß bis in die Hüfte. Der Fuchs blieb einen Moment lang regungslos stehen, als sei er neugierig, was nun passierte, dann huschte er in den Wald. Arts Wagen stellte sich schräg und schlidderte links seitlich von den Bohlen. Ein Baumstamm flog heran, es gab einen lauten Knall auf der Fahrerseite, und der Wagen kam jäh zum Stehen.

Art fluchte und rieb sich die Schulter. Die Fahrertür wölbte sich nach innen, und die Seitenscheibe war in zahllose Glassplitter zersprungen. Das Heck des Wagens war abgerutscht und hing über einer Art Graben. Vorsichtig gab er Gas, doch die Vorderräder drehten im Schnee durch. Er versuchte es mit ein paar Lenkbewegungen und mit etwas mehr oder etwas weniger Gas, doch der Wagen steckte fest. Art sah aufs

Navi. Bis zum Gehöft war es noch ungefähr ein Kilometer, es war zehn nach elf.

Er stellte den Motor ab und kletterte auf der Beifahrerseite aus dem Auto, versicherte sich, dass er Waffe und Handy bei sich hatte, angelte sich mit einiger Mühe eine große Stabtaschenlampe aus dem Kofferraum, knöpfte den Marinemantel bis oben zu und zog die Mütze in die Stirn. Dann stiefelte er los, immer entlang der Holzbohlen. Im Wald raschelte es gelegentlich, sonst war nichts zu hören als der knirschende Schnee. Arts Atemwolken stießen hin und wieder ins Licht der Taschenlampe. Er hatte das Gefühl, nicht gut sehen zu können, und sein Herz schlug merkwürdig schnell. Bahnte sich da ein Unterzucker an?

Vorsichtshalber kramte er eine Stange Traubenzucker aus seiner Jackentasche und steckte sich ein Stück nach dem anderen in den Mund. Wenn er hier draußen in der Einsamkeit umkippte, dann war er so gut wie tot.

Nach einer Gabelung tauchten links die Umrisse von zwei Häusern und einer Scheune aus der Dunkelheit auf. In einem der Häuser brannte Licht im Obergeschoss, ein alter Ford Escort stand davor. Mit Schneeketten, natürlich. Arts Handy summte. Es war Buchwald, der per WhatsApp fragte, wo er bliebe. Er stellte das Handy aus, um sich weitere Fragen zu ersparen. Ärger würde es früh genug geben. Dann ging er zur Tür. In ein ovales Messingschild auf einer verwitterten Wand war in Schreibschrift *H. Kospalowa* eingraviert. Die Klingel gab ein durchdringendes Schellen von sich. Nach dem zweiten Schellen waren im Haus laute Schritte auf einer Holztreppe zu hören. Licht ging an, und die Tür wurde aufgerissen. Ein bärtiger Mann funkelte Art wütend an. Er trug einen Bademantel, seine behaarten Beine steckten in offenen schmutzigen Stiefeln, und seine rechte Hand hielt er in der Tasche des Bademantels verborgen. »Was zum Teufel …«, brummte der Mann. »Wissen Sie, wie spät es ist? Was machen Sie hier draußen um die Uhrzeit?«

»Entschuldigung«, murmelte Art und hielt ihm seinen Ausweis vor die Nase. »BKA Berlin, ich muss in der Gegend dringend eine Sache überprüfen und bin mit meinem Wagen von der Straße abgekommen.«

Der Mann prüfte argwöhnisch den Ausweis. »Überprüfen? Was wollen Sie denn hier draußen überprüfen? Etwa mich?«

»Nein, um Sie geht es nicht.«

»Wieso stehen Sie dann ausgerechnet vor meiner Tür? Im Umkreis von drei Kilometern wohnt niemand sonst. Also, was um Himmels willen wollen Sie mitten in der Nacht von mir?«

»Kennen Sie zufällig einen Mann namens Toto Bosco?«, fragte Art.

Kospalowa sah ihn mit gerunzelter Stirn an. »Wieso?«

»Also ja?«, stellte Art fest.

Der Mann zuckte mit den Achseln und wollte gerade etwas antworten, als aus dem Hintergrund eine schrille Frauenstimme rief. »Harro? Alles in Ordnung?«

»Ja, leg dich wieder hin. Alles gut«, schnauzte Kospalowa über seine Schulter hinweg ins Haus.

»Also, Sie kennen Toto Bosco?«

»Pfff. Kennen. Na ja. Die Gäste in seinem Haus haben hier manchmal Boote geliehen, im Sommer.«

»In seinem Haus? Ich dachte, er hat *zwei* Häuser hier.«

»Mhm«, brummte Kospalowa. »Sind zwei, aber das eine kann man nicht vermieten. Is 'n Geisterhaus, wenn Sie mich fragen.«

»Geisterhaus? Wie meinen Sie das?«, fragte Art.

Kospalowa schürzte die Lippen. »Egal. Was wollen Sie von Toto?«

»Toto Bosco ist leider vor drei Monaten gestorben«, sagte Art nüchtern.

Kospalowas Augen wurden plötzlich groß. »Nein! Jetzt sagen Sie nicht, er wurde umgebracht!«

»Wie kommen Sie darauf?«

»Na, weil *Sie* hier sind, oder?«

Art lächelte. »Nein. Ich bin auf der Suche nach seinem Sohn, Claudio. Kennen Sie ihn, oder haben Sie ihn hier in der letzten Zeit gesehen oder ihm ein Boot geliehen?«

Kospalowa runzelte die Stirn. »Der hatte 'nen Sohn? Nie gesehen. Woran ist er denn gestorben?«

»Krebs«, erwiderte Art knapp.

»Ah. Mies«, nickte Kospalowa. »Wirklich, 'ne miese Sache.«

»Sagen Sie, können Sie mir ein Boot leihen, ich würde gerne raus zu seinen Häusern«, sagte Art.

»Was, *jetzt*?«, fragte Kospalowa fassungslos.

»Ich sagte ja, ich muss da etwas überprüfen.«

Kospalowa trat einen Schritt aus der Tür und klopfte mit einem Finger an ein Thermometer, das neben der Tür an der Hauswand hing. »Minus zwei«, brummte er selbstvergessen. »Schön, dann sind die Fließe wenigstens nicht komplett zugefroren.« Er fixierte Art prüfend. »Wer bezahlt mir das?«

»Das BKA gibt Ihnen eine Aufwandsentschädigung.«

»Aufwandsentschädigung? Ha! Danke, nein. Da weiß ich, wie's läuft. Ich muss drei Seiten Formulare ausfüllen und bekomme nach drei Monaten zehn Euro überwiesen.«

»Ich kann das Boot auch einfach beschlagnahmen«, sagte Art.

»Ach was. Können Sie?«, fragte Kospalowa lauernd.

»Ihre Entscheidung«, erwiderte Art und machte ein unbeteiligtes Gesicht.

Kospalowa ergab sich seufzend, warf sich einen Mantel über und brüllte ins Haus. »Bin gleich wieder da!« Unwirsch pflückte er einen Schlüssel vom Tisch, der neben der Tür stand, nahm ein Faltblatt von einem Stapel, dazu noch eine Taschenlampe, und stapfte wortlos an Art vorbei.

Sie liefen einen von jungfräulichem Schnee bedeckten Weg entlang, zwischen der Scheune und dem zweiten Haus hindurch. »Verdammter Schnee«, knurrte Kospalowa. »So 'n Haufen hatten wir schon ewig nich'. Als wär's Norwegen oder so … und dabei reden alle vom Klimawandel, dass es wärmer werden soll …«

Art schwieg. Ihm stand nicht der Sinn nach einem Gespräch über den Klimawandel, erst recht nicht mit Kospalowa.

»BKA haben Sie gesagt?« Kospalowa sprach ins Dunkel, es wirkte, als würde er ein Selbstgespräch führen. »Haben Sie mit der Sache mit dem Kanzler zu tun?«

»Nein«, meinte Art.

»Ich dachte nur, weil Sie hier so holterdiepolter auftauchen, mitten in der Nacht.« Er schien einen Moment zu überlegen. »Na ja, wenn's um den Kanzler ginge, dann wären Sie ja bestimmt nicht allein hier, da wär wohl der ganze Hof voll mit Leuten wie Ihnen.«

»Sie sagen es«, erwiderte Art trocken. Im schwankenden Licht von Kospalowas Taschenlampe tauchte ein flaches Bootshaus an einem Kanal auf.

»Wär schade drum«, brummte Kospalowa. »Hab den gewählt. Ist 'n anständiger Kerl. Kann mir nicht vorstellen, dass er mit der Sache was zu tun hat.« Er seufzte. »Aber da bin ich wohl der Einzige.«

Es klimperte, als Kospalowa den Schlüssel aus der Tasche holte. Er trat ans Bootshaus, öffnete ein rostiges Vorhängeschloss und stieß die Tür auf. Dann fummelte er an einem Sicherungskasten herum, und im Inneren sprang eine dürftige Beleuchtung an. Im schwachen Lichtschein schaukelten fünf Boote. Kospalowa wies auf das hinterste, einen etwa sechs Meter langen Holzkahn mit flacher Schnauze und einem Außenbordmotor. »Den können Sie nehmen. Hat 'n kleinen Eisbrechersteiß unterm Bug. Hilft nicht viel, aber bei minus zwei Grad sollte es noch reichen. Lassen Sie das Licht an, wenn Sie rausfahren. Dann finden Sie besser zurück.« Er drückte Art das Faltblatt in die Hand. »Ist 'ne Karte. Der rote Kringel, das ist das Bootshaus hier. Sie müssen zum Abramka-Fließ. Einfach das Nordfließ runter, dann kommt 'ne Spitzkehre in den Zerra, dem folgen Sie in südwestlicher Richtung. Geht 'n bisschen hin und her, nicht wundern, dann in das vierte Fließ links, das ist der Polenzoa.« Er leierte die Namen der Kanäle herunter, als würde er in Gedanken den Weg abfahren. »Danach sofort wieder links in den Abramka. Dem müssen Sie 'ne Weile folgen. Kurz hinterm Schafgraben kommen die Häuser auf der linken Seite. Und passen Sie gut auf, wo Sie gerade sind. Die Fließe sind nicht gut beschriftet, ist das reinste Labyrinth hier, wenn Sie einmal die Orientierung verloren haben. Besonders nachts, wenn's auch noch schneit wie heute.«

Art nickte und steckte die Karte ein. Der Kahn schaukelte unruhig, als er einstieg. Er drückte den Knopf am Motor und suchte nach der Reißleine, um ihn zu starten. »Wo ist denn der Anlasser?«, fragte er.

»Anlasser«, schnaubte Kospalowa. »Ist 'n Elektromotor. Sind ja nicht hinterm Mond hier.«

»Alles klar«, murmelte Art.

»Mit dem Hebel da an der Seite machen Sie den Motor langsamer oder schneller, oder Sie stellen ihn auf Rücklauf.«

Art tippte dankend an seine Wollmütze.

»Gute Fahrt«, knurrte Kospalowa. »Und bringen Sie mir das Boot in einem Stück wieder, Herr Kommissar, ich verdien mein Geld damit.«

»Keine Sorge, ich hab nicht vor, nasse Füße zu kriegen«, sagte Art.

»Sollten Sie auch nicht«, rief Kospalowa, der schon halb durch die Tür war. »Sie wären nicht der Erste, der da draußen erfriert.«

Kapitel 56

Es war windstill, die Flocken fielen schnurgerade durch die Baumkronen, und der Elektromotor summte so leise, dass Art das Knacken der überfrierenden Wasseroberfläche hören konnte, wenn der Bug die dünne Haut aus Eis durchschnitt. Von beiden Seiten ragten kahle schwarze Äste über den Kanal. Die Böschungen waren hell vom Schnee und die Fließe dazwischen finster und schmal. Einmal leuchtete er mit der Taschenlampe bis auf den Grund. Der Kanal war kaum tiefer als einen Meter, doch wenn er über den Bug voraus auf das stille schwarze Wasser schaute, dann schien es beinah, als könnten die Gräben auch Hunderte von Metern tief hinabreichen.

Art fuhr langsam und blickte immer wieder auf das Blatt mit der Karte, um nicht die Orientierung zu verlieren. Kospalowa hatte recht, alles hier sah gleich aus, ein Labyrinth aus Wasser, Bäumen und Sümpfen.

Nach etwa fünfundzwanzig Minuten bog er aus dem Polenzoa-Fließ in den Abramka ab. Die meisten der Fließe waren gerade, der Abramka dagegen wand sich wie eine schwarze Schlange zwischen den verschneiten Ufern hindurch, sodass er noch langsamer fahren musste, um nicht Gefahr zu laufen, den Kahn in einer plötzlichen Biegung gegen eine Böschung zu steuern. Als er den Schafgraben kreuzte, drosselte er das Tempo auf null und schaltete die Taschenlampe ab. Flüsternd glitt der Kahn aus.

Art saß einen Moment still in der Kälte, bis sich seine Augen an die Dunkelheit gewöhnt hatten und er die spiegelblanke Fläche des Fließes vom Ufer unterscheiden konnte. Er stellte den Motorhebel auf Kriechfahrt und spähte zum linken Ufer. Zwischen den Baumstämmen blinkte ein langsam heller werdendes Licht. Nach einer Weile meinte er, zwei erleuchtete Fenster auszumachen. Als er fast auf gleicher Höhe mit den Lichtern war, schälte sich ein Anleger aus der Dunkelheit. Ein Kahn war längsseits vertäut. Art stellte den Motor ganz aus, ließ das Boot herangleiten, angelte nach dem anderen Kahn und zog sich leise bis zum Anleger, um dort sein Boot anzuleinen. Dann steckte er die Karte und die Lampe in seine Manteltasche.

Der Kahn schaukelte, als er aufstand. Holz schabte an Holz. Er stieg auf den Anleger und spähte zu dem erleuchteten Haus. Zwei Fenster, in etwa fünfzehn Schritten Entfernung. Einige Bäume davor. Ein Gehweg aus Steinplatten, der vermutlich zur Haustür führte, die er von hier aus mehr erahnen als sehen konnte.

Er mied den Gehweg und schlich sich über den Rasen an das Haus heran. Seine Stiefel sanken trotz des aufkommenden Frostes zentimetertief im Boden ein. Hinter den erleuchteten Fenstern war bisher niemand zu sehen. War Claudio tatsächlich hier? Falls er sich in dieser Jahreszeit und bei diesen Witterungsverhältnissen hier verkroch, musste er jedenfalls einen guten Grund dafür haben. Art zog vorsichtshalber seine Waffe und näherte sich dem Eingang. Die Wände des Hauses bestanden aus dunklen Holzbalken, auf dem Erdgeschoss sattelte ein steil aufragendes Reetdach. Am Dachfirst kreuzten sich zwei hölzerne Schlangen wie Schutzpatrone. Rechter Hand tauchten die Umrisse des zweiten Hauses auf, der Lichtschein aus den Sprossenfenstern warf einen schwachen Abglanz darauf. Es war deutlich größer als das erste Haus, und seine Fassade wirkte merkwürdig buckelig und knotig. Erst als Art noch näher herankam, sah er, dass es vollständig von Ästen überwuchert war, als hätte die Natur sich über Jahre eine verlassene Ruine zurückgeholt. Doch weder die Hauswände noch das Dach zwischen den dichten krummen Ranken schien beschädigt zu sein.

Deshalb hatte Kospalowa von einem Geisterhaus gesprochen.

Art wandte dem überwachsenen Haus den Rücken zu und schlich bis vor den Eingang des im Inneren erleuchteten Hauses. Über dem Türsturz hing ein großes Schild mit einer im Dunkeln unleserlichen Inschrift. Die Eingangstür schien nicht vollständig geschlossen zu sein, zwischen Türpfosten und Tür glomm ein dünner Faden Licht. Art hielt die Pistole mit beiden Händen, drückte mit der Schulter die Tür auf, die ohne Widerstand aufschwang, drehte sich mit einer fließenden Bewegung ins Zimmer hinein und streckte die Arme mit der Waffe schussbereit ins Haus. Das Erdgeschoss bestand nur aus einem einzigen großen Raum mit einer Treppe nach oben. Die Einrichtung war urig und erinnerte an eine Jagdhütte, an den Wänden hingen Geweihe, rechts war eine kleine Küche, geradeaus ein Kamin mit einer Sitzgarnitur, zwei Schemel, auf dem Boden lagen Tierfelle, und etwa fünf Schritte in gerader Linie von Art entfernt lag ein Mann bäuchlings auf dem Holzfußboden. Zwischen den

Haaren an seinem Hinterkopf war etwas Blut zu erkennen. Auf dem Fußboden war eine klebrige dunkle Lache. Art trat näher heran. An der gegenüberliegenden Wand über dem Kamin war ein großes kreisförmiges Spritzmuster aus Blut, Gehirnmasse und Geweberesten.

Arts Blick flog durch den Raum. Er war mit dem Toten allein. Langsam, die Waffe im Anschlag, ging Art zu dem Mann. Mit der Stiefelspitze schob er den Kopf etwas zur Seite, um das Gesicht sehen zu können. Es war Gerhard Reiter von der SG. Auf Reiters Stirn war eine fast untertassengroße Austrittswunde, die von einem Durchschuss in den Hinterkopf herrührte. Solche Wunden wurden üblicherweise nur von Jagd- oder Präzisionsgewehren mit Teilmantelgeschossen verursacht. Beim Eintritt in den Körper deformierte sich die weiche Geschossspitze und klappte auf wie ein Pilz. Art starrte auf den toten Polizisten, dann auf die blutverschmierte Wand. Er verband gedanklich die Position, wo Reiter wohl zuletzt gestanden haben musste, und die Mitte des blutigen Spritzmusters zu einer Linie. Dann verlängerte er in Gedanken diese Linie und kam bei der offenen Haustür in seinem Rücken an. Er verharrte kurz ungläubig, als er begriff, von wo der Schuss gekommen sein musste, dann warf er sich zu Boden, rutschte dabei in der kleinen Blutlache neben Reiter aus und schlug mit dem Kopf auf die Bohlen. Im selben Augenblick krachte draußen ein Schuss. Die Kugel verfehlte ihn und schlug in die blutbefleckte Wand über dem Kamin ein. Benommen robbte Art von Reiters Leiche weg, um aus dem Schussfeld zu entkommen. Er hörte schnelle Schritte, warf sich auf den Rücken, die Heckler & Koch feuerbereit erhoben – und blickte in die Mündung eines Gewehrlaufes.

Ungläubig starrte er in das Gesicht des Mannes, der das

Gewehr auf ihn richtete und auf den er selbst mit der Pistole zielte.

»Scheiße«, keuchte der Mann. »Du?«

Kapitel 57

Hätte Art nicht das Foto im Internet gesehen, er hätte Henner Karlson nicht erkannt. Henner trug wie er eine Mütze, seine blauen Augen waren weit aufgerissen und die Pupillen leicht vergrößert, sodass Art sich fragte, ob Henner Drogen genommen hatte. Seine Haut war teigig, seine Nase leicht gerötet und sein Blick unstet.

Art lag auf dem Rücken, hatte beide Arme mit der schussbereiten Heckler & Koch gehoben und zielte auf Henners Stirn. Henner stand kaum zwei Meter entfernt von ihm und hielt das Gewehr auf seinen Kopf gerichtet.

»*Du* hast Reiter erschossen?«, keuchte Art.

Henners Augen wurden schmal. »Wie kommst du darauf?«

»Ich bin Polizist, ich kenn mich aus mit Ballistik. Eine normale Pistole war das jedenfalls nicht, und der Einzige mit einem Gewehr hier draußen bist offensichtlich du.«

Henner zögerte, dann verzogen sich seine Mundwinkel abfällig nach unten. »Der verdammte Scheißkerl. Henrik und er, die wollten mich ans Messer liefern. Ausgerechnet Henrik.«

»Ich versteh nicht. Warum sollten sie das tun?«

»Die brauchen einen Schuldigen, darum geht's.«

»Du meinst, die wollen dir die Morde in die Schuhe schieben?«

Henner zögerte einen Moment. »Klar, Mann. Irgendeiner muss es ja gewesen sein, damit der Herr Kanzler sauber da rauskommt.«

»Ich versteh nicht, warum sie das tun sollten. Sie haben doch einen Schuldigen: Neo Wolters.«

Henner reckte trotzig das Kinn.

»Bist du Wolters' Komplize?«

»Bin ich irre? Nein!«

Stille.

Henner bewegte sich etwas, und Art hielt die Waffe genau auf den Punkt zwischen seinen Augen gerichtet. Mit einer leichten Kopfbewegung deutete er in Richtung von Reiters Leiche. »Du hast einen Polizisten erschossen.«

Henner hob die Brauen. »Das muss ja niemand erfahren.«

»Und wie soll das gehen? Willst du mich auch erschießen?«

»Du hilfst mir, so wie ich dir damals geholfen habe. Ganz einfach.«

»Du weißt, dass das nicht geht«, sagte Art. »Das hier ist was anderes.«

»Wieso?« Henners riesige schwarze Pupillen mit dem schmalen blauen Kranz wirkten manisch. »Das war Notwehr.«

»Notwehr? Du hast ihm von hinten in den Kopf geschossen.«

»Und du hast einen Mann mit einer kaputten Flasche umgebracht. Fast jedenfalls.«

»Er wollte Juli töten, und mich auch.«

Henner sah ihn aus zusammengekniffenen Augen an. »Was glaubst du, was Reiter wollte?«

»Sag du's mir. Was wollte er?«

»Reiter steckt hinter allem. Er will Juli töten und mich ans Messer liefern. Ich soll den Sündenbock abgeben. Deshalb hab ich ihn erschossen.«

»Wo ist Juli?«

»Woher soll ich das wissen?«, fragte Henner.

»Du erschießt den Mann, der weiß, wo Juli ist, bevor du aus ihm herausholst, wo er sie versteckt hält?«

Henner schwieg einen Moment verwirrt.

»So dumm bist du nicht«, zischte Art. »Du lügst.«

»Juli ist mir egal«, stieß Henner hervor. »Du bist doch derjenige, der verrückt nach ihr ist. Warst du schon immer. Und Henrik auch.«

»Henner, was läuft hier? Warum bist du hier? Weshalb hast du Reiter erschossen?«

Henner kniff blinzelnd die Augen zusammen. »Hab ich doch schon gesagt, die wollten mich opfern.«

»Henrik und Reiter waren bei Margot Heß«, sagte Art. »Henrik meinte, wenn er dich finden würde, dann hätte er vielleicht noch eine Chance, Juli zu retten. Warum hat er das gesagt?«

Henner schob das Kinn vor und schien nach einer Antwort zu suchen. Es war offensichtlich, dass er log. Art begriff nur nicht, warum. »Henner, wo ist Juli?«

»Scheiße, woher soll ich das wissen?«, zischte Henner. Der Gewehrlauf zitterte.

»Aber du weißt, wer sie entführt hat, oder? Warum sonst sollte Henrik glauben, er könnte sie retten, wenn er dich findet.«

»Dann frag doch Henrik.«

Art biss wütend die Zähne zusammen, seine Arme begannen, müde zu werden, er hatte Mühe, sie die ganze Zeit oben zu halten. »Okay, Henner, du hast die Wahl. Entweder ich schieß jetzt, oder du sagst mir, was passiert ist.«

»Wenn du schießt, bist du genauso tot wie ich«, keuchte Henner.

»Weißt du, wo die Gehirnareale AIP, F5 und M1 liegen?«, fragte Art grimmig.

»Was?« Henner sah ihn verwirrt an.

»Bringt man uns auf der Polizeischule bei. Die Gehirnareale AIP, F5 und M1 sind für die Steuerung deiner Handbewegungen zuständig. Und sie liegen recht nah beieinander. Wenn ich die Areale treffe, dann wirst du innerhalb einer Millisekunde reaktionsunfähig. Du kannst dann nicht mehr schießen.«

Henners Mundwinkel zuckten.

»Du zitterst«, sagte Art.

»Fick dich, Boxer.«

»Wer hat Juli entführt?«

Henners Kinn bebte.

»Wer?«, brüllte Art. »Claudio?«

Karlson wurde kreidebleich. »Woher weißt du von Claudio? Hat Henrik dir das gesagt?«

»Henrik weiß davon?«, fragte Art fassungslos.

»Wir wissen's noch nicht lange«, stöhnte Henner. »Wir dachten, mit Toto ist alles vorbei. Alles war gut. Und dann ging es plötzlich wieder los.«

»Henner, worum geht's hier, verdammt? *Was* ging wieder los? Und wer ist *wir*?«

»Henrik, Theo Althauser, Mago und ich«, flüsterte Henner und starrte Art mit angsterfülltem Blick an. Im selben Moment ging das Licht im gesamten Haus aus. Art konnte die Hand vor Augen nicht sehen, geschweige denn Henner oder seine eigene Waffe. Er hörte, wie Henner die Luft anhielt, dann rollte er mit einer schnellen Bewegung zur Seite, um aus dem Schussfeld des Gewehrs zu kommen. Schnelle Schritte klangen auf dem Fußboden, die Holzdielen bebten. »Bleib stehen, Henner«, rief Art. Er stand auf, orientierte sich in Richtung Tür, meinte, so etwas wie ein dunkelgraues Rechteck in einer schwarzen Wand auszumachen, und lief darauf zu. Draußen hörte er Schritte im Schnee. Er trat auf die Türschwelle und sah nur schwarze Schemen. Im selben Moment traf ihn ein Schlag mit einem Knüppel in den Magen und dann einer auf den Kopf. Metall klapperte auf Stein. Wo war seine Pistole? Er taumelte, fiel seitlich gegen den Türpfosten. Zwei kräftige Hände packten ihn und stießen ihn ins Haus. Mit einem Knall wurde die Tür zugeschlagen. Keuchend versuchte Art, auf die Beine zu kommen, doch sein Körper wollte nicht gehorchen, und er blieb benommen liegen. Dann hörte er das Geräusch eines Schlüssels, der in einem Schloss herumgedreht wurde. Stöhnend robbte er zur Tür, die ihm ewig weit weg zu sein schien. Er verlor das Gefühl für die Zeit, es war, als ob sich alles um ihn herum in der Dunkelheit auflöste. Weit entfernt klangen Schüsse. Art versuchte mitzuzählen, kam bis zwei und geriet durcheinander.

Für eine Weile wurde es ganz still.

Irgendwann blitzte irgendwo ein oranges Licht auf. Schnee und oranges Licht. Ein Déjà-vu. Alles schien unscharf und in Bewegung. Jemand schrie.

Art robbte zur Wand, und es gelang ihm, sich aufzurichten. Es fühlte sich an wie in der Nacht im Krankenhaus, als er neben dem Getränkeautomaten zusammengebrochen war. Alles, nur das nicht, bitte! Er zog die letzte Stange Traubenzucker aus seiner Manteltasche und schob sich hastig den ganzen Inhalt in den Mund. Es schmeckte widerlich süß, und der Zuckerbrei zwischen seinen Zähnen hatte die Konsistenz von Staub und Mehl. Wegen eines Unterzuckers würde er jetzt sicher nicht mehr umkippen.

Art tastete sich bis zum nächsten Fenster und sah hinaus. Das orange Licht kam aus dem überwucherten Haus nebenan. War das etwa ein Feuer? Wieder hörte er jemanden schreien. Er versuchte, das Fenster zu öffnen, aber die Griffe waren gesichert. Hastig stolperte er zur Tür, doch sie war verschlossen. Natürlich, das Geräusch vorhin. Gebückt tastete er sich durch das Haus, bekam einen der Schemel zu fassen, lief zurück zum Fenster und versuchte, es einzuschlagen. Erst beim dritten Schlag zersprang die Scheibe. Sein Kopf dröhnte, und sein Unterleib schmerzte noch von dem Hieb.

»Aaaart«, brüllte jemand in einiger Entfernung. »Aaahhart!«

Er schlug mit dem Schemel auf die Sprossen des Fensters ein, bis die Holzstege splitterten, rasierte die Splitter im Rahmen mit den Beinen des Hockers weg, holte Luft und stieg aus dem Fenster.

»Aaahhhrt!« Die Stimme überschlug sich.

Mit unsicheren Schritten lief er auf das große überwucherte Haus zu. Rauch wehte ihm entgegen, Schneeflocken wurden von dem warmen Luftstrom umhergewirbelt, und der orange Feuerschein wurde immer größer. Eine Fensterscheibe platzte klirrend. Art hastete zum Eingang und stieß die Tür auf. Flammen loderten ihm entgegen, und er schrak vor der Hitze zurück. Das Feuer blendete ihn, und er musste die Augen zusammenkneifen. Durch die offene Tür sah er in einen großen hohen Hausflur mit einer offenen Treppe, die bis ins Dach führte. Mitten im Raum hing Henner, die Hände gefesselt, zwei Meter über dem Boden, an einer Metallkette, die unter dem Dachfirst eingehakt war. Unter ihm war brennendes Holz zu einem Lagerfeuer aufgeschichtet. Das Treppenhaus hinter ihm stand lichterloh in Flammen, von Henners Schuhsohlen tropfte schmelzender Kunststoff ins Feuer, und der Gestank wehte Art mit der lodernden Hitze ins Gesicht. Gerade fingen Henners Hosenbeine Feuer, und er schrie vor Schmerzen. »Hol mich raus, Art. Hol mich raus hier!«

Art sah sich hastig in dem Inferno um, suchte nach einem Eimer, einem Wasserschlauch, einer Leiter oder nach irgendetwas, um Henner loszumachen. Doch da war nichts außer einem Meer aus Flammen, und Henner hing außerhalb seiner Reichweite.

»Ahaart!!«

Wer um Himmels willen hatte Henner hier so hingehängt? Und wo war Juli? War sie etwa auch hier im Haus? In seinem Kopf überschlugen sich die Gedanken. Im Dachstuhl krachte es laut. Holz barst, und ein Balken knallte direkt hinter der Tür herunter. Art wich hastig zurück. Funken stoben ihm ins Gesicht, der Rauch nahm ihm den Atem.

»Oh Gott, nein!!«, brüllte Henner und strampelte verzweifelt mit den Beinen. »BITTE!«

Art drehte sich um und sah zum Steg. Gab es dort einen Eimer oder einen Kübel? Das lodernde Feuer erhellte bereits fast das gesamte Grundstück. Die Schneeflocken leuchteten orange. Am Wasser sah er die Umrisse einer Gestalt, die seltsam gebückt ging. Nein, nicht gebückt, da trug jemand einen Menschen über der Schulter. Das waren Claudio – und Juli! Art sah zurück zu Henner, der wie eine menschliche Fackel an der Kette hin und her schaukelte. Ein weiterer Balken krachte herab, der gesamte Boden des Hauses hatte inzwischen Feuer gefangen. Es war aussichtslos, er würde Henner nicht retten können, egal, was er tat.

Art wandte sich ab und hastete los in Richtung Steg, der in etwa dreißig Metern Entfernung lag. Claudio hob Juli in den Kahn und stieg dann ebenfalls hinein. Henners Schreie gellten in Arts Ohren. Claudio sah noch einmal zurück zum Haus, bemerkte Art, sah, dass er rasch näher kam, hob plötzlich eine Waffe und feuerte zwei Mal. Art warf sich auf den Boden und hörte, wie die Schüsse über ihn hinwegpeitschten. Er hob den Kopf, spähte zum Steg und sah, wie das Boot mit Claudio langsam Fahrt aufnahm. Er rappelte sich auf und rannte los. Ein weiterer Schuss peitschte durch die Bäume, doch Claudio hatte nicht die Ruhe, zu zielen, er schoss einfach, um ihn davon abzuhalten, ihm zu folgen. Als Art den Steg erreichte, war der Kahn bereits zehn Meter entfernt und verschwand leise knackend in der Dunkelheit.

Art riss die Leine los, sprang in den anderen Kahn, drückte den Startknopf des Elektromotors und schob den Hebel auf volle Kraft. Der Kahn schrammte am Steg entlang, und mit einer hastigen Bewegung korrigierte Art den Kurs und steuerte in die Mitte des schmalen Kanals. Er warf einen letzten hastigen Blick zurück. Die Flammen schlugen meterhoch aus dem überwucherten Haus. Im orangeroten Feuerschein stoben Funken und Schneeflocken umeinander. Henners Schreie waren verstummt.

Angestrengt sah Art über den Bug in die Dunkelheit. Er konnte kaum etwas erkennen, nur ein paar leichte Reflexe auf der sanft gewellten Wasseroberfläche. Claudios Kahn musste ihm ein gutes Stück voraus sein, irgendwo da draußen in der Dunkelheit. Art drückte den Temporegler bis an den Anschlag in der Hoffnung, noch ein Quäntchen mehr herauszuholen. Dann plötzlich kreuzte er einen anderen Kanal. Es war zu spät, um zu bremsen, also fuhr er geradeaus weiter auf dem Abramka-Fließ und hoffte, dass Claudio ebenfalls nicht abgebogen war. Das Wasser vor dem Bug war immer noch leicht gewellt, was eigentlich heißen musste, dass er immer noch in Claudios Kielwasser fuhr. Er lauschte in die Stille und meinte, ein gutes Stück voraus ein leises Knacken zu hören. War das Claudios Kahn? Holte er tatsächlich auf? Vielleicht hatte er ja das schnellere Boot? Er spähte angestrengt ins Nichts. Gerade als er meinte, so etwas wie einen Schemen auf dem Wasser zu erkennen, hörte er Julis Stimme. »Art! Vorsicht!« Ein Schuss peitschte über das Wasser, und Art hatte sich gerade noch rechtzeitig ducken können. Was sollte er tun? Wenn er näher herankam, gab er unweigerlich ein gutes Ziel ab. Wenn Claudio die Heckler & Koch von Nele hatte, dann waren noch elf Schuss im Magazin. Aus nächster Nähe würde das reichen, selbst in der Dunkelheit.

Art drosselte die Geschwindigkeit etwas, dann kam ihm eine Idee. Er drehte den Regler wieder ganz hoch, kletterte ans Ende des Hecks und kauerte sich so auf den hinteren Bootsrand, dass das Heck tiefer ins Wasser absank und sich der Bug ein gutes Stück anhob. Nun sah er zwar nichts mehr, und er musste sich zur Seite lehnen, wenn er sich orientieren wollte, was den Kahn jedes Mal schlingern ließ, doch als der nächste Schuss in seine Richtung peitschte, hörte er, wie die Kugel in den Holzrumpf einschlug.

Noch zehn Kugeln im Magazin.

Claudio feuerte weiter, fünf Mal. Jeder Schuss klang lauter und näher, und alle Kugeln schlugen im erhobenen vorderen Teil des Bootsrumpfes ein.

Jetzt waren nur noch fünf Kugeln im Magazin.

Die Kähne gingen in eine Rechtskurve, und gerade als Art

den Kopf herausstreckte, schoss Claudio ein weiteres Mal. Art meinte, den Luftzug der Kugel zu spüren, so knapp ging sie an seinem Kopf vorbei.

Noch vier Kugeln.

Er beugte sich zur anderen Seite vor, sah, dass Claudio direkt voraus war und dass er versuchte, sich seitlich nach links in Sicherheit zu bringen. Vielleicht hatte er vor, zu bremsen und hinter ihn zu kommen. Art korrigierte seinen Kurs, steuerte ebenfalls nach links, dann plötzlich gab es ein ohrenbetäubendes hässliches Knirschen, als der erhobene Bug seines Kahns schräg von hinten auf Claudios Kahn auffuhr. Claudios Boot ächzte, stellte sich quer zur Fließe, Arts Kahn rutschte noch weiter auf das Boot, ließ es kentern und drückte es in die Böschung, wo sich die Boote verkeilten und abrupt stoppten. Claudio schrie überrascht auf. Art konnte im letzten Moment noch springen, sodass er nicht vollständig unter Wasser geriet, seine Füße fanden Halt auf dem schlammigen Grund, und er schaffte es, stehen zu bleiben, sodass er nur bis zur Hüfte nass wurde.

Die Kälte raubte ihm den Atem. Wo zum Teufel war Claudio? Und wo war Juli? Wenn Claudio sie aufs Boot getragen hatte, dann hieß das, sie war gefesselt und konnte nicht schwimmen. Er schob seinen Kahn beiseite und watete zu Claudios gekentertem Boot, das sich zwar wieder aufgerichtet hatte, aber mit Wasser vollgelaufen war. Von Juli keine Spur.

Panisch sah sich Art um. Die Kälte begann, seine Glieder zu lähmen, er begann, mit den Beinen im schwarzen Wasser zu fischen und nach Juli zu tasten, plötzlich sah er Blasen vor sich aufsteigen und spürte an seinen Beinen einen Körper. War das Juli? Er holte Luft, tauchte unter, ertastete den Körper und bekam sie unter den Achseln zu fassen. Prustend tauchte er auf und zerrte sie an die Oberfläche. Juli hing reglos in seinen Armen. Mit letzter Kraft schleppte er sie zur Böschung, stieg aus dem Fließ und zog Juli aus dem Wasser. Schwer atmend sank er neben ihr auf den Boden und brachte sie in die stabile Seitenlage. Juli begann zu husten und spuckte Wasser, Art kniete neben ihr und spähte in die Dunkelheit.

Wo war Claudio? Er fasste in seine Manteltasche und zog seine Taschenlampe heraus, als es hinter ihm knackte.

»Nicht bewegen«, sagte Claudio leise.

Art spürte den Druck der Pistole an seinem Hinterkopf.

»Die Hände langsam hoch.«

Art tat, was Claudio verlangte, und hob langsam die Hände, in der rechten hielt er dabei die Taschenlampe.

»Du hättest einfach gehen können«, zischte Claudio. »Dann wäre dir nichts passiert. Aber du musstest ja den Helden spielen.«

Juli bekam einen Hustenkrampf und erbrach Wasser. Im gleichen Augenblick wirbelte Art herum. Claudio stand zu nah an ihm dran, ein Fehler, und Art konnte mit einer einfachen und schnellen Bewegung sein Handgelenk packen und die Pistole beiseitedrücken, sodass die Waffe ins Leere feuerte.

Noch drei Schuss.

Art verdrehte Claudios rechten Arm und drosch mit der Rückseite der Taschenlampe auf seinen Ellenbogen. Ein trockenes Knacken, und Claudio brüllte vor Schmerzen. Art griff nach der Waffe, doch Claudio hatte sie offenbar fallen lassen, riss sich los und stolperte ein paar Schritte beiseite ins Dunkel. Art schaltete die Taschenlampe an, leuchtete auf den Boden, dahin, wo er die Pistole vermutete. Ein Fehler. Wenige Sekunden reichten Claudio, um zurückzukommen.

Art hob den Blick zu spät. Sah nur noch, dass Claudio etwas in der linken Hand hielt, weit ausgeholt hatte. Ein krummer schwerer Ast flog heran, schlug ihm seitlich an den Kopf und zerbrach, als wäre er morsch gewesen. Art taumelte, versuchte, auf die Beine zu kommen. Auch Claudio schwankte nach dem Schwung des Schlages; Art kam hoch und knallte ihm die Taschenlampe unters Kinn. Der grelle Lichtkegel schnitt durch die tanzenden Flocken. Claudio kippte nach hinten über, landete im Schnee, drehte sich um und versuchte, kriechend zu fliehen. Art kam ihm nach, ließ die Lampe fallen, um beide Hände frei zu haben, zog ihn am Kragen hoch, drehte ihn um und schlug ihm mit der Faust ins Gesicht. Claudio taumelte mehrere Schritte rückwärts, stolperte und landete dann bäuchlings zwischen den Bäumen. Stöhnend vor Schmerzen wühlte er mit seinem linken Arm im Schnee. Art ging schwankend auf ihn zu. Mit einer jähen Bewegung wälzte sich Claudio auf den Rücken und hob den linken Arm. Im Streiflicht der Taschenlampe sah Art die schneeverschmierte Heckler & Koch in seiner Hand, wollte sich beiseitewerfen, doch es war zu spät. Claudio drückte ab.

Die Waffe zuckte, das Mündungsfeuer blitzte in der Dunkelheit auf, dann drang die Kugel in Arts Bein. Der Schmerz war seltsam, sein von der Kälte tauber Körper fühlte nicht viel, doch es war plötzlich, als ob in seinem Bein etwas fehlte. Er knickte ein und landete mit dem Gesicht voran auf dem Boden, spürte den nassen Schnee auf der Wange, ein paar stachelige Äste, nur kalt erschien ihm der Boden seltsamerweise nicht.

Noch zwei Kugeln.

Art stöhnte.

Die Taschenlampe warf ein breites Streiflicht zwischen ihnen, und der Schnee reflektierte das Licht.

»Scheiße noch mal«, keuchte Claudio. Er hatte sich aufgesetzt und hielt die Waffe auf Art gerichtet. »Warum? Warum musstest du dich einmischen.« Claudio deutete mit der Pistole auf Juli, die am Ufer zitternd im Schnee lag. »Ist sie das wirklich wert?«

Art biss die Zähne zusammen und tastete nach seinem Bein. Die Schmerzen wurden langsam schlimmer, aber immerhin schien sich der Blutverlust in Grenzen zu halten. Nur aufstehen konnte er nicht. Sein ganzer Körper fühlte sich schwer wie Blei an, und er hatte einen seltsamen Geschmack im Mund. Kein Blut, sondern etwas anderes, das er nicht zuordnen konnte. Lag das an der Kälte? An der Schusswunde? Oder an seinem Zucker?

»Sag schon, ist sie das wert?«

»Wonach sieht's denn aus?«, knurrte Art.

»Ich hab euch beide gehört, im Restaurant. Du liebst sie?«

»Ich bin nicht sicher, ob du das verstehen kannst«, presste Art zwischen den Zähnen hervor.

»Du hast ja keine Ahnung«, sagte Claudio. »Sie wird sterben. Und du kannst nichts dagegen tun.«

»Warum? Was hat sie dir getan?«

»Sie? Nichts. Aber ihr Mann, Henrik Westphal. Und Henner Karlson, Theodor Althauser und Margot Heß. Um die vier geht es. Um das, was sie getan haben.«

»Du bringst ihre Frauen und Kinder um? Unschuldige Menschen? Weil ihre Männer oder Eltern dir etwas angetan haben?«

»Ich bringe die um, die sie am meisten lieben. Genau das haben sie *mir* auch angetan. Mir und Toto.«

Art starrte Claudio an. Der Schock des Treffers im Bein und die Kälte ließen ihn zittern. Doch dazu kam noch eine innere Kälte. Er hatte plötzlich die Fotos von Claudio und

Antonia vor Augen, die zwei Kinder vor dem Vesuv, und das Foto, das beide innig lächelnd und Arm in Arm vor dem Kolosseum in Rom zeigte. »Es geht um Antonia, oder? Was haben Henner und die anderen ihr angetan?«

»Antonia«, sagte Claudio leise, »hat Pizza ausgefahren, für Toto. Es ging um eine Lieferung, eine letzte späte Bestellung. Vier Pizzen. Schlehdornweg 5 im Westend, Familie Westphal.«

»Pizza?«, fragte Art fassungslos. »Sie hat Pizza zu Henrik gebracht?« Mit einem Mal kam ihm eine grauenvolle Ahnung, warum Antonia verschwunden war. »Warum Pizza, extra von Köpenick? Das ist doch ewig weit bis ins Westend.«

Claudio verzog vor Schmerzen das Gesicht. »Das habe ich mich später auch immer wieder gefragt. Als wenn das wichtig wäre. Aber das Gehirn macht komische Sachen, wenn man etwas nicht fassen kann, oder? Man sucht nach Erklärungen, wo es keine gibt. Warum Antonia? Warum nicht eine Pizzeria in der Nähe? Die Begründung war damals, es wäre die beste Pizza der Stadt.« Er schnaubte und spuckte etwas Blut in den Schnee. »Warum auch immer. Es war einfach so. Westphal und sein Besuch haben bei Toto vier Pizzen bestellt, und Antonia hat sie geliefert. Sie ist hingefahren, mit ihrer kleinen roten Piaggio-Vespa, und danach hat sie nie wieder jemand gesehen.«

Art stöhnte und sah in den Himmel. Schneeflocken taumelten ihm entgegen. Die toten Frauen, die Adresse auf ihren Körpern, Henriks Verhalten, Reiters Vertuschungsversuche, Althausers und Margot Heß' Schweigen. Plötzlich ergab alles einen Sinn. Warum um Himmels willen hatte er damals nicht nachgefragt, *wo* und *wie* Antonia verschwunden war? Hätte es etwas geändert? Er war noch ein blutiger Anfänger im Polizeidienst gewesen und hatte gedacht, bei Schiefer sei der Fall am besten aufgehoben. Was für ein Irrtum. »Was genau ist damals mit deiner Schwester passiert?«, fragte Art.

Kapitel 58

»Antonia war nicht meine Schwester, sie war meine Cousine«, sagte Claudio. »Ich bin in Neapel aufgewachsen, bis ich sechzehn war. Dann hat meine Mutter mich weggeschickt, nach Deutschland, zu Toto.«

»Warum?«, fragte Art. Er sah hinüber zu Juli, die auf dem eisigen Boden lag und immer noch gefesselt war. Sie bewegte sich nicht. Er musste an Kospalowas Worte denken. *Sie wären nicht der Erste, der hier erfriert.*

»Falsche Freunde«, sagte Claudio. »Meine Mutter hatte mitbekommen, dass ein paar meiner damaligen Freunde zur Camorra gehörten. Das Geld saß bei ihnen ziemlich locker, das fand ich gut, und ich begann, die ersten Jobs mitzumachen. In Neapel gab es damals sowieso keine großen Perspektiven. Bei der Camorra schon. Meine Mutter wusste das, sie hatte schon meinen Vater an die Mafia verloren, da war ich fünf. Sie war Krankenschwester, hat gerade so gereicht, um uns durchzubringen, aber wegen dem Schichtdienst war sie oft weg, auch nachts … sie war machtlos. Außerdem, ich war sechzehn … Sie hat das einzig Richtige getan, sie hat mich nach Deutschland geschickt.« Er ächzte, biss die Zähne zusammen und rutschte ein Stück an den Baumstamm hinter sich heran, um sich anzulehnen. »Toto hat mich aufgenommen wie einen Sohn. Antonia war jünger als ich, zwei Jahre, wir haben oft im Restaurant geholfen. Sie hat mir alles gezeigt. Wir hatten uns schon als kleine Kinder gut verstanden, wenn wir uns in Neapel auf Familientreffen begegnet sind. Aber jetzt war es anders. Wir waren Tag für Tag zusammen. Ich war vom ersten Augenblick an verliebt in sie. Es war wie …«, er suchte nach Worten, »… ich habe nie wieder jemanden wie sie getroffen.«

Art dachte unwillkürlich an seine erste Begegnung mit Ellie. Er wusste nur zu gut, was Claudio meinte. Manchmal brauchte Liebe Zeit, und manchmal schlug sie wie ein Blitz ein, und nichts und niemand konnte das aufhalten.

»Antonia ging es genauso. Ein Jahr lang sind wir umeinander herumgeschlichen, Cousin und Cousine, das war *impossibile*. Dann haben wir es nicht mehr ausgehalten. Wir waren ein Paar, aber niemand durfte es wissen, erst recht nicht Toto. Als ich achtzehn war, sind wir zusammen nach Italien gereist. Die beste Zeit meines Lebens. Rom, Capri, Sizilien, es war völlig egal, wo wir waren, Hauptsache, wir waren zusammen. Wir haben im Zelt geschlafen, sind mit dem Motorroller die Küsten abgefahren. Als wir zurück nach Deutschland kamen, konnten wir nicht voneinander lassen. Es war wie im Rausch. Toto hat uns im Bett erwischt. Ich habe ihn noch nie so wütend erlebt. Er ist auf mich los, hat mich beschimpft und rausgeschmissen. Ich bin drei Tage durch die Stadt gelaufen, dann bin ich zu ihm zurück, habe mich entschuldigt und ihm gesagt, dass ich Antonia liebe. Das hat ihn nur noch wütender gemacht. Toto wollte mich zurückschicken, nach Neapel, aber ich hab mich geweigert. Daraufhin hat er mich angezeigt, wegen Diebstahls, ich hätte ihm Geld aus der Kasse gestohlen. Ich habe gekocht vor Wut, ich wollte auf ihn los, ich hätte es auch getan, hätte Antonia mich nicht zur Vernunft gebracht. Sie war völlig aufgelöst, hat geweint, auf mich eingeredet, und hat gesagt, wir sollten warten, nur noch eineinhalb Jahre, bis sie achtzehn ist, dann könnten wir tun und lassen, was wir wollen, das müsste auch Toto einsehen. Toto bot mir widerwillig an, die Anzeige zurückzuziehen, Hauptsache, ich würde verschwinden. Zähneknirschend bin ich zurück nach Italien, allerdings nach Mailand. Ich hatte Glück im Unglück, hab einen Job beim Fernsehen gefunden und angefangen, jeden Euro zurückzulegen. Sie versprach, wenn sie achtzehn wäre, würde sie zu mir kommen. Sie hatte alles vorbereitet, sie hatte schon einen Brief für Toto geschrieben. Es fiel ihr schwer, ihn allein zu lassen, aber sie wäre gekommen. Wir hatten den Tag schon verabredet. Und dann plötzlich, nichts! Keine Anrufe mehr, sie ging nicht ans Telefon, keine Mails, einfach nichts. Dann rief ich Toto an und erfuhr, dass sie verschwunden war …«

Claudio schwieg einen Moment, sein Blick war auf Art gerichtet. Die Pistole hatte er etwas sinken lassen. Zwischen ihm und Art lagen nur drei Meter, doch Art wusste, dass er, selbst wenn er nicht verletzt wäre, kaum eine Chance hatte, einen Angriff auf Claudio zu überleben. Er musste warten, dass Claudio müde wurde, und hoffen, dass sich noch eine Chance ergab. Die Frage war nur, wie viel Zeit Juli noch blieb.

»Warum bist du so sicher, dass Antonia etwas im Haus der Westphals zugestoßen ist? Es hätte auch danach etwas passiert sein können.«

»Wir waren nicht sicher. Wir haben es damals nur vermutet. Du hast recht, es wäre auch möglich gewesen, dass ihr erst danach etwas zugestoßen ist. Vor allem Toto dachte das immer mal wieder. Er war die ganze Zeit beeindruckt von diesem riesigen Haus und von der Kanzlei von Westphals Vater. ›Die Leute sind *anständige* Leute‹, sagte er immer zu mir. Und ich: ›Was, wenn die nur anständig tun?‹ Er meinte, ich würde das nicht verstehen, in Deutschland wären die Leute anders.« Claudio schnaubte verächtlich. »Anders. Na klar! Die Polizei ließ uns vom ersten Augenblick an hängen. Deine Leute haben gesagt, Antonia wäre achtzehn, vielleicht bräuchte sie einfach nur etwas Freiraum. Sie wäre ja schließlich mit Motorroller, Portemonnaie und Handy verschwunden. Die Polizei wertete das als Anzeichen dafür, dass sie ihr Verschwinden geplant hatte. In den meisten Fällen, meinten sie, würden die Verschwundenen nach einigen Tagen wieder auftauchen. Und eine Gefahr für Leib und Leben, hieß es, könnten sie nicht erkennen. Toto und ich begannen, Plakate aufzuhängen. Ich fuhr die Stadt ab, sprach mit Freunden von ihr, durchwühlte ihre Sachen, ihren Computer. Nichts. Immer nur nichts. Ich flehte Toto an, Druck bei der Polizei zu machen, mich nahmen sie sowieso nicht ernst. Aber es half nichts. Antonia war wie vom Erdboden verschwunden, und niemanden schien es zu interessieren. Auch der Roller wurde nie gefunden. Dann erzählte mir Toto von einem netten jungen Polizisten, der ab und an ins Restaurant kam, der helfen wolle. Das warst du. Und zwei Tage später tauchte Kommissar Schiefer von der Vermisstenstelle bei uns auf. Zum ersten Mal hatten wir den Eindruck, wir werden ernst genommen. Schiefer ermittelte, und er teilte unsere Ansicht, dass hier was nicht stimmte. Er ging zum Haus der Westphals, sprach mit Henrik Westphal, mit der Haushälterin, sammelte Zeugenaussagen, wie er sagte, und dann plötzlich, nach drei Wochen Ermittlung, kam er zu uns und sagte, es täte ihm leid, er sei allen Spuren nachgegangen, aber es gäbe einfach nichts Greifbares. Er könne sich dem Fall nicht weiter widmen, sein Vorgesetzter hätte ihn davon abgezogen, weil sich auf seinem Schreibtisch inzwischen ein Dutzend aktuellerer Fälle stapelten. Toto gab auf, er war einfach zu weich, er nahm es hin und vergrub sich in seinem Kummer. Ich flehte ihn an, nicht nachzulassen, stritt mich mit ihm. Wir überwarfen uns, ich blieb noch ein halbes Jahr in Berlin, ohne eine Spur zu finden. Dann ging ich zurück nach Mailand. Drei Jahre später bin ich nach München gezogen, hab eine Weile fürs Fernsehen gearbeitet, als Cutter, dann später als Koch. Ich habe Doppelschichten gemacht, an freien Tagen gearbeitet, nur um mich abzulenken. Aber seitdem vergeht kein Tag, an dem ich nicht an sie denke. Ich bin unsere Reiseroute von damals abgefahren, in Italien, ich spüre sie immer noch hinter mir auf dem Roller sitzen. Ich fühle ihre Hände um meine Hüften, wie sie sich festhält. Ich höre das Flattern des Zeltes im Wind, ihren Atem im Schlaf …« Claudios Stimme versagte.

Art schluckte. Claudios Geschichte ging ihm durch und durch, auch weil dessen Liebe zu Antonia ihn so sehr an seine eigene Geschichte mit Ellie erinnerte. Zugleich drang ihm die Kälte bis in den letzten Winkel seines Körpers. Seine Glieder waren taub, der Geschmack in seinem Mund war inzwischen ziemlich intensiv, wie Aceton, und er hatte das Gefühl, dass ihm die Sinne schwanden.

»Vor einem halben Jahr«, fuhr Claudio fort, »rief mich Toto an. Er hatte Krebs und wusste, dass er nicht mehr lange leben würde, er wollte sich mit mir aussprechen. Als ich bei ihm war, entschuldigte er sich bei mir. Es tat ihm leid, und er bereute, wie er damals reagiert hatte. Ich blieb bei ihm, wir hatten beide niemanden, nur uns. Ich half eine Weile im Restaurant, und er bot an, es mir zu überschreiben. Eine Woche vor Totos Tod kam ein alter Mann zu mir ins Restaurant. Ich habe ihn erst nicht erkannt, aber es war Kommissar Schiefer. Er wollte Toto sprechen, doch ich lehnte ab. Es ging ihm zu schlecht. Schiefer sah mich an, überlegte einen Moment, und dann reichte er mir eine Akte. Auf dem Deckel stand Antonias Name. Es waren Kopien der Original-Fallakte. Er sagte, der Fall hätte ihm damals keine Ruhe gelassen. Es gab Ungereimtheiten, Verdachtsmomente. Alles Interna, die er nicht an uns hätte weitergeben können. Ich hab ihn ausgefragt, warum er sich erst jetzt meldet. Er sagte, er sei zu alt für ein schlechtes Gewissen. Er hätte nicht mehr viele Nächte, und die, die ihm blieben, in denen wollte er schlafen können. Er wollte reinen Tisch machen.«

Claudio schwieg einen Moment, griff hinter sich und richtete sich am Baum auf. Nun stand er an den Stamm gelehnt vor Art, etwa drei Meter von ihm entfernt. Sein Blick ging kurz hoch in den finsteren Himmel. Weit entfernt leuchtete der Widerschein des Feuers.

»Nachdem Schiefer weg war, schlug ich die Akte auf. Ein rosafarbener Handschuh fiel heraus. Antonias Handschuh. Schiefer hatte ihn offenbar aus der Asservatenkammer geholt und zu seinen Kopien gelegt. Und weißt du, wo er den Handschuh damals gefunden hat? Auf dem Grundstück der Westphals, Antonia hatte ihn dort verloren.«

»Das heißt noch nicht, dass ihr dort etwas passiert ist«, sagte Art.

»Es gab eine Nachbarin«, fuhr Claudio fort, »die beobachtet hatte, dass Antonia ins Haus gebeten worden war. Dass sie das Haus wieder verlassen hat, hat sie nicht gesehen, auch das Geräusch des Rollers, sagte sie, hätte sie in der Nacht nicht mehr gehört. Dafür gab sie an, Schreie gehört zu haben, schreckliche Schreie. Und später hätte es Streit im Haus gegeben. Dazu kamen die Daten von Antonias Handy. Der letzte Ort, wo das Handy aktiv war, war das Haus der Westphals. Danach war es nie wieder im Netz. Wonach klingt das für dich als Polizist? Nach freiwilligem Verschwinden? Wohin hätte sie denn verschwinden sollen? Sie wollte zu *mir*!«, stieß Claudio hervor. »Wir wollten unser Leben zusammen verbringen! Aber weißt du, was passiert ist? Das, was immer passiert, wenn reiche und clevere Leute davonkommen wollen. Alles wird verdreht. Man schindet Zeit. Redet alles klein. Und die Zeugen, die eine ganz andere Geschichte erzählen? Werden nicht gehört. Sind unglaubwürdig, zu alt, zu was auch immer. Henner Karlson, Theodor Althauser, Margot Heß und Henrik Westphal. Vier Pizzen. Ich frage mich, ob Margot Heß ihre in der Küche essen musste. Ich frage mich, ob sie überhaupt dazu kamen, die Pizzen zu essen. Margot Heß, erzählten sie, wäre auf der Treppe gestürzt und hätte sich den Fuß verstaucht und die Hüfte geprellt, sie hätte starke Schmerzen gehabt, deshalb die Schreie, und es wäre ein Wunder, dass nicht mehr passiert ist. Dummerweise waren die Verletzungen gar nicht mehr nachvollziehbar, aber das war ja auch klar, schließlich fand Schiefers Befragung erst Wochen nach Antonias Verschwinden statt … und das auch nur, weil *du*, Artur, Toto einen Gefallen getan hast. Sonst wäre gar nichts passiert. Ach, und der laute Streit, den die Nachbarin gehört hatte? Alle erzählten dieselbe Geschichte. Bei dem Streit ging es um die Holztreppe im Haus, wegen der polierten Stufen wäre Margot Heß gestürzt, die Stufen wären viel zu glatt, ein ganz altes Streitthema«, höhnte Claudio. »Westphal senior gab sich ganz zerknirscht, weil er sich bis dahin geweigert hatte, Stufenmatten aus Teppich aufkleben zu lassen, er war der Meinung, es sähe einfach nicht gut aus!«

Claudio atmete zitternd ein und aus. »Stufenmatten. Was für ein beschissenes Theater. Sie haben sich darüber gestritten, wie sie Antonia verschwinden lassen. Vielleicht haben sie auch darüber gestritten, wer schuld ist. Ein paar reiche Leute, eine Angestellte, ein paar gute Anwälte, und alles bleibt unter der Decke. Belastende Zeugenaussagen werden relativiert oder verschwinden ganz, und ein Vorgesetzter erklärt die Ermittlungen für beendet, weil es zu viele andere Fälle gibt, die angeblich dringlicher sind.« Claudio spuckte verächtlich aus. Er hatte sich in Rage geredet und gestikulierte dabei wild mit der linken Hand, in der er die Waffe hielt. Seinen rechten Arm dagegen hielt er ruhig, immer wenn er ihn versehentlich bewegte, verzog er das Gesicht vor Schmerzen.

Art bebte innerlich vor Wut. Er hatte Toto vor Augen, wie er vor Stolz auf seine Tochter beinah geplatzt wäre, er sah Antonia vor sich, an diesem einen Tag, an dem er ihr im Restaurant begegnet war, ihre strahlende Jugend, ihre Lebensfreude, ihren Stolz und ihr unbefangenes herzliches Lächeln. Was um Gottes willen war mit ihr in Henriks Elternhaus passiert? »Stand der Name des Vorgesetzten, der die Ermittlungen beendet hat, in Schiefers Kopien?«

Claudio nickte. »O ja. Gerhard Reiter, damals bei der Vermisstenabteilung, heute ist er für den Schutz des Kanzlers zuständig. Was für ein Zufall, oder?«

Reiter, natürlich. Der Kreis schloss sich. »Ich kann deine Wut verstehen«, sagte Art. Er musste langsam sprechen, um die Wörter zu formulieren. Sein ganzer Körper war irgendwie taub und zu langsam. Er wusste, dass ihm nicht mehr viel Zeit blieb. Es waren noch zwei Kugeln in der Waffe, und Juli würde früher oder später erfrieren – oder Claudio würde sie töten, um seinen Rachefeldzug zu vollenden. »Aber was hat Juli damit zu tun? Warum tötest du unschuldige Frauen und Kinder?«

»Weil ich will, dass diese Schweine das Gleiche durchmachen wie ich.« Claudio spie die Worte förmlich aus. »Ich will, dass sie vor Kummer vergehen. Dass ihnen die Trauer den Atem raubt. Dass sie nachts an ihren Schuldgefühlen ersticken, weil sie wissen, dass es *ihre* Schuld ist.«

»Woher willst du wissen, dass alle die gleiche Schuld tragen? Vielleicht liegst du falsch. Du warst nicht dabei, du kannst es nicht wissen.«

»Oh, ja! Du hast recht, zumindest ein bisschen. Aber das war mir egal. Sie sind alle schuldig. Auch Margot Heß. Mit ihrer Tochter habe ich angefangen. Gott, wie lange hab ich überlegt, wie ich's mache. Schlaftabletten? Gift? Ich bin ja kein Irrer, ich konnte das nicht mit dem Messer tun … oder sie erschießen. Ich wollte ja, dass sie nicht so übel zugerichtet sind. Wenn ich eins beim Fernsehen gelernt habe, dann, worauf die Leute abfahren, was sie tragisch finden, und eine unversehrte Tote ist so viel tragischer und wirkt so viel unschuldiger und dramatischer … es passte ganz gut, dass ich Toto in seinen letzten Wochen, als er noch zu Hause war, ab und zu Infusionen gegeben habe. Ich hab immer der Ärztin zugeschaut, und das ganze Besteck dafür war ja noch da … es war so naheliegend. Und weißt du was? Als ich so weit war, mit Sahra Heß, hab ich mich widerlich gefühlt. Und gleichzeitig war es soo richtig. Ich wusste, jetzt wird endlich etwas passieren. Und dann?« Claudio lachte bitter auf. »Es war wie immer. Niemand hat etwas davon gemerkt. Niemand! Ich meine, ich habe sie umgebracht und Westphals Adresse auf ihren Körper geschrieben. Aber nichts ist passiert. Da wusste ich, die nächste Tote muss an einem Platz liegen, wo sich nichts verstecken lässt. Deshalb auch die Videos. Ich hatte von Anfang an vor, sie in den sozialen Medien zu posten, aber ich wollte warten, bis die ersten Berichte darüber kamen. Sonst wären auch die Videos in der Versenkung verschwunden. Und dann, plötzlich, kam dieses Portal, *Shibuya-News*. Ein Geschenk des Himmels. Dazu noch dieses Foto von Marietta Althauser auf dem Laster, ich hätte es mir nicht besser wünschen können. Ich habe Kontakt aufgenommen, über die anonyme Mailadresse und einen toten Briefkasten, so hab ich diese beiden Nerds mit Videos und Informationen versorgt, nur leider hat mir die kleine Journalistin nachspioniert …« Er schnalzte und schwieg einen Moment. »Ich bin nicht stolz drauf. Es ging nicht anders«, fuhr er fort. »Und dann tauchte auch noch deine Kollegin auf, gerade als ich bei Wolters war.« Wieder schwieg er, und sein Blick ging für einen Moment zu dem weit entfernten Feuerschein. »Und jetzt brennt der wahre Schuldige endlich in der Hölle.«

»Du meinst … Henner?«, fragte Art.

»Ja, Henner. Henner Karlson. Vorhin, als ich ihn erwischt habe, hat er mir gestanden, was passiert ist. *Er* war es. Er hat Antonia reingebeten. Er hatte kein Geld da, als er die Tür aufgemacht hat. Sie gefiel ihm, er meinte, er wollte ihr extraviel Trinkgeld geben und hat sein Portemonnaie geholt, während sie im Flur gewartet hat. Und dann hat er ihr einen Hunderter gegeben. Einen Hunderter! Weil er etwas betrunken war, meinte er, und weil sie so nett gewesen sei. Und dann hat er sie gefragt, ob sie noch mehr verdienen wolle. Sie hat einen Augenblick gezögert, aber dann hätte sie Ja gesagt, und sie wären ins Schlafzimmer gegangen. Was dann passiert ist, sei ein schrecklicher Unfall gewesen; er schwor, er könne nichts dafür. Was für eine beschissene widerliche Lüge. Antonia hätte für kein Geld der Welt etwas mit diesem Typen angefangen. Mit niemandem hätte sie das getan. Antonia war das stolzeste Mädchen, das ich kenne.«

Henner also. Was für ein Albtraum. Art starrte Claudio an. Sein Verstand wurde immer träger, seine Glieder immer schwerer. Die Schneeflocken flirrten vor seinem Gesicht. Wenn er auf die weißen Punkte sah, wurde ihm schwindelig, und seine Augen konnten kaum folgen.

Es war schon immer Henner gewesen, wenn etwas passierte. Schon vom ersten Tag an hatte er geahnt, dass Henner eine tickende Zeitbombe war. Eigentlich hatten es alle geahnt. Nur, dass er zu *so* etwas fähig war, hatte sich niemand vorstellen können. Er ebenso wenig wie die anderen. Und Henrik? Hatte Henner beschützt, so wie Henrik damals auch Art beschützt hatte. Und alle anderen hatten mitgemacht. Hatte Henrik sie dazu gebracht? Hatte Henner Henrik erpresst und damit gedroht, die alte Geschichte am Kiosk publik zu machen? Art starrte auf die Pistole in Claudios Händen. Noch zwei Kugeln. Er musste an Juli denken. Claudio würde sie beide töten. Juli, weil er es wollte, und ihn, weil er es musste.

Zwei Kugeln.

Und eine einfache Rechnung.

Vor ihm, in Griffweite, lag ein flacher Stein.

Wenn er es schaffen würde, beide Kugeln zu fangen und Claudio irgendwie unschädlich zu machen, hatte vielleicht wenigstens Juli eine Chance, das hier zu überleben. Irgendwann, hoffte Art, würde man nach ihm suchen, vielleicht würde man sein Handy orten. Vielleicht schaffte er ja auch noch einen letzten Anruf. Aber wenn er nichts tat, dann würden sie beide sterben.

Zwei Kugeln. Ein Stein. Eine einfache Rechnung.

Er würde mit beiden Händen Schnee vom Boden ins Lampenlicht zwischen ihnen werfen. Würde nach dem Stein greifen. Musste es irgendwie schaffen, aufzustehen. Wenn er Glück hatte, würde ihn die erste Kugel nicht töten. Claudio war geschwächt und hatte die Pistole in der linken Hand. Er würde versuchen, sich auf Claudio zu stürzen. Der zweite und letzte Schuss würde zu spät kommen, er würde ihn zwar treffen, aber wahrscheinlich nicht mehr aufhalten. Er würde Claudio umreißen, mit dem Stein auf ihn einschlagen. Er würde Boxer sein müssen, der mit der Flasche auf den Mann einstach, bis er sich nicht mehr regte. Er würde das tun müssen, was er ein Leben lang bereut hatte, weil es so falsch und so richtig zugleich gewesen war. Und er würde Juli retten.

»Du weißt, was ich jetzt tun muss«, sagte Claudio.

»Ich weiß, was du tun *willst*«, erwiderte Art.

Claudios Blick war voller kalter Wut. »Du hast mich dazu gezwungen.«

»Niemand zwingt dich zu irgendwas.«

Claudio schwieg und sah zu Juli. Auf ihrem Körper sammelte sich eine dünne Schneeschicht.

Art grub seine Hände in den Boden. Seine Finger fühlten beinah nichts mehr. Er sammelte alle seine Kräfte, dann wirbelte er mit den Händen den Schnee auf. Ein paar Klumpen und einzelne Flocken stoben ins Taschenlampenlicht. Claudio drehte überrascht den Kopf. Art bekam den Stein zu fassen, stützte sich ab und wuchtete seinen gefühllosen kalten Körper hoch. Claudio war ein Schemen hinter einer weißen Wolke, sein Arm mit der Waffe schnellte hoch, im Versuch, zu zielen. Art humpelte vorwärts, brüllte seine Anstrengung und Wut heraus, wusste, dass ihn die erste Kugel treffen würde, und riss den Arm mit dem Stein hoch.

Der erste Schuss fiel.

Er spürte keinen Schmerz, sein Körper war taub, er humpelte einfach weiter.

Dann der zweite Schuss. Dann ein dritter. Ein vierter.

Wie hatte er sich so irren können?

Er spürte nichts und wusste trotzdem, dass es vorbei war. Die aufgewirbelte Schneewolke war fort. Claudio schwankte, ließ die Pistole fallen. In seinem Brustkorb war seitlich ein kleines Loch. Sein rechter Kiefer war zertrümmert, sein Blick schien starr geradeaus gerichtet, an Art vorbei, voller Überraschung. Er sank in die Knie, gerade als Art ihn erreichte. Art war nicht mehr in der Lage, zu stoppen, er fiel auf Claudio und riss ihn um. Sie landeten beide im Schnee, Claudio lag unter ihm und bewegte sich nicht.

»Aaart«, rief eine Frauenstimme. Er hörte hastige Schritte im Schnee, zwei Hände packten ihn, drehten ihn um und zerrten ihn von Claudio herunter. Über ihm, hinter einer Wolke aus Atemluft, erschien Neles Gesicht. »Art! Alles okay. Bist du verletzt?«

»Ich … ich weiß nicht«, stammelte Art verwirrt. »Mein Bein. Vielleicht hat er mich auch woanders …«

Nele schaltete eine Taschenlampe ein. Art blinzelte in den grellen Schein. Sie leuchtete seinen Körper ab, verharrte beim Bein und tastete nach der Wunde. »Okay«, sagte sie. »Ich glaube, das ist die einzige Schusswunde.«

»Hast du geschossen?«, murmelte Art.

»Na klar, was denn sonst?«, erwiderte Nele.

»Wie oft?«

»Dreimal.«

»Dann hab ich einmal Glück gehabt«, stöhnte Art.

Nele zog ihre Jacke hoch und den Gürtel aus der Hose. »Ich muss dein Bein abbinden. Das tut jetzt weh«, sagte sie.

»Das kenn ich schon«, lächelte Art. In der Ferne hörte er ein Motorboot. Scheinwerfer streiften durch die Baumwipfel.

»Hiieer!«, brüllte Nele, ohne sich dabei umzusehen. Sie hob Arts Bein und legte den Gürtel um seinen Oberschenkel.

»Wie zum Teufel hast du mich gefunden«, flüsterte Art.

Nele zog den Gürtel mit aller Kraft zu, und er ächzte. Konzentriert befestigte sie den Gürtel.

»Wie?«, fragte Art erneut.

Statt zu antworten, durchsuchte Nele seine linke Manteltasche, zog etwas heraus und zeigte es Art.

»Ein AirTag?«, stöhnte Art.

»Der war an meinem Schlüsselbund«, erklärte Nele. »Ich hab ihn abgemacht und dir heimlich in die Tasche gesteckt, nachdem du auf dem Parkplatz abhauen wolltest.«

»Danke«, seufzte Art. »Kannst du bitte schnell nach Juli sehen? Sie liegt dahinten.«

Nele sah sich hastig um, entdeckte Juli und lief zu ihr. Die Motorgeräusche kamen näher, und sie schwenkte kurz die Taschenlampe mit ausladenden Bewegungen. »Hierher«, rief sie erneut. »Wir brauchen Wärmedecken und Verbandszeug.« Sie beugte sich über Juli, leuchtete ihr ins Gesicht, klopfte ihr ein paar Mal auf die Wange, dann legte sie ihr Ohr an Julis Brustkorb und lauschte still. Für Art fror die Zeit ein. Er starrte hinüber zu den beiden, die wie ein Stillleben regungslos verharrten. Die Motorgeräusche erstarben. Hastige Schritte im Schnee, Taschenlampenkegel, die sich kreuzten. Ein diffuser Feuerschein, weit in der Ferne. Nele stand auf und nickte Art zu. »Ihr Herz schlägt, sie lebt.« Nele winkte die Kollegen herbei. Ein Mann mit einem Arztkoffer ging neben Juli in die Knie. Ein zweiter löste ihre Fesseln.

Art kamen Tränen der Erleichterung.

Nele war plötzlich wieder bei ihm. »Du weinst ja«, sagte sie verblüfft.

»Ist nur die Kälte«, sagte er.

Sie lächelte. »Dass ich das noch erleben darf. Der große Art Mayer weint, weil ihm kalt ist.«

In der Ferne war ein weiteres Motorboot zu hören und das Dröhnen eines herannahenden Helikopters.

»Es gibt Menschen«, murmelte Art, »ohne die macht die Welt keinen Sinn.«

Kapitel 59

Wenke de Fries saß im Scheinwerferlicht von Studio 9, ihr Lachen war ein wenig gekünstelt, sie wirkte nervös, was sicher an Henrik lag. Das Interview war selbst für eine etablierte Moderatorin wie sie ein Ritterschlag und zugleich eine Herausforderung. Außerdem würde es nach den Morden und den mysteriösen Ereignissen im Spreewald garantiert ein Straßenfeger werden, mit Einschaltquoten, die es sonst nur gab, wenn Deutschland im Finale einer Fußballweltmeisterschaft spielte.

Art saß still im Halbdunkel, abseits des Scheinwerferlichts, seine Krücken hatte er neben dem Stuhl abgelegt. Der Stationsarzt in der Charité hatte ihn für verrückt erklärt, dass er aufstehen und das Krankenhaus verlassen wolle. »Sie haben eine kaum verheilte Schusswunde im Bein – und dieses Bein ist sowieso schon in einem beklagenswerten Zustand«, begann er seine Standpauke. »Sie sind niedergeschlagen worden, haben einige Erfrierungen ersten Grades – und sind außerdem wegen eines Überzuckers nur haarscharf an einem diabetischen Koma vorbeigeschrammt. Ganz ehrlich, sind Sie noch bei Trost?«

Art fragte ihn knurrig, ob es etwas ändern würde, wenn der Kanzler ihn für den G20-Gipfel als seinen persönlichen Leibwächter engagiert hätte.

Als der Arzt meinte, der Kanzler wäre ihm herzlich egal, sagte Art nur: »Guter Mann.« Er hatte dem verblüfften Arzt auf die Schulter geklopft, unterschrieben, dass er die Klinik auf eigene Verantwortung verließ, und war dann auf Krücken aus dem Krankenhaus gehumpelt. Die Wahrheit, dass er etwas mit Henrik besprechen musste, was sich nicht aufschieben ließ, hätte der Arzt ohnehin nicht verstanden.

Überzucker. Die Worte des Arztes hallten in seinem Kopf nach. Die Wirkung eines Unterzuckers kannte er ja inzwischen. Aber dass ein Überzucker – also zu viel Zucker im Blut – ihn ebenfalls ins Koma schicken konnte? Jetzt, wo er darüber nachdachte, meinte er, davon mal gelesen zu haben. Dennoch hatte er es verdrängt, wie überhaupt den ganzen verdammten Diabetes.

Vor dem Krankenhaus hatte er ein Taxi herangewinkt und sich zum TV-Studio-Gelände fahren lassen. Auf dem Weg gab es zahlreiche neu eingerichtete Straßensperren, auf Plätzen und großen Kreuzungen standen Polizeifahrzeuge. Berlin bereitete sich auf den Gipfel in zwei Tagen vor – und auf mögliche Krawalle aller Art.

Der Pförtner des Studiogeländes hatte Art mit großen Augen angesehen, sein Foto war auf allen Titelseiten gewesen: *BKA-Kommissar rettet Frau des Kanzlers*. Art gab nichts auf den Ruhm, aber er war nützlich. Sowohl der Pförtner als auch die SG-Leute ließen ihn ungehindert ins Studio. Wäre Henrik nicht bereits in den letzten Vorbereitungen für das Interview mit Wenke de Fries gewesen, hätte man vermutlich bei ihm eine Rückfrage gemacht, und genau das wollte Art vermeiden. Er wollte Henrik keine Möglichkeit geben, ihm aus dem Weg zu gehen. Denn das Einzige, was er bisher von Henrik gehört hatte, war, dass er ausgerechnet Brille – oder besser: Reinhard Schlottbeck – zu ihm ins Krankenhaus geschickt hatte. Brille hatte sich offiziell im Namen des Kanzlers bedankt, Henriks Grüße ausgerichtet, hatte ihm einen kurzen Statusbericht gegeben und erzählt, dass es Juli den Umständen entsprechend gut ginge, und war dann zum Kern der Sache gekommen: Henrik bat Art um Stillschweigen. Seine Aussage sei momentan nicht nötig, die Dinge sprächen für sich selbst. Auch Buchwald sei damit einverstanden, dass Art geschont werde und nicht etwa zu einer Aussage genötigt sei.

Kaum hatte Brille das Krankenzimmer verlassen, hatte Art eine Krankenschwester gebeten, den Blumenstrauß, den Brille mitgebracht hatte, zu entsorgen.

»Mögen Sie denn keine Blumen?«, fragte die Krankenschwester.

»Doch, schon«, sagte Art, »aber gegen die hier bin ich allergisch.«

Und nun saßen sie hier im Studio 9, er im Halbdunkel mit Krücken und Henrik im Licht, um die Wiederherstellung seines Images bemüht.

»Weiß man denn inzwischen, was für ein Motiv dieser Claudio Terrenzi hatte?«, fragte Wenke de Fries gerade.

»Das ist noch nicht abschließend geklärt«, erwiderte Henrik. »Aber die Vermutung, dass es um ein politisches Motiv ging, hat sich nicht erhärtet. Offenbar hatte der Täter psychische Probleme. Die zuständige Abteilung beim BKA spricht von einer krankhaften Fixierung auf mich in einer Kombination mit Schizophrenie und einer starken Paranoia –«

»Also eine Persönlichkeitsspaltung mit einer Art Verfolgungswahn?«, fügte Wenke de Fries erklärend hinzu.

»Ja. Er hat sich offenbar darauf versteift, dass ich die Ursache für seine persönlichen Probleme bin. Leider hat sich das aber nicht nur auf mich beschränkt, sondern auf mein ganzes Umfeld. Meine Frau, mein Freund Theo Althauser, der Vizepräsident meiner Stiftung Henner Karlson, Gerhard Reiter, der für meine persönliche Sicherheit zuständig war, sogar eine ehemalige Haushaltshilfe meiner Familie – sie alle waren in den Augen dieses Mannes Teil einer Verschwörung gegen ihn.«

Wenke de Fries schüttelte sichtlich befremdet den Kopf. Art musste sich zusammenreißen; am liebsten wäre er aufgesprungen, in die Aufzeichnung geplatzt und hätte gerne klargestellt, worum es wirklich gegangen war. Aber hatte er das Recht dazu? War er nicht selbst damals auf Henriks Hilfe und sein Schweigen angewiesen gewesen?

»Das hört sich wirklich nach einem sehr verwirrten Menschen an«, stellte Wenke de Fries fest. »Wenn ich nicht wüsste, dass es Verschwörungsmythen wie QAnon gibt, laut denen Regierungen in unterirdischen Gefängnissen Kinder töten lassen, um aus ihnen ein Verjüngungsserum zu generieren … und auch diese absurden Geschichten werden von Menschen geglaubt … also, ehrlich gesagt, mir fehlen die Worte.«

»Die menschliche Psyche ist leider zu Dingen in der Lage, die wir uns oft nicht vorstellen können. Claudio Terrenzi war jemand, der vollständig aus dem Gleis war.«

»Wie geht es Ihnen persönlich damit, ich meine, empfinden Sie Wut?«

»Ich empfinde vor allem Trauer. Ich habe gute Freunde verloren und sehr verdiente Mitarbeiter. Und ich kann mir kaum vorstellen, wie furchtbar es für Theo Althauser, Frau Heß und Frida Wilkes Eltern sein muss.«

Wenke de Fries nickte. Ihre Betroffenheit wirkte ehrlich, und sie ließ eine kurze Anstandspause bis zur nächsten Frage. »Wie geht es Ihrer Frau?«

»Den Umständen entsprechend gut. Wir sind sehr dankbar.«

Wenke de Fries nickte noch einmal. Henrik hatte in einer Tonlage gesprochen, die sie nicht weiter nachfragen ließ. »Können Sie uns sagen, was es mit der Fahndung nach Neo Wolters auf sich hatte? Er gilt ja als Betreiber der Plattform *Shibuya-News*, die Sie ja nun persönlich sehr in Bedrängnis gebracht hat. Hat sich dieser Verdacht bestätigt?«

»Ja, das kann man wohl sagen. Deshalb bin ich ja heute auch hier, um Rede und Antwort zu stehen – und um die Missverständnisse auszuräumen, die diese Kampagne gegen mich verursacht hat. Neo Wolters ist nach Recherchen des BKA ein, wenn ich das so sagen darf, verkrachter IT-Spezialist. Tatsächlich war er wohl mit der jungen Journalistin Frida Wilke befreundet, die im gleichen Haus wie er gewohnt hat. Frau Wilke, Sie erinnern sich, hat ja vor wenigen Tagen die tote Marietta Althauser am Großen Stern entdeckt. Sie war also eine sehr wichtige Zeugin für das BKA. Aufgrund von ein paar sehr unglücklichen Verkettungen hatte sie aber wohl den Eindruck, dass hier von staatlicher Seite Dinge vertuscht werden sollten, und hat sich dann mit Neo Wolters zusammengetan. Die beiden waren offenbar wild entschlossen, eine Enthüllungsplattform zu gründen. Grundsätzlich ist das ja nichts Schlechtes, unsere Demokratie braucht Transparenz, nur in diesem Fall hatte es wirklich fatale Folgen.«

»Aber woher hatte denn *Shibuya-News* die Videos, die kamen doch direkt vom Täter«, wandte de Fries ein.

»Das BKA geht davon aus, dass Frau Wilke und Herr

Wolters zunächst nur die Fotos hatten, die Frau Wilke an dem Morgen gemacht hat, als sie Marietta Althauser am Großen Stern fand.«

»Wurden ihre Fotos nicht vom BKA beschlagnahmt?«, fragte Wenke de Fries. »Das hat Frida Wilke in unserer Talkrunde jedenfalls gesagt.«

»Sie hat es wohl geschafft, eins dieser Fotos per Mail zu verschicken und ihre Spuren zu verwischen, bevor das Handy beschlagnahmt wurde.«

»Dann hatte sie von Anfang an vor, eine Story daraus zu machen?«

Henrik lächelte bedauernd. »Ich denke, sie war sehr ehrgeizig und hat hier eine Chance gesehen. Als das Foto dann später dank Neo Wolters viral ging, ist Claudio Terrenzi auf den Zug aufgesprungen. Er hat erkannt, dass er so die Öffentlichkeit noch besser manipulieren kann. Es gibt Belege, dass er Kontakt mit Neo Wolters und Frida Wilke aufgenommen hat und ihnen Material zugespielt hat. Daraus ist gewissermaßen eine ganz neue Dynamik entstanden. Wolters hat zum Beispiel die Gasrechnung zum Video beigesteuert, durch seine Fähigkeiten als Hacker.«

»Apropos Videos«, sagte Wenke de Fries. »Wie ist der Täter überhaupt an die Bilder aus Ihrem Haus gekommen?«

Henrik verzog das Gesicht. »Das BKA hat inzwischen jemanden bei den Gasablesern ermittelt, der für das Westend zuständig ist. Vor einer Weile ist er tagsüber bei der Arbeit von einer Frau angesprochen worden, eine Sexarbeiterin, auch sie hat bei der Polizei ausgesagt. Sie hat den Mann eine Weile beschäftigt und den Autoschlüssel an Terrenzi weitergegeben. Terrenzi ist dann mit dem Wagen bei uns vorgefahren, hat Einlass bekommen und Fotos im Keller gemacht.«

»Und der Billardtisch?«

»Er hat beim zuständigen SG-Beamten angegeben, er müsse auf Toilette. Irgendwie hat er es dann geschafft, bis ins Billardzimmer zu kommen.«

»So einfach?«, fragte Wenke de Fries.

»Nicht einfach, aber auf jeden Fall zu leicht!«, erwiderte Henrik.

»Und noch ein Wort zu Frida Wilke. Eine Zeit lang gab es ja sogar das abenteuerliche Gerücht, sie sei von Sicherheitskräften oder dem Geheimdienst ermordet worden, um Sie, Herr Bundeskanzler, vor ihrem journalistischen Eifer zu schützen. Was ist der wirkliche Grund für ihren Tod?«

»Frida Wilke hat wohl auf eigene Faust ermittelt, um nach der Kontaktaufnahme des Täters herauszufinden, wer dahintersteckt, und dabei ist sie vermutlich dem Täter zu nah gekommen. Wie wir alle ja nun wissen, sind am Tatort in Frau Wilkes Wohnung Faserspuren von Claudio Terrenzi gefunden worden. Es gilt als sicher, dass er sie getötet hat. Und darüber hinaus hat er mit einiger Mühe dafür gesorgt, dass zunächst einmal Neo Wolters unter Verdacht geriet.«

»Und diese Fake-Videos hat tatsächlich Claudio Terrenzi hergestellt? Ich habe mal ein paar Kollegen bei uns im Sender gefragt, das ist schon einigermaßen kompliziert.«

»Der Täter hat offenbar selbst einige Jahre fürs Fernsehen gearbeitet und war dazu in der Lage«, sagte Henrik.

»Kaum zu glauben«, sagte Wenke de Fries, »dass jemand, der so psychisch beschädigt ist, so kontrolliert und clever handeln kann.«

»Die psychischen Probleme bedeuten ja nicht, dass jemand nicht intelligent ist. Nur die Motive seines Handelns sind verrückt, nicht unbedingt die Handlungen an sich.«

»Und konnte Neo Wolters gefunden werden?«

»Bisher leider nicht«, sagte Henrik. »Er gilt immer noch als verschwunden.«

»Glauben Sie, dass er noch lebt?«

»Es tut mir leid, an solchen Spekulationen kann und will ich mich nicht beteiligen. Aber soweit ich weiß, wird Ihre Kollegin Frau Bernardi in den nächsten Tagen ein Interview zu diesem Fall veröffentlichen. Vielleicht hat sie dann neuere Informationen als ich.« Henrik lächelte kühl. »Ich bin erst mal froh, dass ich selbst nicht mehr im Zentrum solcher Spekulationen stehe.«

»Das glaube ich Ihnen sofort.« Wenke de Fries nickte voller Mitgefühl. »Gibt es Konsequenzen, die Sie persönlich aus dieser Sache ziehen?«

Henrik überlegte einen kurzen Moment, bevor er antwortete. »Mir ist einfach noch einmal mehr bewusst geworden, wie gefährlich und unberechenbar nicht nur unsere Welt ist, die wirkliche, sondern auch die Welt der sogenannten alternativen Fakten. Wir sehen das täglich im Krieg der Bilder und Informationen, denken Sie nur an die Ukraine, England oder auch China, aber oft bemerken wir es gar nicht. Sehen Sie, ein einfaches kleines Beispiel. Nachdem meine Frau verschwunden war, wurde unser Haus gründlich durchsucht. Das war natürlich Routine. Dabei wurde in einem unserer Zimmer mit einem Spezialtest etwas Blut auf dem Holzfußboden gefunden. Ein alter Fleck, hieß es. Es gab sofort einige Aufregung.«

»Und?«, fragte Wenke de Fries neugierig. »Was war es? Sie hatten sich beim Rasieren geschnitten?«

Henrik lachte. »Nein, das nicht. Ich muss zugeben, der Blutfleck war an einer Stelle, die man durchaus verdächtig finden konnte. Direkt neben dem Billardtisch in unserem Haus. Im Zusammenhang mit dem furchtbaren Video von

Frau Althauser wirkte es wie ein zwingender Beweis. Sehen Sie, und das meine ich. Was, wenn eine solche Information im Internet viral geht?«

»Und war es denn Blut?«

»Sie werden staunen. Trotz des Tests: Es war eben *kein* Blut.«

»Sondern?«, fragte Wenke de Fries mit erhobenen Brauen. Art konnte nicht erkennen, ob das Erstaunen echt oder gespielt war. Hatte es ein Briefing mit Henrik direkt gegeben? Wohl eher eines mit dem Kanzleramt, in dem die roten Linien festgelegt worden waren.

»Kakao«, sagte Henrik. »Es war Kakao.«

»Wie bitte?«

»Ein Mitarbeiter vom BKA hat es mir so erklärt: In Kakao sind Spuren von Eisen enthalten. In Blut ebenfalls. Der Luminoltest zum Nachweis von Blutspuren reagiert auf diese Eisenanteile. Dabei kann der Test nicht unterscheiden, woher das Eisen stammt. Tatsächlich haben weitere Tests dann ergeben, dass es Kakao war und kein Blut.«

Art nahm sich vor, dazu noch einmal in der Kriminaltechnik nachzufragen, aber im Grunde genommen hörte sich das plausibel an.

»Und wissen Sie was?«, meinte Henrik. »Ich konnte mich sogar noch daran erinnern, dass ich vor gut einem Jahr im Billardzimmer mit Macron und einem Freund zusammen eine Partie Pool gespielt hatte …«

»Poolbillard bei einem Staatsbesuch des französischen Präsidenten?«, hakte Wenke de Fries ungläubig nach.

»Es war ein Sechsaugengespräch. Nicht länger als dreißig Minuten. Wir haben vor allem geredet und ein paar Kugeln angestoßen. Manchmal sind es genau diese Gespräche, die eine Grundlage für ein gemeinsames Handeln schaffen.«

»Was für eine Geschichte«, sagte Wenke de Fries. »Der deutsche Bundeskanzler wird aufgrund eines vom französischen Präsidenten verschütteten Kakaos beinah verhaftet.« Sie lächelte. »Sagen Sie, ist Macron eigentlich für seine Kakao-Leidenschaft bekannt?«

Henrik lächelte zurück. »Kein Kommentar. Aber Scherz beiseite, überlegen Sie, was passiert wäre, wenn der angebliche Blutfleck auf *Shibuya-News* geleakt worden wäre.«

»Nicht auszudenken«, nickte Wenke de Fries. »Herr Westphal! Ich bedanke mich sehr herzlich, auch im Namen unserer Zuschauer, dass Sie sich persönlich die Zeit genommen haben, in unsere Sendung zu kommen.«

»Ich danke *Ihnen*«, sagte Henrik nachdrücklich.

»Alles Gute, Herr Westphal, auch für Ihre Frau – und einen guten Gipfel wünsche ich Ihnen. Sagt man das so?«

»Wie auch immer man das sagt, ich weiß, was Sie meinen, und danke Ihnen.« Henrik nickte, und der Abspann wurde eingespielt. Die Aufzeichnung der Sendung war vorbei, und die Rotlichter auf den Kameras erloschen. Henrik stand auf, zupfte seinen Anzug in Form, während ein Assistent ihm sein Handy brachte, ein Tonmann löste das Funkansteckmikro von seinem Anzug. Zu seiner Überraschung entdeckte Art am Rand des Sets Katrina Bernardi, die Wenke de Fries nur kurz zunickte, mit stillem Einverständnis im Blick.

Art hob seine Krücken vom Boden des Studios auf und lief in Richtung Ausgang. Henrik kam ihm mit schnellen Schritten durch den im Halbdunkel liegenden Gang entgegen, vorweg gingen die Aufnahmeleiterin, die ihm den Weg wies, dahinter zwei Leute von der SG und der Assistent. Henrik hob erstaunt die Brauen, als er Art erkannte. »Herr Mayer«, sagte er laut. »Was für eine Freude, Sie schon wieder auf den Beinen zu sehen.« Er blieb unmittelbar vor Art stehen. »Man sagte mir, Ihre Verletzungen wären erheblicher, als es jetzt gerade den Anschein hat.«

»Nicht alle Verletzungen sieht man«, sagte Art. »Ich wollte mich persönlich für die Blumen und die Genesungswünsche bedanken.«

»Das war wohl das Mindeste«, erwiderte Henrik.

Art lächelte freudlos. »Leider hatten die Blumen eine toxische Wirkung, ich bin allergisch.«

Henrik stutzte. »Oh, das ist … das tut mir leid. Das war nicht meine Absicht.« Er fixierte Art und versuchte, die Provokation einzuordnen. »Aber wie ich sehe«, sagte er mit feiner Ironie in der Stimme, »Sie haben überlebt.«

»Nun ja, um ehrlich zu sein, ich musste mich übergeben«, erwiderte Art. »Aber ich bin ja wieder auf den Beinen. Ich würde Ihnen allerdings gerne noch ein paar Dinge berichten, die in der Nacht im Spreewald passiert sind. Ein paar *persönliche* Details.«

Henriks Augen wurden schmal. Er nickte verbindlich und sah auf die Uhr. »Natürlich. Dafür sollten wir einen Termin –«

»Ich fürchte, es kann nicht warten«, unterbrach Art ihn.

Henrik zögerte. Schließlich seufzte er und gab seinem Assistenten einen Wink. »Verschieben Sie bitte die nachfolgenden Termine um fünfzehn Minuten.« Dann wandte er sich an einen seiner Personenschützer. »Frank, schauen Sie bitte nach einem Platz, wo Herr Mayer und ich ein kurzes Vieraugengespräch führen können.«

Die Aufnahmeleiterin räusperte sich. »Äh, Sie könnten hier gleich um die Ecke ein Kostümlager nutzen, falls –«

»Zeigen Sie mir kurz den Raum«, wies Frank sie an. Die Aufnahmeleiterin nickte und bekam rote Ohren. Eilig lief sie mit dem Personenschützer den Flur hinunter und verschwand in einem Seitengang.

Wenig später kam der SG-Beamte mit ihr zurück und führte Art und Henrik in einen fensterlosen Lagerraum. Er war beinah so hoch wie das Studio 9, nur wesentlich kleiner in der Fläche. An der Decke hing eine taghelle Zweckbeleuchtung. Der Raum war zu drei Vierteln gefüllt mit ausgefallenen übergroßen Showkostümen, die in gleichmäßigen Abständen auf ebenfalls übergroßen Ständern lagerten, darunter ein silberner Roboter, eine Heuschrecke, ein riesiger Brokkoli mit Augen, Armen und Beinen, eine Elfe, ein Faultier – insgesamt waren es etwa zwei Dutzend Verkleidungen, schätzte Art. Die Luft war kühl und trocken.

Der Sicherheitsmann schloss die Tür von außen und ließ sie allein. Eine drückende Stille entstand.

Art schaltete einen Teil der Lampen aus, das Licht blendete ihn.

»Ich habe nicht viel Zeit«, sagte Henrik leise.

»Ich denke, wir haben so viel Zeit, wie wir brauchen«, erwiderte Art.

Henriks Lippen wurden schmal. Er sah kurz zu Boden und legte die Hände vor dem Körper locker aufeinander, dann entspannten sich seine Züge. Art musste unwillkürlich an Merkels Raute denken.

»Hör mal, Art«, sagte Henrik und holte Luft, wie man es vor einem langen, schwierigen Gespräch tut, oder um jemandem zu signalisieren, dass man ihn für schwierig hält. »Ich bin dir unendlich dankbar, dass du Juli da rausgeholt hast. Das werde ich dir nie vergessen, wirklich.«

»Das hab ich sicher nicht für dich getan«, warf Art ein.

Henrik zuckte mit den Schultern. »Juli lebt. Sie wird sich erholen. Alles andere ist nebensächlich.«

»Na klar«, sagte Art bitter. »Dich interessiert das Ergebnis. Der Weg dahin war dir schon immer egal.«

Henrik musterte ihn und versuchte, seine Mimik zu deuten. »Was hat Claudio dir erzählt?«

»Die Frage ist wohl eher, was hat Henner erzählt«, sagte Art.

Henrik seufzte. Er trat zwischen die Kostüme und ließ, während er nach Worten suchte, seinen Blick interessiert über einen Widderkopf gleiten. »Art, ich weiß, dass dir das mit Henner sauer aufstößt, aber –«

»Sauer aufstößt?«, platzte es aus Art heraus. »Sag mal, geht's noch? Henner hat das Mädchen umgebracht, und wer weiß was noch ... und ihr habt es verschwiegen. Und du machst weiter, als ginge es um nichts?«

»Okay, natürlich, du hast recht«, versuchte Henrik zu beschwichtigen. »Und das, was passiert ist, wird mich mein Leben lang verfolgen. Henner war ein Feigling, und, ja, er war auch ein ...« Henrik geriet ins Stocken.

»Er war ein mieser Typ, ein Schwein, verdammt noch mal«, sagte Art. »Wie wär's, wenn du mal aufhörst mit diesem politisch korrekten Gewäsch.«

»Ja, sicher. Das war er, irgendwie. Henner war schon immer ein Problem. In dieser Nacht hatte er getrunken, und alles ist eskaliert. Glaub mir, es war grauenvoll. Ich schäm mich bis heute dafür, dass ich ihm geholfen habe, da rauszukommen. Aber ich hab in dem Moment keine andere Möglichkeit gesehen.«

»Die hättest du sehen *müssen*!«

Henrik stieß ein resigniertes Lachen aus. Er ging ein paar Meter weiter und blieb zwischen dem Roboter und einem riesigen Falken stehen. »Was willst du von mir, Art? Buße? Wieso kommst ausgerechnet *du* mit der Moralkeule? Du müsstest doch am besten verstehen, wie das ist, in so einer Situation.«

»Das, was ich damals getan habe, war Notwehr«, zischte Art. Henrik wurde halb von dem Falken verdeckt, und Art machte ein paar Schritte zwischen den Kostümen auf ihn zu, um ihn sehen zu können. »Und ich hatte damals solche Angst, wieder ins Heim zu kommen, dass ich keinen klaren Gedanken fassen konnte.«

»Ja, und das haben wir alle verstanden. Wir waren bei dir.« Henrik strich über das Gefieder des Falken. »Deshalb haben wir dir geholfen.«

»Ehrlich gesagt«, erwiderte Art, »ich habe mich schon immer gefragt, was damals eigentlich deine Gründe waren, mir zu helfen.«

»Was heißt denn hier Gründe? Als hätte ich lange Zeit gehabt, mir das zu überlegen. Es war spontan. Du hast mir leidgetan.«

»Weißt du, was *ich* inzwischen glaube«, sagte Art.

Henrik zuckte mit den Schultern.

»Ich glaube, dass du ein scheißschlechtes Gewissen hattest, weil du genau wusstest, warum dieser Kerl damals am Kiosk aufgetaucht ist.«

»Du fantasierst«, schnaubte Henrik.

»Ich war so unglaublich naiv«, fuhr Art fort. »Ich hätte dieses Video damals selbst verstecken müssen. Aber ich habe es Juli gegeben – und Juli hat dir davon erzählt, richtig?«

»Das solltest du sie fragen«, entgegnete Henrik kühl. Er ging ein wenig in die Knie, um dem Falken von unten in den Schnabel zu sehen. »Hohl«, murmelte er. »Sind diese Dinger nicht für diese Gesangsshow?«

»Dass Juli dir das anvertraut hat, ist schon schlimm genug«, sagte Art. »Aber was noch viel schlimmer ist: *Du* hast das Video der Polizei übergeben. Hinter meinem Rücken. Ich weiß nicht, wie du es angestellt hast … hast du eine Kopie gemacht? Heimlich? Oder wusste Juli sogar davon? Wie auch immer, danach hat die Polizei Fussmann hochgenommen, aber Fussmann konnte fliehen. Deshalb hat er uns aufgelauert. Deshalb ist das alles passiert. Und das wusstest du genau, als du ihn da im Schnee liegen sahst.«

Für einen Moment herrschte Stille.

Henrik atmete laut ein und ließ dann die Luft mit einem Stoßseufzer entweichen. »Und? Findest du das falsch? Ich wollte, dass dieser Mistkerl nicht weitermachen kann. Dass er nie wieder ein Kind anrührt. Mir sind solche Typen zutiefst zuwider. Ich hatte das Gefühl, ich muss etwas tun.«

»Du hättest verdammt noch mal fragen müssen.«

»Hättest du Ja gesagt?«

»Keine Ahnung. Aber das spielt keine Rolle.«

»Doch, tut es«, widersprach Henrik. »Wie alt warst du damals? Dreizehn? Du hattest Angst. Was ich verstehe. Deshalb *hättest* du Nein gesagt, auf jeden Fall, und dieser Typ hätte weitergemacht. Ein Kind nach dem anderen.«

»Du kannst nicht wissen, was ich gesagt hätte.«

»Ich bitte dich, natürlich weiß ich es. Ich weiß es heute, und ich wusste es damals.«

»Machst du das mit deinen Wählern auch so? Und in deiner Partei? Nicht fragen, sondern einfach machen? Frei nach dem Motto, ich weiß, was gut ist, und wenn ich frage, krieg ich eh nur die falsche Antwort?«

Henrik wollte widersprechen, doch ihm fehlten die Worte. Um sich keine Blöße zu geben, wandte er sich erneut dem Falken zu. Es wirkte beinah, als würde er erwägen, in das Kostüm zu schlüpfen, um eins mit dem Raubvogel zu werden.

»Warum hast du Henner geschützt?« Art machte ein paar weitere Schritte auf Henrik zu und blieb direkt vor ihm stehen. »Aus Freundschaft? Oder weil er gedroht hat, dich auffliegen zu lassen, wegen der Nummer von damals, mit Fussmann?«

»Im Grunde genommen von allem etwas«, seufzte Henrik.

»Wie konntest du mit Henner so lange befreundet sein? Du wusstest doch, wie er ist. Wie geht das? Ich meine, was muss man dafür alles ausblenden?«

»Ich glaube nicht, dass du das verstehst«, knurrte Henrik.

»Versuch's doch.«

Henriks Blick wich aus. »Wie gesagt, Henner war schon immer ein Problem. Das war nie anders. Aber ich kenne ihn schon seit … na ja, eigentlich ewig, wir waren noch Kinder, und glaub mir, er war echt ein armer Teufel. Er war Margots erstes Kind, die Ehe ging gründlich –«

»Henner war Margot Heß' Sohn?«, fragte Art verblüfft. Plötzlich ging ihm ein Licht auf. Deshalb hatte Margot Heß ihn bis zur Selbstaufgabe geschützt. Das Fotoalbum kam ihm in den Sinn, mit all den herausgenommenen Fotos. Er hatte vermutet, dass Margot Heß die Bilder ihres toten Mannes entfernt hatte, aber in Wirklichkeit hatte sie wohl die Fotos von Henner entfernt.

»Ja«, sagte Henrik. »Olaf Karlson, Henners Vater, war gewalttätig. Er hat getrunken, hat Margot immer wieder verprügelt, hat ihr gedroht, nur seinen Sohn hat er gut behandelt, zumindest solange Henner klein war, später hat auch er Prügel bekommen, du hast ja mitgekriegt, wie viel Angst Henner vor seinem Vater hatte. Gleichzeitig hat er ihn bewundert. Er war Tierpfleger.«

»Warum hat er bei seinem Vater gelebt?«

»Olaf Karlson hat Margot unter Druck gesetzt, er wollte

seinen Sohn für sich, und er hatte Erfolg damit, bis Mago angefangen hat, bei uns zu Hause zu arbeiten. Damals war Henner acht. Mein Vater hat Wind von der Sache bekommen und juristisch Druck gemacht. Das konnte er schon immer gut, Druck machen. Große Bühne und so. Er hat immer die öffentlichkeitswirksamen Prozesse in Berlin gemacht. Jeder kannte ihn. Auch Karlson. Deshalb ist Karlson auch eingeknickt. Es wurde eine Regelung gefunden, dass Henner regelmäßig seine Mutter besuchen durfte. So haben wir uns kennengelernt. Henner war schon immer etwas neben der Spur. Aber ich wusste auch, warum. Genauso wie die anderen. Aber es war auch … ich weiß nicht … cool mit ihm. Irgendwie verrückt. Er hat ständig über die Stränge geschlagen, verrückten Kram gemacht. Er war das genaue Gegenteil von dem, was ich zu Hause erlebt habe. Keine Kontrolle, immer was los. Henner war immer Achterbahn, weil er alles getan hat, um seinen Alten zu verdrängen. Damals wusste ich noch nicht, wie weit das gehen würde, wie sehr er die Kontrolle verlieren konnte. Und als er dann dieses Mädchen umgebracht hat …«, Henrik biss sich auf die Lippen, sein Blick wanderte rastlos zwischen den Kostümen umher, »… ich meine, sie war tot, Art. Das ließ sich nicht mehr ändern. Es gab nur Verlierer in dieser Nacht. Aber ich fand es auch nicht richtig, Henner über die Klinge springen zu lassen.«

»Jetzt erzähl mir nicht, du hättest Henner aus altruistischen Gründen geschont, oder aus Mitleid. Dir war doch klar, dass das Folgen für deine Karriere haben würde, was er da getan hat – in *deinem* Haus. Was, wenn Henner nichts mehr zu verlieren gehabt hätte und die Sache mit Fussmann ausgepackt hätte …?«

»Dann hättest auch du Probleme bekommen.«

»Lass mich da raus. Du hast den Mord nicht verschwiegen, weil du mich schützen wolltest. Dir ging es um dich, um deine Karriere. *Du* wolltest die ganze Sache loswerden. So, wie du heute bei Wenke de Fries Henner und ›dieses arme Mädchen‹ losgeworden bist. Eine geschickte Lüge, und schon gibt es keine tote Antonia mehr, keinen ausrastenden Henner, der zum Mörder wird, keinen rachsüchtigen Claudio, sondern nur einen psychisch kranken Mann, der es aus irren Motiven auf dich und die Menschen in deinem Umfeld abgesehen hat.«

»Hast du gerade gesagt ›losgeworden‹?«, fragte Henrik gereizt. »Glaubst du im Ernst, ich bin diese Sache los? Gut, vielleicht stehe ich nicht am Pranger dafür, dass ich Henner geholfen habe. Aber ich stehe am Pranger wegen lauter anderer Dinge, die ich *nicht* getan habe. Und glaub bloß nicht, diese Videos und die Leaks würden nicht an mir kleben bleiben. Immer, wenn es Kritik an mir gibt, wird das, was in den letzten Tagen durch die Medien gegeistert ist, wiedergekäut werden. Und sollte in zehn Jahren mal jemand eine Doku über mich machen, dann werden diese Videos wieder ausgegraben, wenn sie bis dahin überhaupt je *ver*graben wurden. Dieser Wahnsinn ist für immer mit *mir* verbunden. Und, ja, vielleicht ist es sogar irgendwie fair. Irgendeinen Tod muss man immer sterben. Aber was ich nicht machen werde, ist, *alles* auf mich zu nehmen. Das, was wahr ist – *und* das, was gelogen ist. Wer hätte denn etwas davon? Was, glaubst du, würde das für Deutschland bedeuten? Was für ein unglaublicher Vertrauensverlust wäre das – auf Jahre. Ich würde abtreten müssen, aber mit mir wäre auch das Amt beschädigt. Vielleicht würde es Neuwahlen geben?« Henrik schnaubte. »Weißt du, was das kostet? Und wie lange Deutschland dann seine Handlungsfähigkeit verliert, ausgerechnet in diesen Zeiten? Guck dich doch mal um, was gerade in der Welt los ist. Wir stehen am Abgrund.« Henrik hatte sich in Rage geredet und hielt jetzt inne, um Luft zu holen. »Ich verlange nicht viel von dir«, sagte er. »Nur das eine: Lass die Sache ruhen.«

»Ruhen? So wie Reiter, meinst du?«, fragte Art. »Akten verschwinden lassen? Untersuchungen blockieren? Warum hast du überhaupt gewollt, dass ich für dich einen Sündenbock ranschaffe? Du hattest doch Reiter. Hättest du mich nicht einfach in Ruhe lassen können?«

Henrik schüttelte den Kopf. »Wenn ich eins in der Politik gelernt habe, dann niemals eingleisig zu fahren.«

Art starrte Henrik an. Zweigleisig. Natürlich. Henrik hatte von Anfang an ein doppeltes Spiel gespielt. Reiter hatte den wahren Mörder finden und unschädlich machen sollen. Unauffällig und hinter den Kulissen. Er selbst und die Ermittlungsgruppe dagegen waren nur dazu da gewesen, einen Täter zu finden, den man der Öffentlichkeit präsentieren konnte, um Henrik aus der Schusslinie zu nehmen. »Das wäre jetzt eigentlich der Moment, wo ich dir eine reinhauen sollte«, sagte Art wütend.

»Wenn du das musst … du hast ja Übung.«

»Erklär mir lieber, wie du Reiter dazu gebracht hast, hinter dir aufzuräumen. Was hat er dafür bekommen? Eine Position? Geld? Wie hast du ihn bei der Stange gehalten?«

»Weißt du, was Realpolitik ist?«, erwiderte Henrik.

»Du weichst aus.«

»Wir alle brauchen Realpolitik. Das Gegenteil davon ist Idealismus, Kompromisslosigkeit und im schlimmsten Fall Fanatismus. Die Idealisten verachten Realpolitik. Aber Realpolitik beschäftigt sich mit unserer Welt, wie sie ist – und nicht damit, wie wir sie uns wünschen. *Ich* bin für Realpolitik, für Kompromisse, für ein *Miteinander*. Aber dafür ist ein

Geben und Nehmen notwendig. Ich will etwas – du willst etwas. Wenn wir beide etwas von dem bekommen, was wir wollen, dann sind wir beide zufrieden. Politik ist ein ewiger Deal. Und der ist immer der gleiche, ob auf dem Schulhof oder in der Weltpolitik. Mit Reiter war es auch so. Sein Vater kannte schon meinen Vater. Wir waren einfach loyal zueinander, und wenn du keine Menschen hast, die loyal zu dir halten, bist du verloren in dieser Welt. Erst recht, wenn du in meiner Position bist. Also wirf mir nicht vor, dass ich dafür sorge, von Menschen umgeben zu sein, die zu mir halten.«

»Darum geht's nicht«, entgegnete Art. Er trat an den Falken heran und rupfte ein paar Federn aus dem Rumpf. »Ich werfe dir vor, *wie* du dafür sorgst.«

»Wer arbeitet, macht sich die Hände schmutzig«, sagte Henrik. »Selbst dann, wenn man versucht, es zu vermeiden. Es passiert einfach.«

»Und du hast deine besonders gründlich waschen müssen«, sagte Art bitter.

»Mein Gott! Wach auf, Art. Die Welt ist nicht, wie du's dir erhofft hast. Das hast du als Polizist nicht ändern können, und das hast du auch nicht ändern können, als du dich vor dir selbst versteckt hast. Spiel mit, dann kannst du was erreichen, oder geh zurück in deine kleine Bude, leck deine Wunden, zeig mit dem Finger auf andere und jammere weiter über den Zustand der Welt.«

Art starrte Henrik wütend an. »Weißt du, was das Schlimmste an dem ist, was du da sagst? Es trifft alles zu. Und trotzdem ist es alles daneben. Weil du es dir so verflucht einfach machst. Was ist mit richtig oder falsch? Wo ist die Grenze bei deiner Art von ›Realpolitik‹? Was zum Teufel ist mit Anstand?«

»Du willst über Anstand reden?«, blaffte Henrik. »Okay,

lass uns reden. War es anständig, diesen Mann damals so zu massakrieren, wie du es getan hast? War es anständig, nicht gleich die Polizei und vor allem keinen Krankenwagen zu rufen? War es anständig, sich vor der Verantwortung zu drücken? Ihn einfach vor dem Krankenhaus auf der Straße abzuladen?«, stieß Henrik hervor. Er atmete schwer und funkelte Art wütend an.

Art presste die Zähne aufeinander. Schließlich nickte er. »Okay, du hast recht. Vielleicht sollte ich selbst nicht mit dem Finger auf andere zeigen. Ich wünschte, gottverdammt, ich hätte mich damals anders entschieden.«

»Glaubst du etwa, mir geht's anders?«, fragte Henrik. »Was denkst du, wie ich schlafe? Gut?«

»Genau das ist der Grund, warum hier Schluss für mich ist«, erwiderte Art.

»Schluss? Wie meinst du das?«

»Mir ist egal, wer was über mich erfährt. Mir ist egal, ob meine Freunde, meine Vorgesetzten oder die Öffentlichkeit erfahren, was ich damals getan habe. Sollen sie über mich herfallen, mich anklagen, was auch immer passiert, ich will das nicht mehr mit mir rumtragen. Wenn es herauskommt: Bitte. Meinetwegen.«

Henrik sah ihn mit hochgezogenen Brauen an. »Alles klar«, schnaubte er. »Der einsame aufrechte Ritter. Ziemlich spät, würde ich meinen. Aber jetzt sag nicht, dass du von mir das Gleiche erwartest. Das wirst du nicht bekommen. Dafür hängt zu viel von mir ab.«

»Ich weiß nicht, was ich von dir erwarte, aber eins ist klar: Ich werde aussagen, was Claudio mir im Spreewald erzählt hat. Jedes einzelne Wort.«

Henrik war blass geworden und sah ihn aus schmalen Augen an. »Du willst mich hinhängen? Ist das dein Ernst?«

»Ich mache Schluss mit der Lügerei, das ist alles.«

»Du gibst zu Protokoll, was dir ein psychisch kranker Mann und mehrfacher Mörder erzählt hat? Du hast *keine* Zeugen. Und der Mann ist tot, niemand kann ihn mehr vernehmen. Was glaubst du, was passiert, wenn Margot Heß und Theo Althauser für mich als Zeugen aussagen – dass wir nicht dabei waren, dass Henner das Mädchen alleine weggebracht hat und dass niemand weiß, wo sie ist …«

»Das ist dann deine Sache, Herr Bundeskanzler«, sagte Art. »Ich habe nur gesagt, dass ich mit dem Lügen aufhören will. Wenn du weitermachst, ich kann's nicht verhindern.«

Henrik taxierte ihn misstrauisch. »Soll das der Deal sein?«

»Nein«, sagte Art. »Der Deal ist ein anderer. Ich bin bereit, das Gespräch, das wir gerade geführt haben, nicht zu Protokoll zu geben.«

»Das hier ist ein Vieraugengespräch, ohne Zeugen. Es würde sowieso Aussage gegen Aussage stehen. Du hättest nicht den geringsten Beweis.«

»Glaubst du, das ist wichtig? Hast du mir nicht gerade erzählt, dass du die Fake-Videos nie wieder loswerden wirst, und das, obwohl sie nachweislich nie in deinem Haus gedreht wurden?«

Henrik sah ihn lange an. Er wirkte wie erstarrt, in sich und seinen Gedanken gefangen. Nur seine Kiefermuskulatur arbeitete unentwegt. »Na schön«, knurrte er schließlich. »Was willst du?«

»Nur eine einzige Sache«, erwiderte Art. »Zeig mir, wo.«

Henrik stutzte, dann wurde er bleich wie ein Laken. »Das kannst du nicht von mir verlangen.«

Art sah ihn unerbittlich an.

»Okay … okay«, stöhnte Henrik. »Gib mir dein Handy. Ich markier dir die Stelle auf Google Maps.«

Art schüttelte den Kopf. »Persönlich.«

»Wie, persönlich?« Henrik wirkte verwirrt und bestürzt zugleich. Wie klein er auf einmal vor dem Falken aussah.

»Wir beide«, sagte Art. »Heute Nacht.«

»Heute? Wie soll das gehen?«, empörte sich Henrik. »Wir haben G20.« Er sah auf die Uhr. »Ich habe jetzt schon zwanzig Minuten verloren, selbst das kann ich mir nicht leisten. Ich kriege das zeitlich nicht unter, und mal ganz abgesehen davon … du mit deinem …« Er zeigte auf Arts Bein und die Krücken.

»Du kriegst das zeitlich unter«, sagte Art. »Ich sag dir genau, wie das laufen wird. Zuallererst wirst du noch vor halb sieben zu einem Blumenladen fahren, und ich rate dir, lass es nicht von einem deiner Assistenten erledigen, das wird dir sonst auf die Füße fallen. Am besten, du trägst eine Mütze und eine Sonnenbrille. Und diesen Anzug da, den solltest du vorher gegen was Legeres tauschen.«

Kapitel 60

Die untergehende Sonne stieß tief zwischen den Bäumen an der Krummen Laake hindurch. Über dem See hatten sich ein paar Wolken rosa gefärbt. Das Thermometer zeigte minus ein Grad, und die Männer arbeiteten schwitzend unter ihren Wollmützen und den darübergestülpten weißen Overallkapuzen der Kriminaltechnik. Sie hatten es eilig. Sobald der Boden zufror, würden die Probleme beim Graben nur noch größer werden. Nele fröstelte und zog die Mütze tiefer in die Stirn. Die Erschöpfung der letzten Tage hatte sich in ihrem Körper festgesetzt und wollte nur langsam weichen. Die Schwangerschaft tat ein Übriges. Sechste Woche. Ein winziger kleiner Herzschlag auf dem Ultraschallmonitor. Gestern war sie noch rasch bei ihrer Frauenärztin gewesen, die ihr geraten hatte, auf sich aufzupassen. Die halbe Nacht hatte sie wach gelegen und sah das kleine Herz pochen.

Sie schob den Gedanken beiseite. Im Moment hatte das hier Priorität. Das gestrige TV-Interview mit Henrik Westphal und Wenke de Fries hatte im ganzen Land für Gesprächsstoff gesorgt, in den Nachrichten und den sozialen Medien gab es kaum ein anderes Thema. Und am nächsten Tag würde der G20 starten. Doch heute Morgen waren dank Art nach und nach weitere Informationen aufgetaucht, die ein neues Licht auf den Fall warfen. Das eine war Arts Aussage über die Nacht im Spreewald, die er bei einer morgendlichen Befragung im BKA gemacht hatte. Dabei waren Claudios Aussagen gegenüber Art das Überraschendste gewesen – auch wenn vieles sofort als Verschwörungsgerede eines psychopathologischen Mörders mit Verfolgungswahn und schizophrenen Tendenzen relativiert wurde. Die andere Sache war Arts Hinweis auf die Krumme Laake gewesen.

Hinter sich hörte Nele das Staksen von Krücken und Arts schweren Atem.

»Geht's?«, fragte sie und blieb vor dem Flatterband stehen.

Art knurrte nur. Er war vom Wagen bis hierher fast einen Kilometer auf seinen Krücken gelaufen. Vermutlich hatte er inzwischen Blasen an den Handballen, doch er hatte darauf bestanden, gerufen zu werden, wenn sie etwas finden würden; schließlich war das alles hier auf seine Initiative hin passiert.

Sie hielt das Flatterband hoch, und Art tauchte darunter hindurch. Das letzte Stück Weg war mit Gummimatten ausgelegt worden. Eine kräftige Seilwinde war zwischen den Bäumen befestigt, und am Rand des Sees hatten die Kollegen ein drei Meter hohes Gestell mit einer Umlenkrolle in den Boden gerammt. Der Motor der Seilwinde sirrte angestrengt. Aus dem Wasser am Ufer wurde gerade ein schmutzverkrusteter Motorroller gezogen. Die Männer unterbrachen ihre Arbeit und blickten auf. Plätschernd lief das Wasser aus den Hohlräumen der Vespa.

»Die Kennzeichen sind abmontiert«, stellte Nele fest. »Da war jemand gründlich.«

»Aber Farbe und Marke stimmen«, meinte Art. »Eine rote Piaggio, wie Antonias Roller.«

Nele deutete auf einen Platz etwas abseits der Grabungsstelle; am Fuß eines Baumes war eine Folie ausgebreitet, auf der ein üppiger Strauß weißer Lilien abgelegt worden war. »Ich verstehe immer noch nicht, wer die hier hingelegt hat«, sagte Nele. »Die sind frisch, jemand muss in der Nacht hier gewesen sein.«

Art nickte, schwieg aber.

»Woher wusstest du davon?«, fragte Nele.

»Wovon?«

»Warst du das? Hast du die Blumen hier hingelegt?«

Art gab ein undefinierbares Brummen von sich.

Nele seufzte. »Wenn ich es nicht besser wüsste, würde ich sagen, es war Claudio. Wusstest du, dass wir in der Wohnung über dem Restaurant einen Stapel Liebesbriefe von Antonia gefunden haben?«

»Nein«, sagte Art leise.

»Brunner kann ja ein ziemlicher Klotz sein, aber einer der KT-Assistenten hat erzählt, als Brunner heute Morgen einen der Briefe gelesen hat, hätte ihm das Wasser in den Augen gestanden.«

»Mhm. Vielleicht hat ja Brunner die Lilien gebracht«, sagte Art mit einem leicht ironischen Unterton.

»Haha, sehr witzig«, erwiderte Nele. »Jetzt komm schon, du hast uns hergeschickt. Woher wusstest du von diesem Ort?«

»Ich wusste es nicht, ich hab's mir zusammengereimt«, meinte Art. »Am ersten Tag war ich noch zu benommen. Es hat etwas gedauert, bis ich mich an alles erinnern konnte, was im Spreewald passiert ist. Reiter. Henners Schreie. Claudios Geschichte. Claudio hat fast nur von Antonia gesprochen. Henner hatte ihm wohl den Mord an ihr gestanden. Und da ich inzwischen weiß, dass Henner Margot Heß' Sohn war, ist mir ziemlich schnell klar geworden, wo er vermutlich Antonias Leiche versteckt haben musste. Er war als Kind und Jugendlicher oft hier. Hier kannte er sich aus.«

»Aber die Krumme Laake ist groß. Woher wusstest du, dass es ausgerechnet hier ist?«

Art zuckte mit den Schultern. »Es ist der nächste Punkt am Ufer, den man vom Weg aus erreichen kann.«

Die Seilwinde verstummte, und die Vespa schaukelte über dem Ufer.

»Also war der Mord an Antonia Claudios Motiv?«

»Ja.«

»Und Claudio hat in seinem Kummer und in seinem Wahn alle anderen dafür verantwortlich gemacht? Den Kanzler? Althauser? Margot Heß?«

»Ich glaube, er war verzweifelt auf der Suche nach einer Erklärung. In seiner Wut und seiner Trauer brauchte er Menschen, denen er die Schuld geben konnte. Und als er die alten Ermittlungsakten in die Hände bekommen hat, glaubte er, den Beweis dafür zu haben, dass es eine Verschwörung gab, an der alle beteiligt waren.«

»Ich verstehe nur nicht, wo diese Akten hin sind«, sagte Nele. »Die können doch nicht einfach so verschwinden.«

»Claudio hat ja behauptet, Reiter hätte sie verschwinden lassen.«

»Aber auch die Kopien, von denen Claudio dir erzählt hat, sind nirgendwo zu finden. Weder im Haus im Spreewald noch im Restaurant oder den Wohnungen darüber.«

Art knurrte grimmig. »Wundert mich ehrlich gesagt nicht im Geringsten.«

»Was willst du damit sagen?«

Er zuckte mit den Schultern.

»Glaubst du, dass Claudio das alles erfunden hat?«, fragte Nele. »Dass das alles Teil seiner eingebildeten Verschwörung ist?«

»Nein«, sagte Art.

»Du meinst, es gab eine Verschwörung«, stellte Nele fest. »Aber Henrik Westphal, Theo Althauser und Margot Heß behaupten etwas anderes.«

»Ich weiß«, seufzte Art. »Und wir haben nur die Aussage eines psychopathologischen Mörders, und es gibt keine Beweise.«

»Wenn wenigstens dieser Schiefer noch leben würde«, sagte Nele.

»Ich vermute, Schiefer hat sein Gewissen auch nur deshalb erleichtert, weil er wusste, dass er nicht mehr lange zu leben hatte. Er war schwer krank, als er Claudio aufgesucht hat.«

Neles Blick wanderte zu den Lilien am Fuß des Baumes. Das Kratzen der Spaten in der Erde ließ ihr einen Schauer über den Rücken laufen. Seit sie die Fotos von Claudio und Antonia gesehen hatte, ließ sie der Gedanke an die junge Frau nicht los. Sie hatte Mühe, zu akzeptieren, dass es so viele Ungereimtheiten in diesem Fall gab, und dennoch würde er vermutlich bald abgeschlossen werden. Das Ergebnis würde oberflächlich betrachtet in sich schlüssig sein, keine Frage. Doch sie hatte das Gefühl, der Fall war wie ein großer dunkler Raum, in den man mit einer Taschenlampe hineingeleuchtet hatte, aber nur aus einer Richtung. Es gab nur eine Wahrheit, die beleuchtet wurde. Alle anderen Wahrheiten blieben im Dunkeln, und sie wünschte sich, sie könnte das Deckenlicht anschalten.

»Wie hat Henner überhaupt Claudios Versteck im Spreewald gefunden?«, fragte sie. »Und wie bist *du* eigentlich auf Claudio gekommen?«

»Was Henner angeht, ich weiß es nicht. Ich vermute, dass er irgendwann geahnt hat, dass es bei der Mordserie um ihn geht und um den Mord an Antonia. Vielleicht hat ihn der rosa Handschuh an Marietta Althausers Hand daran erinnert. Antonia hat ja in der Mordnacht ein Paar solcher Handschuhe getragen. Gefunden wurde nur einer, den anderen hat Henner vermutlich mit ihr vergraben. Als er geahnt hat, worum es geht, ist er wahrscheinlich zu Totos Restaurant gefahren. Entweder er ist dort eingebrochen und hat Unterlagen über die Ferienhäuser gefunden, oder er hat anders davon erfahren. Vielleicht war das sogar Claudios Plan. Vielleicht wollte er, dass die Verantwortlichen für den Mord dorthin kommen.«

»Aber was hatte dann Reiter dort zu suchen?«

»Reiter und Henrik müssen, wie Henner auch, irgendwann geahnt haben, worum es geht. Vielleicht sind auch sie über den Handschuh darauf gekommen. Deshalb hat Reiter dann auch versucht, einen offenkundig Schuldigen zu finden, den man glaubhaft der Öffentlichkeit präsentieren konnte – Neo Wolters war der perfekte Sündenbock. Und gleichzeitig hat Reiter versucht, Henner zu finden, weil er wusste, dass er der Auslöser für all das war. Ich denke, dass Henner befürchtet hat, von Reiter und Henrik ans Messer geliefert zu werden. Als Reiter dann auch im Spreewald aufgetaucht ist, hat Henner auf ihn geschossen. Vielleicht hat er aber auch gedacht, dass Reiter Claudio ist. Eine Verwechslung. Henner hat Reiter ja von hinten im Dunkeln erschossen. Reiter kann für ihn eigentlich nur eine Silhouette im Gegenlicht gewesen sein. Was er sich wirklich dabei gedacht hat, werden wir wohl nie erfahren.«

Nele nickte still. »Weißt du übrigens, dass ich die ganze Zeit über Claudio nachgedacht hab? Also, als ich auf dem Weg zu dir in den Spreewald war.«

»Nein«, sagte Art überrascht. »Warum?«

»Ich wollte eigentlich schon mit dir im Auto darüber reden, als wir zu dir gefahren sind. Aber dann bin ich ja auf deinem Sofa eingeschlafen. Ich war wirklich völlig erledigt. Als ich dann wach wurde, bin ich erst mal fast vom Stuhl gefallen, weil meine Pistole weg war. Ich dachte im ersten Augenblick: Oh Gott, vielleicht hat Milla sie genommen. Bis ich dann begriffen habe, dass du nicht da bist. Ich hab dann sofort nach dem Tracker gesehen und stand vor einem Rätsel. Spreewald? Ich habe nichts verstanden, hab dann aber die Kollegen alarmiert.«

»Aber warum hast du über Claudio nachgedacht?«

»Die Befragung von Neo Wolters. Und die seiner Nachbarin. Die Nachbarin sprach von einem Pizzaboten. Männlich. Als ich Wolters danach fragte, sprach der aber von einer Bot*in*. Und dann ging mir auf, dass Wolters von Katrina Bernardi sprach, die hatte bei ihm geklingelt – was sie auch in der Befragung erwähnt hatte. Aber von wem redete dann die ältere Dame, die Kleinschmidt befragt hat? Ich musste plötzlich an Claudios Pizzeria denken, auch deshalb, weil du ja erzählt hast, dass Juli dort einfach aufgestanden und gegangen wäre. Ich hab gedacht, was, wenn Juli …«

»… die Pizzeria gar nicht verlassen hätte«, ergänzte Art. Er nickte und sah sie an. Seine Miene wirkte seltsam unergründlich. Distanziert. Als wäre er gerade mit etwas ganz anderem beschäftigt.

»Und als du in den Spreewald gefahren bist, woher wusstest du, dass du auf der richtigen Spur warst? Du warst dir doch sicher, oder? Ich meine, warum sonst hast du meine Waffe mitgenommen?«

Art zuckte mit den Schultern. »Instinkt.«

»Instinkt? Du meinst, so wie mit diesem Platz hier? Und den Lilien, die zufällig genau da lagen, wo wir graben sollten?«

»Ja, so ungefähr«, erwiderte Art.

»Jetzt komm schon«, sagte Nele. Sie fixierte ihn misstrauisch. »Irgendwas verschweigst du mir doch.«

»Sicher«, erwiderte Art lakonisch. »Alle möglichen Erlebnisse aus meiner Kindheit zum Beispiel, oder warum meine Frau und ich noch immer nicht geschieden sind. Und noch eine ganze Menge mehr. Jeder verschweigt irgendwas, oder?« Sein Blick bohrte sich in ihren. »Apropos: Wie geht es eigentlich Roman? Habt ihr euch ausgesprochen?«

Nele stöhnte und schob das Kinn vor. Das war wieder einer dieser typischen Art-Moves. Kaum warf man einen Stein aus dem Glashaus, warf er ihn zurück. »Mehr oder weniger«, sagte sie.

»Ist er noch wütend?«

»Nein, es ist eher … er scheint sich zu freuen, auf das Kind, meine ich. Und ich weiß nicht, ob ich das nicht sogar schlimmer finde, als wenn er wütend wäre.«

Art nickte still und sah in den rosa Abendhimmel.

»Tu mir einen Gefallen und sag's nicht den Kollegen. Das mit der Schwangerschaft, meine ich, ja?«

»Klar«, sagte Art. »Ist Privatsache.«

»Ja, Privatsache«, seufzte Nele.

»Gibt's hin und wieder«, murmelte Art, »dass was privat ist.«

Sie schwiegen eine Weile.

»Hier! Ich hab hier was!«, rief plötzlich einer der Kriminaltechniker und hob seine Schaufel. Veronika Perlau, die unter ihrer dicken Pelzmütze kaum zu erkennen war, eilte zu ihm und ließ sich in die Grube hinabhelfen. Nach einer Weile richtete sie sich auf, sah zu ihnen hinüber und nickte knapp. Nele spürte einen Kloß im Hals. Art hob dankend den Arm. Seine Miene war versteinert, und für einen Moment dachte Nele, dass da ein feuchter Glanz in seinen Augen war. Dann drehte er sich um und begann, den Weg zurück zur Straße zu laufen. Seine Krücken knirschten im anfrierenden Boden.

»Was machst du?«, fragte Nele. »Ausgerechnet jetzt gehst du?«

»Tust du mir einen Gefallen?«, erwiderte Art und sah sie an.

»Kommt drauf an, welchen.«

»Guck, dass ihr vorsichtig mit ihr seid, ja?« Er wandte sich erneut ab und ging weiter.

Nele schwieg verdutzt. Sie wurde einfach nicht schlau aus ihm, mal brachte er kleine Kinder ins Bett und war vom Tod angefasst, und mal tat er, als wäre er nichts als ein harter Klotz. »Warum bleibst du nicht, wenn dir das so wichtig ist?«

»Ich wollte nur Gewissheit«, rief Art.

»Aha. Und wohin gehst du jetzt?«

»Ist privat.«

Privat. Nele musste an das denken, was Art ihr im Spreewald gesagt hatte, kurz nachdem sie ihn und Juli Westphal gefunden hatte. *Es gibt Menschen, ohne die macht die Welt keinen Sinn.*

Genau das hatte wohl auch für Claudio gegolten.

Während sie zusah, wie Art im Abendlicht zwischen den Bäumen verschwand, dachte sie an Roman und daran, wie viel Sinn eine Welt ohne ihn für sie machen würde.

»Nele, kommst du mal hier rüber?«, rief Veronika Perlau.

Nele straffte die Schultern. Die Frage nach dem Sinn stellte sich gerade nicht. Vielleicht hatte sie auch einfach noch keine Antwort darauf.

Epilog

Art drückte den Klingelknopf und wartete eine Weile. Im Flur ertönten Schritte, dann ging die Tür auf.

»Oh, hallo«, sagte sie mit dieser Mischung aus völliger Selbstverständlichkeit und kindlicher Überraschung.

»Hallo, Milla«, erwiderte Art.

Sie schien unschlüssig zu sein, was es bedeutete, dass er an der Tür klingelte, statt sie wie sonst nachts im Treppenhaus aufzulesen.

»Ich dachte, ich schau mal vorbei«, erklärte er, »und lad dich auf ein Eis ein, wenn das für deine Oma okay ist.«

»Mhm, geht auch eine Pizza?«, fragte Milla. Sie kniff ein Auge zu und sah ihn erwartungsvoll an.

»Pizza lieber nicht«, sagte Art. »Aber sonst geht alles. Pfannkuchen, Currywurst, Fritten, Gyros. Was du willst.«

»Meine Mama war mit mir mal Steak essen. Das war ganz weich.«

»Ein Rinderfilet?«, meinte Art.

Milla überlegte und nickte dann, als gelte es, gemeinsam einen Schatz zu heben. »Ich sag schnell Oma Bescheid.«

»Schlüssel nicht vergessen«, rief Art ihr nach.

Drinnen hörte er Milla lauthals ihrer Großmutter verkünden, dass sie mit dem Nachbarn von oben einen Kakao trinken gehen würde.

Die zittrige Stimme der alten Frau riet ihr etwas in einer fremden Sprache. Kurz darauf erschien Milla mit einer rosa Wollmütze und ihrer dicken Jacke und zog die Tür hinter sich zu. »Warum hast du die Dinger da?«, fragte sie und zeigte auf Arts Krücken. »Musst du die jetzt immer nehmen?«

»Oh, das. Nein. Zwei, drei Wochen noch, dann kann ich hoffentlich wieder normal laufen.«

»Ist das wegen der Sache mit der Pistole passiert?«

Einmal mehr, schlaues Kind. »Ja«, sagte Art.

Milla blickte ihn aus ernsten großen Augen an. »Hast du Mama gefunden?«

»Es tut mir leid, nein.«

Sie presste die Lippen aufeinander und verkniff sich die Tränen. »Suchst du denn weiter nach ihr?«

»So gut ich kann«, versprach Art.

Milla nickte und gab sich tapfer. Sie musterte Art und runzelte plötzlich die Stirn. »Warum hast du so Sachen an?«

»Was für Sachen?«

»*Schöne* Sachen.«

»Ach so, das«, meinte Art und sah an sich herab. »Ich treffe nachher noch jemanden.«

»Kann ich mitkommen?«, fragte Milla schnörkellos.

»Nein«, meinte Art.

»Triffst du eine Frau?«

»Ja.« Er lächelte. »Ich treffe eine Frau.«

»Bist du verliebt in sie?«

»Du stellst aber ganz schön viele Fragen«, sagte Art.

»Ich will mal Polizistin werden«, erklärte Milla. »Wie du. Und dann suche ich nach Mama.«

Art stellte die rechte Krücke ab und strich Milla eine Haarsträhne aus dem Gesicht. Ihr sternförmiger Ohrstecker glänzte im trüben Flurlicht. »Ich hoffe doch«, sagte er, »ich finde sie vorher.«

Milla schien etwas sagen zu wollen, musste aber einen Moment lang abwägen. »Kannst du mit der anderen Frau noch etwas warten vielleicht?«, fragte sie vorsichtig.

»Wieso? Wie meinst du das?«

Sie zögerte, senkte den Blick und nuschelte: »Wenn du Mama gefunden hast, vielleicht magst du sie ja.« Milla hob den Blick und suchte in seinem Gesicht nach der erhofften Antwort.

Art seufzte. »Deine Mama ist bestimmt eine tolle Frau«, sagte er. »Aber die andere Frau kenne ich schon sehr, sehr lange …«

Ein Schimmer von Hoffnung lag plötzlich wieder auf ihrem Gesicht. »Dann seid ihr nur Freunde?«

»Mal so, mal so«, erwiderte Art ausweichend.

»Ah«, machte sie und betrachtete ihn, wobei sie wieder ein Auge zukniff. Art fiel auf, dass Milla das häufiger tat, wenn sie über schwierige Fragen nachdachte. »Ist sie jünger als du?«

»Wie kommst du denn *darauf*?«, fragte Art verblüfft. »Ist das wichtig?«

»Meine Mama sagt, ja. Männer suchen doch immer nach jüngeren Frauen. Mein Papa auch.«

»Ehrlich gesagt, *ich* bin jünger als sie«, meinte Art.

»Oh«, sagte Milla. »Das ist aber kompliziert.«

Art musste lachen. »Ja«, sagte er und reichte ihr seine Hand. »Da hast du leider so was von recht.«

Der 2. Band der Art-Mayer-Serie von Bestsellerautor Marc Raabe

978-3-86493-262-5

Lesen Sie, wie der Thriller beginnt …

Für alle, die Gerechtigkeit wollen.

Gerechtigkeit? Klar, schön wär's. Aber – was ist schon gerecht, wenn's ums Überleben geht?

Zum ersten Mal in meinem Leben würde ich am liebsten die „Ich bin doch nur ein Mädchen"-Karte ziehen und fragen, ob *das hier* nicht bitte jemand anders für mich machen könnte.

Aber es hörte ja sowieso niemand zu.

Ich war alleine, in einem fremden Land, in einem Kloster südlich der Sierra de Gredos. Die Zikaden lärmten in der Dämmerung, als wollten sie mich jetzt schon anklagen, dabei lag das Schlimmste noch vor mir. Ich konnte nicht zurück, und kneifen ging auch nicht.

Meine Mutter kam immer, wenn es mal eng wurde, mit schlauen Sprüchen um die Ecke. Aber sie war nicht hier. Überhaupt, sie hatte mich erst so richtig in die Scheiße reingeritten – entschuldige, aber anders kann ich's echt nicht nennen. Vermutlich würde sie jetzt sowas raushauen wie: »Tja, Schätzchen. Wer A sagt, muss auch B sagen …«

Und ich hatte vorhin verdammt noch mal A gesagt.

O Gott. Musste ich das wirklich tun?

Ich starrte auf das letzte Streichholz. Es lag lose in dem schwarzen Metallkästchen. Obendrauf klebte ein verblichenes Madonnenbild. Die Reibefläche war an dem schmiedeeisernen Kerzenständer mit seinen vielen Halterungen festgeklebt. Aber nicht eine einzige Kerze brannte.

Ich zögerte.

Die vorletzte rote Linie.

In der Kirche war es so trügerisch still. Nicht so wie draußen, gerade eben noch, als ich vor mir selbst davongelaufen war. Hier drinnen war kein Laut, kein Luftzug, nur mein Atem war zu hören, der sich einfach nicht beruhigen wollte.

Wer A sagt, muss auch B sagen.

Das klang so einfach. So schön logisch, als könnte ich all meine Ängste und mein rasendes Herz aus der Gleichung streichen. Aber was, wenn A schon ein Albtraum war und ich für B in die Hölle komme? Oder ins Gefängnis.

Verurteil mich nicht, ich bitte dich. Nicht, bevor du dir *alles* angehört hast, die ganze Kassette.

Hätte ich etwas anders machen können? Ich meine, noch vor dem A?

Dumme Frage. Na klar, hätte ich. Es fing ja schon mit dem Sex an. Und jetzt stand ich hier, mit meinem Bauch und dir darin.

Auf A folgt B.

Ich riss das Streichholz an.

Mein Atem ging stoßweise und kam als Echo von der hohen Decke der Klosterkirche zu mir zurück, als würde Gott flüstern: Hör auf. Hör auf!

Aber wenn's um Gott ging, wollte ich nicht zuhören. Ich fand, ER war erst mal an der Reihe mit Zuhören. Oder besser: mit ein wenig Hilfe für mich.

Dann zündete ich die Kerze an und schüttelte das Streichholz aus. Der trockene Docht knisterte leise. Ich starrte in die kleine Flamme. Das Blut rauschte in meinen Ohren, und meine nackten Füße brannten von all den spitzen Steinchen draußen, weil ich gerannt war, ohne jede Rücksicht. Mein Babybauch wölbte sich unter dem Nachthemd und tat weh.

Du warst so merkwürdig still. Als wolltest du es mir nicht *noch* schwerer machen. Als wüsstest du, dass ich eigentlich selbst noch ein halbes Kind war, viel zu jung für all das hier.

Die Uhr tickte, doch ich zögerte immer noch, sah nach oben ins Kreuzgewölbe. Unter der hohen Decke des *Monasterio de la Vera* verlor sich das letzte fahle Licht. Die Kronleuchter waren längst aus, die gespenstisch ruhig brennende Kerze der einzig helle Fleck. *Vela de sacrificio,* Opferkerze, stand von Hand geschrieben auf dem Karton, aus dem ich sie genommen hatte. Wenn das hier der Moment für ein letztes Gebet war, dann eins für dich.

Dafür, dass *du* überlebst.

Darf man auf Hilfe hoffen, wenn man so viel falsch gemacht hat?

Ich hastete die Stufen zum Altar hinauf, stellte das goldene Kreuz beiseite, riss die bestickte Tischdecke herunter. Staub wirbelte auf. Sie war knochentrocken. Gut so.

Ich drehte aus der Tischdecke ein Seil. Dann nahm ich die brennende Kerze aus dem Ständer, eilte zum Ausgang und schützte die Flamme mit meiner hohlen Hand, damit sie auf gar keinen Fall ausging.

Was ich vorhatte?

Ich würde ein Auto anzünden.

Ein Mofa stehlen.

Einen Mann sterben lassen.

Und beten, dass *du* lebst.

Prolog

Dunkelgraues Nichts.

Sophie Bauer ließ das Gewehr sinken. Kaum ein Laut war in der Dämmerung zu hören. Ein dünner Ast knackte unter ihrem Fuß. Ein leiser Flügelschlag, viele Meter über ihr. Dann ein hastiges Rascheln am Boden, eine Maus auf der Flucht, als fürchte sie die junge Frau mit dem Gewehr. Sophie fand, dass es an ihr eigentlich nichts gab, was zum Fürchten war. *Und wohl auch nichts, dass sich zu lieben lohnt,* dachte sie bitter. Zweiundzwanzig, wieder Single und allein im Wald. Sie verbiss sich die Tränen. Das dichte Bett aus Moos und Kiefernnadeln ließ ihre Schritte federn. Wenigstens etwas, dass sich ein wenig leicht anfühlte. Es war September, kurz nach 21 Uhr. Die Nacht zog herauf und Nebelschwaden strichen zwischen den dunklen Stämmen hindurch.

Von wegen Büchsenlicht. Ja, sie könnte noch den Dreck unter ihren Fingernägeln sehen, bei ausgestrecktem Arm – wenn da Dreck wäre. Oder einen roten von einem grünen Faden unterscheiden. Doch der Nebel machte die Faustregeln für ausreichendes Büchsenlicht nutzlos. Überhaupt: *Büchsenlicht*. Dass das immer noch so hieß. Sie hatte von

Anfang an mit diesem Jägerkram gefremdelt. Eigentlich hatte sie den Jagdschein nur wegen Kai gemacht.

»Schatz, stell dir vor, wir ziehen in der Dämmerung los, allein, mitten im Wald, nur wir beide«, hatte er geschwärmt. »Du wirst sehen, diese Stille, das ist magisch.« Kai war neunundzwanzig, fast acht Jahre älter als sie. Kennengelernt hatten sie sich auf einem Grillabend, sowohl ihr Vater als auch Kais Vater waren Jäger, und sie hatte sich Hals über Kopf verliebt. Und jetzt, wo sie endlich den Jagdschein hatte, war Kai Geschichte.

Sie starrte in den Nebel. Das hier war nicht magisch, es war beängstigend. Eigentlich hatte sie mit ihrem Vater kommen wollen, aber der hatte kurz vorher abgesagt, er sei krank und müsse ins Bett.

Warum war sie überhaupt hier?

Was wollte sie damit beweisen?

Dass sie auch allein jagen konnte? Dass es ihr nichts ausmachte, dass Kai sich vom Acker gemacht hatte? Doch, verdammt! Es machte ihr etwas aus. Auf dem Weg hierher hatte sie für einen kurzen, wütenden, dummen Moment gedacht, es würde guttun, im Wald zu sein. Auf etwas zu feuern. Ihre Wut loszuwerden, indem sie etwas tötete. Und nun stand sie hier umgeben vom Nebel. Als hätte Gott nicht gewollt, dass sie etwas schießt. Sie kam sich plötzlich so erbärmlich vor.

Seit sie denken konnte, hatte sie den Wald geliebt, diese tiefe Stille, diesen Frieden, das Licht in den Blätterkronen, die Farben im Herbst und die Gerüche. Zum Teufel mit Kai. Wie hatte sie nur auf die Idee kommen können, es wäre romantisch, mit ihm zusammen Tiere zu schießen? Sie schaute auf das Gewehr und ihr kamen die Tränen. Das verfluchte Ding war ein Geschenk von ihm, und sie war auch noch so dumm, dieses Teil weiter mit sich herumzuschleppen. Wütend entlud sie es. Die Patrone sprang ins Moos, und sie warf die Waffe weit von sich. Sie wusste, sie würde sie wieder aufheben müssen, sie konnte ja schlecht eine Schusswaffe einfach im Wald liegen lassen. Doch allein dieser kurze Moment ohne das Scheißding fühlte sich an wie ein kleiner Sieg.

Sie lehnte sich mit dem Rücken an einen Baum. Ihr warmer Atem dampfte in der Kühle.

Dann raschelte es hinter ihr. Irgendetwas kam näher, schnell, laut und vermutlich groß. Sie fuhr herum, und das Rascheln verstummte plötzlich. Kaum sechs Meter entfernt von ihr stand ein Wildschwein im Halbdunkel, umgeben von Nebelschwaden, ein ausgewachsener großer Keiler. Seine borstigen Ohren waren steil aufgestellt, seine kleinen Augen lagen tief in den Höhlen und blickten leblos wie schwarze Murmeln.

Sophie starrte auf die kräftigen, aufwärts gerichteten Eckzähne, die links und rechts aus dem Maul ragten. Wenn der Keiler angriff, waren sie ein tödliches Werkzeug. Wildschweine hatten die Eigenart, beim Sturm auf ihren Gegner den Kopf hin und her zu werfen, sodass die Hauer wie Säbel in alle Richtungen keilten. Oft genug wurden dabei Menschen an den Beinen schwer verletzt, erst kürzlich hatte in der Morgenpost ein Bericht über einen jungen Mann gestanden, der nach einem Keilerangriff im Wald verblutet und danach auch noch von der Rotte angefressen worden war.

Sophie sah zu ihrem Gewehr, das etwa zwei Meter von ihr entfernt lag. Selbst wenn sie es erreichen konnte, zum Laden würde ihr keine Zeit bleiben. Hinter dem Keiler zeichneten sich die Umrisse von kleineren Wildschweinen ab. Waren das etwa Frischlinge? Die Furcht kroch ihr bis in die Haarspitzen.

Der Keiler grunzte, die Borsten auf seinem Rücken sträubten sich. Dann stürmte er unvermittelt auf Sophie zu. Verzweifelt sprang sie am nächstgelegenen Baum hoch, griff nach dem untersten Ast, schlang ihre Beine um den Stamm und zog sich hoch. Im nächsten Augenblick rammte der Keiler den Baumstamm, quiekte vor Schmerzen und rannte ein Stück weiter, drehte sich um und lief erneut auf Sophie zu. Hastig hangelte sie sich weiter empor, bekam auch mit der zweiten Hand einen Ast zu fassen und hing nun, die Beine um den Stamm geschlungen, mit ihrem Po etwa zwei Meter über dem Boden. Unter ihr lief der Keiler wütend grunzend hin und her. Keuchend vor Anstrengung zog Sophie sich weiter nach oben, bis sie schließlich ein Bein über den Ast bekam und sich daraufsetzen konnte. Es war höllisch unbequem, aber immerhin war sie sicher. Vorläufig.

Der Keiler lief grunzend um den Baum herum. Nach einer Weile schien er das Interesse zu verlieren, und sein Radius wurde immer größer, bis er schließlich im Nebel verschwand.

Sophie atmete auf, wagte es jedoch nicht, herunterzuklettern. Die Dämmerung schritt immer weiter fort, und die Bäume wurden zu schwarzen, undeutlichen Schatten. Über den Kronen schien ein Dreiviertelmond und goss bleiches Licht in den Bodennebel. Sie lauschte in die Stille hinein. Plötzlich erklang ein markerschütternder Schrei. Die Stimme der Frau ging ihr durch und durch.

Was um Himmels willen …?

Der Schrei verebbte, und es wurde still.

Jedes einzelne Härchen an ihrem Körper hatte sich aufgerichtet.

Wie weit entfernt war das wohl gewesen? Hundert Meter? Zweihundert? Hatte der Keiler etwa jemand anderen angegriffen? Dann brauchte die Frau dringend Hilfe. Sophie kletterte hastig vom Baum herunter, angelte sich ihr Gewehr und lud es mit zittrigen Fingern.

Die Waffe in ihren Händen fühlte sich plötzlich gut an.

Sie hielt sie schussbereit vor sich und lief in die Richtung, aus der der Schrei gekommen war. Ihre Füße sanken im weichen Moos ein, die Sicht betrug vielleicht sechs, sieben Meter. Das Mondlicht brach in Streifen durch die Wipfel.

Zweiundvierzig, dreiundvierzig … Sophie zählte ihre Schritte.

»Hallo?«, rief sie zaghaft. »Geht es Ihnen gut?«

Keine Antwort. Nur wieder ein Flügelschlagen über ihrem Kopf und das Knacken von Zweigen unter ihren Sohlen.

Vierundneunzig, fünfundneunzig …

»Hallo?« Sophies Stimme verhallte im Nichts.

Wo war die Frau? Und wo der verdammte Keiler?

Nach hundertsiebenunddreißig Schritten blieb sie stehen. Hob das Gewehr. War da nicht was? Der Baumstamm nicht weit vor ihr sah irgendwie anders aus als die anderen. Unförmiger. Lag es daran, dass der Nebel alles verwischte? Mit dem Gewehr im Anschlag ging sie mit tastenden Schritten auf den Baum zu. Aus dem Stamm schien ihr ein Wesen entgegenzutreten, schwarz und schrundig wie der Baum selbst, ein böser Geist, halb Mensch, halb Tier.

Ihr Zeigefinger klammerte sich um den Abzug, zitterte. Ihre Knie wurden weich. Die Kreatur öffnete den Mund. Sophie machte einen Schritt nach vorn, trat auf eine Wurzel, strauchelte, stolperte vorwärts. Ein Schuss löste sich und zerriss die Stille. Als sie wieder aufstehen wollte, jagte ein scharfer Schmerz in ihren rechten Knöchel. Ein helles, scharfes Fauchen drang durch den Nebel. Sophie rang nach Luft, wollte schreien, doch es kam nur ein Ächzen über ihre Lippen.

KAPITEL 1

Das hier konnte nicht gut gehen. Jedenfalls nicht mehr lange.

Aber war das ein Grund aufzuhören?

Er hätte die Antwort auf jede Mauer der Stadt geschrieben.

Von ihrer dunkelblauen Regenjacke, die über dem Stuhl hing, perlten letzte Tropfen. Ihre Füße ragten blass und leblos über die Bettkante.

Er betrachtete ihre Tom-Ford-Sonnenbrille mit den übergroßen Gläsern und ihre Schirmmütze, die beide auf dem billigen Holztisch lagen. Eine gute Tarnung sah anders aus. Aber noch wichtiger war das Handy, wenn es darum ging, nicht gefunden zu werden. Die verdammten Mistdinger waren einfach zu gut zu orten.

Er verspürte den Drang, aus dem Fenster zu sehen, sicherheitshalber die Straße zu checken. Das Gebäude gegenüber. Aber würde das etwas ändern? Wenn sie jemand beobachtet hatte, dann war es ohnehin zu spät.

Er sah auf sie herab. Flach auf dem Rücken lag sie da, den Körper kaum zu einem Drittel unter der Decke, ein kleines Dreieck ihrer Scham lugte hervor. Ihr Gesicht war unter einem großen weißen Kissen begraben.

Ein dumpfes, lang gezogenes Seufzen drang unter dem Stoff hervor. In ihre Arme kam Leben, sie packte das Kissen an einem Zipfel, zog es von ihrem Kopf und pfefferte es ihm vor die Brust.

»Art Mayer«, stöhnte sie, »du bist mein Untergang.«

Leise lachend schob er das Kissen beiseite.

Sie drehte sich auf den Bauch, schmiegte sich an ihn und legte den Kopf auf den Oberschenkel seines vernarbten Beins. Art saß neben ihr im Bett mit dem Rücken zur Wand und strich ihr durch die Haare. »Retter wäre mir lieber«, sagte er.

»Art Mayer«, sagte sie mit einem Hauch Dramatik, »du bist mein Retter.«

»Schamlose Lügnerin.«

»Okay. Du bist mein Retter *und* mein Untergang.«

»Schon besser.«

»Wie lange noch?«, fragte sie.

»Ist schon dunkel, eine Stunde noch, mehr nicht. Hast du ans Handy gedacht?«

»Liegt bei Jeanette, wie immer.« Sie rekelte sich. »Sollen sie doch triangulieren, bis sie schwarz werden.«

»Das war politisch ziemlich inkorrekt«, entgegnete er.

»Wo ist der Art, dem das scheißegal ist?«

»Sitzt neben Nele Tschaikowski im Wagen und hört sich von ihr Vorträge über *People of Color* und die negativ konnotierte Verwendung des Wortes ›schwarz‹ an.«

»Scheint ja ziemlichen Einfluss auf dich zu haben, deine Kollegin.« Sie kniff ihm ins Bein. »Muss ich eifersüchtig sein?«

»Sie ist schwanger. Ende siebter Monat. Oder achter.«

»Das war keine Antwort.« Sie hob den Kopf. »Hey, was ist das denn?« Sie fasste mit der rechten Hand zwischen seine Beine. »Noch mal?«

Er schwieg. Ihre Leichtigkeit gefiel ihm, hatte ihm schon immer gefallen. Schwere brachte er selbst genug mit; sie ebenfalls, aber sie schaffte es trotzdem in manchen Augenblicken fast sorglos zu wirken und nur den Moment zu genießen. Fast als wären sie noch Teenager, wie damals, als sie sich kennengelernt hatten. Aber war er bereit, sich mit dem hier zufriedenzugeben? Oder machte er sich etwas vor?

»Du scheinst immer noch einiges aufholen zu müssen.« Ihre Finger schlossen sich um ihn und drückten zu.

»Fünfundzwanzig Jahre«, sagte er heiser.

»Also bitte! Du warst doch verheiratet …«

»Nicht mit dir.«

»Tut mir leid, Herr Kommissar, damit kann ich leider nicht dienen. Damals nicht und heute auch nicht.«

»Wenn wir das so weitermachen«, sagte Art, »kann sich das schneller ändern, als du denkst.«

»Klingt fast, als machtest du dir mehr Sorgen als ich. Oder ist das etwa Hoffnung?«

»Sorge«, erwiderte er, war aber nicht ganz sicher.

»O Gott«, stöhnte sie. »Genau deshalb bist du mein Untergang.«

»Weil ich mir Sorgen mache?«

»Weil's dir egal sein könnte. Der BKA-Ermittler und die Frau des Bundeskanzlers. *Wenn* sich hier einer Sorgen machen muss, dann ja wohl ich, aber du tust es trotzdem. Du warst schon immer so …«

Er schwieg, während sie nach Worten suchte.

»… keine Ahnung. So ein Dazwischenwerfer.«

»Aha.«

»Der Dazwischenwerfer, der ist mein Untergang.« Sie richtete sich auf, biss ihm sanft in die Brust und arbeitete sich nach oben. Art ergab sich, nahm mit, was er kriegen konnte. Juli hatte nie Zweifel daran aufkommen lassen, dass sie mit Henrik Westphal, dem amtierenden Bundeskanzler, verheiratet war und es auch bleiben würde. Ausgerechnet Henrik, mit dem ihn selbst ein kompliziertes Verhältnis verband. Sie schuldeten sich etwas, gegenseitig. Art hatte eine Zeit lang gedacht, dass sich das auflösen würde. Aber sowohl das Gefühl von Abneigung als auch das Gefühl einer seltsamen Verbindung wuchs immer nur weiter. Es war keine Hassliebe, die ihn mit Henrik verband, aber etwas, das dem nahekam.

Auf dem Nachttisch vibrierte sein Handy.

Juli erstarrte in der Bewegung und ließ von ihm ab. »Ist nicht dein Ernst, oder?«

Art stöhnte und griff nach dem Telefon. »Mayer«, knurrte er.

»*Artur* Mayer?«, schnarrte eine fremde Männerstimme.

»Ja. Und wer sind Sie?«

»Simonek. Ich hab vor gut einer Stunde Ihre Tochter verhaftet.«

»Bitte, was?«, stieß Art verblüfft hervor.

»Tja, ist immer ein Schock, wenn's zum ersten Mal passiert. Geht allen so. Aber Ihre Göre hat's faustdick hinter den Ohren, das kann ich Ihnen sagen. Sie sollten sich jetzt schleunigst auf den Weg hierher machen, damit Sie das wieder in Ordnung bringen.«

»Das müssen Sie wohl selbst in Ordnung bringen – ich habe nämlich keine Tochter«, entgegnete Art.

Am Ende der Leitung herrschte für einen Moment Stille. »Aber, Sie sind doch Artur Mayer, richtig?«

»Ja, richtig. Aber wie gesagt, ich hab keine Tochter. Ich habe überhaupt keine Kinder. Muss 'ne Verwechslung sein.«

»Die kleine Göre hier sagt was anderes.«

Kleine Göre. Was auch immer das Mädchen angestellt hatte, sie begann Art irgendwie leidzutun. Simonek schien ein ziemlich fieser Typ zu sein. Aber trotzdem – das hier war nicht seine Sache. »Was auch immer sie behauptet, es ist Unsinn.«

Der Mann stieß einen genervten Seufzer aus. »Na, die kann was erleben«, murmelte er. »Nichts für ungut, Herr Mayer. Guten Tag noch.«

»Warten Sie, einen Moment noch«, sagte Art, bevor der andere auflegen konnte. Plötzlich war ihm ein Verdacht gekommen, nein, kein Verdacht, eher eine Ahnung. »Wie alt ist das Mädchen denn?«

»Sieben, behauptet sie. Aber das ändert nichts.«

»Sie verhaften eine Siebenjährige? Wie heißt sie denn?«

»Will sie nicht sagen.«

»Geben Sie ihr bitte mal das Telefon.«

»Ist doch Zeitverschwendung, wenn's eh nicht Ihre Tochter ist.«

»Art? Hallo?«, krähte eine helle Stimme im Hintergrund. »Bist du das? Der will mich nicht gehen lassen.«

»Halt die Klappe, es reicht jetzt«, blaffte Simonek.

Art stutzte. Er hatte die Stimme des Mädchens sofort erkannt.

»Okay«, seufzte er. »Wo finde ich Sie?«

»Was?«, fragte der Mann verwirrt. »Ich dachte …«

»Sie ist meine Tochter«, log Art. »Wohin muss ich kommen?«

LESEPROBE